눈먼 자는 볼 수 없다

틸리빌리 장편소설

동아

눈먼 자는
볼 수 없다

초판 1쇄 인쇄일 | 2023년 08월 11일
초판 1쇄 발행일 | 2023년 08월 25일

지은이 | 틸리빌리
펴낸이 | 조승진
펴낸곳 | 도서출판 동아북스

출판등록 | 제2023-000038호
주소 | 서울특별시 강서구 양천로 570 NH서울축산농협 NH서울타워 19층 (등촌동)
전화 | (070)8826-4508
팩스 | (02)337-0668
E-mail | bear6370@hanmail.net

정가 | 16,800원

ISBN 979-11-6302-640-2 (03810)

눈먼 자는 볼 수 없다

The blind cannot see

틸리빌리 장편소설

동아

목 차

프롤로그 · 007

1장. 눈먼 왕녀 · 014

2장. 전리품 · 062

3장. 회색 탑과 저주받은 왕녀 · 111

4장. 호위 기사 · 161

5장. 봄날 · 219

6장. 자각 · 275

7장. 얄팍한 거짓 · 332

8장. 남은 사람 · 405

9장. 붕괴 · 467

10장. 진실 · 525

알리시아 외전. 신녀인가 마녀인가 · 574

11장. 눈먼 자 · 583

에필로그 · 651

프롤로그

왕의 머리가 허공을 날았다. 비스듬히 비산한 피가 황금 권좌에 흩뿌려졌다.

반듯한 검의 궤적이 그려진 목 아래 장엄한 빛깔의 푸른 망토가 처참히 구겨졌다. 동시에 망토에 휘감긴 몸 또한 쿵 둔중한 소리와 함께 허물어져 내렸다. 만인의 위에서 지고하게 군림하던 왕의 허무한 끝이었다.

바닥을 뒹구는 몸보다 아주 조금 늦게 떨어진 머리에서 사슴뿔을 흉내 낸 황금관이 추락했다. 깡. 대리석 바닥에 부딪힌 그것은 가진 무게에 비해 너무나 가벼운 소리를 내더니 작은 원을 그리며 바닥을 굴렀다. 그리고 끝내 주인을 단번에 벤 극악무도한 침략자, 세다스 왕국을 불바다로 만든 비스티우스 제국의 황태제(皇太弟; 황위를 계승할 황제의 아우)이자 이번 전쟁의 총사령관 로샨 비스티우스의 발치에 툭 닿았다.

"네 이놈!"

왕이 생전 앉았던 권좌 바로 옆에 자리한 왕비가 머리채를 어지럽게 풀어 헤치며 피눈물을 쏟았다. 가녀린 몸에서 나오리라 상상이 되지 않는 괴성이 울음과 함께 침략자를 향했다.

중년의 왕비가 거의 평생을 함께한 남편의 피로 얼룩진 바닥에 발을 딛더니 품 안에서 화려한 단검 하나를 꺼내 들었다. 여러 귀한 보석들로 장식된 작은 단검은 누군가를 해하기는 적합해 보이지 않았다. 하지만 검집 안 숨겨진 날은 예상외로 왕비의 표정만큼이나 잘 벼려져 있었다.

고개를 꺾어 나뒹구는 왕의 머리를 한 번 더 본 왕비가 무모한 도전을 했다. 그녀는 단검을 양손에 쥔 채 남편의 피로 만들어진 웅덩이 위, 검을 든 침략자를 향해 돌진했다.

"내 아들들을 도륙하더니 이제 내 남편까지 죽이는구나. 내가 너만은 하데스 신께 데려가마!"

혼신을 다한 몸짓이 제법 날카로웠다. 그러나 그렇다 한들 평생 검이라고는 들어 보지 않았을, 평소에는 꽃이나 보석을 쥐었을 고귀한 여인이었다. 로샨에게서 조금 떨어져 있던 그의 기사들은 제 주인의 실력과 성미를 잘 알았기에 여인의 어설픈 공격을 크게 걱정하지 않았다. 어차피 여인은 주인의 사정거리 안에 들어오기 전 남편의 피를 먹은 검에 똑같이 쓰러질 것이 뻔했다.

한데 이상한 일이었다. 왕비의 단검이 성큼 가까워지고 있음에도 침략자는 그 자리에 못 박힌 듯 서서 조금도 움직이지 않았다. 로샨의 기사들은 왕비가 팔을 뻗기 직전에야 제 주군의 상태가 어딘가 이상함을 깨닫고 급박히 움직였다.

그들의 주인은 머리카락 색만큼이나 검디검은 망토 아래 길고 예리한 검을 쥐고 있었다. 그러나 검 끝은 바닥을 향했고 손의 힘은 느슨히 풀려 있었다. 표정은 언뜻 보기에 평소와 다름없이 무표정에 가까웠지만 가까이서 그를 보필한 이들은 알 수 있었다.

주군께서 평소와 다르다고. 로샨 비스티우스의 붉은 눈은 알 수 없는 빛으로 번뜩이고 있었다.

"죽어!"

왕비가 단검을 쥔 손을 높게 들어 올린 순간까지 침략자의 시선은 왕비를 비켜나 있었다. 그는 왕비의 뒤, 정확히는 제가 베어 죽인 왕이 앉았던 권좌 쪽을 뚫어져라 보고 있었다.

"전하!"

녹스, 하이든과 더불어 전장에서 로샨을 보필하는 최측근 중 하나인 루데타 가문의 프레드릭이 그의 무기인 장창을 쭉 뻗었다. 루데타 가문의 상징인 환도상어 문양이 새겨진 창의 뾰족한 끝이 단숨에 왕비의 옆구리를 꿰뚫었다.

창이 날아가는 소리 뒤로 붉은 생명이 흘렀다. 기세 좋게 달려들던 왕비는 비명조차 제대로 내지 못한 채 남편과 마찬가지로 허물어졌다. 머리가 없는 왕의 옆에 쓰러진 왕비가 엎드려 누운 채 가까스로 목을 가누었다. 평생 살아온 나라를 짓밟고, 남편과 아들들을 모조리 죽인 원수를 올려다보는 그녀의 푸른 눈에는 지독한 감정이 넘실거렸다.

"아악!"

프레드릭보다 한발 늦게 달려온, 로샨을 광신도처럼 따르는 녹스가 왕비를 당장에라도 쳐 죽일 듯 형형한 눈으로 내려다볼 때였다. 외마디 비명이 울리고 권좌의 뒤에서 작은 몸이 튀어나왔다.

"왕녀님!"

뒤늦게 늙은 여인의 목소리가 뒤따랐다. 그러나 권좌 뒤에 숨어 있다 나온 젊은 여인은 조금의 지체도 없이 쓰러진 왕비를 향해 달렸다.

"어딜 감히!"

녹스가 검을 움켜쥔 손에 힘을 줬다. 여인이라 무시했던 왕비가 주군의 지척까지 오는 걸 본 뒤였다. 한 번은 몰랐으나 두 번은 용납할 수 없는 일이었다.

하나 여인의 얼굴을 본 순간 녹스는 자신도 모르게 움찔대며 손을 멈추고 말았다. 길게 물결치는 금발 사이 희게 떠오른 얼굴, 깊은 숲속 감춰진 연못 같은 푸른 눈동자. 실크로 만든 키톤을 다리에 휘감으며 달려오는 여인의 외관은 눈물과 비통함에 엉망이었음에도 조금도 바래지 않았다. 아니, 오히려 본래 가진 처연한 아름다움이 그녀가 처한 비극으로 인해 더욱 돋보였다.

'저 여인이 소문의 왕녀인가. 과연……. 이번 전쟁의 원인이라 칭하기에 부족함이 없어.'

녹스는 속으로 찬탄을 쏟아 냈다. 하지만 언제까지 감탄만 하고 있을 수는 없는 일. 그는 입술을 꾹 물며 정신을 차렸다. 그리고 주군 앞, 쓰러진 왕비에게 달려드는 왕녀를 막기 위해 몸을 움직이려 했다.

그러나 녹스가 발걸음을 떼기도 전 먼저 움직인 이가 있었다. 피를 흘린 채 늘어진 왕비 앞에 가장 가까이 자리한 그의 주군 로샨이었다. 그는 팔을 슬며시 들어 수하들의 움직임을 멈춰 세웠다.

녹스를 비롯한 기사들의 시선이 그들의 주군을 향했다. 그러나 제게 모인 시선에도 로샨의 눈은 한참 전부터 고정한 상대에게서 벗어나지 않았다. 그는 왕의 목에 검을 휘두른 순간부터 왕녀만을 지긋이 바라보고 있었다.

"어, 어머니……."

침략자의 우두머리 로샨의 제지에 왕녀는 아직 생명이 꺼지지 않은 어미의 몸을 안을 수 있었다. 그러나 누가 보더라도 왕비에게 남은 시간은 수 분이 채 되지 않는 시간이었다.

"정신 좀 차려 보세요. 네? 어머니!"

왕녀의 절절한 울음에도 왕비는 목소리를 제대로 내지 못했다. 올라오는 피거품이 이미 목을 완전히 메운 것 같았다. 꾸르륵. 소름 끼치는 소리가 몇 번이고 왕비의 입에서 났다.

"예, 예레…… 나. 가, 가여운 내…… 아가."

여식의 이름조차 제대로 부르지 못함에도 왕비는 왕녀를 향해 계속 무어라 속삭였다. 왕녀는 뻐끔거리는 어미의 입 모양을 읽었는지 고개를 강하게 내저으며 연신 싫다 외쳤다. 그 모습이 참으로 안타까워 로샨의 측근 중 이런 자리에서만큼은 냉철하기로 유명한 하이든마저 고개를 살짝 떨궜다.

"이대로 가시면 안 돼요! 저만 남는 건 싫어요. 제발……."

왕녀의 처절한 애원에도 왕비는 결국 숨을 거뒀다. 아래로 힘없이 떨어진 고개와 손이 금세 푸르스름해져 갔다. 눈도 제대로 감지 못한 왕비의 얼굴에는 비통함과 남은 딸에 대한 걱정이 묻어났다.

왕녀는 고개를 저으며 왕비를 연신 흔들었다. 그러나 그럴수록 죽은 자와 산 자의 차이는 극명하게 느껴졌다.

"아악!"

자신에게 닥친 비극을 받아들이지 못한 왕녀가 찢어질 듯 높은 비명을 지르다 오열하기 시작했다. 어미를 품에 안은 작은 몸이 비 맞은 어린 새처럼 파르르 떨렸다.

왕과 왕비를 죽음에 이르게 한 침략자는 그런 왕녀를 물끄러미 바라보다 왕녀가 왕비의 몸 위에 엎어져 몸을 들썩이자 팔을 뻗었다. 피가 묻은 금속 재질 장갑이 달그락 소리를 내며 왕녀에게 다가가는 모습이 왠지 모르게 섬뜩했다.

죽은 어미 위에 쓰러져 있던 왕녀가 다가오는 그림자를 느끼고 본능적으로 고개를 살짝 틀었다. 그리고 순간 왕녀의 새파란 눈과 침략자의 새빨간 눈이 허공에서 부딪혔다.

그러나 그것도 잠시, 두 사람이 서로를 눈에 담기 무섭게 왕녀에게 변화가 생겼다. 맑은 하늘을 머금은 듯 청명한 색은 그대로였으나 죽은 이들이 그러하듯 동공은 딱딱하게 굳었으며 절망 속에서도 분명 자리한 생기가 서서히 사라졌다.

왕녀의 변화를 목전에서 본 로샨은 생애 처음으로 알 수 없는 오싹함을 느끼고 눈을 크게 떴다. 그가 잠시 멈췄던 손을 왕녀의 눈앞에 바짝 가져다 댔다.

하나 그의 손이 왕녀의 눈가에 닿기도 전 눈꺼풀이 닫히며 푸른빛이 꺼졌다. 제게 다가오는 손에 공포에 질린 왕녀가 별안간 털썩 소리와 함께 옆으로 쓰러졌다. 왕녀에게 닿으려던 침략자가 손을 거두고 살짝 굽혔던 허리를 폈다.

"······의원에게 보인 뒤 적당한 곳에 가둬 두어라."

침략자는 혼절한 왕녀를 보며 잠시 침묵을 지키다 바로 뒤에 있던 녹스에게 명했다. 기사는 잔뜩 내려앉은 주군의 목소리에 순간 움찔거렸으나 곧 예를 차리며 허리를 숙였다.

그렇게 왕녀는 제 왕국을 침략한 제국의 병사들에게 붙들려 본래의 방을 빼앗긴 채 왕궁의 어느 작은 손님방에 갇혔다. 그리고 그날 저녁 의원은 죽은 왕의 침실을 차지한 로샨에게 깊게 허리 숙이며 고했다.

"전하. 정확한 것은 왕녀가 정신을 차려야 알 수 있겠습니다만······."

"······."

"예상하신 대로 왕녀의 눈에 이상이 생겼습니다. 지금까지 진찰한 바로는 눈이 먼 것 같습니다."

"······."

"······아마 충격이 큰 탓이겠지요."

패전국의 왕녀요 이제는 제국의 전리품이자 한낱 포로로 전락한 예레나 세다스의 눈이 멀었노라고.

* * *

눈먼 마법사가 고개를 들었다.

타들어 간 그의 눈에는 피가 줄줄이 흐르고 있었으며 부러진 팔다리는 기괴하게 뒤틀려 굳어 있었다.

하나 눈먼 마법사는 알 수 있었다. 저 위, 햇빛의 따사로움이 느껴지는 곳에 그의 주군이자 연인이었던 빛나는 왕녀가 있노라고.

'헬레나······.'

눈먼 마법사가 구멍 난, 눈이 사라진 구멍에서 그득한 악의를 뚝뚝 흘리며 왕녀를 불렀다. 그러고는 그녀의 발치에 침을 뱉었다. 그의 입에서 흘러나온 침은 몸속에서 죽은 피로 인해 이미 새까맣게 썩어 있었다.

'너도, 미래의 네 모든 딸도, 세다스 왕녀들은 모두 나와 같을 것이다. 빛나는 왕녀는 저주받으리. 눈멀고 그 눈구멍에 난 눈물에 잠겨 허덕이다 종국에는 제 손으로 자신의 목을 조를 것이다.'

피가 그득한 목에서 무도한 저주가 거침없이 쏟아졌다. 그러나 빛나는 왕녀는 아무 말 없이 한때 연인이자 충신이었던 이의 저주를 들었다.

누구보다 충성스러웠던 충신을 버린 일말의 죄책감이었을까? 아니면 저로 인해 모든 것을 잃은 채 벌레처럼 바닥을 기는 연인에 대한 동정심이었을까?

이유가 무어가 됐든 빛나는 왕녀는 자신 있었다. 눈먼 마법사에게서 마력을 강탈해 강대한 마법사가 된 자신이 이기지 못할 저주는 없노라고.

하나 그녀의 흰 구두 끝, 장식된 다이아몬드에 눌어붙은 검은 침은 결코 사라지지 않았고 빛나는 왕녀는 바라 마지않던 권좌에 올라 그 찬란함을 절정에 이루기 직전 눈먼 자가 되고 말았다.

저주의 시작이었다.

-빛나는 왕녀, 제7장 중-

1장. 눈먼 왕녀

세다스 왕국이 무너졌다. 단 반년 만에.

어느 나라도 세다스 왕국이 이리 빨리 정복당하리라 예상하지 못했다. 대륙의 북동쪽 끝에 자리한 세다스 왕국은 비록 소국이었으나 천 년이 넘는 긴 역사를 지닌, 제법 단단한 나라였다.

게다가 왕국은 침략이 매우 어려운 곳에 위치해 있었다. 왕국의 동쪽과 남쪽은 침엽수가 가득한 알란타 숲이 높은 산맥 위로 끝없이 이어져 있었으며 서쪽은 절벽으로 둘러싸인 해안, 북쪽은 1년 중 반이 얼어붙는 얼음 땅에 야만인이 그득했다. 여신의 젖줄이라 불리는 하모나 강이 왕국을 가로질러 대륙의 중심부까지 연결돼 있긴 했으나 군대를 배에 태우기에는 곳곳에 강폭이 좁아지는 구간이 있었다.

때문에 대륙의 역사에서 강대국들은 애초 세다스 왕국을 노리지 않았다. 침략이 힘든 땅, 거기다 정복해 봤자 크게 얻는 것도 없는 곳. 세다스 왕국이 오랜 역사를 가질 수 있었던 이유도 어쩌면 그 때문일지 몰랐다.

천혜의 고지에 있는 왕국은 그렇게 유지됐다. 비록 풍요롭지는 않았으나 명망 높은 여러 왕의 업적으로 백성들은 왕가를 사랑했으며 신하들은 자긍심을 가지고 왕에게 충성을 맹세했다. 하지만 평화로웠던 왕국의 역사도 오늘로 끝이었다. 대륙의 현 패자, 비스티우스 제국의 검은 군대가 왕국의 가장 중심부인 왕궁을 짓밟고 왕과 왕비를 베었으니 말이다. 세다스 왕국은 비스티우스 제국에 무릎 꿇었다 기록될 예정이었다.

"영광스러운 제국의 승리를 위하여!"

"위대한 제국을 위하여!"

로샨 비스티우스가 이끄는 제국의 검은 군대는 왕궁을 차지한 다음 날 곧장 승전 축하 파티를 열었다. 살육에서 간신히 살아남은 왕궁의 궁인들은 통탄의 피눈물을 흘리면서도 피에 젖은 왕궁을 치우고 정복자들의 감시 아래 그들을 위한 음식과 술을 마련해야 했다.

"빨리 움직이지 못해! 느려 터진 것들!"

생존자들이 두려움에 떠는 동안 제국군은 흉포한 성정을 어김없이 보여 줬다. 그간 통제된 생활 아래 죽음과 마주했던 그들은 승전 축하 연회에서 스트레스를 거칠게 풀기 시작했는데 그로 인한 피해는 오롯이 생존한 이들의 몫이었다.

"용, 용서하십시오."

"빌기 전에 움직이란 말이다!"

살아남은 왕궁의 시종들은 병사에게 욕설과 함께 술잔에 머리가 깨졌으며 시녀들은 희롱의 대상이 됐다. 기사들은 날뛰는 제 아래 병사들을 제지하긴 했으나 선을 느슨히 둬 어느 정도 일탈은 눈감아 줬다. 병사들도 그간의 경험으로 제 상사의 용납 선이 어느 정도인지 대강 알고 있었으므로 눈치껏 정복의 야만을 즐겼다. 왕국은 그렇게 무도한 정복자들에게 철저히 유린당했다.

병사들이 왕궁의 가장 큰 황금 홀에서 웃고 떠들며 승전 축하 연회를 즐기는 동안 총사령관 로샨 비스티우스는 높은 계급의 기사들과 따로 연회를 가졌다. 작지만 화려한 홀은 왕가의 사람들이 가족 만찬이나 행사 등을 가졌던 곳으로 곳곳을 장식한 조각상과 장인의 벽화가 세다스 왕국 특유의 우아함을 보여 줬다.

"승리를 위하여! 제국을 위하여! 그리고 전하를 위하여!"

로샨 비스티우스를 중심으로 긴 탁자에 쭉 앉은 기사 중 호탕한 성미로 유명한 중년의 기사 하나가 가장 상석에 자리한 로샨을 보더니 벌떡 일어나 잔을 들어 올리며 외쳤다. 나머지 기사들도 그에 맞춰 잔을 부딪치며 로샨의 이름을 불렀다. 주군을 보는 그들의 눈에는 자긍심이 가득했다.

"세다스의 계집들은 특히나 아름답다던데 틀린 말이 아니구나."

"꺄아!"

그렇게 분위기가 한창 무르익었을 때였다. 술에 취한 기사 중 하나가 시중들던 왕궁 시녀의 허리를 확 끌어안았다. 갑작스러운 사내의 손길에 시녀가 겁에 질려 저도 모르게 비명을 질렀다. 그리 크지는 않은 소리였으나 주변의 시선을 끌기는 충분했다.

쾅.

로샨의 가까이 앉아 있던 녹스가 곧장 눈을 부라리며 기사에게 경고를 줬다. 기사는 녹스의 검은 눈길에 곧장 손을 풀었다. 기사에게서 벗어난 시녀가 얼굴을 가리며 도망가자 여기저기서 웃음소리가 터져 나왔다. 녹스는 웃는 이들을 향해 또 한 번 눈을 세모꼴로 치켜떴다. 자리에 있는 모두 녹스의 고지식한 성미를 알았기에 재빨리 입을 닫았다.

"녹스. 그만 봐줘. 계속 그런 얼굴로 있으면 다들 자네가 괜히 골을 낸다 생각할 거야. 그러지 말고 술이나 한 잔 받아."

"우리는 아직 귀환하지 않았다. 끝까지 경계를 늦춰서는 안 돼. 그리고 기사라는 자가 여인을. 그것도 전하 앞에서 희롱하다니⋯⋯."

녹스의 앞에 앉아 있던 프레드릭이 농담조로 핀잔을 줬다. 녹스는 친우를 흘겨보다 고개를 돌리며 말했다. 프레드릭은 녹스의 말에 어깨를 으쓱이다 술을 한 번 더 권하는 대신 그의 잔에 물을 채워 줬다.

"마시기 싫으면 마음대로 해. 그보다 녹스……. 전하 말이야 이상하지 않나?"

물잔을 들어 올리던 녹스가 프레드릭의 말에 멈칫하며 고개를 옆으로 돌렸다. 지근거리에 로샨이 고개를 살짝 비스듬히 한 채 앉아 있는 게 보였다. 녹스는 그런 주군을 심각한 얼굴로 바라보다 조금 늦게 입을 열었다.

"……프레드릭. 우리는 전하를 주군으로 모시며 전하의 명령을 받는 자들이다. 전하를 살피며 무언가를 예측하는 일은 옳지 않아."

"아무래도 왕녀 때문인 것 같지?"

녹스의 면박에도 프레드릭은 개의치 않았다. 그는 어제부터 생각했던 바를 가감 없이 입에 올렸다. 녹스는 프레드릭을 보며 인상을 구겼으나 무어라 하지는 않았다. 그 또한 속으로는 제 주군께서 패전국의 왕녀에게 관심이 두시는 게 아닌가 생각하던 차였다.

"정말 아름답기는 했지. 살면서 그런 미인은 처음이야. 한데 그러면 뭐해. 온전치 못한 것 같던데."

"온전치 못하다니?"

"못 들었어? 왕녀한테 하자가 생겼어. 정신을 차린 뒤 정확히 확인해 봐야 알겠지만 의원 말로는 눈이 먼 것 같다지? 게다가 앓는 중에도 헛소리를 늘어놓는다는데……. 몇 번 봐서 알잖아. 유약한 것들의 끝이 어떤지. 저렇게 앓다가 정신을 놓거나 저세상 가는 거지."

프레드릭은 항시 유들유들 웃는 얼굴을 하고 있었으나 로샨 휘하의 기사들 중 누구보다 냉혹한 이였다. 그는 패배한 이들에게 조금의 동정도 가지지 않았다. 하지만 녹스는 그와 달리 왕녀에게 조금이나마 측은지심이 들었다. 왕녀의 고국은 패했고 가족은 모조리 죽었다. 그런데 몸마저 온전하지 못하다니……. 안타까웠다.

"하기야 상관없나. 외관만 멀쩡하다면야 품는 데는 상관없으니 말이야. 오히려 좋을지도 모르지. 계집은 유순한 게 최고니까. 안 그래?"

프레드릭은 녹스의 어두운 표정을 보고도 여전히 웃으며 질 나쁜 농담을 했다. 녹스는 프레드릭의 말이 듣기 거북해 딱딱한 목소리로 질책했다.

"그만해."

"녹스? 설마 자네도 왕녀에게 관심이 있나?"

"그런 게 아니야. 연약한 여인을 상대로 질 나쁜 농담을 일삼는 건 기사로서 해서는 안 될 일이니 하는 말이야."

"뭐 어때. 이제 레이디도 아니고 끌려가 노예 생활이나 할 포로인데. 우리 위대하신 황제의 성미 잘 알잖아? 왕녀에게 흥미가 떨어지면 분명 재미로 다른 자들에게……."

녹스의 반응에 재미를 붙인 프레드릭이 웃음을 터뜨리며 말을 이을 때였다. 어디선가 섬뜩한 기세가 두 사람 사이를 파고들었다. 웃는 표정의 프레드릭도, 인상을 찌푸리던 녹스도 저도 모르게 몸을 떨며 고개를 돌렸다. 그러자 상석에 앉은 그들의 주군, 로샨이 두 사람을 지긋이 주시하고 있는 게 보였다.

전투에서와 달리 갑옷을 벗은 로샨은 한껏 편한 차림새였다. 통이 넓은 흰 튜닉을 입은 그는 실크로 된 긴 망토를 느슨하게 걸친 채 의자 등받이에 기대앉아 있었는데 흐트러진 검은 머리카락 사이 무료한 표정의 얼굴에서 빛이 났다.

꼭 신이 자신을 본떠 처음 빚은 인간을 보는 듯한 모습. 그를 처음 본 사람들은 남녀노소를 불문하고 잠시간 얼어붙곤 했다.

하나 프레드릭은 주군의 잘난 외관에 감탄할 새도 없이 고개를 숙였다. 한껏 느른한 자세임에도 한 자루의 잘 벼려진 검 같은 기세를 보이는 로샨은 기분이 썩 좋아 보이지 않았다.

프레드릭은 로샨의 무심한 시선이 계속해서 자신을 향하자 등 뒤로 식은땀마저 흘렸다. 이유는 몰랐으나 자신이 주군의 심기를 거슬리게 한 것은 분명했다.

'설마…….'

문득 왕비에게 창을 던지기 직전, 가만히 선 채 왕녀를 보던 낯선 모습의 주군을 떠올린 프레드릭이 입술을 깨물었다. 그러나 이내 그는 속으로 아닐 것이다 되뇌었다. 그가 10년 넘게 봐 온 주군은 여인에게 담백하다 못해 지나치게 관심이 없었다. 정복지는 물론이요 제국의 숱한 미인의 관심조차 귀찮아 인상을 찡그리던 분이었다.

"……번잡스럽다."

프레드릭이 혼란스러워할 때였다. 그의 환한 금발을 잠시 바라보던 로샨이 갑작스레 말했다. 이런 자리에서는 좀처럼 입을 열지 않는 그가 말하자 자리의 모두가 침묵한 채 그를 올려다봤다. 로샨은 좌중을 한 번 쓱 훑어보다 천천히 자리에서 일어났다.

"먼저 일어날 테니 경들끼리 즐기도록."

"전하. 제가 따르겠습니다."

녹스가 일어나 그를 따르려 했다. 그의 대각선에 있던 하이든도 술잔을 내려놓고 곧장 일어났다. 하지만 로샨은 자신을 따르려는 두 사람을 향해 거절의 손짓을 보이며 걸음을 옮겼다.

"하지만 여긴 적진입니다. 정복했다고는 하나 호위도 없이 홀로 다니시는 건……."

하이든이 몇 발자국 따르며 로샨에게 의견을 피력했으나 로샨은 완고했다. 그는 걸음을 잠시 멈춘 채 하이든에게 차갑게 말했다.

"그만. 원치 않는다."

"존명."

주군의 뜻에 하이든이 물러났다. 기사들은 그대로 연회장을 떠나는 로샨의 등을 문이 닫힐 때까지 바라봤다. 그러나 많은 시선에도 로샨은 뒤 한 번 돌아보지 않은 채 홀을 나섰다.

* * *

"으……. 흐의!"

본래의 방을 빼앗긴 채 작은 손님방에 감금된 왕녀가 신음을 흘렸다. 그녀의 양 손목은 단단한 쇠사슬에 결박되어 침대의 각 모서리 기둥에 묶여 있었다. 하지만 현실의 물리적 속박은 그녀의 무의식마저 지배할 수는 없었다. 왕녀 예레나는 열이 펄펄 끓는 머리로 그간의 삶을 헤엄쳤다.

'예레나. 우리 딸. 널 누구한테 어떻게 보낼까?'

'아버지. 어머니. 예레나는 아직 어립니다. 그런 건 몇 년 뒤 천천히 생각해 보셔도 될 것 같습니다.'

예레나 세다스. 세다스 왕국의 하나뿐인 왕녀인 그녀는 왕가의 보물이요 가족들의 사랑을 독차지하는 고명딸이었다. 사이좋은 아비와 어미는 그녀를 품에 둔 채 나날이 더 아꼈으며 둘 있는 오라비는 항시 그녀를 귀여워했다. 그것이 이제 스물인 그녀의 삶 대부분의 기억이었다.

'전하! 제국이 전쟁을 선포했습니다. 황제의 아우, 로샨 비스티우스가 이끄는 제국군이 왕국으로 향하고 있다 합니다!'

하지만 영영 행복할 것 같았던 그녀의 삶은 반년 전을 기점으로 파괴됐다. 갑작스러운 제국의 선전 포고. 왕국은 어떻게든 제국의 화를 피해 보려 했으나 도리가 없었다.

'앨런 오라버니…… 꼭 살아 돌아와야 해요. 꼭이요. 네?'

'예레나. 걱정 마라. 내가 누구니? 꼭 돌아올 거야.'

'그래. 예레나. 그만 눈물을 그치렴. 네가 계속 울면 앨런이 전장에서도 걱정할 게다.'

전쟁이 일어나고 첫째 오라비 앨런, 그리고 곧이어 둘째 오라비 안토니오가 전장으로 갔다. 그 와중에도 가족들은 예레나를 챙기느라 여념이 없었다. 오라비들은 눈물을 뚝뚝 흘리는 그녀를 마지막까지 위로했으며 왕과 왕비는 그녀를 꼭 안은 채 달래며 사지로 가는 아들들을 배웅했다.

'전, 전하. 전장에서 소식이 들어왔사온데……'

하지만 든든했던 오라비들과의 약속은 모조리 깨졌다. 전쟁이 일어난 지 석 달이 조금 넘었을 때 예레나의 둘째 오라비 안토니오의 전사 소식이 들리고 그로부터 한 달 뒤 왕세자인 앨런의 전사 소식도 잇따랐다. 왕과 왕비는 아들들의 죽음에 오열했다. 그러나 딸인 예레나의 앞에서만큼은 항상 의연한 모습을 보이려 애썼다. 예레나는 그것이 더 마음 아팠다.

'예레나! 너라도 왕궁을 벗어나야 한다! 어서 서둘러라!'

왕과 왕비가 그녀 앞에서 흐트러진 모습을 보인 건 왕궁이 점령당하기 직전이었다. 그들은 왕궁 앞에 까만 개미 떼처럼 모인 적군을 보며 하나 남은 자식인 예레나를 어떻게든 왕궁 밖으로 도피시키려 했다. 하지만 빠져나갈 구멍은 없었고 결국 그들은 예레나와 함께한 자리에서 제국군이 왕궁 문을 부쉈다는 소식을 들어야 했다. 그리고 그 뒤에 예레나가 마주한 현실은……

참혹했다.

'어, 어머니, 싫어요. 싫어. 저도…….'

진짜 같았던 공간이 순식간에 어두워지고 사람도 배경도 사라졌다. 하지만 그녀의 품속의 어미는 여전했다. 예레나는 컴컴한 공간에서 아비를 뒤따른 어미를 안은 채 소리쳤다. 그녀의 품에 안긴 왕비가 피를 토하며 말했다.

'예, 예레…… 나. 내…… 아가. 너는…… 너만은 꼭 살아야 한다. 꼭 살아남아서…….'

야속한 어미는 나오지 않는 목소리를 쥐어짜면서까지 그녀에게 살라고 당부했다. 예레나는 그날처럼 고개를 저으며 싫다 외쳤다. 자신만 두고 가지 말아 달라 빌었다. 하지만 어미의 온기가 점차 사라지더니 그 형체마저 점점 희미해지다가 종국에는 사라졌다.

'아버지! 어머니! 앨런 오라버니! 안토니오 오라버니!'

왕녀의 입에서 간절한 애원이 수없이 터져 나왔다. 그녀는 자신을 두고 사라진 어미를, 아비를, 그리고 오라비들을 불렀다. 물론 이미 하데스의 세상으로 간 자들은 대꾸할 수 없었다.

"다들 나만 두고 가지 마!"

누구의 대꾸도 없는 공간에서 벗어나기 위해 예레나가 소리 지르며 눈을 떴다. 머리카락과 같은 색의 황금빛 속눈썹이 눈물을 밀어 내며 팔랑였다.

"아……."

하지만 어둠은 계속될 뿐이었다. 여전히 검은 공간. 예레나는 본능에 따라 눈을 깜빡였으나 푸른 눈은 어떤 것도 볼 수 없었다.

'너도 눈멀 것이다. 보지 못할 것이다.'

어디선가 소름 끼치는 웃음소리가 들리더니 익살스러운 목소리가 왕녀의 귓가에 속삭였다. 순간 도는 공포와 함께 어제 겪은, 도무지 받아들일 수 없는 지옥 같은 현실이 거센 파도처럼 한순간에 예레나를 위로 띄웠다 패대기쳤다.

철컹.

갑작스레 일으킨 상체에 손목의 사슬이 쇠 긁는 소리와 함께 출렁였다. 제대로 일어나지도 못한 채 왕녀가 새된 비명을 질렀다.

"아악!"

* * *

"거기! 술 좀 더 가져와!"

"내가 그때 그놈의 목을 어떻게 베었는지 다들 보지 않았나."

떠들썩한 소리가 멀리서 들렸다. 로샨은 정원이 훤히 보이는 왕궁 1층의 어느 회랑을 지나다 밖을 바라봤다. 꽃을 잔뜩 심어 놓은 정원은 그를 비롯한 제국 병사들의 발걸음에 많이 훼손되긴 했으나 일부는 여전히 아름다움을 간직하고 있었다.

로샨은 가던 길을 꺾어 정원으로 들어섰다. 대륙 북동쪽에 있는 왕국은 제국의 중심과 달리 여름임에도 날씨가 제법 선선했다. 덕분에 제국의 황궁이었다면 이미 피었을 여름꽃들도 아직 봉오리를 유지한 채 바람에 흔들리고 있었다. 로샨은 같은 종끼리 뭉쳐 자리한 꽃들을 바라보다 봉오리들 사이 새초롬히 피어난 하얀 겹백합 한 송이에 시선을 줬다.

여러 겹의 꽃잎이 층층이 쌓인 모습이 우아하면서도 청초한 자태를 자랑했다. 꽃에는 한 번도 관심을 둔 적이 없는 로샨이었지만 어쩐지 눈에 밟혀 그는 피어난 것을 뚝 꺾었다. 홀로 아름다움을 자랑하고 있던 백합은 그렇게 덧없이 꺾였다.

제법 짙은, 어딘지 익숙한 향이 코끝을 맴돌았다. 로샨은 자신이 어디서 이 향을 맡았나 기억을 되새기다 정답을 찾고는 미묘한 얼굴을 했다.

'……왕녀인가.'

그 유명한 세다스의 예레나 왕녀. 패전국의 포로이자 제 이복형에게 바쳐질 여인. 이번 전쟁의 표면적 원인. 로샨은 제 신경을 살살 건드리는 왕녀에 대해 짧게 정의를 내리며 들고 있던 꽃을 바닥으로 무심히 내던졌다.

툭. 작은 소리와 함께 꽃잎 중 일부가 떨어져 향과 함께 흩어졌다. 그리고 순간, 로샨의 머릿속에 왕녀를 처음 본 그때가 선명히 떠올랐다.

로샨은 세다스 왕의 목을 베어 내는 순간, 그의 머리와 몸 사이 찰나에 생긴 빈 공간으로 권좌 뒤에 숨어 있던 왕녀를 발견했다. 유모로 보이는 이에게 꽉 붙들려 겁에 질린 눈을 한 왕녀는 아비의 목이 날아가던 때 눈을 한계까지 뜬 채 막힌 입으로 소리 없는 비명을 내지르고 있었다.

'아버지!'

하얗다 못해 창백한 얼굴, 충격과 공포가 그대로 드러나는 표정이 코앞에 둔 것처럼 생생하게 다가왔다. 그리고 왕녀의 눈에서 커다란 눈물이 방울방울 떨어지기 시작했을 때 그는 저도 모르게 검을 쥔 손에 힘을 뺐다.

왕비가 악을 쓰며 달려드는 것도 보지 못한 게 아니었다. 다만 왕녀에게 못 박힌 시선이 주변 모든 것을 한낱 배경으로 흘러가게 하였을 뿐이었다.

'어머니!'

로샨은 왕비의 옆구리에서 튄 더운 피가 제 얼굴에 닿는 감촉을 느끼고 나서야 검을 쥔 손에 다시 힘을 줬다. 잠시 느리게 흘러가던 그의 시간이 원래대로 돌아오고 흐릿한 주변이 다시금 선명해졌다. 그는 어미에게 달려 오는 왕녀를 보며 저도 모르게 인상을 구기다 손을 올려 왕녀를 막으려는 수하들을 제지했더랬다.

그리고 마주한 시선. 로샨은 그 찰나를 기억하며 저도 모르게 몸을 딱딱 하게 굳혔다. 이유는 알 수 없었으나 심기가 뒤틀리고 가슴이 일렁였다.

흔치 않은 일에 로샨의 미간이 구겨졌다. 그가 주먹을 살짝 쥐었다가 바 닥에 처량하게 떨어진 하얀 꽃을 꾹 밟고, 비틀어 짓이겼다.

저조했던 기분은 조금 가라앉았으나 계속되는 알 수 없는 심경의 변화 에 짜증이 솟구쳤다. 차라리 홀로 포도주를 들이켜다 일찍 잠에 빠지는 게 나을 것 같았다. 그가 완전히 망가진 백합에서 발을 떼고 이제는 자신의 차지가 된 왕의 침실로 돌아가기 위해 몸을 돌렸다. 엉망이 된 백합의 잔 향이 어지럽게 그를 뒤따랐다.

"아악!"

로샨이 회랑으로 가는 첫 번째 계단을 올랐을 때였다. 울음 섞인 옅은 비명이 연회장의 소란스러움을 뚫고 그의 귓전에 박혔다.

어제 한참 들은 비명의 주인과 같은 목소리. 그가 소리가 난 곳을 향해 고개를 돌렸다. 그리고 자신도 모르게 발끝을 그리로 틀었다가 우뚝 멈췄다.

제 발치를 내려다본 그가 낯을 서늘하게 굳히다 몸을 반대쪽으로 돌리 려 했다. 하지만 또 한 번의 비명, 그리고 울음소리가 그를 끌어당겼다. 결 국 로샨은 잠시 고민하다 비명이 나오는 곳을 향해 발을 옮겼다.

그의 발걸음 속도는 어쩐지 평소보다 조금 빨랐다. 하나 본인은 그 사실 도, 제 붉은 시선이 계속해서 한곳을 향하고 있다는 사실도 알아차리지 못 했다.

* * *

"아악!"

늦은 밤, 왕궁 한편의 작은 방이 소란스러워졌다. 의원은 온몸을 뒤트는 왕녀의 입에 약을 흘려 넣었으며 침략자들의 시중을 들고 있던 시녀들은 창백한 얼굴로 가여운 주인의 사지를 주물렀다.

그 난장판 속에서 상체를 세운 여인은 긴 금발을 늘어뜨린 채 어떻게든 움직이려 했다. 그러나 덜덜 떨리며 역동적으로 움직이는 팔다리와 달리 그녀의 붉은 입술은 죽음이 드리운 듯 푸르스름했으며 얇은 핏줄기마저 흐르고 있었다.

"쯧."

의원이 혀를 차며 손에 힘을 줘 예레나의 입에 약을 끝까지 밀어 넣었다. 그리고 뱉어 내려는 그녀의 입을 세게 막았다.

툭. 마침내 약을 삼킨 예레나가 사지에 힘을 빼고 몸을 늘어뜨렸다. 침대 헤드에 상체를 기댄 채 멍한 낯으로 앉아 있는 모습이 꼭 줄 끊어진 인형 같았다.

침대 끝에 선 채 소란을 지켜보던 검은 머리 사내가 예레나 쪽으로 천천히 다가갔다. 그녀를 붙들고 있던 시녀들이 로샨을 보고 고개를 재빨리 숙인 채 옆으로 비켜섰다.

의원은 여전히 예레나의 입을 막고 있다 제 손을 바라보는 날 선 시선에 재빨리 손을 뗐다. 쿵쿵 뛰는 심장이 의원이 얼마나 긴장했는지 잘 알려 줬다.

"왕, 왕녀의 상태가 좋지 않아 강한 진정제를 썼습니다. 제정신이 아닐 겁니다."

로샨이 예레나의 상태에 대해 설명하는 의원에게 비키라 눈짓했다. 의원은 냉큼 물러났다.

딱딱하게 얼굴을 굳힌 로샨이 갑작스레 손을 올리더니 축 늘어진 예레나의 턱을 거칠게 움켜쥐었다. 강한 약 기운에 쌕쌕, 옅은 숨만 내쉬고 있던 왕녀는 그의 힘에 반항 한 번 하지 못한 채 고개를 들었다.

"흐으……."

쭉 뻗은 하얀 목에서 고통을 호소하는 듯한 신음이 흘렀다. 하나 로샨은 신경 쓰지 않은 채 아무것도 비추지 못하는, 탁하게 굳어 버린 푸른 눈에 시선을 두다 손을 험악하게 움직여 왕녀의 고개를 이리저리 꺾었다.

빛을 잃은 눈은 돌아가는 고개에도 요지부동이었다. 전혀 없는 변화에 여인을 인형처럼 움직이던 사내가 손을 툭 밀어 내듯 놓았다.

침대 헤드에 뒤통수를 살짝 부딪친 여인이 고통에 잠시 신음을 흘리다 고개를 살짝 틀었다. 그리고 가장 가까이 있는 로샨을 인지한 듯 그를 향해 고개를 똑바로 고정했다.

시선 없는, 죽은 이처럼 움직임 없는 눈동자였다. 그러나 로샨은 눈을 마주친 듯한 착각에 휩싸였다. 그가 눈을 가늘게 뜬 채 예레나를 바라봤다.

그렇게 잠시, 예레나가 무슨 이유에서인지 갑자기 눈물을 뚝뚝 흘렸다. 그리고 볼로 떨어진 눈물 한 줄기가 입가를 지나기 전 입꼬리를 올려 빙그레 웃었다. 몽롱한, 꿈결 같은 미소였다.

순간이지만 그걸 본 로샨은 번개가 내리쳐 정수리로 들어왔다가 발끝으로 빠져나가는 것 같다 생각했다. 살갗이 따끔거리며 왼쪽 가슴에 찌르르한 통증이 닿았다.

그가 생애 처음 느껴 보는 감각에 허덕일 때 고요히 웃고 있던 왕녀는 조용히 허물어졌다. 감긴 눈과 아래로 힘없이 떨군 고개가 꼭 시체 같아 로샨은 넘어가는 그녀의 상체를 한 손으로 잡아챈 뒤 의원을 돌아봤다.

"그, 그게……. 진정제 때문에 잠이 든 것 같습니다."

그의 옆에서 예레나를 보던 의원이 예상 못 한 로샨의 시선에 더듬거리며 답했다. 로샨은 의원의 답에 왕녀를 놓고 한 발 물러났다. 그리고 부러 그녀에게서 등을 돌린 채 방에 들어온 뒤 처음으로 입을 열었다.

"……왕녀의 눈은?"

"일전에 말씀드린 대로 시력을 잃은 것 같습니다. 일시적일지 아니면 영구적일지는 더 살펴봐야겠으나 지금까지 본 바로는 후자에 가까울 듯합니다."

의원의 말을 끝까지 들은 로샨은 대꾸하는 대신 혼절하듯 잠든 왕녀를 한 번 힐끔거리고 칼같이 몸을 돌렸다. 그리고 곧장 문으로 향했다.

걸어가는 그의 표정은 무심했으나 의원은 로샨의 옆얼굴에 저도 모르게 숨을 크게 들이쉬었다. 분위기에 질식할 것 같았다. 의원뿐 아니라 다른 이들도 그리 생각하는지 시녀들은 한층 더 몸을 수그리며 오들오들 떨었다.

쾅. 문이 닫히고 로샨이 사라졌다. 의원은 그가 사라진 후에야 안도의 숨을 깊게 내쉬며 식은땀을 닦았다. 그러다 바로 환자를 기억해 내고 뒤를 돌았다.

왕녀는 혼절하듯 잠든 와중에 또 눈물을 흘리며 이제는 세상에 없는 가족들을 부르고 있었다. 그 모습이 몹시 처량해 의원은 저도 모르게 눈시울을 붉히며 중얼거렸다.

"……차라리 보지 못하는 게 나을지도 모르겠군. 끌려가 원수의 얼굴을 매일같이 보는 것도 고역일 테니 말이야."

* * *

"위대한 비스티우스 제국의 지지 않는 태양, 황제 폐하께서 자비를 베푸시어 세다스의 이름은 유지될 것이다. 하나 세다스 왕국은 앞으로 비스티우스 제국을 우러러봐야 할 것이고 세다스 왕은 황제 폐하께 충성을 맹세해야 할 것이다."

하이든이 홀 위 단상에서 쩌렁쩌렁한 목소리로 선포했다. 큰 키에 차가워 보이는 은발, 그리고 그 아래 길고 날카로운 눈매로 그러잖아도 냉혹하게 보이는 그가 서늘한 목소리로 말하자 단상 아래 여기저기에서 탄식과 울음소리가 터져 나왔다.

"아 어째서……."

"신이시여. 세다스를 구원하소서."

슬픔을 뱉는 이들은 세다스 왕국의 귀족과 궁인들이었다. 하지만 감정을 소리로 내는 이들은 소수로 대부분은 공포에 질린 채 말없이 고개를 숙이고 눈물만 뚝뚝 흘릴 뿐이었다.

홀의 단상을 점령한 기사들 중 프레드릭을 포함해 몇몇은 그런 좌중을 향해 비웃음을 숨기지 않았다. 패전국의 사람들을 바라보는 그들은 우월감과 승리감에 잔뜩 도취되어 있었다. 혈기 왕성한 왕국의 어린 청년 중 일부가 그런 그들의 태도에 주먹을 불끈 쥐었지만 거기까지. 이미 장성한 아들을 잃은 부모는 가까스로 살아남은 어린 아들마저 제국 기사들의 검에 쓰러질까 그들을 한사코 만류했다.

시간이 흐르고 얼마 안 되는 울음소리마저 잦아들자 하이든이 목을 가다듬더니 뒤를 돌아봤다. 홀의 가장 상석, 한때는 세다스 왕의 자리였을 그곳에는 침략자의 수장 로샨이 자리하고 있었다. 무료한 표정의 그는 자신을 바라보는 수하에게 계속하라 대강 손짓했다.

"왕국의 새로운 왕은 앞으로 나오시오."

하이든이 로샨을 향해 예를 갖춰 깊숙이 고개 숙인 뒤 다시 몸을 돌렸다. 그리고 큰 목소리로 누군가를 불렀다. 그러자 단상 아래, 모여 있는 세다스 왕국 귀족 무리 중 한 군데에서 두 사람이 인파를 헤치고 걸어 나왔다.

붉은 머리카락을 가진 청년과 같은 색의 머리카락을 가진 중년 여인. 그들은 척 보기에도 많이 닮아 있었다.

"저자들은……."

"……위르고가의 여자와 그 사생아가 아닌가."

붉은 머리카락의 청년은 죽은 세다스 왕의 사생아요 중년 여인은 브릭의 어미이자 왕비의 이복 여동생 비앙카였다. 세다스의 귀족들이 두 사람을 알아보고 수군거렸다.

브릭은 사람들의 시선에 어깨를 약간 수그린 채 움찔거렸으나 그의 모친인 여인은 허리를 꼿꼿하게 폈다. 그리고 아들에게 매섭게 말했다.

"당당하게 걸으세요. 이제 이 나라의 왕이 아니십니까."

"……예. 어머니."

한껏 긴장한 채 눈치를 보는 브릭과 달리 비앙카는 고양감을 숨기지 못했다. 얼마나 기다려 왔던 때인가. 그녀는 지난날의 치욕을 되짚으며 이를 갈았다.

'이제 내 아들이 이 나라의 왕이야!'

과거 비앙카는 술 취한 세다스 왕의 침실에 숨어들어 대담하게도 이복 언니 행세를 하며 왕의 하룻밤을 훔쳐 냈다. 하지만 왕비와 사이가 돈독했던 왕은 치욕감에 떨며 그녀를 곧장 내쳤다.

'당장 저것의 목을 베어라! 아니 내가 베마! 검을 가져와라! 당장!'

당시 왕이 얼마나 분노했는지 그녀는 이른 아침 침실에서 곧장 목이 날아갈 뻔했다. 하지만 왕비는 배은망덕한 이복 여동생을 감싸 주었고 비앙카는 목숨을 구할 수 있었다. 그리고 그 하룻밤으로 브릭이 태어났다.

'내 아내는 아도라 하나뿐이요 내 자식은 그녀가 낳은 앨런, 안토니오, 예레나 이 셋뿐이다.'

그러나 왕은 비앙카도, 그녀가 낳은 브릭도 인정하지 않았다. 때문에 그들은 오랜 세월 세다스 왕국에서 없는 사람처럼 지내야만 했다.

'아도라, 내가 이겼어! 내가 언니를 꺾은 거라고. 언니의 아들들은 다 죽었지만 내 아들은 살아 그 사람의 뒤를 이었어!'

검은 눈을 번뜩이며 죽은 이복 언니에게 비웃음을 흘리는 비앙카는 나이 들었음에도 제법 고왔다. 하지만 끝이 매섭게 올라간 눈매와 어딘가 악에 받친 표정 때문에 다가가고 싶은 분위기는 아니었다.

"걸음을 좀 빨리하세요. 이리 굼떠서야 원……."

비앙카가 우물쭈물하는 아들을 재차 책망했다. 브릭은 그런 어미를 향해 무언가 말하고 싶은지 입술을 잠시 달싹였으나 곧 어깨를 늘어뜨린 채 걸음을 빨리했다.

"이리로 오십시오."

두 사람이 단상 가까이 도착하자 기사 중 하나가 그들을 단상 위로 안내했다. 브릭은 기사의 냉랭한 목소리에 또다시 움찔거리며 단상 위로 올랐다.

"전하. 세다스의 새로운 왕, 브릭 세다스입니다."

하이든은 브릭을 왕이라 칭했다. 그러나 타국의 왕을 봤음에도 그는 조금의 존경도 보이지 않았으며 예의도 차리지 않았다. 그리고 주변의 누구도 그런 하이든의 태도를 지적하지 않았다.

"그대의 이름이 브릭 세다스가 맞는가?"

"맞, 맞습니다. 제가 브, 브릭 세다스입니다."

로샨은 여전히 앉은 채 제 앞에 선 브릭에게 물었다. 브릭은 그간 쓸 수 없었던 세다스라는 성이 어색한지 고개를 푹 숙인 채 기어들어 가는 목소리로 옳다 말했다. 그의 태도에 단상 위 기사들이 소리 내 비웃음을 흘렸다. 언제나 진중한 녹스가 그들을 향해 경고하지 않았더라면 그들의 웃음은 아마 한동안 계속됐을 것이 분명했다.

"황제 폐하의 칙명을 나 로샨 비스티우스가 대신 전한다."

주변이 조용해지자 로샨이 귀찮은 기색이 역력한 목소리로 말했다. 하이든이 그에 맞춰 재빨리 둘둘 말린 종이 하나를 건네며 브릭에게 명했다.

"세다스 왕은 무릎을 꿇고 황제 폐하의 칙명을 받으라."

브릭이 후들후들 떨다 털썩 주저앉아 무릎을 꿇었다. 그의 뒤에 있던 비앙카도 눈치를 보다 아들을 따라 무릎을 꿇었다.

"세다스 왕에게 제국의 백작위를 내린다. 이는 곧 세다스 왕이 위대한 황제 폐하께 충성을 바쳐야 하는 신하임을 가르쳐 주는 것이요 동시에 제국에 더는 무례하게 굴지 말라는 엄중한 경고이기도 하다."

로샨은 브릭에게는 시선조차 주지 않은 채 종이에 적힌 글을 읽어 내려갔다. 그리고 글을 다 읽기 무섭게 하이든에게 종이를 넘겼다. 하이든은 그걸 공손히 받아 브릭에게 전했다.

브릭은 하이든에게 칙령을 넘겨받긴 했으나 그 뒤 무엇을 해야 할지 몰라 어물쩍거렸다. 그런 아들의 모습이 답답했는지 비앙카가 냉큼 입을 열었다.

"영광입니다. 앞으로 제국과 황제 폐하께 충성을 다하겠습니다."

그제야 비앙카의 존재를 인지했는지 로샨이 그녀를 향해 무심한 시선을 줬다. 주군의 시선에 하이든이 재빠르게 고했다.

"세다스 왕의 어미입니다."

로샨은 하이든의 설명에도 별다른 반응 없이 있다 천천히 자리에서 일어났다. 무시당한 기분이라 비앙카의 얼굴이 화끈 붉어졌다. 하지만 상대는 제국 황제의 하나뿐인 아우요 왕국을 정복한 자였다. 비앙카는 아무 말 없이 고개를 숙였다.

"저…… 전하!"

일이 끝난 로샨이 아무 말 없이 몸을 돌릴 때였다. 지금껏 가만히 있던 브릭이 무슨 용기를 냈는지 로샨에게 먼저 말을 건넸다. 로샨이 고개만을 돌려 여전히 무릎 꿇고 있는 브릭을 바라봤다.

"혹 누, 누이를……. 그러니까 예, 예레나 왕녀가 어디 있는지 여쭤봐도 되겠습니까?"

예레나라는 이름에 지금껏 가라앉아 있던 로샨의 눈에 처음으로 빛이 머물렀다. 그가 몸을 완전히 브릭 쪽으로 돌린 뒤 물었다.

"그건 왜 묻지?"

브릭은 제 앞에 선 사내의 위압감에 눌려 숨을 크게 들이쉬었다. 하나 이내 주먹을 꾹 쥔 채 파들파들 떨면서도 예레나에 대해 말을 이었다.

"누…… 누이는 제 소중한 가족입니다. 앓고 있다 들었는데 걱, 걱정이 되어서……."

아비를 비롯한 다른 이복형제들과는 서먹했으나 한 살 터울의 예레나는 죽은 왕비와 함께 브릭에게 제법 다정하고 친절했다. 그녀는 브릭을 형제로 대하지는 못했으나 적어도 외사촌으로 여기며 감싸 줬다.

자신을 없는 존재 취급 하는 아비, 항상 신경질적인 어미 그리고 그 외

다른 사람들의 차가운 시선들……. 이복형들 때문에 자주 만날 수는 없었으나 브릭은 자신을 챙겨 주는 예레나를 많이 좋아하고 따랐다. 그렇기에 그는 공포에 하얗게 질려 가면서도 끝까지 로샨과 눈을 맞췄다.

"……왕녀는 무사하다."

로샨은 이 허수아비 새 왕이 거슬렸다. 기사들의 기세조차 이기지 못하는, 제 어미의 손아귀에서 휘둘리는 사내가 제게 말을 거는 것도, 설명을 요구하는 것도 못마땅했다.

"아……. 그럼 언제쯤 누이를 볼 수 있을지 여쭤봐도 되겠습니까?"

로샨의 심기가 점점 뒤틀리는 것을 알아채지 못한 채 브릭이 반가운 목소리로 물었다. 로샨은 그를 내려다보며 툭 내뱉었다.

"볼 수 없다."

"예?"

브릭이 눈을 동그랗게 떴다. 로샨은 예레나와 비슷한 빛깔의 눈동자를 마주 보며 왕녀의 앞날을 말해 줬다.

"왕녀는 곧 나와 함께 제국으로 간다. 그러니 그대는 앞으로 왕녀를 볼 수 없을 거야."

"그, 그게 무슨……."

당사자인 예레나를 비롯해 브릭은 알지 못했으나 애초 제국이 이 전쟁을 일으킨 이유는 예레나 왕녀였다. 제국의 황제는 세다스 왕녀의 소문을 듣기 무섭게 세다스 왕에게 황제의 후원 여인으로 예레나를 바치라고 요구했다. 하지만 아끼는 고명딸이 한낱 정부로 전락하는 것을 두고 볼 수 없었던 세다스 왕은 거절하며 다른 방법을 찾으려 들었고 이에 괘씸함을 느낀 황제는 로샨에게 세다스 왕국을 정복하고 왕녀를 끌고 오라 명했다.

"세다스 왕족 중 하나쯤은 제국의 포로로 가야 왕국이 앞으로도 제국에 충성하지 않겠는가. 그리하여 왕녀를 제국의 포로로 데려가려 한다."

"하, 하지만 누이는…… 누, 누이는 안 됩니다!"

"그렇다면 왕녀 대신 그대가 포로로 가겠는가?"

브릭은 로샨에게 제법 큰 소리로 호소했다. 그러나 로샨은 그의 말을 차갑게 받아쳤다. 대신 포로로 가겠냐는 말에 브릭이 고개를 숙이고 고심에 빠졌다. 사실 이 자리는 사생아인 그의 것이 아니었다. 정복당한 마당에 따지는 것이 무슨 의미가 있겠느냐마는 그래도 정당한 승계 순위를 따지자면 우선순위는 자신이 아닌 예레나 왕녀였다.

"그럴 리가 있습니까. 아닙니다!"

옆에서 브릭을 지켜보던 비앙카가 아들의 표정에 불안감을 느끼고 나섰다. 브릭은 갑작스러운 어미의 외침에 옆을 돌아봤다. 비앙카가 그런 아들을 힐책하는 눈초리로 잠시 노려보다 사근사근한 웃는 낯으로 얼굴을 바꾸고 로샨에게 말했다.

"왕녀 하나로 제국에 충성을 보일 수 있다면 당연히 그래야지요. 마땅한 처사십니다."

"어머니!"

"조용히 하세요! 지금 그깟 이복 누이 하나 때문에 아드님의 앞날을 망치려는 겁니까?"

브릭이 참지 못하고 어미를 불렀다. 그러나 비앙카의 날카로운 목소리에 그는 곧 입을 다물고 다시 고개를 수그리고 말았다.

"언제든 마음이 바뀌면 말하도록."

그 한심한 꼴에 로샨은 입매를 비틀며 비꼬았다. 흔히 볼 수 없는 모습에 하이든이 놀란 얼굴로 주군을 바라봤다. 하지만 로샨은 개의치 않은 채 브릭의 붉은 머리를 차갑게 내려다보다 몸을 돌렸다.

* * *

온통 새까만 세상이었다. 눈앞도 미래도 아무것도 보이지가 않았다. 시간이 어떻게 흘러가는지, 숨을 쉬고는 있는 건지, 애초에 살아 있는 건지도 헷갈렸다.

부유하는 의식 속에서 예레나는 얼굴을 무릎에 올린 채 멍한 낯을 했다. 비스듬히 보이는 창백한 얼굴이 공허했다. 드리워진 침대 차양이 거둬지고 햇빛이 쏟아져 그녀의 작은 몸을 숨겨 주는 한 뼘 그림자마저 물러나면 금세라도 사라질 것만 같이 허무한 꼴이었다.

누군가 예레나의 곁을 수없이 오가고 가끔은 손을 뻗기도 했다. 하지만 예레나는 아무 반응도 하지 않았다. 아니, 할 수 없다 보는 게 옳을지도 몰랐다. 어떤 자극도 느낌도 들지 않았으니. 그녀는 그저 가만히 앉아 보이지 않는 벽을 치고 그날의 지옥 속에 홀로 갇혀 있었다.

'아버지! 어머니!'

수없이 반복되는 그날이 너무도 끔찍해 예레나는 자신이 시력을 잃었다는 것에 크게 반응하지도 그다지 괴로워하지도 않았다. 아비와 어미가 차례로 허물어지는 장면이 재생될 때마다 그녀의 정신은 무너지고, 붕괴하다 끝에 가서는 부스러져 날리는 모래와 같아졌다.

하지만 스스로가 망가지는 걸 느끼면서도 그녀는 지옥에 있을 수밖에 없었다. 깨어나면 그마저도 없었으니까. 시꺼먼 괴물 같은 사내의 손에 무너지기 직전까지 권좌 뒤 자신을 봐 주던 아비의 걱정스러운 눈빛도, 마지막 순간까지 말을 걸던 어미의 목소리도 그 지옥 속에서만 보고 들을 수 있었으니까.

그렇게 지옥에 머물며 예레나는 몇 번이고 끔찍한 장면에 난도질당했다. 머릿속에 생생한 모든 기억이 매초 그녀를 고문했다.

'예, 예레…… 나. 내…… 아가. 너는…… 너만은 꼭 살아야 한다. 꼭 살아남아서…….'

계속되는 기억 속에서도 가장 괴로운 것을 꼽으라면 어미의 마지막 부탁이었다. 살아남으라니. 어머니도 아버지도, 오라비들도 다 잃었는데 혼자 살아야 한다니.

사실 할 수만 있다면 예레나는 이미 가족들의 뒤를 따랐을 것이다. 그러나 깨어난 이래 그녀는 홀로 할 수 있는 것이 아무것도 없었다. 앞을 보지 못하는 눈은 스스로를 찌를 도구 하나 찾을 수 없었으며 묶인 팔은 창문을 더듬어 찾아가는 것조차 불가하게 만들었다.

더는 흘릴 눈물이 남지 않아서일까. 피식피식 웃음이 새어 나왔다. 예레나가 바람 빠지는 소리와 함께 실실 웃음을 흘리자 곁을 지키던 여인들의 표정이 굳었다. 그네들은 똑같은 생각을 하고 있었다.

'왕녀가 미쳤다.'

현재 예레나를 시중드는 이들은 모두 제국군이 데리고 온 제국 출신 여인들이었다. 예레나가 눈을 뜬 뒤 혹여나 주인의 부탁에 독약이라도 구해 줄까 예레나의 유모와 옛 시녀들은 예레나 곁에서 쫓겨났다.

제국 여인들은 대부분 돈을 위해서 험한 전쟁터까지 따라온 이들이었으므로 뭇 여인들보다 심기가 단단하고 냉정한 구석이 있었다. 그러나 왕녀의 모습을 보고 있노라면 저절로 동정심이 들었다.

"물이라도 좀 드셔야……."

여인 중 하나가 바짝 마른 예레나의 입술을 보다 못해 물을 가져왔다. 그러나 예레나는 제 공간에 누군가 침입하기 무섭게 포악하게 굴었다.

탁.

"앗!"

예레나가 다가오는 손길을 뿌리쳤다. 쨍그랑 소리와 함께 물잔이 깨졌다. 동시에 사방으로 튄 파편 중 하나가 서 있던 여인의 손등을 긁어 피를 냈다.

예레나에게 물잔을 내밀던 여인도 예레나의 손톱에 길게 긁혔다. 피를 본 여인들이 손을 움켜쥐고 울상을 지었다. 하지만 그들 중 누구도 화를 내지는 않았다. 지난 며칠 무력하게 자신들의 손길에 있던 모습보다야 반응하는 지금의 모습이 더 사람 같아 여인들은 다행이라 생각할 정도였다.

여인들이 서로 마주 보다 한숨을 쉬며 잔의 파편을 치울 때였다. 지나가던 기사 하나가 밖에서 소리를 들은 모양인지 불쑥 방으로 들어왔다.

예레나보다 짙고 화려한 금발을 가진 기사는 사내였음에도 꽃같이 화사했다. 기사답게 키는 훤칠하고 체구도 좋았지만 첫인상은 여인같이 아름답다는 느낌이 강했다. 그러나 끝이 살짝 올라간 그의 에메랄드색 눈은 얼음처럼 시렸으며 바닥에 깨진 잔, 다친 여인들, 그리고 왕녀를 번갈아 보는 그의 얼굴은 험악하게 구겨져 있었다.

"곱게 시중들어 주니까 같잖게 구는군. 왕녀님. 본인 처지가 어떤지 알고는 계십니까?"

붉은 입술에서 나오는 말은 날이 잔뜩 서 있었다. 누가 봐도 시비조로 말하는 그를 여인 중 하나가 말리려 했다.

"프레드릭 경!"

프레드릭은 여인의 만류에도 눈 한 번 깜빡이지 않았다. 그가 성큼성큼 큰 보폭으로 예레나 앞에 섰다. 그리고 짝다리를 짚은 채 팔짱을 꼈다.

"듣자 하니 식사도 제대로 하지 않는다지요? 한데 어차피 죽지는 못할 거 아닙니까. 그럼 민폐 그만 끼치고 시키는 대로 따르십시오. 괜한 심술 부리는 거 보기 흉합니다."

비록 볼 수는 없었으나 예레나는 침대 가까이 선 프레드릭의 존재를 인지할 수 있었다. 그녀가 프레드릭의 말에 무릎에 대고 있던 얼굴을 살짝 들어 분기를 드러내 보였다. 그러나 상대를 쏘아봐야 할 눈에는 초점이 없었기에 기세가 반감됐다.

그 모습에 프레드릭이 소리 나게 비웃음을 흘렸다. 보이지 않으니 상대의 소리가 더 예민하게 다가왔다. 머릿속을 태울 듯 치미는 분노에 예레나가 아랫입술을 꽉 물었다. 바짝 말라 있던 입술은 그 덕에 쉽게 찢어져 피를 보였다.

웃던 프레드릭이 입술을 타고 흐르는 핏방울에 갑자기 얼굴을 싹 바꿨다. 무언가를 떠올린 그가 눈썹을 꿈틀거리더니 잔뜩 낮아진 목소리로 중얼거렸다.

"……한심해서는. 하기야 왕녀부터 이러니 세다스 것들이 그리 나약해 빠졌지."

왕국을 짓밟고 부모를 죽인 원수의 입에서 왕국민을 욕보이는 말이 나오자 분노가 절망을 밀어 냈다. 예레나는 보이지 않는 상대를 노려보며 손톱이 손바닥을 파고들 만치 세게 주먹을 쥐었다.

"닥쳐."

"왜? 내가 틀린 말 했습니까? 맞잖습니까. 제 나라도 지키지 못한 한심한 치들."

프레드릭은 세다스의 새로운 왕을 내세울 때 단상 아래 있던 세다스 귀족들의 모습을 똑똑히 보았다. 대부분은 무력하게 고개만 숙이고 있었고 주먹을 쥐고 기세 좋게 달려들려는 몇몇도 부모의 애원에 힘을 빼고 시체와 마찬가지인 꼴로 서 있는 게 어찌나 한심하고 우습던지. 프레드릭은 그 자리에서 손가락질하며 욕을 할 뻔했다.

"모시던 주군이 죽었으면 자결이라도 할 것이지 다들 눈물만 뚝뚝 흘리고 있는 꼴이라니. 쯧."

"그 더러운 입 닫으라 했어!"

철컹.

예레나는 프레드릭의 목소리가 들리는 곳으로 당장에라도 뛰쳐나갈 듯 몸을 움직였다. 하지만 제대로 움직이기도 전 침대와 연결된 사슬이 그녀의 행동을 제약했다.

철컹. 철컹.

사슬을 끊어 내는 것이 불가능하다는 것을 알고 있음에도 예레나는 화를 이기지 못해 계속해서 팔을 흔들어 댔다. 켜켜이 쌓여 있던 모든 감정이 폭발한 듯 그녀는 올무에 묶인 짐승처럼 굴었다.

그러나 예레나의 혼신의 힘을 다한 몸짓은 프레드릭에게 어린 새의 날갯짓과 다를 바가 없었다. 그가 상체를 쭉 뻗은 예레나 앞에 조각 같은 얼굴을 들이밀며 비아냥거렸다.

"아? 생긴 거랑 달리 제법 강단 있네. 정신을 놓은 줄 알았더니 아주 멀쩡하십니다. 응?"

"프레드릭. 그만하게."

가까이 다가온 프레드릭을 느끼며 예레나가 이를 갈 때였다. 언제 왔는지 기사 한 명이 방으로 들어와 프레드릭의 어깨를 세게 잡았다.

"하이든?"

찌증스레 뒤돌아본 프레드릭이 자신을 말린 이를 보고 순순히 예레나에게서 떨어졌다. 하이든 길타. 은색으로 빛나는 긴 장발에 옅은 회청색 눈을 가진 그는 프레드릭의 친우로 프레드릭을 말릴 수 있는 몇 안 되는 이들 중 하나였다.

"전하께서 내리신 명은 왕녀를 감시하라는 것이지 자극하라는 게 아니야."

"흥! 몇 마디 말 따위로 자극받는단 말인가."

하이든의 말에 예레나에게서 물러서긴 했으나 프레드릭의 입은 여전했다. 그가 거칠게 숨을 쉬는 예레나를 위아래로 훑어보다 고개를 돌린 채다 들리는 혼잣말을 했다.

"제 밑의 사람들은 어떤 고초를 겪는지 생각도 않고 있겠지. 이래서 온실 속 화초처럼 자란 것들은……."

"그만. 거기까지 해. 프레드릭."

하이든이 프레드릭을 타박하며 주변 여인들에게 나가 보라 눈짓했다. 험악한 분위기에 구석에서 고개 숙이고 있던 그들이 재빨리 나갔다.

프레드릭은 여인들이 나가는 걸 보다 그새 왕녀 가까이 다가가 그녀를 살펴보고 있는 친우를 보고는 묘한 표정을 지었다. 그가 눈을 가느스름하게 뜬 채 하이든에게 말했다.

"하이든 자네 평소랑 좀 다른데? 혹시 자네도 왕녀에게 관심이 있나? 전하에 녹스에……. 아주 나라 망칠 계집이로군."

"……괜한 시비 말고 왕녀께 존칭을 써. 보기 좋지 않아."

"왕녀는 무슨……. 포로라는 명목으로 잘 포장된 침실 노예지. 그리고 오늘 아침 자네도 세다스의 새로운 왕에게 영 무례하던걸."

"프레드릭!"

새로운 세다스의 왕을 임명하던 자리에서의 행동을 지적받자 하이든이 소리를 높이며 저도 모르게 예레나의 눈치를 살폈다. 하나 작은 목소리도 아니고 듣지 못할 수가 없었다. 분노로 몸을 경직한 채 파르르 떨고 있던 예레나가 새로 알게 된 사실에 더듬거리며 반문했다.

"……세다스의 새로운 왕?"

"정신을 놓고 귀를 틀어막고 있으니 알 리가 있나. 왕녀님. 오늘 아침 왕녀님의 이복 남동생이 세다스의 새 왕으로 즉위했습니다. 그래도 핏줄인데 축하나 해 주시죠."

"브릭이?"

예레나는 프레드릭에게 조금 전처럼 반응하지 않았다. 대신 그녀는 사시나무 떨듯 하며 온몸에 힘을 풀었다. 썰물이 빠지듯 분노가 한순간에 가셨다. 대신 충격과 절망이 들이치며 그 자리를 차지했다.

"아니야. 왕은……. 세다스의 왕은 아, 아버지인데……."

뚝뚝 굵은 눈물이 떨어지자 프레드릭이 팔짱을 풀었다. 예레나가 손을 올려 얼굴을 더듬거리며 감쌌다. 차라리 정신을 놓고 싶었다. 그래서 받아들이기 힘든 이 현실에서 벗어나고 싶었다.

"아…… 흐윽. 아으."

예레나가 괴로움에 쥐어짜는 듯한 울음소리를 내자 프레드릭은 조금 당황한 낯을 했다. 조금 전 그녀와 대거리를 했다고는 생각하기 어려운 얼굴이었다. 그가 예레나의 면전에 짧은 말을 툭 뱉고는 뒤돌았다.

"……재미없군. 지루해."

빠른 걸음으로 방을 벗어나는 그는 꼭 도망치는 것 같았다. 하이든은 일을 벌여 놓고 휑하니 나가 버리는 친우의 등을 잠시 노려보다 예레나에게 다가갔다.

"그…… 죄송합니다. 프레드릭의 무례한 말에는 제가 대신 사과드리겠습니다."

하이든이 어찌할 바 몰라 하다 손을 뻗었다. 그러나 그는 이내 예레나의 눈이 보이지 않는다는 사실을 떠올리고는 정중하게 고개만 숙였다.

"전 길타 가문의 하이든이라 합니다. 필요한 게 있으면 말씀……."

한참을 그리 있던 하이든은 예레나의 울음이 조금이나마 잦아들자 어렵게 입을 열었다. 하지만 정중한 어조가 무슨 소용일까. 그래 봤자 예레나에게는 원수 중 하나의 목소리일 뿐이었다. 예레나는 자신이 제국의 기사에게 동정과 위로를 받는 상황이 토악질 날 만큼 역겨웠다. 내 가족의 피가 저들 손에 묻어 있는데 나는 살아서…….

"……꺼져."

다시 감정 기복이 찾아왔다. 예레나가 아까보다 더욱 심한 몸부림을 보였다.

"사라지란 말이야!"

철컹. 철컹.

갑작스러운 왕녀의 변화에 놀란 하이든은 한 발 물러났으나 곧 그녀의 손목에 얼굴을 굳혔다. 짧은 시간, 얼마나 흔들었는지 예레나의 손목은 마찰에 엉망이었다.

"이러시면 다칩니다."

짓이겨지다 못해 피가 철철 나는 모습에 하이든이 숨을 크게 들이쉬고 예레나를 붙잡았다. 하지만 사내의 온기가 느껴지자 예레나는 더욱 발버둥 치기 시작했다.

"놔아! 이 개자식들! 놓으라고!"

아비를, 어미를, 오라비들을 죽인 자들이다. 그들의 손이다. 그들의 손에는 내 가족의 피가 묻어 있다.

"……실례하겠습니다."

예레나가 도통 진정될 낌새를 보이지 않자 하이든은 그녀를 힘으로 밀어붙였다. 그가 예레나의 양팔을 앞으로 모으고 상체를 눕히듯 눌렀다. 자연스레 그의 팔과 상체도 따라가 예레나의 위에 포개지듯 놓였다. 예레나

는 사내가 내리누르는 압박감에 몸부림을 멈추고 숨을 쉬는 것에 집중할
수밖에 없었다.

"거기 누구……!"

하이든은 예레나의 거센 반항이 사라지자 밖에 있을 시녀들을 부르기
위해 고개를 뒤로 살짝 돌렸다. 그리고 그와 동시에 조각상처럼 꼼짝도 않
은 채 서 있는 사내가 눈에 들어왔다. 하이든이 조금 놀란 어조로 사내를
불렀다.

"……전하?"

* * *

예레나가 감금된 방은 작긴 했으나 손님용으로 만들어진 만큼 어느 정
도 공간은 있었다. 그러나 로샨이 방문을 넘기 무섭게 방은 꽉 차 답답해
보였다.

그의 큰 체구 때문만은 아니었다. 알 수 없는 묘한 분위기가 긴장감을
고조시키며 방 안 공기를 무겁게 가라앉혔다.

예레나를 누르고 있던 하이든은 저도 모르게 마른침을 삼키다 마주한
붉은 눈에 몸을 굳혔다. 그러다 한발 늦게 현재 자신의 자세가 오해를 불
러일으킬 수 있음을 깨닫고 예레나에게서 재빨리 몸을 떼어 냈다. 그러나
허둥거리는 그 모습이 오히려 더 의심스럽게 보였다.

"그, 그게……."

괜히 죄지은 기분이 든 하이든이 무어라 변명하려던 참이었다. 로샨이
가만히 손을 올려 그를 막았다. 하이든은 그제야 주군의 시선이 자신을 완
벽히 비켜 가 있음을 알았다. 그가 로샨의 시선이 향한 곳으로 고개를 돌
렸다. 그러자 그새 앉아 헐떡이는 예레나가 보였다.

"당신이……."

얼굴을 볼 수도, 목소리를 듣지도 못했다. 하지만 예레나는 로샨의 존재

를 똑똑히 인지했다. 지금 이 왕궁에서 제국 기사에게 전하라 불릴 사람은 하나뿐이었다. 침략자의 우두머리. 고국을 밟고 오라비들을 베었으며 부모마저 죽인 자. 그날의 검은 괴물.

'로샨 비스티우스!'

그가 앞에 있다 생각하니 증오심이 차올랐다. 그러나 공포가 압도적이었다. 저절로 몸이 후들후들 떨렸다. 왕궁 밖 징그러울 만치 많은 병사의 가장 앞에 있던, 영원토록 무너지지 않을 것 같았던 그녀의 울타리를 단번에 부순 자에 대한 두려움이 몸을 틀어쥐었다. 예레나는 결국 창백히 질린 채 벌벌거리다 고개를 숙이고 숨을 헐떡였다.

기다렸다는 듯 지옥이 그녀 주위를 감쌌다. 사방에서 온통 피비린내가 나며 긴장으로 난 땀과 뺨의 눈물마저 끈적한 피로 느껴졌다. 마치 피 웅덩이에 빠진 것 같았다.

"우욱."

먹은 것도 없는데 구역질이 났다. 호흡마저 더 힘들어졌다. 앞이 보이지도 않는데 어지러워 몸을 가누는 것조차 어려웠다.

결국 예레나가 상체를 꼬꾸라뜨렸다. 심각해 보이는 상태에 하이든이 주저 없이 그녀를 부축했다. 그 모습에 예레나를 보고 있던 로샨이 아주 미미하게 미간을 좁혔다.

간신히 붙잡고 있는 정신이 가늘어졌다. 예레나가 힘없이 하이든을 밀쳤다. 그리고 의식이 더 희미해지기 전 공포를 밀어 내고 증오를 내보였다.

"당신 내가 언젠가는……."

"……."

"꼭 죽, 죽여 버릴 거야."

정복지의 왕녀가 하는 말치고는 참으로 겁이 없었다. 하이든은 자신도 모르게 주군의 눈치를 살피며 왕녀를 걱정했다.

"꼭 내 손으로……."

자신을 둘러싼 두 사내가 어떤 표정인지 전혀 알 수 없는 왕녀는 통한의 눈물을 줄줄 흘리며 말을 이어 가다 어느 순간 축 늘어졌다. 왕녀를 계속 지켜보던 하이든이 팔을 뻗어 그녀가 꼬꾸라지는 것을 막았다.

하이든이 어찌해야 하나 막 생각할 때였다. 커다란 손이 그에게서 자연스레 작은 몸을 빼앗았다.

"하이든. 의원을 불러와라."

짧은 명이 떨어졌다. 하이든은 주군의 명에 어쩐지 조금 얼떨떨한 기분이었다. 그새 비어 버린 손이 허전했다. 그러나 그의 삶에서 가장 우선시되는 건 로샨의 명이었기에 그는 지체 없이 고개를 숙이고 의원을 부르러 밖으로 나갔다.

로샨은 하이든의 기척이 멀어지자 제 얼굴을 의식 잃은 여인에게 조금 더 들이밀었다. 며칠 전 구둣발로 뭉갰던 겹백합의 향이 코를 스쳤다.

왠지 모르게 간질간질한 기분이었다. 로샨은 그 자세 그대로 있다가 방에 들어온 이래 처음으로 입을 열었다.

"……마음대로 해. 그것도 나름대로 재미있을 것 같으니."

* * *

식탁 위에는 먹음직스러운 음식들이 차려져 있었다. 아직 김이 나는 수프와, 씹기 좋게 다져 놓은 고기, 푸릇한 채소와 신선한 과일이 보기만 해도 식욕을 돋웠다.

앞을 볼 수 없는 예레나도 음식 냄새를 맡았다. 하지만 그녀는 누군가 제게 쥐여 주는 숟가락을 내팽개치고 고개를 돌려 버렸다.

"가지가지 하는군."

그러자 오늘부터 그녀의 호위를 맡았다 지껄인 사내가 성큼성큼 걸어와 그녀의 손을 우악스레 잡아챘다. 조금의 배려도 없는 손길에 예레나가 인상을 구겼다. 그러나 사내, 프레드릭은 힘을 풀지 않은 채 협박조로 윽박질렀다.

"좋은 말로 할 때 드십시오."

"싫어! 이제 내 목숨도 당신네들 것인 줄 아나 보지?"

"그걸 지금 아셨습니까?"

예레나가 엉망진창으로 풀린 금발을 흔들며 손을 빼내려 했다. 하지만 프레드릭의 힘을 감당할 수는 없었다. 그는 날카로운 그녀의 말을 매섭게 받아쳤다. 그리고 예레나가 반항하기 전 먼저 선수를 쳐 독한 말을 뱉었다.

"그런 얼굴 마십시오. 왕녀께서 살아 있는 채로 제국으로 가셔야 이 나라가 멀쩡할 거라 충고하는 겁니다. 아니면 왕국이 대륙 지도에서 완전히 지워지는 걸 원하십니까?"

얕보며 빈정거리는 말투가 얄미웠다. 그러나 왕국이 프레드릭의 입에 오르기 무섭게 예레나는 긴장으로 숨마저 멈췄다. 그녀의 반응에 프레드릭이 그럴 줄 알았다는 듯 입꼬리를 비틀었다.

"제발 멍청하고 이기적으로 굴지 마십시오. 이 전쟁은 애초에 왕녀께서 제국으로 건너오지 않으셔서 벌어진 일입니다."

"……."

"어차피 이리될 거 우리 위대하신 황제 폐하께서 요구하실 때 제국으로 순순히 오지 그랬습니까. 그랬으면 왕국도 무사하고 가족들도 무사했을 텐데요."

프레드릭의 말이 길어질수록 예레나의 몸에서 점차 힘이 빠지더니 결국에는 축 늘어졌다. 프레드릭은 그제야 예레나를 놓고 허리 숙여 떨어진 숟가락을 집었다. 그리고 식탁 구석에 마련된 천으로 숟가락을 닦아 다시 예레나의 손에 쥐여 줬다. 예레나는 처음과 달리 숟가락을 내팽개치지 않았다. 대신 멍한 낯을 하다 작아진 목소리로 중얼거렸다.

"……몰랐어."

그녀는 제국의 황제가 자신을 정부로 요구한 일도 아버지가 그걸 거부해 전쟁이 일어난 것도 얼마 전, 그것도 지금 제게 숟가락을 억지로 쥐여 주는 프레드릭을 통해 알았다.

'아버지. 제국은 왕국에 비해 너무나 강대한 나라예요. 조금 무리한 요구라도 들어주는 게……'

'예레나 내 딸. 네가 걱정할 일이 아니야. 그리고 사절단을 보냈으니 곧 좋은 소식이 올 거다. 그러니 걱정 말고 이만 잠자리에 들렴. 응?'

그녀의 아비는 단 한 번도 이번 전쟁에 그녀가 관여되어 있다 말하지 않았다. 어머니도 오라비들도 마찬가지였다. 모두 외교적 분쟁이 일어나서 그런 거라고, 제국이 말도 안 되는 요구를 하며 시비를 걸어 일이 이렇게 된 거라고만 했다.

"뭐? 무슨 말입니까?"

"난 날 두고 당신네들이 그런 요구를 한 것조차 몰랐어! 난 그저…… 무역 분쟁을 핑계로 당신네들이 쳐들어왔다 그렇게만 알았단 말이야."

진작 알았다면, 그래서 이 비극을 막을 수만 있었다면 그녀는 정부든 노예든 무슨 신분으로든 자처해서 제국으로 갔을 것이다. 온실 속 화초처럼 자랐다 한들 그녀는 왕족으로서 행해야 할 책임에 대해 충분히 배웠으며 고국 세다스 왕국을 그리고 가족들을 사랑하는 이였으니. 자신 하나 희생하여 그 모든 것을 지킬 각오가 되어 있었다.

그러나 예레나를 끔찍이 사랑한 가족은 누구 하나 끝내 그녀에게 진실을 알려 주지 않았다. 예레나는 그게 고통스럽고 아팠다. 원망스럽기까지 했다.

"그래서요?"

막지 못한 모든 일에 그녀가 덜덜 떨며 고개를 푹 숙일 때였다. 프레드릭은 그런 예레나를 보다 팔짱을 낀 채 자세만큼이나 삐딱한 목소리로 말했다.

"듣긴 했습니다. 세다스 왕이 하나뿐인 여식을 끔찍이 아낀다는 소문 말입니다. 눈에 넣어도 아프지 않을 여식에게 차마 정부가 돼라, 그리해서 나라를 구하라 말하지 못한 모양이지요. 그런데 그래서? 어쩌란 말입니까. 몰랐으니 억울하다 이 말입니까?"

예레나가 아무것도 몰랐다는 것은 프레드릭으로서도 의외였다. 하지만 그렇다 한들 변하는 게 있는가. 이미 왕국은 정복당했으며 왕족들은 그녀 하나를 제외하고 모조리 저세상으로 갔다. 그런 와중 제게 닥친 비극만 곱씹으며 가족을 따라가겠다 시위하는 예레나가 프레드릭은 거슬리고 짜증스러웠다.

"무지도 죄입니다. 알려 주지 않았다 원망 말고 진작 알아보지 않은 스스로를 탓하십시오. 왕녀라는 지위에 있으면서 본인이 관련된, 그것도 고국의 명운이 걸린 일도 모르고 있었다니 한심한 일 아닙니까."

올라오는 감정에 프레드릭은 더 지독하게 굴었다. 예레나는 프레드릭의 말에 침묵했다. 그러다 한참 뒤 여윈 어깨를 파르르 떨며 고개를 들었다.

"……그래. 그대 말이 맞아. 내 잘못이지."

힘이 하나도 없는 목소리에는 끝없는 죄책감이 묻어 있었다. 프레드릭은 앞을 보지 못해 굳어 버린 그녀의 푸른 눈에 순간 움찔거렸다. 상대가 순순히 인정했건만 어쩐지 기분이 더 나빠졌다. 이 이상 더 나빠질 수 없을 만치.

"하나만 묻겠어요."

끝없이 떨어지는 기분에 프레드릭이 침묵할 때였다. 예레나가 좀 전과 달리 정돈된 목소리로 어투마저 정중하게 바꾼 채, 그러나 아주 슬픈 낮으로 입을 열었다. 프레드릭은 그 모습에 빗장뼈 부근이 괜스레 불쾌하게 욱신거리는 것을 느끼고 입술을 살짝 깨물었다.

"제 아버지랑 어머니는 어디에 계세요?"

프레드릭은 속으로 침음을 흘렸다. 패배한 이들에게 냉혹한 그라지만 죽은 부모의 소식을 묻는 자식에게 박정하게 굴 수는 없었다. 지독히 쓴 맛이 도는 입 안에 침을 삼킨 그가 순순히 답했다.

"왕국 지하에 죽은 세다스의 왕세자와 2왕자가 안치된 방이 있더군요. 그 옆방에 있습니다."

"아……."

부모보다 먼저 죽은 예레나의 오라비들은 당시 시신마저 겨우 수습했더랬다. 검 자국이 선명한 몸, 화살 박힌 등, 그리고 굳은 채 검게 변해 버린 오라비들의 피……. 예레나는 오라비들의 시신을 본 순간을 떠올리다 결국 눈물을 주르륵 쏟았다.

새로운 것을 볼 수 없어 그런가 과거의 기억들은 좀처럼 희미해지지가 않았다. 오히려 검은 공간에서 떠오르는 그것들은 나날이 뚜렷해져 갔다. 오라비들의 죽음에 이어 부모의 죽음을 또 한 번 반복한 예레나가 목소리를 덜덜 떨며 물었다.

"부, 부모님은 편안히 계신가요? 혹……."

"제국군은 죽은 적에게 박정하지 않습니다. 왕과 왕비는 간략한 장례 절차 후 관에 안치되었습니다. 정식 장례 절차는 새로운 세다스의 왕이 밟겠지요."

답을 해 주는 프레드릭의 목소리는 조금 더 누그러져 있었다. 지금까지 태도를 비춰 보자면 상냥하다 말할 수도 있을 정도였다. 하나 예레나는 바로 앞 상대의 변화 따위에 관심을 두지 않았다. 소맷자락으로 눈물을 닦고 손가락으로 얼굴을 정돈한 그녀가 어딘지 멍한 프레드릭 쪽으로 고개를 완전히 꺾었다.

"……경. 하나만 더 물어볼게요."

"……."

"내가 산 채로 제국으로 가면 남은 사람들은 안전한가요? 지독한 당신네들한테 더는 괴롭힘당하지 않아?"

자신을 포함한 제국군을 비난하는 단어에 프레드릭은 정신을 차렸다. 그는 맥없이 울렁이는 가슴에 얼굴을 조금 붉힌 채 날을 세웠다.

"점령지에서 이 이상 예의 바르게 구는 군대가 어디 있다고. 아직도 정신을 못 차리셨나 봅니다."

예레나는 그의 가시 같은 목소리에도 눈을 내리깐 채 잠자코 답을 기다렸다. 손을 살짝 모은 그녀의 모습은 새벽녘 흩어지는 안개처럼 처량했다.

아주 오래된 벽화가 햇빛에 노출되어 흐릿해지는 것을 눈으로 목격하는 기분에 프레드릭은 등을 돌리려다 한숨을 푹 쉬고 고개를 홱 돌린 채 입을 열었다.

"듣고 싶은 답을 해 드리지요. 우리가 왕녀님을 데리고 제국으로 돌아가면 왕국은 어느 정도 자유로워질 겁니다. 물론 제국의 간섭을 받겠으나 적어도 지금처럼 타국 군대에 점령당한 채로 있지는 않겠지요."

"……그렇군요."

예레나는 프레드릭의 말에 이렇다 할 반응을 보이지는 않았다. 하지만 프레드릭은 알 수 있었다. 왕녀가 이제 순순히 자신들의 뜻에 따를 것을.

"아셨으면 식사를 하십시오. 지금 꼴로는 제국으로 돌아가는 와중 숨이 끊어질 겁니다. 그럼 왕녀님이 바라는 왕국의 안녕도 끝입니다."

그가 식어 버린 수프를 왕녀 가까이 소리 내 끌어다 줬다. 그리고 음식이 어디 있는지 정확히 모를 왕녀를 위해 손을 뻗었다.

'어?'

하지만 프레드릭의 배려는 무용한 것이 되었다. 왕녀는 그의 손이 식탁에 닿기 전 알아서 움직였다. 그릇을 쥐고 그 가운데 정확히 숟가락을 넣어 수프를 먹는 모습이 익숙하고 또 평생 한 듯 자연스러웠다.

'이 무슨……. 날 때부터 눈먼 자처럼 익숙하지 않은가.'

아주 이상한 일이 아닐 수 없었다. 한쪽 눈의 시력을 잃는 경우에도 방향 감각과 원근감이 엉망이 되기 일쑤였다. 때문에 전장에서 한쪽 눈을 다친 기사나 병사들은 처음에 애를 많이 먹었다. 사물을 볼 수는 있되 정확한 위치를 가늠할 수 없었으며 검을 휘두르는 자세, 걷는 것조차 어색해지고 비틀어졌다.

그러나 그 경우도 양쪽 눈을 다 잃는 것과는 비교조차 불가능할 정도로 편안한 삶이었다. 양 시력을 다 잃은 기사와 병사들은 누구의 도움 없이는 아예 모든 생활이 불가했다. 숟가락을 집는 것도, 물을 마시는 것도, 움직이는 것도 모든 게 혼자 불가능한 상황. 그렇기에 멀쩡했다 눈먼 자들 중

다수는 끝없는 절망에서 헤어 나오지 못했다. 또한 자신의 처지를 받아들였다 해도 홀로 생활하는 데는 아주 오랜 시간이 걸렸다.

한데 왕녀에게는 갑작스러운 소실에 따른 절망이 보이지 않았다. 가족이 모두 죽은 상황에 너무 크게 충격을 받아 제 몸에 닥친 비극에는 쓸 신경이 없다 생각했건만 그렇다 해도 저렇게까지 제 상황에 덤덤한 것은 이상했다. 그녀는 꼭 눈이 먼 경험을 해 본 자 같았다.

'그러고 보니 전에도……'

미친 여자처럼 날뛰는 와중에도 왕녀는 상대를 향해 정확히 고개를 돌렸다. 물론 어색하긴 했으나 왕녀는 분명 소리와 감각만으로 사람과 사물을 인지하고 몸을 움직였다. 그리고 그건 하루 이틀 경험과 훈련으로 가능한 것이 아니었다.

'……기이하군.'

프레드릭은 아랫입술을 살짝 깨물며 심각한 표정으로 예레나를 살폈다. 예레나는 그가 자신을 어떻게 보는지 알지 못하는지 느리게 숟가락을 움직여 입으로 가져가고 있었다. 그 동작이 아주 안정돼 우아하게 보일 정도였다.

"그만 먹고 싶어요."

"그러십시오. 치울 사람을 부르겠습니다."

예레나는 수프를 반쯤 먹고 손을 내렸다. 프레드릭은 거의 그대로인 식탁에도 타박하지 않았다. 대신 그는 밖에서 대기하고 있던 시녀들에게 식탁을 치우고 왕녀의 시중을 들라 명한 뒤 조용히 방을 빠져나왔다. 그리고 방 밖에서 대기하고 있던 수하 중 한 명에게 작은 목소리로 명했다.

"왕녀를 측근에서 모시던 세다스 출신 시녀들과 왕녀의 유모라는 여인을 데려와라. 확인해 볼 것이 있다."

* * *

제국으로 돌아갈 날이 일주일 앞으로 다가왔다. 반년이 넘게 집으로 돌아가지 못하고 있던 제국군은 모두 귀향에 들떠 있었다.

하이든과 녹스는 로샨의 명으로 귀국 준비를 하며 휘하 기사와 병사들에게 마무리 작업을 시켰다. 그중 가장 중요한 일은 전쟁 배상을 핑계로 왕국의 재산을 조사하고 갈취하는 일이었는데 그렇게 빼앗은 재물 중 일부는 병사들에게 지급될 예정이었다. 때문에 병사들은 막판에도 일에 소홀하지 않고 열심이었다.

"여기도 마무리됐고……. 점심 전에 잠깐 걸을까?"

"좋아."

하이든과 녹스는 금화를 세며 신이 난 수하들을 보다 밖으로 나왔다. 그리고 이제 어느 정도 익숙해진 왕궁 복도를 걸으며 떠날 점령지를 둘러봤다.

"……이해할 수가 없어."

말없이 걷던 하이든이 갑자기 입을 열었다. 그러자 그의 옆에서 느긋하게 햇볕을 쬐던 녹스가 고개를 살짝 기울이며 물었다.

"뭐가 말인가?"

"전하께서 왕녀의 호위로 프레드릭을 임명하신 거 말이야."

"음…… 호위보다는 감시라 보는 게 옳겠지."

"프레드릭은 왕녀를 싫어해. 괜한 시비로 일을 만들 텐데……."

"며칠 전처럼 말인가?"

"알고 있었나?"

"그 일은 나도 진작 들었지. 프레드릭이 왕녀에게 괜한 심술을 부렸다지?"

녹스는 걱정스러워하는 하이든과 달리 무덤덤해 보였다. 하이든은 얼마 전 녹스와 왕녀의 신세가 딱하다 공감대를 형성한 적이 있었기에 괜스레 섭섭한 마음이 들었다.

녹스가 하이든의 표정을 힐끔이고는 속으로 혀를 찼다. 무뚝뚝하다 알려진 친우는 근래 표정이 미묘하게 풍부해졌다.

"하지만 어쩌겠나. 전하께서 명하신 일인걸."

녹스 또한 여전히 왕녀가 가엽다 생각했다. 그러나 딱 거기까지였다. 그는 왕녀에 대한 동정심에 그녀를 위한 배려심을 발휘하고 싶지는 않았다. 또한 동료가 왕녀에 대한 사적인 감정으로 주군의 명에 의문을 가지는 건 용납하기 어려웠다.

"우리는 그저 따르기만 하면 되는 거야. 괜히 쓸데없는 생각 말게."

"……그건 그렇지."

원론적인 녹스의 말에 하이든은 잠시 고심했으나 곧 고개를 주억거렸다. 그러나 그의 눈에는 여전히 감춰지지 않은 근심이 있었다.

"그래도 많이 좋아졌더군. 일주일 후 출발해도 별문제 없을 것 같았어."

녹스는 왕녀에 관한 이야기를 이쯤 접을까 하다 하이든의 표정에 괜히 불편해져 오늘 자신이 목격한 바를 늘어놓았다. 아니나 다를까 하이든이 곧장 관심을 보였다.

"왕녀를 보았나?"

"오늘 아침에 잠깐. 많이 진정됐더군. 본인 처지도 받아들인 것 같고 말이야."

당장 죽을 것처럼 굴던 예레나는 프레드릭과 있으며 무슨 심경의 변화가 생겼는지 꽤 고분고분해졌다. 어제저녁부터는 며칠 내내 거부하던 음식도 조금이나마 삼켰으며 정신을 놓은 이처럼 굴며 자해하는 일도 이제 없다 했다.

하이든은 녹스에 말에 안심한 듯 작게 한숨을 내쉬었다. 녹스는 친우의 한숨 소리를 듣고 잠시 고민하다 걸음을 멈췄다.

"하이든."

"응?"

"내가 진지하게 충고 하나 하지. 왕녀에게 관심 꺼."

"그게 무슨……."

"다른 때라면 자네가 정복지의 왕녀에게 관심을 두든 혹 왕비를 눈여겨

보든 신경 쓰지 않았을 거야. 하지만 세다스의 왕녀는 안 돼."

"……."

"그녀는 황제가 원하는 여인이야. 그 작자에게 바쳐질 게 정해져 있는 여인이라고. 게다가 전하께서도 왕녀에게……."

녹스는 자신도 모르게 속에 품었던 생각을 입 밖으로 내뱉으려다 아차 싶어 재빨리 입을 닫았다. 그러나 하이든은 이미 녹스가 하지 않은 말이 무엇인지 눈치챈 모양이었다. 사실 로샨의 측근 기사 중 로샨이 왕녀에게 관심을 보이고 있다는 걸 모르는 이는 없었다.

녹스는 잠시 침묵하다 다시 걸음을 옮겼다. 하이든도 그를 따라 걸었다. 녹스가 앞만 본 채 말했다.

"……내 말은 괜히 왕녀에게 관심을 뒀다가 이상한 말이 나오게 하지 말란 말이야. 알잖아. 황제가 전하를 상대로 호시탐탐 시빗거리를 찾고 있다는 거. 전하의 기사가 황제에게 진상될 포로와 엮였다는 사소한 소문도 전하께는 누가 될 거야."

하이든은 친우의 말에 조용히 고개만 끄덕였다. 맞는 말이었다. 왕녀는 애초에 그가 관심을 두면 안 되는 여인이었다.

하이든이 씁쓸한 기분으로 고개 돌려 밖을 봤다. 마침 그들이 걷는 3층 회랑은 아치 형태가 이어지며 훤히 개방된 곳이라 바람을 느끼기 좋았다. 그가 밖의 풍경에 눈을 주다 저 멀리, 정원을 가로지르는 길을 보며 발걸음을 멈췄다.

반 발자국 앞서가던 녹스가 뒤돌아 하이든을 보더니 그가 보는 곳으로 시선을 돌렸다. 그러자 멀리서도 반짝이는 긴 금발에 검은 드레스를 갖춰 입은 여인과 여인을 부축하는 두 명의 여인, 그리고 그 뒤를 바짝 따르는 프레드릭이 보였다.

프레드릭은 왕녀를 따르면서도 연신 뒤를 힐끔였다. 신경 쓰이는 기색이 역력한 모습이 멀리서도 뚜렷했다.

친우의 어색한 걸음에 녹스가 눈을 찌푸려 프레드릭의 뒤를 바라봤다.

프레드릭 뒤, 약 스무 발자국 떨어진 곳에는 검은 머리 사내가 있었다. 큰 키, 멀리서도 감춰지지 않는 준수한 모습. 그들의 주군, 로샨이었다. 녹스는 상상도 해 본 적 없는 주군의 모습에 멍한 낯으로 입을 열었다.

"전…… 하?"

* * *

검은 옷을 차려입은 예레나는 겁을 먹은 듯 양옆 여인들의 부축에도 조심스럽게 걸었다. 그러나 내딛는 발걸음의 모양새가 어색하거나 균형이 흔들리지는 않았다. 그녀의 바로 뒤에서 걷고 있던 프레드릭은 그 모습을 보며 예레나의 유모란 여인에게 들었던 말을 떠올렸다.

'와, 왕녀님은 작고하신 국왕 전하의 명으로 어릴 적부터 교육을 받았습니다.'

'교육? 무슨 교육을 했다는 거지?'

'왕녀님께서는 네 살 무렵부터……. 눈을 가려도 생활할 수 있도록 교육받으셨습니다. 꾸준히요.'

'왜지?'

'정확한 이유는 모릅니다. 그저 왕가에 내려오는 전통 같은 거라고……'

'다른 왕녀가 그리하는 걸 본 적이 있나? 예를 들어 윗대라든가.'

'없습니다. 애초 세다스 왕가에는 특이할 정도로 왕녀님이 잘 태어나지 않는지라……. 예레나 왕녀님께서도 아주 오랜만에 태어난 왕녀님이시라 출생하셨을 때 국왕 전하의 기쁨이 크셨지요.'

무슨 이유에서인지 알 수는 없었으나 죽은 세다스 왕은 여식에게 기이한 교육을 시켰다. 꼭 언젠가는 딸의 눈이 멀 것을 예상했던 것처럼.

'당사자는 알지 않을까?'

호기심이 인 프레드릭은 검은 베일을 드리운 예레나의 등을 바라보며 잠시 고민했으나 이내 고개를 저었다. 자신에게 감정이 좋지 않을 왕녀가 궁금하다 하여 순순히 답을 해 준다는 보장도 없었을뿐더러 지금 자신의 맡은 일과 별 상관도 없지 않은가. 게다가 지금은 그런 것에 신경 쓸 겨를이 없었다.

고개를 아주 살짝 틀어 뒤를 힐끔인 프레드릭이 속으로 한숨을 내쉬었다. 호위라는 명목으로 하는 왕녀의 보모 노릇도 피곤한데 도통 이해 못할 주군의 행동까지 겹치자 신경이 바짝 곤두섰다.

'……전하께서는 도대체 왜 저러신단 말인가.'

프레드릭의 뒤, 조금 떨어진 곳에는 로샨이 있었다. 그러나 워낙 인기척을 잘 숨긴 데다 앞이 보이지 않는 예레나는 그의 존재를 조금도 눈치채지 못했다.

'왕녀가 죽은 세다스 왕족들이 있는 곳에 갈 수 있게 허락해 달라 청했습니다. 어떻게 할까요?'

'허락한다. 보내 줘.'

'예. 그럼 지금 바로 다녀오겠습니다.'

'……잠깐.'

'분부하실 것이 있다면 말씀하십시오.'

로샨은 프레드릭에게 미리 명했다. 자신이 있다는 사실을 왕녀가 모르게 하라고.

'나도 간다. 단, 내가 있다는 사실을 왕녀는 몰라야 한다.'

주군의 명이니 프레드릭은 별말 없이 따랐다. 하지만 찝찝했다. 어쩐지 왕녀를 크게 속이는 기분이 들었다.

'속이긴 무슨……. 그냥 말을 해 주지 않은 것뿐이지. 거기다 속인다 한들 뭐 어때. 한낱 포로인데. 신경 쓸 필요 없어.'

괜스레 신경질이 난 프레드릭이 왕녀의 뒷모습을 쏘아보며 소리 없이 중얼거릴 때였다. 보지 못하는 왕녀가 작은 자갈을 밟고 휘청였다.

"아!"

왕녀를 부축하던 여인들이 힘을 주어 그녀를 지탱할 것이 뻔했다. 그러나 프레드릭은 생각할 틈도 없이 재빨리 다리를 움직였다. 그리고 자신도 모르게 예레나의 어깨를 꽉 붙들었다.

"아, 아파요."

예레나는 살짝 삐끗한 발목보다 어깨가 훨씬 아파 조금 날카롭게 외쳤다. 그녀를 붙잡고 있던 프레드릭이 흠칫 놀라며 재빨리 손을 떼고 물러났다. 그리고 자신의 손을 잠깐 바라보다 고개를 숙이며 사과했다.

"죄송합니다. 넘어지는 걸 보니 몸이 저절로 움직였습니다."

예레나는 프레드릭의 사과에 대꾸하는 대신 고개를 살짝 까딱이고는 다시 앞을 봤다. 그리고 옆의 여인에게 다시 움직이자 신호를 보냈다. 프레드릭은 자신을 돌아보는 여인에게 고갯짓해 왕녀의 뜻대로 하라 무언으로 전했다.

여인이 고개를 끄덕이다 움찔 놀라며 고개를 내렸다. 예레나가 여인의 심상찮은 반응을 느꼈는지 의아한 눈으로 고개를 옆으로 돌렸다.

"무슨 일 있나요?"

"아, 아닙니다. 앞에 또 자갈이 있어 발로 치워 낸다고……. 그럼 다시 걷겠습니다."

자신이 따르는 것을 왕녀가 모르게 하라. 로샨의 명은 프레드릭을 통해 예레나를 부축하는 여인들에게도 이미 전해졌다. 때문에 여인은 재빨리 변명거리를 말하며 걸음을 옮겼다.

예레나는 다시 발을 떼면서도 무언가 느꼈는지 고개를 뒤로 살짝 틀었다. 그녀의 보이지 않는 시선이 뒤편을 향하자 프레드릭도 자연스레 그녀를 따라 고개를 돌렸다.

그리고 보게 된 주군의 모습에 프레드릭은 잠시 얼이 빠졌다. 스무 걸음 뒤에 있던 로샨은 소리도 없이 어느새 바짝 붙어 있었다. 그리고 흠결 하나 없는 루비를 연상시키는 붉은 눈은 왕녀의 얼굴을 바라보며 습윤하게 반짝이고 있었다.

음침한 광기가 엿보였다. 여인에겐 일절 관심을 둔 적 없는 주군이 이리

굴자 프레드릭은 놀라움을 감출 수가 없었다.

프레드릭의 표정에 그런 감정이 드러나서일까 로샨의 눈이 서서히 그를 향했다. 그새 사라진 광기를 평소의 무심함과 서늘함이 대신하자 프레드릭은 눈을 내리깔았다. 그런 수하의 모습에 로샨이 조금 멀어진 왕녀를 한 번 더 살피고는 바람결에도 들리지 않을 작은 목소리로 프레드릭에게 명했다.

"프레드릭. 왕녀의 몸에 손대지 마라."

* * *

"바로 앞에 계단이 있습니다. 주의하세요."

오른편에서 팔을 붙잡고 있는 여인이 걱정스러운 목소리로 말했다. 그러나 그녀가 알려 주기 전부터 예레나는 이 앞이 계단임을 알 수 있었다.

아래에서 올라오는 공기가 달랐다. 왕궁 지하 묘지는 1년 내내 추운 곳이라 그 입구부터 서늘했다.

피부에 와 닿는 냉기가 느껴지자 다리가 후들후들 떨렸다. 볼 수 없었지만, 가족들의 시신이 뉘어 있을 게 빤히 예측됐다.

'아버지……'

죽은 아비는 어린 예레나를 이곳으로 자주 데려왔다. 그리고 선조들의 묘를 하나하나 보여 주며 그분들의 업적을 말해 줬더랬다. 덕분에 예레나는 선조 중 누가 수도 전체에 수도를 놓았는지, 누가 전염병을 막아 냈는지, 또 야만인들을 완전히 북부로 몰아낸 분은 누구인지 알 수 있었다.

'예레나. 내 소중한 딸. 내 하나뿐인 보물.'

계단을 하나하나 내려갈 때마다 아비의 목소리가 귓가에 울렸다. 결국 예레나는 계단을 내려가다 말고 멈춰 눈물을 뚝뚝 흘렸다.

"움직이십시오. 왕녀님께서 오고 싶다 청하신 것이 아닙니까."

예레나가 도통 눈물을 그칠 낌새가 보이지 않자 프레드릭이 차가운 말을 뱉었다. 하지만 말과 달리 그의 목소리는 독설을 퍼부었던 때처럼 매섭지는 않았다. 오히려 조금은 달래는 듯한 그런 느낌마저 있었다.

프레드릭의 재촉에 예레나는 대꾸 없이 걸음을 옮겼다. 힘이 빠져 후들거리는 모습이 당장에라도 넘어질 듯 애처로웠다. 하지만 시간이 좀 오래 걸렸을지언정 그녀는 부축해 주는 이들의 도움을 받아 마침내 평편한 바닥에 설 수 있었다.

돌로 만들어진 바닥은 조금 울퉁불퉁하긴 했으나 계단에 비하면 걷기 쉬웠다. 덕분에 예레나는 금방 가족들이 안치된 묘지 입구에 들어설 수 있었다.

덜컹.

무거운 문이 육중한 소리와 함께 열리며 계단에서와는 비교할 수 없을 만치 차가운 냉기가 예레나의 몸을 덮쳤다. 동시에 죽음의 냄새가 희미하게 풍겼다.

열린 문 너머 벽을 짚은 예레나가 더듬더듬 앞으로 걸었다. 나아갈수록 죽음의 냄새도 짙어졌다.

왕과 왕비의 시신이 안치된 곳에 다다르자 예레나 곁의 여인들이 걸음을 멈췄다. 하지만 예레나는 몸을 조금 급박히 움직이고 있던 터라 부모의 시신이 올려진 돌 제단에 다리를 부딪쳤다.

"괜찮으세요?"

쿵. 제법 아플 만한 소리가 나고 여인들이 걱정스레 물었다. 그러나 자신이 부딪친 물건이 무엇인지 예상한 예레나는 답하지 않았다. 대신 그녀는 제 팔을 붙든 여인들을 뿌리치고 팔을 앞으로 뻗었다. 곧 제단 위, 대리석 관의 유리 뚜껑이 예레나의 손에 닿았다. 그리고 그 아래에는 눈감은 세다스 왕과 왕비가 나란히 누워 있었다.

"아, 안에 아버지, 어머니가 계신가요?"

"……그렇습니다. 두 분께서 함께 계십니다."

예레나가 부들부들 떨면서 묻자 프레드릭이 답했다. 동시에 그의 뒤에서 있던 사내가 발걸음 소리를 완전히 죽인 채 몇 발자국 더 앞으로 걸었다. 그리고 부모의 관에 손을 짚은 채 간신히 서 있는 왕녀를 물끄러미 바라봤다.

제게 닿는 눈이 한 쌍 더 존재하는 것은 꿈에도 모른 채 예레나가 미끄러지듯 주저앉아 제단에 바짝 붙었다. 몸을 제단에 딱 붙이고 손으로 제단 위 관을 더듬거리는 모습이 정신이 나간 이처럼 보였다.

"아……. 아으."

사람이 냈다기에는 기괴한 신음이 예레나의 목에서 흘러나왔다. 보이지 않는 눈에서 펑펑 쏟아지는 눈물이 얼굴을 가로질러 바닥으로 수없이 떨어졌다.

예레나가 어느 순간 무릎 꿇고 관에 제 뺨을 비볐다. 매끄러운 대리석으로 만들어진 관은 지하의 낮은 온도에 얼음장처럼 차가워져 있었다. 그러나 하얀 입김을 내뿜으면서도 예레나는 제 더운 눈물로 관을 계속해서 데웠다. 그리하면 꼭 관 안의 차가운 이들이 따뜻한 몸으로 살아난다 믿듯이.

하지만 그건 불가능한 일. 결국 예레나는 조금도 더워지지 않는 관에 지쳐 나가떨어지고 말았다. 그녀가 머리를 제단에 기댄 채 완전히 늘어졌다. 아직 멈추지 못한 눈물만이 계속해서 흘러 그녀가 혼절한 것이 아님을 알려 줬다.

예레나의 모습을 보다 못한 프레드릭이 그녀에게 다가가려다 조금 전 주군의 명을 기억하고는 우뚝 멈춰 섰다. 그가 잠시 고민하다 예레나의 모습에 눈시울을 붉히고 있는 여인들에게 눈짓했다.

프레드릭의 눈짓을 알아들은 여인들이 예레나를 부축해 일으키려 다가갈 때였다. 조용히 눈물을 쏟던 예레나가 힘없는 고개를 가누며 입을 열었다.

"경. 잠시만 혼자 있게 해 주세요. 혼자…… 혼자서 조용히 애도하고 싶어요."

예레나의 말에 프레드릭은 난감한 얼굴을 했다. 죽은 부모의 관 앞에 있는 이의 부탁이니 웬만해서는 들어주고 싶었다. 하지만 홀로 두기에는 왕녀의 상태가 심각했다. 혹여나 좌절을 이기지 못해 부모의 관에 머리라도 박으면 어쩐단 말인가.

그가 안 된다 말하려다 뒤의 주군을 떠올리고 고개를 뒤로 돌렸다. 로샨이 프레드릭을 향해 고개를 끄덕였다. 허락해 주라는 의미였다. 프레드릭은 괜스레 염려스러워 잠시 머뭇거렸으나 이내 예레나에게 허락의 말을 했다.

"여긴 추워 몸에 해롭습니다. 그러니 잠깐만. 아주 잠시만 계시는 겁니다."

"……."

"조금 있다 들어오겠습니다. 그리고 혹 사고가 날지 모르니 문은 조금 열어 두겠습니다."

부모의 관에 기대앉은 왕녀에게는 고집을 부릴 힘이 없었다. 하여 그녀는 프레드릭의 제안에 별말 없이 고개를 끄덕였다.

곧 여인들의 치맛자락이 흔들리는 소리와 기사 특유의 무거운 발걸음 소리가 나더니 문이 움직이는 소리가 들렸다. 예레나는 인기척이 멀어지자 고개를 들고 몸을 조심스레 움직였다.

'아?'

그녀가 힘 빠진 다리에 힘을 주며 일어서다 순간 멈칫거렸다. 소리는 없었으나 무언가 느껴졌다. 누군가 자신을 보고 있는 듯한 기분. 예레나가 날카롭게 일갈했다.

"경. 내 눈이 보이지 않는다 속이려 드는 건가요?"

답은 없었다. 예레나는 자신이 착각한 거라 생각하면서도 의심을 떨칠 수 없어 몸을 돌리고 팔을 앞으로 빠르게 뻗었다. 그러나 느껴지는 것은 공기뿐이라 그녀는 휘청거리다 넘어질 뻔했다.

가까스로 균형을 잡은 예레나가 잠시 멍한 낯을 하더니 다시 뒤돌았다. 그리고 관이 있다 짐작되는 곳에 손을 올렸다.

"차가워."

유리 뚜껑은 여전히 시렸다. 아니 그새 훨씬 차가워진 것 같았다. 예레나는 아래 있을 부모의 얼굴을 잠시 그려 보다 손을 올려 베일을 벗었다.

"어머니, 아버지. 저 곧 먼 길을 갈 것 같아요."

슬픈 목소리와 함께 검고 긴 레이스 베일이 바닥에 조금 끌렸다. 예레나는 베일의 길이를 가늠하여 최대한 넓게 펼쳐 들었다. 그리고 관 위에 그걸 펼쳐 올린 뒤 상체를 숙여 관 위에 가져다 댔다. 조금은 까슬한 레이스 베일의 표면이 그대로 느껴졌다.

"제가 없더라도 따뜻하게 지내셔야 해요. 꼭이요."

힘을 꼭 준 손끝이 점차 파래졌으나 예레나는 손이 시린 것도 느끼지 못했다. 이대로 제국으로 가게 된다면 이런 시간조차 없겠지. 잠시 멈췄던 눈물이 다시 볼을 타고 흘렀다.

"보, 보고 싶어요."

예레나의 목소리는 들썩이는 어깨에 먹혀들어 가더니 종국에는 사라져 울음소리만 남겼다. 그녀 바로 뒤 존재를 숨긴 채 있던 로샨이 검은 드레스 위로 드러난 앙상한 등에 시선을 두다 눈을 내려 자신이 목을 베어 죽인 세다스 왕을 바라봤다.

세다스 왕의 잘린 목은 실력 좋은 장의사의 노력으로 깔끔하게 붙어 있었다. 하지만 옷깃 사이 보이는 꿰맨 자국과 실, 그리고 목을 빙 두르고 있는 붉은 선은 어쩔 도리가 없었다.

로샨은 어째서인지 그 모든 게 거슬렸다. 왕의 머리를 몸에 깔끔하게, 실밥 자국 하나 보이지 않게 다시 봉합하라 당장 명하고 싶었다. 그리고 울고 있는 왕녀에게 왕과 왕비의 시신은 조금도 훼손되지 않았다 말해 주고 싶었다.

그러나 지금 그는 존재하되 없는 존재였다. 눈먼 왕녀를 속인 채 그녀를 훔쳐보고 있는 정신 이상자와 다름없었다.

아주 오랜만에 느껴 보는 무력감에 로샨이 주먹을 꽉 쥐었다. 그의 움직임에 소리가 미세하게 났다. 하지만 소리가 없었을 적에도 그의 존재를 의심했던 예레나는 이번에는 뒤돌아보지 않았다.

"너무 보고 싶…… 흑."

그리하여 왕녀는 홀로 흠뻑 울었다. 부모가 뉘어 있을 관 위로 몸을 던진 채 작별 인사와 함께 마지막 어리광을 부리는 모습이 참 외롭고 가여워 보였다.

2장. 전리품

툭. 로샨이 앉아 있는 침대에서 멀지 않은 곳에서 마지막 손님이 바닥으로 허물어졌다. 그를 베어 쓰러뜨린 녹스는 바닥을 적셔 가는 피에 눈살을 찌푸리다 검을 살짝 휘둘러 날에 흐르는 피를 없앴다.

"세다스 왕국군의 상징을 가지고는 있습니다만……. 검을 휘두르는 모양새는 제국의 것에 가까웠습니다."

조금 떨어진 곳에 있던 하이든이 죽은 암살자 중 하나를 살피며 말했다. 그새 몸을 숙인 녹스도 제가 죽인 자의 품을 뒤져 무언가를 손에 쥔 채 보고했다.

"제가 상대한 자도 마찬가지입니다."

녹스에 손에 들린 것은 세다스 왕국군에게 지급되는 금속 패였다. 세 그루의 침엽수 위 그려진 사슴, 그리고 그 아래 있는 날카로운 화살. 금속 패에는 지난 몇 달간 전투를 하며 수없이 본 문양이 새겨져 있었다.

그러나 죽은 이들은 세다스 왕국군이 아니었다. 왕궁에 머물기 무섭게 계속 찾아오는 암살자들. 그들 중 몇몇은 세다스 출신인 듯했으나 다수는 오늘처럼 세다스 출신으로 꾸며진 이들이었다.

"전하께서 귀국하실 때가 되니 마음이 조급해진 모양입니다."

하이든이 징그럽다는 듯 치를 떨며 죽은 자들을 봤다. 로샨이 귀국할 날이 다가오자 암살자들은 하루가 멀다 하고 침입해 왔다.

"그간의 경험으로 소용없다는 걸 알 법도 할 텐데……."

"우리가 한 번이라도 실수하길 바라는 거야. 혹 행운이 따른다면 성공할 수 있다 생각하는 거지."

"치졸한 놈!"

녹스가 분통을 터뜨리며 감정을 그대로 드러내 보였다. 그리고 그 대상은 놀랍게도 그의 조국, 비스티우스 제국의 황제였다.

제국의 기사이자 명문가의 후계인 녹스는 제 조국은 사랑했으나 현 황제를 존경하지도 그에게 충성하지도 않았다. 그는 작금의 황제에게는 그 자리에 앉을 자격도 능력도 없다 생각했다.

한데 그런 자가 주군으로 모시는 로샨을 매번 해하려 든다? 로샨에게 광신도처럼 충성하는 녹스에게 있어서 황제는 이미 원수나 다름없었다.

"전하! 이대로 보고만 있을 참이십니까?"

결국 차오르는 화를 참지 못한 녹스가 로샨을 바라보며 외쳤다. 하지만 로샨은 수하의 외침에 무심하게 답했다.

"폐하께서 심심하신 모양이지."

"너무 노골적이지 않습니까. 귀국하시면 경고라도 하셔야 합니다!"

로샨이 세다스 왕국에서 죽는다면 제국의 황제는 이리 공표할 것이다. 내 사랑하는 아우가 세다스 놈들에게 암살당했다고. 비통함을 감출 수 없으니 복수를 하겠다고. 그리고 전쟁에서 져 만신창이 된 세다스 왕국은 황제의 분노라는 말 아래 지도에서 완전히 사라질 게 뻔했다.

하지만 황제는 애초 세다스 왕국 자체에는 크게 관심이 없었다. 그의 가장 큰 목적은 하나, 자신보다 적법한 신분을 가진 이복 남동생이 전장에서든 암살당해서든 병사해서든 죽어 사라지는 것.

'세다스 왕국에 왕녀를 보내라 전갈해라. 왕녀가 아름답다고 하니 짐의 후원에 꽃으로 들이겠다.'

황제가 종종 소국에 시비를 걸고 무리한 요구를 하는 것도 이복 남동생을 죽이겠다는 목표를 위해서였다. 겁을 먹은 소국이 요구를 들어주면 그건 그것대로 좋고, 들어주지 않는다면 감히 제국에 대드는 건방진 나라를 응징한다는 핑계로 로샨을 전장으로 내몰 수 있었으니 황제로서는 돌멩이 하나로 두 마리 새를 잡는 격이었으리라.

그러나 황제는 아직 목적을 이루지 못했다. 로샨은 그의 원대로 죽기는커녕 모든 전쟁에서 승리했다. 때문에 황제의 신경이 나날이 예민해지고 있다 제국의 황궁에는 소문이 파다했다.

"전장에서는 제국의 기사나 병사로 꾸민 암살자들이 설치더니……. 귀국할 때까지는 세다스 왕국인으로 변장한 것들이 나타나겠군요."

뻔한 앞날에 하이든이 한숨을 내쉬었다. 녹스처럼 감정을 드러내지는 않았으나 그도 황제의 추잡한 행동에 치가 떨렸다.

하지만 당사자인 주군의 반응이 시큰둥한데 어쩌겠는가. 하이든은 얼굴이 벌겋게 달아오른 녹스에게 다가가 진정하라는 듯 어깨를 툭툭 치고는 고개 돌려 로샨에게 말했다.

"일단 사람을 불러 치우라 하겠습니다만 시간이 좀 걸릴 것 같으니 오늘 밤은 다른 방에서 주무시는 게 어떻겠습니까."

하이든의 말에 로샨은 답 없이 고개를 끄덕였다. 동시에 녹스가 사람을 불러오기 위해 로샨에게 고개를 숙이고는 문가로 갔다.

곧 시체를 치울 병사부터 방을 정돈할 이들이 밖에서 대기했다. 로샨은 녹스, 하이든과 함께 새로운 방으로 안내하는 이를 따랐다.

밤은 깊어 불이 밝혀져 있었음에도 복도는 어두컴컴했다. 안내하는 시녀를 따라 걷던 로샨이 문득 하이든 쪽으로 고개를 돌리며 입을 열었다.

"할 말이 있다 하지 않았나?"

"아……. 예. 전하의 허락을 구할 일이 있습니다."

로샨의 오른편에서 걷고 있던 하이든은 머쓱한 얼굴로 고개 숙였다. 암살자들을 상대하다 보니 본래의 목적을 까맣게 잊고 있었다. 그가 재빨리 허락받을 일을 여쭈었다.

"세다스 왕이 떠나기 전 왕녀를 한 번 만나게 해 달라 청해 왔습니다. 누이에게 인사를 제대로 하고 싶다 합니다."

아주 잠깐이었으나 로샨의 미간이 살풋 구겨졌다. 그가 잠시 아무 말 없이 걸음만 옮겼다. 로샨의 왼편에 있던 녹스는 왠지 모르게 서늘해진 공기에 긴장했다.

"……허락 못 할 이유는 없지."

로샨은 새 방에 들어선 후에야 허락의 말을 뱉었다. 하이든은 창가에 마련된 카우치에 앉아 밖을 보고 있는 그를 향해 허리 숙였다.

"그럼 그렇게 전하겠습니다."

괜스레 기분이 좋았다. 하이든이 듣기로 왕녀는 새로이 세다스 왕이 된 이복 남동생과 사이가 나쁘지 않다고 했다. 그러니 반쪽짜리 가족이라도 만난다면 왕녀가 가족을 잃은 슬픔을 조금은 이겨 내지 않을까 그는 기대했다.

"하이든. 세다스 왕에게 허락은 하되 날짜와 시간은 후에 통보한다 일러라."

하이든이 내일이라도 두 사람이 만날 수 있게 조치하자 생각할 때였다. 무표정하게 밖을 보고 있던 로샨이 갑자기 말을 이었다. 당장 왕과 왕녀를 만나게 해 줄 생각이었던 하이든은 주군의 명에 마음이 조금 가라앉았다. 하지만 항상 그러했듯 고개 숙이며 따르겠다 답했다.

"예."

열린 창으로 겹백합의 향기가 짙게 들어왔다. 로샨은 자리에서 일어나 창문 가까이 다가갔다. 그리고 그새 흐드러지게 핀 겹백합을 찬찬히 감상하다 고개를 옆으로 틀었다.

"녹스."

그가 이번에는 녹스를 불렀다. 녹스는 곧장 답하며 로샨의 명을 들으러 그에게 조금 가까이 다가섰다. 로샨이 잠시 무언가 더 생각하다 명했다.

"내일 아침 왕녀의 유모였다는 자를 불러와라."

* * *

제국군이 왕궁을 떠날 날이 사흘도 채 남지 않았다. 예레나는 프레드릭의 감시 아래 측근 시녀들, 그리고 친하게 지냈던 몇몇 이들과 작별 인사를 할 수 있었다.

'제국으로 가시기 전 작별 인사가 필요하십니까? 원하신다면 말씀하시는 몇몇을 불러오겠습니다.'

떠나기 전 지인들에게 작별 인사를 하고 싶다 생각은 했을지언정 요구할 엄두는 차마 내지 못했는데 어째서인지 프레드릭이 먼저 말을 꺼냈다. 예레나는 그의 목소리가 왠지 좀 떨떠름하다 느꼈지만, 기회를 놓치기 싫어 냉큼 알았다 말했다.

"저도 가겠어요. 왕녀님만 보낼 수는 없어요."

눈먼 왕녀의 모습에 작별 인사를 하러 온 모두가 눈시울을 붉혔다. 측근 시녀 중 몇몇은 울음을 터뜨리며 예레나와 함께 제국으로 가겠다 말했다. 하지만 예레나는 고개 저으며 딱 잘라 말했다.

"안 돼."

제국의 기사들이 꼬박꼬박 존칭을 써 주고는 있었으나 예레나는 자신이 제국에 정략혼으로 가는 것도, 사절단으로 가는 것도 아니라는 걸 잘 알았다. 그녀는 포로라는 명예를 단 채 황제의 침실에 밀어 넣어질 전리품으로 가는 것이었다.

나쁘게 말하면 침실 노예라 부를 수도 있었다. 한데 그런 곳에 어릴 적부터 함께했던 이들을 데려간다니. 예레나는 절대 그럴 수 없었다.

"릴리는 곧 결혼하잖아. 여기서 약혼자랑 행복하게 살아야지. 그리고 제

이나. 넌 딸아이가 이제 세 살이잖아. 엄마가 아이를 두고 어딜 가겠다는
거야."

"왕녀님……."

제국으로 가면 고생도 고생이겠지만 그곳 사람들의 시선이 뻔했다. 비록
작은 나라였다 한들 왕녀였던 자신의 시녀는 세다스 왕국 안에서 제법 괜
찮은 가문의 영애나 부인들이 맡았다. 한데 제국에서 사람들이 보내는 눈
초리와 멸시를 어떻게 견디겠나. 게다가 무엇보다 예레나는 황제의 정부
노릇을 하게 될 자신을 세다스 왕국 누구에게도 보이고 싶지 않았다.

예레나는 울면서 매달리는 시녀들을 달래고 믿을 수 있는 몇몇에게는
가지고 있는 대부분의 패물과 금화를 나눠 줬다. 왕궁 안 많은 보물과 재
산은 이제 제국군의 차지였지만 그녀 소유의 작은 패물함 몇 개는 어째서
인지 돌려받았다.

"그보다 이거……. 잘 챙겨 뒀다 필요한 곳에 써 줘. 올해 겨울이 고비
일 텐데 굶는 사람이 하나라도 적었으면 좋겠어."

전쟁 배상금으로 아마 나라 안 모두가 힘들 것이다. 귀족들도 재산을 강
제로 빼앗기는 마당에 그 아래 백성들은 어떨까.

예레나는 자신의 패물함이 큰 도움이 되지 못한다는 것을 알았다. 고르
고 골랐지만 받아 든 시녀들이 개인적으로 쓸 가능성이 있다는 것도 알
았다.

하지만 그녀 자신이 가지고 있는 것보다야 낫지 않겠는가. 예레나는 프
레드릭에게 물어 자신의 소유 물건 중 배상금으로 빼앗기는 것을 제외하고
는 자신이 정한 몇몇 이들에게 주고 싶다 의사를 밝혔다. 그리고 로샨의
허락을 구하러 간 프레드릭은 금세 돌아와 그리해도 좋다 전했다.

"차고 있는 것도 주십니까?"

프레드릭은 차고 있던 귀걸이마저 내준 예레나를 묘한 눈으로 봤다. 예
레나는 시녀들을 마주했을 때와는 비교되지 않을 만큼 냉랭한 목소리로 답
했다.

"이제 나는 보지도 못하는걸요. 나한테는 쓸모없는 물건이에요."

그런 예레나의 태도에 프레드릭은 섭섭하다 느끼다 헛웃음을 터뜨렸다. 유약한 여인 곁에서 하루 온종일 있다 보니 시시한 계집들처럼 감성적으로 변하는 모양이라고 그는 생각했다.

하지만 그리 생각하면서도 그는 괜스레 듣고 싶었다. 시녀들에게 들려주던 사근사근한 목소리가.

"왕녀님."

프레드릭은 예레나의 곁에서 뭔가 고민하다 또 한 명의 시녀가 예레나가 차고 있던 목걸이와 금화 한 주머니를 가지고 나간 뒤 입을 열었다. 예레나는 프레드릭의 부름에 번거롭다는 듯 고개를 그쪽으로 살짝 틀었다.

"그래도 왕국의 물건 하나쯤은 가지고 가시는 게 좋지 않겠습니까? 가령 어머니의 유품이나 뭐 그런 것들……."

제국의 기사인 프레드릭의 입에서 죽은 어미가 나오자 예레나는 순간이지만 턱을 당기고 입술을 꽉 물었다. 하지만 그의 제안에 이내 힘을 풀고 한층 낮아진 목소리로 작게 중얼거렸다.

"그럼 하나만……."

"……."

"아버지 어머니가 젊은 시절 맞춘 약혼반지 한 쌍이 어머니 방에 있어요. 작은 흰 서랍장 가장 아래 칸……. 그곳의 바닥을 살짝 누르면 나오는 비밀 장소예요. 그걸 가져가고 싶어요."

"허락받은 뒤 가져오겠습니다."

주군인 로샨은 왕녀에게 관심을 보이며 웬만한 부탁을 들어주고 있었으므로 프레드릭은 물건을 가져올 수 있으리라 확신했다. 그리고 그의 예상대로 로샨은 순순히 허락해 줬다. 다만 허락을 하며 프레드릭을 보는 눈이 어딘지 차가워 프레드릭은 바짝 긴장했더랬다.

"이게 맞습니까? 좀 두꺼운 반지 하나 같은데."

"맞아요. 반지 두 개가 하나가 될 수 있게 만들어진 물건이에요. 어머니는 보관할 적에도 반지를 합친 채로 해 두시곤 했어요."

예레나는 반지 한 쌍을 한참 만지작거리다 목걸이로 쓸 법한 줄을 하나만 구해 달라 청했다. 프레드릭은 그녀의 부탁에 금으로 만들어진 얇은 목걸이 줄을 하나 가져다줬다. 예레나는 줄에 반지를 끼우고는 목에 걸었다. 그리고 꼭 붙잡은 채 작은 목소리로 말했다.

"……고마워요."

그저 작은 호의에 표한 감사함일 뿐이었다. 하지만 프레드릭은 그 말 한마디에 제 낯이 뜨거워짐을 느꼈다.

"별말을……. 다음 사람이 온 것 같으니 데리고 오겠습니다."

그가 방 밖을 힐끔 보고는 빠른 걸음으로 사라졌다. 그리고 곧이어 중년 여인이 걱정스러운 얼굴로 방 안에 들어서더니 예레나를 보고 곧장 달려왔다.

"왕녀님!"

"유모!"

예레나 또한 시녀들을 만날 때와 달랐다. 목소리에서 울음기를 숨기지 않은 그녀는 의젓함을 버리고 중년 여인에게 아이처럼 안겼다. 중년 여인이 들썩이는 그녀의 등을 토닥였다.

"왕녀님. 우리 왕녀님……. 이를 어쩌면…… 흑."

중년 여인의 목소리에는 진정으로 예레나를 걱정하는 감정이 대부분이었다. 그러나 한편에는 비밀과 분노도 자리하고 있었다.

"유모. 다, 다친 곳은 없지? 다행이다."

"절 신경 쓰기 전에 왕녀님 몸부터 챙기세요. 왜 이렇게 마르셨습니까."

중년 여인이 가진 비밀을 아는 프레드릭의 표정이 조금 굳어졌다. 하지만 예레나는 그를 전혀 알지 못했으므로 제 유모인 중년 여인을 그저 반갑고 또 기쁘게 맞이할 뿐이었다.

"왕녀님. 고민했습니다만 작고하신 두 분 전하 때문에라도 말씀드릴 것이 있습니다."

그리하여 왕녀는 유모와 헤어지기 직전 그녀의 입을 통해 숨겨졌던 진실을 들었다. 그리고 진실을 알게 된 뒤 그녀는 바랐다. 세다스 왕국은 무사하되 새로이 왕과 왕의 어미가 된 자는 죽어 꼬꾸라지기를.

* * *

브릭은 거의 뛰듯 걸었다. 비앙카의 명으로 그를 보필하게 된 시종들이 브릭을 따라 뛰며 걱정스러운 목소리로 외쳤다.

"전하! 넘어지십니다."

전하. 아직 어색한 호칭에 브릭은 잠시 움찔거렸다. 하지만 이내 신경 쓰지 않은 채 걸음을 더욱 빨리했다. 덕분에 같이 달리게 된 시종들은 끝에 가서는 숨을 거칠게 헐떡였다.

브릭의 속도가 느려진 것은 목적지에 가까워지고 나서였다. 백합이 흐드러지게 피어 백합궁이라 불리는 곳에 온 그는 입구를 지키고 있는 제국 병사들과 궁 안을 돌아다니는 기사들을 보고 겁을 먹은 듯 어깨를 옹송그렸다. 그러나 느려질지언정 걸음은 멈추지 않았다.

"이리 따라오십시오."

브릭이 눈을 내리깐 채 백합궁으로 들어가자 기사 하나가 그를 안내했다. 차가운 목소리에 경멸이 묻어나는 에메랄드 눈. 브릭은 그를 기억해 냈다.

그날, 자신이 세다스의 왕이자 제국의 백작이 된 날, 단상 위에서 그를 비웃었던 기사 중 하나였다. 사내임에도 눈에 띄게 화려한 외관을 가지고 있어 더욱 기억에 남는 자이기도 했다. 브릭이 속으로 그의 정체를 웅얼거렸다.

'로샨 비스티우스. 그자의 세 측근 중 하나……. 이름이 프레드릭이라 했던가. 여인처럼 곱상한 저 얼굴과 달리 잔인한 자라고 했지.'

어미 비앙카가 알려 준 프레드릭의 정보에 대해 떠올리며 브릭이 주춤

주춤 걸을 때였다. 어느새 프레드릭과 브릭 일행은 목적지인 한 손님방에 도착했다.

"전하를 제외한 나머지 사람들은 밖에서 대기하도록 하십시오."

프레드릭이 문고리에 손을 올리며 단호하게 말했다. 브릭 뒤에 있던 시종들은 그의 말에 곧장 걸음을 물렸다.

'주인을 해하기라도 하면 어쩌려고 저리 쉽게 물러난단 말인가. 하긴 그 주인부터가…… 쯧.'

그 모습에 프레드릭이 입매를 비틀며 문을 열었다. 그리고 곧이어 브릭이 그토록 만나기를 고대하던 여인이 두 사람에게 뒷모습을 보였다.

"누이!"

브릭이 의자에 앉아 있는 예레나를 향해 반갑게 외쳤다. 기죽어 있던 모습은 완전히 사라지고 얼굴에는 웃음이 만연하게 떠올랐다. 프레드릭은 인상을 찌푸리며 예레나를 향해 걸어가는 브릭을 따랐다.

"보고 싶었습니다!"

브릭은 거의 외치다시피 하며 예레나의 맞은편에 앉았다. 그러나 예레나는 반응하지 않았다. 고개를 숙이고 양손을 모아 꾹 쥐고 있는 그녀의 모습은 컴컴했다.

브릭은 그제야 예레나의 눈이 멀었다는 사실을 기억해 냈다. 들뜬 마음에 잊고 있었다만 당사자는 어떤 심정이겠는가. 그는 예레나를 동정하며 그녀를 살폈다.

눈이 멀었다는 걸 인지하고 보니 푸른 눈이 전과 확연하게 다르게 보였다. 초점이 흐릿한 것이 죽은 이 같기도 했다.

'그래도 누이는 아름다워. 아니 오히려 더 아름다운 것 같아. 내 뜻대로 다 해 줄 것 같잖아.'

브릭은 예레나의 모습에 어쩐지 가슴이 두근거렸다. 희열마저 느껴졌다. 쉽게 닿지 못할 그녀가 흠이 나 자신보다 못한 존재가 된 것처럼 느껴져 우월감도 들었다. 동시에 예레나가 제국으로 가야 한다는 사실이, 그리하여 제 옆에 둘 수 없다는 것이 너무도 통탄스러웠다.

"누이? 괜찮습니까?"

그러나 그런 심정을 티 낼 수는 없었기에 그는 예레나의 눈치를 보며 걱정스레 물었다. 예레나는 이번에도 대꾸하지 않았다. 브릭은 불안감을 느끼며 일어나 예레나를 향해 손을 뻗었다.

"눈 때문이면 괜찮습니다. 어차피 누이는 평생 시중을 받고 살 테니 걱정……."

탁. 예레나는 브릭의 손을 거세게 쳐 냈다. 놀란 브릭이 손을 붙잡고 예레나를 쳐다봤다. 한 번도 없었던 일이다. 이복 누이가 제게 이리 대한 일은.

'브릭. 어서 와. 여기 쿠키 좀 먹을래?'

브릭은 예레나를 아주 좋아했다. 눈부시게 아름다운 그녀는 다정했고, 친절했으니까. 그녀의 오라비들인 이복형제들과 달리 브릭을 향해 인상 찡그리지 않고 웃어 줬으니까.

죽은 예레나의 어미, 아도라 왕비도 마찬가지였으나 브릭은 예레나가 훨씬 좋았다. 나이가 비슷해서일까? 정확한 이유는 그도 몰랐다. 하지만 하나만은 알 수 있었다. 그는 예레나를 바라만 보고 있어도 행복했다.

'어?'

그렇기에 증오를 숨기지 않은 채 그를 노려보는 예레나의 얼굴은 브릭에게 큰 충격이었다.

"누, 누이. 나한테 왜…… 왜 이럽니까."

브릭은 항시 다정했던 푸른 눈에 미움만이 가득한 것을 보고 손을 벌벌 떨며 말을 더듬기 시작했다. 당황하거나 겁을 먹을 때 나타나는 그의 습관이었다.

"왜냐고? 그걸 나한테 되묻는 거야?"

억울한 목소리가 귓전에 박히자 예레나는 화를 참지 못해 목소리를 높였다. 브릭이 오기 전, 유모가 전해 준 소식은 끔찍했고 역겨웠다.

'그 여자와 사생아가 나라 안 정보를 빼돌려 제국군에 가져다줬답니다. 2왕자 전하가 돌아가신 전투 때도 그렇고 제국군이 왕궁에 그토록 빨리 들어올 수 있었던 것도……'

처음에는 사실이 아니라고 믿고 싶었다. 비록 아버지의 정부와 사생아라지만 그들도 넓게 보면 가족의 일원이고 무엇보다 왕국민이니 그럴 짓을 할 리 없다 생각했다.

하지만 옆에 있던 제국의 기사, 프레드릭이 증명했다. 사실이라고. 예레나는 침략자의 말을 믿지 않으려 했으나 유모의 말이 이어질수록 참담함을 감출 수 없었다. 아귀가 딱딱 맞는 정황, 더는 사실이 아닐 거라 부정할 수도 없었다.

"다 들었어! 네 어미와 네가 저지른 짓들! 감히 나라를 등지고 적군한테 도움을 줘? 이 버러지만도 못한!"

"아, 아닙니다! 누이. 난 아, 아니에요!"

예레나의 말에 브릭의 얼굴이 창백해졌다. 그가 아니라 소리치며 고개를 흔들었다. 예레나는 격한 부정에 잠시 입을 다물었다. 그래. 아닐 것이다. 자신의 가족 전부를 미워했던 비앙카만은 몰라도 브릭은…….

"정말? 넌 한 게 없어?"

예레나가 가까스로 흥분을 가라앉히고 물었다. 브릭은 고개를 격하게 끄덕이며 자신이 아무것도 몰랐노라 답하려 했다. 한데 그 순간이었다. 프레드릭과 브릭의 눈이 마주쳤다.

프레드릭은 군의 고위 기사로 세다스 왕국에서 누가 제국군에 정보를 넘겼는지 알고 있었다. 그가 브릭을 경멸하는 이유, 개중에는 사사로운 이익을 위해 나라에 해를 끼친 행위도 포함되어 있었다.

프레드릭의 시선에 브릭은 완전한 부정을 할 수 없었다. 그가 아무것도 하지 않은 것은 아니었으니. 그러나 브릭은 억울하다 느꼈다. 자신은 어머니가 시키는 대로 한 것밖에 없는데. 그런 사소한 것으로 예레나에게 미움받을지 모른다 생각하니 울고 싶어졌다.

"오해가…… 오해예요. 나는 그저…… 어, 어머니 부탁만 좀 들어줬을 뿐이에요. 서, 서신 몇 개만 궁 밖, 밖으로 전달해 줬을 뿐이라고요. 게다가 그, 그 서신의 내용도 전혀 몰랐단 말이에요."

브릭은 골이 난 아이처럼 칭얼거렸다. 그의 말을 들은 예레나는 뒤통수를 언어맞은 듯 멍하고 얼얼한 얼굴을 했다. 볼 수 없었음에도 세상이 빙글빙글 도는 느낌이었다.

"……사실이구나. 네가 왕궁으로 들어올 때마다 정보를 빼돌려 나갔다는 거."

"누, 누이, 그게 아니라……."

"네게 호의를 베푼 어머니를……. 네가 감히 어머니를 이용해?"

왕의 미움을 받는 브릭이 가끔이지만 궁에 출입할 수 있었던 것은 아도라 왕비의 자비였다. 그녀는 조카이며 동시에 남편의 사생아인 브릭을 가여워해 가끔 궁에 불러들였다. 브릭 또한 왕과 왕자들의 눈치를 보면서도 예레나가 보고 싶어 왕비에게 궁에 갈 수 있게 허락해 달라 종종 편지를 썼다.

가족의 죽음에 브릭이 힘을 보탰다 생각하니 어머니를 따라 그에게 정을 준 지난날이 후회스러웠다. 예레나는 증오심을 잔뜩 담아 브릭에게 악을 썼다.

"네가 내 부모님과 내 오라비들을 죽인 거야! 너 따위가 내, 내 가족을……."

"나, 나도 누이 가족입니다!"

어깨를 축 내린 채 억울한 얼굴을 하던 브릭이 예레나의 말에 눈을 치켜떴다. 다른 건 몰라도 예레나의 입에서 자신과 선을 긋는 듯한 말이 나오는 건 참을 수 없었다.

"비, 비록 반쪽뿐이지만 나도 누이와 같은 피가 흐릅니다. 그러니 나도 누, 누이 가족이라고요."

"아니야!"

"……."

"넌 내 가족이 아니야! 내 가족을 죽이는 데 일조한 더러운 사생아 새끼일 뿐이야!"

"……."

"오라비들 말이 옳았어! 아버지 말이 옳았어! 그 여자의 피가 어디 가지 않는데……. 널 믿는 게 아니었는데!"

브릭이 저지른 일을 확신한 순간 예레나는 그에 대한 정을 조금도 남기지 않았다. 그녀가 악을 쓰며 증오를 쏟아 내자 브릭은 서 있는 것조차 버거운지 비틀거렸다.

"내, 내 탓이 아니야."

그가 갑작스레 목소리를 키웠다. 그리고 예레나에게 가까이 붙어 더듬거리면서도 빠르게 말을 뱉었다.

"누이. 날 탓하면 안, 안 되지요. 난 제국군에게 아버지를, 왕비님을, 형님들을 죽이라 한 적 없어요. 아까…… 아까도 말, 말했다시피 난 그저 서신 몇 번만 옮, 옮겼을 뿐입니다. 그게 다예요."

"……."

"종, 종이 몇 장……. 고, 고작 그런 걸로 무너질 나라라면 언젠가는 이, 이렇게 됐을 거예요. 그러니 날…… 날 비난해서는 안 돼요."

"……."

"특히나 누, 누이는 날 비난하면 안 돼! 내가……. 난 얼, 얼마 전 여인인 누이한테 왕좌를 주고 대신 제, 제국으로 갈 생각도 했는데 나한테……."

들을수록 가관이었다. 결국 참지 못한 예레나가 자리에서 벌떡 일어났다. 너무 세게 쥐어 부들부들 떨리는 주먹이 핏기 없이 새하얬다.

"그럼 그렇게 해."

"누, 누이?"

"네가 나 대신 제국으로 가란 말이야! 나한테 그 자리 넘기고! 너 따위가 아버지 자리를 잇는 거 용납할 수 없으니 그리해!"

생색을 내며 울먹거리던 브릭은 예레나가 진심으로 자신에게 제국으로 가라 말하자 얼굴을 딱 굳혔다. 그리고 변명거리를 늘어놓으며 자신이 세다스 왕 자리에 더 어울린다 헛소리를 내뱉기 시작했다.

"오해하지 말고 들, 들어요. 누, 누이는 눈이 멀었잖습니까. 나라를 제대로 다, 다스릴 수 없어요. 내, 내가 그 자리에 더 알맞습니다."

"……."

"그, 그 자리에 욕심이 나 이러는 게 아, 아니에요. 그리고 제국에 평생 있게 하지 않겠습니다. 제국에 다, 다른 걸 바쳐서라도 누이가 돌, 돌아올 수 있게 할게요. 그러니 전처럼 다정하게 대해 줘요. 내, 내가 힘내서 그 시기를 앞당길 수 있게."

"……."

"자 누이……. 그, 그럼 화내지 말고 웃, 웃어 봐요. 누이가 내, 내게 웃어 주는 걸 보고 싶어요."

브릭은 제 말에 예레나가 진정됐을 것이다 멋대로 생각하며 그녀를 향해 손을 뻗었다. 그러나 예레나는 제 피부에 브릭의 온기가 닿기 무섭게 손을 휘둘렀다.

"꺼져!"

예레나의 입장에서는 당연한 행동이었건만 브릭은 그녀를 이해할 수 없었다. 제국에 포로로 가는 와중이면 자신에게 잘 보여야 하는 게 아닌가? 얼마 전까지 왕비와 예레나에게 자신이 비위를 맞추려 노력했던 것처럼 이번에는 누이가 자신에게 맞춰야 하는 게 아닌가?

"누, 누이! 나한테 이, 이러면 안 됩니다. 세다스의 왕…… 와, 왕으로서 명합, 합니다. 누이. 얌전히……."

억울함이 분노로 변했다. 브릭은 새로이 얻게 된 지위를 이용해 처음으로 상대를 꺾으려 들었다. 그러나 예레나는 그의 새로운 신분에도 개의치 않았다.

"놔! 내 몸에 손대지 마!"

쾅.

"흐억!"

예레나의 팔을 꽉 쥐고 있던 브릭이 테이블 위로 엎어졌다. 그의 얼굴과 상체가 눌리고 팔이 뒤로 꺾였다. 브릭은 꺽꺽 죽어 가는 소리를 냈다.

"싫다고 말하잖아. 당신은 숙녀에 대한 최소한의 예의도 못 배워 처먹었습니까?"

브릭을 제압한 프레드릭은 예의 따위 아예 버렸다. 그가 버둥거리는 브릭을 더욱 세게 짓누르자 덜컥 겁이 난 브릭이 배짱을 부렸다.

"무, 무엄하다!"

"······."

"나, 나는 세다스······ 세다스의 와, 왕이다! 일개 기사 따위가······."

"새로이 얻은 지위를 아주 잘 써먹는군. 한데 어찌합니까. 나한테는 안 통하는데."

"놔, 놔라! 놓으란 말이다! 어, 어머니! 어머니!"

브릭이 결국 울음을 터뜨리며 비앙카를 찾았다. 프레드릭은 그의 태도에 어처구니없는 표정을 했다. 열아홉, 어린 나이라 생각할 수도 있지만 왕이라는 자가 어미를 찾으며 울다니 이건 좀 심하지 않은가.

상대의 한심함에 분노와 경멸이 허탈함으로 변했다. 프레드릭은 브릭을 제압했던 손을 놓고 그를 팽개치듯 옆으로 밀쳤다. 브릭이 바닥에 우스꽝스럽게 굴렀다.

"전하. 더 험한 꼴 보이기 싫으면 돌아가십시오. 보아하니 저쪽에 있는 치들도 도와줄 것 같지도 않은데 가서 어미나 찾으란 말입니다."

프레드릭이 고개 들고 저를 노려보는 브릭을 향해 말했다. 브릭은 모멸감에 벌벌 떨다 프레드릭의 말에 문가를 봤다. 반쯤 열린 문으로 새로운 왕인 자신을 모시는 시종들이 얼굴을 들이밀고 있었다. 그러나 아무도 프레드릭의 행동을 저지하거나 브릭을 위해 나서지는 않았다.

"너, 너희들······."

브릭이 이번에는 시종들을 노려봤다. 시종들이 주인의 표정에 어깨를 움찔거리다 아주 천천히, 주춤주춤 그를 부축하러 다가왔다.

프레드릭은 팔짱을 낀 채 달팽이처럼 기어 오는 시종들을 보며 헛웃음을 터뜨렸다. 시종들은 그의 눈빛을 받고 나서야 걸음을 빨리해 자신들의 왕을 부축했다. 브릭은 떼쓰는 아이처럼 그들을 쳐 냈지만 이내 그들의 도움으로 일어섰다.

"빨리 모셔 가."

프레드릭이 짧게 명했다. 시종들이 재빠르게 등을 돌려 브릭을 끌다시피 했다. 브릭은 멍한 얼굴로 끌려가다 고개를 뒤로 확 돌려 외쳤다.

"누, 누이! 저, 저자에게 말 좀 해 주, 주십시오. 아직 못, 못 한 말이……. 이대로 누이와 헤, 헤어질 수는 없습니다!"

브릭의 목소리는 절절했으나 예레나는 그의 목소리를 듣기 무섭게 귀를 틀어막았다. 징그러웠다. 끔찍이도 역겨웠다. 볼 수 없었지만 그와 한 공간에 있다는 사실이 몸서리치게 싫었다.

"아으……."

역치를 훌쩍 넘은 스트레스에 또 그날이 선명히 떠올랐다. 예레나는 앉은 의자에 다리를 올린 채 귀를 틀어막은 그대로 무릎에 얼굴을 묻었다. 저절로 또 눈물이 났다.

도드라지게 마른 몸이 자세 때문에 더욱 두드러졌다. 프레드릭은 조금 드러난 그녀의 맨등에 시선을 고정하다 저도 모르게 손을 뻗었다. 하지만 이내 자신이 제국의 기사임을 깨닫고 팔을 내렸다.

'내가 위로를 건네는 건 기만이다.'

게다가 그는 오늘 일어날 일을 어느 정도 예상하고 있었다. 왕녀의 유모를 이용해 왕녀에게 새로운 세다스 왕과 그 어미가 어떤 일을 저질렀는지 알게 하라는 주군의 명을 들은 자 중 하나였으니.

프레드릭은 괴롭더라도 진실을 알아야 한다 생각하는 편이었으나 지금 이 순간은 과연 그게 옳은 생각인지 의문이 들었다. 그러잖아도 위태로워 보였던 왕녀는 새롭게 알게 된 진실에 더욱 크게 마음을 다친 것 같았다. 하지만 제국군, 즉 침략자의 입장인 그는 왕녀를 위로해 줄 수 있는 위치가 아니었다.

"흐윽……. 어, 어머니."

그리하여 예레나는 홀로 서럽게 울다 지쳐 쓰러지듯 잠들었다. 하늘이 그녀의 눈물을 보기라도 한 듯 부슬비를 쏟기 시작했다. 그리고 그렇게 시작된 비는 왕궁의 푸른 지붕을 짙게 물들이고도 한참 내렸다.

바람 없이 조용히 내리는 비가 어쩐지 서글펐다.

* * *

남은 날들을 어떻게 보냈는지 모르겠다. 예레나는 울다가 화를 내고 또 멍하니 있다 갑자기 몸을 벌벌 떨곤 했다.

프레드릭에게 예레나의 상태를 보고받은 로샨은 곧장 의원을 보냈다. 아울러 브릭과 그녀 간의 대화도 모조리 전해 들은 그는 별다른 반응을 보이지 않았다. 하지만 상황을 전달한 프레드릭은 주군의 기분이 묘하게 좋아 보인다 느꼈다.

브릭과 예레나가 일으킨 소란 외에는 별다른 일 없이 시간이 흘러갔다. 제국군은 이제 떠날 준비를 완전히 마쳤다. 하룻밤 뒤면 귀국이라는 생각과 전쟁으로 두둑해진 주머니에 제국군의 사기는 높았다.

"뭐 더 챙길 거 없습니까? 짐이 너무 단출하던데요."

"없으니 그만 나한테 신경 꺼요."

예레나는 제게 말 거는 프레드릭 쪽으로는 고개도 돌리지 않은 체 뾰족하게 말했다. 시비조로도 들릴 수 있는 목소리였건만 프레드릭은 어깨를 한 번 으쓱이고는 그녀를 바라봤다.

창가 카우치에 앉아 바깥을 향해 고개 돌린 예레나는 햇빛과 바람을 느끼고 있었다. 더운 날씨, 가끔 불어오는 선선한 바람이 그녀의 귓가를 스치며 머리카락을 나부끼게 하는 모습이 한 폭의 그림 같았다.

'아름답군.'

프레드릭은 저도 모르게 찬탄하고 말았다. 부드럽게 날리는 백금발 아래 하얀 목덜미, 유려한 선들로 그려진 왕녀의 옆모습에 괜스레 가슴이 두근 거렸다.

"나오라 해라! 왕녀를 나오라 해! 당장! 내 그 못된 것의 뺨 한 대라도 쳐야겠다!"

그러나 프레드릭의 감상은 오래가지 못했다. 열린 창문으로 들이닥치는 날카로운 목소리, 높게 올라가 공기를 찢어발기며 흩어지는 악다구니가 그를 방해했다.

'그 머저리의 어미인가.'

프레드릭은 브릭의 어머니, 비앙카의 목소리를 곧장 기억해 냈다. 멍청한 아들을 이용해 적극적으로 제국에 왕국의 정보를 전달해 준 여인. 프레드릭은 사석에서 그녀를 붉은 시궁쥐라 불렀다.

'제국의 속국이든 한낱 영지로 전락하든 상관없어요. 난 내 아들한테 이곳을 쥐여 주고 왕과 왕비가 죽는 꼴만 보면 돼!'

제 나라를 무너뜨리는 데 일조하며 말한 그녀의 목적. 너무나 지저분하고 개인적인 욕망에 고지식한 녹스마저 프레드릭을 따라 그녀를 종종 시궁쥐라 칭할 정도였다.

"예레나! 나오지 못하겠니? 집안 어른이 부르는데 대꾸도 하지 않아?"

계속되는 비앙카의 악다구니에 프레드릭이 인상을 찌푸렸다. 어찌 보면 대단했다. 왕이 된 제 아들조차 도착하기 무섭게 기가 죽어 쭈뼛거리는 곳에서 당당히 고함을 치고 있었으니. 하지만 그 이상은 할 수 없었다. 프레드릭의 수하들은 만만치 않았고 왕의 어미가 된 그녀의 시녀들은 연약했다. 비앙카는 쫓겨나기 직전이었다.

프레드릭이 손짓으로 수하를 불러 빨리 내쫓아라 명령하려 할 때였다. 가만히 있던 예레나가 입을 열었다.

"······들여보내 줘요. 날 만나고 싶다잖아요."

"딱 봐도 좋은 일로 방문한 것도 아닌데 그냥 무시하십시오. 저런 상태의 인간과 대면해 봤자 머리만 아픕니다."

"내가 할 말이 있어서 그래요. 이모님하고도 작별 인사를 해야겠어요."

이모라는 퍽 가까운 칭호를 썼으나 그 속에는 조금의 정도 없었다. 당연했다. 비앙카는 이복 언니 아도라 왕비와 그 자식들, 특히 예레나를 아주 미워했으니. 예레나를 포함한 그녀의 오라비들도 비앙카를 증오했다. 어머니 행세를 하며 아버지 침실에 숨어든 어머니의 자매, 그리고 그녀가 낳은 아버지의 사생아. 비앙카와 브릭은 세다스 왕실의 오점이요 흠이었다.

프레드릭은 잠시 고민했으나 곧 순순히 비앙카를 데리고 왔다. 비앙카는 프레드릭이 누구인지 알아보고 표정을 조금 정돈했다. 그러나 예레나를 마주하기 무섭게 그녀의 얼굴은 또 한 번 악귀처럼 변했다.

"네년이 감히······!"

당장에라도 예레나에게 달려들 듯 인상을 구긴 비앙카가 외조카의 눈을 보고 입매를 찢어져라 올렸다. 그리고 한껏 비웃음을 담아 빈정거렸다.

"꼴좋구나. 앞을 못 본다지?"

"제 이런 꼴을 보러 밖에서 그리 고함치셨어요? 품위 없게?"

예레나는 비앙카의 말을 곧장 받아쳤다. 품위 없다는 말에 비앙카가 주먹을 꽉 쥐었다. 더러운 수로 사생아를 낳은 그녀는 사람들에게 오래도록 손가락질을 당했는데 그 때문에 귀족답지 못하다느니, 품위 없다느니 하는 말들을 병적으로 싫어했다.

"뭐? 이 건방진!"

울컥한 비앙카가 상체를 앞으로 내밀며 소리를 높였다. 그러자 순간, 예레나의 옆에 서 있던 기사가 에메랄드 눈을 차갑게 번뜩였다. 움찔거린 비앙카가 입술을 한 번 세게 물더니 조금 진정된 목소리로 비꼬았다.

"······그래. 네 꼴도 보고 혼도 내려 겸사겸사 왔다."

"뭘 혼내시려고요."

"제국에 포로로 가는 왕녀 따위가 감히 국왕이 된 내 아드님께 건방지게 굴어? 브릭이 널 만난 뒤에 얼마나 울었는지 아느냐. 듣기로는 그 애한테 폭력도 썼다지?"

"그건 내가……."

비앙카가 브릭과 있었던 일을 말하자 프레드릭이 입을 열며 나섰다. 예레나가 그를 막아 세우며 고개를 살짝 저었다.

"경. 내버려 둬요. 계속하세요."

예레나는 비앙카가 우스웠다. 예나 지금이나 그녀는 약자에게만 강했고 강자에게는 약했다. 부모가 살아 있을 적만 봐도 그랬다. 예레나는 실질적 권력을 쥐고 있는 아비나 오라비들 앞에서는 몸을 사리던 비앙카를 똑똑히 기억했다.

'억울해! 이게 다 언니와 예레나 때문이야!'

아도라 왕비나 예레나 앞에서만 패악을 부리던 추한 모습. 물론 그때도 지금처럼은 굴지 못했다. 패악이라 해 봤자 엉엉 울면서 아도라 왕비한테 억울하다 외치며 예레나를 노려보던 게 대부분이었다. 여식인 예레나도 대우받는데 브릭은 왕의 아들임에도 계집애만도 대접받지 못한다 외치며 왕녀궁에 있던 흰색 망아지를 훔쳐 갔을 때는 어찌나 황당하던지.

하지만 지금의 예레나는 가족을 잃고 이제 포로로 끌려가는 왕녀, 비앙카는 새로운 국왕의 어머니였다. 예레나는 뒤바뀐 위치를 상기하고 나서야 비앙카가 오늘 자신을 만나러 온 목적이 무엇인지 깨달을 수 있었다.

비앙카는 예레나가 내일 떠난다니 견딜 수 없었던 것이다. 미워하던 언니의 여식에게 잘난 척을 해야 하는데, 결국에는 자신이 승리했고 예레나의 처지는 비참해졌다 비웃어야 하는데 시간은 없으니 초조했던 게 분명했다.

'유치하고…… 역겨워.'

예레나가 비앙카의 속내를 짐작하며 픽 웃자 비앙카의 눈썹이 구겨졌다. 그녀가 입매를 부들부들 떨며 예레나를 향해 손가락질했다.

"하! 예레나. 너 아주 단단히 착각하는 모양이구나. 제국의 기사를 호위……. 아니 감시라 보는 게 옳으려나. 하여튼 곁에 끼고 있으니 네가 아직도 고귀한 뭐 그런 여인 같아?"

"……."

"아니. 넌 이제 한 나라 가장 고귀한 미혼 여성이 아닌 한낱 정부, 아니 침실 노예일 뿐이야. 한데 그리 목이 뻣뻣해서야! 죽은 네 어미가 지하에서 네 목이 떨어질까 안절부절못하겠구나."

비앙카는 선을 넘다 못해 천박한 말로 예레나를 모욕했다. 어딘지 서늘한 미소로 가만히 듣고 있던 예레나가 이번에는 소리 내 웃음을 터뜨렸다. 비앙카는 물론이요 그녀의 말에 주먹을 쥔 채 미간을 좁히고 있던 프레드릭이 눈을 크게 뜨고 예레나를 봤다.

"왜 웃지? 드디어 미쳤니?"

"우스워서요."

"뭐?"

"레이디 비앙카."

폭소하던 예레나가 한순간 웃음을 멈추고 얼굴을 차갑게 굳혔다. 그녀가 비앙카에게 레이디라는 호칭을 쓰며 그녀를 쏘아봤다. 비록 볼 수는 없되 굳어 버린 눈에서 분명한 경멸이 떠올랐다.

"왜, 이 호칭 듣기 싫으세요? 한데 어쩔 수 없잖아요. 남편 없이 사생아를 낳은 당신한테 부인이라 할 수도 없고. 안 그래요?"

치부, 그리고 가장 큰 아픔. 평생 제 처지를 이복 언니와 비교하며 열등감에 시달리던 비앙카는 대꾸조차 못 한 채 몸을 부들거렸다. 흙빛으로 변한 얼굴이 무서우면서도 위태로워 보였다.

"왕의 어미라 그 왕관을 쓰고 다니면 뭐 하나요. 왕비 자리에 앉지 못한 당신은 영영 선왕비의 칭호도, 하얀 어머니 호칭도 쓸 수 없을 텐데."

일부일처제의 세다스 왕실은 왕의 적법한 자식이 없을 때는 사생아로 하여금 왕위를 이을 수 있게 했다. 그러나 그 태는 천대해 사생아가 왕위에 올라도 사생아의 어미는 많은 제약을 받았다. 그리고 그중 가장 대표적인 것이 남편 잃은 선왕비에게 주어지는 하얀 어머니 칭호를 쓸 수 없게 하는 것이었다.

"그리고 내가 왜 두렵겠어요? 그 한낱 정부조차 되지 못한 여자도 왕의 어미가 될 수 있는 세상인데 혹 모르죠. 당신 말대로 침실 노예로 전락한 내가 당신을 본받아 다음 대 황제의 어미가 될지도. 안 그래요?"

예레나의 말은 매우 위험했으므로 프레드릭은 기겁하며 주변을 돌아봤다. 그리고 그의 시선에 방문 너머 언제부터 자리했는지 모를 로샨이 들어왔다.

프레드릭이 입을 열어 로샨이 왔음을 알리려 했다. 동시에 로샨이 손가락을 들어 입술에 가져다 댔다. 곧장 알아들은 명에 프레드릭이 침묵했다.

"이, 이 천박한! 선왕께서 널 잘못 키우셨어. 여식이라고 하나 있는 게 그분의 명예에 먹칠하다니! 내가 너였다면 지금에라도 머리를 박고 죽었을 것이다!"

"내가 왜?"

"당연한 거 아니냐! 넌 죽어야 해! 전하께서 돌아가셨을 때! 네 어미가 죽었을 때 같이 죽었어야 했다고!"

"내가 왜 죽어야 해! 가족을 죽이고 나라를 팔아먹은 당신하고 당신 아들놈도 살아 있는데 내가 왜 죽어."

그새 비앙카와 예레나의 대화는 다툼으로 변해 있었다. 예레나는 한 마디도 지지 않고 비앙카를 쏘아붙였다.

"레이디 비앙카. 아니 이모님. 눈도 이렇게 됐겠다 내가 예언 하나 할까요. 듣기로는 눈먼 자가 처음 한 예언은 이루어진다는데."

"……"

"제국에 가서 자리 잡으면 난 황제에게 제일 먼저 이렇게 청할 거예요. 세다스 왕을 갈가리 찢어 그 어미 앞에 던져 달라고. 그리고 그걸 왕의 어미에게 강제로 먹인 뒤 그녀도 갈가리 찢어 짐승들한테 던져 달라고. 그리고 황제는 제 말을 들어주겠다 고개를 끄덕일 거고요."

섬뜩했다. 눈먼 자 특유의 죽은 눈을 한 채 무서운 미래를 말해 더욱더 그랬다. 비앙카는 등에 소름이 돋는 걸 느꼈다. 이상하리만치 선명하게 예레나가 말한 장면이 그려졌다. 동시에 찰나지만 이상한 것이 보였다. 피를 흘리며 자신을 노려보는 사람들……. 그 속에는 죽은 세다스 왕과 왕비, 그리고 왕자들도 있었다.

비앙카가 새파랗게 질려 고개를 내저었다. 다행인지 눈앞에 가물거리던 기이하고 소름 끼치는 형상들은 사라졌다. 그녀가 남은 두려움을 떨쳐 내기 위해 미친 사람처럼 고함을 질렀다.

"너, 너 따위가 황제에게 말이나 거, 걸 수 있을 것 같으냐!"

"항상 말씀하셨죠. 제가 가진 거라고는 어머니를 닮은 이 외모뿐이라고. 그래서 항상 과하게 사랑받고, 분수에 넘치는 걸 쉽게 얻는다고."

"……."

"이모님 말씀대로 제게 남은 게 이제 이것밖에 없네요. 그러니 잘 써먹어야 하지 않겠어요? 그리고 조심하세요. 눈이 보이지 않으니까 다른 게 보이는데……. 이모님 뒤에 사람들이 줄지어 늘어서 있어요. 다 피를 흘리고 있고……. 아!"

"……."

"……그 손들이 곧 이모님의 목을 조를 것 같네요. 이모님의 목에서 이미 피가 뚝뚝 떨어지고 있어요."

실제로 예레나에게 보이는 것은 한없이 까만 세상뿐, 원혼 따위 없었다. 그러나 무언가를 본 뒤인 비앙카는 섬뜩함에 자신도 모르게 목을 더듬거리며 주변을 돌아봤다.

프레드릭은 비앙카와 대치하는 예레나를 보고 놀란 얼굴을 했다. 한없이 유약하고, 철없고, 눈물을 흘리며 덜덜 떨기만 할 줄 알았던 왕녀의 새로운 모습이 충격적이었다.

그리고 그만 그리 느낀 게 아닌지 방문 너머 사내도 붉은 눈을 빛내며 왕녀를 뚫어져라 바라봤다. 그 시선이 어찌나 강렬한지 예레나는 순간 자신도 모르게 고개를 방문 쪽으로 돌렸다. 그러나 그녀가 돌아간 제 고개를 인지하기도 전 바로 앞에서 비명이 터져 나왔다.

"이, 이 망할 년이…… 아악!"

두려움과 화를 참지 못한 비앙카가 예레나의 뺨을 올려붙이려다 프레드릭에게 제압당했다. 프레드릭은 제게서 벗어나려 악을 쓰는 비앙카를 향해 차갑게 쏘아붙였다.

"아들이나 그 어미나 본새 한번 지독하군."

"너! 너 따위 일개 기사가! 이거 놔라! 놔아!"

"어쩜 하는 말도 같으신지."

"아악! 너희들은 가만히 서서 뭐 하고 있어!"

프레드릭의 손을 뿌리칠 수 없자 비앙카는 멀찍이 선 채 고개조차 제대로 들지 못하고 있는 제 시녀들에게 짜증을 냈다. 그러나 시녀들은 브릭의 시종들과 마찬가지로 프레드릭에게 제대로 접근하지 못했다. 프레드릭은 비앙카를 어찌할까 고민하다 방문 너머 주군의 눈짓에 비앙카를 문 쪽으로 끌었다. 그리고 다른 이들의 시선이 문에 닿기 전, 로샨은 빠르게 몸을 옆으로 비켜 벽에 제 존재를 숨겼다.

"너도 사내라고 벌써 저것에 홀려 붙어먹었느냐! 그래서 감히 왕의 어미인 나한테 이리 구는 것이야?"

비앙카는 질질 끌려가면서도 날뛰었다. 감정 조절을 하지 못해 완전히 폭주해 버린 그녀를 시녀들이 따르며 두려운 눈을 했다. 이대로 돌아간다면 비앙카의 화풀이는 모조리 그들을 향할 것이 자명했기에.

마지막 시녀가 나왔다. 프레드릭은 명령을 내리는 시선에 고개를 숙이고 다시 방문 안으로 들어갔다. 쿵. 문 닫히는 소리에 아무렇게나 밀쳐져 균형을 잃고 쓰러진 비앙카가 벌떡 일어나 문을 향해 달리려 했다.

하지만 그녀는 문에 더는 접근할 수 없었다. 그녀의 앞을 커다란 사내가 막아섰다. 비앙카는 기사겠거니 하고 손을 들어 올려 뺨을 치려다 상대의 얼굴을 확인하고 제자리에 굳어 버렸다.

"저, 전하."

로샨은 반쯤 들어 올린 비앙카의 손을 쓱 봤다. 비앙카는 자신이 무슨 짓을 저지를 뻔했는지 깨닫고 팔을 빠르게 내리려 했다. 그런데 몸이 움직이지 않았다. 꼭 죄인처럼 밧줄에 꽁꽁 묶인 느낌이었다.

"레이디 비앙카. 난 시끄러운 게 싫어."

로샨의 입에서 레이디라는 호칭이 나왔으나 비앙카는 예레나에게 했던 것처럼 화를 내고 악을 쓰지 않았다. 오히려 겨우 꺾이기 시작한 고개를 내리고 그제야 움직이는 팔을 재빠르게 떨궜다. 로샨이 그 꼴을 무심히 보다 툭 내뱉었다.

"그러니 말과 행동을 조심하는 게 좋겠어. 아니면 오늘 당장에라도 그대를 지하 묘지로 옮길 것 같거든."

"……."

"알아들었으면 그만 가 보도록."

"아으으……."

털썩. 겁에 질린 비앙카가 견디지 못하고 주저앉아 버렸다. 선왕비의 것이었지만 이제는 비앙카 것이 된 드레스가 흉하게 구겨졌다. 로샨은 바닥에 흉하게 허물어진 비앙카를 내려다보다 그녀의 왕관에 시선을 뒀다.

우아한 백금 왕관은 죽은 왕비의 것으로 총 열두 개의 뿔을 가지고 있었다. 그리고 그 끝엔 푸른 사파이어로 꾸민 겹백합 문양이 아름답게 수놓아져 있었다.

로샨은 비앙카가 그걸 쓰고 있는 게 이상하리만치 못마땅했다. 그저 여인네들이 하는 장식품일 뿐인데. 게다가 자신이 소유한 것들과 비교하면 초라하기까지 한 물건 아닌가.

로샨은 스스로를 이해할 수 없었으나 손을 뻗었다. 그리고 비앙카에게 명했다.

"머리에 쓰고 있는 그 물건."

"……."

"그건 제국으로 가져가지. 배상금이 모자라서 말이야."

* * *

거대한 홀은 화려함의 극치였다. 커다란 공간 안 바닥, 벽, 천장 할 것 없이 대륙에서 가장 비싸다는 라드만의 흰 대리석을 썼으며 새긴 문양은 전부 황금으로 도금했다.

남자 열은 일자로 줄 세울 수 있는 긴 기둥과 공간을 구성하는 아치들은 또 어떠한가. 곳곳에 새겨진 음각은 전부 장인들의 솜씨였고 바깥 창을 장식한 스테인드글라스는 색색이 여러 색으로 이루어져 있었음에도 차분하고 우아한 미를 자랑했다.

공간을 이루는 요소 하나하나가 전부 예술이요 보물이었다. 그러나 그중에서도 가장 눈에 띄는 것이 있었으니 높다란 아치 지붕 아래 공간에 자리한 자그마한 제단이었다.

그리 크지 않은 제단은 주재료가 황금이었으나 멀리서 보면 하얀색으로 보였다. 겉에 수백 개의 보석을 박아 넣은 탓이었다.

처음 제단을 본 이는 그 사치스러움에 눈이 잘못되었나 비빌 정도였다. 하나 그 제단을 여는 물건처럼 보는 이들도 있었으니 제단 안쪽에 선 나이 지긋한 신관과 바깥쪽에 꿇어앉은 어느 젊은 사내였다.

"빛의 여신께서 인도하시니 걷는 길에 악귀의 저주는 한낱 안개처럼 사라지고 영광의 빛만이 드리우리라."

서 있던 노인, 대신관 시낙스는 말을 마치며 화려한 예복을 세 번 펄럭였다. 그러자 무릎 꿇고 있던 검은 머리카락의 젊은 사내가 허리를 깊게 숙여 제단에 기도하고는 천천히 일어났다.

고개를 숙이고 있던 탓에 보이지 않던 젊은 사내의 눈이 드러났다. 사내의 보랏빛 눈동자는 홀의 곳곳에 박힌 보석처럼 화려하고 아름다웠다. 하지만 기분 나쁘게 번뜩이는 것이 광기에 차 보이기도 했다.

"황제 폐하. 오늘도 이리 신실하게 기도해 주시다니……. 여신께서도 굽어살피실 겁니다."

노신관이 눈앞의 사내, 황제 케드릭 비스티우스에게 자비로운 웃음을 보이며 말했다. 케드릭은 곧장 양손을 모아 예의 바르게 인사했다.

"별말씀을요. 여신의 신도로 당연한 일입니다."

황제 케드릭은 화려한 홀에 비해 수수해 보이는 옷을 입고 있었다. 희고 소박한 긴 튜닉. 그러나 자세히 보면 튜닉의 옷감이 보통이 아니었다. 특히 긴 소매 끝을 장식한 비둘기 모양의 은자수는 세밀하기 그지없었다.

신실한 표정으로 대신관을 바라보던 황제가 제단 너머 벽에 그려진 빛의 여신을 향해 한 번 더 합장 기도를 했다. 그리고 잠시 여신을 바라보다 부드럽게 웃음 지으며 대신관을 향해 입을 열었다.

"대신관. 한데 저번에 가져간 것이 별 효과가 없는 것 같습니다."

"꿈자리가 사납다 하여 드린 향 말입니까?"

"그렇소. 처음에는 아주 효과가 좋았는데 근래 들어서는 별로……."

대신관은 속으로 혀를 찼다. 황제는 점차 강한 약을 원하고 있었다. 그리고 약 기운이 강해지면 강해질수록…….

"흐음……. 그렇다면 다시 만들어 궁으로 보내 드리겠습니다."

약의 부작용이 염려스러웠으나 대신관은 이내 인자한 미소와 함께 황제가 원하는 답을 줬다. 황제는 화색을 숨기지 않았다.

"폐하."

황제가 대신관에게 고맙다고 말하려던 때였다. 뒤에 있던 시종 중 가장 어린 이 하나가 안절부절못하며 그들에게 다가왔다. 황제의 눈이 일순 알 수 없는 빛으로 번뜩였다.

"무슨 일이냐. 내가 웬만한 일은 기도실을 나간 뒤에 말하라 명하지 않았느냐."

"송구합니다. 다만 폐하께서 일전 언제든 소식이 들어오면 아뢸 것을 하명한 일인지라······."

시종의 말에 황제는 기대감 어린 표정을 지었다. 그러나 이내 시종의 태도에 답을 예상하고 얼굴을 어둡게 굳혔다. 그가 시종을 내려다보며 부드러운 목소리로 물었다.

"······또 실패했느냐?"

"예. 이, 이번에도 실패했······."

"젠장!"

콰직.

"으아악!"

순식간에 벌어진 일이었다. 황제가 제단 위에 있던 촛대를 집어 그대로 시종에게 내던진 것은.

시종은 뾰족하게 세공된 촛대에 얼굴을 맞은 것도 모자라 녹아내린 촛농에 눈을 다쳤다. 그가 바닥에 엎어져 괴롭게 신음했다.

"아으······. 으······."

"그놈은 대체 언제 죽냔 말이야! 도대체 언제! 언제!"

촛대에 찔린 시종의 얼굴에서 피가 보였다. 눈을 감은 채 바닥을 더듬거리는 모습에 동정을 가지고 당장 치료를 명할 법도 했다. 하지만 황제는 터져 나온 감정을 주체 못 하고 미치광이처럼 굴었다.

"죽어! 죽으란 말이다! 죽어 버려!"

"사····· 살려······. 폐하! 사, 살려 주십······!"

화를 참지 못한 황제가 쓰러진 시종을 걷어차기 시작했다. 특히 시종의 얼굴에서 붉은색을 본 뒤 그는 집요하리만치 시종의 얼굴을 공격했다. 눈을 감은 채 살려 달라 빌던 시종은 이내 머리에 피를 흘리며 입을 닫았다. 기괴한 소리와 함께 시종의 입에서 나오는 붉은 피거품이 끔찍했다.

황제는 시종이 미동도 하지 않은 후에야 거친 숨을 내쉬며 폭력을 멈췄다. 그가 희번득한, 광기에 찬 눈으로 사방을 둘러보다 대신관에게 소리쳤다.

"대신관! 이게 어찌 된 일이지? 분명 이번에는 여신께서 내 소원을 들어 주실 거라 하지 않았나."

조금 전 예의 바른 모습은 어디에도 없었다. 바닥을 구르고 있는 촛대를 한 번, 대신관을 한 번 훑어보는 모습이 소름 끼쳤다.

하지만 대신관은 여전히 평온했다. 그는 오히려 제단을 돌아 황제 가까이 다가갔다. 그리고 손을 모으며 황제에게 물었다.

"폐하. 여신께서 신도들께 이른 말씀 중에 대악마에 대한 말이 있지요. 기억하십니까?"

"……강대한 마(魔)는 너희를 한계까지 시험할 것이다. 내 종들아. 너희는 온갖 역경과 불신을 이겨 내야 할 것이다. 그리하여 너희의 믿음이 완벽해질 때 대악마가 소멸하고 세상의 마는 사라질 것이다."

여신의 말씀 일부를 읊는 황제의 눈에서 광기가 서서히 가셨다. 그가 긴소매를 정돈하며 대신관에게 고개를 살짝 숙였다.

"내가 어리석었소."

"실수를 홀로 깨우치는 것도 여신께서 아끼시는 덕목이지요."

"여신께서는 어찌 이리 자비로우신지. 이런! 그러고 보니 여신께서 내려오시는 제단 앞에서 불경하게 피를 보였군. 여봐라! 뭣들 하느냐!"

"……"

"이 더러운 것을 당장 치우라! 여신께서 보실까 봐 겁이 나는구나."

여신의 자비를 입에 담으며 자신이 거의 다 죽여 놓은 시종을 치우라 명하는 모습이 미치광이 같았다. 그러나 자주 있는 일인지 시종을 끌고 가는 다른 시종들도, 대신관을 비롯해 거대한 기도 홀에 자리한 신관들도 별달리 놀란 표정을 짓지 않았다.

"하…… 난 아직 신앙이 부족한가 보오. 하기야 그러니 소원이 이루어지지 않는 거겠지."

"……언젠가는 뜻한 바대로 이룰 것입니다. 여신께서는 폐하를 아끼시니까요."

"좋은 말씀 고맙습니다. 그럼 대신관. 오늘은 이만 가 보겠소."

피투성이 시종이 실려 나가자 황제가 다른 시종 중 하나에게 손짓했다. 황제의 눈치를 보던 빨간 머리 시종이 재빨리 뛰어와 손에 든 것을 내밀었다. 곧 수수한 하얀 튜닉 위에 황금으로 만들어진 허리띠와 푸른색 바탕의 반짝이는 금실 자수가 아름다운 겉옷이 씌워졌다.

"아! 가기 전에 부탁 하나 할까 하는데."

일상에서 사용하는 작은 왕관까지 착용한 황제는 예의 바른 어조를 버리고 만인지상의 자세를 갖췄다. 대신관도 신관과 신도로서 만날 때와 달리 허리를 아주 깊게 숙여 명을 받들 준비를 했다.

"말씀하십시오. 폐하."

"아까 말한 향과…… 저번에 쓴 비방을 함께 가져다주시오. 소원을 이루기 위해 거처에서도 기도를 올려야겠소."

"물론이지요. 오늘 내로 바로 보내 드리겠습니다."

"좋아. 내 값은 두둑하게 치르지."

황제가 말한 비방은 이복 아우 로샨 비스티우스를 저주하여 죽일 비밀스러운 방법을 말하는 것이었다. 대신관이 사특한 저주를, 그것도 미신을 믿는 자들이나 행할 법한 일을 알려 준다는 것이 우스웠다. 그러나 황제와 대신관의 거래는 꽤 오래된 일이었다.

"살펴 가십시오. 폐하."

황제가 긴 옷을 끌며 사라졌다. 대신관은 황제가 기도 홀 밖으로 나갈 때까지 허리를 굽히고 있다 문이 닫히기 무섭게 소매를 탁 치며 투덜거렸다.

"저 미치광이!"

대신관과 신도로서 만날 때의 인자한 미소도, 황제와 백성으로 볼 때의 충성스러운 얼굴도 없었다. 남은 것은 욕심이 덕지덕지 붙은 신경질적인 표정의 노인뿐이었다. 노인이 닫힌 문을 한심스럽다는 듯 노려보며 중얼거렸다.

"그래도 저 머저리가 로샨 비스티우스 그자에 비하면 훨씬 편리한데 말이야. 황제의 원대로 돌아오는 길 콱 죽어 버렸으면 좋겠건만. 쯧!"

* * *

'……다시 이 길을 밟을 수 있을까?'

제국으로 가는 마차 안은 아주 넓어 작은 방을 연상케 했다. 게다가 흔들림 또한 거의 느껴지지 않을 정도로 편했다. 하지만 마차에 탄 예레나는 집채만 한 파도가 수없이 치는 바다에 내동댕이쳐진 기분이었다.

"왕녀님. 물을 좀 드릴까요? 목이 마르지는 않으세요?"

울적한 예레나와 함께 있는 유일한 이는 제국군이 붙여 준 제국 여인이었다. 이름은 제인으로 그녀는 마차에 타기 전 예레나에게 스스로를 소개할 때 일부러 짙은 갈색 머리카락에 얼굴이 둥글다는 등의 곁가지를 붙였다. 눈이 멀었다는 예레나를 배려해서 한 행동이었다.

'앞으로 잘 부탁드립니다. 왕녀님.'

'…….'

제인의 싹싹한 말투에도 예레나는 처음부터 그녀를 쌀쌀맞게 대했다. 왕궁에서 제 시중을 들어 준 제국 여인들도 그렇고 제인 또한 친절했으나 감정적으로 거부감이 들었기 때문이다.

"여름 숲 한가운데 있는데도 날씨가 좀 건조하네요. 한데 그래서 오히려 답답하지 않은 것 같기도 해요."

"……."

"본래 이맘때쯤에는 사과를 작게 잘라 저민 후 파이에 올려 먹어야 제맛인데. 제 고향의 사과는 약간 시큼해 그렇게 먹었을 때 훨씬 맛있답니다."

인사부터 한마디 대꾸조차 하지 않는 왕녀에 민망할 법도 했건만 제인은 예레나의 눈치를 보면서도 쉴 새 없이 떠들었다. 조곤조곤하고 다정한 말씨. 예레나는 어느새 자신도 모르게 제인의 목소리에 귀 기울였다. 그리고 그러길 한참, 예레나는 제인의 말을 듣다 몰랐던 사실에 자신도 모르게 입을 열었다.

"아! 제 고향은 아베아예요. 사과도 그렇지만 토양 탓인지 과일들이 전체적으로 약간 새콤한 맛을……."

"아베아? 하지만 거긴 10년도 더 전에……."

"……네. 제국에 의해 멸망한 작은 나라예요. 지금 그곳은 달랑 지역이라 불리며 여러 개의 영지로 쪼개져 있지요. 하지만 그곳에서 오래 산 사람들은 여전히 아베아라는 이름을 쓴답니다. 물론 아베아 왕국이라 부를 수는 없고 그저 아베아 지역이라고 하지요."

"……."

"제국 내에서도 아베아라는 명칭을 기억하는 사람이 적은데 왕녀님께서는 용케 아시네요."

"……."

"아주 어릴 때 부모님의 손을 잡고 지금 달리는 이 길과 비슷한 어느 길을 한참 걸었던 게 생각이 나요. 아무것도 몰랐던 전 갑작스러운 이사에 심통을 부렸는데 평소 같으면 혼을 낼 어머니가 울면서 저를 끌기만 해 이상하다고 생각했어요. 지금 생각하면 참 철없고 어리석었죠."

"……."

"사실 전 왕국에서 살았던 기억은 거의 가지고 있지 않아요. 하지만 어머니가 몰래 가지고 있는 아베아 왕국 문양은 눈 감고도 수놓을 정도예요. 그래서 아베아의 이름을 기억해 주는 사람을 만나면 괜스레 반가워요."

제인은 덤덤하게 말했으나 예레나는 그녀의 목소리 가득 묻어나는 씁쓸함을 느낄 수 있었다. 나라의 멸망. 사라진 것은 지워진다고, 쇠망한 나라는 세월이 지나면 언젠가는 역사에 단 몇 줄로만 기억될 것이다. 그러나 그 역사를 현재 살아가는 이들에게 나라의 멸절은 평생의 굴레요 아픔이었다.

'……세다스는 어떻게 될까. 당장 이름은 지켰지만 언제 아베아처럼 될지 몰라. 하기야 그동안 너무 안일했어. 언제까지고 전쟁을 피할 수는 없었는데. 왜 내 나라는 언제까지 안전할 거라 생각했을까.'

예레나는 입술을 깨물었다. 과거 가족들의 울타리 안에서 행복이 지속되리라 조금도 의심치 않은 자신이 원망스러웠다.

지금으로부터 500년 전, 신과 전설이 사라진 대륙은 인간만이 남아 끝없는 전쟁을 이어 갔다. 하루가 멀다 하고 일어나는 전쟁, 수없이 많은 나라들의 성쇠. 음유 시인들은 이를 야만의 시대라 불렀다. 특히 200여 년 전은 그 정도가 심했기에 세다스 왕국처럼 아주 특이한 경우를 제외하고는 소국들은 존망을 반복했다.

강대국이었던 곳들도 예외는 아니었다. 야만의 시대, 대국들은 몇 번이고 쪼개져 각각의 소국이 되었다 다시 합쳐지길 반복했다. 그리고 그 과정에서 무너진 곳도 있었다.

유일한 예외가 있다면 비스티우스 제국으로 제국 또한 아주 먼 옛날에는 영토가 지금의 반의반밖에 되지 않았던 시절이 있긴 했다. 그러나 제국은 대부분의 역사에서 강대국으로 군림했으며 지금은 대륙 중앙부를 중심으로 많은 나라를 통일해 명실상부 대륙의 패자로 불리고 있었다.

"죄송해요. 제가 괜히 불편한 이야기를 해서……."

예레나의 표정이 점차 나빠지자 제인이 그녀의 눈치를 보며 기어가는 목소리를 냈다. 어두운 낯으로 스스로를 자책하던 예레나는 그제야 제 옆에 누군가 있음을 인지하고 고개를 저었다.

"제인이 미안해할 일이 아니에요."

제인은 제게 억지 미소를 지어 주는 왕녀가 가여웠다. 나라가 한순간에 몰락하고 그 충격으로 눈까지 멀지 않았는가. 듣기로는 세다스 왕과 왕비가 왕녀의 눈앞에서 죽었다지. 왕녀의 입장에서는 누가 누굴 동정하냐 기분 나빠할 수도 있으니 티를 내지는 않았으나 안쓰러운 마음이 생기는 걸 막을 수는 없었다.

'높으신 분인데 신경질도 안 내시고 꼬집지도 않으시고……'

게다가 아주 짧게 보기는 했으나 왕녀는 전에 잠깐 모셨던 귀족 아가씨에 비해 성심이 고운 것 같았다. 그렇기에 제인은 이 아름답고 불쌍한 왕녀님에게 최대한 잘해 주자 다짐하며 입을 열었다.

"말씀 편히 하세요. 귀하신 왕녀님과 달리 전 일개 평민에 불과한걸요."

"왕녀……."

가까스로 매달려 있던 예레나의 미소가 사라졌다. 고귀한 왕녀. 예레나는 자신이 아직도 고귀한 왕녀인가 되짚어 봤다.

자신에게 닥칠 미래를 생각하면 저절로 고개가 돌아갔다. 쓰디쓴 입맛에 예레나가 주먹을 살짝 쥐며 제인에게 겨우 답했다.

"……신경 쓰지 말아요. 이게 편해서 그리하는 것뿐이니까. 그것보다 창문을 좀 열어 줄래요?"

"답답하세요?"

제인의 물음에 예레나는 고개를 끄덕였다. 제인이 곧장 문을 열었다. 여름, 더워야 옳은 계절이었으나 아직 북부에 가까운 지역이요 숲을 지나는 탓에 바람은 세지는 않았으나 제법 찼다. 예레나는 흘러들어 오는 숲의 향기를 가만히 들이쉬다 입을 열었다.

"제인. 밖을 좀 설명해 줄 수 있어요? 알다시피 난 볼 수 없어서……."

예레나의 부탁에 제인이 창문 밖으로 고개를 불쑥 내밀었다. 빠르지 않은 마차 속도 덕에 가능한 일이었다.

왕녀의 호위라는 명분으로 마차 가까이 붙어 있던 프레드릭은 갑자기 나온 여인을 보고 놀란 말을 진정시키며 제인 쪽을 노려봤다. 그러나 곧이어 보인 예레나의 모습에 그는 표정을 바꾸고는 힐끔 그녀들을 살폈다.

"어……. 아직 숲이에요. 나무들이 길을 제외하고는 가득하고 저 멀리 거대한 나무가 보여요. 특이하게 나뭇잎 색깔이 벌써 붉은색이에요!"

"붉은 잎의 거대한 나무면 루베오 신수일 거예요. 아주 오래된 나무로 세다스 왕국이 건국되던 해 처음으로 잎을 틔웠다는 전설이 있어요. 1년 내내 붉은 잎을 유지해 이정표로 쓰이기도 해요."

"1년 내내요? 신기하네요. 신수라는 이름이 아깝지 않아요."

예레나의 설명에 제인이 손뼉을 치며 무어라 계속 종알거렸다. 하지만 예레나는 홀로 추억을 떠올리고 있었다. 그녀가 루베오 신수를 처음 본 것은 여섯 살 무렵. 아비와 함께였다.

'루베오 신수는 그 중심으로는 나무가 빽빽하게 자라 길을 험하게 만들지. 때문에 세다스 왕국의 문지기라고도 불린단다. 예전에는 저곳에 엘프라는 귀가 뾰족한 전설의 종족이 작은 군락을 이루고 살았다더구나.'

'정말요? 그런데 왜 지금은 없어요?'

'글쎄. 엘프는 전설일 뿐이라서……. 나로서도 그들이 왜 사라졌는지 알 수 없구나. 하지만 마법이 있었던 적에는 분명 그들이 있었다 여러 문헌에서 말하고 있지.'

'신수는 남았는데 엘프는 없다니. 슬퍼요. 있었다면 좋은 친구가 될 수 있었을 텐데.'

아비는 예레나의 말에 조금 씁쓸한 미소를 지었더랬다. 한참 나중에야 안 사실이었지만 아주 오래전 신이 사라졌다 알려진 시기, 그때는 대륙 각지 신전의 힘이 강해지고 이종족에 대한 박해가 나날이 심해져 그들을 향한 학살이 자행될 때였다. 엘프는 물론이요 피부색마저 차별의 대상이 되어 많은 나라에서 피부색이 어두운 이들이 마귀가 씌었다는, 말도 안 되는 심판을 받고 죽어 나갔다.

'호메로스의 대서사시에 따르면 박해받은 이들 모두 세 개의 깊은 바다를 건너 신들이 옮겨 간 낙원으로 갔다 했지. 전쟁도 질병도 고심도 없는……. 어떤 고통도 없는 낙원으로 말이야.'

예레나는 그것이 한낱 허무맹랑한 전설일 뿐이라 알고 있음에도 강한 갈망을 느꼈다. 오래된 책 속 그런 말귀 하나를 그토록 소망할 수 없었다.

'나도 그곳으로 갔으면 좋으련만.'

예레나가 속으로 중얼거릴 때였다. 약하게나마 흔들리던 마차가 갑자기 멈추고 조금 앞에서 목청 좋은 이의 외침이 들렸다.

"멈춰라! 전하의 명이다! 전군 정지!"

반나절을 쉬지 않고 움직였으니 쉬어 갈 모양인 듯싶었다. 기수의 외침에 로샨의 검은 군대가 일사불란하게 멈춰 섰다. 제인은 마차 창문으로 주르륵 멈춰 서는 군대의 끝없는 행렬을 보고 감탄하다 고개를 반대로 돌려 앞의 기사들을 구경했다.

'역시 기사님들은 근사하네.'

가장 가까이 있는 프레드릭의 얼굴에 볼을 붉힌 제인이 눈에 띄게 훤칠한 기사 여럿을 구경하다 멈칫했다. 조금 떨어진 곳, 검은 머리카락의 미남자가 보였다.

여인이라면 가슴 떨려 할 외관. 하지만 로샨을 볼 때면 제인은 두려워 감히 감탄할 수 없었다. 특히 붉은 눈은 시선을 마주하지 않아도 오금을 저리게 하는 무언가가 있었다.

"제인."

로샨을 힐끔이던 제인의 귀에 예레나의 목소리가 박혔다. 제인이 재빠르게 고개를 돌렸다.

"왕녀님? 괜찮으세요?"

곧 제인의 눈에 예레나의 창백한 얼굴이 들어왔다. 예레나는 밖에서 들리는 전하라는 호칭에 로샨을 떠올리고는 겁에 질렸더랬다.

'이대로는 안 돼.'

그러나 벌벌 떨며 그에 대해 애써 생각하지 않으려던 요 며칠과 달리 그녀는 조금이나마 용기를 냈다. 조금이라도 이제는 알아봐야 했다. 부모를 죽인 원수에 대해.

"로샨 비스티우스……. 그, 그 사람에 대해서……."

제인은 왕녀가 두려움에 질려 있다는 것과 그 대상이 로샨임을 즉각 알아차렸다. 왕녀에게 닥친 비극을 한 번 더 떠올린 제인이 안타까운 얼굴로 그녀의 손을 잡았다. 예레나는 제게 닿는 온기에 몸을 움찔거렸으나 이내 깊게 숨을 내쉬고 조금 진정된 목소리로, 그러나 꼭 글을 끊어 읽듯 부자연스럽게 물었다.

"로샨 비스티우스. 그자에 대해 아는 대로 알려 줄 수 있어요?"

* * *

제인은 예레나가 로샨에게 존칭을 쓰지 않자 바깥의 눈치를 보며 창을 슬그머니 닫았다. 다행히 오랜만의 휴식에 근처의 기사들은 마차에 관심을 두지 않았고 유일하게 대화를 훔쳐 들은 프레드릭은 모른 척 다른 곳으로 가 버렸다. 사라진 인기척에 제인이 입을 열었다.

"전하께서는…… 제국의 황태제시자 유일한 대공이시죠. 듣기로는 폐하께 하사받은 작위만 해도 수십 개래요. 하지만 계속 전쟁에 참여하시느라 본인 소유의 영지에 가신 적은 거의 없다고……."

"……."

"쉬쉬하지만 다들 알고 있는 이야기로는 본래 황제의 자리는 전하 것이 되는 게 옳대요. 작고하신 선황후 폐하의 유일한 자식이니까요."

"……."

"저 같은 아랫것은 정확히 알지 못하지만 소문으로는 전하께서 이복형이자 지금의 황제 폐하께 그 대단한 자리를 양보했다나? 하지만 그게 가능한 일일까요? 황제라는 건 제국에서 최고로 고귀한 사람이 되는 건데……."

제인은 로샨에 대해 아는 대로 말해 줬다. 그러나 애초에 신분이 낮은, 군을 따라다니며 허드렛일이나 하던 제인이 알고 있는 정보는 많지 않았다. 예레나는 이미 알고 있는 정보에 실망을 감출 수 없었다.

'비밀스러운 자라 했으니……. 측근도 아닌 제인이 뭘 알 수 있겠어.'

예레나는 제인에게 고맙다 말하며 로샨에 대해 알고 있는 바를 떠올리려 했다. 그러나 그를 생각하기 무섭게 부모가 그의 손에 죽던 순간이 떠올랐고 그건 곧 형용할 수 없는 공포가 되어 그녀를 옭아맸다. 그나마 다행인 것은 전처럼 아예 정신을 놓을 정도로 두려움에 질리지는 않는다는 것이었다.

'이래서는 안 돼. 나중에라도 혹 기회가 있다면……. 세다스에 피해를 끼치지 않고 그를 해칠 방도를 찾아서…….'

다시금 떨리기 시작하는 손을 막으려 예레나가 주먹을 꾹 움켜쥘 때였다. 밖이 소란스러워지며 병사들이 부산스레 움직이는 소리가 들렸다. 개중 몇몇은 방정맞게도 폴짝폴짝 뛰기까지 했다.

"잠시 나가서 알아볼게요."

예레나의 얼굴에 의아함이 서리자 제인이 냉큼 나섰다. 호기심 가득한 목소리에 예레나는 픽 웃고 말았다.

"왕녀님께서 말씀하신 신수요! 그 신수의 나뭇잎 일부가 떨어져 여기까지 날아왔나 봐요. 다들 그걸 줍느라 정신이 없네요. 나뭇잎을 가지고 있으면 보호받는다나 뭐라나."

잠시 뒤 나갔다 온 제인이 밖의 상황을 알려 줬다. 제국군이 루베오 신수의 나뭇잎을 줍는다는 말에 예레나는 순간 울컥해 소리를 높였다.

"루베오 신수는 세다스를 지키는……!"

그러나 그녀는 이내 말을 멈췄다. 신수의 전설이 무슨 소용일까. 이미 이들에게 정복당한 마당에. 예레나는 감정을 거둬들였다. 그리고 볼 수 없는 밖을 향해 고개를 돌렸다. 갑작스레 가라앉은 분위기에 제인도 조용히 자리에 앉았다.

생각에 잠겨 있던 예레나가 무언가 떠올리고는 얼굴을 굳혔다. 그리고 잠시 뒤 입을 열어 제인에게 물었다.

"……나도 잠시 나갈 수 있을까요?"

"어……. 기사님께 허락을 구해 볼게요."

제인은 즉각 밖으로 나갔다가 이내 은발의 창백한 기사와 함께 돌아왔다. 기사는 마차 문을 열어 예레나와 마주하기 무섭게 조금 긴장한 듯 어깨를 굳혔다.

"안녕하십니까. 일전에 한 번 인사드린 적이 있는⋯⋯."

"하이든 경이요."

예레나는 기사가 누구인지 곧장 알아차렸다. 난동을 부리던 자신을 옭아매 눌렀던 이. 짧은 만남이었으나 목소리와 그의 이름은 기억하고 있었다.

"⋯⋯기억하십니까?"

하이든은 예레나가 자신을 기억하자 놀란 얼굴을 했다. 하지만 예레나는 그의 반응이 어떻든 신경 쓰지 않았다. 그녀가 딱딱한 목소리로 답했다.

"그때는 실례가 많았습니다."

"그⋯⋯ 프레드릭이 일이 생겨 제가 잠시 왕녀님의 호위를 맡았습니다."

예상보다도 훨씬 차가운 태도에 하이든이 무안한지 재빨리 상황을 설명했다. 그러나 예레나는 프레드릭의 본연의 업무가 호위보다는 감시에 가깝다는 것을 알고 있었다.

전리품으로 데려가는 왕녀에게 어찌 보면 당연한 처사였으나 호위라는 말을 듣자 배알이 틀렸다. 예레나는 목소리를 일부러 꼬아 말했다.

"아! 새로 호위를 맡아 주신 분이군요. 영광입니다."

"밖을 둘러보고 싶다 하셨다고 들었는데 어디로 모실까요?"

예레나의 태도에 하이든은 화를 내지 않았다. 그제야 약간 부끄러움을 느낀 예레나가 고개를 숙인 채 말했다.

"⋯⋯제국군이 루베오 신수의 나뭇잎을 줍고 있다 들었어요."

"그렇습니다."

"저도 몇 개 가지고 싶어서 그래요."

소박한 바람이었다. 하이든은 고개 숙인 왕녀의 옆모습을 바라보다 고개를 돌려 뒤를 봤다. 날리는 붉은 잎. 특이하게 생긴 그것은 꼭 파충류의 비늘처럼 기이하게 반짝였다.

"왕녀님도 신수의 보호를 받고 싶으십니까?"

병사들이 나뭇잎을 줍는 이유를 떠올린 하이든이 예레나에게 물었다. 측은함이 묻어나는 목소리. 예레나가 눈썹을 살짝 올리며 고개를 저었다.

"아니요."

"그럼 연유가 무엇인지 물어도 되겠습니까?"

하이든의 연이은 물음에 예레나는 입을 닫았다. 마차 안에 침묵이 흐르고 한참 만에 예레나가 무표정한 얼굴로 하이든을 향해 고개 들었다. 눈먼 왕녀가 서늘한 목소리로 말했다.

"……자주 읽던 책에 나오는 이야기가 생각나서요. 그뿐이에요."

* * *

시간은 참 빨리도 흘렀다. 예레나를 태운 마차는 어느새 세다스 왕국을 벗어나 제국의 영토에 다다랐다. 높은 산맥을 넘고 알란타 숲의 끝에 도착하자 길게 떠 있던 해는 어느새 조금씩이지만 짧아지고 있었다.

"가을이 다 가기 전에 수도에 도착하겠어."

"그러게 말이야. 돌아갈 때 혹 얼어붙은 길을 걸을까 봐 걱정했는데 다행이지."

곧 있으면 끝날 숲에 제국군은 힘든 것도 잊고 속도를 냈다. 숲을 헤치고 강을 따라 며칠만 걸으면 한층 움직이기 편한 평야가 나왔다. 그리고 그곳만 지나면 목적지인 수도에 도착할 수 있었다.

"자네는 젖먹이를 두고 떠나왔지? 보고 싶겠어."

"맞네. 막내 딸아이가 태어나자마자 떠나왔지. 가면 내 얼굴을 온종일 보여 줄 걸세. 물론 아이들 줄 선물을 한 아름 사서 말이야. 그렇게 먹고 싶다던 사탕도…… 억!"

좁은 길에 들어선 병사들이 딱 붙은 옆의 동료와 떠들며 걸을 때였다. 무성한 수풀에서 날카로운 날붙이들이 날아왔다. 쓰러지는 몇몇 병사들. 동료의 죽음에 당황할 법도 했건만 로샨의 군대는 곧바로 정신을 차렸다.

"습격이다! 습격!"

이런 기습이 한두 번이 아니었는지 기수가 외치자 병사들은 즉각 기사들을 바라봤다. 지휘관들이 곧장 손짓으로 전투 대열을 명했다. 병사들이 빠르게 대열을 갖추고 반격에 들어갔다.

"우리는 세다스 저항군이다! 왕녀님을 돌려받으러 왔다!"

"세다스를 침략한 자는 어디 있는가! 순순히 목을 내놓아라!"

제국군이 반격을 시작하자 침입자들이 여기저기서 소리 지르며 튀어나왔다. 어두운 계열의 투박한 옷과 세다스 군복, 거기에 어깨에 단 세다스 왕국을 상징하는 문양까지. 그들은 누가 봐도 제국의 침략에 끝까지 굴복하지 않은 세다스 저항군이었다.

"왕녀님! 위험해요!"

예레나도 세다스의 이름을 똑똑히 들었다. 핼쑥해진 그녀는 자신을 붙잡는 제인을 뿌리치려 안간힘을 썼다.

"놔요! 놔! 저 사람들을 말려야 해!"

습격을 받은 제국군 부대는 가장 앞의 선봉으로 규모가 크지 않았다. 그러나 조금의 간격을 두고 몇십 개의 부대가 그 뒤를 따르고 있었다. 저항군이라 해 봐야 얼마나 되겠는가. 예레나는 더는 고국의 백성들이 허무하게 목숨을 잃지 않기를 바랐다.

"와, 왕녀님!"

예레나는 제인을 뿌리치고 마차 문고리를 잡고 돌리는 것까지 성공했다. 하지만 밖의 소란과 보이지 않는 눈 탓에 몇 걸음 걷기도 전 넘어졌다.

쿵.

"윽……!"

둔탁한 소리와 함께 넘어진 예레나가 손을 뻗어 바닥을 더듬었다. 그 주변으로 병장기 부딪히는 소리가 요란했다.

"왕녀님. 도, 돌아가요. 네?"

예레나와 달리 앞을 볼 수 있는 제인이 피 튀는 싸움에 덜덜 떨며 예레나를 뒤따랐다. 세다스 왕국에서 전쟁을 치를 적 다친 병사들은 많이 봤으나 이리 가까이서 전투를 보는 것은 그녀로서도 처음이었다.

"다시 들어가셔야……악!"

예레나가 제인을 피하고자 몸을 일으킬 때였다. 바로 뒤에서 들리던 제인의 목소리가 끊어지며 허물어지는 소리가 났다. 놀란 예레나가 뒤돌았다.

"아으……."

"제, 제인? 제인! 괜찮아요?"

신음하는 제인을 찾으려 몸을 숙이는 그녀의 어깨를 누군가 붙잡았다. 훅 하고 들이치는 피 냄새에 예레나가 몸을 딱딱하게 굳혔다.

"와…… 왕녀님이십니까?"

볼 수는 없었으나 그녀를 붙잡은 이는 세다스 저항군이 분명했다. 예레나는 그의 말투에 묻어나는 고국의 억양에 정신을 차리고 말했다.

"아까운 목숨 버리지 말고 도망가요! 제발!"

"그게……."

예레나의 격한 반응에 사내는 당황한 듯싶었다. 예레나는 사내의 태도에 조금 이상함을 느꼈으나 재차 그를 재촉했다.

"빨리요! 곧 제국군이 더 올 거……!"

"제길! 지금 뭐 하는 거야!"

"어, 어?"

"쓸데없는 짓 말고 시킨 일이나 해! 곧 뒤따라온 부대가 합류할 거란 말이다."

예레나가 미처 말을 끝내기도 전 누군가가 끼어들었다. 조금 더 짙어진 피 냄새와 분명한 제국 말씨……. 예레나는 그제야 무언가 이상하다 느끼고 입을 닫았다.

"하, 하지만 왕녀님이……."

"왜? 고국의 왕녀를 보니 그동안 없었던 애국심이 갑자기 생기기라도 했나?"

새로 합류한 사내는 예레나의 어깨를 잡은 이와 달리 예레나를 조금도 신경 쓰지 않았다. 그리고 그들의 짧은 대화에서 예레나는 확신했다.

'……저항군이 아니야. 다른 목적이 있어.'

애초 이상했다. 여기는 세다스 왕국이 아닌 제국령, 게다가 왕녀를 돌려받으러 왔다 외치면서도 자신이 있을 것으로 뻔히 예상되는 마차에는 한참 동안 누구의 접근도 없었다.

챙. 챙. 병장기 부딪히는 소리가 아득했다. 예레나는 입술을 물며 얼굴을 일그러뜨렸다. 누군가 제 목적을 위해 그러잖아도 위태로운 세다스를 이용하고 있었다.

'왜……. 그렇게 짓밟았으면 이제 그만할 때도 됐잖아.'

분노에 휩싸인 예레나가 손톱자국이 날 정도로 주먹을 꽉 쥘 때였다. 그녀 앞에서 말다툼하던 두 사내 중 나중에 온 이가 전장을 둘러보더니 갑자기 섬뜩한 목소리로 중얼거렸다.

"……그래. 실패할 것 같으면 이 계집이라도 죽이고 오라 했지. 명을 수행하지 못한 죄를 물을 수 있다 했으니……."

"뭐? 그건 안 돼…… 으헉!"

사내의 말에 안 된다 외치던 이가 쓰러졌다. 예레나는 얼굴에 튀는 피로 누군가 제 앞에서 죽었음을 알 수 있었다.

"아……."

피가 직접적으로 닿자 그날의 장면이 습관처럼 그려졌다. 딱딱하게 굳어버린 그녀를 향해 한 번 살육을 행한 사내는 팔을 높게 들어 올리며 히죽였다.

"왕녀님. 죽이기 참 아까운 얼굴이네. 하지만 날 탓하지는 마. 난 시키는 대로……."

쉑.

"커억!"

검이 내려오는 소리가 분명 들렸다. 그러나 피를 쏟은 것은 예레나가 아닌 그녀를 향해 검을 내리친 사내였다. 둔탁한 소리와 함께 사내의 몸이 옆으로 넘어지고 그가 들고 있던 검이 날카로운 소리와 함께 바닥을 구르고 나서야 예레나는 누군가 자신을 구했음을 알 수 있었다.

"왕녀."

저 아래 깊은 우물에서 나온 것처럼 서늘한 목소리가 예레나의 귀를 간지럽혔다. 찰나의 순간, 예레나는 그 낯선 목소리에 심연에 빠져 있다가 단번에 끌어 올려지는 느낌을 받았다. 속이 울렁이며 소름이 끼쳤다. 섬뜩했다. 한데 기이하게도 따를 수밖에 없었다.

예레나의 볼 수 없는 눈이 목소리를 좇음과 동시에 목소리의 주인이 손을 뻗어 그녀의 팔을 쥐었다. 조심스러웠으나 목소리만큼이나 차가운 감촉. 예레나가 갑작스러운 냉기에 파르르 몸을 떨었다.

예레나의 반응에 목소리의 주인이 손을 뗐다. 그러나 그 직후 누군가의 외침과 함께 공기 중으로 매캐한 것이 스며들었다.

"윽! 이것들이 치사하게! 모두 연기를 조심해라!"

누군가의 외침과 동시에 머리가 깨질 듯 아팠다. 날리는 재를 잔뜩 들이마신 듯 숨 쉬기가 어려웠다. 그러잖아도 누군가 제 앞에서 죽었다는 사실에 충격을 받았던 예레나가 견디지 못하고 휘청였다.

"……소매로 코와 입을 가리십시오."

도망치듯 물러났던 손이 다시금 성큼 다가오더니 예레나의 허리를 뱀처럼 휘감았다. 바로 옆에서 사내의 숨소리가 들렸다. 예레나는 가누기 어려운 고개를 간신히 지탱한 채 입을 열었다.

"흐으……. 설마 독인가요?"

"상대의 눈을 가릴 때나 쓰는 조잡한 물건입니다. 독성이 미약한 데다 밖이라 효과가 현저히 떨어질 테니 금방 괜찮아질 겁니다."

무뚝뚝했으나 설명과 함께 안심하라는 듯 힘주는 손이 단단했다. 예레나는 고개를 주억이다 몽롱한 정신에 저도 모르게 속에 있던 물음을 꺼냈다.

"그런데 누, 누구……?"

"……."

사내는 답하지 않았다. 대신 그는 예레나의 등과 무릎에 팔을 대 그녀를 안아 든 채 바로 앞 마차 문을 열었다. 미약하다고는 하나 처음 당해 보는 독에 몸을 늘어뜨린 그녀와 달리 병사와 기사들은 몸을 움직일 만한지 사방에서 고함과 무기 부딪히는 소리가 계속 났다.

"마차 안에 얌전히 계시는 게 좋겠습니다."

"제, 제인은? 나 말고 다른 여인이 있을 텐데 봐 줄 수 있나요? 보, 볼 수가 없어서…….'"

예레나는 감기려는 눈을 간신히 뜬 채 쓰러진 제인을 찾았다. 그러자 사내가 그녀를 마차에 눕히고는 나갔다 다시 들어왔다. 예레나는 사내가 자신의 맞은편 시트에 누군가 눕히는 소리를 듣고서도 불안한 듯 고개를 움직였다.

"기절한 것뿐입니다. 걱정 마십시오."

그런 그녀를 향해 사내가 속삭이더니 멀어졌다. 쿵. 마차 문이 닫히는 소리가 났다. 예레나는 그제야 눈꺼풀을 닫았다. 물론 감으나 마나 컴컴한 어둠인 것은 같았다.

"로샨 비스티우스!"

마차 밖에서 누군가 악을 써 로샨을 부르짖었다. 세다스를 침략한 자. 부모를 죽인 자. 예레나는 귀에 똑똑히 박히는 원수의 이름에 입 안을 깨물다 일전 오라비에게 들었던 것을 떠올렸다. 동시에 그녀는 지금 일어난 침입이 누구를 노린 것인지도 대강 예상할 수 있었다.

'안토니오 오빠가 말한 적이 있어. 제국의 황제가 정통성 때문에 아우를 눈엣가시로 여긴다고…….'

가물거리는 정신이 어지러웠다. 밖에서 또 한 번 찢어 죽일 원수의 이름이 들렸다. 예레나는 약에 반쯤 정신을 놓은 상태에서도 입을 열었다.

"……죽어."

그녀의 입에서 강한 바람이 새어 나왔다. 마차를 벗어나기는커녕 누구에게도 들리지 않을, 그녀 자신조차 듣기 어려울 만치 희미한 목소리. 그러나 로샨 비스티우스를 향한 그녀의 소망은 강력했다. 예레나가 한 번 더 속삭였다.

"누구보다 괴롭게…… 죽어 버려."

* * *

눈먼 헬레나는 사시사철 붉은 나무, 루베오 신수에 사는 엘프들에게 물었다. 수백 년은 족히 살며, 인간들보다 마법에 고매한 그들이라면 저주를 풀 방법을 알 것 같았기에.

'엘프들이여. 내 눈을 고칠 방도가 너희에게 있느냐? 이 더러운 침들을 닦아 내고 그 작자의 저주에서 벗어날 수 있도록 날 도울 수 있느냐?'

'눈먼 왕녀야. 그대의 저주는 여기서 풀 수 없다. 여기의 누구도 그대에게 떨어진 눈먼 마법사의 저주를 지울 수 없음이다.'

긴 머리를 늘어뜨린 엘프들은 고개를 저으며 딱 잘라 말했다. 그들의 머리카락 사이 비켜 나온 귀는 길고도 뾰족했다.

'아…… 나는 영영 볼 수 없는 것인가. 빼앗긴 왕좌를 찾을 방도는 없는가.'

빛나는, 아니 한때 빛나던 왕녀는 좌절해 그 자리에 주저앉고 말았다. 볼 수 없는 눈을 깜빡이며 절망하는 그녀를 보며 엘프 중 푸른색 머리카락을 가진, 가장 마음 여린 엘프가 나섰다. 주변 엘프들의 눈빛이 그들의 귀처럼 뾰족해졌다. 그러나 누구도 나선 엘프를 말리지는 않았다.

'……왕녀여. 저주에서 벗어나는 게 목적입니까?'

'그렇다. 혹 그대는 방법을 아는 것인가?'

'우리 중 누구도 그대에게 걸린 저주를 어찌해 줄 수 없습니다. 다만 여기, 우리가 터를 잡고 사는 신수가 그대에게 해 줄 수 있는 게 하나 있습니다.'

'그것이 무엇인가?'

'신수는 세다스 초대 왕의 손에 목이 떨어진 붉은 드래곤의 살점 일부에서 싹을 틔운 나무. 신수는 당신들을 증오합니다. 세다스의 피가 흐르는 이들을 사무치게 미워합니다.'

'거짓말. 신수는 세다스의 수호목. 그 옛날 초대께서 그리 말씀하셨다.'

'그 말도 맞습니다. 초대에게 죽은 붉은 드래곤의 피가 세다스에 흐르고 있으니.'

'그게 무슨……'

왕녀가 믿지 못하는 얼굴을 하자 이번에는 가장 나이 많은 엘프가 나섰다. 흰머리가 발끝까지 내려오는 그가 가장 여린 마음의 엘프, 즉 하나뿐인 아들을 거칠게 밀쳐 내며 왕녀에게 소리쳤다.

'어리석고 욕심 많은 인간들아. 원죄마저 잊다니. 너희는 참 편리하구나!'

'……'

'세다스의 초대는 연인이었던 붉은 드래곤과의 사이에서 후계를 낳기 무섭게 그의 목을 베었다. 그리고 그 몸에 나는 모든 것을 갈취했다. 네가 가진 마력, 네 선대들이 품은 그 힘이 어디에서 시작되었다 보는가.'

'……'

'제 아이의 아비를 죽여 그 심장부터 씹어 마력을 강탈하고 뼈와 비늘은 무구로 삼았으며 살점은 샅샅이 발라내어 3년을 쉬지 않고 고아 제 몸을 챙길 영약으로 만들었으니…… 아직도 그 토악질 나는 냄새가 여기까지 오는구나. 끔찍하다. 징그럽다. 역겹다.'

'……'

'붉은 드래곤은 저를 죽인 잔인한 여왕을 용서하지 않았다. 하나 그와의 사이에서 낳은 제 아이를 미워할 수는 없었지. 그리하여 깊은 뿌리는 모든 것을 간직하되 단단한 줄기와 가지에는 아이를 위한 사랑과 아름다운 기억만을 담고, 영영 잊지 못하는 증오와 미움은 나뭇잎에만 남겨 때가 되면 바람에 멀리 날려 보내는 것이다.'

'…….'

'하나 신성한 신수조차 네게 붙은 눈먼 마법사의 단단하고 끈적이는 저주를 풀 수는 없다. 다만 네게 흐르는 초대의 피, 그리고 신수의 줄기에 흐르는 수액, 마지막으로 붉은 나뭇잎을 이용한다면…….'

'…….'

'……저주를 속이는 것은 가능할 것이다.'

3장. 회색 탑과 저주받은 왕녀

세다스의 이름을 팔며 습격하는 이들은 더 이상 나타나지 않았다. 하지만 예레나는 그 뒤로도 종종 로샨을 향한 암살 시도가 있었다 들을 수 있었다.

'적자가 멀쩡히 있는데 사생아가 황제라……. 하기야 사실 있을 수 없는 일이지. 거기다 후계가 없다 한들 적자인 이복동생이 황태제면 황제의 속이 말이 아닐 거야. 불안하고 초조하겠지.'

계속 이어지는 암살 시도에 예레나는 황제가 이복 아우를 보통 미워하는 게 아니구나 생각했다. 그러나 침략자요 원수의 사정 따위 알 바인가. 그녀는 암살 시도가 실패했다 알게 될 때마다 아쉬움의 한숨을 내쉴 뿐이었다.

'……성공했으면 좋았으련만.'

나날이 깊어지는 아쉬움과 얼굴에 그대로 드러나는 어두컴컴한 감정. 맞은편에 앉은 제인은 예레나가 그럴 때마다 괜스레 움찔거리며 밖을 살폈다. 그러다 어색한 웃음과 함께 새로운 주제를 꺼내 분위기를 바꾸려 했다.

"이제 어엿한 가을이네요. 도착하면 두꺼운 옷부터 챙겨야겠어요."

"제국의 겨울도 많이 춥나요?"

"그럼요. 특히 수도는 지대가 높아 겨울에는 꽤 추운 편이랍니다. 겨울철이면 동사하는 빈민들도 제법 나오는 편이죠."

예레나는 제인이 그럴 때마다 속 깊이 차오르는 감정들을 억누르고 그녀에게 맞춰 줬다. 지난 습격, 제인은 예레나를 만류하려다 위험에 처할 뻔했음에도 탓 한 번 하지 않았다. 예레나는 그것이 못내 마음에 걸렸다.

"재작년 겨울은 유독 혹독해 빈민가 아이들이 많이 죽어 나갔죠. 보다 못한 어머니가 이불을 뜯어 아이들을 위한 옷을 지으셨어요. 덕분에 저와 동생들은 둘씩 짝을 지어 하나의 이불 아래서 꼭 붙어서 잤는데 좀 불편하긴 해도 나쁘지 않았어요. 저랑 함께 잔 막내 여동생이 어찌나 이야기를 잘하는지 밤이 심심하지 않았거든요."

"대단해요. 훌륭하신 어머니를 두셨네요."

시작은 조금 작위적일지언정 서로 나누는 대화가 많아질수록 예레나와 제인은 서서히 가까워졌다. 제인은 앞을 보지 못하는 예레나를 위해 하루에도 몇 번씩 밖의 풍경, 그리고 주변을 말로 그려 줬다. 그녀가 강의 색이 어떠한지, 그 위 떠다니는 나뭇잎과 그걸 물고 다니는 오리 가족이 얼마나 귀여운지 등을 설명할 때면 예레나는 미소 짓다 종종 웃음을 터뜨리기도 했다.

그리고 그런 그녀의 모습을 훔쳐보는 이들이 몇 있었는데 그중에서도 가장 가까이서 예레나를 보는 이는 프레드릭이었다. 호위 기사의 명목으로 두 여인이 탄 마차 가까이서 말을 모는 그는 마차 창문이 열려 있을 때면 예레나와 제인의 대화에 툭 끼어들기도 했다.

"그래도 다른 지역보다는 수도 사정이 낫습니다. 나라에서 관리하는 구빈원이 꽤 많으니까요."

"……제인. 바람이 좀 차군요. 창문을 좀 닫아 줄래요?"

예레나는 프레드릭을 대할 때는 여전히 딱딱하게 굴었다. 제인은 예레나가 그럴 때마다 미간을 살짝 찡그리는 프레드릭의 잘난 얼굴보다 그의 팔에 더 시선을 줬다. 볼 수 없는 예레나는 몰랐으나 프레드릭은 왼팔에 부목을 대고 있었다.

'프레드릭. 넌 내가 명한 왕녀의 호위를 제대로 하지 못했다.'

'전하. 프레드릭이 그때 마차 곁을 떠난 건 뒤에서 사고가 있었기 때문입니다. 그리고 저희 셋 모두 집중적으로 공격을 받아서…….'

'이유가 무엇이든 책임을 다하지 못한 건 죄다. 자리를 비울 일이 있었다면 적어도 네 아래 기사를 남겨 뒀어야 했다.'

'……옳으신 말씀입니다. 제 잘못이 맞습니다.'

'네게는 합당한 벌이 필요하다.'

'어떤 벌이든 달게 받겠습니다.'

제인은 프레드릭의 팔을 부러뜨린 이가 누구인지, 그가 왜 프레드릭의 팔을 부러뜨렸는지 알았으나 그에 대해 침묵했다. 보고 들은 것 중 조금이라도 두렵거나 찜찜한 것은 입 밖으로 내는 게 아니라는 걸 제인은 오래전부터 체득하고 있었다.

'……내가 감당하지 못할 일은 모른 척하는 게 최선이야.'

비슷한 이유로 그녀는 종종 느껴지는 붉은 시선도 애써 모른 척했다. 어차피 시선이 닿는 것은 자신이 아닌 앞에 앉아 있는 눈먼, 그러나 눈이 멀 정도로 아름다운 외관을 자랑하는 왕녀였으니 말이다.

"수도에 대해 더 궁금한 점은 없으세요? 달마다 한 번 열리는 야시장에 대해 알려 드릴까요?"

"좋아요."

"야시장의 규모는 제법 큰 데다가 맛있는 걸 파는 곳이 엄청 많아요. 거기다 축일이나 건국제가 있는 달이면 온갖 공연도 하는데 전 그중에서 아란 성녀님 연극을 가장 좋아해요."

침묵하는 하녀의 쓸데없는 수다가 길어질수록 마차는 목적지에 가까워졌다. 그리고 어느덧 흐른 한 달이라는 시간…….

"왕녀님. 조심히 내리세요. 길에 돌이 제법 있어요."

"고마워요, 제인."

전리품으로 전락한 눈먼 왕녀는 마침내 제국의 수도, 그곳에서도 한가운데 있는 황궁에 도착해 발을 내디뎠다.

* * *

세다스 왕국과의 전쟁은 비스티우스 제국의 입장에서는 위대한 승리로 끝이 났다. 제국군, 정확히 로샨의 검은 군대는 적은 수로 예상보다 훨씬 빠르게 세다스 왕국을 정복해 무릎 꿇리고 돌아왔다. 그러나 승전보를 가지고 돌아온 그들에게 황제는 냉담했다.

황제는 공식적인 칭찬 한마디 내리지 않았으나 백성들은 달랐다. 황자 시절부터 현재의 황제보다 인기가 좋은 로샨이었다. 수도 사람들은 그를 반기며 자발적으로 꽃을 뿌리고 군대가 지나가는 길에 붉은 천을 깔고 기쁨의 함성을 질렀다.

백성들의 함성과 축포. 빈정이 상한 황제는 급병을 핑계로 승전 축하 연회마저 기약 없이 미뤄 버렸다.

황제의 태도에 로샨은 언제나 그랬듯 크게 신경 쓰지 않았다. 하지만 그의 아래 수하들은 달랐다.

"예상은 했지만 형편없군. 개선문까지는 바라지 않아도 환영 정도는 거하게 해 줄 거라 생각했는데 말이야. 하기야 위대하신 우리 황제 폐하께서 언제 그랬던 적이 있느냐마는."

"프레드릭. 듣는 귀가 많아. 말을 조심하는 게 좋겠어."

프레드릭이 황궁 복도를 걸으며 빈정거리자 하이든은 곧장 그를 만류했다. 그러나 그의 얼굴에도 불만의 기색은 역력했다.

"틀린 말이 아니니 듣는다 해서 우리한테 무어라 할 수 있겠나."

"녹스! 자네마저 왜 이러나."

평소 같으면 그저 입을 다물고 말았을 녹스조차 프레드릭을 거들었다.

녹스는 황제에 대한 분노로 머리끝까지 화가 나 있었다. 주군을 향한 황제의 치졸한 획책. 그 때문에 그는 아끼는 수하를 여럿 잃었다.

"하이든. 겁먹지 말아. 이 황궁에서 전하의 기사인 자네를 벨 수 있는 이는 없으니까. 전장 한 번 나가지 않고 황궁에만 상주하는 기사들 수준 알잖나."

녹스가 거들자 프레드릭은 빈정거림을 이어 나갔다. 그 유명한 로샨 비스티우스, 그리고 그를 뒤따르는 세 명의 기사. 황궁 안 시중인들의 시선이 저절로 그들을 따랐다.

로샨은 수하들이 무어라 하건 신경 쓰지 않고 걸음을 옮겼다. 그러다 황궁 안 어느 커다란 건물 앞에 도착해서는 잠시 걸음을 멈추고 뒤를 돌아봤다. 이만 입을 다물라는 주군의 무언의 명에 세 명의 기사들이 곧장 말을 멈췄다.

로샨을 따라 세 명의 기사가 건물 정문 쪽 계단을 반쯤 올랐을 때였다. 위에서 아래로 누군가 급히 내려오더니 로샨을 향해 허리를 깊게 숙였다.

"전하. 무사 귀환을 축하드립니다."

약간 마른 듯한 외관에 잔머리 하나 없이 올린 회갈색 머리, 은으로 만들어진 얇은 안경. 누가 보더라도 문관의 분위기를 풍기는 사내는 검은 눈 밑으로 내려온 다크서클 탓에 많이 피로해 보였다. 그러나 그 와중에도 깔끔한 차림새 탓에 제법 준수했다.

"대신관은?"

로샨은 사내의 인사를 눈빛으로 받고는 곧장 입을 열어 물었다. 걸음조차 멈추지 않았기에 회갈색 머리 사내는 그를 옆에서 쫓아 기껏 내려온 계단을 다시 오르며 답했다.

"일단 지시하신 대로 자리를 마련했습니다."

익숙한 일인 듯 회갈색 머리카락의 사내는 아무렇지 않은 표정이었다. 그러나 그를 바라보는 로샨 뒤 세 명의 기사의 눈에는 그새 측은함이 맴돌았다.

사내의 답에 로샨이 고개를 까딱이며 마지막 계단을 오르자 아래에서 보던 것보다 훨씬 위용 넘치는 건물이 시야에 들어왔다. 로샨은 황금으로 꾸며진 지붕을 한 번 살피고는 다시 앞을 봤다. 그러자 건물 앞에 대기하고 있던 시종 몇이 그새 달려와 로샨 앞에 허리를 숙이며 고했다.

"어서 오십시오. 황태제 전하. 황제 폐하께서 기다리고 계십니다."

* * *

황궁에 도착하기 무섭게 예레나는 제인과 떨어진 채 낯선 이들에게 끌려갔다. 그리고 어느 방에 잠시 감금된다 싶더니 이내 들이닥친 여인들에게 이끌려 욕탕으로 향했다.

낯선 환경과 보이지 않는 눈 탓에 잔뜩 긴장한 예레나였다. 한데 설명조차 없이 낯선 여인들에게 맨몸을 보이다니. 불식간에 일어난 일에 예레나는 정신조차 차리지 못하다 목욕이 끝난 뒤에야 입을 열었다.

"왜 이러는 거죠? 날 어디로 데려가려는 거예요?"

하지만 그들은 예레나를 인형 취급이라도 하듯 아무런 대꾸 없이 그녀의 치장만을 바쁘게 할 뿐이었다. 주변을 돌아다니는 발걸음은 족히 넷은 될 듯한데 돌아오는 답은 하나도 없으니 예레나의 초조함은 극에 달했다.

'이게 무슨…….'

게다가 어느새 입혀진 드레스. 비록 볼 수는 없었으나 예레나는 여인들이 제게 입힌 드레스가 귀족 여인들이 입을 만한 것이 아니라는 것쯤은 알 수 있었다.

세다스 왕국과 제국의 여성 복식은 그 모양부터 차이가 컸으나 두 나라 모두 높은 신분의 여인들의 경우 어깨와 팔 외의 노출을 꺼렸다. 한데 그녀가 입은 드레스는 앞이 훤한 것이 그대로 느껴지는 것도 모자라 얇기가 종잇장 같았다.

'이제 한 나라의 가장 고귀한 미혼 여성이 아닌 한낱 정부, 아니 침실 노예일 뿐이야.'

앞이 드러난 드레스 사이로 찬 공기가 들어온다 싶더니 비앙카의 악담이 머릿속을 둥둥 떠다녔다. 예레나는 새삼 느껴지는 제 처지에 저도 모르게 눈시울을 붉혔다. 제국의 황제가 자신을 어찌 대할지가 빤히 예상돼 두려웠다.

'싫어. 이대로 황제의 침실에 끌려가는 건 싫어.'

세다스를 떠나올 때만 해도 예레나는 제 몸 하나쯤은 나라를 위해 버리리라 생각했다. 하지만 막상 상황이 닥치니 가족들을 따르고 싶었다. 이 이상 비참해지기 싫었다.

잔뜩 겁에 질린 예레나가 벌벌 떨었다. 그러나 그 와중에도 치장은 계속돼 귀걸이의 뾰족한 끝이 귀를 찌르고 팔목에는 묵직한 팔찌가 수갑처럼 채워졌다.

마지막으로 여인 중 하나가 예레나의 목에 목걸이를 두르고 걸쇠를 잠갔다. 짤각. 아주 작은 소리와 함께 피부가 빤히 드러난 가슴께에 차가운 보석이 닿았다.

치장이 끝나자 말 없는 여인들이 예레나를 일으켜 또다시 어딘가로 끌기 시작했다. 방 안과 달리 서늘한 복도에 예레나가 하얗게 질린 채 물었다.

"어디로 가는지라도 말해 줄 수 없나요?"

예레나는 두려움을 숨기려 노력했다. 하지만 목소리에 담긴 떨림을 숨길 수는 없었다. 게다가 기껏 낸 용기에도 그녀의 양팔을 붙잡은 채 질질 끌다시피 한 여인들은 아무런 답도 주지 않았다. 예레나는 입술을 꽉 물었다가 걸음을 멈췄다.

"황제 폐하의 재촉이 있으셨습니다. 빨리 가야 합니다."

당기는 힘에도 예레나가 끝내 견디자 옆이 아닌 앞에서 누군가 말했다. 중년 여인으로 추정되는 목소리에는 조금의 온기도 없었다.

두려움이 컸으나 예레나는 오기가 생겨 여인들이 그러했듯 입을 닫아 버렸다. 그러자 중년 여인이 그녀에게 한 발 더 가까이 다가왔다.

"몇 년 전 황제 폐하께 바쳐진 히렌의 왕비가 남편을 배신할 수 없다며 끝내 고집을 부렸지요. 그녀가 어찌 되었을 것 같습니까?"

"……."

"폐하께서는 명을 거스르는 걸 극히 싫어하시지요. 왕비는 알몸으로 온갖 이들이 다니는 정원에 온종일 묶여 있다 결국 수치를 이기지 못해 스스로 목숨을 끊었지요. 그리고 그 직후 왕비 소생이었던 왕자 둘은 한날한시 급병으로 죽었으며 히렌이 바쳐야 할 공물의 양은 기존의 세 배로 늘었습니다."

끔찍한 협박이었다. 예레나는 결국 고개를 숙인 채 달달 떨리는 다리를 움직였다. 급하다는 말이 진실인지 여인들은 고분고분해진 예레나를 끈 채 좀 더 속도를 높였다. 그리고 곧이어 무거운 문이 양쪽으로 열리는 소리와 함께 시종의 목소리가 예레나의 귀를 때렸다.

"폐하. 세다스의 예레나 왕녀입니다."

* * *

"윽……!"

힘에 밀려 억지로 꿇게 된 무릎이 아렸다. 하지만 위로 치켜들린 얼굴 때문에 예레나는 무릎의 아픔에는 신경조차 쓰지 못했다.

괴로움을 호소하는 예레나의 표정이 빤히 보임에도 황제 케드릭은 아랑곳없이 그녀의 고개를 돌려 가며 이곳저곳을 살폈다. 그리고 한참 동안 귀한 물건을 감상하듯 탄식을 내뱉다 웃음을 터뜨렸다.

"하하하. 과연 짐의 군대를 보낼 만하다. 눈먼 병신인데도 이리 아름답다니."

갑자기 난 웃음소리에 예레나가 놀라 어깨를 들썩였다. 그 모습에 케드릭의 눈이 한층 더 가늘어졌다. 그가 쥐고 있던 예레나의 얼굴을 놓고 그녀의 머리 위에 손을 올린 채 아랫입술을 핥았다.

"떠는 모습도 귀엽구나."

칠흑같이 어두운 머리카락에 자수정처럼 빛나는 자색 눈동자. 이복동생 로샨처럼 신과 같은 외모다 칭송받지는 않았으나 황제 또한 아름다웠던 어미를 빼닮아 미인이라 불리기에 충분했다. 특히 고운 선과 긴 머리, 더불어 사내치고 붉은 입술이 묘한 색기를 만들어 황제를 흠모하며 얼굴을 붉히는 귀족 영애들도 더러 있었다.

그러나 눈먼 예레나에게 황제는 징그러운 뱀과 같을 뿐이었다. 조금의 배려도 없는 손길, 볼 수는 없었으나 질척임이 느껴지는 시선. 거기다 황제는 어찌 보면 그녀의 가장 큰 원수였다.

거부감을 느낀 예레나가 황제의 손길을 피했다. 생김새만 보면 유순하고 연약해 보이는 예레나가 인상을 찌푸리며 자신을 거부하자 황제의 얼굴이 순식간에 굳었다. 그가 조금의 망설임도 없이 손을 들어 올렸다.

짜악.

"악!"

뺨을 내리치며 나는 파공음이 매서웠다. 체구가 가늘다고는 하나 황제 또한 사내였다. 여인들 사이에서도 가녀린 축에 속하는 예레나는 그의 폭력에 곧장 옆으로 꼬꾸라졌다.

"감히……."

홧홧한 뺨과 멍한 정신. 난생처음 당해 보는 일에 예레나가 멍청한 얼굴로 고개조차 제대로 들지 못했다. 황제는 그런 그녀에게 한 발 가까이 다가가 이를 갈며 중얼거렸다.

"침실 노예나 할 패전국의 왕녀 따위가 감히 짐에게!"

황제는 시종들은 물론이요 주위 여인들에게도 거리낌 없이 폭력을 행사했다. 덕분에 그의 주변 하녀들뿐만 아니라 귀족 출신인 시녀들과 후원의 수많은 정부도 종종 만신창이가 되었다. 그러나 만인지상 황제를 그 누가 감히 꾸짖겠는가. 황제는 제 지위로 그 더러운 성미를 마음껏 뽐내고 다녔다.

"건방진 계집. 짐이 오늘 네 버릇을 고쳐 주마."

엎어진 예레나를 머리부터 발끝까지 살핀 황제가 살벌한 목소리를 내더니 다리를 들었다. 윤기 나는 구두가 드러난 예레나의 발목을 질근질근 밟았다. 꾹꾹 가해지는 폭력에 예레나가 벌벌 떨며 신음을 흘렸다.

"너 같은 눈 병신은 이리 바닥을 기며 머리 조아리는 게 옳아."

보통의 인간과는 궤를 달리하는 잔인함이 보라색 눈에 어렸다. 폭력을 행사하며 우월감을 느끼고픈 저열한 욕망이 황제의 몸을 간질였다. 그가 예레나의 발목을 한 번 지그시 밟더니 무언가를 생각하곤 다리를 높게 들어 올렸다.

"폐하!"

황제가 막 구둣발을 내리려 할 때였다. 쾅 소리와 함께 둔중한 문이 급히 열리더니 긴 사제복을 갖춰 입은 노신관이 헐레벌떡 달려왔다. 뒤에서 맹수가 쫓아오는 듯 체면을 다 버린 모습이 우스꽝스럽기까지 했다.

"대신관?"

황제가 그를 알아보고 고개를 갸웃거렸다. 제 앞에서 항상 진중한 대신관이 저리 허둥거리는 모습이 어쩐지 불길했다.

"폐, 폐하. 안 됩니다."

대신관이 케드릭의 얼굴을 한 번 보고 그 아래 쓰러져 있는 예레나를 봤다. 그리고 창백히 질린 얼굴로 홀이 울리도록 큰 목소리를 냈다.

"왕녀에게서 떨어지십시오. 당장!"

"뭐?"

"저주입니다. 그것도 지독한 저주입니다!"

저주라는 말에 황제가 눈에 띄게 당황한 기색을 보였다. 그가 예레나에게서 한 발 떨어지며 대신관에게 재차 물었다.

"저주? 제대로 설명해라. 대신관."

"저 위, 하늘에 계신 빛의 여신께서 경고하셨습니다. 세다스의 왕녀는 저주받았으니 빛으로 그를 정화할 때까지 조심하라고. 특히 신실하신 폐하와 저주받은 왕녀는 상극이니 더더욱 주의하라고 말입니다."

대신관은 심각한 얼굴로 황제 가까이 다가서더니 마저 설명했다. 여신께서 말씀하시길 로샨이 죽인 세다스의 왕과 왕비, 왕자들의 원혼이 제국으로 끌려온 왕녀에게 붙어 끈적한 저주가 되었노라고. 그리하여 제국의 주신인 빛의 여신께 빌어 저주를 없애기 전에는 왕녀와 가까이해서는 안 된다고.

누군가는 웃어넘길 이야기일 수도 있었다. 그러나 황제는 대신관의 말을 다 듣기 무섭게 예레나에게서 도망치듯 거리를 벌렸다. 그리고 소매로 코와 입마저 막은 채 괴성을 지르며 그녀를 내쫓아라 발작하기 시작했다.

"저 더러운 것을 내쫓아라! 내게서 멀리 떨어뜨려! 당장!"

황제의 고함에 허둥지둥 달려온 시종들이 예레나를 끌어내 황궁의 어느 작은 방에 던져 넣었다. 철컥하고 문이 잠기는 소리와 함께 방 안에는 짙은 어둠이 깔렸다.

축축한 방 안, 예레나는 그 안에서 멍한 낯을 한 채 한참을 있었다. 아직도 아린 뺨과 험한 말들…… 그것들은 차가운 현실이었다.

'침실 노예나 할 패전국의 왕녀 따위가 감히 짐에게!'

견뎌 내자 수없이 한 다짐이 한순간에 흩어졌다. 혹독한 현실이 다시금 머리를 때렸다. 예레나는 곰팡내가 나는 방 안에서 울지도 못한 채 한참 절망을 곱씹었다.

'……따뜻해.'

예레나가 정신을 차린 건 방 안에 난 아주 작은 창으로 햇빛이 들어오고 나서였다. 얇은 드레스 자락을 쥔 채 밤새 오들오들 떨던 그녀는 얼굴에 닿는 아주 작은 온기에 고개를 들고 한 뼘이라도 햇빛이 더 드는 자리를 찾아 차가운 바닥을 더듬거렸다.

작게 난 햇빛 웅덩이에 웅크린 채 예레나가 고국의 이름을 수없이 중얼거렸다. 왕과 왕비였던 부모님도, 왕자였던 오라비들도 사라졌으나 그녀는 여전히 세다스의 왕녀였다. 그리고 왕족은 죽기 전까지 나라를 위해 온 힘을 다해야 할 의무가 있었다.

'……어떻게든 황제의 비위를 맞춰야 했는데. 혹 이번 일로 세다스에 해코지를 하면 어쩌지.'

이성이 돌아오자 황제 앞에서 행했던 모든 행동이 후회스러웠다. 당장 목을 찔러 죽이고 싶은 원수이나 세다스의 명운을 쥐고 있는 자가 아닌가. 가슴을 내보이며 개처럼 굴어도 모자랄 판에……. 예레나가 불안함에 입술을 잘근잘근 씹으며 앞으로 어찌해야 할지 고심했다.

그러나 지금의 처지로는 기다리는 것 외에 딱히 할 수 있는 일이 없었다. 예레나는 자신의 무능력함을 자책하며 한숨 쉬었다. 그러다 불현듯 끌려오기 직전에 들었던 말을 떠올리곤 고개를 갸웃거렸다.

'그러고 보니 저주……. 그건 또 무슨 말일까?'

대신관이라 불린 노인이 저주라 외치던 것은 또렷하게 들을 수 있었다. 하지만 그 뒤는 제대로 들을 수 없었다. 뺨을 세게 얻어맞아 귀가 얼얼한 탓도 있었으나 노인의 목소리가 원체 작았기 때문이다.

또 다른 불안감이 스멀스멀 크기를 키웠다. 그러나 이번에도 그녀의 몫은 기다림뿐이었다.

갑갑해진 예레나는 저도 모르게 가슴에 손을 올려 압박을 주다 무릎을 꿇었다. 그리고 볼 수 없는 눈을 떠 햇빛이 들어오는 창가를 보며 손 모아 기도했다.

"신이시여. 다른 것은 원하지 않습니다. 다만 이 이상 세다스에 시련이 없게 하소서. 그리하여 제가 살아갈 희망을 주소서."

* * *

"예하. 이건 전하께서 내리시는 감사의 표시입니다."

안경 쓴 사내의 손에는 제법 묵직한 상자가 있었다. 대신관 시낙스는 그를 신경질적으로 잡아채며 소리쳤다.

"전하께서 직접 부탁하신 일이라 이번에는 거절할 수 없었지만 다음번은 어림도 없소! 똑똑히 알아 두시오."

"그럼요. 걱정 마십시오."

안경 너머 검은색의 눈이 휘어졌다. 대신관은 길게 눈웃음치는 사내를 한 번 더 노려보고는 몸을 확 돌려 성큼성큼 걸음을 옮겼다.

"어림없기는 무슨……. 그럼 애초에 죄를 짓지 말든가. 지금도 보라지. 신관이라는 것이 성질을 내면서도 챙길 것은 다 챙겨 가는 꼴이라니."

사내가 회갈색 머리를 쓸어 올리며 비웃음을 숨기지 않을 때였다. 밖에서 대기하던 이가 불쑥 방으로 들어오며 사내의 이름을 불렀다.

"제임스."

"아! 녹스 경. 많이 기다렸습니까?"

제임스라 불린 사내가 녹스를 반갑게 맞이했다. 녹스는 고개를 살짝 저으며 제임스가 안내한 자리에 앉았다.

"이제 막 돌아와 쉬고 싶었을 텐데 갑자기 만남을 청해 죄송합니다. 꼭 여쭐 게 있어서."

제임스가 녹스의 맞은편에 앉아 잔에 물을 따르며 말했다. 녹스는 고개를 끄덕이는 것으로 물어보라 제 의사를 전했다. 그러자 제임스가 곧장 물었다.

"전하께서 세다스의 왕녀에게 관심이 지대하십니까?"

"……이미 봐서 알 텐데. 말씀은 안 하셨지만 오는 길에도 내내 신경 쓰셨다."

"이런…… 쯧."

녹스의 답에 제임스가 혀를 차며 인상을 찌푸렸다. 돌아오기 무섭게 주군이 한 행동. 그것은 로샨의 곁에 오래 있었던 제임스를 아주 당혹게 했다.

'폐하께 고해라. 세다스의 왕녀가 저주받았다고.'

제임스에게 명해 대신관 시낙스와 은밀한 만남을 가진 로샨은 다짜고짜 그를 협박했다. 전리품으로 끌고 온, 황제의 침실에 밀어 넣어지는 것으로 이미 정해진 왕녀에게 저주라는 거짓 소문을 붙이라고. 그리고 저주를 푼다는 명목으로 그녀를 황궁 내 탑에 유폐시키라고 말이다.

'예? 전하. 전 여신의 말씀을 전하는 대신관입니다. 거짓을……. 그것도 황제 폐하께 거짓을 고하는 일은 할 수 없습니다.'

'대신관. 그대가 후보 시절 루켄에서 벌인 일에 대해 기억하나?'

당연한 말이지만 처음 대신관은 거부했다. 그러나 로샨은 이미 대신관의 약점이라 할 만한 것들을 너무 많이 알고 있었다. 결국 약점 중 몇 가지를 들이밀자 대신관은 얼굴을 붉히면서도 황제에게 달려갔다. 그리고 로샨의 뜻대로 왕녀에게 저주가 내렸다 황제를 겁줬다.

"돌아오기 무섭게 이상한 것을 명하신다 싶더니만."

"……"

"앞으로도 이러시면 곤란한데……."

지금쯤 탑으로 끌려갔을 왕녀를 생각하며 제임스가 턱을 쓸었다. 안경 너머 검은 눈동자에 잔인함이 엿보이는 것을 본 녹스가 입을 열었다.

"제임스. 나는 네 목표도 네 충정도 높이 산다. 하지만 선을 넘는 건 곤란해."

"……"

"전하께서 네가 무슨 일을 벌이든 가만두고 보시는 것은 결과가 어찌 되든 관심이 없으셔서다. 하지만 왕녀의 일은 지금까지와 달라. 자칫 잘못하다간 전하의 손에 목숨을 잃을 수도 있어."

"그 정도입니까?"

제임스가 짐짓 놀란 얼굴을 했다. 그러나 과장된 태도에는 가벼움이 가득해 녹스는 그가 제 말을 심각하게 여기지 않는다 생각하며 미간을 좁혔다.

"……그래 봤자 계집인데 그저 한 번 품고 마시지."

아주 잠깐 두 사람 사이 침묵이 맴돈다 싶더니 제임스가 다 들리는 혼잣

말을 짜증스레 뱉었다. 녹스가 누차 경고를 하기 위해 진지한 목소리로 말했다.

"제임스. 왕녀에 관한 전하의 관심은 가볍게 볼 것이……."

"충고 감사합니다. 경의 말은 머릿속 깊이 새기도록 하지요."

하나 제임스는 녹스의 말을 싹둑 자르곤 앞에 둔 물잔을 들어 물을 단번에 들이켰다. 그리고 주머니에 넣어 뒀던 회중시계를 꺼내 보며 말했다.

"이런. 시간이 벌써 이렇게 됐군요. 이만 돌아가 주셔야겠습니다. 승전 축하 연회 준비 때문에 바쁘거든요."

녹스는 제임스의 축객령에 제 말 중 무언가가 그의 심기를 제대로 건드렸다는 걸 알 수 있었다. 그가 왕녀와 주군에 대해 무어라 더 말하려다 그만두고 새로이 알게 된 것에 관해 물었다.

"……연회는 황제의 병 때문에 취소된 게 아니었나?"

"전하께서 승전보를 가지고 돌아오셨는데 가짜의 꾀병 때문에 연회를 취소할 수는 없는 노릇이지요. 밀어붙였습니다."

"그래. 너답군."

녹스가 찬찬히 고개를 끄덕이며 자리에서 일어났다. 제임스는 그가 방을 나갈 때까지 미소를 유지했다. 하지만 문이 닫히고 녹스의 발걸음 소리마저 사라지자 제임스의 얼굴은 언제 그랬냐는 듯 차갑게 식었다. 그가 굳게 닫힌 문을 보며 중얼거렸다.

"빨리 처리해야지. 아니면 나중에 꽤 골치가 아프겠어."

* * *

기도를 얼마나 했을까. 예레나는 답하지 않는 고국의 신들께 빌다 어느 순간 깜빡 잠들었다. 아주 잠깐의 단잠. 짧은 시간이었으나 예레나는 망각의 축복 속에 한계에 다다른 정신과 육신을 잠시나마 내려놓을 수 있었다.

'누구……?'

그러나 그것도 잠시였다. 여러 명의 발소리가 지적에서 울리자 예레나는 곧장 눈을 뜨고 움직였다. 그녀가 상체를 일으키기 무섭게 끼익 소름 끼치는 소리와 함께 문이 열렸다.

"이것이 그 저주받은 왕녀인가."

낯선 여인의 목소리가 예레나에게 히렌의 왕비가 어떻게 죽었는지 알려 줬던 중년 여인의 것처럼 서늘했다. 하지만 무감하게 느껴졌던 중년 여인과 달리 새롭게 듣게 된 여인의 목소리에서는 경멸이 가득 묻어났다.

"일으켜라."

예레나가 누구냐 묻기도 전 낯선 여인이 명했다. 그러자 그녀 옆, 하얀 옷을 차려입은 여인들이 예레나에게 한꺼번에 달려들었다.

"쯧. 저자의 더러운 창부도 아니고 꼴이……."

억지로 일으켜 세워진 예레나에게 모욕적인 일갈이 떨어졌다. 갑작스러운 멸시에 화가 나기보다 어처구니가 없어진 예레나가 황당한 얼굴을 한 채 입을 닫았다. 낯선 여인은 그를 어떻게 본 것인지 한층 더 기세 당당한 얼굴로 예레나에게 바짝 붙어 호통쳤다.

"이 사특한 것! 그 반반한 얼굴로도 모자라 눈먼 자를 행세해서 동정을 받으려 드는구나."

도통 알아들을 수 없는 말이었다. 그러나 예레나는 여인에게서 나는 희미한 향내와 그녀가 쓰는 단어에 신분을 대략 짐작할 수 있었다.

'신녀…….'

제국은 여러 신들을 믿는 세다스와 달리 빛의 여신 하나를 섬기는 나라였다. 게다가 신실함의 차이는 있을지언정 예부터 황제가 앞장서 신앙생활을 했기에 신권이 제법 강한 편이었다. 덕분에 세다스에 비해 신관과 신녀의 수가 많다 예레나는 배운 적이 있었다.

'하지만 여긴 신전이 아닌 황궁인데……. 황제 앞에 나타났던 대신관도 그렇고 신녀가 왜 황궁에 있지?'

하지만 예레나도 몰랐던 사실이 하나 있었으니 현 황제 케드릭의 병적인 신앙심이었다. 케드릭은 비이성적일 정도로 빛의 여신에게 집착했다. 때문에 황궁 안, 황족들의 기도를 위해 있었던 작은 건물은 어느새 위용 넘치는 신전으로 재건축되었으며 서너 명 상주하던 신관과 신녀의 수도 이미 백에 육박했다.

"대신관께서 말씀하신 대로 저주의 냄새가 지독하구나. 더럽다. 더러워!"

예레나가 의아해하는 동안 그녀 앞, 낯선 여인은 점점 더 목소리를 키웠다. 예레나를 이리저리 살핀 그녀는 어느새 피거품을 물 기세로 고함을 지르고 있었다. 예레나는 여인의 찢어지는 목소리에 귀라도 틀어막고 싶었으나 붙잡힌 팔에 그조차 할 수 없었다.

"여신이시여……."

홀로 난동을 부리며 예레나를 모욕하던 여인은 한참 만에야 진정했다. 그녀가 거칠게 숨을 허덕이며 여신을 부르다 갑자기 뒤를 홱 돌아보며 소리쳤다.

"그래도 자비로운 여신께서 기회를 주신다니……. 뭣들 하나! 가지고 와!"

기다렸다는 듯 밖에 있던 이들이 항아리 하나를 낑낑거리며 가지고 왔다. 아이 하나쯤은 들어가고도 거뜬한 크기의 항아리 안에는 연녹색의 물이 찰랑대고 있었다.

촤악.

예레나 앞에 선 여인이 나무로 만들어진 바가지로 항아리 안 물을 푸더니 예레나의 얼굴에 뿌렸다. 닿기 무섭게 화끈한 피부에 예레나가 화들짝 놀라 입을 열었다.

"갑자기 무슨……."

그러나 예레나는 말을 제대로 잇지 못했다. 여인이 연거푸 그녀에게 알 수 없는 물을 뿌린 탓이었다. 따끔거림이 여전한 것은 물론이요 머리가 어지러워지며 기이한 향 탓에 숨 쉬기가 어려웠다.

"역시. 몸 안에, 이 눈 안에 마귀가 들었음이야! 그만하라 하기 전까지 계속 들이부어라!"

예레나가 붙잡힌 상태 그대로 상체를 숙인 채 콜록이자 여인이 그럴 줄 알았다는 듯 손가락질하며 옆에 있던 이에게 바가지를 넘겨줬다. 그리고 허리춤에 양손을 올린 채 이번에는 예레나의 고국 세다스를 비아냥거리기 시작했다.

"그러고 보니 이것이 온 세다스 왕국은 빛의 여신을 저버리고 거짓으로 판명된 것들을 신이라 받들며 모셨다지."

"……."

"그러니 여신께서 벌을 내리지! 여신이시여, 당신을 믿지 않는 이 사특한 것들을 용서 마옵소서!"

여인이 여신을 부르짖는 동안에도 그녀의 명에 따라 예레나에게는 알 수 없는 액체가 계속해서 끼얹어지고 있었다. 바닥이 흥건해지고 온몸이 젖어 들자 견디기 어려워진 예레나가 소리 높였다.

"이게 무슨 짓이에요! 그만 좀 해요!"

예레나의 태도에 여인의 눈이 희번득하게 빛났다. 그녀가 갈퀴 같은 손을 뻗어 예레나의 얼굴을 틀어쥐었다.

"빛을 머금은 물을 이만큼 맞고도 입을 놀리다니. 대신관께서는 상처 내지 말라 하셨지만 이 정도면……."

"뭐, 뭘 하려고……."

"……정화를 해야지. 마가 깃든 곳을 불태워 없애 버려야지."

볼 수 없었으나 앞에 선 이의 광기는 또렷하게 느껴졌다. 오싹해진 예레나가 발버둥 치며 벗어나려 들었다. 그러자 여인이 히죽 긴 웃음을 지으며 즐거움 가득한 목소리로 명했다.

"불과 인두를 가져와라! 사특한 마가 깃든 눈을 파내 정화를 해야겠다."

예상보다도 더한 말에 예레나가 숨 쉬는 것마저 잊었을 때였다. 차분한 목소리가 광기 어린 분위기를 갈랐다.

"율리아 자매. 그만하십시오."

자매. 예레나의 얼굴을 붙잡고 있던 여인은 예레나의 예상대로 신녀였다. 그것도 신앙심이 깊다 못해 과하다는 말을 듣는.

저를 부르는 소리에 율리아가 예레나에게서 손을 뗐다. 그리고 뒤돌아 이를 갈며 상대를 불렀다.

"알리시아……."

알리시아라 불린 여인 또한 신녀였다. 율리아와 마찬가지로 하얀 신복을 입고 있는 그녀가 앞으로 발걸음을 내딛자 율리아 주변에 있던 이들이 쫙 갈라서 길을 만들었다. 알리시아가 천천히 걸어 율리아 앞에 섰다.

"대신관님께서는 율리아 자매에게 이번 일을 맡기시지 않았을 텐데요."

엄한 목소리의 알리시아는 한눈에도 독특한 외관을 지니고 있었다. 하얀색 머리카락과 같은 색의 눈썹. 그녀는 젊었음에도 온통 하얗게 탈색되어 있었다. 그러나 무엇보다 눈길을 끄는 것은 알리시아의 눈을 가리고 있는 천이었다. 길고 흰 천. 그 위에 새겨진 황금색 문양이 신전의 경건함을 자랑하며 반짝였다.

"그건 다 네가 수를 써서! 사악한 것들의 정화는 원래 내 역할이다. 내가 할 일이란 말이야!"

"신녀라면 누구나 정화에 힘쓸 수 있습니다. 정화는 율리아 자매가 독점할 수 있는 성질의 것이 아닙니다."

알리시아가 찬 눈가리개의 문양에 주춤하던 율리아가 억울한 목소리로 소리쳤다. 하지만 알리시아는 냉정하게 답할 뿐이었다.

"방해 마! 내가 방금 확인했다. 이것의 몸, 저 눈 아래에는 분명……."

"그만."

대꾸할 마땅한 답이 없었던 율리아가 고집을 부리며 버티려 들자 알리시아가 한층 더 딱딱해진 목소리로 그녀의 말을 잘랐다. 그리고 더는 듣지 않겠다는 듯 고개를 저으며 명했다.

"율리아 자매. 상급자로서 명합니다. 이만 당신 아래 아이들을 데리고 돌아가세요. 그러지 않으면 대신관께 이번 일을 고하겠습니다."

알리시아가 직위로 내리누르자 율리아의 눈에 핏발이 섰다. 그러나 방법이 없는 모양인지 그녀는 이내 주먹에서 힘을 빼고 밖으로 발걸음을 옮겼다. 그녀와 함께 온 이들도 율리아의 눈치를 보며 재빨리 그 뒤를 따랐다.

"저 더러운 것과 같은 눈 병신 주제에……."

방을 완전히 나가기 전 율리아가 혼잣말이라기에는 조금 큰 목소리로 중얼거렸다. 그러자 알리시아와 함께 온 신녀 둘이 발끈한 얼굴로 율리아를 노려봤다. 하나 당사자인 알리시아는 고개조차 돌리지 않았다.

율리아는 그런 알리시아의 태도에 더 약이 오르는지 쿵쿵 큰 소리를 내며 사라졌다. 알리시아는 율리아의 발걸음 소리가 멀어지자 작게 한숨을 내쉬더니 예레나에게 가까이 다가갔다. 그리고 예레나에게서 나는 녹색 액체의 독한 향에 미간을 찌푸리며 명했다.

"이런……. 쟐. 물과 천을 가져오렴."

그녀의 명에 쟐이라 불린 붉은 머리카락의 신녀가 곧장 물과 깨끗한 천을 가져왔다. 알리시아는 돌아온 쟐의 발걸음 소리에 예레나 쪽으로 고갯짓했다. 그러자 쟐과 또 다른 신녀 하나가 천에 물을 듬뿍 묻혀 예레나의 얼굴을 닦아 주기 시작했다.

"조금만 참으십시오. 금세 괜찮아질 겁니다."

부드러운 손길에 예레나는 주춤했으나 악의 없는 목소리에 이내 힘을 뺐다. 여인의 말대로 천이 닿은 자리는 이내 따끔함이 사라지며 괜찮아졌다. 예레나는 서서히 사라지는 고통을 느끼며 조심스레 고개를 들었다.

"아……. 제 소개가 늦었군요."

예레나가 누구냐 물으려 입술을 살짝 열 때였다. 알리시아가 먼저 말문을 열었다. 그리고 이내 몸을 낮춘 그녀는 예레나에게 정중한 목소리로 자신을 소개했다.

"처음 뵙겠습니다. 전 빛의 여신을 섬기는 신녀 알리시아라 합니다. 오늘부터 왕녀님의 정화와 교육을 맡게 되었습니다."

* * *

짧게 자기소개를 한 알리시아는 휘하 신녀들에게 명해 예레나를 부축하게 했다. 그리고 머무를 곳이 정해졌다며 예레나를 안내했다.

볼 수 없는 예레나를 생각한 것인지 알리시아와 신녀들의 걸음 속도는 그리 빠르지 않았다. 그러나 목적지가 제법 먼 탓에 그러잖아도 심신이 지쳐 있던 예레나는 창백한 얼굴로 숨을 허덕였다.

"거리가 좀 멀지요? 죄송합니다. 하지만 황궁 내에서는 폐하의 허락 없이는 함부로 마차를 탈 수 없는지라……. 여기서 조금 쉬었다 갈까요?"

보다 못한 알리시아는 사람들의 인기척이 없는 정원 구석에서 잠시 걸음을 멈췄다. 그리고 숨을 고르는 예레나를 향해 입을 열었다.

"왕녀님. 본래라면 왕녀님이라 칭해야 마땅하겠으나 앞으로는 예레나 님이라 칭하겠습니다."

예레나는 제국의 신녀가 저를 무어라 부르든 크게 상관하지 않을 참이었다. 하지만 그리 부르는 이유가 궁금은 했기에 고개를 알리시아 쪽으로 틀었다. 그러자 알리시아가 그 배경에 대해 설명을 시작했다.

"예레나 님께 지독한 저주가 닥쳤다 빛의 여신께서 말씀하셨습니다. 그리고 저주에서 벗어나기 위해는 여신께 기도 올리고 신앙을 굳건히 하는 시간이 필요하다 일러 주셨지요."

"……."

"여신의 말씀을 들은 대신관님께서 제게 명하셨습니다. 예레나 님을 보필하며 올바른 신앙의 길로 이끌라고."

"……."

"예레나 님께서는 저와 함께 조용한 곳에서 신앙생활을 이어 가게 되실 겁니다. 그리고 그동안의 세속의 모든 지위와 영광을 내려놓아야 합니다. 물론 검소하게 지내셔야 하고요."

"……."

"지독한 저주라니 기간이 짧지는 않겠지만 걱정 마십시오. 빛의 여신께서는 자비로운 분이시니까요."

율리아의 언사로 예레나는 돌아가는 상황을 대강 눈치는 채고 있었다. 하지만 그래도 헛웃음을 감출 수 없었다. 예레나가 반항기 가득한 얼굴로 말을 꺼냈다.

"난 빛의 여신을 믿지 않아요. 전 세다스 왕국을 수호하는 여러 신들을……!"

하지만 예레나가 말을 채 마치기도 전 차가운 손가락이 예레나의 입에 닿았다. 알리시아는 예레나가 말을 멈추자 조용한 목소리로, 그러나 단호하게 속삭였다.

"……불경스러운 말은 함부로 하는 게 아닙니다. 황제 폐하는 신앙심이 깊은 분. 혹여나 누가 이 말을 전하기라도 한다면 큰일이 날 수도 있습니다."

알리시아가 말하는 큰일이 무엇인지 충분히 예상 갔다. 때문에 예레나는 분한 얼굴을 할지언정 곧장 입을 닫았다. 알리시아는 그런 예레나를 향해 알 수 없는 표정을 짓다 자리를 털고 일어났다.

"그만 다시 출발하겠습니다."

그렇게 출발한 일행은 한참을 더 걸은 후에야 목적지에 도착할 수 있었다. 열 개가 넘어가는 건물을 지나, 정원 세 개를 넘어 도착한 곳. 그곳에는 그리 높지 않은 회색빛 탑 하나가 자리하고 있었다.

낡아 벽 곳곳이 부스러진 데다 이끼가 듬성듬성 낀 탑은 외관만 본다면 황궁에 있는 것이 믿기지 않을 수준이었다. 거기다 햇빛 또한 아래쪽에는 거의 닿지 않아 볼 수 없는 예레나조차 목적지의 음습함을 느낄 정도였다.

"이제부터 계단이 한동안 계속되니 조심하십시오. 너희도 예레나 님의 부축에 더 신경 쓰렴."

끼익. 문 열리는 소리와 함께 알리시아가 안으로 들어서며 경고했다. 그리고 그녀의 말처럼 일행은 탑 가장 아래에서 위로 휘감긴 나선 계단을 한참 올라야 했다.

"곧입니다."

예레나는 몇 번이고 휘청였으나 끝내 넘어짐 한 번 없이 마지막 계단을 올랐다. 하지만 높이가 다른 계단을 오르는 과정은 쉽지 않았기에 그녀의 얼굴을 창백해져 있었다.

'부축을 받고도 이 정도인데……. 혼자서는 나갈 수도 없는 곳이야.'

숨을 가쁘게 내쉬며 예레나는 자신이 머무를 곳이 창살 없는 감옥과 다를 바 없다 생각했다. 일자 계단도 보이지 않는 그녀에게는 큰 장벽이었다. 한데 나선형의, 그것도 수백 개의 계단이라니. 탑에 불이 나도 자력으로는 탈출할 수 없어질 게 뻔했다.

'아니야. 어딜 가도 내 신세는 같을 텐데…….'

생각해 보면 어디에 머무른들 똑같을지 몰랐다. 계단이 없는 건물에 머물러도 전리품인 그녀의 처지는 새장에 갇힌 새와 같으니 말이다. 그러나 거처가 주는 압박감은 무시할 게 못 됐다. 예레나는 아려 오는 가슴께 통증에 저도 모르게 손을 올렸다.

"이리로……."

예레나의 상태를 아는지 모르는지 알리시아는 걸음을 옮기더니 문을 열었다. 그리고 이어 익숙한 목소리가 예레나를 반겼다.

"왕녀…… 아니. 예레나 님!"

"제인?"

말로써 표현하지는 않았지만 예레나의 얼굴에 언뜻 안도가 스쳤다. 아는 이를, 조금이나마 기댈 수 있는 이를 만났다는 반가움. 제인이 예레나의 표정에서 그를 읽어 내고 예레나를 와락 껴안았다. 예레나는 갑작스러운 제인의 포옹에 당황했으나 몸에 힘을 풀었다. 황제를 알현한 뒤로 일어난 일들에 한계까지 몰려 있던 그녀에게는 안도가 필요했다.

"……잠시 두 분이서 이야기 나누고 계십시오. 곧 돌아오겠습니다."

옆에서 알리시아의 목소리가 들렸다. 볼 수 없는 예레나는 알 수 없었으나 제인은 소리를 따라 알리시아 쪽으로 고개를 돌렸다 자신도 모르게 움찔거렸다. 눈가리개를 두른, 신비한 신녀는 꼭 두 사람을 볼 수 있는 것처럼 보였다.

* * *

탑의 안, 탑의 중간 층계에는 세 사람이 서 있었다. 알리시아와 그녀를 따르는 두 명의 하급 신녀 잘과 쥴. 그들의 표정은 사뭇 진지했다.

"부축은 필요했지만 계단을 오르는 데 큰 무리는 없어 보였어요."

"맞습니다. 긴장을 잔뜩 하긴 했지만 얼마 전 시력을 잃었다고는 생각되지 않을 정도였어요. 특히 계단 상태를 생각하면……."

알리시아는 제 아래 신녀들의 말을 듣고 작게 고개를 주억거렸다. 그러다 이내 작은 목소리로 말했다.

"두 사람은 이만 가 보세요."

"알리시아 님은요?"

"아직 다 못 끝낸 일도 있고 전 잠시 이곳에 머물러야 할 것 같습니다."

"예. 그럼 먼저 기도실로 가 있겠습니다."

신녀들은 알리시아의 답에 별다른 대꾸 없이 허리를 숙이고 뒤돌았다. 알리시아는 두 사람이 탑 안을 빙 두르는 계단을 다 내려가고도 한참 가만히 서 있다 홀로 작게 속삭였다.

"역시……."

신전의 문양이 수놓아진 눈가리개 아래, 알리시아의 눈은 말 그대로 텅비어 있었다. 하지만 그녀는 꼭 앞을 볼 수 있는 것처럼 고개를 위로 드는 것도 모자라 조금의 두려움도 없이 높낮이가 불규칙한 계단을 오르기 시작했다.

알리시아가 벽에 걸린 등불 옆을 지날 때마다 빛은 잠시나마 한층 밝아졌다. 그리고 길게 늘어진 그녀의 그림자 위로 황금색 빛이 반짝이며 떨어졌다 이내 사라졌다.

'……매번 오르려면 힘들겠어.'

탑의 가장 위에 도착한 알리시아가 약간 가빠진 숨을 내쉬며 걸음을 옮겼다. 곧 그녀의 앞에는 두 개의 크고 작은 문이 나왔다. 알리시아는 그중 큰 문 앞으로 갔다.

그러나 문 가까이 섰음에도 그녀는 인기척을 내지 않았다. 대신 가만히 서서 문 안쪽 방에서 들리는 소리에 가만히 집중했다.

방 안에 있는 이들은 알리시아의 존재를 까맣게 모른 채 도란도란 이야기를 나누고 있었다. 문이 제법 두꺼워 제대로 알아들을 수는 없었으나 알리시아는 안에서 들리는 두 개의 목소리 중 예레나의 목소리가 들릴 때면 아주 약간이지만 손에 힘을 줬다 뺐다.

그러길 한참, 벽에 있던 등불 중 하나가 갑작스레 훅 꺼졌다. 그러잖아도 어두컴컴한 공간에 한층 더 깊은 어둠이 내렸다. 그리고 곧이어 규칙적인 발걸음 소리가 계단 쪽에서 났다.

알리시아가 몸을 뒤로 돌렸다. 그러자 계단을 거의 다 오른 사내 하나가 촛불처럼 일렁이는 게 보였다.

어둠에 반쯤 잠긴 사내는 검은 머리카락에 이어 어두운 옷을 입고 있어 컴컴한 공간과 하나인 듯 자연스레 스며든 채였다. 다만 그가 가진 새빨간 눈만은 어둠에 조금도 묻히지 않은 채 빛나고 있었다.

숨죽이고 있던 알리시아는 사내가 마지막 계단을 오르자 그 앞으로 걸음을 옮겼다. 그녀가 허리를 숙인 채 정중한 목소리로 말했다.

"오셨습니까?"

* * *

듣기 좋은 소리로 타오르는 난로 안에는 장작이 가득했다. 하지만 난로

회색 탑과 저주받은 왕녀 135

가까이 앉은 예레나는 창백한 얼굴로 몸을 떨었다. 그 모습에 제인이 담요를 가져오며 걱정스러운 목소리로 물었다.

"왕녀…… 아니. 예레나 님. 추우세요? 따뜻한 차라도 끓일까요?"

"아니에요. 제인. 번거롭잖아요."

"뭘요. 조금만 기다리세요."

제인은 자리에서 일어나 여러 물건이 올려진 작은 찬장으로 갔다. 그리고 그곳에서 조그만 화로와 잘 마른 찻잎을 꺼낸 뒤 난로에서 불씨를 훔쳐 화로에 넣었다. 곧 물 끓는 소리가 나더니 이어 은은한 차 향기가 방 안을 가득 메웠다.

'내 방도 그렇지만 안은 밖이랑 다르게 제법 잘 꾸며져 있단 말이야.'

작은 트레이에 찻잔을 올린 제인이 방을 둘러보며 새삼 감탄했다. 처음 들어왔을 때도 느꼈지만 평민인 그녀에게는 이 방이 꽤 멋스럽게 느껴졌다.

'하기야 나라가 그렇게 됐어도 왕녀님이시니까. 어찌 보면 당연한 거야.'

예레나의 거처는 낡은 외관과 달리 제법 아늑했다. 공간의 가장 안쪽에 있는 침실에는 침대를 비롯해 책상과 여러 생활 가구가 있었고 그 옆으로는 작지만 개인 욕실이 있었다. 그리고 개방된 아치문으로 침실과 구분된 바깥 공간에는 난로를 중심으로 휴식 공간이 응접실을 겸할 수 있게 실용적으로 꾸며져 있었다. 왕국에서 지낼 때와는 비교할 수는 없었지만 일개 포로가 생활하기에는 충분하다 못해 과할 정도로 잘 갖춰진 공간이었다.

"뜨거우니 조심하세요."

"고마워요. 그리고 제인도 앉아요. 계속 서 있지 말고."

"네."

거기다 지금 예레나가 앉아 있는 카우치를 비롯한 가구들도 얼핏 보기에는 밋밋했으나 하나같이 고급품이었다. 제인은 앉기 무섭게 편안함을 선사하는 카우치에 자신도 모르게 탄성을 질렀다.

"와……!"

제인의 맞은편에 앉아 있던 예레나가 그 소리에 고개를 들었다. 제인은 예레나가 자신을 보지 못한다는 걸 알면서도 괜스레 부끄러워져 얼굴을 붉혔다. 예레나는 제인이 멋쩍어한다는 걸 알아채고 자연스레 고개를 내린 채 차를 들이켰다.

그렇게 잠깐의 시간이 흘렀다. 차를 반쯤 마신 예레나가 진지한 얼굴로 무언가를 고민하다 입을 열었다.

"저…… 제인. 나 물어볼 게 있어요."

"편하게 말씀하세요."

제인은 냉큼 답했다. 예레나는 평소와 조금도 다르지 않은 제인의 목소리에 잠시 머뭇거리다 물었다.

"……언제부터 여기 있었어요?"

"어제부터 있었어요. 정확히는 옆방에요."

"옆방이요?"

"네. 그러고 보니 아직 말씀을 못 드렸네요. 예레나 님을 모셔 온 신녀 님께 들었는데 앞으로 전 옆방에서 머물며 예레나 님의 시중을 들게 될 거래요."

황궁에 도착한 직후 예레나와 헤어진 제인은 황궁 밖 집으로 가지 않았다. 대신 그녀는 누군가와 만난 뒤 예레나보다 먼저 탑에 도착했다.

"왜……?"

"네?"

"전에 그랬잖아요. 수도에 도착하면 집으로 돌아가 가족들과 같이 지낼 거라고."

"아……."

순간이지만 제인의 얼굴에 죄책감이 스쳤다. 그러나 그녀는 이내 명랑한 목소리로 답했다.

"신녀님이 여기서 일할 생각 없냐 물어보셨거든요. 예레나 님은 신앙생활을 해야 하는 데다 공식적인 신분이 정해지지 않아 황궁 내 시중인을 둘수 없다고 하셨던가? 하여간 황궁에서 일하는 하녀를 예레나 님 바로 곁에 붙이는 건 좀 곤란하다 하시면서 제안 주셨어요."

"……."

"처음에는 거절하려 했는데 삯이 꽤 괜찮아서……. 게다가 일이 끝나면 추천서도 써 주신다 하셨고요. 높은 신녀님이 써 주시는 추천서가 있으면 나중에 신전에 일자리를 구할 수도 있어서 냉큼 알았다 했죠."

제인의 설명에 예레나의 얼굴에 어려 있던 약간의 의심이 사라지고 대신 안타까움이 자리했다. 제인은 돈을 벌기 위해 전쟁터까지 따라온 여인이었다. 거기다 자세히 들은 적은 없으나 예레나는 제인과의 대화에서 그녀의 가족이 그리 풍족하지 못하다는 것 정도는 예상하고 있었다.

"그래도……. 가족들이 보고 싶지 않아요?"

"물론 보고 싶어요. 하지만 집에 있어도 먹고살려면 일을 해야 하는걸요."

"……."

"그런 표정 마세요. 몇 달에 한 번은 휴가를 주신대요. 전쟁 때는 반년을 못 봤는데 이 정도면 아주 좋은 조건이죠. 그리고 무엇보다……."

"……."

"……이대로 예레나 님과 헤어지는 게 아쉬웠는걸요."

다정한 말에는 진심이 묻어났다. 예레나는 가슴에서 무언가 울컥하는 것을 느꼈다. 그녀가 솟구치는 눈물을 간신히 참은 채 제인에게 말했다.

"고마워요."

제국의 황궁에서 일개 평민인 제인의 영향력은 없다 봐도 무방했다. 그러나 예레나는 눈이 먼 채 포로로 끌려온 처지에다 생전 처음 험한 폭력을 겪었다. 때문에 그녀는 익숙한 이의 존재가 옆에 있는 것만으로도 안심했다.

"별말씀을요. 그보다 차나 한 잔 더……."

똑똑.

제인이 손사래 치며 낯간지러움을 떨쳐 내려 할 때였다. 문 두드리는 소리가 훈훈한 분위기를 갈랐다. 두 사람의 고개가 거의 동시에 소리가 난 쪽으로 돌아갔다.

"알리시아입니다. 들어가도 괜찮겠습니까?"

문밖에서 알리시아의 목소리가 들리자 예레나가 고개를 끄덕였다. 제인이 곧장 일어나 문가로 다가갔다.

"실례하겠습니다."

문이 열리고 정중한 목소리와 함께 새하얀 머리카락의 알리시아가 모습을 드러냈다. 한데 그녀는 혼자가 아니었다.

'아······.'

제인은 알리시아의 뒤에 선 호위 복장의 사내를 보고 낯을 딱딱하게 굳히며 어깨를 모았다. 잔뜩 긴장한 제인과 달리 사내는 어떤 표정도 짓지 않았다. 그가 무감히 제인을 보더니 이내 방 안, 정확히는 예레나에게 시선을 던졌다.

제인은 사내의 시선이 누구에게 닿는지 보고 얼굴을 설핏 굳혔다. 그러나 이내 고개 숙인 채 알리시아와 사내가 들어올 수 있도록 옆으로 비켜섰다.

'누구?'

알리시아와 사내가 방 안으로 들어섰다. 희미하지만 분명히 들리는 무거운 발걸음 소리. 예레나는 알리시아 외에 다른 이가 들어왔음을 눈치채고 긴장한 얼굴을 했다. 알리시아가 그런 그녀를 알아채고 안심하라는 듯 재빨리 입을 열었다.

"예레나 님께 소개해 드릴 사람이 있습니다. 이리로······."

알리시아와 낯선 이가 가까워지는 게 느껴졌다. 예레나는 공기에 묻어나는 서늘한 향에 몸에 두르고 있던 담요를 세게 움켜쥐었다.

'······싫어.'

온몸에 솜털이 섰다. 정체를 알 수 없는, 묘한 기시감에 지배당하는 것 같았다. 예레나는 그만 다가오라 말하고 싶은 걸 아랫입술을 물어 간신히 참아 낸 채 몸을 떨었다.

예레나가 그러는 동안 알리시아와 낯선 이는 그녀에게 한층 더 가까이 다가와 있었다. 예레나가 앉아 있는 카우치 바로 앞까지 온 알리시아가 눈먼 왕녀를 향해 허리를 숙이더니 자신의 뒤에 있는 이를 소개했다.

"오늘부터 예레나 님을 호위해 줄 키안 경입니다."

"……잘 부탁드립니다. 모드레 가문의 키안이라 합니다."

알리시아의 소개에 낯선 사내가 허리 숙이며 인사했다. 굽힌 상체 탓에 더욱 가까워진 거리로 사내의 나지막한 목소리가 한층 더 선명해졌다.

'아……?'

이유 모를 거부감에 하얗게 질려 있던 예레나가 사내의 목소리에 볼 수 없는 눈을 크게 떴다. 아주 짧게, 몇 마디를 들었을 뿐이지만 선명히 기억하고 있는 목소리. 예레나가 약간이지만 몸에 긴장을 푼 채 사내를 향해 고개 들며 입을 열었다.

"당신은 그때……."

"두 분 서로 알고 계십니까?"

예레나의 반응에 알리시아가 의아한 목소리로 물었다. 그러나 먼저 아는 낌새를 보인 예레나도 사내도 그녀의 물음에 답하지 않은 채 잠시 침묵을 지켰다.

"……전에 도움을 받은 적이 있어요."

그러다 예레나가 더듬더듬 입을 열었다. 세다스 저항군으로 위장한 자들에게 습격을 받은 날. 예레나는 사내가 그날 자신을 구해 준 이라 확신했다. 꽤 시일이 지났으나 사내의 목소리는 그날 이후 좀처럼 잊히지 않았기에.

"숲에서 습격을 받았을 때……. 그때 그 기사님이 맞으시죠?"

"예."

짧게 답한 사내의 목소리는 그날과 같았다. 적당히 낮고 군더더기 없는, 조금 서늘하게 느껴지긴 했으나 흠이라기보다는 그 사람이 가지고 고유의 매력이 잘 느껴지는 목소리였다. 한데 이상했다. 사내가 말을 할 때마다 이유 모를 소름이 끼쳤다. 동시에 도망치고 싶다는 충동이 들었다.

예레나는 저도 모르게 사내를 피하려는 듯 상체를 뒤로 뺐다. 그러다 자신의 태도가 어찌 보일지 뒤늦게 깨닫고 몸을 굳혔다.

"감사 인사가 늦었네요. 그때 구해 줘서 고마워요."

알 수 없는 거부감을 애써 감춘 채 예레나가 사내에게 고개 숙여 늦은 감사 인사를 전했다. 사내는 조금 늦게 답했다.

"……마땅히 해야 할 일이었습니다."

또 한 번 쭈뼛거리는 느낌이 정수리를 관통했다. 순식간에 뒷목이 서늘해지며 몸에 한기가 들었다. 더는 참지 못한 예레나가 알리시아를 불렀다.

"알리시아."

"예. 예레나 님."

말없이 상황을 지켜보던 알리시아가 예레나의 부름에 곧장 반응했다. 예레나는 사내의 반대쪽으로 고개를 돌린 채 작은 목소리로 중얼거렸다.

"……몸이 좋지 않아요. 미안하지만 오늘은 이만 가 줄래요?"

이제 막 인사하러 들어온 이를 쫓아내는 꼴로 예의에 어긋나는 행동이었다. 그러나 알리시아는 기분 나쁜 내색 없이 순순히 자리에서 일어났다.

"많이 피곤하신 모양이군요. 키안 경. 이만 물러나죠. 예레나 님. 푹 쉬십시오."

"물러나 보겠습니다."

사내가 마지막으로 짤막하게 인사했다. 예레나는 창백한 얼굴로 고개만 까딱여 답했다.

얼마 가지 않아 쿵 하고 문 닫히는 소리가 났다. 사내가 멀어지며 한기가 서서히 가셨다. 그리고 그제야 예레나는 난로의 따스함을 느낀 채 몸에 힘을 풀 수 있었다.

* * *

로샨의 군대가 귀국하고도 일주일이 지났다. 뒤늦은 승전 축하 연회를 위해 중앙궁의 거대한 연회 홀이 오랜만에 열렸다. 화려한 빛 아래 산을 이루는 음식, 차려입은 수많은 사람, 감미로운 음악 소리……. 연회는 겉보기에는 완벽했다. 하지만 그 속을 들여다보면 기이한 구석이 있었다.

"황제 폐하께서는 갑자기 병이 나셨다는군요."

"그걸 믿는 사람이 어디 있습니까. 어제도 후원의 정부들과 밤새 술래잡기를 하셨다는데. 그보다 전하께서는 왜 참석하지 않으신답니까."

"아무도 이유를 모른다더군. 주인공이신 분께서 도대체 어디서 무얼 하시는지."

오늘 연회에는 가장 중요한 두 사람이 없었다. 주최자가 되어야 할 황제와 만인의 박수를 받아야 할 주인공 로샨. 두 사람이 없는 연회에서 사람들은 가까운 이들끼리 모여 숙덕거렸다.

"여전하군. 누구는 뼈가 부서져라 구르고 왔는데 저것들은 배 속에 술하고 기름만 집어넣고 있으니…… 쯧!"

"프레드릭. 저게 저 사람들의 싸움이야. 자네도 전에 그랬잖아. 저기서 입으로 싸울 바에야 검을 한 번 더 휘두르겠다고."

"흥! 난 그런 말 한 적 없어."

로샨의 측근인 세 명의 기사는 그런 사람들에게서 멀찍이 떨어진 채 술을 마셨다. 간혹 로샨의 측근이라는 그들의 위치와 잘난 외모, 가문 등을 보고 접근하는 사람도 있었다. 하지만 선을 긋는 태도에 대부분은 멋쩍은 얼굴로 금세 멀어졌다.

"제임스 저건 지치지도 않나. 여기저기 어딜 저렇게 쏘다니는지."

볼을 붉힌 채 제게 접근한 귀족 영애를 차가운 표정으로 내친 프레드릭이 제임스를 쏘아봤다. 그러자 술 한 잔을 한 시간째 홀짝이던 녹스가 무거운 입을 열었다.

"그렇게 보지 말고 고마워해. 제임스가 바쁘게 움직이지 않았다면 우리가 돌아다녔어야 했을걸."

녹스의 말에 프레드릭은 코웃음 쳤으나 무어라 반박하지는 않았다. 세 사람이 제임스 덕에 한층 여유롭게 지내는 건 사실이었으니.

제임스는 로산을 위해 끊임없이 움직였다. 이복형의 즉위 후, 로산이 지지 세력을 별 탈 없이 유지하고 키울 수 있었던 것도 정치적으로 노련한 제임스의 공이 컸다.

'직계 황족이라고는 황제 폐하와 대공 전하밖에 없습니다. 그러니 혹시 모를 때를 대비해 황제 폐하께 후계가 생기기 전까지는 대공 전하께서 황태제의 자격으로 황궁에 머무르셔야 합니다.'

그는 현 황제의 즉위 직후 황제에게 후계가 없다는 걸 구실 삼아 로산을 황태제의 자리에 올렸을 뿐 아니라 황궁에 머물 명분마저 얻어 냈다. 물론 황제의 세력이 지금보다 훨씬 약했기에 가능했던 일이었으나 그걸 참작하더라도 쉽지 않은 일이었음에는 분명했다. 길고 긴 제국의 역사상 황태제는 로산을 포함해 단 세 명뿐이었으니 말이다.

'너구리 같은 놈. 굴째로 태워 없애 버려야 하는데.'

그 일로 황제는 제임스를 지독히도 미워했다. 그러나 제임스를 필두로 한 로산의 세력 때문에 그를 해치지는 못했다. 종종 암살자를 보내긴 했으나 제임스는 웃으며 번번이 암살 시도를 막아 냈다.

"남부의 능구렁이 앞에서도 잘만 웃는군. 저런 모습을 보면 소름이 끼친단 말이야."

"당탈 후작은 남부 귀족 중에서도 특히 중요한 사람이니까. 신경 쓰는 것도 당연하지."

귀족들 사이를 이리저리 오가는 제임스를 보며 세 사람이 이야기를 이어 갈 때였다. 제임스가 갑자기 방향을 틀어 그들 쪽으로 다가왔다.

"……왜 이리 오는 거야?"

제임스와 사이가 그다지 좋지 않은 프레드릭이 대놓고 얼굴을 찌푸리며 손을 휘저었다. 하이든이 그런 프레드릭의 손을 잡아 끌어 내리고 제임스에게 눈짓으로 알은척을 했다.

"다행입니다. 세 분은 참석해 주셨군요."

하이든의 인사를 대강 받은 제임스는 홀의 귀족들 앞에서 웃고 있던 것과 달리 세 사람 앞에서는 표정을 딱딱하게 굳혔다. 녹스는 분노로 이글거리는 제임스의 검은 눈에 주변을 살피며 조용히 말했다.

"……할 말이 있으면 휴게실로 가지. 여긴 보는 눈이 많아."

* * *

"이게 말이 되는 상황이라 보십니까?"

제임스는 휴게실에 마련된 카우치에 앉기 무섭게 버럭 화를 냈다. 하이든은 분노를 주체 못 해 손마저 떠는 제임스를 바라보다 작게 한숨 쉬며 앞을 봤다.

그의 바로 앞에는 삐딱한 얼굴을 한 채 다리를 꼬고 앉은 프레드릭과 눈을 감은 채 입매를 굳힌 녹스가 있었다. 하지만 그 둘도 하이든과 마찬가지로 침묵을 지키고 있었다.

제임스는 제 물음에 아무도 답하지 않자 화풀이하듯 휴게실 탁자를 내리쳤다. 쾅. 둔탁한 소리에 날 선 눈을 하고 있던 프레드릭이 인상을 팍 찌푸리며 읊조렸다.

"적당히 하지?"

"적당히……. 프레드릭 경은 이 상황이 이해 가십니까?"

곱상하게 생긴 프레드릭은 하이든과 녹스에 비해 체구가 작았다. 하지만 그렇다 해도 제임스와 비교할 바는 아니었다. 자신보다 덩치 큰 기사의 날선 기세에 겁을 먹을 법도 했건만 제임스는 오히려 눈을 한층 더 부라리며 외칠 뿐이었다.

"바쁜 때입니다! 한데 전하께서는 귀찮게 하지 마라 한마디 하시고는 어디로 가셨습니까?"

로샨의 측근들은 모두 선대 황제의 적자이자 공이 많은 로샨이 황제 자리에 오르는 게 이치에 맞다 생각했다. 제임스는 개중에서도 누구보다 로산이 황제의 자리에 오르길 원했다. 그렇기에 그는 이번에도 로샨이 승전보를 가지고 돌아올 날을 기다리며 홀로 황궁에서 많은 계획을 세웠다.

"고작 포로 따위에게 관심을 쏟느라 모든 일을 내팽개치시다니⋯⋯."

하지만 반년 만에 돌아온 그의 주군은 포로로 끌고 온 세다스 왕녀에게 기이하리만치 관심을 보이며 그 외의 일에는 눈길조차 주지 않았다. 제임스는 그게 분하고 억울해 견딜 수가 없었다.

"일개 포로의 호위를! 그것도 거짓 신분을 사칭하면서 한다니. 키안 모드레요? 그가 죽은 지가 언제인데! 전하께서 어떻게 되신 게 아닙니까?"

제임스의 불충한 말에 녹스가 눈썹을 찌푸리며 한소리 하려 했다. 하지만 그가 입술을 떼기도 전에 벼르고 있던 프레드릭이 나서 제임스의 말을 받아쳤다.

"말조심해. 그리고 전하께서는 전에도 네 계획에 큰 관심이 없으셨어. 그러니 너는 너대로 네 계획을 진행하면 그만이야."

"⋯⋯."

"물론 전하의 심기를 거스르는 일 없이 말이야."

"프레드릭. 그만해. 제임스 자네도 마찬가지야. 목소리가 커. 밖에 다 들리겠어."

심기를 긁는 프레드릭의 말에 제임스의 눈에서 순간 불꽃이 튀었다. 그를 본 하이든이 재빨리 나서 중재를 하려 했으나 제임스는 싸움을 피하지 않았다.

"하! 그러고 보니 프레드릭 경도 전하와 함께 그 포로의 호위를 담당하신다지요?"

프레드릭이 순간이지만 어깨를 움찔거렸다. 사실이었다. 그 또한 '키안'이라는 자로 둔갑한 주군과 함께 예레나의 호위를 담당하게 됐다.

"그래서? 전하의 명인데 뭐 어기기라도 할까 봐?"

"평소의 경이라면 고작 포로의 호위로 임명했다 길길이 날뛰었을 텐데⋯⋯. 그 반반한 계집이 요물이긴 한가 봅니다. 여자 보기를 돌같이 하던 프레드릭 경의 마음도 훔치고."

"이게!"

프레드릭이 카우치에서 벌떡 일어나 제임스에게 다가갔다. 그가 제임스의 멱살을 거칠게 틀어쥐자 하이든의 입에서 또 한 번 깊은 한숨이 나왔다.

"뚫린 입이라고!"

"아……. 그러고 보니 세다스 왕국에서 제국으로 오는 길 내내 프레드릭 경이 왕녀에게 먼저 말을 걸었다지요?"

잡힌 멱살에 기세가 빠질 법도 했건만 제임스는 비웃음을 멈추지 않았다. 주먹을 들어 올리는 프레드릭의 모습에 이번에는 녹스가 나섰다.

"둘 다 그만해. 프레드릭. 그거 놔."

녹스의 만류에도 프레드릭은 손에 힘을 풀지 않았다. 결국 녹스는 억지로 프레드릭의 손을 잡아 풀었다. 그리고 버둥거리는 프레드릭을 꽉 붙든 채 휴게실을 나서며 하이든에게 눈짓했다.

"놔! 저놈은 한 대 맞아야 해!"

"……저 성질머리는 여전하군요. 쯧!"

끝까지 소리치는 프레드릭을 보며 제임스가 옷을 정돈했다. 하이든은 짜증이 가득한 얼굴로 긴 머리카락을 쓸어 올리는 그를 바라보다 입을 열었다.

"제임스."

"뭡니까. 하이든 경도 제게 한 소리 하려는 겁니까?"

"네 심정 충분히 이해해. 하지만 우리는 전하의 신하야. 그리고 신하는 손발 노릇을 해야지 주군의 꼭대기에 올라 머리가 되려 해서는 안 돼."

삐딱한 제임스의 태도에도 하이든은 침착한 태도를 유지한 채 충고했다. 그러나 제임스는 더 듣지 않겠다는 듯 고개 저으며 녹스와 프레드릭이 나간 입구로 걸음을 옮겼다.

"얼마 전 녹스 경도 비슷한 말을 했지요. 하지만 하이든 경. 전 전하의 명이라면 무조건 따라야 한다는 세 분과는 생각이 다릅니다."

"……."

"주군께서 잘못된 길을 택하시면 바른길로 인도해 드려야지요. 그게 우리가 진정으로 해야 할 일입니다."

위험한 제임스의 말에 하이든이 그를 붙잡고 다시 한번 충고하려 했으나 때마침 밖에서 나팔 소리가 났다. 그리고 이어 시종이 누군가의 입장을 큰 목소리로 외쳤다.

"위대한 제국의 달. 황후 폐하께서 납십니다."

중요한 인물의 등장에 제임스는 하이든에게 묵례만 까딱 하고 빠른 걸음으로 나가 버렸다. 홀로 남은 하이든은 미간을 꾹 누르다 카우치에 털썩 앉아 아직 남은 술잔을 들어 올렸다.

이미 술기운이 돌았는지 술 한 모금에 정신이 아득해졌다. 하이든은 혀에 맴도는 쌉쌀한 향을 음미하다 밖에 뜬 달을 봤다.

어두운 밤. 홀로 뜬 하얀 달이 순간 누군가를 떠올리게 했다. 술잔을 쥔 채 잠시 입매를 굳힌 그가 자신도 모르게 품고 있던 속내를 중얼거렸다.

"……이번에도 프레드릭이로군."

* * *

승전 연회는 며칠 동안 이어졌다. 덕분에 황궁은 어디를 가나 시끌벅적했다. 하지만 황궁의 후미진 곳에 있는 탑은 언제나 그러했듯 고요했다.

"여신께서는 그 위대하신 빛의 힘으로 라인 지방의 강물 방향을 돌려 수해로부터 백성들을 구하셨습니다. 자 여기를 보면 여신께서……."

알리시아는 일전에 말한 대로 예레나의 신앙 교육을 맡았다. 예레나는 매일같이 오는 그녀가 불편했으나 제 처지를 생각하며 별다른 반발은 하지 않았다.

"하지만 죽은 이들도 분명 있었습니다. 그들은 모두 이교도로서 존재하지 않는 고대 신을 숭상하고……."

다만 알리시아의 말이 가끔은 너무 불쾌하여 표정을 관리하기 어려웠다. 알리시아가 말하는 고대 신. 그들 중 일부는 세다스 왕국에서 예레나가 기도 올리던 신들이었다.

예레나는 왕국에서도 딱히 신실한 신앙생활을 하지 않았다. 그러나 어릴 적부터 보고 배운 신들이었다. 친근한 그들을 부정하며 제국이 수호한다는 빛의 여신을 따르라 하니 화가 치밀었다.

"예레나 님."

예레나가 고개를 돌리자 알리시아가 책을 덮으며 그녀를 불렀다. 부드러운 목소리가 듣기 좋았으나 이미 빈정이 상한 예레나는 입을 꾹 닫은 채 열지 않았다. 알리시아가 잠시 침묵하다 다시 먼저 입을 열었다.

"……집중하기 어려우신가 보군요. 잠시 차라도 마시며 쉴까요?"

예레나는 그제야 고개를 작게 끄덕였다. 그녀의 몸짓에 둘 사이에서 안절부절못하던 제인이 눈치 빠르게 차를 가지러 갔다.

"여기……. 두 분 다 뜨거우니 조심하세요."

곧 차향이 공기 중에 은은하게 깔렸다. 예레나는 아무 말 없이 차를 마시며 무언가 생각하다 찻잔을 탁 내려놓았다. 그리고 알리시아를 향해 불쑥, 공격적으로 물었다.

"세다스 왕국 출신이라 했죠?"

"예."

알리시아가 고개를 가볍게 끄덕였다. 아무런 동요도 없는 목소리. 예레나는 저도 모르게 입술을 깨물었다.

"그런데 왜 제국에……. 어째서 제국의 신녀로 있는 거죠?"

예레나의 목소리에는 지난 며칠 내내 곱씹은 배신감이 스며 있었다. 물론 사정에 따라 백성이 나고 자란 나라를 떠나는 일은 꽤 있었다. 하지만 신녀라는 신분은 일반 백성과 다르지 않은가. 예레나는 세다스 출신인 알리시아가 세다스를 침략하는 전쟁에 제국의 신녀로 제국군의 승리를 기도했다는 것에 분노마저 느끼고 있었다.

"……제인 양에게 들어 아시겠지만 전 앞을 볼 수 없습니다. 정확히는 눈이 없다 말하는 게 옳겠군요. 이 눈가리개 아래 있는 거라곤 안구의 모양을 흉내 낸 구슬뿐이니까요."

예레나의 물음에 알리시아는 엉뚱한 답을 하며 제 눈가를 더듬었다. 눈가리개 아래 느껴지는 딱딱한 감촉……. 알리시아는 영영 익숙해지지 않을 느낌에 손을 내렸다. 그리고 제 답에 어리둥절할 예레나를 향해 먼 옛날 일을 천천히 꺼내 들었다.

"제 눈이 이렇게 된 건……. 세다스 왕국에서의 사고 때문입니다. 혹 예레나 님께서도 들어 보셨습니까? 15년 전 일어난 헤스티아 대신전 화재에 대해서요."

예레나의 얼굴이 딱딱하게 굳었다. 15년 전 세다스 왕국 헤스티아 대신전에서 일어난 화재. 그건 두고두고 회자할 정도로 끔찍한 참극이었다.

'불이야! 보육원에서 불이 났다!'

'아, 아이들은? 아이들이 전부 안에 있습니다! 도와주세요! 제발…….'

갑자기 난 화재는 신전 내 보육원 지하에서 시작됐다. 사람들은 어떻게든 불을 끄려 했으나 그날의 날씨 탓인지 아니면 다른 이유에서인지 불길은 쉽사리 잡히지 않았고 불은 종국에 신전 전체를 태웠다. 그리고 그 화마 탓에 신전 보육원에 속해 있던 아이들 대부분이 사망했다.

"들어 본 적 있어요. 특히 보육원 아이들의 피해가 컸다고……."

당시 어렸던 예레나는 참극에 대해 정확히 듣지 못했다. 하지만 그녀의 어미, 아도라 왕비가 그 이야기만 나오면 침울해하며 손을 모아 기도하는 건 여러 번 목격했다.

'……신들이시여. 아이들을 따뜻하게 맞아 주소서.'

예레나가 자연스럽게 기도하던 어미를 떠올릴 때였다. 알리시아가 작은 소리로 빛의 여신을 부르더니 말을 이었다.

"전 그때 거기 있었습니다. 열 살 때였지요."

놀란 예레나는 숨마저 멈췄다. 알리시아는 그런 예레나를 향해 알 수 없는 표정을 지었다. 그리고 담담한 목소리로 제 과거를 더듬어 올라갔다.

"여신께서 살펴 주셨는지 전 친구들과 달리 목숨을 구할 수 있었습니다. 하지만 탈출할 때 튄 불씨가 양 눈으로 들어가 큰 상처를 입었지요."

"……."

"고아였던 전 치료를 제때 받지 못했습니다. 결국 다친 눈은 썩어 들어가기 시작했고 끈적하게 말라붙은 고름 때문에 눈을 뜰 수조차 없었습니다. 아무도 절 도와주지 않았습니다. 어떻게 보면 당연합니다. 제 몰골은 말이 아니었을 테니까요."

"……."

"그렇게 얼마를 지냈을까요. 비 오던 어느 날 전 모든 걸 포기한 채 거리에 쪼그리고 앉아 있었습니다. 그런데 그때 빛이 내리더군요. 스승님께서 절 보신 겁니다."

"……."

"제 스승님이신 레일라 신녀님께서는 곧장 절 거두어 주셨습니다. 그분의 품은 참 아늑했지요. 하지만 제 눈은 이미 손쓸 방법 없이 망가져 있었습니다. 상처에 구더기가 생겼다며 당장 눈을 제거해야 한다 의원이 외치던 게 아직도 생생합니다."

알리시아의 목소리는 차분했으나 그녀의 이야기를 듣는 예레나와 제인의 표정은 그렇지 못했다. 구더기라는 단어가 나왔을 때 제인은 저도 모르게 헉 하고 비명을 질렀다. 소리 내지는 않았으나 예레나도 참담한 얼굴을 감추지 못했다. 그러나 당사자인 알리시아는 숨을 한 번 고르고는 이야기를 마저 했다.

"다시는 앞을 볼 수 없다는 사실에 얼마나 절망했는지 모릅니다. 그런데 그때 스승님께서는 말씀하시더군요. 눈이 이렇게 됐는데 다른 곳이 멀쩡한 건 기적이라고. 본래 이런 상처는 온몸을 곪게 하는 법인데 넌 여신의 선택을 받은 게 분명하다고."

"……."

"그렇게 전 빛의 여신을 섬기는 신녀가 되었습니다. 참으로 감사한 운명이지요."

예레나는 알리시아의 사정을 알지도 못한 채 그녀가 세다스 출신이라는 이유 하나만으로 배신감을 느낀 자신이 부끄러웠다. 사고를 당한 어린 소녀를 치료하고 돌본 것은 왕국이 아닌 다른 나라 신녀였다.

'내가 저런 일을 겪었다면……. 나도 당연히 제국의 신녀로서 제국의 안위를 위해 기도했을 거야.'

예레나가 고개를 떨구자 알리시아 또한 예레나를 따라 고개를 살짝 내렸다. 제인은 그런 두 사람의 모습에 고개를 갸웃거렸다.

'이상하다.'

알리시아의 눈은 여전히 눈가리개로 가려져 있었다. 하지만 제인은 알리시아 앞을, 정확히는 예레나를 응시하는 것 같다 느꼈다. 동시에 알리시아의 주변으로 은은한 황금색 빛이 감도는 것 같아 제인은 눈을 두어 번 깜빡였다.

제인이 다시 알리시아를 봤을 때 빛 무리는 사라져 있었다. 제인은 역시 제 착각인가 보다 고개를 끄덕이다 그새 식은 차를 보고 입을 열었다.

"차가 다 식은 것 같은데 새로……."

똑똑똑.

하나 제인이 말을 다 마치기 전 누군가 방문을 세 번 두드렸다. 모두의 집중이 문가를 향했다.

"부탁하신 것을 가지고 왔습니다."

문밖에서 서늘하지만 듣기 좋은 사내의 목소리가 들렸다. 사내가 누구인지 아는 제인은 예레나보다 알리시아의 눈치를 먼저 살폈다.

"장작이 필요한 것 같아 말씀드렸는데 키안 경이 직접 가지고 오실 줄은……."

제인의 시선이 꽂히기 무섭게 알리시아가 놀란 목소리로 중얼거렸다. 그리고 예레나에게 자연스레 물었다.

"예레나 님. 문을 열어도 되겠습니까?"

"제인."

예레나는 알리시아에게 답하는 대신 제인을 불렀다. 제인이 떨어지지 않는 무거운 발걸음을 떼 문가로 다가갔다.

"……실례하겠습니다."

곧 문 열리는 소리가 들리고 사내가 방 안으로 들어왔다. 그는 조금의 망설임도 없이 예레나와 알리시아가 앉아 있는 곳으로 걸음을 옮기더니 장작을 내려놓고 허리 숙여 인사했다. 옷자락이 움직이는 소리로 사내의 동작을 이해한 예레나가 약간 불편한 얼굴로 고개를 끄덕였다.

"이것들은 여기 두겠습니다."

사내가 다시 걸음을 옮기는가 싶더니 난롯가 근처에서 잘 마른 나무토막이 와르르 쏟아지는 소리가 났다. 옅게 나는 나무 냄새가 꽤 향긋해 예레나는 자신도 모르게 올라간 어깨를 살짝 내렸다.

사내는 곁눈질로 예레나를 살피며 주변에 떨어진 장작 일부를 정리하려 허리를 숙였다. 그 모습을 가만히 보고 있던 제인이 안절부절못하다 머뭇머뭇 입을 열었다.

"제, 제가 하겠습니다."

제인의 목소리에 예레나가 의아한 얼굴로 고개를 돌렸다. 제인은 이상하리만치 많이 긴장한 듯했다.

"경이 이걸 직접 가지고 오실 줄은 몰랐습니다."

순간, 알리시아가 사내에게 말을 걸었다. 예레나의 집중이 제인 쪽으로 가다 자연스레 소리가 난 쪽을 향했다.

"앞으로도 이럴 수는 없으니 대신관께 말씀드려 잡일할 사내아이 하나 정도는 데리고 오지요."

"힘든 일이 아니니 신경 쓰지 않으셔도 됩니다."

"그래도……. 오늘만 해도 몇 번째 탑을 오르내리시는 건지."

알리시아의 목소리에는 미안함이 가득했다. 예레나는 그제야 사내가 오늘 얼마나 고생했는지를 떠올릴 수 있었다. 식사부터 물, 장작과 같은 소모품까지. 사내와 프레드릭은 호위의 역할을 하기보다는 온종일 잡부처럼 온갖 물건들을 옮기고 있었다.

"예레나 님. 키안 경께 차를 한 잔 내어 드릴까요?"

괜스레 미안한 마음에 예레나가 얼굴을 굳힐 때였다. 앞에서 알리시아가 그녀에게 제안했다. 예레나는 잠시 고민하며 입술을 깨물었으나 이내 고개를 끄덕이며 말했다.

"……편한 곳에 앉으세요. 제인. 차를 다시 준비해 줄래요?"

"네."

떨어진 허락에 사내가 예레나 앞에 앉았다. 예레나는 사내의 옷자락이 작게 부스럭거리는 소리에 집중하다 훅 하고 들이치는, 서늘하고도 소름 끼치는 공기에 숨을 멈추고 살짝 내리고 있던 고개를 들어 사내에게 고정했다.

사내는 진작 예레나에게 눈길을 주고 있는 모양이었다. 고개를 들기 무섭게 강렬한 시선이 느껴졌다. 예레나는 일전의 거부감이 점점 심해지는 것을 느끼며 고개를 모로 돌리려 했다.

"감사합니다."

예레나가 얼굴을 아주 조금 비틀기 무섭게 사내의 목소리가 날아들었다. 차를 대접한다는 말에 감사 인사를 전한 게 분명했다. 한데 말을 한 시점이 참 미묘했다.

앞을 볼 수 없는 예레나는 소리에 민감하게 반응하며 다시금 사내 쪽으로 얼굴을 틀었다. 그리고 찰나, 찻물을 끓이며 예레나와 사내를 힐끔이던 제인은 똑똑히 보았다.

영영 바뀔 것 같지 않았던 사내의 무표정한 얼굴에 아주 미미하게나마 만족스러운 미소가 떠오른 것을.

* * *

"……제인 양. 말과 행동에 신경을 좀 쓰는 게 좋겠습니다. 계약 내용은 기억하고 있지요?"

알리시아는 방문 밖으로 배웅 나온 제인에게 조금 엄한 목소리로 말했다. 제인은 알리시아가 경고하는 바가 무엇인지 잘 알았기에 고개를 꾸벅 숙이며 기어들어 가는 목소리로 답했다.

"네."

"알아들었다니 다행입니다. 그럼 내일 또 뵙지요."

알리시아는 제인에게 무어라 더 말하지 않은 채 마중 온 휘하 신녀들과 사라졌다. 제인은 계단을 내려가는 알리시아의 발걸음 소리가 사라지자 그제야 한숨을 내쉬었다.

'전하께서는 왜 정체를 감춘 채 예레나 님 주변을 맴도시는 걸까?'

제인으로서는 로샨이 왜 키안이라는 기사로 속여 예레나의 호위를 자처하는지 알지 못했다. 그러나 이유가 무엇이든 마음이 불편한 것은 어쩔 수 없었다. 직접 거짓말을 한 것은 아니었으나 진실을 감춘 채 한 사람을 속이는 데 일조하고 있는 것은 분명했으니.

'나를 포함해서 다들 예레나 님을 속이고 있는 거야. 아무것도 모르는 예레나 님을……'

거기다 예레나를 바라보는 로샨의 얼굴을 마주할 때면 꼭 커다란 괴물에게 제물을 바친 듯한 기분마저 들었다. 때문에 제인은 두 사람이 잠깐이라도 마주할 때면 쿵쿵 뛰는 심장을 주체하기 어려웠다.

'그만. 깊게 생각하지 말자. 지금은 집만 생각해야 해. 이자를 못 내면 로즈나 위드나가 멀리 일하러 가야 해.'

죄책감에 고개 숙인 제인이 잡념을 떨치기 위해 고개를 절레절레 내저었다. 지금 자신은 이것저것 가릴 때가 아니었다.

'하지만 그건 왕녀님을 속이는 일이잖아요.'

'글쎄……. 네가 그걸 따질 때인가? 집안 사정이 좋지 못하던데.'

'그걸 어떻게…….'

'전쟁에는 항시 간자가 있는 법. 그리고 그들 중 일부는 너와 같은 신분으로 꾸며 잠입하더군. 덕분에 손이 좀 가더라도 잡부들에게 오가는 편지는 일일이 확인을 하고 있지.'

'…….'

'지금 이대로 집으로 돌아가 봤자 일은 해결되지 않아. 집을 빼앗기면 올겨울 식구들 모두의 목숨이 위험할 텐데 그건 막고 봐야 하지 않겠나?'

예레나에게는 말하지 않았으나 사실 제인의 집안 사정은 심각했다. 그녀가 전쟁터에 가 있는 동안 집안의 기둥인 오라비가 다리 하나를 못 쓰게 된 것이다. 당장의 생활을 위해 가족들은 빚을 졌으나 갚을 능력이 없었다.

전쟁터에서 벌어 온 돈으로는 반도 갚지 못하는 빚과 산더미처럼 쌓인 이자. 양심에 찔린다 한들 제인은 이 일을 거절할 수 없었다.

"제인? 배웅이 끝났으면 빨리 들어와요. 복도는 춥잖아요."

제인이 마음을 다잡으며 애써 죄책감을 떨칠 때였다. 안에서 예레나가 다정한 목소리로 돌아오지 않는 그녀를 불렀다. 정신을 차린 제인이 뒤돌아 방 안으로 들어가려다 멈칫했다.

"……속여서 죄송해요. 예레나 님."

제인이 문고리에 손을 올린 채 중얼거렸다. 그러나 당연하게도 당사자에게는 닿지 않을 사죄였다.

* * *

밖은 어느새 컴컴한 밤이었다. 알리시아는 자신을 마중 나온 신녀들과 함께 돌아가려다 탑의 출입구 근처에 서 있는 이를 알아채고 걸음을 멈췄다.

"아직 계셨군요."

은은한 달빛 아래 조각상처럼 가만히 서 있던 로산이 눈동자를 천천히 굴려 알리시아를 응시했다. 알리시아는 그의 표정을 볼 수 없었음에도 그의 시선이 닿기 무섭게 긴장한 듯 어깨를 굳혔다.

"……계속 머무르실 생각이십니까?"

잠시 머뭇거리던 알리시아가 조심스레 물었다. 로샨은 그녀의 물음에 다시 고개 돌려 밖을 보며 짧게 답했다.

"그래."

로샨은 예레나에게 차를 대접받은 뒤 곧장 방에서 나왔다. 하지만 그뿐, 그는 탑에서 벗어나지 않았다. 어찌 보면 당연했다. 그는 현재 키안이라는 이름으로 예레나의 호위 노릇을 하고 있었으니.

무감한 로샨의 답에 알리시아가 잠시 얼굴을 굳혔다. 그러나 그녀는 이내 허리를 깊게 숙이며 인사를 고했다.

"그럼 저희는 먼저 물러나 보겠습니다. 전하."

로샨을 스쳐 지나간 알리시아와 그녀의 일행이 멀어졌다. 로샨은 알리시아의 왼편에 선 신녀가 들고 있던 등의 불빛이 점점 멀어지는 걸 지켜보다 출입구 쪽으로 몸을 옮겼다.

아치 모양의 출입구에 몸을 반쯤 걸친 그의 붉은 눈이 어두운 밤을 선명하게 봤다. 탑 밖은 당장에라도 유령이 나올 듯 스산했다. 제대로 된 등 하나 없어 주변은 어두컴컴했고 사람의 손길이 멀어진 환경은 엉망이었다.

그가 눈썹을 살짝 올린 채 탑 주변을 길게 둘러봤다. 가장 먼저 눈에 띈 것은 높게 자란 나무였다. 탑의 울타리 역할을 하는 나무들은 하나같이 귀한 것들로 상태가 나쁘지 않았다. 하지만 여기저기 가지가 삐쭉 솟아 있었고 관목 또한 볼썽사납게 무성하기만 했다. 그 아래 땅도 마찬가지라 잡초가 한가득한 길은 보기 흉했다.

"엉망이군."

시선을 거둔 로샨이 중얼거렸다. 그는 꽤 어릴 적부터 이 탑을 찾았다. 하지만 이곳을 한 번도 엉망이라 생각하지 않았다.

그런데 어찌 된 일인지 오늘따라 이곳이 몹시 거슬렸다. 로샨은 괜스레 가까이 있는 자갈을 툭 찼다. 데구루룩 굴러간 자갈은 얼마 가지 않아 잡초에 걸려 멈췄다. 로샨은 끝이 다 시든 잡초를 바라보다 이곳을 정돈해야겠다 마음먹었다.

'넓지 않은 곳이니 일주일이면 되려나.'

깔끔해질 땅을 생각하자 화초를 심고 여기저기 가꾸는 것도 나쁘지 않을 것 같았다. 곧 겨울이니 당장은 그것들을 즐길 수 없겠으나 봄이 오면 꽤 볼 만한 광경이 펼쳐지리라. 그는 땅에 무얼 둘까 한참 고민했다.

'다른 건 몰라도……'

백합은 꼭 심어야겠다 생각하던 로샨이 문득 얼굴을 굳혔다. 왜 이런 고민을 하는가. 굳이 입 밖으로 답을 꺼내진 않았으나 그는 이미 원인을 알고 있었다.

'예레나 세다스.'

처음 봤을 때부터 눈에 밟히던 여인은 좀처럼 그의 머릿속 밖으로 나가질 않았다. 아니 시간이 지날수록 더욱 거슬리게 그의 신경을 갉아먹었다.

권좌 뒤에 숨어 진주알 같은 눈물을 쏟던 창백한 얼굴과 말간 눈이 문제였을까. 아니면 길고 긴 금발을 휘날리며 어미를 향해 달려가던, 당장이라도 부서질 듯한 그 모습이 문제였을까. 지금에 와서는 알 수 없었다. 다만 로샨은 예레나를 지켜볼 때면 생애 처음 느껴 보는 묘한 기분에 사로잡혔다.

미궁처럼 알 수 없는 감정은 썩 유쾌한 것이 아니었으나 기이하게도 불쾌하지도 않았다. 그리고 정체 모를 감정이 켜켜이 쌓여 갈수록 로샨은 알고 싶어졌다. 제 손으로 무너뜨린 소국의 왕녀가 어떤 얼굴을 하는지. 또 어떻게 움직이는지. 그것들을 하나하나 살피고 헤집고픈 욕망이 물밀듯 치솟았다.

다만 정체를 드러낸 채 왕녀에게 접근한다면 볼 수 있는 모습은 한정될 게 뻔했다. 원수라 소리치며 분노하거나 겁에 질린 모습이 다겠지.

'왕녀는 내가 있다는 사실을 몰라야 할 거야.'

때문에 로샨은 다소 음침한 방법으로 욕구를 채웠다. 존재를 숨긴 채 제 휘하 기사에게 분노와 증오 쏟는 것을 훔쳐보았으며 부모를 잃은 충격에 눈이 멀었다는 그녀가 부모의 관 위에 쓰러져 우는 것을 바로 옆에서 몰래 지켜봤다.

왕녀를 농락하고 기만한다는 자각은 있었다. 하지만 로샨은 자신의 행동에 죄책감 대신 흡족감을 느꼈다. 특히 존재를 감춘 채 예레나와 단둘만이 있을 때면 손끝이 간질거리며 만족감이 가슴을 채웠다.

그러나 세다스 왕국을 벗어나기 무섭게 만족감은 사라졌다. 왕국을 떠나 제국으로 오는 길. 로샨은 마차 안 예레나를 볼 때면 심사가 뒤틀렸다. 정확히는 옆에 붙여 둔 제인이라는 여인과 대화하며 웃는 걸 본 뒤부터 그랬다.

희미하지만 분명 올라간 입꼬리와 미미하게 머무는 생기. 그게 다른 이를 향할 때면 품에 숨긴 채 내보이지 않던 물건을 빼앗기는 기분이었다. 황제 자리를 내줄 때조차 들지 않았던 상실감이 일며 아무 잘못도 없는 평민 여인에게 살심마저 들었다.

조절되지 않는 감정에 짜증이 일자 충동이 덩달아 불쑥불쑥 올라왔다. 왕녀가 어떤 표정을 짓건 간에 존재 숨기는 것을 그만두자고. 그냥 원수라 악을 지르며 흉하게 얼굴을 일그러뜨리는 것을 구경한 뒤 관심을 끊자고. 하나 어찌 된 일인지 끝에 가서는 이성이 충동을 내리눌렀고 로샨은 예레나에게 존재를 드러내지 않았다.

그렇게 얼마를 보냈을까. 그가 좀처럼 다스리기 어려운 심기에 고민할 때 세다스 저항군으로 꾸민 암살자 무리가 습격을 해 왔다. 그리고 그날 로샨은 예레나를 구하며 깨달았다.

'그런데 누, 누구……?'

왕녀는 지금껏 자신의 목소리를 들은 적이 없노라고.

첫날 세다스 왕과 왕비를 베었을 때 그는 예레나가 혼절할 때까지 한마디도 하지 않았다. 그리고 그 후도 마찬가지였다. 로샨은 예레나가 정신을 차리고 누군가의 목소리를 인지할 수 있던 상황에서는 입을 열지 않았다.

'왕녀는 내 얼굴은 보았으나 목소리를 모른다. 그리고 지금 왕녀의 눈은……'

그 사실을 깨우친 순간 로샨은 희열에 손을 떨며 자신도 모르게 입꼬리를 올렸다.

'대신관은?'

'일단 지시하신 대로 자리를 마련했습니다.'

그 후 로샨은 제국에 도착하기 무섭게 '키안 모드레'라는, 이미 죽은 이를 뒤집어썼다. 그리고 대신관을 협박해 이복형의 침실로 들이밀어질 예레나에게 저주라는 누명을 씌워 탑에 가뒀다.

'……몸이 좋지 않아요. 미안하지만 오늘은 이만 가 줄래요?'

하나 계획은 완벽히 그의 생각대로 돌아가지는 않았다. 로샨은 키안이라는 거짓 인물 뒤에 숨었음에도 자신을 밀어 내는 예레나를 보며 입술을 뒤틀었다.

예레나가 그의 정체를 파악한 것은 아니었다. 그러나 그녀는 본능인지 그에게 거부감을 보였다.

물론 제국의 기사에게 좋은 감정이 있을 리 없었지만, 유독 자신에게 거부감을 느끼는 모습이 로샨은 못마땅했다. 딱딱히 굳은 얼굴과 겁먹은 듯 좁힌 어깨, 뒤로 물러나려는 몸짓. 그는 그 모습에 자신에 비해 한참 작은 몸을 침대에 던지고 싶은 저열한 욕망에 휩싸였다.

'그저 계집의 몸에 욕정하는 것뿐이라면……'

온몸으로 내리누르고 상처 주면 괜찮지 않을까. 어차피 한낱 패전국의 포로일 뿐인데. 이런 생각과 함께 욕지거리가 올라올 만큼 더러운 상상이 순식간에 머릿속을 채웠다. 그리고 방을 나온 지금도 그러한 상상은 계속되고 있었다.

로샨은 이런 스스로가 우습고 이해되지 않았다. 그가 한참 헛웃음을 흘리며 밖을 보다 갑자기 뚝 멈췄다. 그리고 거친 동작으로 몸을 돌려 다시 탑 안으로 들어갔다.

쿵.

탑의 출입구를 닫은 로샨이 탑 안 나선 계단의 시작점 맞은편 벽 앞에
섰다. 그가 벽을 구성하고 있는 돌 중 몇 개를 알 수 없는 순서로 빠르게
누르자 신기하게도 덜컹 소리와 함께 바로 옆 바닥이 열리며 아래로 내려
가는 계단이 나타났다.

로샨은 익숙하게 공간으로 들어갔다. 그의 신형이 계단 아래 어둠에 서
서히 묻혔다. 그리고 그의 모습이 반쯤 사라졌을 때 바닥은 드르륵 소리와
함께 언제 그랬냐는 듯 본래의 모습을 되찾았다.

고요한 탑의 주변으로 어둠이 더욱 짙게 깔리고 탑의 근처, 가장 키가
큰 나무 위에 어디선가 갑자기 날아온 검은 새가 앉았다.

새의 눈은 기이하게도 새빨간 색이었다. 새가 부리로 날개를 잠시 정돈
하더니 곧 고개를 쳐들고 불 켜진 왕녀의 침실을 빤히, 아침이 올 때까지
호위 서듯 지켜봤다.

4장. 호위 기사

예레나가 탑에 머물게 된 지 벌써 한 달 하고 보름도 넘었다. 밖은 이제 완전한 겨울을 맞이해 순백의 색으로 물들었다.

'다들 잘 지낸다니 다행이야.'

제인은 가족을 생각하며 눈이 내리는 창밖을 한참 바라봤다. 그러다 주전자 뚜껑이 수증기에 덜그럭거리는 소리를 듣고 나서야 정신을 차리고 허둥지둥 움직였다.

이제는 익숙해진 흰 찻잔에 옅은 붉은 빛깔의 차가 채워졌다. 제인은 나무 쟁반에 찻잔을 올린 뒤 다른 잔을 꺼내 적당히 미지근한 물을 부었다. 그리고 난롯가에 있는 이들을 향해 다가갔다.

제인의 발걸음 소리가 가까워지자 숨소리조차 죽인 채 무언가에 집중하고 있던 예레나가 고개를 들었다. 그녀의 손에는 얇은 실과 제법 큰 구슬이 들려 있었다.

"차를 가져왔어요. 좀 쉬면서 하세요."

"잠시……. 이것만 마저 하고요."

제인이 예레나에게 말했다. 하지만 그새 다시 고개 숙인 예레나는 손가락으로 구슬을 굴리며 실을 구슬의 구멍에 꿰어 넣기 바빴다.

'오늘부터는 신앙 교육과 함께 다른 교육도 진행하겠습니다.'

'다른 교육?'

'예레나 님께서는 저처럼 어릴 적 눈을 잃으신 게 아니시지요. 때문에 생활이 많이 불편하실 겁니다.'

'……'

'물론 지금도 놀랍도록 잘 적응하신 것 같습니다만……. 훈련을 하시면 좀 더 편해지실 겁니다.'

예레나가 하고 있는 구슬 꿰기는 알리시아의 교육 중 일부였다. 알리시아는 예레나에게 신앙 교육뿐 아니라 맹인으로서 감각과 청각을 쓰는 법을 훈련시켰는데 개중 하나가 구슬에 실을 꿰는 것이었다.

제법 큼직한 구슬에 난 구멍에 실을 꿰는 것은 네 살배기 아이도 할 수 있을 만큼 쉬워 보였다. 그러나 앞을 볼 수 없는 예레나에게는 몹시 어려운 일이었다. 몇 번이고 실패하는 손짓. 짜증이 솟구칠 법도 했건만 예레나는 지금껏 감정 한 번 드러내지 않은 채 훈련에 매진했다.

"좀 쉬었다 하시지."

집중하는 예레나를 보며 제인은 하는 수 없다는 듯 어깨를 살짝 으쓱거리고는 쟁반을 내려놨다. 그리고 찻잔은 그대로 둔 채 쟁반의 물잔을 예레나의 대각선 방향에 앉은 금발의 사내에게 내밀었다. 사내는 고개를 한 번 까딱이는 것으로 인사를 하곤 물잔을 받았다.

"시간이 좀 줄었나요?"

사내가 물잔을 깨끗이 비우고도 얼마의 시간이 흘렀다. 들고 있던 실을 스물 남짓의 구슬에 다 꿰 목걸이를 만든 예레나가 고개 든 채 미소를 지으며 물었다.

괜스레 같이 뿌듯해진 제인이 탁자에 놓인 모래시계를 보고 시간이 많이 줄었다 답하려 했다. 하나 그녀가 말문을 열기 전 다리를 꼰 채 지금껏 조용히 있던 사내가 금발을 쓸어 올리며 입을 열었다.

"전보다 많이 느셨습니다. 보자……. 모래가 아직 반이나 남았군요. 전에는 모래가 다 떨어지고도 한참이 걸렸으니 배는 빨라지셨습니다."

"……난 제인에게 물었지 경에게 물은 게 아니에요."

제인의 답을 기다리고 있던 예레나는 사내의 목소리에 냉랭하게 말했다. 그러자 사내, 프레드릭이 그녀의 말을 곧장 받아쳤다.

"누가 대답하든 무슨 상관이라고. 아직도 제가 많이 미우신가 봅니다."

프레드릭 딴에는 장난으로 한 말이었으나 예레나는 얼굴을 딱딱하게 굳혔다. 당연한 일 아닌가. 그녀는 제국의 기사들이 밉고 싫었다. 그들은 가장 앞장서서 고국을 짓밟고 가족을 도륙한 자들이었으니.

"좀 봐주십시오. 저도 심심해서 그런 것이니."

예레나의 표정이 심상치 않자 아차 싶어진 프레드릭이 그녀의 눈치를 살피며 웅얼거렸다. 예레나는 속에서 끓는 분노를 내보일까 하다 관두고 대신 차갑게 툭 내뱉었다.

"심심하면 나가도 좋아요."

"그건 어렵겠는데요. 이러나저러나 전 예레나 님의 호위를 맡게 된 입장이어서 말입니다. 그리고 밖이 보통 춥습니까. 당장 복도만 나가도 손가락이 떨어질 것 같은데. 아량을 베푸십시오."

예레나가 눈썹을 솟구쳐 올렸다. 애초 복도에 있던 그를 안으로 들인 게 누구인데. 예레나는 호위 기사라는 명목 아래 자신을 감시하는 제국 기사들이 싫었다. 하지만 매서워진 바람이 연신 창을 두들기는 와중 한번 나가 본 복도는 너무 추워 깜짝 놀랄 정도였다.

거기다 때마침 밖에 서 있던 프레드릭은 연신 기침을 하고 있었다. 프레드릭이 싫은 것과 별개로 예레나는 추운 복도에서 떨고 있는 이를 외면하기 어려웠다.

'……이곳은 유독 추운 것 같아요.'

'외진 곳에 있는 데다 볕이 잘 드는 곳이 아니니까요. 오래된 탑이라 외

풍에도 약한 편이지요. 그래도 안은 꽤 따뜻한데……. 혹 추우십니까?'

'밖에 있는 감시자……. 아니 기사들에게 안으로 들어와도 좋다 전해 주세요.'

왕국이었다면 복도에 난로라도 놓으라 명했겠지만 지금 그녀의 신분은 포로로 무언가를 요구할 처지가 아니었다. 때문에 예레나는 한참 고민하다 알리시아에게 말해 침실과 응접 공간 사이 아치문에 두꺼운 천을 걸어 임시 문을 만들었다. 그리고 잠자리에 들기 전까지는 난로 앞 공간을 키안과 프레드릭에게 나눠 줬다.

"기사가 이 정도 추위도 못 견디나요?"

"네. 힘듭니다. 전 남부 출신이라서 말입니다. 제국의 남부에는 추위가 없지요. 덕분에 다 무너져 가는 어릴 적 집에서도 추위 한 번 느끼지 못했습니다. 한데 여기 수도로 오니……."

하지만 이럴 때면 제 선택에 후회가 몰려왔다. 예레나는 유들유들한 프레드릭의 태도에 말문이 막혀 입을 닫아 버렸다. 그리고 그와의 첫 만남을 떠올렸다.

'……이런 자가 아니었던 것 같은데.'

세다스 왕국에서 본 프레드릭은 이렇지 않았다. 날카롭고 냉정하고…….

'듣긴 했습니다. 세다스 왕이 하나뿐인 여식을 끔찍이 아낀다는 소문 말입니다. 눈에 넣어도 아프지 않을 여식에게 차마 정부가 되라, 그리서 나라를 구해라 말하지 못한 모양이지요. 그런데 그래서? 어쩌란 말입니까. 몰랐으니 억울하다 이 말입니까?'

비수같이 내뱉던 말들은 잔인한 침략자에 걸맞았다. 한데 제국으로 온 뒤 호위로 다시 보게 된 그는 달랐다. 말도 한층 많아졌으며 무엇보다 능청스러워졌다.

'승리했다 한들 그때는 전장에 있던 것이고 지금은 제 나라에 있는 거니까. 편하겠지. 나랑 다르게 말이야.'

예레나는 프레드릭의 태도가 바뀐 이유를 환경에서 찾으며 입을 씰룩였다. 제국으로 끌려온 처지를 생각하자 다시금 부아가 치밀었으나 그녀는 꾹 내리누르고 탁자를 더듬어 찻잔을 찾았다.

적당히 식은 차가 목구멍을 넘어가자 감정이 가라앉았다. 차를 다 마신 예레나는 작게 한숨 쉬고 힘겹게 꿰었던 구슬을 바구니에 풀었다.

촤르륵. 구슬 여러 개가 바구니로 떨어지는 소리가 청량했다. 예레나는 비어 버린 실을 붙잡고 다시 구슬을 매만졌다. 이런 과정을 얼마나 많이 반복했는지 그녀의 손가락 끝은 빨갛게 부어 있었다.

"그거 지겹지 않으십니까?"

"……."

"훈련이라지만 좀 쉬엄쉬엄 하셔도 될 텐데요. 당장 도움이 되는 것도 아니고 굳이 그렇게까지 할 필요는 없지 않습니까."

예레나의 손가락 끝을 본 프레드릭이 인상을 살짝 찌푸리며 말했다. 예레나는 그의 말에 잠시 멈칫했으나 이내 다시 구슬을 굴리며 무표정한 얼굴로 중얼거렸다.

"누군가 영원히 날 돌봐 줄 거라는 보장이 있나요?"

예레나의 목소리는 평이했다. 하나 그녀가 말을 내뱉는 순간 프레드릭은 철렁하는 기분과 함께 저도 모르게 주먹을 쥐었다.

"알다시피 난 이제 영영 앞을 볼 수 없어요."

"……."

"세다스 왕국 내에서 지낸다면 경의 말대로 느긋하게 배워도 되겠지요. 거긴 날 도와줄 사람이 많으니까. 하지만 여기는 제국이고 지금의 난 포로 잖아요."

예레나의 소매 끝이 그녀의 움직임에 바스락거렸다. 그저 손을 움직이는 것뿐이었으나 묻어나는 체념이 프레드릭의 눈에는 똑똑히 보였다. 그가 말을 잃고 굳은 채 그녀를 주시했다.

"내 처지는 앞으로 어떻게 될지 몰라요. 지금도 날 도와주는 사람은 여기 제인이 유일한데."

"……."

"어떤 상황이 오든 홀로 생활 정도는 하고 싶어요. 누군가의 도움 없이도 먹고 자고 옷 입는 것 정도는……. 그 정도는 어려움 없이 해내고 싶어요."

"……."

"……물론 그 전에 죽으면 다 끝이겠지만."

굳건한 말에 기분이 조금 괜찮아진 것도 잠시, 이내 죽음을 덤덤히 담는 예레나를 향해 프레드릭이 눈을 부릅떴다. 그러다 너무 세게 쥔 주먹이 떨리고 있음을 눈치챈 그가 속으로 중얼거렸다.

'……위험해.'

패전국 왕녀에 대한 제 관심이 나날이 커지고 있었다. 탑에 유폐된, 한낱 포로의 호위를 명하는 말에도 조금의 불평도 생기지 않았던 마음. 일전 주군이 그에게 왕녀의 몸에 손대지 말라 명했던 것이 떠올랐다. 프레드릭은 주먹을 푸는 대신 아랫입술을 꾹 물고 자리에서 벌떡 일어났다.

똑똑.

그리고 때마침 문을 두드리는 소리가 났다. 심상찮은 프레드릭의 표정에 긴장한 채 그를 주시하고 있던 제인이 난로 위에 있는 시계를 보더니 재빨리 문가로 다가갔다. 그리고 침을 한 번 삼키고 문을 열었다. 그러자 검은 머리카락을 가진 또 다른 호위 기사 '키안'의 얼굴이 보였다.

"프레드릭. 교대 시간이다."

익숙한 듯 안으로 곧장 들어온 사내가 프레드릭을 향해 말했다. 프레드릭은 저와 같은 호위 기사를 연기하는 주군을 보며 어깨를 움찔거렸다. 그리고 눈을 슬쩍 내리깐 채 무언으로 인사한 뒤 예레나에게 의례적인 말을 전했다.

"예레나 님. 이만 물러가 보겠습니다."

예레나가 고개를 끄덕이기도 전 프레드릭은 문가에 다다라 있었다. 그가 로산에게 한 번 더 고개 숙인 뒤 나가려 했다. 그러나 나가기 직전, 프레드릭의 귀에 그에게만 들릴 듯 작은 목소리가 선명히 박혔다.

"푸른 궁에서 대기하라."

잘못한 것도 없건만 프레드릭은 괜스레 철렁하는 기분을 느꼈다. 그가 저도 모르게 눈을 뒤로 굴려 예레나를 보려다 마주한 붉은 눈에 멈췄다. 그리고 고개 숙인 채 작은 소리로 답했다.

"예."

로샨은 그의 말을 듣기 무섭게 걸음을 옮겨 예레나 쪽으로 다가갔다. 프레드릭은 바깥으로 나오자마자 문을 닫고 양손을 올려 마른세수를 했다.

"하아……."

복잡한 심경이 담긴 깊은 한숨이 차가운 공기에 하얗게 얼어 나왔다. 프레드릭은 한참을 문 앞에 서 있다 추운 날씨에 손끝이 얼얼해진 뒤에야 무거운 걸음을 옮겼다.

* * *

'키안'은 프레드릭과 달리 말이 없었다. 하지만 예레나는 대각선으로 앉았던 프레드릭과 달리 자신의 바로 앞에 자리를 잡은 사내가 영 신경 쓰였다.

'불편해.'

함께 지낸 기간이 한 달이 넘은 만큼 자리를 박차고 나갈 정도의 거부감은 이제 없었다. 그러나 사내와 한 공간에 있을 때면 여전히 거북했다. 게다가 어쩐 일인지 제인도 이 키안이라는 호위가 들어올 때면 현저하게 말이 없어졌다.

물론 왜 그런지 짐작 가는 바는 있었다. 한 달 넘게 지켜본바 사내는 과묵한 만큼 무거운 기세가 있었다. 같은 공간에 있는 것만으로 사람을 얼어붙게 하는 자. 예레나는 사내의 머리카락과 눈동자 색이 무엇인지, 또 어떻게 생겼는지 알 수는 없었으나 그가 보통의 사람이 아니라는 것만큼은 확신했다.

'……신경 쓰지 말자. 어차피 곧 해가 질 테고 그럼 나갈 사람이야.'

신경이 곤두서는 것을 애써 누른 채 예레나가 다시금 손에 들린 구슬에 집중했다. 하지만 그새 구슬의 구멍이 작아지기라도 한 것인지 결과는 영 시원치 않았다.

잘 꿰지지 않는 구슬에 그녀가 인상을 찌푸리며 힘을 줬다. 순간 과한 힘에 손이 미끄러지며 들고 있던 구슬이 떨어졌다.

"아!"

탁. 대리석 탁자를 때리는 구슬 소리에 놀란 예레나가 다른 손에 들고 있던, 이미 꿰어진 구슬마저 실과 함께 놓쳤다. 그러자 우박 떨어지는 소리와 함께 여러 개의 구슬이 바닥으로 쏟아졌다.

"제가 할게요!"

청각이 그새 예민해지긴 한 모양인지 예레나는 구슬 떨어지는 소리에 바짝 얼어붙었다 제인의 목소리에 정신을 차렸다. 제인이 부산히 움직이는 소리가 들리자 예레나는 머뭇거리면서도 허리를 숙였다.

"나도 같이……."

바로 아래 바닥을 더듬자 구슬 두어 개가 손에 잡혔다. 예레나는 구슬을 줍고 그대로 손을 좀 더 뻗어 이번에는 탁자 위를 더듬었다.

대리석 탁자 위를 구른 구슬 여러 개가 손에 닿았다. 예레나는 그것들을 하나하나 주워 바구니에 넣다 어느새 상체를 앞으로 쭉 내밀었다.

한계까지 뻗친 손에 구슬 하나가 잡힐 듯 말 듯 닿았다. 예레나는 집중하며 몸을 좀 더 수그렸다. 그리고 순간, 누군가가 그녀에게 바짝 가까워졌다.

'아?'

은은히 나는 서늘한 체향. 길게 내쉬는 숨. 얼굴에 닿는 더운 공기에 예레나가 손을 멈췄다.

뺨을 살짝 스치고 가는, 제 것이 아닌 머리카락은 분명 부드러웠으나 이상하리만치 따끔거리는 감각을 선사했다. 목을 시작으로 온몸에 소름이 돋았다.

기겁한 예레나가 도망치듯 상체를 젖힐 때였다. 단단한 손이 그녀의 손목을 살풋 잡았다. 그다지 강한 힘도 아니었건만 예레나는 벗어나지 못한 채 돌처럼 굳었다.

"예레나 님."

바짝 얼어붙은 그녀의 귀를 낮은 목소리가 간지럽혔다. 조금 전보다 더 뜨거운 숨결이 딱 붙자 몸에 솜털이 서는 게 느껴졌다.

"여기 있습니다."

사내는 멈춰 버린 예레나의 손에 무언가를 천천히 떨어뜨렸다. 달그락 소리와 함께 구슬 세 개가 붙잡힌 손목 아래 손바닥을 굴렀다.

예레나가 멍한 낯으로 사내의 얼굴이 있을 법한 곳을 향해 고개를 돌렸다가 문뜩 정신을 차렸다. 그녀가 구슬 쥔 손에 힘을 줘 주먹을 쥐고 사내를 뿌리쳤다.

사내는 순순히 떨어져 나갔다. 예레나는 저도 모르게 거칠게 숨을 쉬며 사내에게 붙잡혔었던 손목을 쥐었다. 얼굴이 화끈한 동시에 등 뒤로 식은 땀이 흘렀다.

상반된 몸의 온도 차에 머리마저 어지러웠다. 예레나가 한참 시근덕거리다 보지 못하는 눈을 치켜뜬 채 입을 빼끔였다.

"무례를 용서하십시오. 앞으로 넘어지실 것 같아 그리하였습니다."

하나 그녀가 무어라 쏘아붙이기도 전 사내가 먼저 입을 열었다. 무감하고 침착한 목소리. 그 속에는 어떤 의도도 없어 보였다.

"……허락 없이 내 몸에 손대지 마세요."

말문이 턱 하고 막힌 예레나는 잠시 침묵하다 겨우 한마디 내뱉었다. 사내는 곧장 예 하고 답했다.

그 태도가 왠지 모르게 거슬렸다. 그러나 무어라 할 수도 없는 상황. 예레나는 손에 쥐고 있던 구슬을 바구니에 조금 신경질적으로 털어 넣고 자리에서 일어났다.

"제인. 오늘은 일찍 쉬고 싶……."

그녀가 몸을 홱 돌려 걸음을 옮기는 참이었다. 미처 줍지 못한 구슬이 한 발짝 내디딘 발에 걸렸다. 둥근 구슬이 미끄러지듯 굴러가고 예레나의 발도 따라 움직이며 몸이 균형을 잃고 뒤로 넘어갔다.

"예레나 님!"

놀란 제인이 그녀를 불렀을 때는 이미 몸이 반쯤 넘어간 후였다. 곧 있을 충격에 예레나가 팔을 허우적거리며 볼 수 없는 눈을 질끈 감았다.

하나 쓰러지며 나는 둔탁한 소리도 아픔에 흘리는 신음도 없었다. 대신 넓고 단단한 무언가가 등에 닿았다. 예레나는 그게 사내의 품인 것을 뒤늦게 알았다.

'……소매로 코와 입을 가리십시오.'

사내가 자신을 구해 주었던 때가 생각났다. 독 기운에 어지러운 와중에도 귓가에 강하게 꽂히던 목소리와 결코 꺾일 것 같지 않았던 팔이 그려졌다. 그리고 순간이지만 예레나는 아늑하다는 생각마저 했다.

'예레나.'

하지만 찰나, 기이한 목소리가 그녀를 부르더니 순식간에 멀어졌다. 그리고 이내 쏟아지듯 나온 목소리가 있었으니…….

'예레나. 우리 아가.'

'예레나. 내 하나뿐인 누이.'

죽은 가족들의 목소리였다.

겹쳐 들리는 목소리는 넷에서 여덟이 되더니 금세 수십, 수백 개가 됐다. 메아리처럼 끝없이 귀를 때리는 소리에 예레나가 비명을 질렀다.

"아악!"

"예레나 님!"

놀란 제인이 큰 소리로 그녀를 부름과 동시에 예레나를 받치고 있던 사내의 팔 힘이 강해졌다. 하나 예레나는 깨질 듯 아픈 머리에 무언가를 들을 수도 느낄 수도 없었다.

"나, 나도 데려가세요. 어머니! 아버지! 오라버니들 제발……."

간신히 눌러 놨던, 온 힘을 다해 참고 있던 감정이 멋대로 흘러넘쳤다. 분노, 체념, 원망 그리고 홀로 남았다는 외로움과 매일 절벽 끝에 서 있는 듯한 불안감……. 예레나는 자신이 무어라 외치는지도 모른 채 팔다리를 허우적거리며 눈물을 쏟았다.

그러나 버둥댈수록 몸을 옥죄어 오는 힘은 강해지고 영영 사라지지 않을 것 같은 가족들의 목소리는 서서히 작아지다가 끝내 사라졌다. 폐마저 꽉 누르는 압박감에 예레나가 숨을 헐떡이며 고개를 겨우 가눴다.

"어떻게 ……지."

"가서 알리시아를……."

윙윙 울리는 귓가로 제인의 목소리와 사내의 목소리가 어지럽게 얽혀 들었으나 비명을 쏟느라 혹사당한 목은 더는 말을 뱉길 거부했다. 예레나는 결국 아무것도 볼 수 없는 눈으로 눈물만 쏟다 고개를 픽 떨궜다.

* * *

어두컴컴한 와중에도 푸른 궁은 고아한 멋을 풍겼다. 대대로 비스티우스 제국 황태자에게 하사되는 이곳은 황제가 머무는 중앙궁에서 제법 멀리 떨어져 있었으나 황궁의 중앙에서는 벗어나지 않는 위치에 있었다.

황태제인 로샨은 태어난 이래 쭉 이곳에 머무르고 있었다. 그 때문에 사람들은 푸른 궁을 그의 또 다른 작위인 대공을 붙여 대공의 궁이라고도 불렀다.

현재 로샨은 세다스 왕국을 정복한 이래 푸른 궁에서 두문불출하고 있었다. 정확히는 사람들에게 그리 알려져 있었다. 그러나 실상 그는 반나절 정도만 이곳에 머무를 뿐, 나머지 시간은 푸른 궁 지하에 있는 비밀 통로를 통해 회색 탑으로 가 그곳에서 키안이라는 호위 기사로 있었다.

오늘도 마찬가지였다. 오후에 프레드릭과 교대한 그는 새벽이 되어서야 푸른 궁으로 돌아왔다. 그리고 몇 시간이고 그를 기다렸을 프레드릭 앞에 앉아 한 시간 넘게 침묵을 고수하고 있었다.

덕분에 로샨의 앞에 한쪽 무릎만 꿇은 채 부복한 프레드릭은 점차 창백하게 변해 갔다. 몸이 힘들어서가 아니었다. 그를 내려다보는, 감히 어떤 표정일지조차 짐작 가지 않는 주군의 시선 탓이었다.

'차라리 그때처럼······.'

일전 명을 제대로 수행하지 못했다는 이유로 팔이 부러졌을 때가 낫다 생각될 정도였다. 프레드릭은 등 뒤로 흐르는 식은땀에 아랫입술을 물었다. 두려웠다. 어떤 책망도 없었건만 몸이 짓눌리는 느낌에 정신이 무너지는 것 같았다.

"프레드릭."

다행히 프레드릭이 무너지기 직전 로샨이 입을 열었다. 프레드릭은 천천히 고개 들어 주군의 턱 부근을 바라봤다. 그리고 후들거리는 다리를 바로하며 말했다.

"말씀하십시오. 전하."

"그때 네가 물었지. 왜 살려 주느냐고."

그새 프레드릭에게서 시선을 거둔 채 밖을 보고 있던 로샨이 다소 뜬금없게 느껴질 수 있는 말을 뱉었다. 그러나 프레드릭은 로샨의 말을 곧장 알아들을 수 있었다. 왜 살려 주느냐는 말은 10년도 더 전, 프레드릭이 로샨을 처음 본 날 했던 질문이었다.

당시 프레드릭은 루데타 가문의 가주였던 첫째 누이의 반역에 휩쓸려 목숨을 잃을 처지였다. 하나 어쩐 일인지 열다섯의 로샨은 프레드릭만은 살려 줬다. 그뿐인가. 로샨은 프레드릭의 가문인 루데타의 이름도 지우지 않은 채 그대로 프레드릭에게 넘겨줬다.

'떨어져 살았다지만 전 반역자의 직계 가족입니다. 한데 왜 살려 주시는 겁니까.'

프레드릭은 로샨의 자비를 이해할 수 없었기에 그리 물었더랬다. 하나 당시의 로샨은 프레드릭의 물음에 답해 주는 대신 시끄럽게 굴지 말라 첫 명령을 내릴 뿐이었다.

"그때는 대답할 이유를 느끼지 못해 말하지 않았다만……."

"……."

"넌 귀찮은 개가 되지는 않을 것 같았지."

"……."

"내 귀에 대고 시끄럽게 짖을 것 같지는 않았어. 그리고 무엇보다 훗날 신경 쓰이게 하지 않을 것 같았다. 넌 배신이라면 끔찍이 싫어했으니 말이다."

10여 년 만에 듣게 된 답은 허탈할 정도였다. 그러나 동시에 지극히 주군답다는 생각도 들었다.

프레드릭이 허무함을 감추려 노력하며 고개를 숙일 때였다. 창밖을 보고 있던 로샨이 고개 돌려 시선을 프레드릭에게 똑바로 던졌다.

"……한데 요즘 널 보니 갑자기 네 누이가 떠오르더군. 이름이 유잔이었던가. 망국의 왕자를 끌어안고 그를 위해 제국에 검을 들었던, 감정을 이기지 못해 남부의 지고한 영주에서 한낱 반역자로 떨어진 네 누이 말이다."

로샨의 목소리는 조금도 달라지지 않았다. 하지만 프레드릭은 목에 검날이 닿은 것처럼 새파랗게 질렸다. 주군의 말이 뜻하는 바가 무엇인가. 그가 감정 때문에 로샨을 배신할 것 같다는 말 아닌가.

"전하."

프레드릭이 고개를 바닥으로 완전히 처박은 채 외치듯 로샨을 불렀다. 로샨은 그를 무심하게 바라봤다.

"전 그 반역자와 다릅니다."

프레드릭은 로샨이 왜 제게 그런 말을 했는지 알 것 같았다. 본래라면, 그의 생각대로라면 로샨이 어리석은 누이와 자신을 비교했을 때 억울한 감정이 먼저 들어야 했다. 하지만 가장 먼저 든 감정은 들켰다는 불안감과 죄책감이었다. 때문에 프레드릭은 스스로에게 다짐하듯 말을 이었다.

"사소한 감정 따위로 제가 전하를 배신하는 일은 없을 겁니다. 믿어 주십시오."

로샨은 프레드릭의 말에 한동안 아무런 반응도 하지 않았다. 그러다 다시 창밖을 보며 중얼거렸다.

"그래. 너는 그럴 위인이 아니지. 그래서 네게 이 일을 맡긴 거고."

그를 믿는다는 말이었다. 한데 이상했다. 안도보다는, 다행이라는 생각보다는 이유 모를 아쉬움이 불쑥 튀어나왔다.

프레드릭은 피어날 뻔했던 제 마음 한편 어느 감정이 영영 밖을 볼 일은 없을 것을 알 수 있었다. 그러나 프레드릭은 제 충심을 믿어 준 주군에게 감사를 전하는 것 외에 어떤 말도 할 수 없었다.

"믿어 주셔서 감사합니다."

그가 꾸벅 고개 숙인 채 감사를 전하자 로샨이 손을 내저었다. 이만 나가 보라는 의미였다.

프레드릭은 일어나 다시 한번 깊게 고개 숙이고 로샨 앞에서 물러났다. 로샨은 프레드릭이 나가는 순간까지도 그에게 시선 한 번 던지지 않았다. 대신 그는 무언가를 곰곰이 생각할 뿐이었다.

그러길 한참, 어느새 밖이 뿌옇게 밝아 왔다. 그리고 햇빛 한 자락이 커튼의 가장 끝 구석을 밝힐 때쯤 누군가 노크를 했다.

아주 이른 시각이었지만 로샨은 들어오라 말했다. 그러자 햇빛에 안경알을 반사하며 한 사내가 딱딱하게 군은 얼굴로 들어왔다. 가볍게 예를 갖춰 인사한 그가 로샨을 향해 심각한 표정으로 고했다.

"그냥 내키는 대로 품고 마십시오."

* * *

제임스는 주군을 도통 이해할 수 없었다. 고작 여인 하나 때문에 저런 모습이라니. 평생 그가 모시던 주군이 아닌 것 같았다.

'다른 이도 아니고 프레드릭 경이다. 10년을 넘게 함께한 측근을 저리 대하시다니. 그것도 고작 여인 하나 때문에!'

제임스는 프레드릭과 사이가 좋지 않았다. 하지만 그렇다 해서 프레드릭을 낮잡아 보거나 무시하지는 않았다. 지난 10년 프레드릭이 보여 준 충심은 훌륭했으니.

한데 그런 그를 주군이 꿇어앉힌 채 문책했다. 프레드릭이 입을 다물어 두 사람 사이 무슨 대화가 오갔는지 알 수는 없었으나 제임스는 프레드릭의 구겨진 무릎 부근과 어두컴컴한 표정만으로 안의 상황을 짐작할 수 있었다.

"제국으로 돌아오는 길 프레드릭 경의 팔을 부러뜨리셨다지요."

평소보다 빠른 걸음으로 로샨 앞까지 온 제임스가 고개를 치켜든 채 말했다. 로샨은 그런 그를 무심하게 보다 의자에 조금 더 편히 비켜 앉았다.

푸르스름한 새벽빛에 로샨의 얼굴이 시리게 빛났다. 제임스는 순간 움찔했으나 마른침을 한 번 삼키고는 말을 이었다.

"……그리고 이번에는 장장 몇 시간을 꿇어앉혀 놓으시고요."

"……."

"프레드릭 경은 전하의 충신입니다. 그와 함께한 지난 10년을 살펴 주십시오."

결연한 목소리가 타올랐다. 하지만 그 열기가 조금도 닿지 않는 듯 로샨은 여전히 서늘했다. 그가 날카롭게 잘 떨어진 턱을 슬쩍 올린 채 이마를 문지르다 성가시다는 듯 툭 뱉었다.

"하고 싶은 말이 뭐지."

"전하께서 잘못된 선택을 하고 계시다 감히 말씀드리는 겁니다."

"……."

"왕녀가 매우 아름답더군요. 전쟁을 일으킬 만하다 속삭이는 말이 부족하지 않았습니다. 하니 전하께서 순간 혹하시는 것도 이해 못 할 바는 아닙니다."

"……."

"하지만 일개 포로요 한낱 여인일 뿐입니다. 그 이상의 가치는 조금도 없습니다."

"……."

"그러니 품고 마시라는 겁니다. 내키는 대로 품다 보면 분명 아실 겁니다. 고작 계집일 뿐인 것을요."

제임스가 기다렸다는 듯 말을 쏟아 냈다. 로샨은 표정 변화 없이 그의 말을 듣다 끝에 가서 눈썹을 아주 미세하게 들어 올렸다. 그가 소리 없이 계집이라는 단어를 중얼거리다 이마를 짚고 있던 팔을 의자 팔걸이로 내렸다.

"제임스. 난 네게 너그러운 편이다. 너도 그건 알고 있겠지?"

크지 않은 목소리였다. 하나 제임스는 로샨의 물음에 뱀 앞에 선 쥐처럼 얼어붙었다. 붉은 눈동자가 제임스의 얼굴을 훑다 그 아래 목에 닿았다.

"내가 왜 널 봐주는 걸까?"

날카로운 검이 목에 닿은 것 같았다. 제임스는 입을 열지 못한 채 속으로 제가 가진 것들에 대해 생각했다. 그는 주군 주변 누구보다 주군의 즉위에 열성적이었고 또 누구보다 많은 일을 했다. 거기다 주군과 그의 인연은 20년을 훌쩍 넘었다.

로샨은 소리 내지 못하는 제임스를 빤히 봤다. 그리고 그의 모든 생각을 읽은 듯한 얼굴로 말했다.

"착각하고 있는 모양인데……. 네가 내 옆에 있었던 기간이 길다거나 네 쓸모가 많아 그런 게 아니야."

"……."

"넌 리즈의 아들이지."

"……."

"내가 네게 너그러운 이유는 그것뿐. 다른 이유는 없어."

쿵. 심장이 떨어지는 기분에 제임스가 손을 말아 쥐었다. 리즈. 오래도록 한 번도 말하지 않은 어미의 이름이었다.

'내가······.'

제임스가 생각하는 어미는 매일 울기만 하는 쓸모없는 인간이었다. 그나마 그녀의 가치를 찾는다면 주군인 로샨의 유모라는 신분과 주군 대신 암살자의 칼을 맞고 죽은 최후뿐. 때문에 로샨의 말은 제임스에게 큰 충격으로 다가왔다.

'내가 고작 그 여자의 아들이라는 이유로······.'

로샨이 제임스에게 관대한 것은 그의 측근이라면, 심지어 당사자인 제임스조차 아는 사실이었다. 로샨은 웬만한 일은 제임스의 뜻에 따라 줬으며 성가신 기색을 내보이면서도 그의 요구라면 어느 정도 수긍했다.

제임스는 지금껏 그 이유를 자신의 능력과 로샨과 함께한 시간에서 찾았다. 하나 로샨이 그게 아니라고 말하며 너그러움의 이유에 제임스가 쓸모없다 생각했던 어미의 이름을 붙였다.

'······특혜를 받았다고?'

모욕감마저 들었다. 자신이 하등 쓸모없는 인간이 된 것 같았다.

"그만 가 보도록. 할 일이 많지 않나."

낭패감에 손을 덜덜 떠는 제임스에게 로샨이 축객령을 내렸다. 제임스는 조금 원망스러운 얼굴을 하고 로샨을 마주 봤으나 이내 정중히 인사하고는 몸을 돌려 나갔다. 다만 마지막으로 보인 그의 눈빛은 어딘가 음험한 것이 위험해 보였다.

제임스에게 진작 시선을 거둔 로샨은 그를 보지 못한 채 생각에 잠겼다. 손가락으로 팔걸이를 툭툭 두드리는 얼굴은 얼핏 보기에는 여전히 무표정했으나 눈동자만큼은 조금 전과 달리 묘한 활기가 있었다.

"계집."

로샨이 아까부터 제 신경을 살살 긁은 단어를 읊조려 봤다. 그러자 어제 제 품에서 허우적거리다 쓰러진 여인의 희고 가는 목과 창백한 얼굴이 떠올랐다. 당장에라도 스러질 듯 위태로웠던, 그러나 왠지 모르게 입 안을 마르게 했던 모습. 그는 저릿한 손에 팔걸이 두드리는 것을 멈췄다.

"고작 계집이라……. 틀린 말은 아니지."

제임스의 말대로 세다스의 왕녀를, 이제는 포로인 그녀를 제 침실에 들일까 충동이 들었다. 그리한다면 신경 쓰이는 이 이유 모를 감정에 수하에게 번거로운 말들을 지껄이지 않아도 될 터이니.

하나 순간 구슬이 부딪치며 나는 청명한 소리가 그의 귓가에 울렸다. 동시에 왕녀의 손에 구슬을 쥐여 줄 때 느꼈던 온기와 감각이 되살아났다. 로샨은 손을 두어 번 쥐었다 펴며 눈을 가늘게 떴다.

왕녀를 향한 충동적인 욕정은 여전했다. 그러나 정체를 숨긴 채 머무르고 싶은 갈망이 그를 에워싸 숨겨 버렸다. 자신도 어찌할 수 없는 변덕. 로샨은 눈을 감은 채 중얼거렸다.

"……좀 더 지켜봐도 되겠지."

* * *

황금빛 위용이 넘치는 중앙궁과 달리 그 바로 뒤에 있는 상아궁은 우아함과 화려함의 극치를 달렸다. 기둥과 벽에는 물론이요 건물 내 천장까지 새겨진 조각과 장인의 솜씨가 분명한 여러 예술 작품들, 사시사철 꽃이 피어나는 넓은 유리온실까지. 처음 이곳을 방문한 사람들은 중앙궁과 또 다른 아름다움에 입을 다물지 못했다.

그리고 상아궁의 주인은 이 모든 것을 가지기에 부족함 없는 신분이었다. 비스티우스 제국에서 황제 다음으로 고귀한 자. 제국 여인 중 최고요 으뜸인 그녀는 황후 릴리아나였다.

"황후 폐하는 나날이 아름다워지십니다."

"맞습니다. 공작 영애 시절에도 뭇 청년들의 마음을 훔치시더니……호호."

릴리아나는 외모로도 상아궁의 주인이 되기에 부족함이 없었다. 흔히 볼 수 없는 분홍빛 화려한 머리카락에 올리브색 둥근 눈, 가는 몸과 쉽사리 따라 할 수 없는 청초한 분위기까지. 그녀는 한 떨기 귀한 꽃처럼 보였다.

"언제 적 이야기를……. 모두 그만들 하시오. 내가 부끄럽질 않습니까."

칭찬을 만류하는 그녀는 목소리마저도 온화하고 부드러웠다. 하나 그녀 곁 귀부인들은 은은하게 걸린 릴리아나의 미소에 계속해서 권력자를 향한 칭찬 세례를 이어 갔다.

"그러고 보니 황태제 전하께서는 요즘도 궁에만 계신다 하던가요?"

그러다 누군가 갑자기 화제를 로샨으로 옮겼다. 그리 이상할 것이 없는 게 현재 로샨은 궁에서 가장 많은 사람의 시선을 받고 있었다. 그래도 몇몇은 혹여나 싶어 릴리아나의 눈치를 살폈다. 하지만 릴리아나도 로샨의 주제에 관심이 있는지 별다른 기색 없이 대화를 듣고 있었다.

황후의 암묵적인 허락도 있겠다 귀부인들은 신이 나 자신이 아는 정보를 풀어 놨다. 누구는 로샨이 이번 전쟁에서 몇 명을 베었는지를 말했으며 누구는 볼을 붉히며 그의 신과 같은 외모를 칭찬했다.

"황태제 전하만큼 그 자리에 어울리는 분은 없을 거예요. 그분이 있기에 제국의 미래가 찬란하지요. 거기다 전하 아래 기사들은 하나같이 얼마나 대단하던가요. 누가 그러더군요. 황궁 기사들 중 실력이 뛰어난 자들은 다 황태제 전하 아래 있다고."

로샨에 대한 말이 계속 이어지고, 눈치 없기로 유명한 레디스 백작 부인이 황태제라는 로샨의 신분을 들먹이며 그에 대한 찬탄을 늘어놨다. 그러자 몇몇 귀부인들이 릴리아나를 힐끔였다.

현재 황후인 릴리아나의 입장에서는 황태제인 로샨이 불편할 수 있었다. 그녀에게서 자식이 태어나면 황태제 자리에서 물러나겠다 로샨이 직접 말하긴 했으나 미래는 모르는 일 아닌가.

거기다 황제의 정부 중 극히 일부가 임신과 유산을 반복하는 동안 릴리아나는 한 번의 태기도 보이지 않았다. 그 때문에 그러잖아도 그다지 좋지 않은 황제와 황후 사이를 두고 다들 뒤에서 말이 많았다.

"레디스 백작 부인도 참. 그런 것들은 바깥양반들이나 떠드는 것 아닙니까."

황후의 사람이라 볼 수 있는 다비타 후작 부인이 레디스 백작 부인을 에둘러 질타했다. 백작 부인은 그제야 릴리아나의 눈치를 살피며 입을 닫았다.

하지만 의외로 릴리아나는 불쾌한 기색을 조금도 내보이지 않았다. 오히려 그녀는 로샨에 대한 말이 길어지자 볼을 살짝 붉힌 채 눈을 반짝였다.

귀부인 중 몇이 그런 릴리아나의 모습에 떨떠름한 낯을 하며 시선을 주고받았다. 릴리아나에게서 멀찍이 떨어진 몇몇은 대담하게도 서로 속삭이기까지 했다.

"모르셨습니까? 황후 폐하께서는 과거 황태제 전하의 약혼녀로 10년 넘게 계셨는데."

"전하께서 전쟁에 출정하실 때마다 황후 폐하께서 눈물 흘리신다는 말이 사실인가 봐요."

수군거림이 번져 가자 다비타 후작 부인이 주변을 둘러보며 헛기침을 두어 번 했다. 그걸 신호로 모두 입을 닫았다.

"이번 겨울 연회에는 다들 어떤 드레스를 입고 오실 예정입니까. 전 북부의 흰여우 털로 목을 장식할 생각인데."

"어머. 그것 참 아름답겠어요."

다비타 후작 부인이 웃는 낯으로 주제를 바꿨다. 그녀와 친밀한 부인들이 맞장구치며 자연스레 분위기를 이끌었다.

황후와 귀부인들의 티타임은 다시 화기애애한 분위기로 바뀌었다. 하지만 티타임의 가장 중심, 가장 높은 곳에 위치한 릴리아나는 열기가 가신 얼굴로 제 앞에 놓인 차를 티스푼으로 휘저을 뿐이었다.

* * *

"황후 폐하. 그럼 이만 물러나 보겠습니다."

다비타 후작 부인이 물러났다. 릴리아나의 시녀 중 둘이 그녀를 상아궁 밖으로 배웅하며 어두운 얼굴을 했다.

"후작 부인은?"

"돌아가셨어. 안은 어때?"

"뻔하지."

다시 돌아온 상아궁 안, 예상대로 분위기는 경직돼 있었다. 돌아온 시녀 둘과 그런 그녀들을 기다리며 손톱을 물어뜯고 있던 시녀 하나는 긴장한 얼굴로 상전이 있을 응접실 안으로 들어갔다.

그리고 그녀들이 들어서기 무섭게 찻잔이 날아왔다. 쨍그랑. 날카로운 소리와 함께 튀는 파편에 시녀들이 새된 비명을 지르려다 입을 틀어막았다.

"교육을 잘 받았구나. 시녀장을 칭찬해야겠어."

그런 그녀들을 보며 릴리아나가 부드럽게 말했다. 눈을 살풋 휘며 웃는 얼굴이 자비로워 보였다. 그러나 시녀들에게 지금의 릴리아나는 공포일 뿐이었다. 얼마 전 비명을 질렀다 끔찍한 꼴이 된 동료를 본 탓이었다.

"그건 하녀들에게 치우라 이르고 너희는 들어와 옷 갈아입는 거나 도와주렴."

셋 중 가장 눈치 빠른 시녀 하나가 허리 숙여 인사하고는 도망치듯 하녀를 데리러 나가자 남은 둘은 덜덜 떨며 릴리아나의 뒤를 따랐다. 그리고 곧 온갖 귀한 것으로 꾸며진 침실이 나왔다.

"얼마나 갑갑하던지. 빨리 벗었으면 좋겠어."

침실에 딸린 드레스 룸으로 들어가며 릴리아나가 중얼거리자 뒤따르던 시녀들이 재빠르게 손을 움직였다. 그러면서도 조심조심하는 모양새가 상전의 심기를 절대 거스르지 않겠다는 의지가 엿보였다.

별일 없이 옷을 갈아입은 릴리아나가 가벼운 발걸음으로 다시 침실로 돌아왔을 때였다. 문 열리는 소리와 함께 릴리아나가 가장 가까이 두는 시녀, 루나가 노크도 없이 들어왔다.

"루나. 늦었구나."

"죄송합니다. 폐하."

하지만 자리의 그 누구도 루나의 무례를 이상하게 보지 않았다. 어찌 보면 당연했다. 루나는 릴리아나가 황후가 되기 훨씬 전부터 함께한 시녀로 릴리아나는 그녀를 누구보다 아꼈다.

"너희들은 이만 나가 보렴."

루나의 등장에 릴리아나가 손을 흔들자 시녀들이 안도하며 물러났다. 릴리아나는 시녀들이 나가는 걸 본 뒤 화장대 앞에 앉았다. 그러자 루나가 곧장 빗을 들고 릴리아나의 머리카락을 정돈하기 시작했다.

"그래. 그 왕녀는 어떻게 지낸다니?"

릴리아나는 세다스의 왕녀가 제국에 온 시점부터 신경이 곤두섰다. 사람들이 왕녀에게 아름답다 입이 마르게 칭찬하는 것도 짜증 났지만 로샨과 그녀가 함께 사람들 입에 오르내릴 때면 견디기 힘들 정도였다.

'로샨은 총사령관으로 전쟁에 나선 것뿐인데……. 왜 다들 그 계집과 그를 같이 입에 올리냔 말이야.'

왕녀가 저주받았다는 이유로 탑에 갇히자 불쾌함이 조금 가시긴 했으나 그래도 간혹 손톱 밑 박힌 가시처럼 거슬렸다. 그렇기에 릴리아나는 귀부인들과 티타임 도중 왕녀의 이름이 나오기 무섭게 루나에게 명했다. 포로로 끌려온 세다스 왕녀에 대해 은밀히 알아보라고.

"접근할 수 없어 직접 보지는 못했지만 듣기로 평민 하녀 하나만 둔 채 생활한답니다. 거기다 들어가는 물품이나 음식량도 형편없다고……."

"저런 가여워라. 제대로 꾸미지도 못하겠구나."

"그런 건 꿈도 꾸지 못한답니다. 하기야 그게 당연하지요. 포로, 그것도 저주받은 포로가 아닙니까. 당장 죽이지 않은 것만 해도 큰 자비지요."

"……그러게. 왜 죽이지 않지?"

"예?"

예레나에 대한 대우가 형편없다는 말에 방긋 웃던 것도 잠시, 릴리아나는 고개를 갸웃거렸다.

"저주받았다면 죽이면 그만이지. 아무리 아름답다 해도 저주받은 여인이라 하면 그 머저리는 질색할 게 분명한데……."

릴리아나는 대신관의 말을 맹신하다 못해 온갖 미신을 다 따르는 황제 케드릭에 대해 잘 알았다. 그녀가 심각한 얼굴로 거울 속 자신의 모습을 바라보다 중얼거렸다.

"……그걸 감안할 만큼 아름다운가?"

"제국에서 황후 폐하의 미를 따를 여인은 없습니다."

"아첨만 느는구나."

루나가 릴리아나의 머리를 빗으며 재빨리 그녀의 외모에 대한 칭찬을 늘어놓았다. 릴리아나는 아첨이라 칭하면서도 기분이 좋은지 거울 속 자신을 이리저리 살피며 웃었다. 그러다 갑자기 또 슬픈 낯을 한 채 말했다.

"하지만 루나. 난 걱정이 되어서 견딜 수가 없어."

"……."

"그 계집을 데려온 건 전하시잖니. 혹 전하께서 소문처럼 그 계집의 얼굴에 홀리신 거라면……."

"그럴 리 없습니다. 전하의 성격은 황후 폐하께서 제일 잘 아시면서……. 지난 세월 그분이 관심을 둔 여인은 폐하밖에 없습니다."

외모에 대한 칭찬을 들었을 때보다 더 환한 미소가 릴리아나의 얼굴에 떠올랐다. 릴리아나가 수줍게 고개를 주억이며 뜨거워진 볼을 감쌌다. 상전의 그러한 모습에 루나가 잠시 고민하다 머뭇거리며 말을 꺼냈다.

"……한데 이상한 게 하나 있긴 했습니다."

"뭐지?"

"탑에 갇힌 일개 포로에게 호위가 붙었다고 하더군요."

"감시자겠지. 황제의 그 지저분한 계집들을 봐라. 타국에서 노리개로 끌려온 것들은 모두 호위라는 이름으로 감시가 붙었지 않니."

"저도 그렇게 생각했습니다. 한데 그 포로 계집의 호위를 맡은 기사 중에……."

"누구인데 이렇게 뜸을 들여. 응?"

"……프레드릭 경이 있답니다."

"뭐?"

릴리아나의 목소리가 순식간에 날카로워지더니 청초한 그녀의 낯이 일그러졌다. 손에 힘을 준 그녀는 화장대를 내리치고도 화가 풀리지 않는지 루나의 손마저 쳐 냈다.

"아!"

"역시 거슬리는구나. 그 계집."

거울 속 릴리아나는 방금 전까지 볼을 붉히며 수줍어하던 이라고는 상상하지 못할 만큼 독기를 내뿜고 있었다. 그녀가 이를 갈더니 눈을 희번득하게 빛냈다. 그리고 거울을 통해 루나를 보며 목소리를 낮춰 명했다.

"루나. 네가 고생 좀 해야겠다."

* * *

눈이 쏟아지는 아침이었다. 탑의 꼭대기 방에서 본 황궁은 온통 하얗게 물들었다.

예레나는 카우치에 힘없이 앉아 있었다. 며칠 새 더 내린 살에 표정 없는 창백한 얼굴. 밖의 눈에 반사된 빛이 예레나를 비출 때마다 제인은 초조했다. 초췌해 보이는 왕녀가 저 빛에 녹아 사라져 버릴 것 같았기에.

"예레나 님, 심심하지 않으세요? 구슬 꿰기라도 하시겠어요?"

결국 보다 못한 제인이 걱정 가득한 목소리로 말을 걸었다. 하지만 예레나는 대꾸 없이 고개만 저을 뿐이었다.

가족의 환청을 듣고 혼절한 뒤 깨어난 예레나는 지난 며칠 내내 이런 모습이었다. 잘 먹지도 말을 하지도 않았다. 알리시아의 교육도 듣고만 있을 뿐 열심히 훈련에 참여하던 지난 한 달과 달랐다. 그녀는 삶의 의지가 팍 꺾인 모습이었다.

예레나를 보던 제인이 고개를 돌려 이번에는 문가에 서 있는 프레드릭을 봤다. 그도 예레나를 보고 있던 모양인지 갑작스러운 제인의 시선에 살짝 당황한 얼굴을 했다.

그러나 그뿐. 프레드릭은 고개 돌린 채 아무 말도 하지 않았다. 분명 예레나가 쓰러지기 전까지만 해도 능청스럽게 말을 꺼냈던 이였다. 한데 어떻게 된 일인지 예레나가 쓰러진 이후 그도 말이 없어졌다. 그뿐인가. 침실을 잘 벗어나지 않는 예레나를 따라 하기라도 하듯 그는 문가를 잘 벗어나지도 않았다.

제인이 그런 그에게 갑자기 왜 이러냐 따지고 싶어질 정도였다. 그러나 같은 공간에 있을 뿐 그녀와 프레드릭의 신분 차이는 어마어마했기에 충동을 감히 행동으로 옮기지는 못했다.

"제인. 침실에서 책을 좀 가져다줄래요? 아마 침대 옆 탁자 위에 있을 거예요."

"네!"

제인이 울상으로 방 안을 서성일 때였다. 예레나가 갑작스레 그녀에게 부탁을 했다. 예레나가 먼저 말을 건 것은 아주 오랜만이었기에 제인은 신이 나 침실로 달려갔다 책을 품에 든 후에야 당혹스러운 얼굴을 했다.

앞을 볼 수 없는 예레나가 책을 읽을 수 있을 리 없었다. 그러니 책을 볼 방법은 읽어 달라 명하는 것뿐이었다.

'책을 읽어 달라 하시면 어떡하지.'

제인은 제국어 정도는 읽고 쓸 줄 알았다. 그러나 책은 제목부터 그녀가 모르는 문자로 되어 있었다. 제인은 혹여나 예레나가 실망하면 어떡하나 걱정하며 침실을 벗어났다.

"고마워요."

하나 다행인지 예레나는 책을 읽어 달라 부탁하지 않았다. 대신 책을 받아서 든 그녀는 책장을 팔랑이며 천천히 넘기더니 어느 페이지에서 손을 멈췄다.

"어? 그건 그때……."

예레나 옆에 선 제인이 책 사이에 있는 것을 보고 눈을 동그랗게 떴다. 비늘처럼 생긴, 붉은색의 나뭇잎. 그건 세다스 왕국에서 제국으로 오는 와중 챙긴 루베오 신수의 잎사귀 세 장이었다.

예레나는 책 사이에 눌린 신수의 나뭇잎 중 하나를 꺼냈다. 그리고 잎사귀 줄기 부근을 손가락 사이에 넣고 빙그르르 돌렸다.

반짝반짝한 나뭇잎 표면이 돌아가며 예쁜 빛을 냈다. 그러나 순간 제인은 오싹함에 몸을 떨었다. 퍼지는 잎새의 붉은빛이 꼭 서서히 번지는 피처럼 느껴진 탓이다.

"예레나 님."

제인이 불길한 것을 보듯 나뭇잎을 쳐다볼 때였다. 문가에 서 있던 프레드릭이 예레나 가까이 다가왔다. 제인은 난로 위 시계를 보고 나서야 그가 또 다른 호위 기사와 교대할 시간이라는 걸 알았다.

예레나는 프레드릭의 목소리가 들리자 잎사귀를 다시 책 위에 내려놓은 채 고개만 살짝 까딱였다. 프레드릭은 헐렁해진 탓에 약간의 움직임에도 틈이 생기는 예레나의 목 부근을 보며 무언가 이야기할 듯 잠시 머뭇거렸다. 그러나 이내 다가오는 밖의 인기척에 몸을 굳히더니 허리를 숙였다.

"……이만 가 보겠습니다."

재빠르게 물러난 프레드릭이 문을 열자 마침 문밖에 있던 이가 들어왔다. 예레나는 그의 발걸음 소리가 들리기 무섭게 책을 닫아 신수의 잎을 숨기고 옆에 내려놨다.

"오늘은 좀 괜찮으십니까?"

그새 예레나에게 가까이 다가온 '키안'이 인사도 없이 물었다. 예레나는 답하는 대신 자리에서 일어나 침실로 향했다. 이유는 알 수 없었으나 며칠 전 혼절한 뒤 사내가 더 불편해진 탓이었다. 하지만 카우치 모서리에 부딪혀 가면서까지 도망치듯 침실로 들어가려던 예레나는 단단한 벽에 막혀 목적을 이룰 수 없었다.

"어제부터 제대로 된 식사를 하지 않으셨다 들었습니다."

예레나보다 먼저 침실 앞 아치문에 다다른 사내가 그녀를 막아선 채 말했다. 예레나는 눈살을 찌푸리면서도 가까이 선 그의 기세를 이기지 못하고 반걸음 뒤로 물러섰다. 그러자 사내가 같은 거리만큼 앞으로 움직이며 말을 이었다.

"알리시아 신녀님께서 부탁하셨습니다. 예레나 님께서 식사하시는 걸 확인해 달라고."

"……신경 쓰지 않아도 되니 할 일 하세요."

간섭 말라 외치고 싶은 것을 꾹 누른 채 예레나가 대꾸했다. 사내는 그녀의 말에 잠시 침묵했다. 볼 수 없었으나 예레나는 그가 자신을 샅샅이 살피고 있음을 알 수 있었다.

몸에 돋는 소름에 예레나가 또다시 반걸음 물러났다. 사내는 이번에는 따르지 않았다. 대신 좀 더 단호하게 말했다.

"식사를 거르시면 몸에 좋지 않습니다."

"날 좀 내버려 둬요!"

신경이 곤두선 예레나가 더는 물러나지 않은 채 외쳤다. 잔뜩 날 선 모습이 상처 입은 동물같이 날카로운 구석이 있었다.

"내 나라를 짓밟고! 내 가족을 도륙하고! 날 여기로 끌고 왔잖아요! 그것들만으로 부족해요? 왜 날 당신들 멋대로 휘두르지 못해 안달이야!"

예레나의 외침에는 며칠 동안 쌓여 있던 감정이 잔뜩 엉겨 붙어 있었다. 제국으로 온 뒤 그녀는 주변 이들이 보기에는 어느 정도 제 처지에 순응한 듯했다. 그러나 전혀 치유되지 못한 상처들과 불안 요소는 안에서부터 그녀를 갉아먹고 있었다. 그리고 며칠 전 환청에 그간 참아 내고 있던 감정들은 한 번에 터져 예레나를 쉼 없이 긁어 댔다.

"먹고 자고 생각하는 것쯤은 내가 알아서 하게 내버려 둬요. 제발!"

쏟아지는 눈물방울이 예레나의 뺨을 적셨다. 무너져 내린 표정이 참담하고 불안한 그녀의 심정을 대변했다.

제인은 예레나의 앞에 선 사내가 미간을 찌푸리며 손을 들어 올리는 것을 보고 양손을 마주 잡은 채 눈을 질끈 감았다. 두려웠다. 심기를 거슬렸다는 이유로 혹여나 사내가 예레나에게 손찌검이라도 하면 어찌하나 걱정이 몰려왔다.

하나 제인의 걱정과 달리 사내는 예레나에게 손가락 하나 대지 않았다. 대신 그는 울고 있는 예레나의 얼굴 바로 앞에서 손을 멈춘 채 주춤거리다 내려놓고 작게 한숨 쉬었다. 제인은 그 순간 떠오른 사내의 표정에 믿을 수 없다는 듯 놀란 얼굴을 했다.

그러거나 말거나 사내는 제인에게는 일말의 시선도 주지 않은 채 제 앞의 예레나를 뚫어져라 보다 입을 뗐다.

"제국의 입장에서는 예레나 님이 죽든 다치든 별 상관 없습니다. 폐하께서 노여워하실 수는 있겠으나 그뿐이지요."

"……."

"물론 예레나 님 문제로 폐하께서 화가 나시면 이 궁에 있는 사람들은 자신에게 불똥이 튀지 않을까 걱정할 겁니다. 그러나 누구도 폐하의 화가 세다스 왕국으로 향하는 것에 대해서는 걱정하지 않을 겁니다."

"……."

"고국을 걱정하고 계시지 않습니까. 그리고 여기 예레나 님을 모시는 제인 양 걱정도 해 주셔야지요."

사내가 가진 특유의 서늘한 목소리는 여전히 차가웠다. 말의 내용 또한 현실을 직시하라는 가르침에 가까웠다. 하지만 그의 분위기는 상대를 달래는 듯 부드러웠다.

"……세다스 왕국은 요즘 어떤가요?"

예레나는 그제야 흥분을 가라앉히고 물었다. 조금은 정신을 차린 듯한 모습이었다. 사내는 눈물이 구르고 있는 예레나의 뺨에 힐끔 시선을 주며 답했다.

"세금이 많이 늘었다 하더군요. 제국으로 보낼 공물 때문이라고 들었습니다."

"뭐라고요?"

조금의 거짓도 없는 정직한 답에 예레나가 완벽히 또렷해진 얼굴로 그에게 다가섰다. 사내는 제게 가까이 붙어 벌벌 떠는 그녀의 모습에 눈을 빛냈다. 두 사람에게서 조금 떨어져 있던 제인은 사내의 붉은 눈이 번뜩일 때 조금 전 예레나의 손에 들려 있던 신수의 잎을, 정확히는 그 불길한 색을 떠올렸다.

"황제 폐하의 정부 중 리트라 공국 출신의 여인이 있습니다. 공왕의 막내 여식으로 1여 년쯤 전에 형제 셋을 잃고 제국으로 끌려왔지요."

사내는 조국을 걱정하는 마음에 어찌할 바 모르는 예레나에게 뜬금없이 황제의 후원에 있는 정부 중 하나에 대해 말을 꺼냈다. 예레나는 자신과 비슷한 비극을 맞이한 여인의 이야기에 의아한 낯을 하면서도 귀를 기울였다.

"현재 폐하의 후원에서 그녀의 입지는 독보적입니다. 항간에서는 리트라 공국이 부담해야 하는 세금과 공물의 양이 대폭 줄어든 이유가 그녀 때문이라 하더군요."

"……."

"리트라 공국이 부담해야 할 양을 어느 나라가 메꾼다 생각하십니까. 몇 나라 있겠으나 분명한 건 그 속에 세다스 왕국도 포함되어 있다는 겁니다. 폐하 곁에서 세다스 왕국의 어려움에 관해 이야기하는 사람은 아무도 없으니까요."

사내의 말이 이어질수록 예레나의 얼굴은 창백해졌다. 그는 알려 주고 있었다. 세다스 왕국을 위해 그녀가 갈 길을.

"부당하다 느끼실 겁니다. 폭정이라 생각되실 테지요. 하지만 화를 낸다고 상황이 바뀌지는 않을 겁니다."

포로라는 신분으로, 전리품이라는 명목으로 제국에 끌려올 때 이미 결심한 바이기도 했다. 그러나 다른 이가 이렇듯 대놓고 황제의 정부 노릇을 해야 조국에 이로울 것이다 말하자 눈물이 왈칵 솟았다. 불쾌하고 두려워 견딜 수가 없었다.

"나, 나는……."

그녀가 제대로 말을 잇지 못한 채 더욱 심하게 몸을 떨기 시작했다. 온몸으로 표현되는 거부감. 그녀 앞에 선 사내는 예레나의 모습에 보일 듯 말 듯 한 미소를 지으며 손을 뻗었다. 어깨에 천천히 닿는 타인의 감각에 예레나가 움찔거렸다. 그러나 그녀가 무어라 하기도 전 사내가 먼저 입을 열었다.

"그 전에 우선 건강을 챙기셔야 합니다. 그래야 저주도 풀고 앞날도 도모할 수 있지 않겠습니까."

사내의 말에 예레나는 초조해하면서도 일말의 안도감을 느꼈다. 꼭 해야 할, 그러나 너무나 거부감 드는 일을 당장은 피할 수 있다는 이기심이었다. 예레나는 자신의 이런 마음에 역겨움을 느꼈다.

"제인 양. 식사를 가져와 주십시오."

핏기가 가신 예레나의 얼굴을 살피던 사내가 제인에게 명했다. 제인은 허둥지둥 달려가 찬장에서 접시를 꺼내고 하루에 한 번 탑에 오는 음식들을 나눠 담아 식기와 함께 쟁반에 올렸다.

사내는 제인이 가져올 음식들이 어떠한지 대강 알고 있었다. 그러나 가까이서 보자 더욱 형편없어 보이는 식사에 그는 자신도 모르게 인상을 찌푸렸다.

야채가 조금 들어간 멀건 수프, 크기는 적당했지만 딱딱해 보이는 빵과 아기 주먹만 한 감자 두 알. 저주를 푼다는 명목 아래 신앙 교육을 받는 예레나는 식사를 일반 신녀들과 같은 것으로 받고 있었다.

"음식이 차갑습니다. 다시 데워 올까요?"

초라하기 짝이 없는 식사는 다 식어 있었다. 사내는 방에 들어온 이래 처음으로 제인에게 눈짓하며 차가운 음식을 지적했다. 하지만 속이 불편했던 예레나는 식어 냄새가 가신 음식이 더 낫다 생각하며 고개를 저었다.

"됐어요. 그냥 줘요."

그녀가 식탁을 더듬어 숟가락을 쥐었다. 그리고 수프가 담긴 차가운 그릇에 손을 가져다 댔다. 숟가락을 입가로 가져가는 그녀의 모습에 예레나 맞은편에 앉은 사내가 묘한 얼굴로 입술을 달싹였다. 그의 시선은 수프, 정확히는 예레나의 입가에 막 닿은 숟가락에 가 있었다.

사내의 시선을 볼 수 없는 예레나는 이상한 낌새를 조금도 느끼지 못한 채 수프를 삼켰다. 간을 거의 하지 않아 싱거운 수프가 목구멍으로 넘어갔다.

'아……?'

한데 어떻게 된 일일까. 몇 숟갈 더 뜬 수프의 맛이 어느 순간 비릿하게 변했다. 동시에 손이 벌벌 떨리며 호흡이 가빠졌다.

"……왜 그러십니까?"

그녀의 상태를 눈치챈 듯 사내가 물었다. 예레나는 답하는 대신 입 안에 넣은 수프를 억지로 삼켰다. 그러나 그러기 무섭게 목에서 무언가 울컥 넘어왔다.

"흐으…… 헉!"

"예레나 님!"

예레나가 들고 있던 숟가락을 떨구고 입을 틀어막았다. 그러나 이미 그녀의 입가와 손은 토해 낸 피로 범벅이었다. 놀란 제인이 소리치며 달려왔다. 그리고 탁자를 잡은 채 간신히 버티고 있는 그녀를 누군가 끌어당기더니 입에 무언가를 흘려 넣었다.

"삼키십시오. 어서요."

사내의 목소리는 침착했다. 그러나 예레나의 양팔을 꽉 붙든 손은 그렇지 않았다. 조급함이 묻어나는 손아귀 힘은 강했다. 예레나는 옆으로 기울어지는 고개를 가누며 사내의 말대로 입 안의 액체를 삼키기 위해 노력했다.

쓰디쓴 액체가 목으로 흐르자 구토감이 올라왔다. 예레나는 입 안으로 들어온 액체의 반 이상을 피와 함께 쏟았다. 그리고 무어라 외치는 제인의 말도, 그녀에게 무어라 대꾸하는 사내의 말도 제대로 알아듣지 못한 채 눈을 감았다.

몸이 옆으로 넘어가며 누군가가 그녀를 받쳐 안는 게 느껴졌다. 벽처럼 단단하지만 쿵쿵 뛰는 심장 소리가 따스했다. 동시에 마음을 편안하게 해 주는 처음 맡아 보는 향이 코끝에 맴돌았다. 저도 모르게 안도를 느낀 예레나가 희미해지는 의식 속, 소리 없이 중얼거렸다.

'……따뜻해.'

* * *

예레나는 좀처럼 일어나지 못했다. 당연한 것이 그녀가 몇 술 떴던 수프에는 극독이 들어 있었다.

제인은 예레나가 피 토하는 순간을 똑똑히 기억했다. 온통 붉게 물든 손과 입가. 생경한 장면을 목도한 탓에 온몸이 식었다. 그러나 다행히도 예레나는 목숨을 건졌다. 쓰러진 직후 들어온 알리시아의 조치로.

'제인. 비켜요.'

제인은 당시 알리시아의 낯을 떠올렸다. 신녀는 놀란 기색 하나 없이 침착한 얼굴로 들어왔다. 그리고 로샨의 품에서 정신을 잃은 예레나의 가슴 위로 손을 올렸다.

순간 퍼진 황금색의 은은한 빛. 제인은 그걸 보고 알 수 있었다. 저게 말로만 듣던, 신녀들 중에서도 선택받은 극히 일부만 쓸 수 있는 신력이라는 것을.

빛 무리가 가슴에 스미자 예레나는 한결 편한 얼굴을 했다. 제인은 제 앞에서 일어난 기적에 한동안 멍한 얼굴로 서 있었다. 그러나 기적을 목격했다는 경외감이 사라지기 무섭게 그녀의 속을 채운 것은 의문이었다.

'……그때는 오실 시간이 아니었는데.'

알리시아는 예레나가 쓰러지기 무섭게 방 안으로 들어왔다. 게다가 지체 없이 신력을 발휘했다.

물론 신녀님이니까. 여신께 선택받아 기적을 내리는 분이시니 그런 일이 가능할 수도 있었다. 게다가 평소에도 알리시아는 눈이 보이지 않는 것에 전혀 불편함이 없어 보였다. 그러니 제인은 자신이 모르는 어떤 신비한 힘으로 알리시아가 그 모든 것을 보고 판단했다 생각하려 했다.

'꼭 이런 일이 일어날 걸 알고 계셨던 것 같았어. 그리고 보니 전하께서도 기다렸다는 듯 예레나 님이 쓰러지자마자 약을……'

하지만 그렇다기에 당시의 상황은 어딘지 작위적이었다. 제인은 자신을 제외한 모든 것, 즉, 쓰러진 예레나도 그녀를 안고 있던 사내도 때마침 나타난 알리시아도 한 편의 잘 짜인 연극처럼 느껴졌다.

'설마 일부러 예레나 님께……'

제인이 내내 숙이고 있던 고개를 들어 예레나가 누워 있는 침실 쪽을 바라봤다. 안에는 정신 잃은 왕녀와 그녀를 속인 채 호위 노릇을 하는 침략자가 있었다.

잡다한 시중을 들며 두어 번 들어갔던 침실 풍경이 떠올랐다. 정신을 차리지 못하고 앓는 소리를 내는 여인과 그런 그녀를 지켜보는 사내…….

'이리 다오. 내가 하겠다.'

제인은 힐끔이며 훔쳐본 사내의 모습을 떠올렸다. 제게서 물과 천까지 가져가 쓰러진 여인을 간호하는 모습은 얼핏 보기에는 어느 감정도 없어 보였다. 하지만 땀이 송골송골 맺힌 흰 이마에 물에 적신 천을 조심스레 올리는 손과 살짝 당겨진 턱에는 분명한 염려가 있었다. 그리고 그 위, 붉은 눈동자에 얼핏 서려 있던 것은 분명 만족감과 기대였다.

'알고 있었던 거야. 알리시아 님도 전하도. 예레나 님의 식사에 독이 있다는 걸 알았어.'

제인의 의심을 확신으로 바꿨다. 이유는 알 수 없었으나 일련의 일은 생각하는 것만으로 두려운 사내의 계획이었다.

'혹시라도 내가 그걸 맛본다 먹기라도 했다면······.'

처음으로 이 일을 맡은 게 후회스러웠다. 제인은 예상보다 훨씬 숨 막히는 상황에 자신이 들어온 것을 깨우치고는 저도 모르게 목을 더듬었다.

"제인 양."

"네, 네?"

손이 저절로 파르르 떨릴 때였다. 상념에 빠진 제인을 알리시아가 불렀다. 놀란 제인이 딱딱하게 몸을 굳힌 채 알리시아를 바라봤다. 문가에 서 있는 그녀는 약을 가지러 간다며 나갔다 이제야 돌아온 모양이었다.

"잠시 따라오세요."

알리시아가 문을 열며 손짓했다. 곧 두 사람은 복도에서 마주 섰다.

두꺼운 드레스를 찬 공기가 파고들었다. 그러나 제인은 아려 오는 피부도 느끼지 못한 채 놀란 눈을 했다.

홀로 생각하느라 미처 알아채지 못했건만 알리시아의 얼굴은 말이 아니었다. 핼쑥하다 못해 파리해진 피부에 한눈에 봐도 지쳐 보이는 기색. 반나절 만에 알리시아의 몰골은 엉망이었다.

'그러고 보니 아까······.'

문뜩 신력을 쓰고 난 뒤의 알리시아의 모습이 뇌리를 스쳤다. 허물어지듯 앞으로 기울어진 상체에 축 처진 어깨가 위태로워 보였던 것은 착각이 아니었다.

"괜찮으세요?"

제인이 걱정스럽게 묻자 알리시아의 입꼬리가 순간 씰룩였다. 그러나 그녀는 곧바로 표정을 정돈한 채 역으로 되물었다.

"걱정하지 않으셔도 됩니다. 잠시 지친 것뿐이니까요. 그보다 제인 양이 더 걱정입니다. 목소리에 힘이 없던데 무슨 일 있습니까?"

"아······."

"······."

"알리시아 님. 저, 전 무서워요."

"왜죠?"

"네?"

알리시아의 말에 제인은 잠시 망설이다 솔직한 심정을 털어놨다. 하지만 이내 돌아온 답에 제인은 할 말을 잃었다.

"제인 양이 무서울 게 뭐가 있냐 이 말입니다."

알리시아는 그녀의 말을 들어 주기 위해 이 자리에 서 있는 게 아니었다. 그녀는 무언가 말하기 위해 제인을 복도로 불러냈다. 제인도 그를 알아차리고 입을 꾹 다물었다.

"제인 양."

잠시 침묵이 흐른 뒤 알리시아가 제인을 불렀다. 그리고 고개 든 그녀를 향해 조금 부드러워진 목소리로 말했다.

"제인 양은 지금처럼 예레나 님만 잘 모시면 됩니다. 그것만 잘하면 아무 문제 없을 거예요. 물론 가족들도 풍족하게 살 수 있겠지요. 혹시 들었나요? 제인 양의 가족들에게 집이 생겼다는 소식. 뢰베 거리에 있는 예쁜 이층집에 지붕은 파란색이라더군요."

알리시아가 말하는 바는 명확했다. 맡은 일 외에 어떤 것에도 관심을 두지 마라. 제인은 아직 뜯어 보지 않은 가족들의 편지에 새집에 관한 이야기가 있으리라 확신했다.

'맞아. 난 예레나 님만 잘 모시고 가족들 걱정만 하면 돼. 나머지는 신경 쓸 이유도 없고, 그래서도 안 돼.'

하지만 어찌 된 일일까. 그녀는 풍족해진 집안 사정이 기쁘기보다는 꼭 족쇄처럼 느껴졌다.

* * *

앞이 보였다. 하지만 예레나는 다시 앞을 볼 수 있다는 사실에 기뻐할 수 없었다.

그녀는 커다란 웅덩이에 빠져 있었다. 끈적하고 붉은 액체가 넘실거리는 끔찍한 웅덩이였다.

"아악!"

아무리 비명을 질러도 웅덩이에서 나갈 수 없었다. 웅덩이는 꼭 수백 개의 손처럼 그녀를 붙잡은 채 놓아주지 않았다. 그뿐인가. 아주 천천히 올라오긴 했으나 웅덩이는 점차 깊어져 어느새 예레나의 가슴 위까지 올라왔다.

"누, 누구 없어요? 살려 주세요! 날 좀 여기서 빼 주세요!"

보는 것만으로도 끔찍한 이곳에 빠져 죽는다 생각하니 겁이 났다. 예레나는 어떻게든 빠져나오려 발버둥 쳤다.

'예레나.'

목까지 피가 차올랐을 때 누군가 예레나를 부르며 그녀의 손을 잡았다. 그리고 그녀를 아주 쉽게 끌어 올렸다.

"안토니오 오라버니!"

익숙한 목소리에 예레나가 고개를 번쩍 들자 너무나 그리운 얼굴이 있었다. 둘째 오라비 안토니오. 예레나는 놀라움과 미칠 듯한 반가움에 그에게 와락 안겼다.

'내 동생.'

"앨런 오라버니!"

바로 옆에서 또 다른 목소리가 그녀를 다정히 불렀다. 이번에는 첫째 오라비 앨런이었다. 예레나가 믿을 수 없다는 듯 눈을 크게 떴다. 그러자 그 뒤로 이번에는 두 명의 인영이 솟구쳤다.

'우리 아가. 세상에서 제일 아끼는 내 하나뿐인 보물.'

"아버지! 어머니!"

주변이 햇살로 환해졌다. 피 웅덩이는 온데간데없이 사라지고 그린 듯한 왕궁이 세워졌다. 예레나는 왕궁 정원 내 커다란 아름드리나무 아래에서 가족들을 향해 활짝 웃었다. 그녀를 둘러싼 가족들도 언제나 그랬듯 그녀를 보며 마주 웃어 줬다. 여름을 맞이해 한층 더 푸릇해진 나무와 잘 어울리는 웃음이었다.

눈물이 핑 돌 것 같은 광경에 예레나가 눈을 깜빡였다. 그러자 눈앞의 장면이 바뀌었다. 예레나는 그새 왕궁 내 응접실에서 어미의 무릎을 벤 채 누워 있었고 아비와 오라비들은 곁에서 그런 그녀를 내려다보고 있었다. 타닥타닥 소리를 내며 타들어 가는 난로가 밖의 계절을 알려 줬다.

'무슨 일이니? 낮잠을 자다 말고 소리를 다 지르고.'

순식간에 바뀐 주변에 예레나의 얼굴이 순간 굳어졌다. 하지만 그녀는 애써 미소 지으며 고개 저었다.

"아무것도 아니에요. 제가 나쁜 꿈을 꿨나 봐요."

'꿈?'

"네. 아주 끔찍한 악몽이었어요. 아버지는 물론이고 저 빼고 다⋯⋯. 아니에요. 말하기도 싫어요. 생각하기도 싫어."

예레나가 무언가 말하려다 말고 어미의 품을 파고들었다. 아도라 왕비는 그런 예레나의 볼을 꼬집으면서 애정이 듬뿍 담긴 타박을 했다.

'이 어리광쟁이. 언제까지 이러려고.'

"평생요. 평생 어머니 품에서 이렇게 있을래요."

'하하. 아버지. 예레나가 말하는 것 좀 보세요. 결혼도 하지 않을 생각인가 봐요.'

'뭐 어떠냐. 안토니오. 우리 동생인걸. 예레나. 넌 네가 하고 싶은 대로 살렴. 어떻게 지내든 내가 뒤에 있어 주마.'

'이 녀석들아! 그래도 하나뿐인 여동생 결혼은 시켜야지.'

예레나의 어리광에 가족들이 저마다 한마디씩 하며 웃음을 터뜨렸다. 예레나는 듣기 좋은 소리에 눈을 살며시 감은 채 중얼거렸다.

"결혼 같은 거 안 할래요. 전 영영 여기서 어머니 아버지와 함께⋯⋯."

하지만 그녀가 채 말을 끝내기도 전 촛불이 바람에 꺼지는 소리가 나며 사방이 어두워졌다. 예레나가 다시 눈을 뜨자 반쯤 투명해진 가족들이 연기가 되어 흩어졌다.

"어머니? 아버지? 앨런 오라버니! 안토니오 오라버니! 어디 갔어!"

예레나가 벌떡 일어났다. 사방은 아무것도 없는 어둠이었다.

"다, 다들 어디로…… 아!"

예레나가 달리기 시작했다. 다행히 저 멀리 그녀를 지켜보는 가족들이 보였다. 예레나가 아래로 떨어진 심장을 추스른 채 손을 들어 보였다. 그리고 그 순간 그녀의 가족들은 하나둘 쓰러졌다.

시작은 둘째 오라비 안토니오였다. 어디선가 날아온 창이 그의 옆구리를 꿰뚫었다. 그리고 다음은 첫째 오라비 앨런. 날아온 화살이 그의 등에 박히고 꼬꾸라지는 그를 제국의 기사가 베었다.

"안 돼!"

오라비들의 시체가 어떠했는지 떠올랐다. 예레나는 비명을 지르며 가족들에게 가까이 가려 했다. 하지만 어느 순간부터 그녀와 가족들의 거리는 좁혀지지 않았다.

눈물이 줄줄 흘러 뿌예진 시야에 오라비들이 사라졌다. 그리고 그날과 같은 광경이 펼쳐졌다. 그녀는 지켜볼 뿐이고 괴물 같은, 징그러운 붉은 눈의 사내에게 아비와 어미가 차례로 쓰러졌다.

"안 돼! 하지 마! 하지 말란 말이야!"

목이 쉬라고 외쳐도 소용없었다. 어느새 앞에는 나란히 누운 가족들의 시체가 펼쳐졌다. 관에 누워 있는 그들은 하나같이 괴로운 얼굴이었다.

'예레나. 이건 꿈이 아니란다. 네 현실이지.'

파리한 얼굴로 누워 있던 아비가 갑자기 벌떡 상체만 세워 말했다. 이미 썩기 시작한 몸에서는 피와 살점이 흘러내리듯 떨어졌다. 예레나가 눈을 꼭 감은 채 머리를 감싸 쥐며 주저앉았다.

'빛나는 왕녀. 아니 찬란한 여왕은 홀로 남았지요. 모두를 잃고 혼자가 됐어요. 아아 얼마나 외로울까. 연인도 남편도 네 명의 딸도 가족 모두를 잃은 가여운 여왕님. 하지만 여왕님. 나의 빛나는 왕녀여. 그건 모두 당신

이 자초한 일이랍니다.'

캄캄해진 시야. 언젠가 들었던, 그러나 낯선 목소리가 노래처럼 울렸다. 감미로운 선율이 아름다웠으나 예레나에게 알아듣지 못할 그 소리는 끔찍한 소음처럼 들렸다. 그녀가 노래 부르는 이를 노려보기 위해 눈을 떴다. 한데 이상했다. 눈을 떠도 아무것도 보이지 않았다.

감아도 떠도 똑같이 컴컴한 광경에 예레나가 절망하기도 전이었다. 갑자기 냉기가 그녀의 몸을 타고 올라왔다.

'추, 추워.'

손끝 발끝이 떨어질 것 같았다. 입고 있는 옷이 얼음처럼 느껴졌다. 뼛속까지 들이치는 냉기에 예레나가 몸을 웅크린 채 벌벌 떨었다.

추워 죽을 것 같다는 생각보다는 사무치게 외로웠다. 홀로 남았다는 두려움이, 세상에 혼자라는 고독감이 그녀를 야금야금 갉아먹었다.

"싫어. 혼자 남는 건…… 흑."

누구라도 있어 줬으면 바라며 눈물만 떨구던 그때였다. 몸이 앉은 그대로 아래로 추락한다 싶더니 풍덩 소리와 함께 비릿한 피 냄새가 그녀를 감쌌다.

"……으읍!"

이미 빠졌었던 피 웅덩이라는 것을 제대로 자각도 하기 전 핏물이 입으로 코로 들어찼다. 볼 수 없는 와중 살아난 다른 감각이 그녀를 고문했다. 예레나는 허우적거리며 위로 손을 뻗쳤다.

가장 위로 솟구친 손가락에 무언가 부드러운 것이 닿았다. 예레나는 어떻게든 다리를 움직여 손을 좀 더 위로 뻗었다. 그러자 부드러운 털과 같은 것이 손바닥에 닿는 게 느껴졌다.

그것을 꽉 틀어쥔 순간 신기하게도 피 웅덩이가 내려가며 종국에는 완전히 사라졌다. 예레나는 거칠게 숨을 내쉬며 손에 쥐고 있는 것에 집중했다.

양털 같기도, 아니 그것보다는 뻣뻣하지만, 한편으로 부드러운 무언가는 길었다. 볼 수 없는 예레나는 쥐고 있는 것이 정확히 무엇인지 확인하기 위해 다른 손도 마저 뻗었다.

쉬익.

그리고 순간, 뱀이 내는 징그러운 소리가 귀를 스쳤다. 부드럽다 생각한 것도 다시 느껴 보니 파충류의 비늘 같았다. 매끈하지만 특유의 감각에 소름이 끼쳤다.

"아아악!"

기겁한 예레나가 비명을 지르며 손을 놓았다. 동시에 누군가 그녀를 불렀다.

"예레나 님."

주변을 감싸고 있던 공기가 완벽히 달라졌다. 예레나는 보이지 않는 눈을 몇 번이고 깜빡이며 자신이 있는 곳이 어딘지 느끼기 위해 노력했다.

이제는 익숙해진 침구의 느낌과 주변을 맴도는 향. 예레나는 자신이 누워 있는 곳이 탑 안의 제 처소 침실임을 금방 알아차렸다. 그녀가 손으로 주변을 더듬기 시작했다. 그러나 본래라면 아무것도 없어야 할 공간에 무언가 따스한 것이 잡혔다.

"정신이 좀 드십니까?"

그것이 사람의 온기임을 직감하기 무섭게 사내의 목소리가 가까이서 날아들었다. 그리고 예레나는 그제야 자신이 사내를 더듬고 있었다는 것을 알 수 있었다.

화들짝 놀란 그녀가 손을 뗐다. 의도한 바는 아니었으나 자신이 누군가를 더듬고 있었다는 사실이 당혹스러웠다.

"아직 열이 있습니다."

그렇기에 그녀는 제 이마를 짚는 사내의 손에 아무 말도 하지 못한 채 가만히 누워 있었다. 그러다 서늘한 손길이 물러난 후에야 상체를 천천히 일으켰다.

"물입니다."

사내가 그녀에게 적당히 식은 물을 내밀었다. 예레나는 입술을 달싹이며 무언가를 말하려다 아픈 목에 순순히 물을 마셨다.

물이 목구멍을 넘어갈 때마다 긁는 듯한 아픔이 느껴졌다. 꼭 하루 온종일 고함을 지른 것 같다 생각하며 예레나는 물잔을 내렸다.

"아직 목이 아프십니까? 물을 더 드릴까요?"

그녀가 물 한 잔을 순식간에 비우자 사내가 잔을 거둬 가며 물었다. 예레나는 고개를 저으며 얼굴에 붙은 머리카락을 정리했다. 그러다 제가 입고 있는 것이 침의라는 걸 깨닫고 깜짝 놀라 허리춤까지 올라와 있던 이불을 끌어 올렸다.

"알리시아 신녀님과 제인 양이 자리 비울 일이 있어 아주 잠깐 자리를 지킨 것뿐입니다. 혹여나 상태가 더 나빠지실 수 있으니까요."

사내는 예레나에게 제가 왜 그녀 옆에 있었는지를 설명했다. 예레나는 사내의 말에도 지금의 상황을 완벽히 이해할 수 없었지만 무어라 하는 대신 고개를 대강 끄덕였다. 그리고 문득 든 의문에 입을 열었다.

"내가 얼마나 이러고 있었나요?"

"……쓰러진 건 기억나십니까?"

예레나가 어두운 표정으로 고개를 끄덕였다. 볼 수는 없었으나 목 아래서 끓으며 올라오던 피와 숨 쉬기 어려웠던 상황은 똑똑히 기억났다.

'누가 왜…….'

제국으로 온 이래 예레나는 독살은 생각도 하지 않았다. 황제의 곁에 머물게 된다면 모를까 지금 그녀는 일개 포로로 탑에 갇힌 신세가 아니던가.

혹시 자신이 모르는, 세다스 왕국과 관련된 정치적인 일이 제국에 일어난 것일까? 그것도 아니라면 왕국에서 새 왕의 어미가 된 비앙카가 일을 꾸민 것일까?

'……차라리 죽는 게 나았을지도.'

온갖 추측을 이어 가던 예레나는 복잡한 머릿속에 인상을 찌푸리며 주먹을 쥐었다 한순간에 힘을 풀었다. 그런 게 다 무슨 소용일까 싶었다. 악몽 속에서 봤던 가족들의 모습에 기분이 다시금 바닥까지 추락했다.

사내는 예레나의 감정을 기민하게도 읽었다. 그는 당장에라도 삶을 놓을 듯 허무한 표정의 그녀를 보다 물었다.

"나흘 동안 정신을 못 차리셨습니다. 배가 고프진 않으십니까?"

"나흘?"

예레나는 사내의 물음에 답 대신 반문을 했다. 기껏해야 한나절 정신을 잃었으리라 생각했는데 나흘이라니. 그녀는 놀라서 눈을 동그랗게 뜨다 제 몰골이 얼마나 엉망일지 상상하며 고개를 숙였다.

볼 수는 없으나 땀에 젖은 침의는 무거웠고 머리카락도 엉망일 게 분명했다. 볼이 화끈거렸다. 그러나 사내는 씻고 싶다 말할 수 있는 상대가 아니었으므로 예레나는 당황한 기색만 내보일 뿐이었다.

사내의 얼굴에 아주 엷은 미소가 올라왔다. 예레나는 상대가 붉어진 제 뺨을 어떤 눈으로 보고 있는지 모른 채 애써 침착한 얼굴을 했다. 사내는 그 모습조차 샅샅이 눈에 담다 아쉬운 얼굴로 자리에서 일어났다.

"밖에 있겠습니다. 혹 불편한 것이 있다면 부르십시오."

옷자락이 부스럭거리는 소리에 사내 쪽으로 자연스레 고개를 돌린 예레나가 자신도 모르게 손을 뻗었다. 그리고 움직이려는 사내를 붙잡았다.

"이, 이건……."

왜 그랬는지 예레나는 스스로를 이해할 수 없었다. 다만 순간 혼자라는 단어가 머릿속에 떠오르며 몸이 저절로 움직였다.

"미안해요. 나도 모르게……. 그만 나가 보세요."

예레나가 손을 떼고 고개를 완전히 돌린 채 말했다. 사내는 그녀의 손이, 볼 수 없는 시선이 제게서 멀어지자 아쉬운 표정을 숨기지 않았다.

"그럼……."

예레나의 뜻에 따라 그가 천천히 물러났다. 그러나 눈먼 왕녀는 몰랐다. 사내가 뒤돌지 않고 그녀에게 시선을 또렷이 고정한 채 뒷걸음질로 멀어지고 있음을.

* * *

딱딱.

신경을 거스르는 소리가 방 안에 울렸다. 릴리아나는 잘 정돈된 손톱을 물어뜯으며 방을 이리저리 걷다 갑자기 우뚝 멈춰 섰다. 그리고 장식되어 있던 작은 크리스털 화병 하나를 집어 들더니 있는 힘껏 던졌다.

와장창 소리와 함께 화병의 파편과 연분홍빛 꽃이 쏟아졌다. 아름다운 장식품에서 한낱 쓰레기가 되어 버린 파편과 꽃잎이 물과 함께 사방으로 튀며 바닥이 엉망으로 변했다. 그러나 릴리아나는 깨어진 화병 조각의 날카로운 단면을 보고 오히려 감정을 가라앉혔다. 그녀가 발로 파편을 아무렇게나 걷어차며 창가에 있는 카우치로 가 앉았다.

"차를 내올까요?"

"그러렴."

그녀의 눈치를 보던 시녀들 중 루나가 다가와 말하자 릴리아나가 고개를 끄덕였다. 루나는 다른 시녀에게 차를 가져오라 일렀다.

"다들 나가 봐."

시녀가 차를 가져오자 루나가 방 안에 있는 이들을 물리곤 차를 따라 줬다. 릴리아나는 적당히 식은 차를 마시며 눈을 감았다 한참 만에 떴다.

"루나. 이게 어떻게 된 일일까. 네가 가져온 물건에는 분명 문제가 없었잖아."

릴리아나는 루나에게 명해 독을 구한 뒤 일부를 새와 작은 동물들에게 직접 먹였다. 독의 효용을 실험한다는 명목이었으나 루나는 이미 여러 번 본바 알고 있었다. 그녀의 상전은 제 손아귀에서 생명이 꺼져 갈 때 희열을 느낀다는 것을.

'루나. 이것 좀 보렴. 너무 우스꽝스럽지 않니? 새는 날개를, 토끼는 뒷

다리를 펴지 못하다니. 이 무슨 못난 꼴이야.'

릴리아나의 손에 동물들은 그 즉시 즉사했다. 한데 이상하게도 탑의 포로가 죽었다는 소식은 들려오지 않았다.

"……혹 눈치채고 음식을 버린 걸까?"

"그건 아닐 겁니다. 듣자 하니 왕녀의 교육을 맡은 고위 신녀가 탑에 오래 머물렀다 하더군요."

"흐응…… 그 징그럽게 생긴 맹인 신녀 말이냐?"

"예."

"효과가 즉시 나타나는 것이라 신력으로도 죽는 걸 막기는 어려웠을 텐데……. 하필 독을 먹는 순간 곁에 있었나 보구나. 더러운 계집이 운이 좋아."

릴리아나는 자신이 쓴 독이 얼마나 무서운 물건인지 알았다. 그건 수 분도 아닌 수십 초 내로 목숨을 앗아 가는 치명적인 극독이었다. 그러나 계획은 실패했고 릴리아나는 결과를 받아들일 수밖에 없었다. 그녀가 차를 홀짝이며 마지못한 목소리로 물었다.

"뭐. 기회는 또 있을 테니까. 흔적은 잘 지웠겠지?"

"물론입니다. 혹시나 있을 경우를 대비해 일을 시킨 아이도 처리했습니다. 황후 폐하께서 거론되실 일은 없습니다."

"잘했다."

이런 일이 한두 번이 아닌 듯 릴리아나의 얼굴에는 조금의 죄책감도 없었다. 그녀는 뒤탈이 없을 거라는 루나의 말에 머리카락을 뒤로 넘긴 채 차를 마시다 찻잔을 내려놓고 갑자기 손뼉을 쳤다. 곧 있을 어느 연회가, 정확히는 그곳에 참석할 로샨이 떠오른 탓이었다.

"곧 전하를 뵐 수 있겠구나. 날 보면 어떤 얼굴을 하실까."

중얼거리는 목소리는 분홍빛 머리카락만큼이나 사랑스러웠고 발간 볼은 벽에 걸린 그림 속 여인의 미소처럼 어여뻤다. 하나 릴리아나의 올리브색 눈에 서린 광기는 보기 어려울 정도로 소름 끼치는 구석이 있었다.

* * *

펵. 둔탁한 소리와 함께 제임스가 앞으로 꼬꾸라졌다. 그러나 그가 완전히 쓰러지기 전, 뒤에 서 있던 녹스가 그의 어깨를 잡아끌었다.

"으윽!"

묶인 팔과 함께 강제로 젖혀진 상체가 아파 제임스는 신음을 토해 냈다. 동시에 괴로움이 끓는 목구멍에서 피가 쏟아져 입가를 타고 흘렀다.

가까이서 넝마가 된 제임스를 보게 된 하이든과 프레드릭은 인상을 찌푸렸다. 오래도록 얼굴을 마주한 자의 고통을 지켜보는 건 전장을 누비며 온갖 잔인한 일을 목격한 그들에게도 불편함을 잔뜩 안겨 줬다. 하지만 막상 제임스를 고문하고 있는 녹스는 셋 중 그와 가장 친밀했음에도 별다른 감정을 드러내지 않은 채 폭력을 가하고 있었다.

펵. 펵. 묵묵한 폭력이 몇 번 더 떨어졌다. 방 안에서 유일하게 앉아 그 꼴을 보고 있던 로샨은 제임스의 입에서 몇 번의 피가 더 쏟아진 후에야 손을 올렸다.

"녹스. 잠시 쉬어도 좋다."

녹스가 허리 숙여 인사하고는 한 발 뒤로 물러났다. 자연스레 제임스의 얼굴이 다시 바닥으로 추락했다.

쿵. 바닥에 쓰러지며 나는 소리가 제법 컸으나 로샨은 눈썹 한 번 움직이지 않았다. 그가 녹스에게 눈짓으로 제임스를 묶고 있는 밧줄을 풀라 명했다. 녹스는 품 안에서 단검을 꺼내 제임스를 구속하고 있던 줄을 단번에 끊어 냈다. 조금이나마 편해진 몸에 제임스가 허덕이며 손으로 바닥을 짚고 몸을 일으키려 했다.

"흐으……."

"일을 저지르고 싶었으면 내가 모르게 처리했어야지."

몇 번이고 일어나려다 실패하는 제임스를 보며 로샨이 중얼거렸다. 제임스는 팔에 힘을 주다 로샨의 말에 입술을 세게 물었다.

'어떻게…….'

탑에 갇혀 있는 예레나는 얼핏 보기에는 호위 기사가 붙은 것 외에 어떤 보호도 받지 못하는 것처럼 보였다. 그러나 실상 그녀에게는 꽤 촘촘한 방어벽이 세워져 있었다.

그 일례로 예레나에게 가는 초라한 식사도 매번 검사가 이루어졌다. 누가 포로로 끌려온 데다 저주받았다는 이유로 감금된 패전국 왕녀를 죽일까 싶었으나 로샨은 그녀가 탑으로 들어가기 무섭게 명령을 내렸더랬다. 탑으로 가는 물품과 식사를 비롯해 그걸 만들고 전하는 이들 또한 감시의 대상으로 삼으라고. 그리고 그것들을 총괄해 관리하는 이는 제임스였다.

'황후의 끄나풀로 보이는 이가 수상하다고?'

'예. 품을 계속 더듬는 것도 그렇고 아무래도 독을…….'

'…….'

'처리할까요?'

'아니. 그냥 두어라.'

그렇기에 제임스는 릴리아나의 독살 계획도 빠르게 눈치챘다. 아니 애초에 이 독살은 그의 계획이라 보는 것이 옳았다. 릴리아나의 시녀에게 로샨의 측근 중 하나인 프레드릭이 예레나의 호위로 있다는 말을 흘린 것이 그였으니.

'예?'

'그냥 두란 말이다. 그게 내가 원하는 것이니.'

로샨을 향한 릴리아나의 기이한 집착은 한두 해가 아니었고 제임스는 진즉 그 사실을 알았다. 아는 것뿐이었을까. 그는 릴리아나가 어떤 성미를 지녔는지, 제가 흘린 소문에 어떻게 움직일지도 대강 예상하고 일을 벌였다.

다만 그는 일을 꾸밀 때 지나치게 흥분한 상태였다. 한 번도 본 적 없는 로샨의 태도와 짓뭉개진 자존심. 제임스는 로샨이 예레나에게 얼마나 신경을 쓰고 있는지 봤음에도 성급하게 일을 벌였다.

"그리 한껏 티를 내는데 모를 리가 있나."

그리고 그 결과가 이것이었다. 로샨은 처음부터 제임스의 속내를 꿰뚫어 봤다. 예레나는 죽지 않았고 제임스는 처참한 꼴로 바닥에 꿇고 있었다.

"제임스. 난 주인을 무는 개는 키우지 않아. 누구보다 네가 더 잘 알 텐데."

로샨은 오랜 시간 함께한 제임스를 일말의 망설임도 없이 벌할 것을 명했다. 제임스는 로샨의 서늘한 붉은 눈을 보며 자신이 이 자리에서 죽을 것이라 믿어 의심치 않았다.

'독이 있다는 걸 알고 계셨다면 왕녀는 어째서 쓰러진 거지? 분명 독을 마셨다 보고가⋯⋯.'

밀려드는 공포 속에서 희미하게 의문이 떠올랐다. 하나 어지러운 머리와 아픈 몸이 그 이상 사고를 허락하지 않았기에 제임스는 생각을 그만 멈추고 고개를 들었다. 돌아가는 시야 속에서도 인간의 것 같지 않은 한 쌍의 붉은 눈동자만이 또렷하게 보였다.

"전, 전하를 기만하려던 것이 아닙니다. 다만 전⋯⋯."

죽는다 생각하니 속에 든 말은 하고 가야겠다 싶었다. 제임스는 로샨의 기세에 눌려 떠는 와중에도 주군을 위한 제 충정은 옳았다 생각하며 입을 열었다. 하지만 로샨은 단칼에 그의 말을 자르며 미간을 살짝 구겼다.

"너는 나를 위한다는 말을 참 좋아하지. 한데 어쩌나. 내게 지금의 너는 필요 없어."

"⋯⋯."

"물론 넌 누구보다 유용해. 제임스 네 덕에 내가 좀 더 편하게 지낼 수 있다는 건 부정하지 않아."

"⋯⋯."

"하지만 거기까지라는 생각 안 해 봤나. 네가 없더라도 난 상관없어. 너보다 뒤떨어지더라도 비슷한 일을 할 누군가를 찾으면 그만이니까. 하나로 부족하면 둘이나 셋을 써도 괜찮겠지."

"……."

"그러니 내가 뜻을 거스른 널 가만두고 볼 이유는 없어."

로샨의 말 한 마디 한 마디가 제임스의 가슴에 비수가 되어 꽂혔다. 하지만 제임스에게 그보다 더 괴로운 것은 로샨의 표정이었다. 로샨은 지금의 상황이 귀찮은 기색이 역력했다. 중간중간 나오는 작은 한숨이 그를 방증했다.

'……끝이구나.'

마지막까지 타올랐던 신념조차 훅 날아갔다. 제임스는 입을 닫은 채 제 목이 꺾이길 기다렸다. 로샨이 그런 그를 바라보다 녹스를 불렀다.

"녹스."

"예."

"어찌 처리해야 하나."

주군의 물음에 녹스의 얼굴에 고뇌가 떠올랐다. 주군을 뜻을 어긴 것도 모자라 몰래 일을 벌인 것은 기만죄였다. 그러니 본래라면 제임스는 목숨을 잃을 수밖에 없었다.

"……처형하심이 옳습니다."

"……."

"하지만 전하. 아시지 않습니까. 제임스 공은 지금껏 전하를 위해 많은 일을 도맡아 했습니다. 그러니 선처를 베푸십시오."

녹스는 처형이 옳다 말하면서도 무릎 꿇고 제임스에게 자비를 내려 줄 것을 간곡히 청했다. 본래 그의 성미라면 있을 수 없는 일이었다.

"하이든. 내가 가져오라 한 건 가져왔나?"

"예. 전하."

로샨은 눈을 감은 채 고개를 떨구고 있는 제임스와 그 옆에 꿇은 녹스를 보다 하이든에게 손짓했다. 굳은 얼굴로 상황을 보고 있던 하이든은 그제야 정신을 차린 채 로샨에게 뛰어갔다. 로샨은 제임스를 벌하기 전 그에게 무언가 가져오라 따로 지시한 참이었다.

"여기 있습니다."

하이든이 내민 것은 오래되어 보이는 작은 나무 상자였다. 로샨은 하이든에게 상자를 받아 걸쇠를 열었다.

상자 안, 흰 천에 감싸인 무언가가 모습을 보였다. 로샨은 천을 거두고 물건을 쥐더니 제임스 앞으로 툭 던졌다. 챙그랑. 금속 재질의 무언가 소리 내며 바닥에 부딪히더니 몇 번 원을 그리다 제임스 앞에 멈췄다. 날카로운 단검이었다.

"네 어미의 목숨을 끊어 놓은 단검이다. 내게 달린 유일한 빚이지."

제임스는 로샨의 말에 고개를 들었다. 오래되어 손잡이 가죽 색이 바랜 단검은 어미의 목숨을 앗아 간 물건이었다. 제임스가 단검의 예리한 날을, 정확히는 거기에 비친 자신을 봤다.

"리즈를 봐 처형을 명하지는 않겠다. 대신 선택해."

"……."

"그 검으로 스스로의 목을 찌를 테냐 아니면 눈 하나를 포기할 테냐."

처형 대신 자결을 하거나 직접 눈 하나를 찌르라는 말이었다. 자비라기에는 지나치게 가혹한 선택지에 아무 말 없이 서 있던 프레드릭이 주먹을 쥐었다.

비스티우스 제국의 귀족 사회는 보이는 것을 중시했다. 그렇기에 귀족들은 눈에 보이는 신체적 장애는 경멸받고는 했다. 물론 전장을 나가는 기사나 이유가 있는 경우라면 명예롭다 치켜세우기는 했으나 그 외에는 가차 없이 비웃음을 당했다. 하물며 제임스는 그런 귀족 사회에서도 보이는 게 무척이나 중요한 위치에 있었다.

프레드릭은 자존심 강한 제임스가 자결을 택하면 어찌하나 염려스러웠다. 하나 잠시 고민하던 제임스는 이내 만신창이가 된 상체를 일으키며 힘겹게 단검을 들었다.

"눈으로……."

"……."

"눈으로 하겠습니다."

몸만큼이나 다친 자존심만 생각한다면 자결이 옳았다. 그러나 제임스는 여기서 자결을 한다면 평생 한심하게 여겼던 어미에게 지는 꼴이라 생각하며 입술을 물었다.

'여기서 자결한다면 난 영영 주군께 그 한심한 여자보다 못한 신하로 기억되겠지. 그건 안 돼. 주군의 기억 속에 가장 뛰어난 수하는 나야. 아니 적어도 그 여자보다는……'

제임스가 작게 고개를 젓더니 단검을 높게 들어 올렸다. 그리고 아무런 망설임 없이 제 눈을 향해 검을 내리꽂았다.

"안 돼!"

지켜보던 프레드릭은 제임스의 힘이 지나치게 강한 것을 보고 소리쳤다. 동시에 녹스가 재빨리 몸을 움직였다. 하나 녹스의 움직임은 검의 궤적을 비틀게는 했으나 힘을 크게 줄이지는 못했다.

"으아악!"

제임스의 입에서 비명이 나오며 피가 공중으로 솟구쳤다. 괴로움을 이기지 못하고 제임스가 몸을 수그린 채 꺽꺽거렸다. 녹스는 재빨리 그를 살폈다. 하지만 피범벅이라 상처를 제대로 살피지는 못했다.

녹스가 로샨을 돌아봤다. 로샨은 바닥을 적시는 붉은 피에 손짓과 함께 무심한 목소리로 말했다.

"의원에게 보여. 빨리 간다면 죽지는 않을 테지."

그 말에 녹스가 고개 숙여 인사하고는 급히 제임스를 부축했다. 힘에 부치지는 않았으나 불편한 자세에 걸음이 느려지자 프레드릭도 로샨에게 허락을 구하고 같이 움직였다.

세 사람은 빠르게 사라졌다. 하이든은 굳은 표정으로 세 사람의 뒷모습을 보다 그들이 사라지고 나서야 몸을 돌렸다. 로샨은 그새 시선을 다른 곳에 두고 있었다.

하이든은 주군의 시선이 향한 곳으로 고개를 돌렸다. 그러자 백합을 송이송이 달고 있는 관이 작은 장식용 유리 돔 안에서 반짝이는 게 보였다. 현 세다스 왕의 어미 비앙카에게서 빼앗아 온, 세다스의 선왕비요 예레나의 어미인 아도라의 소유였던 관이었다.

자연스레 이 황궁 구석의 어느 탑에 갇힌 왕녀가 생각났다. 하이든은 꽤 오래 보지 못한 그녀를 생각하며 자신도 모르게 주먹을 쥐려다 고개 돌려 주군을 살폈다.

'아⋯⋯.'

소리 없는 탄식이 하이든의 속에 울렸다. 말하지 않았으나 알 수 있었다. 그의 주군은 관을 보며 그와 똑같은 이를 생각하고 있었다. 그것도 매우 골몰히, 그것만이 세상에 전부인 것처럼.

그제야 하이든은 예레나에 대한 미련을 완전히 떨칠 수 있었다. 그가 쓴 약을 삼킨 얼굴로 로샨의 얼굴을 봤다. 하나 로샨은 하이든은 신경도 쓰지 않은 채 관에 피어난 백합들을 살펴보다 혼자 중얼거렸다.

"몸이 약한 것 같던데 잘 먹어야 빨리 기운을 차리겠지."

* * *

황금색 호박으로 만들어진 여신상의 눈이 불빛에 번뜩였다. 동시에 그 아래 꿇어앉아 기도 올리고 있던 여인의 상체가 허물어지듯 옆으로 기울어졌다.

"알리시아 님!"

조마조마한 얼굴로 상황을 바라보고 있던 쥴과 쟐이 걱정스러운 목소리로 여인을 불렀다. 그리고 빠르게 달려와 쓰러진 여인을 부축했다.

"⋯⋯난 괜찮습니다."

"하지만 안색이 너무 안 좋으세요."

알리시아는 쥴과 쟐의 부축을 받아 상체를 일으키며 괜찮다 고개를 끄덕였다. 하지만 그녀의 얼굴에는 쏟아지듯 땀이 흐르고 있었으며 입술은 푸르스름하게 죽어 있었다.

"걱정하지 말고…… 커헉!"

창백히 질린 얼굴로 가쁜 숨을 몰아쉬던 알리시아가 결국 피를 토했다. 입가를 가로질러 흐르는 붉은 피가 하얀 대리석 바닥에 점점이 흔적을 남겼다. 그 모습에 기겁한 쥴이 재빨리 품에서 약병을 꺼내 알리시아의 입 안으로 흘려 넣었다.

다행히 약을 먹은 뒤 알리시아는 조금 편하게 숨을 쉬었다. 그녀가 쟐에게서 건네받은 천으로 입가를 닦자 쥴과 쟐이 염려 가득한 목소리로 말했다.

"왕녀를 구한다 신력을 너무 쓰셨어요."

"목숨을 구하는 일이라지만……. 몸을 먼저 챙기셔야 합니다. 알리시아 님은 여신께 특별히 선택받은 분인 것을요."

쥴과 쟐의 걱정은 당연했다. 신전의 비밀로 일반 사람들에게는 알려지지 않았으나 신력은 생명력과 연결된 것. 지나친 신력 사용은 몸을 해치는 건 물론이요 목숨마저 앗아 갈 수 있었다. 하나 알리시아는 일전 쓰러진 예레나를 위해 많은 신력을 빠르게 사용했다. 그리고 그 부작용은 며칠째 계속되고 있었다.

"모든 게 내 선택이니 괜찮습니다. 그보다 두 사람. 날 좀 일으켜 주세요. 혼자서는 힘들어서……."

알리시아는 쟐과 쥴에게 걱정 말라는 듯 옅게 웃어 보이며 도와 달라 청했다. 쥴과 쟐은 더 이상 무어라 말하는 대신 알리시아의 뜻대로 그녀를 부축했다. 알리시아는 휘청거리며 두 사람에게 의지한 채 가까스로 일어났다.

쥴과 쟐의 부축을 받은 채 알리시아가 여신상을 향해 한 번 더 고개 숙여 기도했다. 그리고 순간 알리시아의 귓가로 절대 잊을 수 없는 목소리가 울려 퍼졌다.

'알리시아.'

볼 수 없는 알리시아의 눈앞에 붉은 화마가 펼쳐지더니 검은 드레스 자락이 휘날렸다. 불길 속에서 춤추는 여인이 깔깔 웃으며 알리시아에게 말했다.

'알리시아. 내가 마녀다. 마녀야. 이 얼마나 다행이니.'

알리시아는 볼 수 없는 눈을 감아 여인을 제 속 안으로 숨겼다. 고개만 돌려 뒤를 돌아본 그녀가 제가 믿는 여신에게 소리 없이 기도했다.

'여신이시여. 당신이 택한 종의 마지막 소원입니다. 제가 왕녀의 끝을 지켜볼 수 있게, 그리하여 이 속의 불을 끌 수 있게 해 주소서.'

* * *

눈이 휘몰아치던 겨울이 서서히 물러났다. 계절은 아직 추웠지만 해가 지배하는 시간을 조금씩 늘려 갔다.

'조금은 따뜻해졌구나. 곧 봄이 올까.'

몸이 많이 좋아진 예레나는 창가에 앉아 뾰족하게 자란 얼음 끝에서 물방울이 떨어지는 소리에 집중했다. 볼 수 없게 된 후 그녀는 이러한 사소한 것들로 날씨와 계절을 느끼고 있었다.

"예레나 님. 간식 좀 드릴까요?"

오랜만에 찬장의 먼지를 털어 내던 제인이 일을 마치고 물어 왔다. 예레나는 부른 배를 살짝 두드리며 고개 저었다.

"아직 배부른걸요."

독살 시도 이후 예레나의 식사는 눈에 띄게 좋아졌다. 고기와 치즈를 비롯한 값비싼 재료를 듬뿍 넣은 식사는 물론이요 디저트류들도 이틀에 한 번 한 바구니 가득 제공됐다.

'이번 독살 미수 건은 제 불찰입니다. 죄송합니다.'

'알리시아 탓이라 생각하지 않아요. 다만 범인은 잡혔나요?'

'신전에서 은밀히 조사 중입니다. 결과가 나오는 즉시 알려 드리겠습니다. 그리고 이거……. 앞으로는 식사 전 이 스푼을 꼭 음식에 대 보십시오. 여신의 성력이 담긴 물건으로 해악한 것들에 닿으면 색이 변할 겁니다. 제인 양. 제인 양이 식사 때마다 신경 써 확인해 주세요.'

'네. 알리시아 님.'

거기다 알리시아가 주고 간 물건 덕에 독에 대한 걱정도 덜 수 있었다. 다만 독살 미수 건에 대한 범인도, 목적도 모르는 상태였지라 예레나는 불안감에 종종 잠에서 깼다.

"그럼 나중에라도 드세요. 쿠키가 많이 남았어요."

"그렇게 할게요. 그보다 제인. 지금 시각이 몇 시죠?"

"곧 2시예요."

제인의 말에 예레나의 얼굴에 기대감이 어렸다. 예레나 본인은 제 표정이 변한 걸 눈치채지 못했으나 제인은 빤히 드러나는 그녀의 감정에 어두운 얼굴을 했다.

'기다리시는구나.'

예레나는 며칠 전부터 누군가가 오는 시간을 손꼽아 기다렸다. 그리고 그 주인공은 다름 아닌 호위 기사 키안, 즉 로샨이었다.

예레나가 서먹하다 못해 없는 사람 취급 하던 호위 기사에게 인사를 건네기 시작한 건 독살 미수 건 이후였다. 알리시아에게서 그가 자신을 구하는 데 큰 역할을 했다는 말을 들은 이후 예레나는 그에게 어색할지언정 알은척을 했다. 그리고 며칠 전 알리시아와 작은 말다툼 끝에 예레나는 키안을 기다리기 시작했다.

'안 됩니다.'

'하지만…….'

'왕국을 걱정하는 마음은 잘 알겠습니다. 하지만 예레나 님께서는 빛의 신전에 속한 몸으로 신앙 공부 중이십니다. 정치에 관심을 두는 건 금기입니다.'

'알리시아. 정치라뇨. 지금의 내가 무얼 할 수 있겠어요. 난 그저 내

고국이 걱정…….'

'그게 문제라고 말씀드리는 겁니다. 왕국에 일이 있으면요? 걱정 때문에 신앙을 쌓는 데 집중할 수 없겠지요.'

알리시아는 세다스 왕국을 걱정하며 질문하는 예레나에게 한 번도 본 적 없는 얼굴로 말했다. 그 기세가 어찌나 단호하던지 예레나는 대꾸조차 제대로 못 했다. 제인도 숨을 죽인 채 두 사람을 바라봤다.

'지금은 신앙 공부가 우선입니다. 여신의 자비로 저주를 빨리 깨셔야지요. 그래야 원하는 바도 이루실 게 아닙니까. 안 그렇습니까?'

알리시아는 그날 돌아가는 순간에도 그리 말했다. 그리고 제인이 예레나의 서러운 얼굴을 걱정스레 살피는 순간 사내가 입을 열었다.

'세다스 왕국에서 첫 공물이 잘 도착했다 들었습니다.'

'무슨…….'

'시끄러운 일에 왕국의 이름이 오르내리지도 않더군요. 다만 세다스의 새로운 왕에 대해 나쁜 소문이 조금 돌긴 했습니다.'

당혹스러운 얼굴을 하던 예레나는 사내가 알려 주는 정보가 고국에 대한 것임을 알아차리고 귀를 쫑긋 세웠다. 호위는 혼잣말하듯 그리 크지 않은 목소리로 예레나가 알고 싶어 하는 것들을 천천히 말해 줬다.

'이렇게 알려 주셔도…….'

'괜찮습니다. 예레나 님과 제인 양께서 비밀만 지켜 준다면 제가 혼잣말 하는 걸 아는 이는 없을 테니까요.'

'……고마워요.'

그리고 그 이후 예레나와 호위 기사 사이는 부쩍 가까워졌다. 제인은 이 상황도 로산과 알리시아가 만들어 낸 것이 아닐까 의심했으나 예레나에게는 한마디도 할 수 없었다.

'혹여나 나중에라도 진실을 아시게 된다면…….'

제인은 아무것도 모르는 왕녀의 얼굴을 걱정스레 바라보다 고개를 저었다. 상관할 바가 아니었다. 아니 목숨이 아깝다면 모른 척해야 했다.

* * *

붉은 드래곤의 증오가 담긴 루베오 신수의 잎은 세다스 왕족에게 죽음의 독을, 자식과 그 아래 후대에 대한 애정이 남은 나무의 수액은 독을 정화하는 힘을 주었다.

'눈속임입니다. 저주는 당신이 죽었다 생각하고 사라진 것이지요.'

빛나는 왕녀 헬레나는 루베오 신수의 잎을 짓이겨 삼킴으로써 죽음을 맞이해 눈먼 마법사의 저주를 파훼했다. 하나 엘프족의 어린 후계는 미리 받아 놓은 신수의 수액으로 멈추기 직전 그녀의 심장을 다시 되돌렸으니 왕녀는 눈과 왕좌를 되찾을 수 있었다.

'난 이제 자유인가? 저 징그럽고 지긋지긋한 것에서 해방된 것인가?'

'……아닙니다. 방금 말씀드린 대로 이는 눈속임일 뿐이라 눈먼 마법사의 저주는 당신이 살아 있음을 인지한 순간 되돌아올 것입니다. 그러니 한 달에 한 번은 이 작업을 꼭 해야 합니다.'

'한 달에 한 번이라고? 그럼 계속해서 널 찾아와야 한다는 말 아닌가.'

'그렇습니다. 이 일은 너무 세밀하여 인간의 귀와 손으로는 할 수 없으니까요. 한 달에 한 번, 꼭 저를 찾아오셔야 합니다.'

왕녀는 번거로움에 몸서리쳤다. 자신이 눈먼 사이 후계자 자리를 차지한 남동생을 몰아내긴 했으나 아직 사방이 적이었다. 하루, 아니 일분일초가 귀한 마당에 한 달에 한 번 이곳으로 와 몇 시간이고 걸리는 주술을 받아야 한다니 짜증스러웠다. 하지만 당장 저주를 해결할 방법은 이뿐이었다.

'당분간만 신세 지지.'

빛나는 왕녀는 영원토록 저주를 몰아낼 방도를 찾기 전까지만 루베오 신수의 엘프를 찾자 생각했다. 그러나 영영 저주를 물러나게 할 방도를 찾는 건 쉽지 않았고 어느새 5년의 세월 동안 왕녀는 루베오 신수에 자리 잡은 엘프족, 정확히는 주술을 걸어 주는 엘프족의 어린 후계자 라울을 찾았다.

'한 달에 한 번 오시는 것도 귀찮아하시던 분이 이제는 일주일이 멀다 하고 오시는군요.'

'……내 자리도 되찾았고 왕좌에 오를 때까지는 여유가 있으니까.'

허리 끝까지 푸른 머리카락을 기른 라울은 루베오 신수 곁에 사는 엘프들 중에서도 유독 신비롭고 아름다웠다. 왕녀는 어느새 그를 보기 위해 하루가 멀다 하고 루베오 신수를 찾았다. 라울의 아비이자 엘프족의 우두머리는 빛나는 왕녀를 보며 얼굴을 굳혔으나 라울은 왕녀를 환한 미소로 맞이했다.

'우두머리가 자리를 자주 비우는 건 좋지 않다 배웠습니다만.'

'흥! 루베오 신수에서만 사는 네가 무엇을 안다고.'

'제가 실수했습니다. 그러니 화 푸십시오.'

'화나지 않았다. 그보다 라울.'

'네. 말씀하십시오.'

'……처음 내가 이곳에 왔을 때 저주를 속일 방법을 알려 준 게 너였지?'

'그렇습니다.'

'목소리만 들었을 때는 마냥 어린아이로 알았는데……. 다시 앞을 보고 놀랐다. 다 큰 사내가 있어서 말이야.'

'제 나이가 200이 넘었습니다. 엘프에게는 어린 나이지만 인간에게는 아니지요.'

'다행이다. 네가 어리지 않아서.'

'예?'

'나는 라울 네가 좋아. 널 계속 보고 싶다.'

빛나는 왕녀라는 이명에 걸맞게 헬레나도 여신처럼 아름다웠다. 그러니 라울과 헬레나. 둘이 사랑에 빠지는 건 어찌 보면 당연했으리라.

'그러니 내 옆에 있어 다오. 나와 함께 황금 권좌에 앉아 내 행복과 영광을 함께 누리며 배로 만들어 다오.'

왕녀는 엘프에게 사랑을 고백하며 여왕이 될 제 옆자리에 앉아 달라 청했다.

'안 된다. 그 여자는! 왕녀는! 우리에게 재앙이 될 것이다. 너도 보지 않았니. 왕녀의 눈에는 욕심이 넘친다. 붉은 용을 벤 제 초대처럼 탐욕으로 들끓는 자야.'

라울의 아비를 비롯한 루베오 신수 곁 엘프들은 모두 안 된다 소리쳤으나 왕녀의 빛에 이미 눈멀어 버린 엘프는 옛날 눈먼 마법사가 그러했듯 헬레나의 손을 잡고 고개를 끄덕였다.

'좋습니다. 나의 왕녀님. 아니 여왕님.'

그리고 빛나는 왕녀와 푸른 머리카락의 엘프 사이에는 사랑스러운 딸이 넷 태어났다.

5장. 봄날

기다림은 그리움을 부른다. 그리고 그리움은 애틋함과 초조함을 가져와 괜스레 마음을 일렁이게 한다.

시작은 고국의 정보를 듣기 위함이었을지 모르나 사람의 마음이란 신기하게도 목적보다는 감정을 우선시하는 법. 거기다 추운 날씨가 풀리며 은은하게 피어나는 봄날의 향기가 더해지자 어느덧 남은 것이라고는 기다리는 이의 발걸음 소리뿐.

"제인. 몇 시예요?"

제국으로 끌려온 왕녀 또한 사람인지라 신께서 짜 놓은 그 연쇄에서 벗어날 수 없었다. 그리하여 포로가 된 왕녀는 종종 적국의 기사를 기다리며 방 안을 서성였다.

하나 왕녀는 알까. 볼 수 없는 그녀를 모두가 속이고 있다는 것을. 제국으로 온 이래 제게 닥친 모든 상황이, 둘러싼 환경이 잘 짜인 계획이라는 것을.

"곧 2시예요. 예레나 님."

왕녀의 곁에서 모든 것을 지켜본 하녀는 켜켜이 쌓여 가는 죄책감을 오늘도 애써 모른 척하며 답했다. 그리고 곧이어 들리는 묵직하지만 조용한 발걸음 소리. 왕녀는 모른 척 카우치에 앉아 고개를 자연스레 떨궜지만 탁자에 반쯤 가린 그녀의 발은 기대감을 이기지 못한 채 꼼지락 움직이고 있었다.

* * *

"여기까지입니다. 이 이상 세다스 왕국에 대해 들은 바는 없습니다."

기사는 오늘도 제법 많은 세다스 왕국의 소식을 가져왔다. 물론 다수는 자질구레한 쓸데없는 정보였으나 예레나에게는 그 어떤 귀한 물건보다 값진 선물이었다. 때문에 예레나는 제인에게 목을 축일 물을 가져오라 이르며 '키안'에게 고개 숙여 인사했다.

"오늘도 고마워요."

"소식만 전할 뿐이니 매번 인사하지 않으셔도 됩니다."

"그래도……. 번거로울 텐데요."

미안해하는 예레나를 바라보며 사내는 잠시 입을 다물었다가 거뭇한 그녀의 눈가에 붉은 눈을 고정한 채 물었다.

"요새는 잘 주무십니까?"

"네. 덕분에요."

"다행입니다."

예레나가 여전히 잠을 설친다는 건 이미 아는 사실이었으나 사내는 모른 척했다. 대신 그는 속으로 탑으로 보내는 차 중 일부를 수면에 좋은 것으로 바꾸면 어떨까 생각했다.

사내가 제게 올라오는 차 중 효과가 괜찮았던 것들을 떠올릴 때였다. 작은 손이 그의 앞에 주머니 하나를 조심스레 내밀었다.

"이거…….."

사내에게서 무엇이냐는 반응이 없자 예레나가 주춤거리다 주머니를 열었다. 달그락거리는 소리와 함께 작은 구슬로 이루어진 아이의 손바닥만 한 장식 띠 하나가 모습을 드러냈다.

"세다스 왕국에는 기도 올린 일흔일곱 개의 구슬을 거처에 두면 신의 보호를 받는다는 속설이 있어요."

"……."

"제인이 보기에는 나쁘지 않다 했는데 경의 눈에는 어떨지 모르겠네요."

장식 띠를 이루고 있는 하얗고 검은 구슬들은 예레나가 일전 구슬 꿰기 하던 것보다 훨씬 작았다. 당연하게도 구슬 구멍도 눈이 보이는 이들조차 꿰기 힘들 정도로 작았다. 하나 어찌한 것인지 예레나는 꽤 볼 만한 장식 띠를 만들어 냈다. 물론 장인이 만든 것처럼 패턴이 복잡하고 정교하지는 않았으나 봐 줄 만은 한 솜씨였다.

예레나는 이 자그마한 장식 띠를 만들기 위해 보름 넘게 고생했다. 색을 구분할 수 없어 구슬 하나하나 제인에게 색을 물어 가며, 꿰지지 않는 실을 구멍에 넣으려 부단히 노력했다. 하지만 시간과 품을 들였음에도 앞을 볼 수 없었기에 예레나는 결과물에 자신감을 가질 수 없었다.

"왜 주시는 겁니까?"

주머니를 내밀 때도 주춤거리던 예레나는 사내의 질문을 받기 무섭게 주머니를 쥔 채 팔을 제 쪽으로 당겼다. 형편없는 물건이라 저런 질문이 나왔다 생각한 것이다.

"마음에 들지 않으면……."

"무척 마음에 듭니다. 다만 궁금해서 여쭤본 겁니다."

도망치듯 거두어진 물건을 사내가 붙잡았다. 예레나는 순간 스치듯 닿은 타인의 온기에 움찔거리며 손을 놓고 빈 주먹을 쥐었다. 구슬이 달그락거리는 소리는 여전히 가까웠으나 물건은 이미 사내의 손으로 넘어가 있었다.

"고맙다는 인사를 제대로 못 한 것 같아서요. 그때 경의 빠른 조치가 아니었다면 목숨을 잃었을 거라고 알리시아가 알려 주더군요. 그리고 왕국 소식을 알려 주는 것도 고마워서……."

"……."

"……값나가는 물건이 아니니 아무 곳에나 둬도 괜찮아요."

말을 이어 가는 예레나의 목소리는 점차 작아졌다. 부끄러웠다. 목숨을 구해 준 것에 감사를 전하며 줄 수 있는 게 고작 저런 물건이라는 것이. 예전의 그녀라면 좀 더 좋은 물건을 줄 수 있었을 테지만 지금의 그녀가 줄 수 있는 것이라곤 노력으로 포장한 조잡한 물건뿐이었다.

"잘 간직하겠습니다."

사내는 붉어진 예레나의 뺨에 시선을 두다 정중한 목소리로 말했다. 그의 입꼬리가 은은하게 올라간 것을 알 턱 없는 예레나는 고개를 한 번 까딱이곤 무언가 생각났는지 머뭇거렸다. 그러다 한참 만에 조심스러운 목소리로 말문을 열었다.

"저 경……. 하나 더 여쭤볼 게 있는데."

"말씀하십시오."

"경이 그날 제 입에 흘려 준 약은 독을 중화하는 물건이라 들었어요. 혹 값이 많이 나가는 건가요?"

독을 중화시키는 약은 어느 나라나 값비싸기 마련이었다. 거기다 알리시아는 그녀가 먹은 독이 극독이라 말했다. 예레나는 혹여나 자신에게 쓰인 약이 아주 값나가는 것이라 기사인 그에게 큰 손해를 끼친 것이 아닐까 염려스러웠다.

'포로의 감시 겸 호위를 맡은 기사라면 아주 좋은 집안 출신은 아닐 거야. 프레드릭 경만 해도 그때 분명 제 집안이 별로라 했고…….'

예레나는 제가 가진 패물을 떠올려 봤다. 왕국을 떠나기 전 대부분은 나눠 준 터라 그녀에게 남은 것은 부모의 반지와 추억 때문에 간직한 몇몇 물건뿐이었다.

'금화 몇 닢은 남아 있을 텐데. 그걸로 배상해 줄 수 있을까.'

예레나가 왕국에서 가져온 짐 주머니에 은밀히 꿰어 숨겨 놓은 몇 개 안 되는 금화를 떠올릴 때였다. 그녀의 표정을 읽었는지 사내가 경쾌해진 목소리로 말했다.

"적당한 물건입니다. 그러니 부담 가지지 않으셔도 됩니다. 몇 개 더 있으니까요."

약의 존재를 아는 이들이라면 기함할 만한 말이었다. 궁의가 온갖 귀한 재료를 섞은 뒤 신력까지 보탠 약은 수도의 작은 저택 한 채 값은 족히 나가는 물건이었다. 그러나 아무것도 모르는 예레나는 그의 말을 곧이곧대로 믿으며 속으로 안도했다.

"한데 경은 그런 물건을 항상 지니고 다니나요? 번거로울 텐데……. 아! 제국의 기사들은 독에도 항상 대비하나 보군요."

마음이 한결 가벼워진 예레나는 사내가 왜 그런 물건을 지니고 다닐까 문뜩 든 의문에 홀로 묻고 답했다. 그러다 고국의 기사와 병사들에게도 그런 물품들을 지급했어야 했다 자책했다.

전쟁이 한창이던 시기, 제국군의 독화살에 죽은 이들이 몇이던가. 왕국에서 그에 대비한 체계를 좀 더 철저히 만들었으면 아까운 목숨을 몇이라도 더 살렸을지도 몰랐다.

'그들도 분명 사랑하는 가족이 있었을 테지.'

예레나의 표정이 시시각각 어두워지자 맞은편에 있는 사내의 얼굴에도 감정이 서서히 가셨다. 그가 울적해하는 예레나를 살피다 입을 열었다.

"……제국의 기사 모두가 지니는 물건이라 생각하시는 거라면 틀렸습니다."

우울한 얼굴로 생각에 잠겨 있던 예레나는 사내의 목소리에 그제야 정신을 차렸다. 그녀가 고개를 들자 사내가 약간 낮아진 목소리로 물었다.

"제가 왜 이걸 지니고 다니는지 궁금하십니까?"

옷이 부스럭거리는 소리가 들리더니 예레나 앞 탁자에 작은 유리병이 탁 부딪히는 소리가 들렸다. 예레나는 사내가 꺼낸 병이 그날 자신이 먹은 약임을 알아차렸다.

"그 전에 귀한 선물도 받았겠다 같은 물건으로 하나 드리겠습니다. 혹시라도……. 만일 위험한 일이 닥치면 꼭 쓰십시오."

사내가 속삭이며 예레나의 손에 병을 쥐여 줬다. 유리병의 차가운 온도와 사내의 뜨거운 손의 온도 차는 극명했다. 그래서일까 사내의 존재가 더욱 선명하게 느껴졌다.

"흔한 이야기입니다. 가문 안에는 항상 경쟁이 존재하지요. 형님께서는 제가 이른 나이에 땅에 묻히길 바라고 계십니다."

유리병을 쥐여 준 뒤 예레나에게서 손을 물린 사내는 평소와 다름없는 톤으로 말했다. 하나 그 속에 담긴 내용은 심각하기 그지없었다. 예레나는 볼 수 없는 눈을 동그랗게 뜬 채 은밀한 집안 이야기를 흘린 사내에게 고개를 고정했다.

"그런 얼굴을 하시니 더 자세히 고할 수밖에 없겠습니다."

사내는 담담한 목소리로 제 사정을 늘어놓기 시작했다. 가문의 적자로 태어난 그에게는 아비의 사생아이자 한 살 위의 이복형이 하나 있었는데 그가 가주의 자리에 오른 뒤 제 목숨을 노린다는 이야기였다.

사내의 말대로 흔한 이야기였다. 제국과 예레나의 고국 세다스 모두 사생아는 특별한 이유 없이는 가문을 이을 수 없었다. 하나 종종 사생아를 적자보다 귀애하는 가주들이 나왔고 그들은 아끼는 자식에게 제 자리를 물려주려 수단과 방법을 가리지 않았다. 거기다 작금 비스티우스 제국 황제조차 사생아였으나 황제가 되었고, 세다스 왕국의 새로운 국왕 또한 사생아였다.

두 사람에게서 조금 떨어져 있던 제인이 입매를 굳혔다. 사내는 거짓을 말하지는 않았다. 사내의 가문의 이야기가 맞긴 했으니. 하나 방금 들은 이야기가 제국의 황가 이야기라 왕녀에게 말하면 왕녀는 어떤 얼굴을 할까. 제인은 사내의 말이 본질적으로는 거짓이라 보았다. 그것도 아주 지독한 기만을 포함한 거짓.

"그럴 수가⋯⋯. 아무리 질서가 무너졌다지만 그래도⋯⋯."

제인의 얼굴을 볼 수 없는 예레나는 아무것도 모른 채 주먹을 쥐었다. 그녀는 자격 없는 자가 정당한 자격을 갖춘 이에게서 자리를 빼앗았다는 사실에 진정으로 분노했다.

사내의 이야기를 듣는 내내 그녀는 자신이 겪은 일을 떠올렸다. 합당한 자격을 갖춘 오라비들은 정부와 사생아의 간악한 행위로 전쟁터에서 죽었다. 그리고 자신은 눈먼 채 사생아에게 아버지의 자리를 내어 주고 포로로 끌려왔다.

물론 그들에게 모든 화를 쏟기에는 애초 정부와 사생아를 만든 아비에게도 죄가 없다 할 수 없었다. 하나 아비는 이미 죽어 차가운 땅에 눕지 않았는가. 예레나는 살아 모든 것을 누리고 있는 이들에게 감정을 쏟았다.

"⋯⋯제가 괜히 주절거렸습니다. 아까도 말했으나 어디에서나 있는 일이니 그런 얼굴 하지 않으셔도 됩니다만."

예레나가 좀처럼 분을 삭이지 못하자 사내가 나지막한 목소리로 중얼거렸다. 예레나는 작은 주먹으로 제 무릎을 살짝 치며 고개를 저었다.

"어디에나 있는 일이 아니에요! 본래라면 그 자리는 적자인 경의 것이 되어야 옳아요. 경이 정당한 후계자니까요."

"⋯⋯."

"왜 싸우지 않았나요? 당연히 경의 것인데. 억울하지 않아요?"

"아버님께서 돌아가시기 전 부탁을 했습니다. 형님께 양보할 수 없겠느냐고."

"⋯⋯."

"알았다 할 수밖에 없었습니다. 일전에 아버님과 약속한 게 있었거든요. 무엇이든 원하는 것 하나는 들어드리겠다는 약속 말입니다."

사내의 차분한 답에 예레나가 쥐고 있던 주먹을 풀었다. 죽기 전 아비의 마지막 부탁이 사생아인 형에게 자리를 양보해 달라는 것이라니. 그걸 듣는 심정이 어땠을까. 그리고 아비의 마지막 부탁을 끝내 들어줬을 때는 어떤 마음이었을까.

"미안해요. 자세한 사정도 모르는데 흥분해서······."

"신경 쓰지 않으셔도 됩니다. 당시 제 주변 사람 모두 제게 어리석다 말했으니까요."

사내는 여인이 제게 주는 관심에 얼굴에 가득 미소를 띠고 있었다. 하나 볼 수 없는 예레나는 사내의 목소리가 어딘지 쓸쓸하다고, 목숨에 미련 따위 없는 것 같다 느꼈다. 그녀가 잠시 입을 닫고 고민하다 그를 불렀다.

"키안 경."

"예."

"그······. 열, 열심히 살아요."

"······."

"목소리가 너무······. 포기하는 건 좋지 않아요. 힘들어도 살아서······. 살아야 해요. 그래야 지금처럼 눈이 녹는 것도 봄이 오는 것도 느낄 수 있으니까요."

처음에는 분명 사내에게 하는 말이었다. 그러나 끝에 가서 그녀는 제 말이 꼭 자신에게 하는 말 같다 느꼈다. 티 내지 않으려 노력했으나 가족을 잃고 홀로 남았다는 죄책감과 모든 걸 포기한 채 가족들 품으로 가고 싶다는 생각은 불쑥불쑥 그녀를 덮쳤다. 그렇기에 예레나는 사내에게 말하는 동시에 제게 말했다.

"한 해 두 해 지나다 보면 좋은 날이 올 수도 있잖아요. 내 것을 되찾는 날이 올 수도 있고요. 되찾지 못하더라도 하루에 한 번 정도는 웃을 수 있는 날이 올 수도 있을지도 모르고."

"······."

"전 경이 그런 마음으로 온 힘을 다해 살아갔으면 좋겠어요."

"······."

"아 미안해요. 내가 주제넘은 말을 했······."

눈물을 꾹 눌러 참은 채 말을 이어 가던 예레나는 상대에게서 어떤 반응도·없자 괜한 말을 한 것 같아 멋쩍어졌다. 그녀가 고개를 숙인 채 말을 끝내려 했다. 그러나 그 전에 사내가 뒤늦게 그녀의 말에 답했다.

"아닙니다."

"……."

"좋은 말씀 새겨듣겠습니다. 대신……."

"……."

"……예레나 님도 그 말씀대로 하십시오. 무슨 일이 있더라도 말입니다."

사내의 목소리는 진중했다. 예레나는 답하지 않으려다 답을 바라는 듯한 침묵에 고개를 끄덕이며 말했다.

"그럴게요."

한데 이상했다. 답을 하고 나니 갑자기 목에 검이 닿기라도 한 듯 섬뜩함이 느껴졌다.

서늘해진 등골에 예레나가 몸을 살짝 떨며 제 목가를 더듬었다. 그리고 그녀 앞 사내는 그런 그녀의 모습을 도통 알 수 없는 묘한 얼굴로 바라봤다.

* * *

푸른 궁에 오랜만에 훈풍이 돌았다. 궁의 주인은 기분 좋은 얼굴을 숨기지 않은 채 자리에 편히 앉아 귀한 술을 들이켰다.

"전하. 좋은 일이 있으신가 봅니다."

로샨을 20년 넘게 보필한 푸른 궁의 나이 든 시종장 룩이 조심스레 물었다. 로샨은 평소처럼 대꾸하지 않는 대신 고개를 까딱이며 술을 더 달라 손짓으로 청했다. 가벼운 손짓에서도 주인의 기분이 읽혔다. 미소를 띤 룩은 아무 말 없이 술병을 기울여 주인의 잔에 붉은 술을 채웠다.

"자네는 인제 그만 물러가. 손님이 도착하면 곧장 들이고. 따로 허락받을 필요는 없어."

"네. 알겠습니다. 전하."

술을 한 잔 더 들이켠 로샨이 빈 술잔을 건네며 명했다. 룩은 알겠다 답하며 쟁반에 술병과 빈 잔을 가지고 물러났다. 로샨은 앉아 있는 카우치 등받이에 몸을 편히 기대며 눈을 감았다. 그리고 품 안 주머니 속으로 손을 넣었다.

그가 품에 간직한 구슬 장식 띠를 매만졌다. 달그락 소리가 귀에 청명하게 울렸다. 동시에 여인의 목소리가 귓속으로 파고들었다.

'어디에나 있는 일이 아니에요! 본래라면 그 자리는 적자인 경의 것이 되어야 옳아요. 경이 정당한 후계자니까요.'

제게 오롯이 집중하던 표정과 목소리. 그것들을 떠올리자 그의 얼굴에 웃음이 만연하게 차올랐다.

'왜 싸우지 않았나요? 당연히 경의 것인데. 억울하지 않아요?'

심장이 미친 듯 뛰는 것이 살아 있음이 그리 선명히 느껴진 때가 없었다. 여인이 제 일에 대신 화를 내고 공감해 주는 것에 피가 끓었다. 너무나 만족스러워서.

생전 오르지 않던 취기가 술 두세 잔에 올랐다. 로샨은 술 때문이라 생각하면서도 입 밖으로 그간 내지 않았던 말을 뱉었다.

"……이러면 인정할 수밖에 없잖나."

나날이 탑에 가둬 둔 여인에게 시선이 갔다. 잠을 자고 있을 때를 제외하면, 아니 무의식에 잠겼을 때도 그의 뇌리를 금발의 아름다운 왕녀는 지배했다. 로샨은 얼마 전 꿈자리에서 얇은 옷을 입은 왕녀를 보고 깨어나 수음했던 사실을 떠올리며 소리 내 웃음을 터뜨렸다.

그러다 그는 갑자기 뚝 웃음을 멈추고 주머니에서 손을 꺼내 까마귀색 같은 제 검은 머리카락을 쓸어 올렸다. 만족감에 취하고 난 뒤 꼭 찾아오는 감정이 또 뒤따른 것이다.

'내가 로샨 비스티우스인 것을 안다면……'

눈먼 왕녀를 속이고 있다는 사실이. 혹여나 들킬지 모른다는, 그리하여 가득한 이 만족감이 사라질 수도 있다는 현실이 불쾌했다.

'전하. 왕녀와 같은 상태의 사람이 다시 눈 떴다는 말을 전 신화 속 이야기를 제외하곤 한 번도 들은 적이 없습니다.'

의원은 눈먼 왕녀가 눈 뜰 가능성은 없다 딱 잘라 말했다. 거기다 탑에 갇혀 있는 왕녀에게 접근할 수 있는 이도 그가 선정한 몇이 전부였다. 그러니 당장 들킬 가능성은 적었다. 하나 불안 요소도 분명 있었다.

'제인이라는 그 평민과 릴리아나 황후 그리고……'

로샨은 지속하여야 할 제 계획을 어그러뜨릴 수 있는 요소를 하나하나 되짚으며 생각에 잠겼다.

'……무엇보다 형님께서 위험하지. 언제고 왕녀를 찾을 수 있으니 말이야.'

그의 손이 항시 주변에 있는 검의 손잡이를 쓰다듬었다. 다 베야 할 것인가. 로샨은 고민하며 눈을 떴다.

"전하. 찾으셨던 신녀가 도착했습니다."

그리고 그때 문밖에서 알리시아가 도착했음을 시종이 알리며 문 열리는 소리가 났다. 로샨은 붉은 시선을 옮겨 제게 걸어오는 하얀 신녀를 바라봤다. 신녀의 눈을 가리고 있는 눈가리개의 황금 자수가 번뜩였다.

"전하를 뵙습니다."

알리시아는 정확히 로샨 앞에 멈춰 서 정중히 인사했다. 로샨은 눈이 아예 없는 신녀가 눈 뜬 이처럼 행동하는 것을 유심히 바라보다 입을 열었다.

"네게 물을 게 있어 이리로 불렀다."

"하문하십시오."

"왕녀에게 왜 그러는 것이지?"

로샨의 물음에 순간이지만 알리시아의 어깨가 굳었다. 그러나 그녀는 이내 침착한 목소리로 허리를 살짝 숙이며 답했다.

"……무슨 말씀이신지 잘 모르겠습니다."

"신녀의 목에서 나는 피는 황금빛이라지. 한데 내 눈으로 직접 본 적은 한 번도 없어."

"……."

"목이 떨어지고 싶지 않다면 말해. 왕녀에게 왜 그리 과할 정도로 냉랭하게 구는 거지?"

로샨은 예레나를 대하는 알리시아의 태도가 근래 지나치게 냉정한 것을 지적했다. 예레나가 세다스 왕국에 대한 것을 물었을 때부터였던가. 알리시아는 예레나를 눈에 띄게 딱딱해진 모습으로 대했다.

예레나는 말은 하지 않았으나 그런 알리시아의 태도에 주눅이 들고 퍽 신경을 쓰는 모양새였다. 그리고 로샨은 그런 예레나의 거뭇한 눈가가 거슬렸다.

"전하께서 바라시는 바를 이루기 위함입니다."

알리시아가 침묵하다 한참 만에 입을 열었다. 이해할 수 없는 말에 로샨이 눈썹을 올리며 곧바로 되물었다.

"나를 위해서다?"

"전하께서는 예레나 님의 관심을 원해 황후께서 벌인 일을 막는 대신 비트셨습니다."

"……."

"아니라고 하시지는 않겠지요."

주인께서는 포로로 끌려온 왕녀의 관심을 원한다. 로샨의 측근들 또한 그리 생각했으나 알리시아처럼 직접적으로 말한 자는 없었다. 제임스가 불만을 토로하며 왕녀를 품고 말라 말하긴 했으나 그조차 알리시아의 언사에 비하면 돌려 말한 것이었다.

로샨이 눈을 좁히며 알리시아를 노려봤다. 알리시아에게 날카로운 기세가 쏟아졌다. 하나 휘청일지언정 알리시아는 허리를 꼿꼿이 세우며 일전의 일을 떠올렸다.

'전하. 황후께서 쓰신 독은 먹는 즉시 효과가 나타나는 극독이라 합니다.

목숨을 앗아 가는 데 수십 초라고…… . 제거할까요?'

'아니.'

'예? 그럼 그대로…… .'

'독을 조금 약한 것으로 바꾸도록 해. 그리고 알리시아…… .'

릴리아나의 독살 계획을 보고받는 자리에서 로샨은 알리시아를 물리지 않았다. 대신 그는 그녀에게 명했다.

'그대는 왕녀가 중독되는 즉시 신력을 쓸 수 있게 준비하도록.'

그리고 그때 알리시아는 완전히 깨달았다. 저 지고하고 오만한 사내가 한 여인의 관심을 차지하기 위해 별수를 다 쓰고 있다는 것을.

확신이 있으니 말에 주저할 이유가 없었다. 알리시아는 로샨의 기세를 이겨 내며 입을 열어 말을 이었다.

"예레나 님께서는 생각보다 훨씬 여린 분입니다. 세다스 왕국에서의 삶을 생각한다면…… . 온실 속 화초인 게 당연하지요. 거기다 내색은 않고 있다만 예레나 님께서는 가족을 모두 잃고 아는 이 하나 없는 제국에 포로로 끌려온 몸. 외로움이 크십니다."

"…… ."

"사람은 아플 때일수록 외로움을 크게 느낍니다. 아픔의 강도가 강할수록 더욱 그러하지요."

"…… ."

"마음 여린 분께서 한번 크게 앓고 나면 누구든 곁에 두고 싶어 할 거라 생각하셔 일을 벌이신 게 아닙니까. 그리고 전하께서 예레나 님께 주신 해독제…… . 거기서 지금은 한 송이도 구하기 힘들다는 티안나 꽃의 향이 나더군요."

"…… ."

"티안나 꽃물을 마실 때는 곁에 있는 이들에게 이유 모를 호감을 느낀다지요. 지금에야 꽃의 독이 불러온 잠깐의 환각 작용에 가깝다 연구가 됐습니다만 고대에는 사랑의 묘약이라는 이름으로 비싼 값에 팔리기도 했으니 효과가 아예 없다 할 수 없겠지요."

"……."

"그리고 무엇보다 결과적으로 전하께서는 결국 원하시는 대로 예레나 님과 한결 가까워지셨습니다."

"그래서? 네 말대로 내가 왕녀의 관심을 갈구한다 하자. 그게 왕녀를 향한 네 태도와 무슨 상관이지?"

자세를 바꿔 카우치 팔걸이에 팔을 올린 로샨이 알리시아에게 물었다. 조금 더 강해진 로샨의 기세에 알리시아가 입 안을 물었다가 떼며 말했다.

"가족을 잃고 포로로 끌려온 잔혹한 상황에서 주변 이 중 한 사람을 제외한 모두가 냉랭해진다면 예레나 님께서는 어떻게 행동하실까요?"

"……."

"고립된 이는 제게 다정한 한 사람에게 더욱 정을 갈구하는 법입니다."

로샨은 대꾸 없이 알리시아를 바라보다 피식 입꼬리를 올렸다. 유치하고 못된 방법이었다. 그러잖아도 절벽 끝에 몰린 상대를 더 밀어 내는 계획 아닌가. 하나 효용 있는 방법이었다. 주변 모두가 차갑다면 왕녀는 알게 모르게 따뜻한 제게 다가올 것이다.

게다가 무엇보다 그 상황이 마음에 들었다. 로샨은 오롯이 제게만 매달릴 왕녀를 상상했다. 손끝이 간지러웠다. 입꼬리가 저절로 위로 솟구쳤다.

"앉아."

붉은 눈을 길게 휜 그가 입꼬리를 올린 채 알리시아에게 자리를 권했다. 그리고 그건 앞으로도 쭉 태도를 유지하라는 무언의 명이기도 했다.

"네 목적이 뭐지?"

알리시아가 자리에 앉자 로샨이 물음을 던졌다. 조금 전처럼 날카로운 기세는 없었으나 추궁하는 듯 옥죄어 오는 목소리는 여전했다.

"내가 바보로 보이나. 넌 이유 없이 움직이지 않잖아. 한데 왜 나를 돕지."

"전하께서는 두려운 분이십니다. 볼 수 없어도 알 수 있지요."

"네 목줄을 잡은 기억은 없는데."

로샨은 믿지 않았으나 알리시아의 답은 진실했다. 그녀는 진정으로 눈앞의 사내가 두려웠다.

알리시아는 선명히 느낄 수 있었다. 사내의 몸에 자리 잡은, 커다란 기운이. 여신의 아들인 제국의 시초가 가졌다는, 비스티우스 황가의 핏줄에게 간혹 내리는 여신의 흔적이 저것이리라.

"……전하께서 세다스 왕국을 무너뜨려 주시지 않았습니까."

잠시 뜸 들이던 알리시아가 또 다른 이유를 말했다. 로샨은 알리시아의 답에 눈을 한 번 깜빡이고는 고개를 두어 번 끄덕였다.

"그러고 보니 네 출신국이 세다스 왕국이라지."

"왕국을 무너뜨려 주신 대가라 생각하십시오."

알리시아의 어릴 적 사정에 대해 로샨은 대강이나마 알고 있었다. 큰 화재에서 살아난 보육원 출신의 고아. 정확히는 알 수 없었으나 고국을 싫어하는 이유가 있으리라. 당장 그의 휘하에도 제 출신국을 싫어하다 못해 증오하는 이들이 있었다.

하나 이유가 어찌 되었건 신에게 자비를 구하는 신녀에게서 나올 말은 아니었다. 속세의 원한을 잊어야 하는 이가 고국을 무너뜨려 감사하다는 말을 하다니. 로샨은 어이없다는 듯 픽 웃으며 말했다.

"네가 모시는 여신이 자애로우신 빛의 여신이 맞는지 의심스럽군."

* * *

초봄이었으나 열흘 만에 날은 많이 따사로워졌다. 제국과 비교하면 상대적으로 추운 세다스 왕국 출신인 예레나는 이 정도 날씨면 완연한 봄과 같다 생각하며 한숨을 쉬었다.

'왕국도 지금쯤이면 새싹이 돋아났겠지.'

고국이 그리웠다. 제 궁 앞에 펼쳐진 잔디와 아름드리 거대한 나무들이

뿜는 싱그러운 향, 그리고 이 정도 날씨면 피어났던 갖가지 꽃들. 하나 무엇보다 그리운 것은······.

"무슨 생각을 하십니까."

그녀가 울적해지기 직전 언제 들어왔는지 '키안'이 말을 걸었다. 깜짝 놀란 예레나는 창가에서 물러나려다 무언가에 걸려 뒤로 휘청였다.

"조심하십시오. 바닥에 홈이 있습니다."

"아······."

다행히 넘어지기 직전 단단한 손이 그녀를 붙잡아 줬다. 예레나는 균형을 잡은 뒤 뒤로 물러나려 했다. 그러나 사내는 실례하겠다 중얼거리며 여전히 예레나의 손을 쥔 채 그녀를 카우치까지 안내했다. 자연스러운 에스코트에 예레나는 무어라 하지 못한 채 그에게 이끌려 카우치에 앉았다.

"저긴 제가 내일까지 고쳐 놓겠습니다."

"고마워요. 한데 언제 오셨어요? 그리고 쟐은 어디 가고······."

카우치에 앉은 예레나가 알리시아의 휘하 신녀 중 하나인 쟐을 찾았다. 분명 조금 전까지만 해도 있었건만 신녀의 인기척은 그새 사라지고 없었다.

"제가 들어올 때 나가셨습니다."

"아······. 벌써 2시가 됐나 보군요."

"아닙니다. 얼어붙은 길이 다 녹은 탓인지 제가 조금 이르게 도착했습니다."

평소와 달리 인사도 없이 나간 신녀가 이상했으나 예레나는 그렇구나 넘겼다. 그리고 앞의 탁자를 더듬어 물병을 찾았다.

"물을 드릴까요?"

하나 그녀가 물병을 찾기도 전 키안이 먼저 물병을 집어 들었다. 그에게 줄 물을 따르기 위해 물병을 찾고 있던지라 예레나는 고개를 저었다.

"······내가 물 한 잔 드리려 한 건데."

"괜찮습니다. 제가 있을 때는 제게 명하십시오."

사내 딴에는 배려해 한 말이었으나 예레나는 어쩐지 씁쓸했다. 앞을 볼수 없게 된 이후 포로였음에도 그녀는 전보다 더욱 많이 남에게 의지해야했다.

"제인 양이 없어 불편하지 않으십니까?"

"신녀님들이 도와주고 있어 괜찮아요."

그리고 제인이 가족을 만나기 위해 며칠 자리를 비운 지금 예레나가 느끼는 씁쓸함은 더욱 커졌다. 제인의 빈자리를 메꾸기 위해 알리시아와 그녀 아래 신녀들이 돌아가며 예레나를 돕고 있었으나 정을 주고, 많이 편해진 제인과 달리 어색한 이들에게 시중을 받는 일이 예레나에게 불편함과 동시에 혼자서는 아무것도 못 한다는 자책을 가져왔다.

하나 자책을 해도 변하는 건 딱히 없었다. 예레나는 답답함에 저도 모르게 바람이 불어오는 쪽으로 고개를 틀었다. 그녀 앞의 사내도 자연스레 그녀의 고갯짓을 따랐다.

"춥지 않으십니까? 창문을 닫을까요?"

"그대로 두세요. 날씨가 많이 따뜻해졌네요."

열린 창문으로 들어오는 바람은 아직 제법 찼다. 하지만 지금의 예레나에게는 조금이나마 갑갑함을 풀어 주는 도구였다.

"답답하신가 봅니다."

"……네."

사내의 말에 예레나가 잠시 머뭇거리다 솔직히 답했다. 그리고 답답한 속내를 말로 조금씩 내보였다.

"여기는 황궁 내 탑이라 들었어요. 아주 외진 곳에 있는. 이쪽으로는 사람도 많이 드나들지 않는다지요."

"……."

"왕궁에서도 그런 곳이 있었어요. 1년에 한 번 선대께 기도할 때만 여는 작은 건물이었는데 관리가 잘 되어 있었는데도 가기 싫었어요. 안이 좁은 데다 창문이 작아 햇빛이 잘 들지 않았거든요. 어린 마음에 그곳이 무서워

가기 싫다 운 적도 있었어요."

"……."

"이 탑이 가끔 그곳처럼 느껴져요. 무섭고 갑갑하고……. 포로가 살기에
별로 좁지도, 아니 오히려 넓은 곳인데 우습지요."

예레나의 표정에 그리움과 쓸쓸함이 함께 묻어났다. 사내는 창가 쪽으로
고개 돌리고 있는 그녀의 옆얼굴을 찬찬히 뜯어보다 입을 열었다.

"날이 따뜻해졌으니 나가 보십시오. 탑의 앞 정도는 괜찮을 겁니다."

"알리시아도 그렇게 말하더군요. 날이 따뜻해졌으니 잠깐이라도 내려가
보는 게 어떻겠느냐고요. 탑의 울타리만 벗어나지 않는다면 괜찮다면서."

"그렇다면 허락도 받으신 건데 왜 나가 보지 않으십니까."

"……여긴 높잖아요."

곧바로 이해할 수 없는 예레나의 답에 사내가 침묵했다. 그러자 그제야
그쪽으로 고개 돌리며 예레나가 말했다.

"처음 이 탑에 들어왔을 때 얼마나 무서웠는지 몰라요. 계단이 끝이 없
어서. 거기다 계단의 높낮이도 제각각이고 정확히는 모르겠지만 나선형 계
단 같더군요."

"……."

"앞을 볼 수 없는 지금 난 누구의 도움 없인 계단을 제대로 오를 수 없
어요. 내려가는 건 더욱 어렵죠. 혹여나 발을 잘못 딛기라도 하면 굴러
떨어져 머리가 깨질 테니까요."

마지막은 농담조에 가까운 어조였으나 전제적인 말의 분위기는 어두웠
다. 사내는 예레나의 말을 들은 후에야 탑의 계단에 대해 떠올렸다. 한 번
도 장애물이라 생각한 적은 없었건만 보이지 않는 그녀에게 불규칙적인 데
다 나선형 계단은 무서울 수 있겠다는 생각이 들었다.

장소를 잘못 택했다는 생각이 드는 것도 잠시, 왕녀가 쉽사리 이곳을 빠
져나가지 못한다 생각하니 기분이 퍽 괜찮았다. 영영 이곳에서 그와 함께
하는 것도 나쁘지 않으리라. 그가 쓸데없는 생각으로 만족감을 채우며 입

꼬리를 올리다 컴컴한 예레나의 얼굴에 목소리를 꾸며 내 말했다.

"도와 달라 말하면 되지 않습니까."

"……내키지 않아요."

사내의 말에 예레나는 짧게 답하고 입을 닫았다. 정확히는 누군가의 도움이 없으면 계단 하나 제대로 오르내릴 수 없는 상황이 마음에 들지 않는 것이었으나 그리 답하기에는 자존심이 상했다.

사내는 예레나의 속마음을 쉽게 읽었다. 볼 수 없어 그런가 왕녀는 나날이 얼굴에 감정을 잘 드러냈다. 그가 천천히 예레나를 향해 손을 뻗었다. 그리고 그녀의 손등을 톡, 아주 살짝 건드렸다.

"경?"

"잡으십시오."

놀란 예레나가 그를 부르자 그새 일어난 사내가 손을 내밀었다. 예레나는 입을 살짝 연 채 당혹스러운 낯을 했다.

사내가 그런 예레나의 손을 잡았다. 그가 그녀를 문가로 조심스레 끌며 말했다.

"매번 도와 달라 말씀하기 싫으시다면 배우십시오. 혼자 계단 정도는 오르내릴 수 있게 가르쳐 드리겠습니다."

* * *

탑을 둘러 내려오는 나선형 계단의 폭은 넓지 않았다. 물론 좁다고도 할 수는 없었으나 구조가 가져오는 한계는 극명했다.

예레나와 그녀를 부축한 신녀 둘, 이렇게 셋이 꼭 붙어 올랐던 계단이 지금은 여인 하나 사내 하나에도 꽉 찼다. 예레나는 계단의 바깥쪽 벽을 짚은 채 다리를 후들후들 떨며 계단 안쪽에 자리하고 있을 사내에게 말했다.

"못, 못 하겠어요. 발에 아무것도 닿지 않아요."

예레나의 말에 '키안'은 속으로 경쾌한 웃음을 터뜨렸다. 절벽 끝에 서 있는 듯 겁에 질려 있는 여인은 지금 딛고 있는 계단 밖으로 발을 아주 조금 내민 채 떨고 있었다.

"조금 전까지 잘 내려오시더니 또 겁이 나시나 봅니다."

손가락 한 마디 길이만큼 발을 내밀었으니 무언가 닿을 턱이 있나. 어찌 보면 한심한 꼴이었으나 보기 나쁘지 않았다. 꼭 새끼 새가 첫 비행에 겁먹은 모습 같달까. 퍽 귀여운 것이 오히려 계속해서 보고 싶었다. 살짝 상기된 뺨에 긴장으로 뻣뻣해진 몸, 벽에 기댄 어깨와 손까지……. 눈동자는 죽어 있었으나 그 외 여인의 모든 부분은 살아 움직여 그를 즐겁게 했다.

"생각이 너무 많아 그렇습니다. 지팡이 노릇을 해 드릴 테니 이야기나 이어 해 주십시오."

사내가 잔잔한 웃음을 터뜨리며 여인에게 조심스레 팔을 뻗었다. 예레나는 다가오는 온기에 움찔거렸으나 이내 사내가 내민 팔을 꼭 잡고 말했다.

"어디까지 이야기했죠?"

"세다스 왕녀님들에게 전해 내려오는 교육에 대해 말씀하시려다 그만두셨습니다."

"아……."

예레나는 잠시 머뭇거렸다. 세다스의 왕녀들에게 내려오는 은밀한 교육. 딱히 비밀은 아니었으나 하고 싶지 않은 이야기라 일부러 말을 끊었던 것이 생각났다.

"……어제 말했던 빛나는 왕녀와 눈먼 마법사의 전설은 기억해요?"

"예. 왕녀에게 배신당한 마법사가 눈먼 채 저주를 내렸다는 전설이라면 기억하고 있습니다."

"그 이야기……. 전설로만 치부할 수 없어요."

하지만 그녀는 곧 입을 열어 이야기를 시작했다. 동시에 그녀의 손을 꼭 붙잡고 있던 사내가 아래로 천천히 발을 내렸다. 그에 맞춰 예레나도 자연스럽게 계단을 내려갔다.

"전설 속에 나오는 빛나는 왕녀는 800년 전쯤 제 선조시거든요. 폐위당한 비운의 왕이셨지만……. 그래도 한때는 찬란한 여왕으로 불리셨어요."

"……."

"드래곤도, 엘프도, 그 밖에 여러 이종족이 있던 그 시절에는 강력한 마법사도 많았대요. 눈먼 마법사도 그중 한 명이었고요."

"……."

"그런 눈먼 마법사의 저주는 지독했고 저주는 빛나는 왕녀만 노린 게 아니었어요. 그의 저주는 왕녀의 후손도 노렸대요. 정확히는 빛나는 왕녀와 같은 세다스의 왕녀들을 말이에요."

눈먼 마법사는 죽어 가며 왕녀를 저주했다. 자신과 마찬가지로 눈멀고 비참하게 죽을 거라고. 그리고 그의 저주대로 빛나는 왕녀는 지위도 가족도 모두 잃고 비참한 최후를 맞이했다. 한데 그런 끔찍한 저주가 후손까지 덮치다니. 예레나의 이야기를 경청하던 사내는 진심으로 탄식하며 물었다.

"그래서 세다스의 왕녀님들은 진정 시력을 잃으셨습니까?"

"……네. 제법 많은 분이요."

"왕가에서 그런 일이 일어났다면 방법을 찾으려 노력했을 텐데……. 왕가의 여인들에게만 내려오는 병증 같은 것일 수도 있지 않습니까. 예로 서남쪽 다리타 왕국은 남자 왕족 중 반 이상이 피가 잘 멎질 않아 큰일이라 하더군요. 전에는 사막에 사는 악마의 저주라 부른 모양입니다만 최근에는 왕족들에게 전해 내려오는 병증이라는 게 밝혀져 다리타 왕국 신관과 의원들이 치료제 연구에 힘을 쓰고 있다 들었습니다."

"저도 그럴 가능성이 높다 생각해요. 하지만 세다스 왕가는 다리타 왕국처럼 왕녀에게 전해 내려오는 저주인지 병인지 모를 이것에 대해 제대로 연구할 수 없었어요."

"왜……."

"어느 순간부터 세다스 왕가에는 왕녀가 거의 태어나지 않았거든요. 제위 500년의 역사만 봐도 직계 여자 왕족은 갓난아기 때 돌아가신 분을 합쳐도 일곱이 되지 않는답니다."

"……."

"후손의 비참한 죽음을 더는 두고 보지 못한 빛나는 왕녀가 세다스 왕가에 또 다른 저주를 내려 여자 왕족이 태어나는 걸 막았다는 말도 있고……. 뭐 이것도 따지고 보면 허무맹랑한 전설에 가까워요. 이름 없는 사관이 쓴 낡은 역사서 귀퉁이에나 적힌 글이거든요."

"……."

"그리고 세다스 왕가의 왕녀 모두가 눈먼 건 아니었어요. 몇 분은 생전 멀쩡히 눈 뜨고 다니시다 편히 눈 감았다 들었어요."

"그 말씀은 몇 분을 제외하고는 모조리 다 눈멀었다는 말 아닙니까."

키안이 예레나의 말에서 허점을 찾았다. 예레나는 그의 말에 대꾸하지 않음으로써 긍정을 표했다. 그리고 잠시 아무 말 없이 계단을 내려가다 씁쓸한 얼굴로 말했다.

"그래서인가 봐요. 아버지께서는 왕녀들만을 위한 교육에 유독 신경 쓰셨어요."

"……."

"세다스 왕녀들은 1년 중 한 번 짧게는 일주일 길게는 한 달 가까이 눈가리개로 앞을 가리고 생활해요. 언제든 앞을 못 볼 수 있으니까 미리 적응시키려 만들어진 교육이겠죠."

"……."

"제가 태어났을 때는 거의 사장된 교육이긴 했어요. 전 왕가에서 거의 200년 만에 태어난 왕녀였으니까요. 그전에는 100년 넘게 왕녀를 교육할 일이 없었던 거죠."

프레드릭을 통해 일전 들은 바 있는 이야기였다. 하나 키안은 처음 듣는 척 전혀 몰랐다는 목소리로 말했다.

"그런 사정이 있었군요. 일전에 이상하다 생각은 했습니다. 예레나 님께서는 눈먼 지 얼마 되지 않으셨는데도 자연스럽게 걷고 생활하시어."

"별로요. 지금도 보세요. 계단 오르내리는 것조차 무서워하잖아요."

"……."

"이럴 줄 알았으면 그때 열심히 할 걸 그랬어요. 항상 제게 무르게 구시던 아버지가 그 교육만큼은 엄하게 명하셔서 앞에서는 철저히 눈을 가리고 생활했지만……. 사실 아버지가 안 계신 곳에서는 눈가리개를 풀었거든요. 그때 아버지 말씀에 따랐다면 이런 계단쯤은 쉽게 오르내렸을 수도 있겠네요."

말을 하며 불안한지 예레나는 계단 내려가는 속도를 늦췄다. 그렇지 않아도 한 걸음 한 걸음 세면서 내려가던 속도가 현저히 느려졌다. 그러나 사내는 답답해하는 대신 예레나의 속도에 맞춰 발걸음을 내딛으며 혹여나 깨진 계단이라도 있을까 앞을 살폈다.

"당시에는 귀찮았어요. 전설일 뿐인데 엄하게 말씀하시는 게 밉기도 했고. 멀쩡히 눈 뜨고 있는 내가 눈멀 거라고 실감이 나지 않기도 했고요."

말을 하며 예레나는 그 옛날을 떠올렸다. 아비가 선물해 줬던, 황금 새가 장식된 짙은 초록색 드레스에 어미가 직접 수놓은 편한 신발, 오라비들이 주렁주렁 매달아 준 화관과 꽃반지 등을 매달고 뛰던 그날을.

"……한번은 아버지께 눈가리개를 푼 걸 들켜 크게 혼이 났어요. 열두 살 때인가. 하여간 그날이 처음으로 제가 회초리를 맞아 본 날일 거예요."

매를 든 아비의 모습이 어찌나 두렵던지. 왜 이렇게까지 하시나. 매까지 드신 것을 보면 사실 나를 미워하시는 게 아닌가 손바닥에 첫 매가 떨어졌을 때는 그리도 생각했더랬다.

"나무 회초리가 엄청 아팠는데……. 그래도 그날은 아버지가 밉지 않았어요."

"어째서입니까."

"손바닥을 두어 대 매질하시다 절 꼭 안아 주시며 말씀하셨거든요. 그럴 일 없겠지만 혹여나 눈멀어도, 앞을 볼 수 없게 되더라도 아무 걱정 말라고."

"……."

"아버지 자신께서 제 편의는 다 봐주시겠다고. 눈이 없어도 지금과 다름없이 행복하게 해 주겠다, 신이 주신 삶을 온전하게 누리게 해 주겠다 울면서 말씀하시는데……. 생애 처음 본 아버지의 약한 모습이었어요. 한데 신기하게도 그 모습이 그렇게 든든하게 느껴질 수 없었어요."

예레나는 저를 꼭 안아 주는 아비의 품에서 훌쩍거리다 잠들었던 때를 그렸다. 그날의 나지막한 자장가 소리가 귓가에 맴돌았다. 듣기 좋은 목소리와 언제나 따뜻했던 품. 예레나의 눈에 눈물이 고였다.

'……어?'

한데 눈물이 떨어지기 직전. 예레나는 그보다 훨씬 옛날의 기억 조각을 하나 되찾았다.

'아버지. 앞이 보이지 않아요. 흐아아앙. 눈이, 눈이…….'

'아니다. 예레나 내 보물. 눈가리개를 해서 앞이 보이질 않는 거란다. 일주일만 참으렴. 아가. 교육이 끝나면 다시 앞이 보일 거야. 응?'

우는 아이의 목소리는 분명 그녀 자신의 것이었다. 한데 이상했다. 볼 수 있었던 그 시기, 기억 속은 컴컴했다. 마침 지금처럼.

손에 쥔 기억의 조각에 또 다른 조각이 붙었다. 이번에는 앞이 보였다. 높다란 대리석 기둥, 양각된 여러 신과 신화 속 요정들, 뿌옇게 흐르는 연기…….

'왕녀님께서는……. 저주……. 열 살을…….'

그리고 희미하게 보이는 낯선 여인 하나. 예레나는 목소리만큼이나 흐릿한 여인을 실루엣을 그리다 누군가를 떠올렸다.

'알리시아?'

머리 색도, 모습도, 심지어 모시는 신도 달랐으나 신녀라 그런 것일까. 한 번도 모습을 본 적 없는 알리시아가 이상하리만치 생각났다.

"아!"

이어진 상념이 발의 궤적을 비틀었다. 균형을 잘 유지하던 예레나는 순식간에 집중을 잃고 발을 헛디뎠다. 순간이지만 높은 곳에서 떨어지는 기분과 함께 심장이 철렁했다. 그러나 완전히 추락하여 위험한 계단을 구르기 전, 누군가 그녀를 붙잡았다.

"조심하십시오."

사내는 예레나를 껴안다시피 했다. 그에게는 좁은 계단에서 그는 균형을 유지한 채 왕녀마저 지탱했다. 예레나가 볼을 붉힌 채 더듬거리며 말했다.

"고, 고마워요."

넘어질 뻔했다는 사실에 심장이 빠르게 뛰었다. 하나 계단을 내려가는 연습을 하던 중 처음으로 넘어졌을 때와 비교하면 미약한 울림이었다.

볼 수 없는 눈으로 계단을 오르내리는 것에 대한 공포는 여전했으나 그 크기는 현저히 작아진 지 오래였다. 정확히는 사내가 곁에 있어 전처럼 무섭지 않았다. 혹여나 넘어지더라도 그가 받쳐 줄 것을 예상했기에.

하지만 또 다른 의미로의 심장 박동은 전보다 빨라졌다. 예레나는 사내를 슬쩍 밀어 내며 고개를 떨궜다. 그녀가 후들거리는 다리로 아래를 향하며 말을 이었다.

"아, 아무튼 그 이후로는 눈 가리고 생활하는 데 조금은 열심이었던 것 같아요. 그래 봤자 어린 나이에 하루 이틀 참는 게 다였지만……. 이렇게 막상 눈멀고 나니 그때 조금이나마 열심히 훈련한 게 도움이 되더군요. 적어도 수프 뜨는 것 정도는 어려움 없이 해낼 수 있으니까요."

"……."

"그리고 그때 이후로 저도 모르게 언젠가 눈멀 수 있다 각오했던 것 같아요. 갑자기 눈멀면 미칠 듯이 답답해 콱 죽고 싶은 생각마저 든다는데 못 견딜 정도로, 당장 죽고 싶다 생각될 정도로 괴롭지는 않았거든요."

"……."

"물론 더 괴로운 일이 있어 그런 것쯤은 생각할 겨를이 없어 그랬을지도 모르지만……. 아!"

쿵쿵 느껴질 정도로 뛰는 심장에 빠르게 말하던 예레나가 가족들 생각에 울컥해 또 한 번 집중을 잃고 허물어졌다. 사내는 이번에도 재빠르게 그녀를 잡아 넘어지는 걸 막았다.

"미안해요. 도통 늘지를 않네요. 벌써 나흘이 넘었는데 괜히 경의 시간만 뺏는 것 같아요."

빠른 시간에 두 번의 실수, 자신감을 잃은 예레나가 힘 빠진 목소리로 중얼거렸다. 사내는 그런 그녀를 바라보다 흰 얼굴에 비친 햇빛을 발견하고는 입을 열었다.

"느껴지지 않으십니까?"

뜬금없는 물음에 예레나가 의아한 얼굴을 했다. 느껴지다니 무엇이?

그러고 보니 몸이 따뜻하다 못해 뜨거울 정도였다. 예레나는 제게 딱 붙은 사내를 그제야 눈치챘다. 넘어지는 걸 막아 주느라 한 발 더 가까이 선 사내는 그녀의 허리를 잡은 손을 아직 떼지 않았다.

예레나는 제 얼굴이 더욱 달아오름을 느꼈다. 그녀가 떨어지지 않는 입을 간신히 떼 사내에게 조금 물러나 달라 부탁하려던 차, 사내가 먼저 선수를 쳤다.

"봄이 한층 가까이서 느껴지실 텐데요."

부드러운 사내의 말과 함께 따뜻한 바람이 예레나의 귀를 스쳤다. 살랑거린다는 말이 어울리는 봄바람이었다.

예레나는 바람이 어디서 불어오는가 생각하며 고개를 돌리다 문득 짙어진 향에 움직임을 멈췄다. 푸릇한 생명이 그대로 느껴지는 상쾌한 향과 그 속 군데군데를 채운 꽃향기. 완연한 봄 내음이었다. 사내가 조금씩 벌어지는 예레나의 입을 보다 말했다.

"거의 다 내려왔습니다. 앞으로 여덟 개의 계단만 남았군요."

"정말이에요?"

계단을 거의 다 내려왔다는 말에 예레나가 놀라 되물었다. 지난 나흘 사내의 훈련에도 완전히 내려오지 못했던 계단이었다.

"예. 제가 거짓을 고할 자로 보이십니까."

"아뇨. 절대 아니에요!"

사내가 농담조로 던지는 말에 예레나가 고개를 저으며 벅찬 얼굴을 했다. 아주 사소한, 누군가에게는 코웃음 나올 일이었으나 절대 못 내려올 거라 생각했던 계단을 다 내려왔다는 사실에 뿌듯함마저 들었다.

"이제 혼자 내려가 보십시오."

가까이 붙어 있던 사내가 한 발 물러서며 말했다. 예레나는 그가 멀어지자 머뭇거리며 겁먹은 얼굴을 했다. 하지만 이내 그녀는 조심스레 발을 뗐다. 못 하겠다 말했던 때와 달리 깊숙이 내려간 발이 바로 아래 계단에 닿았다. 그리고 마침내 그녀 앞에는 더는 계단이 남지 않았다.

"잘하셨습니다."

예레나가 한 발, 한 발 떼고 내려가는 것을 바로 뒤에서 따르던 사내가 가볍게 손뼉 치며 말했다. 예레나는 얼떨떨한 표정으로 작게 속삭였다.

"고마워요. 경이 잘 가르쳐 준 덕이에요."

계단을 다 내려왔음에도 두근거림은 계속되고 있었다. 그리고 예레나는 깨달았다. 오늘 하루 계단을 내려오는 데 몇 시간은 걸렸을 게 분명했다. 한데 그 긴 시간이 어째서인지 짧게 느껴졌다는 것을.

"밖으로 나가 보시겠습니까?"

사내가 물었다. 예레나는 고개를 저었다. 피곤했다. 몇 시간 내내 자신을 도운 사내도 피곤할 터였다. 그리고 어차피 내일도 함께 내려올 테니까. 조급하지 않았다.

"오늘은 이만 돌아가요. 올라가는 것도 한참 걸릴 텐데. 경도 이만 쉬어야 하잖아요."

"그런 것들은 신경 쓰지 않으셔도 됩니다."

"제가 피곤해서요. 올라갈 때도 부탁 좀 할게요."

예레나가 계단 쪽으로 몸을 돌렸다. 눈은 여전히 계단을 볼 수 없었다.

하지만 계단이 무섭지는 않았다. 처음 오를 때만 해도 끝없는 계단이라 자의로는 이 탑에서 절대 나갈 수 없으리라 생각했건만. 예레나가 잔잔한 웃음과 함께 한 걸음 떼자 곧장 사내가 뒤따랐다.

"내려올 때 한참 연습하셨으니 올라갈 때는 조금 편히 가시는 게 어떻겠습니까."

키안이 예레나에게 말할 때였다. 뒤에서 덜그럭 누군가 문고리를 잡는 소리가 들리더니 끼익 나무 문이 열리는 소리가 났다.

열린 문으로 봄볕이 쏟아져 탑 안에 긴 그림자를 만들었다. 소리에 예민한 예레나가 계단 오르려던 것을 멈추고 자연스레 뒤돌았다. 그리고 이제는 익숙해진 목소리가 예레나를 불렀다.

"예레나 님?"

"제인! 언제 왔어요?"

반가움에 예레나가 활짝 웃으며 입을 열었다. 제인은 역광에 빛나는 왕녀를 마주 보며 반가워하려다 그늘 속에 숨은 사내를 발견하고는 굳어 버렸다.

"제인?"

갑자기 침묵하는 제인을 찾아 예레나가 걸음을 옮기다 울퉁불퉁 튀어나온 돌바닥에 걸려 휘청였다. 사내가 그녀를 붙잡아 주려 했으나 예레나는 홀로 균형을 잡았다. 그리고 멋쩍게 웃음을 흘렸다.

"예레나 님. 조심하세요."

넘어질 뻔한 예레나를 보며 빠르게 걸음 옮긴 제인이 걱정스러운 목소리로 말했다. 예레나의 어깨를 잡고 부축하려는 제인도, 아무렇지 않게 손길을 허용하는 예레나도 자연스러웠다. 그리고 순간 제인은 서늘한 감각이 제 목 뒤로 드리워지는 것을 느꼈다.

"제인. 이틀 뒤에나 오는 거 아니었어요?"

제인이 숨을 멈춘 것도 모른 채 예레나가 물었다. 고개 올려 사내와 눈을 마주친 제인이 그의 고갯짓에 재빨리 답했다.

"집의 일이 빨리 해결돼서……. 그보다 예레나 님께서는 이 아래까지 어쩐 일로 나오셨어요?"

"아……. 그 계단 오르내리는 걸 연습하려고요. 지난 며칠 여기 키안 경이 많이 도와줬어요."

제인의 물음에 예레나가 쑥스러워하며 답했다. 제인은 살짝 상기된 왕녀의 얼굴을 보며 저도 모르게 입술을 깨물었다 다시 사내와 눈 마주치고는 고개를 숙였다.

"이제 막 다시 올라가려던 참인데 마침 제인을 만났네요."

제인과 사내 사이의 긴장감을 모르는 예레나는 며칠 만에 만난 제인에게 평소보다 더 살갑게 굴었다. 그리고 예레나의 집중이 제게서 멀어져 일개 하녀에게 닿을 때마다 부드럽게 풀려 있던 사내의 얼굴은 싸늘해졌다.

"오, 올라가실 때는 제가 모실게요."

결국 견디다 못한 제인이 예레나를 이끌었다. 예레나는 제인이 이끄는 대로 순순히 걸음을 옮기다 뒤돌아 사내를 불렀다.

"경."

함께 가자는 뜻이 담긴 짧은 부름일 뿐이었다. 하나 왕녀의 죽어 버린 눈이 휘어지며 그 아래 붉은 입술이 살짝 열리는 순간 검은 머리 사내는 언제 그랬냐는 듯 표정을 풀고 그녀의 뒤를 따랐다.

꼭 주인을 따르는 개처럼 말이다.

* * *

중앙궁은 봄을 맞이해 한층 더 화려해졌다. 창이란 창에 빠짐없이 걸린 붉은 커튼의 금술은 한층 더 길어졌고 아래에는 반짝이는 보석마저 달렸다. 그뿐인가. 중앙궁 정원을 비롯해 내부, 심지어 딸린 작은 건물의 조각상과 장식품마저도 봄에 가장 어울리면서도 화려하고 사치를 뽐내는 것으로 싹 바뀌어 있었다.

"전하. 이쪽으로 오십시오."

오른쪽을 보면 금이, 위를 바라보면 보석이, 아래에는 붉디붉은 카펫이 번뜩이는 중앙궁 내 로샨은 이질적이었다. 어두운 천으로 몸을 두른 그는 결코 값싸 보이지는 않았으나 군더더기 없는 차림새로 화려한 중앙궁과는 거리가 있었다. 하나 타고난 위엄만큼은 온갖 사치품으로 가득한 공간을 압도해 중앙궁 내 시중인들은 두려움에 고개를 아래로 처박으면서도 뒤에서는 그를 힐끔였다.

"전하. 잠시만 기다려 주십시오."

잠시 뒤 로샨이 목적지에 다다랐다. 그를 안내한 시종은 연신 허리를 구부리며 얼마 떨어져 있지 않은 거대한 문가로 쪼르륵 달려갔다. 그러나 문 앞에 있던 또 다른 시종은 곤란한 얼굴로 고개를 저었다.

"저, 전하. 그게……."

다시 로샨에게로 돌아온 시종은 창백한 얼굴에 식은땀을 흘린 채 연신 고개를 조아렸다. 로샨은 어쩔 줄 몰라 하며 말조차 제대로 못 하는 그를 짜증스레 바라보다 입을 열었다.

"폐하께서 바쁘시다면 여기서 기다리겠다."

"예, 예. 송구합니다."

로샨의 말에 시종은 안도하는 얼굴을 하면서도 그를 기다리게 한다는 사실에 계속 어찌할 바 몰라 했다. 로샨은 도축당하기 직전의 짐승처럼 구는 시종에게서 아예 신경을 꺼 버렸다.

어차피 종종 있는 일이었다. 이복형이 그를 부러 기다리게 하는 일은. 게다가 앉아서 기다리는 것조차 꼴 보기 싫었는지 황제는 본래 이곳에 있던 카우치들마저 공간의 미를 해친다는 핑계로 치워 버렸다. 덕분에 황제의 부름을 받고 대기하는 대신들 중 나이 많은 이들은 무릎이 아파 앓는 소리를 내며 서 있고는 했다.

그러나 로샨에게 서 있는 것은 그리 힘든 일이 아니었다. 그렇기에 그는 지금껏 황제의 심술에도 별다른 내색을 하지 않았다. 적어도 지금까지는.

하나 웬일인지 오늘은 조금 짜증이 났다.

그가 거대한 문 위에 걸린 시계를 봤다. 한 시간 하고 10여 분 뒤면 2시였다. 점심을 하지 못했다는 사실보다 혹여나 황제가 2시가 넘어서까지 그를 세워 둘까 조급함이 몰려왔다.

'……가 버리면 그만 아닌가.'

그가 한 칸 옆으로 움직인 분침을 보다 결론을 내렸다. 어차피 문 안, 아비가 쓰고 있던 관을 물려받은 이복형은 귀찮긴 했으나 두려운 존재는 아니었다. 명을 어겼다 길길이 날뛸 것이 예상돼 성가시긴 했으나 그뿐. 심지어 날뛰는 것조차 제 앞에서는 하지 않으니 상관없었다.

편해진 마음에 로샨이 근래 시간이 날 때면 천천히 홀로 그려 보던 이의 봄볕 같은 머리카락을 떠올릴 때였다. 갑자기 안에서 와장창 무언가 깨지는 소리가 들리더니 황제의 신경질 가득한 목소리가 작게나마 그의 귀에 꽂혔다.

"그래서! 결론이 뭐냔 말이다. 그 세다스의 계집을 내가 언제쯤이면 품어 볼 수 있느냐 이 말이야!"

로샨은 천천히 걸음을 옮겨 문에 좀 더 가까이 다가갔다.

"황제인 내가 계집 하나 뜻대로 하지 못하다니. 다 너희 탓이다! 다들 제대로 하는 게 뭐냔 말이야!"

날뛰는 황제의 목소리가 가까워지는 거리만큼 점점 더 커졌다. 문 앞에 있던 시종은 로샨의 눈치를 살피다 그가 다가오자 화들짝 놀라며 로샨의 뒤를 따른 시종과 눈 맞췄다. 둘은 혹여나 로샨이 문이라도 열라 할까 봐 걱정하는 얼굴이었다.

하나 그들의 걱정과 달리 로샨은 문 가까이 선 채 안에서 들리는 말을 듣고만 있을 뿐이었다. 안에서는 황제가 계속해서 물건을 집어 던지며 신관인지 시종인지 모를 이에게 화를 내고 있었다.

"제국의 신관, 신녀들이 지금껏 저주 하나 어찌 못하고 있으니……. 세다스의 계집을 끌고 오라 명한 이유가 무엇인데! 이러다 그 계집의 가랑이 사이에 거미가 줄을 치겠다!"

세다스의 계집……. 그게 누구를 말하는지는 분명했다. 로샨은 황제가 예레나를 속된 말로 칭하며 모욕에 가까운 말을 뱉을 때마다 입매를 굳혔다.

"흡!"

고개 숙이고 있던 시종이 조용한 황태제의 낯을 살피기 위해 고개를 들었다 저도 모르게 숨을 크게 들이쉬었다. 위압감 어린 얼굴과 보는 것만으로도 두려운 붉은 눈동자. 살짝 그늘진 얼굴에서 보이지 않는 무언가가 뚝뚝 흘러내리고 있었다.

겁에 질린 시종이 비틀거리며 뒤로 물러섰다가 얼마 떨어져 있지 않은 문에 등을 부딪쳤다. 로샨은 그런 그를 바라보다 문에 손을 댄 채 말했다.

"새로운 해가 시작되었으니 공사가 다망하실 텐데……. 황제께서 쓸데없는 일로 신경을 쓰시는구나."

* * *

"로, 로샨! 너 뭐 하는 짓이냐! 내가 들어오라 말한 적도 없건만 감히!"

케드릭은 일부러 밖에 로샨을 세워 두고 신관에게 패악을 부리던 참이었다. 황제인 자신이 분노하면 신에게 모든 것을 바쳤다는 신관들도 어찌못하고 굽신거린다고. 또한 네가 아무리 잘났다 한들 황제인 내 명 없이는 밖에서 대기해야 한다 보여 주기 위해서였다.

"멈춰! 머, 멈추라는 말이 들리지 않아!"

상황을 즐기고 있던 그는 로샨이 문을 벌컥 열고 깨진 유리 조각을 밟으며 다가오자 무서워 죽을 것 같았다. 그러나 로샨은 황제의 말을 무시한 채 그가 앉아 있는 권좌 바로 앞까지 다가오더니 한쪽 무릎을 꿇었다.

무릎은 굽혔으되 고개는 뻣뻣한 모습. 황제 앞에서 감히 그런 태도를 보임에 분노해야 했건만 케드릭은 두려움에 몸을 떨었다. 사람들이 이복동생을 향해 전장에서 신과 같다고, 피를 뒤집어쓰고 사람을 베는 모습이 죽음

그 자체라고 수군거리던 것이 떠오른 탓이었다.

"폐하. 이 아우가 간곡히 부탁할 것이 있어 참지 못하고 들어왔습니다."

로샨이 입을 열었다. 겁에 질려 권좌 위로 발을 올린 황제가 눈을 부릅떴다. 아우. 로샨은 케드릭이 황제 자리에 오른 이후 단 한 번도 그 단어로 자신을 지칭한 적 없었다. 황제 앞에서는 그 가족 또한 신하이니 아무 곳에서나 사사로운 관계를 언급하는 것 자체가 황제의 권위를 훼손한다는, 오래된 예법을 충실히 따른 결과였다.

잘 지키던 예법을 깨부순 이유는 분명했다. 황제의 권위에 대한 도전……. 케드릭의 얼굴이 새파랗게 변했다.

"제국의 황태제로 세다스 왕국을 정복한 공을 세운 바. 폐하께서 직접 치하해 주셨으면 합니다."

황제가 어떤 꼴이든 로샨은 제 할 말을 했다. 케드릭은 한참 만에야 입을 열고 작게 소리쳤다.

"그 무슨……. 그게 언제 적 일인데 인제 와서! 게다가 일전에 승전 연회를 열지 않았느냐!"

"폐하께서 참석하지 않으신 연회가 무슨 의미가 있겠습니까. 하여 폐하께서 직접 주최하고 참석하시는 연회를 열어 주십사 부탁드립니다."

부탁을 가장한 협박이었다. 하지만 케드릭은 뜬금없는 로샨의 청에 제대로 된 호통은커녕 이유조차 묻지 못했다. 자신을 보는 붉은 눈과 시선을 마주한 순간 더는 견딜 수 없었기 때문이다.

"아, 알았다. 내 곧바로 명을 내리마."

결국 그는 자존심을 내팽개친 채 고개를 끄덕였다. 잘 관리된 결 좋은 검은 머리카락이 황제의 떨림에 맞춰 조금씩 움직였다.

"네 뜻대로 하겠다지 않느냐! 더 할 말이 없으면 물러가 보도록 해라."

로샨이 도통 떠나지 않자 케드릭이 소리 질렀다. 로샨은 양발 모두를 권좌에 올린 채 눈마저 질끈 감은 이복형을 보며 입꼬리를 슬쩍 올리다 입을 열었다.

"하실 말씀이 있어 절 불러 밖에 세워 놓으신 게 아닙니까. 말씀하시길 기다리고 있었습니다."

로샨의 말에 케드릭의 심장이 오그라들었다. 혹 지금껏 밖에 세워 뒀다 돌려보낸 것에 앙심을 품고 있던 것인가. 그리하여 오늘은 참지 못해 황제인 나를 이리 겁박하는 것인가.

'설마 기분이 상했다 이 자리를…….'

이복동생에게 자리를 빼앗기고 비렁뱅이 꼴로 유폐되었다가 목이 잘리는 그림이 케드릭의 머릿속을 스쳤다. 최악의 가정에 케드릭이 핼쑥한 얼굴로 이복동생을 쳐다봤다.

"나는……. 그러니까 내가 널 부른 건……."

"하실 말씀이 딱히 없으시다면 돌아가 보겠습니다. 연회 때 뵙겠습니다. 폐하."

로샨은 말을 더듬는 이복형을 한참 구경하다 몸을 돌렸다. 들어올 때와 마찬가지로 무례하기 짝이 없는 태도였으나 케드릭은 로샨이 돌아가는 것에 안도의 한숨을 내쉴 뿐이었다.

쨍그랑. 문이 닫히기 무섭게 로샨은 안에서 무언가 깨지는 소리를 들었다. 하나 목적을 이룬 로샨은 신경 쓰지 않은 채 건물 밖으로 걸음을 옮겼다.

'당분간 다른 건 생각도 못 하실 테지.'

로샨의 예상대로 황제는 잠조차 제대로 자지 못한 채 제 자리를 지킬 방도를 생각하기 급급했다. 그리고 그런 황제의 머릿속에 탑에 갇힌 일개 포로는 깨끗이 지워져 있었다.

* * *

하늘을 나는 게 자유로운 새들이 간혹 탑의 꼭대기 층에 방문했다. 세상을 볼 수 없는 예레나는 새들이 지저귀는 소리가 가까워질 때면 조용히 제인을 불러 어떤 새인지 물었다. 새에 대해 크게 관심이 없던 제인은 박새, 종달새 등 아는 새들만 이름을 말하고 나머지 모르는 새들은 생김새를 최대한 자세히 설명했다.

"작고 노란 게 엄청 귀여운 한 쌍이에요. 바로 아래 벽 틈 사이에 둥지를 튼 모양인데……. 어머. 지금 보니 새끼 새가 있는 것 같아요."

"정말요? 보송보송한 게 귀엽겠어요."

"음…… 별로요. 아직 털이 나지 않아 그런가 어미 새가 훨씬 귀여워요."

완연히 풀린 날씨 덕분일까. 마음이 조금은 편안했다.

'세다스를 떠나온 지 한참인데……. 난 세다스에 아무런 도움도 되지 못하고 있어.'

하지만 근본적으로 예레나의 걱정은 조금도 해결되지 않았다. 때문에 그녀는 바람이 불어오는 창가에 앉아 차를 마시다가도 종종 어두운 얼굴로 적당히 식은 찻잔을 만지작거렸다.

'교육도 어느 정도 마무리됐고……. 곧 대신관께서 예레나 님을 부르실 겁니다. 왕국에서 붙은 저주가 여신의 자비로 사라졌는지 살펴봐야 하니까요.'

조만간 저주 건으로 대신관을 만나게 될 거라 알리시아가 말하긴 했지만 글쎄. 예레나는 자신에게 어떤 변화가 있긴 한 것인지, 아니 제국의 대신관이 말한 저주라는 게 애초 있긴 한 건지 의문스러웠다.

'저주가 사라졌다 한들 내게 남은 거라곤…….'

게다가 저주가 풀렸다 대신관에게 들어도 그녀를 기다리는 건 황제의 침소였다. 원하지 않으나 가야 하는 자리. 예레나는 입술을 세게 짓씹듯 물며 찻잔을 내려놓다 누군가를 떠올리곤 얼굴을 굳혔다.

'왜?'

얼굴은커녕 그의 머리카락 색, 눈동자 색도 몰랐다. 아는 것이라고는 약간 낮고 서늘한 목소리와 단단하고 크다 예상 가는 몸집뿐. 그러나 어쩐 일인지 황제의 침소에 들게 될지 모른다 생각한 순간부터 사내가 머릿속에서 떠나지 않았다.

예레나가 고개를 저었다. 잡생각을 몰아내야 했다.

"제인. 지금 시간이 몇 시죠?"

그녀가 제인에게 시간을 물었다. 시간을 듣고 알리시아가 알려 준 훈련을 하든 구슬 장식이라도 만들든 할 참이었다. 제인이 시계를 보고 말했다.

"2시가 조금 넘었어요. 예레나 님."

"벌써? 한데 키안 경은 왜 오질 않았죠?"

예레나가 의아한 낯을 했다. 2시가 넘었는데 어째서 오질 않았지. 사내는 한 달 전부터는 2시가 되기도 전 문을 두드리고 인사했다. 단 하루도 빠짐없이.

혹 무슨 일이 있는 것인가. 걱정이 들었다. 그러다 예레나는 자신이 또다시 사내를 생각하고 있다는 사실에 입술을 내리 물었다.

"그분…… 큼! 키안 경은 가문 내 일 때문에 잠시 궁 밖으로 나갔습니다. 이틀 뒤에나 돌아올 텐데. 그동안은 오후에도 제가 예레나 님의 호위를 담당할 겁니다."

예레나의 눈치를 보던 프레드릭이 답했다. 언젠가부터 예레나에게 별달리 말을 붙이지 않던 그는 최근 들어서 간혹 먼저 입을 열었다. 하지만 그새 깊어진 서먹함이 사라질 정도는 아니었다. 예레나는 이제는 키안보다 프레드릭을 더 어려워했다.

"그래요? 아무 말이 없어서…… 몰랐어요."

프레드릭의 답에 예레나는 괜스레 섭섭함을 느끼며 말끝을 흐렸다. 어째서 제게는 말해 주지 않은 걸까. 그러다 예레나는 이해 못 할 제 감정에 또한 번 입술을 꾹 물었다. 하지만 넘치는 감정은 닫힌 입을 열고 말을 뱉어냈다.

"같이 밖에 나가기로 한 날인데……."

툭 튀어나온 말은 어린아이의 투정과도 같았다. 제인과 프레드릭은 좀처럼 보기 어려운 그녀의 행동에 눈을 동그랗게 떴다.

'젠장!'

프레드릭이 속으로 욕지거리를 내뱉었다. 주군과의 독대 이후 그는 예레나에 대한 관심을 완전히 접었다. 적어도 그 자신은 그렇게 생각했다. 하나 따뜻해진 날씨 탓인지, 나날이 빛나는 저 외관 탓인지. 굳게 닫아 놓은 마음속 빗장이 계속 덜그럭거렸다. 결국 프레드릭은 실망 가득한 왕녀의 얼굴을 보아 넘기지 못하고 걸음을 옮겨 그녀 앞에 섰다.

"가시죠."

"네?"

"시간도 많은데 내려가시죠. 모시겠습니다."

다만 그는 착각하고 있었다. 예레나가 밖으로 나가지 못해 실망한 것이라고.

"아······. 네."

예레나는 프레드릭의 갑작스러운 제안에 당혹스러운 기색을 내보였으나 투정 없이 일어났다. 답답해서 그런가 가까이에서 풀 내음을 맡고 싶었다.

"잡으십시오."

"아니에요. 제인에게 부탁할게요. 제인. 나 좀 도와줄래요?"

"네. 예레나 님."

예레나는 키안에게 쉽사리 신세를 졌던 것과 달리 프레드릭의 손을 거절하고 제인의 부축을 받아 탑을 내려갔다. 혹여나 그녀가 넘어질까 앞서 걷던 프레드릭은 탑을 다 내려온 뒤에야 예레나가 자신과 또 다른 호위를 대하는 태도가 다르다는 것을 눈치채고 얼굴을 굳혔다.

순식간에 저조해진 프레드릭의 분위기에 제인은 힐끔힐끔 그를 살폈다. 그러나 예레나는 프레드릭의 말수가 현저히 적어졌다는 걸 눈치채지 못한 채 바깥 공기를 마시느라 여념이 없었다.

"공기가 맑아요."

아무리 해가 잘 든다 한들 탑의 안과 바깥은 차이가 컸다. 예레나는 한결 더 따사로운 햇볕과 배는 짙어진 풀 내음에 미소 지으며 천천히 걸었다.

"제인. 꽃이 꽤 많나 봐요. 향이 제법 짙어요."

"……황궁 안이니까요. 어디나 아름다운 꽃이 가득하죠."

겨울의 끝자락 보지 못하는 그녀를 위해 누군가가 화초를 심어라 명한 것을 모른 채 예레나가 그녀만을 위한 작은 정원을 거닐었다. 아직 다 피지 못한 꽃망울이 그녀의 발목을 간지럽혔다. 그리고 그 순간이나마 예레나는 모든 근심을 내려놓은 채 해맑게 웃었다.

* * *

"세상에. 드디어 보는구나."

"들키면 어쩌시려고……. 너무 가까이 가지는 마세요."

탑을 나온 예레나를 멀찍이 황궁 시녀 둘이 지켜봤다. 심부름을 가는 척하고 있었으나 실상 그녀들은 상전의 명으로 아침부터 탑 근처를 서성이고 있었다.

"무슨 걱정이니. 포로 하나 보는 것뿐인데. 들켜도 황후 폐하의 명이라 하면 그만이야."

"그래도……."

본래라면 거리가 멀다 해도 여인의 기척쯤은 프레드릭이 눈치챘을 것이다. 그러나 복잡한 심경의 그는 혹여나 예레나가 넘어질까 지켜보며 제 마음을 다스리느라 주변을 살피지 못했다.

"……일개 포로 주제에 프레드릭 경의 호위를 받다니. 주제넘어."

여인 중 서열이 높아 보이는 이가 예레나 가까이 다가가는 프레드릭을 보며 이를 갈았다. 그러고는 한참 예레나를 노려보다 조용히 몸을 돌려 말했다.

"이만 가자. 본 것을 황후 폐하께 말씀드려야지."

* * *

　오랜만에 큰 규모의 황궁 연회가 열렸다. 갑작스러운 초대장에 귀족들은 당황했으나 당장 죽을 정도로 앓아눕거나 멀리 떠나가 있는 이가 아니라면 모두 연회에 참석했다.

　"어머. 레스타 자작 부인. 여행을 가셨다 들었는데 용케 참석하셨군요."

　"한 달 전 사들였던 루브크산 말이 아니었다면 어림도 없었어요. 소식을 듣고 제대로 쉬지도 않고 달려왔답니다. 수도 근교에 있었기에 망정이지 원."

　귀족들이 대부분 연회에 참석한 이유. 그건 지난 몇 달 푸른 궁에 들어가 두문불출하던 로샨 비스티우스가 연회에 참석한다 알려졌기 때문이었다. 사람들은 얼굴 한 번 보기 어려운 그를 보기 위해, 또 혹여나 흔들릴 정치 판도를 계산하기 위해 색색이 아름다운 옷을 차려입고 연회장에 들어섰다.

　"세상에 흉측해라. 용병도 아니고 기사도 아닌 분이 저게 무슨 꼴이래요."

　"그러게 말이에요. 어쩜……."

　그렇게 참석한 연회에서 사람들은 로샨 비스티우스 말고도 흥미로운 소식을 많이 접하게 됐다. 그중 하나는 로샨의 측근인 제임스가 한쪽 눈을 잃은 사실이었는데 이유를 모르는 사람들은 그를 보며 쉴 새 없이 숙덕거렸다.

　"소문에는 황태제 전하께서 직접 제임스 공의 눈을 팠다지."

　"설마요. 말이 됩니까. 최측근인데. 그리고 그럴 이유가 무어란 말입니까."

　하나 당사자인 제임스는 사람들의 시선이 어떻든 평소와 같이 돌아다니기 바빴다. 그리고 그의 모습을 흉보던 이들도 막상 제임스가 얼굴을 들이밀면 웃는 낯으로 그에게 아부했다. 당연했다. 귀족 사회에서 경멸하는 모습이라 한들 제임스는 여전히 로샨 비스티우스의 측근이었으니 말이다.

그렇게 앞에서는 웃음, 뒤에서는 비웃음이 오가는 연회가 한창 열을 올렸다. 사람들이 각자 술 한 잔씩 마시며 얼굴을 붉힐 때쯤 시종의 쩌렁쩌렁한 목소리와 함께 모두 기다리던 이가 연회장에 들어섰다.

"제국의 작은 태양. 황태제 전하께서 드십니다. 모두 예를 갖추십시오."

* * *

연회장의 가장 상석에 자리한 황제 케드릭은 황제만이 앉을 수 있는 황금 권좌에 앉아 이를 꽉 악물었다. 그의 길고 검은 머리카락을 아름다운 정부가 매만지며 교태를 떨었으나 케드릭은 거슬린다는 듯 여인을 밀어 내며 짜증을 냈다.

"비켜라!"

수많은 사람 앞에서 속절없이 밀린 몸이 부끄러울 법도 하건만 황제의 정부는 군말 없이 물러났다. 예민하고 변덕스러운 황제는 웃으며 사랑을 속삭이다가도 무언가 조금만 거슬리면 화를 냈다. 그쯤에서 끝나면 몰라. 황제는 사람 목숨을 벌레와 같다 생각하는지 종종 어제까지 끼고 살던 정부의 목을 기분 나쁘다는 이유로 베기도 했다.

정부가 눈치를 보며 도망치듯 자리를 뜨자 그녀가 가리고 있던 시야가 트이며 연회장에 모인 귀족들이 속속들이 눈에 들어왔다. 황제는 자신과 눈 마주치면 고개를 재빨리 내리면서도 저들끼리 수군거리는 그들의 모습에 주먹을 꽉 쥐었다.

'제국의 황제에 대한 충성이라고는 조금도 없는 것들! 다 목을 베어 버려야 하거늘.'

황제라고 모르지 않았다. 자신을 보는 귀족들의 눈에 경멸이 서려 있다는 것을. 그는 선대 황제의 사생아로 태어나 출중한 능력을 가진 로샨에게 양보받다시피 황제 자리에 올랐다. 그렇다 보니 황제의 위엄도, 강대한 권력도 그에게는 없었다.

하나 케드릭은 자신의 모자람을 부끄러워하지 않았다. 황제는 무치, 부끄러움이 없어야 하니 그런 성미만큼은 참으로 황제에 어울렸다.

'찢어 죽일 놈!'

케드릭이 좌중을 둘러보다 연회장 한가운데서 모두의 시선을 끌고 있는 사내를 봤다. 선대의 적자이자 제국의 기둥이라 불리는 존재. 모두가 황제 자리에 걸맞다 칭송하는 인물. 이복동생 로샨 비스티우스. 황제 케드릭이 그를 향해 속으로 온갖 욕지거리를 내뱉었다.

'저놈이 죽어야 내가 두 다리를 뻗고 자는데!'

황제는 로샨을 미워했다. 자신과 비교한다면 모든 게 잘난 이복동생이 싫었고, 괘씸했으며 무엇보다 두려웠다. 그렇기에 그는 정면으로 상대하면 이길 수 없는 동생에게 수많은 암살자를 보냈으며 전쟁을 일으켜 사지로 몰아넣었다. 하지만 여신의 핏줄이라는 제국 초대 황제와 마찬가지로 붉은 눈을 가진 이복동생은 전설 속 영웅처럼 매번 살아 돌아왔다. 그것도 아무렇지 않은 얼굴로.

'이 자리에 관심 없는 척 온갖 고상은 다 떨더니 내 뒤통수를 쳐?'

그러나 오늘 케드릭이 로샨을 노려보는 이유는 또 하나 있었다. 로샨은 그간 황제 자리에 관심 없다는 태도로 일관했다. 수하들은 그를 황태제로 세우고 그의 세력을 공고히 하며 황제를 억눌렀으나 당사자는 한 번도 욕심을 드러낸 적이 없었다.

'폐하의 뜻에 따르겠습니다.'

'폐하의 명에 따르겠습니다.'

'폐하께서 원하시는 대로 하겠습니다.'

물론 로샨이 황제에게 대단한 존경을 표한 것은 아니었다. 하지만 로샨은 그간 황제의 명을 대부분 따랐다. 세운 공만 본다면 황제의 제일가는 충신이라 할 수도 있을 만큼 말이다.

게다가 황제 자리에 무심한 로샨의 태도는 그간 케드릭이 황제위를 유지하고 세력을 키우는 데 가장 큰 역할을 했다. 정통성, 능력, 세력 등 어느 하나 이복동생보다 잘난 게 없던 케드릭은 역설적이게도 로샨 때문에 자리를 지키며 아주 조금씩이나마 세력을 키워 갈 수 있었다. 아직도 로샨의 세력에 크게 밀린다지만 즉위 초와 비교하자면 꽤 커진 황제의 세력이 그를 증명했다.

한데 며칠 전 작금의 상황이 흔들리기 시작했다. 황제는 이복동생이 자신에게 허락 맡지 않은 채 문을 열고 걸어와 겁박하던 것을 떠올렸다.

'폐하. 이 아우가 간곡히 부탁할 것이 있어 참지 못하고 들어왔습니다.'

황제인 자신에게 조금의 존경도, 충성도 보이지 않던 모습. 그건 분명 제 자리를 위협하는 반역자의 모습이었다.

그러나 케드릭은 그 자리에서 로샨의 목을 베기는커녕 청을 가장한 그의 부탁을 들어줘야만 했다. 그리고 열린 이 연회에서 황제의 권위는 추락했다.

사람들은 황제인 그보다 로샨의 환심을 사기 위해 안달이었다. 그뿐인가. 겨우 제 세력으로 끌어들였던 것들마저도 로샨의 눈치를 보고 있었다. 몇몇은 제게서 등 돌릴 것이 훤히 보였다.

'그래. 두고 보자. 네놈이 이제야 본성을 드러내는 모양인데…….'

케드릭이 속으로 칼을 갈 때였다. 그의 옆에 앉아 있던 황후 릴리아나가 일어섰다.

"폐하. 잠시 자리를 좀 비워도 괜찮겠습니까?"

릴리아나는 바로 옆에서 황제가 정부를 끼고 있을 때도 아무렇지 않은 얼굴이었다. 그러나 로샨에게 어느 젊고 아름다운 데다 가문까지 괜찮은 귀족 영애가 다가가자 인상을 찌푸린 채 자리를 박차고 일어났다.

케드릭은 릴리아나가 전 약혼자인 로샨을 여전히 마음에 품고 있다는 걸 알고 있었다. 그들 사이가 틀어진 이유 중 가장 많은 지분을 차지한 것이 그 문제였으니.

"언제는 황후가 내 허락을 맡았던가. 마음대로 하시오."

당연히 말이 곱게 나가지 않았다. 하지만 릴리아나는 황제의 말에도 싱긋 미소만 지을 뿐이었다. 어차피 로샨의 양보가 아니었다면 황제가 되지 못했을 그녀의 남편은 제 아비인 다에 공작의 지지 덕에 그나마 세력을 가질 수 있었다. 하니 그녀가 황제를 두려워할 이유가 무어란 말인가.

"폐하. 혹 제가 황태제를 찾아가는 것이 질투가 나십니까? 그간 함께한 세월이 얼마인데……. 아직도 절 불신하시니 마음이 아픕니다."

"흥! 질투는 무슨……. 쓸데없는 생각이오."

"예전에도 그러셨지요. 그땐 그래도 제가 폐하의 것이 아니라 불안해하시는 걸 귀엽게 봐 드렸다만……. 지금도 이러시니 솔직히 좀 징그럽습니다. 황태제처럼 좀 의연한 모습을 보이면 좋을 텐데요. 하기야 폐하와 황태제는 모든 면에서 다르니……."

릴리아나가 과거를 말함과 동시에 케드릭을 로샨과 은근하게 비교하며 비꼬았다. 케드릭이 미간을 씰룩였다. 릴리아나가 로샨의 약혼녀였던 시절, 한낱 사생아로 황자 대접도 제대로 받지 못했던 그는 청순한 외모의 릴리아나를 쫓아다녔더랬다. 그리고 그녀와 은밀한 만남을 이어 가며 불안해했다. 내일이라도 로샨과 릴리아나가 결혼할까 봐.

사람들은 그가 릴리아나에게 반해서 못난 짓을 저지른다 수군거렸지만 케드릭의 속내는 조금 달랐다. 물론 분홍색 장미 같은 릴리아나의 외관에 혹한 것도 사실이었다. 하지만 케드릭은 그보다 릴리아나의 아비 다에 공작이 가진 귀족 세력이 탐이 났다. 그가 제 편이 되어 준다면 제대로 된 황자로서 로샨과 어느 정도는 동등하게 설 수 있을 것만 같았다.

그러나 황제가 되어 결국 릴리아나를 차지한 지금에도 케드릭의 열등감은 그때와 같았다. 아니 오히려 나날이 깊어지기만 했다. 케드릭이 일어선 릴리아나의 손목을 붙잡고 당겼다. 놀란 릴리아나가 있는 대로 얼굴을 구기며 그를 노려봤다. 케드릭은 그녀의 장갑 위로 짧게 입 맞추곤 입술을 비틀어 올렸다.

"맞아. 내 로샨과 같은 피 반 타고났으나 많은 것이 다르지. 한데 같을 거라 확신하는 것도 있소."

"……."

"난 엉덩이 가벼운 계집들을 싫어하오. 그런 것들은 모두 목을 베 창대에 매달아 놔야지. 그리고 불러 물어보지는 않았다만……. 로샨도 그런 계집은 질색할걸. 특히 저와 약혼한 주제에 황후가 되겠다 배신하고 이복형에게 안긴 지저분한 계집은 더더욱."

케드릭의 말에 릴리아나가 아랫입술을 꽉 깨물고 제 손을 거칠게 잡아뺐다. 황제와 황후의 불화에 사람들의 시선이 서서히 모이는 게 느껴졌다. 릴리아나는 옆으로 시선을 줘 그런 이들을 바라보다 어색한 웃음과 함께 황제에게 말했다.

"오늘은 더는 얼굴 마주 보지 않았으면 합니다."

말을 제대로 끝내기도 전 릴리아나는 몸을 돌렸다. 케드릭은 권좌에 앉아 그녀가 제 이복동생 쪽으로 가는 것을 보고 속으로 중얼거렸다.

'내 저것들을 언젠가 죽여 없앨 것이다. 모조리 다!'

* * *

떠들썩한 연회장이 멀어져 갔다. 로샨은 회랑과 정원을 잇는 계단을 내려가며 정원 곳곳에 피어난 같은 종의 백합을 살펴봤다. 보통 백합이 필 시기에 보지 못했던 것을 떠올리면 이 시기에만 피어나는 희귀종 같았다.

'제법 괜찮군. 구해 놓으라 해야겠어.'

일반적으로 보는 종과 달리 연회장 정원에 피어난 백합의 꽃송이는 작고 꽃술이 길었으며 꽃잎은 반투명했다. 그러나 한 줄기에서 피어나는 송이가 많아 아담하니 보는 재미가 있는 데다 백합 특유의 짙은 향도 거의 나지 않아 오히려 감상하기에는 더 적절했다.

"……어디까지 따라오실 생각이십니까."

백합이 흐드러지게 피어난 곳에서 발걸음을 멈춘 로샨이 말했다. 그러자 그의 뒤, 잘 다듬어진 측백나무에서 누군가 슬그머니 나왔다.

로샨이 몸을 돌리자 모습을 드러낸 이가 양손을 꼭 모아 쥔 채 사뿐사뿐 발걸음을 옮겼다. 밤에도 눈에 띄는 분홍색 머리카락 위, 그물 형태의 보석 장신구가 별처럼 빛났다.

"이렇게 단둘이서 보는 게 얼마 만인지…….”

눈물마저 글썽인 채 가녀린 목소리로 속삭이는 여인에게서는 애틋함이 듬뿍 묻어났다. 하나 일방적으로 휴식을 방해받은 로샨은 표정 없이 그녀를 내려다봤다.

"내가 얼마나 보고 싶어 했는지 아나요? 걱정은 또 얼마나 했게요. 황태제를 생각하느라 밤에 잠조차 제대로 이루지 못했답니다.”

한 걸음 더 다가오며 한숨을 폭 내쉬는 모습이 밤이 내린 정원에 핀 물망초 같았으나 로샨은 여전히 반응이 없었다. 무안해진 릴리아나가 잠시 머뭇거리다 그의 이름을 부르며 눈물을 글썽였다.

"로샨.”

“…….”

"내가 아직도 미워요? 아직도 날 용서할 수 없나요?”

“…….”

"당신이 날 미워해도 이해해요. 하지만 벌써 몇 년째인가요.”

홀로 애태우던 여인이 이제 그에게 완전히 붙은 채 고개를 위로 들었다. 로샨은 징그럽게 따라붙는 올리브색 눈에 살풋 미간을 찌푸리며 걸음을 물렸다.

"내가 얼마나 미안해하는지 알잖아요. 응?”

릴리아나의 이런 모습은 새롭지 않았다. 릴리아나는 둘만 있을 때면 매번 안타깝게 헤어진 연인처럼 굴었다.

"그리고 그때는 어쩔 수 없었어요. 당시의 난 어렸고……. 아버지 명에 따를 수밖에 없었어요.”

과거의 실상을 보면 릴리아나의 행동은 기괴하기 그지없었다. 그녀는 아비의 명에 어쩔 수 없이 로샨과 파혼하고 황제가 된 케드릭과 결혼해 황후 자리에 오른 것처럼 굴곤 했다. 하나 릴리아나는 로샨의 약혼녀였던 시절, 제게 관심을 보이던 케드릭과 은밀하게 만남을 이어 가고 있었다. 그리고 로샨이 케드릭에게 황태자 자리를 양보하고 케드릭이 황제가 되는 것이 확실시해지자 곧장 그와 결혼했다.

케드릭과의 결혼에 가장 큰 목소리를 냈던 건 릴리아나 본인이었다. 그녀의 아비는 오히려 로샨과 케드릭 사이에서 누구를 지지할까 고민하며 하나뿐인 딸의 결혼을 미루고 싶어 했다.

"미안해요 정말. 하지만 날 용서해 줄 수는 없나요?"

그러나 릴리아나는 케드릭과 신혼 초부터 삐걱거리기 시작했고 관계가 파탄 나기 무섭게 비극 속 여주인공처럼 굴었다. 아비 때문에, 상황 때문에 사랑하는 이를 버리고 다른 사내와 결혼한 비련의 여주인공. 릴리아나는 진심으로 스스로를 그리 생각했다.

"상황이 이렇지만 내 마음만은 항상 같았어요. 그때도 지금도 난……."

"황후 폐하."

릴리아나가 손을 파르르 떨며 내밀자 로샨이 크게 물러나며 그녀를 직위로 불렀다. 릴리아나는 섭섭한 얼굴로 양손을 포개 가슴에 올린 채 그를 봤다.

"저랑 뭘 하고 싶으신 겁까."

"아, 알잖아요."

릴리아나가 몸을 살짝 비틀며 말을 더듬었다. 얼핏 부끄러워 말도 제대로 못 하는 모양새였으나 누가 봐도 알 수 있었다. 아름답게 치장한 여인은 유혹적인 자태로 은근한 신호를 보내고 있었다.

"폐하께서 아시면 어찌 될까 두렵지 않으십니까."

"그 사람은……!"

"……."

"소문을 듣지 못했나요? 난 폐하께 더 이상 여인이 아니에요. 나에게 폐하도 더 이상 사내가 아니고요. 그분의 정원에는 여인들이 넘치죠. 하지만 난 그 더러운 계집들과 같은 침대에 눕고 싶지 않아요. 그러니 로샨……. 당신이 나를 좀 위로해 줄 수는 없나요?"

"황후 폐하께서는 지금 앉은 그 자리가 무엇보다 소중하실 텐데요. 그 자리에서 내려올 각오를 하시고 이러시는 겁니까."

"그건……."

처음으로 릴리아나의 말문이 막혔다. 황후라는 이름. 그걸 내려놓을 수 있냐는 질문에 차마 답을 할 수 없었다. 하지만 당장 눈앞의, 그것도 한때는 자신의 것이었던 사내도 포기할 수 없었다.

그렇다면 방법은 하나였다. 황제가 된 로샨이 저를 아내로 맞이해 또다시 황후가 되거나, 그게 아니라면 은밀한 사랑을 속삭이거나.

'만일 로샨이 황제가 된다면……. 나와 내 가문은 오히려 세가 줄 거야.'

릴리아나는 후자가 더 옳다 여겼다. 로샨에게는 이미 측근이 충분했다. 하니 그가 황제 자리에 오른다면 아비는 그의 측근들과 권력 다툼을 해야 할 것이고 그녀 자신은 형제를 오가며 황후 노릇을 한다는 오명과 더불어 로샨의 감시 아래 지금과 같은 권력을 누리지 못할 게 뻔했다.

"……사랑에 빠진 사람들은 다른 건 신경 쓰지 않는다죠. 우리도 그렇게 해요. 로샨. 머리 아픈 건 생각하지 말고 우리 둘의 현재만 생각해요. 응?"

빠르게 계산을 끝낸 릴리아나가 꿀이 떨어질 듯 달콤한 목소리로 조잘거렸다. 하나 로샨은 그녀에 집중하지 않은 채 묘한 얼굴로 중얼거렸다.

"사랑이라……. 낯간지러운 말입니다."

사내의 입꼬리가 부드럽게 호선을 그렸다. 그리고 순간 바뀐 그의 분위기에 릴리아나는 찬탄을 금치 못하며 팔을 길게 뻗어 그를 껴안으려 했다.

"부끄러워 말고…… 아!"

그러나 그녀는 로샨에게 안기지 못했다. 로샨은 상체를 비틀며 반걸음 옆으로 움직이는 것으로 릴리아나의 포옹을 무의미하게 만들었다. 그리고 그녀에게서 시선을 뗀 채 바람에 살랑이는 백합꽃을 바라보며 말했다.

"황제 폐하의 말씀이 옳습니다."

"그게 무슨?"

"지금껏 저와 황제 폐하의 공통점은 딱히 없다 여겼습니다. 한데 형제 사이를 옮겨 다니는 계집에게는 관심이 없다는 공통점이 있더군요."

릴리아나가 몇 초 굳어 있다 얼굴을 확 붉혔다. 연회장에서 저와 케드릭이 나눈 대화를 들었단 말인가.

'멀리 떨어져 있었는데 어떻게…….'

당혹스러움과 수치심이 릴리아나의 얼굴에 모였다 곧 분노로 변했다. 릴리아나가 화를 주체 못 하고 부들부들 떨었다. 로샨은 신경 쓰지 않은 채 말했다.

"그만 돌아가십시오. 이만 혼자 쉬고 싶습니다."

"……그 계집 때문에 이러는 거죠?"

몸을 반쯤 돌린 로샨이 릴리아나가 툭 뱉은 말에 멈춰 섰다. 그리고 순간, 릴리아나의 눈이 희번덕하게 빛났다.

"탑에 숨겨 둔 세다스 출신의 포로 계집이요. 황제 폐하는 속여도 난 속일 수 없어요."

"……."

"폐하께 바쳐진 전리품 주제에 황궁의 고위 기사를 끼고 산책까지 하더군요. 지금도 프레드릭 경이 그 계집의 곁을 지키고 있나요?"

릴리아나는 로샨의 측근인 프레드릭이 예레나를 호위한다는 사실에 질투로 돌아 버릴 것 같았다. 하나 그녀는 알까. 눈앞의 사내가 푸른 궁과 탑을 연결하는 비밀 통로를 통해 일개 포로를 만나러 다니는 것도 모자라 거짓 신분을 사칭해 그 곁에 호위로 머문다는 사실을.

"저주가 내렸다는 말에도 폐하께서 죽이질 않는 걸 보면 아주 반반한 계집인가 본데……. 내게는 저주니 뭐니 그런 거 안 통해요. 로샨의 눈을 가리는 걸 보면 마녀가 분명해! 당장 죽이라 명을……!"

"황후 폐하."

릴리아나가 제 분에 못 이겨 예레나를 해치겠다 악을 쓰기 무섭게 로샨이 그녀를 부르며 움직였다. 릴리아나는 제 앞에 바짝 붙어 저를 내려다보는 붉은 눈에 움찔거렸다. 사내의 표정은 그대로였다. 하지만 등골이 오싹해지며 생존 본능이 그녀에게 외쳤다. 도망쳐 목숨을 부지하라고.

"제 어머니께서는 황후 폐하를 아껴 주셨습니다. 아들인 저보다 더 많이 말입니다."

겁먹은 릴리아나를 보며 로샨이 뜬금없이 과거를 꺼냈다. 로샨의 어미이자 선대의 황후였던 카밀라. 검붉은 머리카락 위로 쓴 황금관이 위엄 넘쳤던 그녀는 제 아들 로샨은 한없이 미워하면서도 친척 아이였던 릴리아나는 친딸처럼 귀애해 매일같이 궁으로 불렀다.

덕분에 릴리아나는 별다른 경쟁 없이 당시 황태자였던 로샨의 짝이 될수 있었다. 어릴 적부터 황후를 꿈꾸던 릴리아나는 로샨의 약혼녀가 되자뛸 듯이 기뻐했다. 그러나 로샨과 릴리아나가 짝이 되기 무섭게 카밀라는 릴리아나에게 저런 괴물을 네 짝으로 붙여 미안하다며 몇 번이고 말했다.

어릴 적부터 황후에게 그런 말을 들어 그런가. 원래부터 공작가의 외동딸로 오만했던 릴리아나는 자신은 어느 사내에게나 아까운, 완벽한 여인이라 생각하며 자랐다.

거기다 로샨과의 약혼 후 릴리아나는 종종 카밀라가 로샨에게 매를 드는 것을 봤다. 자식을 훈육한다기보다 말을 듣지 않는 짐승을 때리는 것에 가까웠던 그 행위는 피와 살점이 튀는 잔혹한 장면이었다.

"어머니 곁에서 제가 얻어맞는 꼴만 수십 번을 보아 왔으니 제가 우스워 보이는 것도 어찌 보면 당연합니다."

로샨의 말대로 릴리아나는 그런 광경을 몇 번 본 뒤 로샨을 얕잡아 봤다. 달콤한 간식을 먹고 있는 제 발치에서 어미에게 얻어맞는 사내아이는 황태자라지만 우스워 보였다.

한번은 입 안에서 설탕 덩어리를 녹이며 그런 생각도 했더랬다. 나중에 자라 저 아이와 결혼해 황후가 되기 전에 매질을 배워 둬야지. 그리해 사내아이가 황제가 되더라도 제 말에 따르게 해야지.

"한데……. 제 어린 시절을 가까이서 보셨으면 아실 텐데요."

"……."

"전 황후 폐하께서 익히 아시는 것처럼 피 뒤집어쓰는 걸 좋아하는 짐승에 가깝습니다. 그리해 내 영역, 내 것을 건드리는 자에게는 가차 없습니다."

하지만 릴리아나의 그런 생각은 얼마 지나지 않아 깨졌다. 언제였던가. 릴리아나는 지금 예레나가 있는 탑에서 홀로 쉬는 로샨을 발견한 적이 있었다.

당시 로샨은 어찌 흘러들어 온 것인지 작고 하얀 강아지 한 마리를 안고 있었다. 항시 무표정하고 제게 관심 없던 사내아이가 강아지를 품에 안은 채 어르는 꼴이 괜히 꼴 보기 싫어진 릴리아나는 그에게 강아지를 달라 요구했다.

그러나 로샨은 그녀의 말을 무시했고 화가 난 릴리아나는 카밀라에게 찾아가 로샨이 기르는 어디서 왔는지도 모를 짐승이 저를 물었다 엉엉 울며 거짓을 고했다. 아들이라면 끔찍이 싫어했던 카밀라는 기사까지 동원해 로샨에게서 강아지를 빼앗은 것도 모자라 잔인하게 도륙했다.

그 모든 걸 웃으며 보고 있던 릴리아나는 그날 새벽, 궁도 아닌 제집 침실에서 황금빛에 휘감긴 로샨과 마주했다.

'이, 이게 무슨!'

로샨은 릴리아나의 침대 위로 무언가 툭 던졌다. 아직 피가 굳지도 않은 성인 사내의 잘린 왼손이었다.

손의 주인은 카밀라의 명으로 강아지를 죽인 기사였다. 황후의 측근 기사로 어린 황태자를 얕봤던 그는 더는 검을 잡지도, 기사로 황궁에 머무르지도 못했다.

'거슬리게 하지 마.'

기사의 손을 내던진 어린 로샨은 번쩍이는 황금빛과 함께 순식간에 사라졌다. 릴리아나는 더는 로샨을 만만하게 보지 않았다. 그리고 어쩐 일인지 황후도 그날 이후로 아들에게 매를 들지 않았다. 릴리아나는 황후의 시녀들이 들고 나간 흰 천에 싸인 기사의 오른손을 보았다.

그러나 두려워할지언정 릴리아나는 로샨을 피하지는 않았다. 오히려 그녀는 로샨에게 집착하기 시작했다. 제게 황후 자리를 주는 것은 물론이요 대단하기까지 한 사내. 릴리아나는 자신이 모든 걸 갖춘 그의 짝이 될 운명이라는 사실에 행복했다. 그렇기에 그녀는 로샨이 케드릭에게 황제 자리를 양보했을 때 망설임 없이 케드릭 옆에 섰음에도 한동안 침울해했다.

"일전에 황후 폐하께서 벌이신 일을 생각한다면 지금 이 자리에서 피를 보고 싶으냐……."

붉은 눈을 보는 순간 릴리아나는 그날을 떠올렸다. 어두운 공간 안에서도 보이던 붉은빛, 그리고 그 안에 있던 소년, 잘린 손과 피가 흩뿌려진 침대 시트까지.

"작고하신 제 어머니께서 황후 폐하를 어여쁘게 여긴 걸 생각해 한 번 눈감아 드린 겁니다. 그러니 지금처럼 황후 자리에서 주변 사람들과 소꿉장난이나 하십시오. 물론 또 한 번 제 영역에 장난을 치신다면 지난번 보내신 물건을 이 작은 입에……."

"……."

"……병째로 처넣을 겁니다. 아시겠습니까?"

입을 보며 읊조리는 목소리가 섬뜩했다. 릴리아나는 제 독살 계획이 다 드러났음을 지금에서야 깨닫고 낯빛을 굳혔다.

"이, 이!"

저도 모르게 뒷걸음치던 그녀가 로샨과 멀찍이 떨어지자 그제야 분한 낯을 한 채 씨근덕거렸다. 그러나 로샨과 똑바로 눈이 마주치자 견디지 못하고 몸을 돌렸다.

로샨은 릴리아나의 뒷모습에서 시선을 떼고 가장 가까이 있는 백합을 톡 쳤다. 누르면 누를수록 제멋대로 굴며 튀어 오르는 릴리아나를 상대로 이런 협박이 별로 좋은 수가 아님을 알았다. 하지만 어쩌겠나. 저 입에서 제 영역에 있는 여인의 이름이 나온 순간 화가 그날처럼 치솟아 버린 것을.

"사랑이라. 연모라."

그가 영 낯선 단어들을 입에 담으며 허리 숙여 꽃향기를 맡았다. 길게 뻗은 줄기를 조심조심 쥐고 꽃송이 앞에서 눈 감은 모습이 그를 아는 이들이라면 경악할 만치 낯선 모습이었다.

멀리서는 은은했던 향이 가까이 다가가자 짙어졌다. 간질간질해지는 코끝과 함께 속내도 일렁였다.

"역시 낯간지러운 말 아닌가."

천천히 상체를 펴며 중얼거리는 목소리에는 스스로에 대한 자조가 있었다. 하나 사내는 알까. 제 부드러운 눈빛이, 살짝 올라간 입술이, 약하게 말아 쥔 주먹 등 모든 것이 사랑에 빠진 이의 모습이란 것을.

* * *

루베오 신수와 어린 엘프의 손기술로 빛나는 왕녀는 저주를 떠나보낸 채 다시금 승리했다. 왕세자 자리에서 남동생을 끌어내린 그녀는 드디어 고대했던 황금 권좌에 앉아 루비가 박힌 홀을 들어 올렸다. 세다스 역사상 최초의 여왕이었다.

제가 타고난 마력에 더해 눈먼 마법사에게서 강탈한 마력으로 강력해진 그녀는 훌륭한 통치로 찬란한 여왕이라 불렸다. 그리고 그녀의 옆에는 루베오 신수에서 살던 엘프이자 이제는 그녀의 반려가 된 푸른 머리카락의 엘프, 라울이 있었다.

그뿐인가 빛나는 왕녀 헬레나는 라울과의 사이에서 귀여운 딸들도 넷 가졌다. 아름다운 부모의 외모를 각자 잘 물려받은 딸들은 어린 나이에도

하나같이 반짝반짝 빛이 났다.

'라울. 지금의 난 더 바랄 것이 없다. 날 둘러싼 거의 모든 것이 완벽해.'

'당신이 행복하다니 저도 행복합니다. 헬레나. 나의 왕이여.'

'이 거추장스러운 저주만 아니면 더 완벽할 텐데. 하기야 한 달에 한 번, 온전히 너와 시간을 보내는 것도 나쁘지 않구나.'

'기다려 보세요. 저주를 영영 지울 방법은 저와 마법사들이 찾고 있습니다.'

빛나는 왕녀, 아니 찬란한 여왕은 제 삶이 완벽하다 느꼈다. 그 빌어먹을 마법사의 저주에서 숨기 위해 한 달에 한 번 궁에 틀어박힌 채 온종일 라울의 처치를 받아야 한다는 사실을 제외하곤 말이다.

하나 세상 모든 만사가 뜻대로 흘러갈 수는 없는 일. 10년 이상 완벽하게 흘러가던 찬란한 여왕의 삶에도 변화가 생겼다. 시작은 대륙 곳곳에서 일어나기 시작한 이종족 박해였다. 그건 소용돌이처럼 몰아쳐 대륙 북동쪽 구석에 있는 세다스 왕국에도 파란을 일으켰다.

'저 짐승과 같은 것들을 쫓아내야 합니다!'

'신께서 말씀하셨습니다. 인간의 탈을 쓴 저 사특한 것들을 불태워 없애야 한단 말입니다.'

아주 예전에는 대륙 내 이종족과 인간의 수가 비슷했다. 그러나 인간은 시간을 거듭하며 발달하는 문명과 함께 기하급수적으로 수를 늘렸다. 그리고 대륙을 차지한 그들은 이제 한때는 친구였던 다른 생김새의 종족들에게 창칼을 들이밀었다.

모시는 신을 달랐으나 대부분의 신전에서는 이종족과의 싸움을 성전으로 포장했다. 그러나 실상은 부족해진 영토 차지에서 비롯된 일이었다. 하나 시작이 어떻든 인간 대 이종족이라는 구도는 굳어졌으며 어느 순간 대륙 대부분의 곳에서는 이종족 학살이 자행됐다.

'여왕이시여. 네 개의 제국과 아홉 개의 동맹국에서 서신이 도착했습니다. 더러운 자들에게 땅을 허락한 세다스와는 연을 끊겠다 합니다.'

'그뿐이 아닙니다. 제국 랄토스가 이 일을 빌미로 세다스를 침략할 준비를 한다 합니다.'

'정신 나간 것들! 그저 제가 모시는 신의 뜻이라면 앞뒤 분간도 못 하지!'

처음 찬란한 여왕은 이 모든 일을 모른 척했다. 그러나 세계의 흐름을 완전히 무시할 수는 없었고 그녀는 루베오 신수에 사는 엘프들을 제외하곤 나라 안 모든 이종족을 추방했다.

'푸른 숲의 엘프들은 우리의 가족이오.'

'붉은 땅의 드워프들도 마찬가지야.'

'하모나 강의 아젠다족 또한 함께했던 이들이지.'

루베오 신수에 사는 엘프들은 그녀의 결정에 반발했다. 헬레나는 제 자비에 감사하기는커녕 반기를 드는 그들에게 괘씸함을 느꼈다.

'나의 왕이시여. 이해하십시오. 제 일족들의 슬픔을 알아주십시오.'

'라울! 넌 도대체 누구 편이냐?'

라울이 일족과 헬레나 사이를 중재하려 했으나 그도 근본적으로는 일족과 생각이 같았다. 루베오 신수에 사는 엘프들과 찬란한 여왕은 반목을 시작했고 여왕과 반려 사이에도 틈이 생겨나기 시작했다.

'뭐? 루베오 나무의 잎과 수액을 줄 수 없다고?'

깊어진 감정의 골은 곧 행동으로 나타났다. 루베오 신수에 사는 엘프들은 찬란한 여왕에게 신수의 잎과 수액을 주지 않겠다 선언했다.

'나무에 붙어사는 벌레 같은 것들이 감히! 차라리 잘됐다. 내 지금껏 그들에게 자비를 베풀었으나 이제 거둘 때도 됐지. 잎과 수액은 신수를 차지하면 그만이다!'

저주에 오랜 시간 시달린 여왕은 불같이 화를 냈다. 그리고 반려의 만류에도 기사와 병사들을 보냈다.

'······결국 이리되는구나. 아들아.'

푸른 머리카락의 엘프 라울의 아비가 가장 먼저 피 흘리며 쓰러졌다. 일족은 가장 나이 많은 이부터 가장 어린 아이까지 모두 도륙당했다. 루베오 신수에 사는 엘프 중 살아남은 이는 라울밖에 없었다.

'나의 왕이시여. 당신을 사랑한 이들의 말로는 어찌 이리 똑같습니까.'

하지만 라울 또한 얼마 가지 않아 싸늘한 주검으로 발견됐다. 일족이 도륙당한 신수의 나뭇가지에 목을 맨 것이다. 헬레나는 슬픔에 휩싸였다. 그러나 찬란한 여왕은 이내 슬픔을 잊었다. 그보다는 공포가 먼저였다.

'내 눈! 다시 눈멀면 어쩌지? 한 달에 한 번 라울이 신수의 잎과 수액으로 처치해 주지 않으면……?'

신수의 수액과 잎이 있다 한들 인간은 엘프인 라울과 같은 처치를 할 수 없었다. 여왕은 공포에 소리 지르며 나라 안 마법사와 신관을 불러들였다. 먼 곳에서 숨어 살던, 약학에 박식한 푸른 숲의 엘프도 끌고 왔다. 하지만 여왕에게 가족 대부분을 잃은 엘프는 기괴한 웃음을 지으며 말했다.

'당신의 반려였던 푸른 머리카락의 엘프가 죽기 전 신수에 재미있는 수를 썼다오. 그가 목맨 가지 아래 까만 재를 보지 못했소? 엘프들은 나무를 태우지 않지. 하나 태울 때가 가끔 있어. 목숨을 걸고 누군가를 저주할 때요.'

'그게 무슨 말이냐! 제대로 설명하라!'

'무슨 말인지 모르겠다고? 잔인한 인간 여왕아. 넌 이제 눈먼 마법사의 저주로부터 영영 도망치지 못할 것이다. 루베오 신수가 죽은 엘프의 마지막 소원을 이뤄 주마 약속했다. 제 가지에서 살아가던 목숨들을 모조리 죽인 네게 자비 따위 주지 않겠다 말하며 수액에 있던 동정을 거둬 갔다.'

'……'

'이제 신수에 남은 건 잎사귀에 담긴 증오뿐……. 유일한 탈출구를 스스로 막았으니 어쩔 테냐. 어리석은 것. 인간들은 참으로 어리석다.'

엘프답지 않게 소름 돋는 웃음을 보인 그는 여왕이 내지른 검에 목숨을 잃었다. 그러나 화풀이한들 어쩌랴. 헬레나는 다시 저주가 찾아올 것이라는 사실에 절망했다. 하나 순간 그녀의 네 딸이 여왕을 찾았다.

'어머니. 괜찮으세요?'

'맞아. 내게는 너희가 있었지. 내가 이럴 때가 아니구나.'

사랑하는 딸들을 보며 찬란한 여왕은 절망을 뒤로한 채 열다섯이 된 첫째 딸에게 선위할 준비를 시작했다. 눈이 멀면 그 순간 왕위를 물려줘야지. 그러나 이상하게 한 달, 두 달, 반년이 지났음에도 여왕은 눈멀지 않았다. 대신 후계로 낙점한 첫째 딸이 어미인 그녀에게 달려와 오열하며 외쳤다.

'어머니! 앞이……. 갑자기 앞이 보이지 않아요!'

6장. 자각

예레나는 제 앞에서 절망하는 여인들을 바라보며 깨달았다. 지금 자신은 꿈을 꾸고 있다는 것을.

얼마 전부터였다. 죽은 가족들 대신 세다스의 선조, 정확히는 왕녀들이 꿈에 나왔다.

'어머니! 앞이……. 앞이 보이지 않아요!'

'내 눈……. 내 눈이 이상하다! 당장 의원을 불러라!'

'이렇게 살 수는 없어! 내게 왜 이런 일이……. 아아 신이시여. 자비를 베푸소서.'

'으아아앙! 이상해! 앞이 보이질 않아.'

꿈속에서 앞을 볼 수 있는 예레나와 다르게 왕녀들은 모두 눈먼 채 어쩔 줄 몰라 했다. 화려한 황금관을 떨어뜨린 채 눈물을 펑펑 쏟는 이도 있었고, 우아한 드레스 자락을 쥐고 의연한 척 굴었으나 새파랗게 질린 이도 있었다. 그리고 이제 막 걸음을 뗀 것 같은 어린 왕녀가 울음을 터뜨리기도 했다.

가지각색의 왕녀들은 얼핏 보이기에는 공통점이 없었다. 하나 자세히 보면 그들은 모두 어리거나 젊었다. 서른은커녕 스물도 안 되어 보이는 이들이 대다수. 예레나는 이제 스물이 넘은 제 나이를 가늠하고 오싹함에 휩싸였다.

'다 어머니 탓이에요! 아버지께서 돌아가신 것도! 제 눈이 이리된 것도!'

절망하던 왕녀들을 보다 보면 어느새 눈앞 장면이 바뀌어 있었다. 이번에는 황금관을 떨어뜨린 채 울고 있던 왕녀의 삶이었다. 예레나는 그녀가 어머니로 추정되는 이에게 소리 지르며 악을 쓰는 것을 바라봤다. 얼마 전이미 한 번 꿨던 꿈이었다. 이 뒤에 저 왕녀는…….

'안 돼!'

예레나는 소리쳤다. 그러나 그녀의 목소리는 꿈속 이들에게 닿지 않았고 황금관을 떨어뜨린 왕녀는 루베오 신수 앞에서 자결했다. 예레나는 칼이 박힌 그녀의 가슴에서 새어 나온 피가 신수에 스며드는 것을 보며 입술을 물었다. 꿈에 나온 왕녀들의 끝은 모두 이리 처참했다.

희뿌옇게 굳어 버린 눈, 붉은 피, 까마귀 소리……. 루베오 신수의 붉은 잎이 비처럼 우수수 떨어졌다. 예레나는 나뭇잎에 반쯤 가려진 선조를 보다 눈을 감았다. 그리고 곧바로 꿈에서 깼다.

'이번에도 비슷한 꿈…….'

우습게도 조금 전까지 그리 선명했던 꿈은 깨기 무섭게 흐릿해졌다. 기억에 남는 것이라곤 꿈이 빛나는 왕녀를 위한 저주와 관련되어 있다는 것과 꿈을 꾸면 그 속에서 일전의 꿈도 기억한다는 것뿐. 나머지는 신기하리만치 기억나지 않았다. 하지만 꿈속에서 느꼈던 감정의 잔재는 그대로였다. 예레나는 아픈 가슴을 쥔 채 입술을 꼭 물었다.

'……긴장해서 이런 기이한 꿈을 꾸는 걸까.'

일주일 뒤, 예레나는 탑을 나가 대신관에게 저주가 사라졌는지 판정을 받는다 했다. 그리고 저주가 사라진 게 확인된다면 황제에게 갈 예정이었다.

'일주일 뒤 여기서 잠시 나가실 겁니다.'

'무슨 일이죠?'

'여신께서 자비를 베푸시어 저주를 지워 주셨는지 확인하라는 황제 폐하의 명이 있었습니다.'

'⋯⋯.'

'저주에 관해서는 대신관님께서 직접 확인하실 겁니다. 그리고 판정이 나면 여기 계속 머무를지 다른 곳으로 옮겨 갈지 정해질 겁니다.'

알리시아의 말에 어떤 표정을 했던가. 예레나는 당시의 제 감정을 정의할 수 없었다. 왕국을 위해서라면 지금 당장에라도 황제에게 아양을 떨어야 옳았다. 그러나 그런 삶에 대한 거부감은 나날이 심해져만 갔고 예레나는 스스로가 이기적이다 생각하며 자책했다.

물론 이는 모두 예레나가 작금의 상황을 몰라 하는 생각이었다. 로샨이 황위를 노린다 생각하는 황제는 그녀를 잠시 잊고 있었다. 그러나 신전 내부에서는 변덕스러운 황제가 언제 또 닦달할지 모른다 하여 그녀를 검사하는 시늉이라도 할 참이었다.

실제로 예레나에 대한 검사 결과는 이미 정해져 있었다. 형식적인 검사 후 그녀는 다시 탑으로 돌아올 예정이었다. 그러나 아무것도 모르는 예레나는 저를 둘러싼 모든 상황이 기만이라는 것을 알지 못한 채 한숨을 쉬다 한참 만에 다시 눈을 감았다.

* * *

창가로 들어오는 햇볕이 따사로웠다. 하나 볕에 자리한 예레나는 창백한 얼굴로 연신 몸을 떨었다. 별로 좋지 않아 보이는 그녀의 몸 상태에 제인이 담요를 둘러 주고 난롯가에 불을 피웠다.

"식사도 거의 안 하셨다 들었습니다. 몸이 많이 안 좋으십니까?"

그 꼴을 보고만 있을 '키안'이 아니었다. 그가 예레나에게 다가와 곧장 그녀의 상태를 살폈다. 이제는 익숙해진 사내에게 예레나가 흐릿한 미소를 보이며 고개를 저었다.

"아니에요. 그냥 좀 어지러워서……. 피곤해서 그래요."

"……잠자리가 불편하십니까?"

이번에도 고개를 저으려던 예레나는 마음을 바꿔 고개를 끄덕였다. 그리고 사내에게 앞에 앉으라 권유하고 어렵게 입을 열었다.

"경에게 물어볼 게 있어요."

"무엇입니까?"

"그……. 제국의 황제에 대해 말해 줄 수 있나요? 알다시피 알리시아는 제게 신과 관련된 것 외에는 아무것도 말해 주지 않고 제인은 황궁 사정에 어두워서요."

예레나는 사내의 눈치를 보며 말을 꺼냈다. 그녀 앞에 앉은 기사의 얼굴이 곧장 굳어졌다. 그가 아무 말 않자 왠지 모르게 초조해진 예레나가 급히 말을 이었다.

"일, 일주일 뒤에 대신관이라는 사람한테 검사를 받는대요. 저주가 사라졌나 뭐 그런 것들……."

"……."

"저주가 사라진 게 확인되면 제국의 황제……. 황제 폐하를 알현하게 될 텐데 그 전에 조금이라도 알고 싶어서요. 어떤 분인지. 무얼 조심해야 하는지. 뭐 그런 것들이요."

혹시나 제국 황제에 대한 제 무례한 호칭에 제국 기사인 그가 불편한가 싶어 예레나는 억지로 황제에 대한 호칭마저 바꾼 채 연신 물었다. 그러나 그녀의 말이 길어질수록 앞에 앉은 사내의 얼굴은 싸늘해져만 갔다.

"말씀 못 드립니다. 일개 기사인 제가 어찌 황제 폐하에 대해 함부로 입을 놀리겠습니까."

그가 어깨를 잔뜩 굳힌 예레나를 향해 차갑게 내뱉었다. 예레나는 예상보다 훨씬 단호한 그의 답에 순간 상처받은 얼굴을 했으나 곧 표정을 바꾼 채 고개를 끄덕였다.

"무리한 부탁을 했어요. 미안해요. 내가 생각이 짧았어요."

움츠러든 몸이 위태로워 보였다. 사내는 작아진 목소리와 자신감이 완전히 사라진 몸짓에 아랫입술을 깨물었다.

'저를 포로로 보낸 그따위 나라가 무어라고…….'

사내는 예레나가 황제를 거부하지 않는 상황이 화가 났다. 나라를 위해서라고 하지만, 그래도, 그렇다 한들……. 싫은 티를 역력히 보이면서도 제 발로 황제의 침실에 들어갈 생각을 하는 그녀가 미웠다.

그가 황제와 그녀를 붙여 생각하다 부글부글 끓는 속을 참지 못하고 벌떡 일어났다. 덜그럭거리며 카우치가 밀리는 소리에 놀란 예레나가 볼 수 없는 눈을 크게 뜬 채 그를 불렀다.

"키, 키안 경. 화가 많이 났나요?"

"……."

"경?"

재차 이어진 부름에도 사내는 답하지 않은 채 그녀를 내려다봤다. 놀란 것을 넘어 혹여나 그가 떠나갈까 노심초사하는 모습을 보니 조금은 마음이 누그러졌다. 그가 다시 자리에 앉았다. 그리고 그녀를 향해 물었다.

"예레나 님."

"……."

"저에 대해 궁금하신 건 없으십니까?"

* * *

'내 눈이 왜……. 오라버니. 방법을 찾아 주세요. 제 눈을 되찾아 주세요.'

눈먼 채 절규하는 왕녀들은 아주 잠깐의 졸음에도 찾아왔다. 앉은 채 구슬을 꿰다 쏟아진 잠을 이기지 못한 채 고개를 떨군 예레나는 악몽에 시달리다 저를 툭 건드리는 손길에 화들짝 깼다.

"악몽을 꾸시는 것 같아 무례를 무릅쓰고 예레나 님 몸에 손을 댔습니다."

일반적인 기사라면 하녀인 제인을 시켰을 것이다. 그러나 밤새 악몽에 시달리다 낮잠을 자던 예레나는 비몽사몽인 와중이라 제대로 된 의문을 가질 수 없었다. 게다가 상대는 '키안' 경이 아닌가. 예레나는 기사를 향해 미소 지으며 말했다.

"경. 경이 일전에 말했죠. 세다스 왕녀들이 눈머는 이유는 병증 때문일 수 있다고요."

"……."

"그거 틀렸어요. 이건 저주가 맞아."

"……."

"선조들께서는 모두 눈먼 채 비참한 최후를 맞이하셨어요. 내가 봤어요. 조금 전까지도…… 아."

잠에서 완전히 깨지 않은 탓일까. 그간 깨면 기억나지 않던 내용이 어느 정도는 그려졌다. 물론 말하는 도중에도 점차 흐릿해져 끝까지 말을 이을 수는 없었지만.

"……참 이상해요. 또 기억이 나지 않아요. 아니면 내 머리에 문제가 생겼나?"

예레나가 망각한 꿈에 대해 말하며 피식거렸다. 사내는 달콤한 꿈결 같은 그녀의 표정을 바라봤다. 반쯤 잠긴 눈과 그 위를 덮은 속눈썹, 살짝 벌어져 치아를 내보이는 입술, 힘이 빠져 흐느적거리는 몸짓까지. 무엇 하나 관능적이지 않은 것이 없었다.

사내가 여인에게서 눈을 떼지 못할 때였다. 사레가 걸린 것인지 예레나가 기침을 쏟아 냈다. 그제야 정신을 차린 사내가 몸을 일으키며 말했다.

"물을 가져오겠습니다. 기다리십시오."

예레나는 고개 저으며 가지 말아라 그에게 신호했다. 그리고 기침이 멎기 무섭게 그를 불렀다.

"경."

"말씀하십시오."

"기억은 안 나도 하나는 확실하게 알 수 있어요. 나는……."

예레나의 목소리는 젖어 있었다. 사실 그녀는 계속되는 악몽에 몸도 마음도 많이 지쳐 있었다. 무엇보다 남의 죽음을, 그것도 제 미래와 유사할지 모르는 이들의 죽음을 꿈에서도 계속 목격하는 게 너무나 힘들었다.

"난 죽을 거예요. 눈먼 채 여기서 포로 생활을 하는 도중일 수도 있고……. 빌어먹을 경의 황제 폐하의 침실에서 목이 잘릴 수도 있고……."

"……."

"뭐가 됐든 눈먼 채 비참하게 죽을 건 확실해요."

반쯤 무너진 예레나가 도통 하지 않는 욕설까지 뱉으며 얼굴을 손으로 감쌌다. 투명한 눈물이 손가락 사이를 축축하게 적셨다.

그런 예레나의 모습에 머리를 얻어맞은 얼굴을 하고 있던 사내가 이를 갈았다. 그가 손이 하얗게 변할 정도로 주먹을 세게 쥔 채 어느 때보다 낮은 목소리로 읊조렸다.

"……저와 했던 약속을 벌써 잊으셨습니까."

볼 수 없어도 알 수 있었다. 사내가 가까이 와 있음을. 예레나는 평소에는 거의 들을 수 없었던 사내의 숨소리에 놀란 얼굴을 하다 무언가 눈치채고 속으로 중얼거렸다.

'그렇구나. 이 사람 날…….'

착각이라면 매우 부끄러운 일이 아닐 수 없었지만 예레나는 확신했다. 깊이는 알 수 없으나 사내가 저를 마음에 둔 것이 분명하다고.

심장 박동이 빨라졌다. 입 안이 순식간에 마르고 볼이 화끈거렸다. 하지만 이상하게도 불쾌하지 않았다. 오히려 묘한 기대감이 손끝까지 뻗쳤다. 화끈거리는 얼굴을 숨기려 고개 숙인 예레나는 잠시 침묵하다 중얼거렸다.

"약속 기억하고 있어요. 그걸 어기는 일은 아마 없을 거예요."

"……."

"조금 전에는 내가 괜한 어리광을 부렸어요. 불안해서 그랬나 봐요. 경이 이해해요."

키안은 예레나의 말에 모든 화가 사라짐을 느꼈다. 어리광이라……. 또 한 번 가슴이 간질거렸다.

그가 지나치게 흥분해 무례를 저질렀다 예레나에게 사과하려던 참이었다. 예레나가 갑자기 고개를 들고 입을 열었다.

"그리고 내가 경에 대해 무언가 물은 적이 없는 건 사실이지만……. 경이 궁금하지 않아 그런 건 아니었어요."

"……."

"단지 내 상황에 그런 질문은 사치라고 생각했을 뿐이에요."

"……."

"사실 지금도 그 생각은 같아요. 그래도 오늘 하루, 지금 잠깐 한눈파는 것 정도는 괜찮겠죠."

조금 전까지 눈물 흘리던 여인이 활짝 웃었다. 사내는 순간 얼마 전 정원에서 본 작은 백합의 향이 짙게 나는 것 같은 착각에 휩싸였다. 사방에서 꽃이 피어나는 것 같았다. 그가 그 중심에 있는 여인에게 눈을 떼지 못했다.

그러나 예레나는 사내의 반응이 얼마나 격정적인지 눈치채지 못했다. 그녀가 잠시 고민하다 작은 목소리로 수줍게 물었다.

"경의 눈은 어떤 색인가요?"

* * *

늦은 밤. 푸른 궁의 복도에 불이 환하게 켜졌다. 복도 끝, 측근들의 보고를 받을 때 쓰는 방에 앉은 로샨은 눈을 감고 있다 저 멀리서 들리는 발걸음 소리에 눈을 떴다.

그는 기분이 그리 좋아 보이지 않았다. 그리고 아나 다를까 로샨은 녹스가 알리시아를 데리고 문을 열기 무섭게 입을 열었다.

"황제 폐하께서는 다른 일을 신경 쓰느라 왕녀에게 관심이 없어. 한데 왕녀가 왜 대신관 앞에 서야 하지?"

타박에 가까운 목소리에는 불쾌감이 잔뜩 묻어나 있었다. 급하게 인사하느라 균형을 잃은 알리시아는 녹스의 부축에 가까스로 선 채 답했다.

"황제 폐하의 진노를 살까 대신관께서 많이 불안해하십니다."

"……."

"얼마 전에도 신관과 신녀들이 불려 가 황제 폐하께서 던진 물건에 머리를 맞았습니다."

"그날 이후로는 폐하께서 너희를 부른 일은 없을 텐데."

당시 그 자리에 있었던 로샨이 곧장 대꾸했다. 알리시아는 할 말을 잃은 듯 잠시 침묵하다 말했다.

"……예레나 님을 위해서라도 이 편이 더 좋습니다."

그녀의 답에 로샨의 미간이 좁아졌다. 알리시아는 눈가리개를 한 얼굴을 위로 들었다. 꼭 로샨과 눈맞춤하는 것처럼.

"예레나 님께서 얼마 전부터 종종 물어보시더군요. 언제쯤이면 여신께서 자비를 내려 저주에서 벗어날 수 있느냐고."

"……."

"세다스에서 죽은 이들의 망령이 자신에게 붙었다는 저주 같은 거 예레나 님께서는 믿지 않으십니다. 빛의 여신도 마찬가지로 전혀 따르지 않으시지요. 그럼에도 예레나 님께서 저주에 대해 묻는 건 초조해지셔서 그런 겁니다."

"……."

"예레나 님께서는 자신이 이대로 고국에 어떤 도움도 되지 못하면 어쩌나 매일 전전긍긍하십니다. 그런 분이 계속 탑에만 있다 보면 어떤 생각을 하실까요. 저를 끌고 오기 위해 전쟁까지 벌인 황제가 자신을 내버려 둔다……. 지금은 몰라도 언젠가는 이상함을 느끼겠지요."

"……."

"차라리 한 번쯤 대신관님 앞에 세우고 저주가 아직 완전히 풀리지 않았다 말을 듣는 게 낫습니다. 어차피 결과도 전하께서 원하시는 대로 나올 테니까요."

의견을 피력한 알리시아가 입을 닫고 다시 고개를 수그렸다. 로샨은 그런 그녀를 잠시 바라보다 고개를 옆으로 틀며 중얼거렸다.

"고국이라. 그게 뭐라고 그리 절절할까?"

로샨으로서는 잘 이해가 가지 않는 부분이었다. 물론 나고 자란 나라이니 어느 정도 마음을 두는 것은 당연하리라. 하지만 제 손에 정복당한 세다스는 왕녀를 버렸다. 포로로 보냈으며 공물과 함께 온 사신의 입에서는 왕녀에 대한 걱정 한 줄 없었다.

왕녀도 고국이 자신을 생각하지 않는 것쯤은 아는 눈치였다. 사이 나쁜 아비의 정부와 이복동생이 왕위를 차지한 판국이니 어찌 보면 뻔한 결과였다.

그래서 더 이해 가지 않았다. 지금의 세다스는 제국에 포로로 끌려온 그녀에게 어떤 명예도 영광도 줄 수 없었다. 왕국의 세를 생각한다면 언젠가 제국을 무너뜨리고 구해 줄 거라는 기대조차 어려웠다. 한데 이상하게도 왕녀는 제 고국 때문에 초조해했다. 두려워하는 게 눈에 훤히 보이는 정도인데 황제의 침실에 가고자 했다.

'……그러고 보니 그런 이들이 한둘이 아니었지.'

예레나의 마음에 대해 곰곰이 생각하던 로샨은 자신의 기억 속에 그녀와 비슷한 이들이 제법 많았다는 사실을 떠올렸다. 패할 것이 분명한데도 나라의 이름을 외치며 달려들던 기사, 제 앞에 무릎 꿇은 채 목을 그어 나라의 이름을 연명하려 했던 사신, 제국군의 진격을 하루 늦추기 위해 제 목숨을 내버리며 다리를 무너뜨리던 어느 사냥꾼 등 셀 수 없이 많아 하나하나 떠올리기 어려웠다.

멀리 갈 것 없이 황궁 내에도 그런 이들은 있었다. 당장 예레나와 사정이 비슷한 리트라 공국의 공녀만 봐도 그랬다. 어떤 이들은 화려하게 치장한 그녀를 욕심 많은 마녀라 욕했지만 로샨이 한 번 본 그녀는 초조함을 감추려 꾸미는 것 같았다. 그리고 공녀의 초조함은 예레나의 초조함과 결이 같았다.

'거슬려.'

다만 로샨은 일전에 겪은, 제 나라를 생각하는 그 수많은 이들에게는 관심을 두지 않았다. 물론 질 것이 뻔함에도 달려드는 투지에, 제 목숨을 태워 나라를 구하고자 하는 간절함에, 스스로의 명예를 버리면서 나라를 위하는 마음에 분명 눈길은 갔다. 그러나 거기까지. 로샨은 그 순간에 상대에게 관심을 줬을지언정 그들을 선명히 기억하지 않았다.

하지만 세다스의 왕녀, 제가 포로로 끌고 온 여인은 달랐다. 로샨은 그녀가 제 나라를 생각하며 괴로워하는 모습이 불쾌했다. 가슴이 덜그럭거리는 것이 그녀가 그러지 않았으면 했다.

'나날이 형편없어지는 나라를 도와 마음을 편하게 해 주거나 아니면…….'

로샨은 우습게도 제가 무너뜨린 세다스를 어떻게 해야 하나 고민했다. 모른 척 수하를 시켜 세다스를 도와준다면, 그리해 좋은 소식을 키안이라는 이름으로 전해 준다면 왕녀는 활짝 웃을 것이다.

하지만 그 수는 어쩐지 마음에 들지 않았다. 왕녀가 웃는 것을 상상하면 불쾌함이 가시긴 했으나 특정 나라를 돕는다는 건 번거로운 일이었다. 그리고 무엇보다 그리한다면 왕녀는 웃을지언정 계속 제 나라를 생각할 게 아닌가.

'……아예 없애 버리는 게 더 낫겠어. 존재하지 않는 것에 신경 쓸 수는 없을 테니.'

로샨은 순간 마음을 굳히며 주먹을 쥐었으나 이내 풀었다. 세다스 왕국이 지도에서 사라진다면 왕녀가 어찌 반응할지 빤했다.

'그리한다면 눈물지을 테지. 약한 눈가가 무를 테고. 괴로워 제 가슴을 쥐어뜯겠지.'

그녀는 물 한 방울 머금지 못한 식물처럼 말라 죽어 버릴 것이다. 그뿐

일까. 간신히 살려 뿌리째 물에 담가 놓는다 해도 시름시름 앓을 게 분명
했다.

로샨은 그답지 않게 명료하게 답을 내리지 못한 채 고민했다. 그러다 한
참 후에야 자신이 사람을 세워 두고 생각에 잠겼음을 깨달았다. 그가 잠시
고민을 미루고 알리시아에게 말했다.

"너를 부른 이유가 하나 더 있다."

"말씀하십시오."

"왕녀의 눈에 대해 알아봐."

"……."

"앞을 볼 수 없는 것이 병증인지 아니면 다른 문제 때문인지 확실히 알
아봤으면 한다."

"예레나 님께서 말씀하셨다는 전설에 대해 신경 쓰고 계십니까?"

"왕국 대대로 교육까지 만들어질 정도면 아주 허무맹랑한 소리는 아닐
테지. 마법이라는 것만 해도 대부분 사라졌다지만 아직 잔재는 남아 있으
니 말이야."

대륙에서 신이 자취를 감추고 이어 이종족이 사라지자 마법은 사라졌다.
이제는 드래곤이니 마법이니 하는 것들 모두 전설로 치부되는 시대였으나
간혹 과거의 조각은 튀어나와 기적이라 불릴 만한 것을 선보였다. 그렇기
에 마법을 연구하는 학자들은 많았으며 각 나라의 권력자들도 그 신비한
힘에 믿음을 가지고 연구를 계속할 것을 지시했다.

"세다스 왕국에서 시작된 전설이라……. 정보가 부족합니다."

"이미 하이든을 세다스 왕국으로 보냈다. 빛나는 왕녀인지 뭔지 그것과
관련된 것들은 모조리 가져오라 일렀으니 곧 자료를 받아 볼 수 있을 테지."

알리시아의 말을 예상이라도 한 듯 로샨은 답했다. 알리시아는 더 말을
없는 대신 물었다.

"예레나 님의 눈을 고치고 싶으십니까?"

알리시아의 물음에 로샨이 일순 모든 움직임을 멈췄다. 급소를 보호하는

짐승처럼 숨을 고른 그가 붉은 눈으로 알리시아를 훑어보다 툭 내뱉었다.

"혀가 쓸데없이 길어."

주제넘은 질문은 하지 말라는 뜻이었다. 알리시아는 로샨의 기세에 입 안쪽을 깨물며 깊게 허리 숙였다.

로샨이 나가 보라 손짓했다. 알리시아는 곧장 물러나 푸른 궁을 벗어나다 벽에 음각된 여신의 문양 앞에서 음산한 목소리로 중얼거렸다.

"……여신이시여."

* * *

'제 눈은 푸른색을 띠고 있습니다.'

'아…… 어떤 분께 물려받았나요?'

'……어머니입니다.'

예레나는 짧은 대화를 곱씹으며 상상을 이어 갔다. 지금은 볼 수 없다지만 과거 그녀는 아름다운 푸른색은 많이 봤다. 에메랄드빛 신비로운 호수, 높이를 가늠하기 어려운 청명한 하늘, 안개가 살짝 드리운 새벽녘 고즈넉한 숲 등 그녀의 기억에는 수많은 푸른빛이 아름답게 새겨져 있었다.

'그중 무엇과 가장 비슷할까?'

더 자세히 묻기 부끄러워 입을 닫은 것이 후회스러웠다. 예레나는 자신이 아는 가장 아름다운 색들을 목소리만 아는 사내에게 입혀 봤다.

상상 속 사내는 무엇 하나 어울리지 않는 색이 없었다. 예레나는 결국 궁금증을 참지 못하고 제인에게 물었다.

"제인. 키안 경의 눈은 어떤 파란색이에요? 짙은 파란색? 아니면 연한 회색이 섞인 그런 색인가요?"

기분 좋아 보이는 예레나의 모습에 덩달아 웃고 있던 제인은 왕녀의 질문에 얼굴을 굳혔다. 눈먼 왕녀는 기만자에게 또 한 번 속았다. 왕녀가 기사라 부르는 이의 눈동자 빛깔은 푸른색과는 정반대였다. 하나 어찌 사실을 고하겠나. 제인은 더듬거리며 말했다.

"기사님을 자세히 본 적이 없어서……."

"제인은 유독 키안 경을 어려워하는 것 같아요. 성미가 좀 딱딱한 편이라 그런가……."

"……."

"하기야 나도 처음에는……."

사내를 생각하며 피식 웃음을 흘리던 예레나가 말을 멈췄다. 그녀의 표정은 그새 어두워져 있었다.

'내가 지금 무슨 생각을…….'

온종일 생각한 것이 위태로운 세다스가 아닌 사내라니. 그것도 제국의 기사인……. 스스로에 대한 혐오가 몰려왔다. 예레나는 피가 날 정도로 입술을 물었다 제인에게 말했다.

"……제인. 오늘은 이만 잠자리에 들어야겠어요. 제인도 그만 가서 쉬어요."

제인이 심각한 예레나의 목소리에 별 대꾸 없이 알겠다 말하고 나갔다. 예레나는 제인이 나가기 무섭게 침실로 들어가 누웠다. 빨리 잠들고 싶었다. 그리해 오늘의 자신을 이만 끝내고 싶었다.

하나 잠은 도통 오지 않았고 그녀의 머릿속에 파란 눈은 계속해서 색을 바꾸며 떠다녔다.

* * *

"예레나 님께서 신경 쓰실 일은 없을 겁니다. 대신관께서 시키시는 대로 기도에만 임하시면……."

"알아요. 뭐가 됐든 결정이 난다는 말이잖아요."

알리시아의 말을 듣고 있던 예레나가 참지 못하고 일어섰다가 이내 다시 앉았다. 손을 잠시도 쉬지 않고 움직이는 그녀의 모습은 어딘가 많이 초조해 보였다.

"그래도……. 내가 무언가 주의할 게 있지 않을까요? 가령 기도문을 틀리기라도 한다면 문제가 생긴다거나 그런 건 없나요?"

한숨을 쉬며 불안정하게 굴던 예레나가 한참 만에 알리시아에게 물었다. 내일이면 여기를 나가 저주니 뭐니 하는 것에 대해 심사받을 것이다. 그리고 저주가 풀렸다는 말을 들으면 그녀는 곧장 황제에게 가게 될 게 분명했다.

"그런 게 무슨 소용일까요."

알리시아는 예레나가 왜 초조해하는지 알았다. 하나 그녀는 예레나의 물음에 차갑게 대꾸했다. 예레나가 일순 굳었다. 알리시아는 신경 쓰지 않은 채 말을 이었다.

"어차피 예레나 님께서는 빛의 여신도 저주도 믿지 않고 계시잖습니까. 한데 기도문 하나 틀린다고 뭐가 달라질까요?"

물음의 형태를 띠고 있었으나 실상은 비판에 가까웠다. 알리시아는 저주를 풀기 원하면서 저주도 여신도 믿지 않는 예레나의 모순을 지적했다. 틀린 말이 아니었으므로 예레나는 대꾸하는 대신 입을 닫았다.

"예레나 님께서 어떤 결과를 원하는지 알고 있습니다. 하나 스스로 하실 수 있는 건 없으십니다."

"……."

"그러니 기다리세요. 결과가 어찌 나오든 모두 여신의 뜻이니까요."

알리시아는 이어 예레나에게 말했다. 내일 날 결정에 네가 할 수 있는 일은 조금도 없으니 그저 기다리라고. 이 또한 틀린 말은 아니었으나 예레나는 왠지 모르게 분해 입술을 물었다. 그러나 이내 그녀는 어깨에 힘을 뺐다.

약간 떨어진 곳에서 두 여인의 대화를 듣던 프레드릭이 눈살을 찌푸렸다. 신녀가 예레나에게 묘하게 냉정해진 것은 진즉 눈치챘으나 오늘은 한층 더 차가운 것 같았다.

"제가 지나쳤습니다. 무례한 언사를 용서하십시오."

프레드릭의 시선을 눈치챈 것일까. 알리시아가 한숨을 푹 쉬며 예레나에게 사과했다. 예레나는 고개를 저으며 입을 열었다.

"……괜찮아요. 틀린 말도 아닌데요."

말은 그리했으나 목소리에는 힘이 없었다. 게다가 핏기가 가셔 창백해진 예레나의 얼굴은 꼭 병자 같았다. 알리시아의 눈가리개 한가운데 있는 문양이 예레나를 똑바로 향했다.

"손을 줘 보십시오."

알리시아가 예레나에게 손 내밀며 말했다. 예레나는 이유를 몰라 의아한 얼굴을 하면서도 순순히 손을 내밀었다. 예레나의 손을 붙잡은 알리시아가 이번에는 깊은 한숨을 내쉬었다. 예레나의 손은 얼음장같이 차가웠다.

"제인 양. 따뜻한 차를 부탁합니다."

알리시아가 제인에게 부탁했다. 제인이 고개를 숙이고 곧장 뛰어갔다. 예레나는 멋쩍어하며 손을 다시 거두려 했다. 그러나 알리시아가 그를 막으며 말했다.

"잠시만 이대로 가만히 계십시오."

예레나의 손을 쥔 알리시아의 손아귀 힘이 강해졌다. 고통이 느껴질 정도라 예레나가 저도 모르게 미간을 찌푸렸다.

"알리시아."

계속해서 강해지는 힘에 예레나가 알리시아를 부를 때였다. 알리시아가 붙잡은 손을 통해 무언가 느껴졌다. 물이 흘러들어 오듯, 바람이 스쳐 지나가듯 흐름이 느껴졌다. 그리고 순간 예레나의 눈앞이 번뜩였다.

'어?'

볼 수 없는 눈앞에 일렁이는 황금빛 기운이 보이는가 싶더니 무언가 보였다. 색도, 정확한 모양도 볼 수 없었으나 컴컴한 밤길 구름에 가린 달빛처럼 은은한 빛이 형태를 그렸다.

놀란 예레나가 눈을 깜빡였다. 그러자 이제는 익숙해진 어둠이 다시금 찾아왔다. 예레나는 몇 번이고 눈을 감았다가 떴다. 하지만 눈앞의 어둠은 여전했다.

'착각이야.'

예레나는 조금 전 일을 제 착각이겠거니 넘겼다. 그리고 얼마 안 가 알리시아가 손을 놓았다.

"예레나 님. 몸을 챙기십시오. 신력이 이만큼이나 소모된다는 건…… 건강이 썩 좋지 않다는 뜻입니다."

알리시아를 통해 흘러들어 오던 기이한 기운이 뚝 끊겼다. 하나 몸은 한결 따뜻해졌다. 그뿐인가. 어쩐지 기운이 났다.

예레나는 여전히 제국이 모시는 빛의 여신 따위 믿지 않았다. 하지만 알리시아의 신력만큼은 믿을 수밖에 없었다.

"신경 써 줘서 고마워요. 몸이 한결 편해졌어요."

"자주 쓸 수 없는 힘이라 송구할 뿐입니다. 그보다 곧 식사하실 시간이겠군요. 오늘은 이만 돌아가 보겠습니다."

예레나의 감사 인사를 받은 알리시아가 자리에서 일어났다. 어쩐지 조금 서두르는 기색이었다. 예레나도 그를 느꼈으나 별말 없이 고개를 끄덕였다.

"내일 일찍 오지요."

알리시아는 허리 숙이더니 곧장 걸음을 움직였다. 마침 차를 내오던 제인이 그녀와 마주하곤 인사하려 했으나 알리시아는 그조차 받지 않고 밖으로 나가 버렸다.

* * *

"알리시아 님?"

조금 이르게 알리시아를 마중 온 잘과 쥴은 탑의 입구에서 알리시아를 보고 눈을 크게 떴다. 알리시아는 그녀들의 존재를 눈치챘으나 손짓으로 따라오라 이르고는 탑 밖으로 확 나가 버렸다. 거의 뛰다시피 하는 알리시아의 속도에 쟐과 줄이 서로를 한 번 마주 보곤 알리시아를 따랐다.

평소보다 훨씬 이르게 도착한 황궁 내 신전. 가쁜 숨을 몰아쉬며 쟐이 알리시아에게 물었다.

"알리시아 님. 무슨 일이세요? 왜 이렇게 급히……."

"별일 아닙니다. 그보다 혼자 있고 싶군요. 이만 가 보세요."

신전 안의 거처로 향하며 알리시아가 말했다. 하나 쟐과 줄은 낯선 알리시아의 모습에 걱정스러운 얼굴로 그녀를 뒤따랐다.

"하지만……."

"이만 가 보세요!"

중얼거리며 따라오는 줄을 향해 알리시아가 버럭 소리를 질렀다. 쟐과 줄이 놀란 것은 물론이요 거처로 향하는 복도 내 신녀들도 그들을 돌아봤다.

심상찮은 상전의 모습에 고민하던 줄이 다시 입을 열려 할 때였다. 쟐이 그녀를 뒤로 끌며 알리시아에게 말했다.

"그럼 저녁에 뵙겠습니다."

알리시아는 대꾸하는 대신 고개를 끄덕이고 걸음을 조금 더 빨리했다. 긴 복도 두 개를 지나 세 개의 층계를 오르자 고위 신녀인 그녀의 거처가 나왔다.

제법 넓은 알리시아의 거처는 두 개의 방으로 이루어져 있었다. 침실을 지나 안쪽에 자리한 개인 기도실로 들어간 알리시아가 문을 닫았다. 나무로 만들어진 문이 쿵. 제법 둔중한 소리를 내며 닫혔다.

어두운 기도실 안, 알리시아는 문 바로 옆에 있는 서랍장 가장 아래 칸을 열었다. 그리고 가장 안쪽에 있는 나무 상자 하나를 꺼내 열었다.

상자 안에는 종이 뭉치가 들어 있었다. 하나 종이의 다수는 끝이 불에 그슬려 소실되어 있었으며 몇 장은 아예 일부만 남기고 사라져 있었다.

알리시아는 당장에라도 부서질 것 같은 종이 뭉치를 조심스레 쥔 채 기도실 중앙으로 나아갔다. 그리고 제단에 놓인 작은 여신상 앞에 무릎 꿇었다.

황금빛 기운이 알리시아의 몸 전체를 비춘다 싶더니 얼굴, 정확히는 눈가 쪽에 집중됐다. 알리시아는 눈가리개를 풀고 엉망인 종이들을 하나하나 읽어 나갔다. 그녀의 보이지 않는 눈길이 닿을 때마다 종이의 사라진 부분 위로 황금빛 글자가 생겼다가 이내 사라졌다.

"허억!"

종이 뭉치의 반 정도를 읽었을 때였다. 알리시아가 숨을 토해 내며 몸을 꼬꾸라뜨렸다. 거의 쓰러지다시피 한 그녀의 손에서 종이들이 날아가 제단 옆에 떨어졌다.

제단까지 힘없이 기어간 알리시아가 덜덜 떨리는 손으로 종이 뭉치를 정리해 쥐었다. 그리고 고개만 간신히 올려 바로 위 여신상을 바라보며 입을 열었다.

"……빛의 여신이시여. 당신의 뜻을 이제 알겠습니다."

떨리는 목소리는 당장에라도 사라질 듯 가냘팠다. 그러나 속에 자리한 감정은 희열과 광기 그 자체였다.

"제게 기회를 주신 거군요. 제 손으로 벌하라 살려 두셨던 겁니다."

알리시아의 시선에 닿은 여신상의 미소가 일순 짙어졌다. 알리시아는 그를 황홀하게 바라보며 고개 숙였다.

그녀가 꼬꾸라진 그대로 팔꿈치만 세워 기도하듯 손을 맞잡았다. 그리고 기도문의 한 구절을 중얼거리기 시작했다.

"복수자는 모든 것을 잃을 각오와 저 아래 불구덩이에 떨어질 각오를 함께 져야 할 것이고……."

* * *

"그만 가 보세요."

세 시간 넘게 침묵을 지키던 예레나는 제인이 잠시 방을 나선 후에야 입을 열었다. 평소와 다르게 냉랭한 예레나의 태도를 아무 말 없이 지켜보던

'키안'의 얼굴에 처음으로 서늘한 기색이 떠올랐다.

사내가 고개 돌려 창밖의 해를 확인했다. 평소 같았으면 한 시간은 더 머물렀을 것이다. 그리고 희미하게 아쉬운 얼굴로 내일 보자 말하는 여인과 마주했을 테지. 그가 천천히 고개 꺾어 물었다.

"벌써 말입니까?"

사내가 반문할 거라 생각하지 못한 모양인지 예레나가 껄끄러운 기색을 내보였다. 그녀가 잠시 입을 다물었다가 차갑게 대꾸했다.

"잊은 모양이에요. 본래 경들에게 이 안쪽 공간을 내어 준 건 날씨 때문이었어요."

"……."

"말이 나온 김에 날씨도 풀렸으니 이제부터는 안으로……."

말을 하다 말고 예레나는 순간 멈칫했다.

'내일이면 여기 없을 수도 있는데.'

알리시아는 예레나에게 내일 있을 대신관과의 만남에 대해 자세히 일러 주지 않았다. 하지만 예레나는 알리시아의 말에서 그녀가 말하지 않은 상황을 하나 예측할 수 있었다.

'여신께서 자비를 베푸시어 저주를 지워 주셨는지 확인하라는 황제 폐하의 명이 있었습니다.'

때가 되어 저주를 확인하는 것이었다면 굳이 황제의 명은 필요 없었을 것이다. 하나 알리시아는 분명 황제의 명을 말했다.

내색하지 않았으나 예레나는 그 짧은 한마디에서 황제가 자신을 잊지 않았음을, 그리고 여전히 그의 침실로 들이길 원한다는 것을 알 수 있었다.

'침실 노예나 할 패전국의 왕녀 따위가 감히 짐에게!'

몇 달 전에 짧게 본 황제는 포악하고 제 뜻대로 모든 걸 움직여야 직성이 풀리는 자 같았다. 그렇다면 높은 확률로 내일 자신의 저주는 사라질게 분명했다. 다른 이도 아니고 제국의 황제가 자신을 원하고 있으니까.

물론 어디까지나 추측에 불과했으나 대부분의 나라에서 최고 권력자의 뜻은 존중받는 법이었다. 예레나는 그 원칙을 되새기며 내일 자신이 여기에 없을 확률이 더 높다 판단했다. 그리고 예상대로 저주가 사라져 더는 이곳에 올 필요가 없다면 눈앞의 사내도 더는 이곳에 있을 이유가 없었다.

"……안으로 들어오지 않았으면 해요. 인사도 할 필요 없어요."

이유 모를 감정이 심장을 찔렀다. 괜스레 울컥하는 기분에 예레나가 하다 만 말을 빠르게 이었다. 사내는 예레나의 말에 묵묵부답이었다. 하지만 예레나는 그가 자신을 빤히 바라보고 있음을 알 수 있었다.

"알아들었으면 번거롭게 하지 말고 이만 가 줘요. 난 중요하게 할 일이 있으니까요."

쿡쿡 찌르는 가슴의 기묘한 통증이 심해지자 예레나가 자리에서 일어났다. 그리고 사내가 있는 곳 반대편으로 몸을 돌려 걸음을 옮겼다.

그리 넓지 않은 방 안, 그녀가 도착한 곳은 난로 옆 작은 간이 기도터였다. 알리시아가 오래전 만들어 준 이곳을 예레나는 그간 조금도 신경 쓰지 않았으나 며칠 전부터는 꾸준히 이용하고 있었다.

"무릎 꿇고 기도해 봤자 소용없습니다. 예레나 님께서는 여신을 믿지 않으시니까요."

그녀가 목각 여신상 앞에 털썩 무릎 꿇자 뒤에서 사내가 말했다. 이제 막 손을 모으려 했던 예레나는 그의 말에 미간을 구기며 날카롭게 대꾸했다.

"그래서요? 그게 경과 무슨 상관이죠?"

붉게 저물기 시작한 해가 창가를 통해 방 안으로 들어왔다. 사내는 그 덕에 길어진 예레나의 그림자를 따라 걸음을 천천히 옮기며 입을 열었다.

"아니면 지금이라도 기도하면 내일 대신관께서 예레나 님이 원하는 답을 주시리라 믿으십니까?"

"상관 마세……."

자신의 말은 무시한 채 조금 전 제 말만 이어 가는 사내를 향해 더 깊게 인상 찌푸리며 무어라 말하려던 예레나가 순간 굳었다. 낮고 무거운 발걸음 소리. 그와 함께 알 수 없는 기세가 그녀를 짓누르기 시작한 탓이었다.

사내가 가까워질수록 오싹함도 크기를 더해 갔다. 등골이 서늘한 감각에 무릎 꿇었던 예레나가 다시 일어났다. 그리고 저도 모르게 여신상을 쓰러 뜨렸다. 나무로 된 여신상이 나지막한 서랍에서 바닥으로 추락하며 둔탁한 소리를 냈다.

"나, 나가라고 분명…….."

"저주가 풀렸으면 하십니까?"

갑작스러운 소음에 예민해진 예레나가 몸을 움찔거리며 뒷걸음치려다 허리춤에 닿는 서랍에 움직임을 멈추고 엉거주춤 서랍에 걸터앉았다. 그사 이 사내는 그녀에게 완전히 밀착했다.

사내의 다리가 예레나의 무릎을 건드렸다. 동시에 벽 같은 것이 예레나 의 앞을 가로막았다. 한 치도 되지 않는 거리에서 서로의 숨소리가 귓가를 간지럽혔다.

"아니 다시 물어보겠습니다. 황제 폐하의 침실에 들고 싶으십니까?"

"이, 이게 무슨……."

"진정 폐하의 후원에 있는 수많은 여인 중 하나가 되고 싶냐 물었습니 다."

당황해 제대로 된 소리조차 내지 못하는 예레나를 두고 사내는 계속해 서 질문했다. 느긋하고 부드러운 목소리였으나 질문의 실상은 겁박이었다. 예레나는 한 번도 본 적 없는 사내의 모습에 두려움을 느꼈다. 하나 동시 에 그녀는 기이한 안도감도 느꼈다.

"원치 않으실 텐데요."

"……."

"두려워하고 계시잖습니까. 폐하의 침실에 들까 봐."

예레나의 무릎에 맞닿은 다리를 제외하곤 사내는 어느 신체 부위 하나 예레나와 닿지 않았다. 그러나 예레나는 자신이 사내에게 붙잡힌 것 같다 는 생각을 했다. 도통 벗어날 수 없게 아주 꽉.

문제는 그걸 뿌리치고 싶지만은 않다는 것이었다. 예레나는 자신의 감정에 놀라 볼 수도 없는 눈을 크게 떴다 버럭 고함을 질렀다.

"아니요!"

그녀가 양손으로 사내의 어깨를 밀었다. 사내는 아주 쉽사리 그녀에게서 떨어졌다.

"난 원해요. 원한다고요!"

"……."

"알리시아도 그렇고 다들 내가 왜 여신을 믿지 않는다 생각해요? 내가 그 긴 기도문을 얼마나 잘 외고 있는데!"

그간 속을 곪게 하였던 죄책감이 한순간에 터져 나왔다. 예레나는 자신이 경멸스러웠다.

'나는 도대체…….'

가족들은 죽음으로써 세다스 왕족으로서 책임을 다했다. 하나 살아남은 자신은 무얼 하고 있단 말인가.

'살아남은 주제에……. 이 꼴로 살아가는 주제에 도대체…….'

세다스를 위한다면 망할 제국의 신관들이 말한 저주에서 빨리 벗어나려 애써야 하는데, 어떻게든 황제의 눈에 들려 노력해야 하는데 아무것도 제대로 하지 않은 채 이 탑을 안락하다 느끼고 웃으며 생활하고 있는 자신이 혐오스러웠다.

'제정신이 아닌 거야.'

기회가 왔음에도 싫다 투정하는 자신이 미웠다. 저주가 풀리는 것도, 이 탑에서 나가는 것도, 그리해 황제의 눈에 들어 그자의 침실에 드는 것도 싫다 괴로워하다니. 끔찍이도 이기적인 행태였다.

'이런 때 이따위 생각을……. 그것도 제국의 기사를 내가…….'

게다가 그뿐인가. 예레나는 언젠가부터 자신이 바로 앞 사내를 지나치게 생각하고 있다는 사실을 깨달았다. 세다스만을 생각하기 바쁜 이때 고작 사내를, 그것도 제국의 기사를 매일 밤 떠올리다니. 토악질이 나올 정도로 역겨운 스스로였다.

"경이 어떻게 보든 난 믿고 있어요. 빛의 여신께서 내 몸에 붙은 망, 망령들의 저주를 물려 주실 거라고. 그래서 난 위대하신 제국의 황제 폐하 곁에……."

때문에 예레나는 그런 자신을 부정하려 애썼다. 하나 황제의 침실에서 아양 부리는 자신을 상상할 때면 숨이 턱 막혔다.

"황, 황제 폐하 곁으로……."

말을 더듬던 예레나가 결국 입을 닫고 눈을 질끈 감았다. 그리고 입술을 피가 날 정도로 꽉 깨물었다 소리쳤다.

"아까 내가 한 말 못 들었어요? 경이 도대체 무슨 상관이에요? 나한테 신경 쓰지 말고 본인 앞날이나 생각해요. 언제 목숨을 잃을지 모르는데 대비해야 하지 않겠어요?"

남의 아픈 가정사를 함부로 거론하는 일에 거부감이 들었으나 한편으로는 옳은 방법처럼 느껴졌다.

'차라리…….'

사내가 제게 호감을 보이고 있음을 예레나는 알았다. 스스로가 사내의 관심에 거부감을 느끼지 않는다는 것도 이미 깨우친 후였다.

"다시 한번 말하지만 난 황제 폐하를 모시길 간절히 바라요. 포로인 내가 그분 곁에 있는 것만으로도 얼마나 영광이겠어요."

이 관계를 여기서 그만 깨부숴야 한다 생각하자 조금 전에 못 했던 말도 술술 나왔다. 예레나는 이를 악물고 말을 이었다.

"전에 경이 말해 줬죠. 리트라 공국 출신의 공녀가 황제 폐하의 정부로서 어떤 대우를 받는지."

"……."

"나도 그런 삶을 원해요. 어차피 세다스로 돌아가지 못할 몸. 제국에서 화려한 새 삶이라도 살아 봐야겠어요."

"……."

"이야기할 사람이라고는 경과 제인밖에 없는 이곳이 그동안 얼마나 지겨웠는지 알아요? 비록 지금은 포로지만 난 한 나라의 왕녀였어요! 내게는 이 초라한 탑보다는 아름다운 궁이 더 어울려요. 많은 시녀와 넘치는 보석 그런 게 필요하다고요."

화려한 정부의 삶을 원한다니. 말을 하면서도 구역질이 치솟았다. 그러나 올라오는 거부감을 꾹꾹 누른 채 예레나는 끝까지 소리쳤다.

"폐하의 곁에서 아름다운 드레스를 입고 보석으로 치장하는 삶이…….그런 삶이 내게 맞아요. 알아듣겠어요?"

눈가가 뜨거워졌다. 예레나는 맺힌 채 흐르기 직전인 눈물을 아닌 척 소매로 닦았다.

사내는 그녀가 온갖 말을 쏟아 내는 동안에도 숨소리 한 번 크게 내지 않았다. 하나 예레나는 그가 자신에게 실망했으리라 확신하고는 고개를 모로 돌려 버렸다. 볼 수 없다지만 바로 앞에서 사내가 저를 혐오스러운 얼굴로 보고 있을 것을 상상하자 견디기 어려웠다.

"……이만 물러가 보겠습니다."

사내는 예레나의 거친 숨소리가 잦아든 후에야 입을 열었다. 평소와 다름없는 목소리에도 예레나는 화들짝 놀라 어깨를 크게 들썩였다.

그녀가 이내 몸을 완전히 돌려 버렸다. 숨소리는 작아졌으나 여전히 크게 오르락내리락하는 여윈 등을 바라보다 사내가 뒷걸음질 쳤다.

끼익 문이 열렸다. 예레나는 사내가 나가려나 싶어 몸에 힘을 풀었다. 하나 사내는 나가지 않은 채 잠시 열린 문가에 서 있었다. 밖에는 한참 전에 돌아온 듯 보이는 제인이 간식 바구니를 들고 있었다.

잔뜩 가라앉은 분위기와 정반대의 산뜻하고 달콤한 산딸기잼 냄새와 고소한 빵의 향이 바구니에서 흘러나왔다. 사내는 저와 눈 마주치지 못하는 제인의 손에 들린 바구니를 잠시 바라보다 고개 돌려 다시 한번 예레나의 마른 등을 보고 말했다.

"식사 거르지 마십시오."

＊ ＊ ＊

'대단하군.'

염소수염을 기른 사내가 사방을 두리번거리다 찬탄했다. 한참 걸어 다리가 아팠던 것이 잊힐 만큼 화려하고 위용 넘치는 건물은 외부 내부 할 것 없이 훌륭했다.

'이게 다 타국의 공물로 만들어진 것인가.'

사내가 황금이 입혀진 기둥 문양을 보며 혀를 짧게 찰 때였다. 앞서 걷던 젊은 시종이 어느 거대한 문 앞에서 멈추더니 뒤돌아 사내를 위아래로 훑었다. 그리고 약간은 무시하는 듯한 표정으로 말하며 걸어갔다.

"여기서 기다리십시오."

'이 어린 것이!'

염소수염의 사내는 울컥했으나 이내 힘을 풀었다. 세다스 안에서는 고위 귀족이요 승승장구하고 있는 그였지만 제국에서는 패전국의 사신일 뿐이었다. 게다가 황궁의, 그것도 황제의 젊은 시종이면 제국에서도 어느 정도 괜찮은 집안의 자제일 게 뻔했다.

"들라는 명이십니다."

사내가 옷매무새를 다듬기 여러 번. 그를 안내했던 시종이 또 다른 시종에게 무언가 전해 듣더니 사내에게 말했다. 사내는 마지막으로 목가 옷 주름을 펴며 고개를 끄덕였다.

문이 열리고 붉은 빛깔의 기다란 카펫이 펼쳐졌다. 그리고 그 끝, 단상 위 황금 권좌에 황금관을 쓴 이가 보였다.

"폐하. 세다스의 사신입니다."

사내보다 한 걸음 앞서 나간 시종이 단상 앞에 서서 고개를 조아리며 읍소했다. 기다란 검은 머리카락을 손가락으로 꼬고 있던 황제가 그제야 고개 돌려 사내, 즉 세다스의 사신 위블리 백작을 바라봤다.

"위대한 제국의 태양. 황제 폐하를 뵙습니다."

황제와 눈 마주치기도 전 위블리 백작은 허리를 깊숙이 숙이며 인사 올렸다. 허락 없이 고개 들지 않는 모습에 황제의 입가에 미소가 떠올랐다.

"고개 들어라."

황제 케드릭이 짐짓 자비롭게 말했다. 위블리 백작은 고개를 천천히 들었다. 그러나 그의 허리는 여전히 살짝 굽혀져 있었다. 제 비위를 잘 맞추는 행태에 황제가 웃음을 터뜨리며 명했다.

"그래. 짐의 앞까지 온 이유를 말해 봐라."

"말씀하신 공물을 가져왔습니다. 여기 목록이 있으니 살펴보십시오."

위블리 백작이 들고 있던 책 하나를 양손으로 들어 내밀었다. 황제가 눈짓하자 시종 하나가 책을 받아서 들어 황제 바로 앞에 대령했다. 황제는 책의 가장 앞장에 적혀 있는 공물의 총량을 살펴봤다. 세다스같이 작은 나라에서는 가져오기 힘든 양의 공물이 적혀 있었다.

"신경 썼군. 좋아."

전쟁 직후, 이 정도 양의 공물을 만들기 위해서 얼마나 많은 백성들이 착취됐을지 빤히 예상됐다. 하나 공물을 받는 황제도 가져온 위블리 백작도 그에 대해서는 생각하지 않았다.

'다행이군. 황제가 만족하는 모양새야. 대비께서도 한시름 놓으시겠군.'

세다스의 사신으로 온 위블리 백작은 브릭의 어미, 비앙카의 주변을 맴돌던 별 볼 일 없는 하급 귀족이었다. 브릭이 왕이 된 후 승승장구하게 된 그는 본래 변변찮은 작위도 없었으나 비앙카의 신임을 받아 백작 작위를 받고 세다스의 실세 중 하나가 됐다.

'다음번에는 좀 더 빼돌려도 되겠어. 이 정도로도 만족하는 것을 보니.'

비앙카가 아끼는 이들 중 그는 능력이 있는 편에 속했다. 하나 욕심이 많은 그는 제 이익과 목숨을 제외하고는 아무 데도 신경 쓰지 않았다. 그러니 당연하게도 하급 귀족일 때도 벌레처럼 여겼던 평민의 삶을 그는 눈곱만큼도 챙기지 않았다.

"그리고 이건 공물 외에 황제 폐하께 보이는 정성입니다."

"제법 괜찮은 물건이군."

흡족해하는 케드릭의 눈치를 살피던 위블리 백작이 이번에는 화려한 함 하나를 내밀었다. 황제의 눈짓을 받은 시종이 함을 열자 오색찬란한 허리 띠 하나가 나왔다. 황제는 금실로 자수 놓은 비단 끈에 온갖 보석이 박혀 있는 걸 보고 좀 더 짙은 미소를 띤 채 말했다.

"세다스 왕에게 충성심을 높이 산다 일러라."

"예. 돌아가는 즉시 전하겠습니다."

공물도 받았겠다 위블리 백작에게 더는 볼일이 없어진 황제가 손짓으로 그를 물리려 손을 들었다. 그때 문득 그의 뇌리에 여인 하나가 스쳐 지나 갔다.

"세다스라……. 아! 그러고 보니 세다스에서 제법 구미 당기는 계집을 끌고 왔었지. 눈은 멀었다만 반반한 낯짝이 쓸 만한……."

그가 잊고 있던 예레나를 떠올리며 입맛을 다셨다. 로샨의 알 수 없는 변화로 벌벌 떨기를 한참. 아직도 불안은 했으나 별다른 행동을 보이지 않는 로샨으로 인해 황제 케드릭의 두려움은 조금씩이나마 옅어지고 있 었다.

게다가 그는 스트레스를 받을 때면 홀로 틀어박혀 떨다가도 괜히 약자 를 괴롭히곤 했다. 그리고 당연하게도 희생자 대부분은 그의 후원에 갇혀 있는 정부 혹은 변변찮은 집안 출신의 아랫사람이었다.

"너."

"예, 예?"

"세다스에 왕녀와 같은 미인들이 많나?"

"……."

"내게 꺾어 바칠 꽃들이 많냐 이 말이야!"

제 화를 받아 낼 희생양을 물색하던 황제가 서 있는 위블리 백작을 보고 물었다. 황제의 갑작스러운 물음에 멍청한 낯을 하던 위블리 백작은 황제 가 소리를 높인 후에야 그의 말을 제대로 이해하고 답했다.

"제, 제국에 비할 수는 없습니다만 폐하께서 원하신다면 추려 보내겠습니다."

"좋은 생각이야. 요새 정원을 꾸밀 꽃이 없어 말이야. 매일 보던 것들만 보니 지겨워 견딜 수가 있어야지."

제국의 황제와 일국의 사신이 나누는 대화치고는 참으로 무도하고 저급했다. 시정잡배조차 수치스러워할 대화에 몇몇 시종이 눈살을 찌푸렸다. 그러나 감히 황제에게 언사를 지적하는 미친 자는 없었다.

"왕녀와 같이 가녀리고 피부가 하얀 계집으로 골라 보내라."

"물론입니다."

"사내를 타지 않은 처녀여야 하는 건 당연하고……."

"예. 예."

그리하여 방종한 폭군은 수치도 모른 채 지껄였다. 그 수준에 맞는 위블리 백작도 여인을 상품 취급 하는 황제에게 연신 굽실거리며 어울렸다.

"왕녀처럼 하자가 있는 것도 안 돼."

"……."

"가만 생각하니 건방지지 않은가. 짐에게 감히 저주가 붙은 하자품을 보내다니."

그러다 황제가 갑자기 인상을 찌푸렸다. 허리를 숙인 채 황제의 비위를 맞추고 있던 위블리 백작은 목가가 서늘해지는 것을 느끼고 곧장 엎드렸다.

"송구합니다. 황제 폐하. 용, 용서하십시오. 저희도 왕녀에게 저주가 붙은 줄은……."

당연하게 세다스 왕국에도 예레나의 소식은 전해졌다. 전리품으로 끌려간 예레나가 저주받았다는 이유로 탑에 감금됐다는 소식에 비앙카는 체통도 버린 채 사람들 앞에서 깔깔댔다.

"정성이라도 보여 그 목숨 부지한 줄 알라."

"물론입니다. 폐하의 자비에 감읍할 뿐입니다."

제게 납작 엎드리는 위블리 백작이 마음에 들었던 황제는 더 이상 그를 타박하지 않았다. 대신 예레나를 생각하며 열 오른 욕망을 후원의 정부 중 누구에게 풀까 생각하며 중얼거렸다.

"흐음······. 비슷한 계집들이 오려면 몇 달은 걸릴 테고 오늘 밤은 누가 좋으려나?"

그러나 곧장 생각나는 대체품이 없었다. 황제는 인상을 찌푸리다 문뜩 황제인 자신이 기다려야 한다는 사실에 짜증이 났다. 신관을 닦달해 내일이라도 예레나를 침실에 들이겠다 마음먹은 그가 시종을 불렀다.

"아니지. 내 그간 생각할 게 많아 왕녀를 잊고 있었다만······. 하인리!"

"예. 폐하. 말씀하십시오."

"왕녀의 저주가 아직도 유효한지 알아 와라. 당장! 30분 내로 알아 오지 않으면 목을 벨 테다."

시종은 사람 죽이는 약속만은 잘 지키는 황제를 알았다. 그가 부리나케 달려가는 모습을 낄낄거리며 보던 황제가 눈을 가늘게 떴다.

케드릭이 더러운 상상과 함께 혀로 입술을 핥았다. 제게 바쳐진 약소국의 왕녀를 짓밟는 상상을 하자 피가 끓었다. 그리고 얼마 지나지 않아 숨이 차 얼굴이 새파래진 시종이 뛰어 들어와 예레나의 소식을 전했다.

"호오······. 마침 신전으로 갔다고?"

"예."

"결과가 나오는 즉시 내게 알리도록."

시종이 전한 소식에 황제가 활짝 웃으며 비스듬히 상체를 일으켰다. 그의 욕망처럼 시커먼 머리카락이 움직임에 이리저리 흔들렸다.

"네게는 기쁜 소식이겠구나. 소국인 너의 왕국 일개 왕녀가 짐을 모시는 영광을 누리는 날이니."

황제가 웃으며 아직 남아 있는 위블리 백작에게 말했다. 그리고 제멋대로인 폭군의 모습에 질린 위블리 백작은 속으로 생각했다.

저런 종잡을 수 없는 황제를 모실 바에야 말 더듬고 저 혼자서는 판단 못 해 어미에게 쪼르륵 달려가는 왕이 낫겠다고.

허탈해 아무 말도 나오지 않았다. 예레나는 자신을 붙잡고 있는 줄과 잘에 이끌려 걸으며 고개를 푹 숙였다.

'죄인은 좀 더 신앙에 매진하라. 더러운 망령의 저주가 아직 끝나지 않았다 여신께서 말씀하시노라.'

그녀를 죄인이라 지칭한 대신관은 엄한 목소리로 꾸짖었다. 저주를 떼어 내기에는 아직 많이 부족하다고. 완벽히 외운 기도문도 절실한 마음도 대신관의 말 한마디에 아무 소용 없어졌다.

사실 대신관 앞에 서기 전까지만 해도 그녀는 겁에 질려 있었다. 탑에서 벗어나 황제에게 가게 될 것이라고 믿어 의심치 않았기에. 하나 그녀의 예상은 완전히 비껴갔고 예레나는 다시 탑에 감금되어 있는지 없는지도 모를 저주가 풀리길 한없이 기다려야 하는 처지가 됐다.

'여기 온 지 반년 하고도 한 달이 지났어. 한데 이대로 난 아무 쓸모도 없는……. 그런 존재가 되는 걸까.'

몇 달, 몇 년을 더 기다려야 할지 가늠조차 되지 않았다. 세다스를 위해 아무것도 하지 못한 채 이대로 시간만 죽이고 있다는 사실이 죄스러웠다.

초조함에 명치가 꽉 조이며 숨이 가빠졌다. 결국 예레나는 풀 내음이 가득한 어느 길에서 가슴을 쥔 채 휘청였다.

"아……."

줄과 잘이 그녀를 붙잡고 있었기에 넘어진다거나 하지는 않았다. 앞서가던 알리시아가 멈춘 예레나의 상황을 눈치채고 한숨 쉬었다.

"예레나 님. 괜찮으십니까?"

그녀가 예레나에게 물었다. 예레나 곁에 있던 줄이 알리시아에게 다가가 핏기가 하나도 없는 예레나의 얼굴에 대해 귓속말했다. 그러자 다시 한번 한숨 쉰 알리시아가 한적한 곳으로 예레나를 이끌었다.

"여기서 잠시 쉬었다 가지요."

황궁 내 신전에서 얼마 떨어져 있지 않은 이 정원은 특별히 아름다운 것
도 아니고 무엇보다 황제만이 드나드는 정원과 가까운 곳에 있는지라 오가
는 이가 별로 없었다.

'아니야. 분명 다시 기회가 올 거야.'

대리석 의자에 앉은 예레나는 보이지 않는 눈을 감고 앞날을 생각했다.
마음이 조금 진정되자 숨 쉬는 게 조금은 편해졌다. 그리고 순간, 그녀에
게 기이한 안도가 찾아왔다. 다시 탑에 가야 한다는 사실이 분명 절망스러
웠으나 마음 한쪽, 조그마한 공간을 차지한 것은 분명 안도였다.

'예레나 님.'

이어 낮고 진중한, 어딘지 조금은 으스스한 목소리가 귓전을 울렸다. 그
리고 그 목소리가 메아리칠수록 다행이라는 생각은 예레나의 의사와 관계
없이 커졌다.

예레나가 고개를 저었다. 쓸데없는 생각을 물려야 했다. 차라리 몸이 힘
들어 아무것도 떠올리지 못하는 게 나았다. 그녀가 벌떡 일어났다.

"알리시아. 이만 가는 게······."

"아악!"

예레나가 알리시아에게 출발하자 말할 때였다. 얼마 떨어지지 않은 곳에
서 여인의 찢어질 듯 높은 비명 소리가 들렸다. 그리고 곧이어 비명을 집
어삼키는 포악한 사내의 목소리가 일행의 귓전을 때렸다.

"망할 계집! 감히 네까짓 게 내 발을 밟아? 오늘 내가 네 버르장머리를
고쳐 놓을 것이다!"

* * *

황제 케드릭의 기분은 분명 몇 시간 전까지만 해도 좋았다.

'그 손자까지 다 죽었다고? 잘됐다. 황제에게 충성을 보이지 않던 예비
반역자들은 그리 죽어야 옳지.'

나쁘지 않은 하루였다. 로샨의 세력이라 짐작되던 어느 지방의 귀족 가문이 역병에 모조리 죽어 나갔다는 소식은 깨지 않은 잠을 개운하게 쫓아 줬으며 그 직후 먹은 열여덟 종의 희귀한 새알로 만든 요리는 간이 딱 알 맞아 혀를 기쁘게 했다.

그리고 이어진 세다스 사신과의 알현. 세다스 왕국에서 온 사신은 황제 인 제 위압감에 눌려 노예처럼 굽신거렸다. 바친 허리띠도 제법 눈에 찼다. 하지만 무엇보다 전리품으로 끌고 온 세다스의 왕녀를 맛볼 수 있다는 생 각에 피가 흥분으로 끓었다.

케드릭은 황제인 자신에게 인내는 크게 필요 없는 덕목이라 생각했다. 그러나 다가올 쾌락을 기다리는 것은 또 다른 기쁨이었기에 그는 신이 나 시종에 이어 그 자리에 있던 세다스 사신까지 이끌고 자신만의 정원으로 향했다. 한층 고조된 기분을 돋울 겸 타국 사신에게 자랑할 겸 희롱할 정 부 두 명도 불러냈다.

'내 꽃들이 어떤가? 볼 만하지 않나? 너같이 일개 소국의 사신은 감히 누릴 수 없는 것이지.'

그때까지만 해도 황제 케드릭은 웃고 있었다. 하나 제게만 허락된 이국 적인 정원에서 정부 중 하나의 드레스를 반쯤 끌어 내렸을 때 그는 시종을 통해 기분을 망치는 소식을 들었다.

'폐, 폐하. 명하신 대로 세다스 왕녀에 대해 알아 왔습니다만……'

기대감이 부서지며 분이 차올랐다. 황제인 자신이 인내를 가지고 기다리 고 있었건만 그에 반하는 결과에 참을 수 없었다.

흉흉한 황제의 기세에 두 명의 정부 중 제법 오래 황제의 곁을 지켰던 정부는 재빠르게 몸을 피했다. 그러나 다른 하나는 그러지 못했다. 어느 소국 고위 귀족 사생아로 황제의 후원에 바쳐진 지 얼마 되지 않았던 여인 은 미숙했다. 황제의 무릎 위에 반나신으로 앉아 있던 그녀는 다른 정부의 눈짓을 보고 나서야 몸을 빼다 그만 황제의 발을 밟고 말았다.

'용, 용서하십시오.'

황제의 후원에 꽃으로 바쳐진 여인은 실제 꽃처럼 아름답고 가벼웠다. 연인의 목숨을 저당 잡혀 반쯤 억지로 황제의 후원에 들게 된 그녀는 수치스러운 타국살이에 억지웃음을 짓느라 본래 없던 살이 더 빠진 상태였다.

그런 그녀가 발을 밟았다 한들 얼마나 아플까. 서로 모르는 이라도 눈감아 줄 만했다. 하나 포악한 황제는 살을 맞댄 그녀를 애초 사람으로 생각하지 않았기에 곧장 화풀이를 시작했다.

짝.

"아악!"

"망할 계집! 감히 네까짓 게 내 발을 밟아? 오늘 내가 네 버르장머리를 고쳐 놓을 것이다!"

뺨을 후려치는 것을 시작으로 황제가 쓰러진 정부를 밟기 시작했다. 연약한 여인을 구타하는 모습은 지고한 황제는커녕 사람으로도 보이지 않았다. 선황제의 정부였던 어미에게 물려받은 외모도 그의 추악한 행태에 빛이 바랬다.

"폐, 폐하! 아악!"

꺾인 꽃으로 끌려온 여인은 한순간에 엉망이 됐다. 온몸에는 구둣발 자국이 남았으며 도를 한참 넘은 폭력에 피마저 보이기 시작했다.

하지만 누구도 황제를 말리기는커녕 가까이 다가가지도 않았다. 이런 꼴을 여러 번 본 또 다른 정부는 제 미래가 될 수 있는 광경에 새파랗게 질린 채 서 있었으며 시종들은 혹시나 불똥이 튈까 걸음을 물렸다. 얼떨결에 황제의 말 상대로 끌려온 세다스의 사신 위블리 백작은 휘둥그레 눈을 떴다 못 본 척 고개를 숙였다.

모두의 방임 속에 또 한 명의 정부가 희생양이 됐다. 이제는 말조차 못 하는 채 신음만 내지르는 여인을 향해 숨이 넘어가기 직전까지 폭력을 행사한 황제는 그녀에게 침을 뱉고 명했다.

"끌고 가 죽을 때까지 매질하라. 그리고 저것을 보낸 땅에 저것의 대체품을 보내라 일러라. 늦으면 어찌 될지 생각해 보라 꼭 전하고."

끝내 자비 한 점 남기지 않은 황제가 말했다. 시종 중 둘이 피투성이가 된 여인을 끌고 갔다.

털썩. 한바탕 피바람이 불어 숨소리마저 들릴 정도로 조용해진 정원에 누군가 넘어지는 소리가 났다. 바람도 한 점 불지 않아 더욱 크게 들린 소리에 황제가 고개를 꺾었다.

황제가 자신의 정원과 신전에 딸린 정원 사이 쇠창살 너머 한 무리의 여인들을 발견했다. 셋은 신녀의 복장이요 하나는 황궁 내 하녀인가 싶을 정도로 초라한 차림새였다. 하지만 단번에 들어온 외모는 일개 하녀의 것이 아니었다.

"저 계집은……."

황제는 곧장 예레나를 알아봤다. 그가 인상을 와락 구겼다. 저 계집 때문에 오늘 하루를 망쳤다는 생각이 머릿속을 지배했다. 제게 바쳐진 물건 주제에 더러운 저주를 달고 온 괘씸한 것. 황제가 당장에라도 예레나에게 달려들 듯 험악한 표정을 지었다.

"감히 황제를 엿봐? 저것을 당장……!"

볼 수 없는 예레나에게 꼬투리를 잡으며 황제가 또 한 번 화를 터뜨릴 때였다, 신녀들이 그의 눈에 들어왔다. 특히 신녀 가운데 눈가리개를 한 이는 황제도 익히 아는 고위 신녀 알리시아였다. 그녀가 보인 신력을 목격한 적 있는 황제는 끓는 속을 간신히 다스리며 여신을 중얼거렸다.

"여신이시여."

조금 전 살생을 명한 것을 까맣게 잊은 채 황제는 충실한 신자가 되어 여신의 자비로움을 찬양했다. 그리고 알리시아를 향해 짜증 섞인 목소리로 물었다.

"그것의 저주가 아직 떨어지지 않았다지?"

"위대한 제국의 태양. 황제 폐하를 뵙습니다. 예. 폐하. 아직 시간이 좀 더 필요하다 대신관께 언질받았습니다."

알리시아는 황제에게 인사 올리고 침착하게 대꾸했다. 그새 줄과 쟐의 부축으로 일어난 예레나가 그녀들의 도움 아래 황제 쪽으로 꾸벅 허리를 숙이며 작은 목소리로 인사를 중얼거렸다.

"위, 위대한 제국의 태…… 태양. 황제 폐하를 뵙습니다."

조금 전 귀로 목격한 폭력에 대한 충격 탓인지 그녀의 인사는 어눌했다. 그러나 황제는 신경 쓰지 않은 채 예레나를 아래에서 위로 꼼꼼하게 살펴봤다.

'죽이기는 역시 아깝지 않은가.'

저주가 씐 더러운 물건 따위 당장 처분해 버릴까 싶다가도 저 낯짝을 보면 금세 마음이 바뀌었다. 아름답다 칭송받는 황후 릴리아나도 세다스 왕녀 옆에 서면 보이지 않을 것 같았다. 가만히 보고 있자면 눈이 먼 것도 신경 쓰이지 않았다. 아니 오히려 지금껏 보지 못한 아름다움이라 더 구미가 당기기도 했다.

'나중에 침실에 들 때 두고 보라지. 직접 매질해 오늘 이 기분을 완전히 씻어 내리라.'

죽이지 않겠다 결심하자 괘씸함이 배가 됐다. 당장 취해도 모자랄 물건이 감히 황제인 자신을 약 올리는 것 같았다.

"더러운 것!"

황제가 예레나 쪽으로 침을 뱉으며 욕지거리를 했다. 간신히 일어났던 예레나는 저를 향한 황제의 분노에 그대로 얼어붙었다.

자신에 대한 상대의 공포가 느껴지자 황제는 기분이 좀 누그러짐을 느꼈다. 그러다 문득 난 생각에 그는 뒷걸음치며 알리시아에게 외쳤다.

"신녀! 저것의 저주를 잘 누르고 있겠지?"

알리시아는 대구 없이 허리만 한 번 더 숙였다. 황제는 소매로 코와 입을 가리고 돌아섰다. 그리고 제 눈에 들어온 세다스의 사신 위블리 백작에게 손가락질했다.

"너!"

갑작스러운 황제의 부름에 놀란 위블리 백작이 달려왔다. 황제는 굽실거리는 그를 향해 일갈했다.

"무엇하나? 꿇지 않고!"

"황, 황제 폐하."

위블리 백작의 낯이 흑색으로 변했다. 그는 잘못도 모른 채 무릎 꿇고 고개를 조아렸다.

"세다스 왕국의 잘못을 모르겠나?"

"무슨 말씀을……."

"내가 원한 건 깨끗한 물건이었다! 저런 병신에 지저분한 저주까지 달고 온 계집이 아닌!"

"……."

"당장 써먹지도 못할 물건을 전리품으로 보낸 주제에 뻔뻔이 내 앞에 얼굴을 들이밀다니! 공물을 바친다 하여 내 세다스의 건방짐을 잊을 줄 아느냐?"

"용서……. 용서를……."

너무나 황당하기 그지없는 분노였다. 하지만 위블리 백작은 목이 떨어질지 모른다는 생각에 그저 손을 파리처럼 비빌 뿐이었다.

"너라도 죽여 내 당장 이 화를……."

황제는 그런 그에게 화를 쏟으려다 신녀들을 떠올리고 그만뒀다. 그가 이마를 짚으며 깊은 한숨을 내쉬었다.

"저 지저분한 것과 같은 공간에 있다 보니 나 또한 죄를 저지를 뻔했군. 신전으로 간다. 대신관을 불러라. 정화 의식을 치러야겠다."

황제가 마지막으로 예레나를 노려본 뒤 걸음을 옮겼다. 시종들이 그를 줄줄이 따라갔다.

조금 뒤 황제의 발걸음 소리가 완전히 사라졌다. 엎드린 채 죽을까 봐 벌벌 떨고 있던 위블리 백작이 그제야 몸을 일으켰다.

"왕녀님……."

위블리 백작이 사방을 둘러보다 쇠창살 너머 예레나를 발견하고 그녀를 불렀다. 예레나가 고개를 살짝 들자 그가 걸음을 옮겨 그녀 가까이 다가섰다. 가로막힌 쇠창살에 그가 조금 곤란한 얼굴을 하다 예레나에게 말했다.

"대비께서 서신을 전하라 제게 명하셨습니다."

"대비……."

희게 질린 낯으로 있던 예레나가 한참 만에 미간을 좁혔다. 대비라니. 세다스의 새로운 왕 브릭의 어미 비앙카를 가리키는 말이리라.

어머니의 마지막이 떠오르며 치가 떨렸다. 하지만 예레나는 간신히 누른 채 어지러운 정신을 붙잡고 손을 내밀었다.

그러나 위블리 백작은 서신을 그녀에게 건네주지 않았다. 예레나가 의아한 얼굴로 기다리자 위블리 백작이 헛기침을 두어 번 하고 고개를 치켜들었다.

"그게……. 왕녀님께서는 눈이 보이지 않아 서신을 잃어버릴 수 있으니 왕녀님을 뵈면 직접 읽어 드리라 명하셨습니다."

위블리 백작은 그새 변해 있었다. 바로 전에 황제에게 아첨하던 모습은 온데간데없이 사라져 찾을 수 없었다.

"그럼 빨리 읽어요."

"할 일도 딱히 없어 보이시는데 뭐가 그리 급하다고……."

그가 오만한 낯으로 왕녀를 보다 서신을 소리 나게 펼쳐 들었다. 그리고 악의 찬 눈으로 제법 긴 서신을 읽어 내려가기 시작했다.

* * *

"세다스를……. 잘못, 잘못했어요. 용서하세요. 어머니 저는……."

탑으로 돌아온 왕녀는 크게 앓기 시작했다. 온몸에 열이 오르며 헛소리를 하는 그녀의 얼굴에서는 쉴 새 없이 눈물이 흘렀다.

"뭘 보고 있나. 네가 할 수 있는 일을 해."

"……지금은 어렵습니다."

심상찮은 모습에 로샨은 알리시아에게 신력을 쓸 것을 명했다. 하지만 알리시아는 고개 저으며 당장은 충분한 신력을 쓸 수 없다 말했다. 며칠 전 예레나에게 신력을 쓴 것에 이어 대신관의 명으로 황제와 고위 귀족 몇에게 신력을 대부분 허비한 탓이었다.

"전하의 명이니 왕녀를 제대로 살펴라. 그리고 혹여나 여기서 있었던 일을 밖에 이야기하거나 조심하라 했던 것을 어긴다면 더는 그 손으로 환자를 돌볼 수 없을 거야."

결국 로샨의 명을 받은 프레드릭이 탑에 은밀히 의원을 들여왔다. 입막음당한 의원은 저를 감시하듯 번뜩이는 붉은 눈 아래에서 예레나의 진료를 맡았다.

"이것 참……. 몸도 약한 데다 충격이 큰 것 같은데."

의원은 신력을 쓰는 알리시아처럼 기적을 행할 수는 없었으나 환자의 병에 대한 원인을 찾는 데는 탁월했다. 그는 많이 약한 예레나의 몸 상태를 지적하며 상처 하나를 가리켰다.

"여기 손바닥에 난 상처가 문제입니다."

손바닥에 난 작은 상처였다. 그리 넓지도 깊지도 않은, 전장에서는 하루에도 몇 번이고 생기는 긁힌 상처였다.

소독하고 적당히 관리한다면 지저분한 전장에서도 문제가 되지 않을 정도였다. 그러나 깨끗한 곳에서 지내는 예레나의 손바닥 상처는 그새 곪아 염증이 생겨 있었다.

"건강한 이라면 그냥 두었어도 나았겠지만 지금 왕녀의 상태에는 검에 크게 베인 것과 마찬가지입니다."

의원은 이 작은 상처가 병의 원인이라기보다 기폭제라 했다. 스스로를 제대로 치유하지 못하는 약한 몸이 강한 충격을 받고 아이들도 가뿐히 이겨 내는 상처에 허물어져 내린 거라고.

"알아들었으니 살려."

"물론 최선을 다하겠지만……."

"결과에 따라 네 명줄도 달라지겠지."

의원에 말에 로샨은 이런 모습조차 백합을 떠올리게 한다 속으로 중얼거렸다. 희고 약한 꽃은 꽃잎에 작은 상처라도 나면 그 주변이 노랗게 변색하다 져 버렸다.

제대로 피기도 전 그렇게 지는 모습을 봤을 때는 볼거리를 제공하는 쓰임도 제대로 하지 못한다 혀를 찼다. 하지만 어찌 된 걸까. 그때의 흰 꽃송이와 마찬가지로 작은 상처에 누워 회복하지 못하는 여인은……. 자신이 이곳으로 끌고 온 왕녀의 모습은 안타깝고 아팠다. 초조했고 이대로 그녀가 병을 이겨 내지 못할까 가슴이 갑갑했다.

"……무슨 일이 있었는지 제대로 설명해."

목을 비틀며 괴로워하는 예레나의 얼굴에 로샨이 말했다. 예레나와 쭉 함께했던 알리시아가 대신관에게 저주에 대한 판정을 받은 뒤 황제를 만난 일부터 자초지종을 설명하기 시작했다.

예레나가 황제와 마주쳤다는 말은 짧게나마 들어 알고 있었다. 이복형의 성격상 그녀에게 어찌 대했을지도 어느 정도 예상이 갔다. 하나 짐작했음에도 로샨의 표정은 점차 컴컴해졌다.

알리시아가 말을 하다 로샨의 기세에 눌려 잠시 입을 닫았다. 그러자 로샨이 이번에는 건드리지 못하게 약을 바르고 붕대를 감아 놓은 예레나의 손을 보며 물었다.

"이건 어쩌다 생겼지?"

"폐하께서 떠나신 후 세다스 왕국에서 온 사신과 말을 나누시다……."

"……."

"……주저앉으시며 붙잡고 있던 쇠창살의 녹에 긁히신 것 같습니다."

"주저앉아?"

"……."

"그자가 무어라 지껄였기에?"

황제의 행동거지도 차분히 설명하던 알리시아가 머뭇거렸다. 오만한 얼굴로 예레나를 내려다보던 세다스 사신의 행태는 너무나 무도했다. 그는 명이라는 이유로 세다스의 대비가 보냈다는 서신을 직접 읽어 내렸는데 그 내용이 가관이라 차마 말을 옮기기 어려웠다. 세다스어를 줄과 잘 알아듣지 못해 다행이라 생각했을 정도이니.

"말해."

알리시아가 계속 주춤대자 로샨이 재촉했다. 결국 알리시아는 입을 열고 자신이 들은 바를 말했다.

"그가 세다스의 대비에게서 온 서신을 예레나 님께 직접 말로 전했습니다. 한데 그 내용이……."

"……."

"세다스 왕의 어미가 예레나 님과 친분 있던 시녀들을 수도에서 쫓아낸 모양입니다. 그리고 몇몇 시녀들의 혼약자 집안에 압력을 넣었다는 내용이 있었는데……."

알리시아는 길고 끔찍했던 서신의 내용을 최대한 줄이고 순화해 말했다. 실제로 서신은 다정한 말씨로 예레나를 수없이 난도질했다. 예레나는 자신과 친분 있던, 친우라 할 수 있는 시녀들 중 다수가 어떻게 몰락했는지부터 누가 그 일을 견디지 못해 자살했는지도 들어야 했다.

하나 서신은 거기서 끝이 아니었다. 뒤로 갈수록 다정했던 말씨조차 버린 서신은 차마 입에 담기조차 어려웠다.

"계속하라."

"……제국에서 지내는 예레나 님의 처지를 비꼬는 말이 대부분이었습니다. 용서하십시오. 전하 앞에서 기억나는 대로 말하기에 어려움이 있습니다."

더는 축약도 순화도 할 수 없었던 알리시아가 말을 멈췄다. 로샨은 잠시 침묵하다 입을 뗐다.

"서신은 어디 있나?"

"넘겨주지 않았습니다."

"상관없어."

"……."

"그자는 아직 제국을 떠나지 않았을 테니까."

세다스의 사신이란 자의 말로가 빤히 보였다. 그는 제국의 포로로 끌려온 왕녀의 초라한 옷차림과 황제의 태도에 왕녀를 괄시한 죗값을 톡톡히 치를 것이다.

"언제쯤 신력을 쓸 수 있지?"

로샨이 정신을 차리지 못하는 예레나의 머리맡에 무릎 꿇고 불덩이 같은 이마를 짚으며 물었다. 하나 알리시아는 사고가 멈춰 답을 할 수 없었다.

다른 이도 아니고 로샨 비스티우스였다. 오만하고 누구에게나 무관심하기로 유명한 사내였다. 한데 저리 쉽게 무릎 꿇고 헛소리하는 병자의 손을 꼭 잡아 주는 모습이라니. 도통 믿기지 않았다.

로샨이 알리시아 쪽으로 고개 돌려 답을 채근했다. 알리시아는 그제야 떨어지지 않는 입술을 떼고 말했다.

"사흘이면 됩니다. 그때면 예레나 님을 도울 수 있을 겁니다."

"……힘닿는 대로 보상하겠다."

신력을 쓰는 일이 몸에 무리 가는 일임을 로샨도 알았기에 한 말이었다. 그러나 그의 말에 알리시아는 또 한 번 놀랐다. 초조함에 잠겨 내는 목소리가 부탁조였기에.

로샨은 알리시아가 어떻게 생각하든 신경 쓰지 않고 다시 예레나에게 집중했다. 침대에 힘없이 누워 앓는 여인을 보는 그의 눈빛은 절절했다.

몇 달 전 부러 독을 먹였을 때가 후회스러웠다. 독의 양은 물론이요 알리시아의 신력과 약도 철저하게 준비한, 완벽한 계획이었으나 그 때문에 그러잖아도 약했던 이가 더 약해졌을지도 모르니까.

생각하면 할수록 거둘 수 없는 분노가 끓었다. 참기가 어려웠다. 그가 예레나의 창백한 입술 새로 나오는 신음을 듣다 음산한 낯으로 천천히 몸을 일으켰다.

"프레드릭을 들이겠다. 무슨 일이 있으면 곧장 그에게 알려라."

로샨이 알리시아에게 말하고 몸을 돌려 침실 밖으로 빠져나왔다. 휘장을 걷고 나온 바깥 공간에는 의원과 제인이 있었다.

로샨의 눈짓에 의원이 재빨리 안으로 들어갔다. 그가 남은 제인의 곁을 지나치려다 말했다.

"내가 올 때까지 잘 보살펴라."

예레나 걱정에 로샨에 대한 두려움조차 잊고 있던 제인이 얼어붙었다. 그녀가 사냥 직전의 맹수처럼 팽팽한 사내의 분위기에 간신히 고개를 끄덕였다.

* * *

"제가 어찌해야 할까요?"

의원이 나가고 제인마저 내보낸 알리시아는 예레나의 얼굴 앞에서 손을 폈다. 황금색의 빛이 불처럼 타오르며 아지랑이 같은 모양을 만들었다.

알리시아는 말한 대로 당장 예레나를 고쳐 놓을 신력은 없었다. 그러나 떨어지지 않는 열로 고통에 몸부림치는 예레나를 잠시나마 해방해 줄 정도의 힘은 충분히 있었다.

하나 알리시아는 신력을 공기 중에 뿌려 허비하되 예레나에게는 일체의 신력도 나눠 주지 않았다. 대신 그녀는 열이 펄펄 끓는 예레나의 이마를 짚으며 속삭였다.

"손은 이리 차가운데 열에 이리 괴로워하시니……. 하지만 이 정도 뜨거움은 견딜 수 있으실 겁니다. 몸이 산 채로 타들어 가는 고통에 비하면 견딜 만할 테니까요."

활활 타오르는 신전, 재가 되어 부서지는 친우들, 그 속에서 깔깔 웃고 있는 여인이 아지랑이가 되어 황금색 빛으로 흩어졌다. 알리시아는 고개 숙여 예레나의 귀에 입을 바짝 붙였다.

"이대로 병을 키워 고통 속에 죽어 가는 것도 볼 만하겠지요. 하지만 왕녀님……. 그 정도로는 부족합니다. 많이요.”

예레나의 호칭이 바뀌었다. 동시에 알리시아의 분위기도 달라졌다. 그녀가 고개 들고 예레나에게서 손을 뗐다. 그리고 이교도를 처단하는 성기사처럼 차갑게 얼굴을 굳혔다.

“처음 당신이 살아 있다 들었을 때는 여신께 원망스러운 마음마저 들었는데 이제는 아닙니다. 그분께서는 저를 아껴 당신을 살려 주신 거니까요. 제가 직접 복수의 칼을 휘두를 수 있게 도와주신 거지요. 참 자비로운 분이십니다.”

예레나의 이마에서 물러났던 손이 이번에는 예레나의 목에 닿았다. 살짝 누르자 예레나의 미간에 깊게 파여 있던 주름이 더 깊어졌다. 콜록거리는 예레나를 싸늘한 미소로 내려다보던 알리시아가 다른 손으로 예레나의 입을 막았다.

“왕녀님. 일전에 말한 것처럼 빛의 여신께서는 당신이 믿는 세다스의 신들과는……. 사람을 저버리고 괴물을 따라 이 대륙에서 사라져 버린 그들과는 다르십니다. 아직 곁에 계시지요. 그리해 당신을 믿는 이들을 이리 보살펴 주시지요.”

예레나의 상체가 크게 들썩였다. 알리시아는 신경 쓰지 않고 말을 이어 갔다. 아예 없는 눈을 가린 눈가리개가 햇빛을 받아 칼날처럼 번뜩였다.

“제 손에 있는 칼을 어찌 휘둘러야 할지 이제 알겠습니다. 왕녀님. 당신은 우선 제 눈을 가지실 겁니다. 그리고 얼마 가지 않아…….”

복수자가 왕녀의 목에서 손을 내려놓고 보이지 않는 황금빛 검을 뽑아 들었다. 그리고 당장에라도 그것을 휘두를 듯 음산한 목소리로 중얼거렸다.

“……다시 빛을 보실 겁니다.”

* * *

위블리 백작. 세다스 왕국 어느 기사의 차남으로 태어난 그는 변변찮은 작위도 없는 데다 수중에 재산마저 없어 제대로 된 귀족 대접도 받지 못했다. 하지만 윗사람에게 듣기 좋은 말을 잘 늘어놓았기에 여러 번의 연줄을 거쳐 비앙카와 연을 맺을 수 있었다.

세다스 왕에게 단단히 미움을 산 비앙카는 겉보기로만 왕의 정부였다. 그러나 왕비의 여동생이라는 점, 인정받지는 못했으나 왕의 사생아를 낳았다는 사실 때문에 별 볼 일 없는 위블리 백작에게는 아주 높으신 분이었다.

'말을 참 재미있게 하는군요.'

'그리 말씀해 주시니 영관입니다. 위르고 부인.'

'부인이라……. 눈치도 빠르고. 마음에 들어요.'

그렇게 위블리 백작은 10년에 가까운 시간 동안 비앙카 곁에서 아부를 떨었다. 그리고 인내심 많은 그에게 결국 행운이 찾아왔다. 비스티우스 제국의 침략으로 세다스의 왕과 왕비는 물론이요 적통의 왕자들이 모두 죽은 것이다. 왕에게 인정받지 못했던 사생아는 하루아침에 왕이 됐고 그 어미인 비앙카는 대비가 됐다. 더불어 비앙카에게 충성심을 인정받은 그도 백작 작위와 함께 세다스의 권세 높은 귀족이 됐다.

그게 문제였을까. 비앙카를 등에 업고 성공한 위블리 백작은 지나치게 오만해졌고 조심하는 법을 잊었다.

'제국에서 죄인처럼 지내고 있다는 그 계집한테 한 글자 한 글자 똑똑히 전해 주고 오세요. 그리고 돌아오면 몰골이 어땠는지 얼마나 비참하게 살고 있는지도 꼭 전해 주고요.'

그는 제국에 끌려간 왕녀와 비앙카의 사이가 나쁘다는 것을 진작 알았다. 때문에 비앙카가 왕녀에게 직접 읽어 주라 전한 서신에 어떤 말들이 쓰여 있을지도 대강 예상했다.

그러나 그는 제국에 도착하기 전까지만 해도 왕녀 앞에서 서신을 읽을까 말까 고민했더랬다. 소문에는 왕녀가 탑에 갇혀 있다지만 혹시 모르잖나. 알게 모르게 황제의 귀여움을 받고 있을지. 위블리 백작은 미리 읽어 본 비앙카의 서신을 다시 봉했다.

위블리 백작이 서신을 다시 뜯은 건 왕녀의 모습을 확인한 후였다. 황제에게 온갖 모욕을 받은 왕녀의 꼴은 처참했다. 차가워 보이는 신녀들의 감시 아래 하녀들이나 입을 허름한 드레스를 입고 있는 모습이라니. 위블리 백작은 제 눈을 의심하면서도 희열감에 미소 지었다.

'왕녀님. 똑똑히 들으셔야 합니다. 대비께서 꼭 전하라 한 말이니까요.'

그는 비앙카의 명도 받들 겸 왕녀에게 제 출신에 대한 열등감을 풀었다. 명을 전하는 척 왕녀에게 모욕을 가하자 기분이 날아갈 듯 좋았다.

'지금 꼴을 보니 그럴 일은 없겠다만……. 이걸 굳이 남겨 후환을 만들 필요는 없겠지.'

위블리 백작은 서신을 왕녀에게 전하는 대신 품에 다시 넣는 것으로 혹시나 있을 후일도 대비했다 여겼다. 하지만 그것은 그의 착각이었다.

황제에게 돌아가겠다 인사까지 마친 그는 며칠 남지 않은 제국 황궁에서의 날을 여유롭게 즐길 참이었다. 하지만 뜻대로 할 수 없었다. 그는 오밤중에 갑자기 들이닥친 기사들에게 붙들려 푸른 궁으로 끌려갔다.

"저, 전하? 이게 무슨……. 제게 왜 이러십니까."

끌려온 그를 맞이한 것은 붉은 눈의 사내였다. 위블리 백작은 곧장 로샨 비스티우스를 알아보고 움츠러든 채 굽실거렸다.

제국의 황태제는 그의 인사를 받아 주지 않았다. 대신 제 기사들에게 눈짓했고 위블리 백작은 쓰러지듯 무릎 꿇어야 했다.

"읽어라."

다짜고짜 그를 꿇어 앉힌 로샨은 어떻게 찾았는지 비앙카의 서신을 위블리 백작 앞에 던졌다. 그리고 그에게 그를 읽으라 종용했다.

로샨의 명을 감히 어길 수 없었던 위블리 백작은 서신을 읽어 나가기 시작했다. 당연하게도 예레나 앞에서 보였던 오만한 모습은 온데간데없이 사라져 있었다. 그리고 그가 서신을 얼마쯤 읽었을 때 기사의 날카로운 매질이 그를 스쳤다.

로샨은 죽는소리를 내며 앓는 그에게 서신을 계속 읽을 것을 요구했다.
그리고 로샨의 손이 위로 한 번 올라갈 때면 위블리 백작의 몸에 난 상처
도 하나 더 늘었다.

"차, 창부도 되지 못하…… 으악!"

"계속."

"크어헉……. 제, 제발 용서……. 용서를……."

위블리 백작은 사신이라는 신분에도 푸른 궁에서 끔찍한 몰골로 변해
갔다. 그는 울면서 이유도 모른 채 용서를 빌었다. 하지만 핏빛 눈동자는
음산하기만 했다.

눈앞이 컴컴해졌다. 위블리 백작은 이제 반의반 정도 읽은 서신을 제 목
을 자를 사형대 보듯 바라보며 덜덜 떨었다.

'맞아 죽을 거야. 이대로 여기서 죽을 거라고!'

아래로 갈수록 서신의 내용은 앞과 비교할 수 없을 만치 고약해졌다. 그
리고 그는 곧 매질 또한 훨씬 많아질 것을 의미했다.

두려움에 질린 그가 차마 서신을 읽지 못하고 고개 들어 눈앞에 높다랗
게 솟은 사내를 바라봤다. 그림자와 구분되지 않을 만치 컴컴한 사내가 눈
을 내린 채 그를 차디차게 노려보고 있었다.

* * *

매질은 길지 않았다. 위블리 백작이 혼절해 버렸으므로. 그를 매질하던
녹스가 뒤돌아 로샨에게 물었다.

"이자는 어떻게 할까요?"

"숨을 붙여 돌아갈 수 있도록 해. 숲을 빠져나가기 전까지는 살아 있는
게 여러모로 덜 시끄럽고 편리하겠지."

위블리 백작은 당장의 목숨은 건졌다. 하나 그 목숨은 제국 수도 너머
숲길에서 다시 거둬질 게 뻔했다. 세다스 왕국은 고국으로 돌아오고 있던

위블리 백작이 안타까운 사고로 목숨을 잃었다는 소식을 들을 예정이었다.

로샨은 푸른 궁의 지하 통로로 가기 전 몸을 깨끗이 씻었다. 특히 위블리 백작의 목소리를 들은 귀를 여러 번에 걸쳐 꼼꼼하게 씻어 냈다.

직후 곧장 탑으로 간 그는 예레나의 상태를 살폈다. 다행스럽게 의원의 약에 차도를 보여 예레나의 열은 조금 떨어져 있었다. 왕녀는 위태로운 모습일지언정 더는 쉰 목소리로 가족을 찾으며 헛소리를 늘어놓지 않았다.

하지만 구슬프게 흐르는 눈물은 여전했다. 로샨은 지워지지 않는 눈물 길에 다시 예레나 옆에 무릎 꿇었다. 그리고 자신을 제외한 모두를 밖으로 내보낸 채 그녀 곁에 바짝 붙어 신 앞에 참회하는 이처럼 고개 숙이고 중얼거렸다.

"화풀이였을 뿐이야."

로샨은 위블리 백작에게 가한 고문과 그를 위해 준비한 미래가 제 감정에서 비롯된 것임을 똑똑히 알고 있었다. 그는 예레나에게 충격을 주고 아프게 한 이들 모두를 두고 볼 수가 없었다.

"애초 그대를 이렇게 만든 건 나겠지."

하지만 그런 이유로 위블리 백작에게 죄를 묻는다면 그도 벌받아야 했다. 예레나를 누구보다 아프게 한 자는 그였으니 말이다.

"나는 왜 너를……."

눈앞에서 부모를 잃고 충격받아 쓰러지던 모습이 아프게 떠올랐다. 분명 그 일을 행할 때만 해도 아무렇지 않았는데. 그저 네가 눈에 담겼을 뿐인데 어째서 지금은 그 일이 이토록 후회되고 가슴 아픈지.

"너를 왜 사랑하여……."

믿지 않던 단어로밖에 설명할 수 없는 감정이 괴로웠다. 제 손으로 끌고 온 왕녀는 어느 순간 그에게 너무 큰 존재가 됐다. 아니 아주 오래전부터 그랬는지도 몰랐다. 그는 그녀를 독점하고 싶어 이 외딴 탑에 가두었고, 그녀와 가까워지는 수하를 견디기 어려워 유치하게 압박을 가했으며, 그녀와 친밀해지기 위해 온갖 비겁한 수를 다 썼으니.

"······언제부터일까."

제 어리석은 감정이 어디서 시작되었나 돌이켜 보던 그가 고개를 저었다. 시작점을 찾으면 뭐 하겠나. 그렇다 한들 과거를 지울 수 없는데.

그가 예레나가 누워 있는 침대 위에 양팔을 세웠다. 그리고 손을 깍지 모아 쥔 채 그간 쌓아 뒀던 말을 어렵게 꺼냈다.

"미안하다 해야겠지."

여인에게 감히 품은 감정이 아니라면 사죄 따위 할 생각조차 못 했을 것이다. 정복지의 우두머리를 베는 것도 침탈하는 것도 너무나 당연한 일이었으니. 실제 그는 자신이 정복한 다른 나라에 대해서는 조금도 미안한 감정이 들지 않았다. 그들은 패자였고 자신은 승자였다. 후회, 사죄 이런 것들은 패자의 몫이지 그의 몫이 아니었다.

하나 눈앞의 여인과의 싸움에서 그는 처참하게 졌다. 우습게도 여인은 싸움의 존재는 물론이요 그의 진정한 정체도 몰랐지만 패한 그는 정확히 알았다. 침대에 힘없이 누워 있는 이 연약한 이에게 자신이 무릎 꿇었노라고. 비참하게 고개 조아릴 일만 남았다고.

"세다스를 무너뜨린 것도 그대의 가족을······."

로샨이 고개를 더 아래로 조아리며 사죄하려 했다. 하나 그 순간 예레나는 눈썹을 꿈틀거리며 고개를 틀었고 로샨은 곧장 입을 멈추고 그녀를 살폈다.

잠결에 있는 흔한 뒤척임이었을 뿐이다. 그러나 로샨은 순간 혹시나 예레나가 제 말을 들었을까 봐, 그리해 제 정체를 눈치챘을까 염려했다. 예레나가 다시 깊게 잠들고 로샨은 스스로가 우스워 헛웃음을 터뜨렸다.

"하!"

사랑을 믿지 않았으나 그것이 기만과 얼마나 어울리지 않는 단어인지는 알았다. 하지만 자신은 여인에 대한 사랑을 깨우쳤다 인정하면서도 기만을 멈추지 못했다.

자신에 대한 모멸감과 한 번도 느껴 본 적 없는 커다란 자책이 그를 삼키려 꾸역꾸역 몸집을 불렸다. 로샨은 그것들이 자신을 먹도록 내버려 두려다 눈을 감았다.

"그대를 편하게 해 주면……. 앞으로 많은 것을 누리게 해 주면 좀 낫겠지."

뻔뻔한 중얼거림이 그의 입에서 나온 건 수십 분이 지난 후였다. 진정 사랑하니 들키기 싫은 것이다. 미움받기 싫으니까. 그 끝이 얼마나 끔찍할지 아니 이런 것이다. 역겨운 냄새가 진동하는 자기 합리화가 그의 행동에 정당성을 부여했다. 자책을 단번에 삼킨 채 그의 심장에 자리한 그것은 괴물과도 같은 모습이었다.

속에 틀어박힌 괴물이 검은 숨을 내쉴 때마다 가슴이 텁텁해졌다. 그는 조금이나마 고통을 덜기 위해 숨을 내쉬다 막 떨어지는 예레나의 눈물을 발견했다.

그가 손을 올려 예레나의 눈물을 닦아 줬다. 그리고 그에게만큼은 여신인 그녀의 손을 살짝 잡은 채 그 위에 입맞춤했다.

방 안에 은은히 깔린 조명이 벽에 그림자를 그려 냈다. 얼핏 보기에 경건했던 입맞춤은 손에서 손가락 끝으로, 흰 이마로 그리고 이내 입술로 옮겨 갔다.

바짝 마른 입술을 더운 숨과 타액이 적셨다. 감히 사랑을 외는 기만자에게 어울리는, 숨길 수 없는 짙고 어두운 욕망이었다.

* * *

예레나는 좋아지다 나빠지길 반복했다. 의원의 약에 당장에라도 정신을 차릴 것 같다가도 맥을 추지 못하며 힘없이 늘어졌다.

의원은 환자가 제대로 식사조차 못 하는 걸 걱정했다. 그러잖아도 떨어져 있는 체력이 여기서 더 바닥나면 정말 위험할 수 있다 말한 것이다.

"주변을 잠시 물려 주십시오."

다행히 한계에 다다르기 직전 알리시아가 신력을 쓸 수 있다 말했다. 로샨은 의원과 제인에게 물러나라 이르고 예레나 옆에서 떨어졌다. 알리시아가 로샨이 있던 자리에 서 있다 두 무릎을 꿇고 예레나의 손을 꼭 잡았다. 그리고 아무 말 없이 신력을 쓰던 평소와 달리 기도문을 읊기 시작했다.

"자애로우신 여신이시여. 제 기도에 응답하시어……."

알리시아의 몸 전체에서 빛 무리가 올라왔다. 그러더니 어느 순간 정오의 햇빛처럼 알리시아가 빛나기 시작했다.

황궁 내 신전에 소속된 알리시아는 고위 신녀로 몇 안 되는 신력의 소유자요 개중에서도 치유 능력으로는 따를 자가 없었다.

그런 그녀는 귀한 몸인 만큼 아무나 함부로 볼 수도 부를 수도 없는 존재였다. 그러나 제국의 황태제인 로샨은 알리시아가 신력을 쓰는 장면을 제법 자주 봤다. 황제부터 대신관, 고위 귀족까지 그녀를 필요로 하는 사람은 제법 많았으니까.

'여기까지입니다. 이 이상 제가 할 수 있는 것은 없습니다.'

하나 알리시아는 그들에게 신력을 쓰면서도 제 한계를 명확히 말했다. 고칠 수 없는 자는 없다 고개를 저었고 협박에도 끝내 할 수 없다 말했다.

그렇기에 로샨은 알리시아에게 예레나한테 신력을 쓰라 명하면서도 불안했다. 혹여나 그녀의 힘으로도 어려울까 봐.

그러나 알리시아가 내뿜는 빛을 본 순간 로샨은 깨달았다. 알리시아는 예레나를 낫게 할 게 분명했다. 터져 나오는 빛은 지금껏 봤던 그 어느 때보다 밝았다.

침실 밖에 있던 제인과 의원의 눈도 휘둥그레졌다. 황금색 빛은 침실 아치문에 걸린 천으로도 막을 수 없을 만큼 환했다.

그 자체로 여신을 부르짖게 만들 법한 빛이 어느 순간 알리시아의 팔 부근으로 곧 손으로 모이기 시작했다. 그리고 황금빛 물결을 만들더니 생명체처럼 움직여 예레나의 팔을 칭칭 휘감았다.

손에서 손으로 넘어간 빛 무리가 곧 예레나의 온몸에 퍼졌다. 머리카락까지 넘어간 그것은 꼭 예레나의 머리카락 흉내를 내듯 살랑거렸다.

좀처럼 놀라지 않는 로샨조차 눈을 크게 뜨고 눈앞에서 일어나는 광경을 바라봤다. 그러길 얼마가 흘렀을까. 몇 차례 예레나를 감싸던 빛이 그녀의 다친 손에서 한 번 빛을 터뜨리더니 이어 감긴 눈으로 다가갔다.

로샨이 눈을 부릅뜬 채 그걸 바라봤다. 무언가 이상했다. 예레나의 눈가에 머무는 빛이 거슬렸다.

"신녀."

그가 입을 떼 알리시아를 불렀다. 하지만 그녀는 처음 자세 그대로 유지한 채 아무 말도 하지 않았다. 로샨은 뒤늦게 그녀의 꽉 깨문 입술 사이로 피가 뚝뚝 흐르고 있음을 인지했다.

"허억……!"

시계의 분침이 반 이상 돌아갔다. 알리시아는 당장에라도 넘어갈 것 같이 불안정한 숨과 피를 토해 내며 자고 있던 예레나의 손을 놓았다. 동시에 빛 무리가 서서히 잦아들며 고통에 경직돼 있었던 예레나의 표정이 풀렸다.

로샨은 핏기 도는 뺨과 입술을 확인하고 안도했다. 고통이 가셨는지 숨소리도 전보다 훨씬 느리고 안정돼 있었다.

"수고했다. 일전에 말한 대로 내가 해 줄 수 있는 한에서 원하는 건 뭐든 들어주지."

로샨이 뒤돌아 알리시아에게 말했다. 알리시아는 이번에도 대꾸하지 못했다. 대신 그녀는 푹 숙인 채 제 얼굴을 감싸 쥐었다.

* * *

머리가 깨질 듯 아팠다. 예레나는 쇳덩이보다 무거운 눈꺼풀을 일으키지 못한 채 몽롱한 정신 속에서 헤매었다.

악몽의 잔재가 현실과 꿈의 경계에 있는 그녀를 여전히 괴롭혔다. 예레나는 몸을 비틀어 어떻게든 깨어나려 했다. 하지만 악몽도 마지막 발악을 하는지 피투성이 가족의 모습으로 예레나에게 서서히 다가왔다.

'안 돼! 어머니. 가지 마세요!'

꿈이라 인지하고 있음에도 가족들의 최후를 보는 것은 괴로웠다. 예레나는 허물어지는 어미에게 소리쳤다. 그러자 시체처럼 늘어져 있던 어미가 기괴한 모습으로 일어난다 싶더니 텅 빈 눈구멍에서 피를 흘리며 다가왔다. 놀란 예레나는 헉 하며 숨을 들이쉬었다. 그리고 동시에 꿈에서 완전히 깨어났다.

'여긴…….'

보이지 않을 게 뻔했으나 깨어날 때면 으레 그러하듯 그녀는 뻑뻑한 눈꺼풀을 몇 번이고 들었다 내렸다. 한데 무언가 눈앞에서 타닥거리며 튀었다. 어느 밤, 정원에서 오라비들의 손을 잡고 본 밤하늘 반딧불이의 빛과 아주 비슷한 빛이었다.

'어?'

당연히 착각이겠거니 생각하던 예레나는 빛이 사라지지 않자 잠시 멍하니 있다 눈앞의 빛에 집중하기 시작했다.

'조명이……?'

빛 무리는 한시도 가만히 있지 않았다. 가만히 보고 있자면 아주 잔잔히 움직이며 물체의 모양을 만들고 있었다. 색이라고는 눈먼 뒤 봤던 어둠과 그에 대조되는 황금색 빛뿐이었으나 그것들은 분명 사물의 모습을 그려 내고 있었다. 예레나가 움직이지 않는 고개를 아주 조금 틀었다. 그러자 옆에서도 빛 무리가 어지럽게 흔들리며 무언가를 그려 내는 게 보였다.

'이게 무슨…….'

예레나는 그제야 제게 벌어진 일을 조금이나마 인지하기 시작했다. 기괴한 형태였으나 앞이 보였다. 색도 없었고 문양이나 주름 등 세세한 부분은 쉴 새 없이 움직이는 빛 탓에 볼 수 없었으나 사물이 무엇인지 정도는 가늠할 수 있었다.

놀란 그녀가 반응조차 못 한 채 눈만 깜빡이다 조금씩 움직이는 손가락을 꿈틀거릴 때였다. 옆에서 부스럭거리는 소리가 들린다 싶더니 사내의 나지막한 목소리가 그녀의 멍한 정신을 일깨웠다.

"……깨어나셨습니까?"

* * *

"알리시아 님. 많이 힘드시면 차라리 안에서 쉬었다 가시지요."

"맞아요. 지금 얼굴이 얼마나 안 좋은지 아십니까."

알리시아는 고개를 저었다. 그리고 후들거리는 다리로 몸을 지탱한 채 쟐과 쥴에게 부탁했다.

"쥴. 쟐. 나를 좀 부축해 줘요."

쥴과 쟐이 냉큼 알리시아의 양옆에 섰다. 그리고 그녀의 팔을 부드럽게 잡아 부축했다.

알리시아는 그들의 도움을 받아 문밖으로 나섰다. 나오는 과정에서 옷자락이 발에 밟히며 넘어질 뻔했으나 쟐이 재빨리 그녀를 꼭 잡아 넘어지는 일은 없었다.

"조심하세요."

쥴도 한층 강한 힘으로 알리시아를 부축한 채 걸음을 옮겼다. 알리시아는 두 사람과 함께 몇 발자국 걷다 계단에 도착하기 전 우뚝 멈춰 섰다.

"이 앞이 계단인가요?"

"네?"

알리시아의 물음에 쟐이 저도 모르게 반문했다. 알리시아는 눈이 없다지만 생활하는 데 큰 지장은 없었다. 어릴 때 눈을 잃어 훈련이 빨랐던 것도 도움이 컸지만 무엇보다 그녀는 신력을 이용해 앞을 보곤 했다.

대다수는 이 사실을 모른 채 그녀를 가엽게 보곤 했다. 알리시아도 굳이 나서 볼 수 있다 말하지 않았기에 신전 내에서도 그녀가 볼 수 없다 오해하는 이들이 많았다.

하지만 오랫동안 알리시아와 함께한 쥴과 쟐은 그녀가 생활하는 데 남의 도움을 크게 필요로 하지 않는다 알고 있었다. 그뿐인가. 알리시아는 여신의 은총을 가득 받은 신녀답게 없는 눈에도 글까지 읽고 썼다. 물론 그럴 때면 매우 빨리 지쳐 숨마저 허덕일 때도 있었다.

"……신력을 거의 다 소진해 당장은 아무것도 볼 수가 없어요."

"아……."

알리시아의 짧은 설명에 쟐이 그제야 고개를 끄덕이며 쥴을 봤다. 눈빛을 교환한 두 사람이 한층 조심스럽게 알리시아를 부축한 뒤 안내했다.

"여기부터 계단이에요."

쥴의 말에 알리시아가 조심스레 발을 뻗었다. 하지만 계단을 내려가려던 그녀의 시도는 발을 헛디디며 무산됐다.

"악!"

"알리시아 님! 괜찮으세요?"

놀란 알리시아는 비명을 지르며 그대로 주저앉아 버렸다. 덜덜 떠는 그녀가 낯설면서도 걱정된 쥴과 쟐이 허리를 구부려 그녀를 살폈다.

"알리시아 님?"

알리시아는 양 손바닥으로 얼굴을 부여잡고 있었다. 그녀가 잠시 뒤 고개를 들자 눈가리개가 흘러내리며 구슬을 넣어 봉합한 눈이 드러났다. 알리시아가 뒤돌아 예레나의 방이 있는 방향으로 얼굴을 둔 채 힘없는 목소리로 중얼거렸다.

"내가 선택한 일인데 어째서……. 여신이시여. 욕심 많은 저를 용서하소서."

* * *

찬란한 여왕의 후계자가 죽었다. 헬레나와 푸른 머리카락의 엘프 라울

사이에서 가장 먼저 태어나 왕세자의 관을 쓴 소녀는 열여섯이 되는 날 발을 헛디뎌 호수에 빠져 죽고 말았다.

'다 어머니 탓이에요! 아버지께서 돌아가신 것도! 제 눈이 이리된 것도!'

열다섯에 눈먼 소녀가 어미에게 마지막으로 한 말은 원망이었다. 찬란한 여왕은 눈을 부릅뜬 채 새파랗게 죽어 있는 딸의 눈을 감겨 주다 가슴을 뜯으며 오열했다.

'로잘린 세다스. 너를 내 후계로 임명한다.'

하지만 여왕은 그때까지만 해도 마법사의 저주 때문에 딸이 눈멀고 죽었다 생각하지 않았다. 때문에 그녀는 언니 대신 장녀가 된 둘째 딸에게 후계의 홀을 쥐어 줬다.

'저, 전하! 큰일 났습니다. 로잘린…… 로잘린 왕녀님께서……..'

'로잘린이 왜?'

찬란한 여왕을 비웃기라도 하듯 둘째 딸도 얼마 가지 않아 눈멀었다. 그리고 열일곱 되던 날 목숨을 잃었다. 언니가 나오는 악몽을 견딜 수 없다는 유서와 함께 목을 맨 그녀의 마지막 말도 헬레나를 향한 원망이었다.

'마법사를 찾아라! 주술사들을 불러와! 이종족이든 인간이든 가리지 않고 저주를 풀 수 있는 자를 찾아라!'

찬란한 여왕은 그제야 눈먼 마법사의 저주를 똑바로 떠올렸다.

'너도, 미래의 네 모든 딸도, 세다스 왕녀들은 모두 나와 같을 것이다. 빛나는 왕녀는 저주받으리. 눈멀고 그 눈구멍에 난 눈물에 잠겨 허덕이다 종국에는 제 손으로 자신의 목을 조를 것이다.'

저주는 그녀 하나만을 향한 것이 아니었다. 그녀의 딸들도 저주의 올가미에 단단히 매였다.

하나 찬란한 여왕의 노력에도 딸들은 저물어 갔다. 셋째 딸은 눈먼 뒤 약혼자였던 어느 나라 왕자에게 일방적인 파혼장을 받고 절벽에 몸을 던졌다. 그녀가 마지막에 남긴 말도 어미 헬레나에 대한 원망이었다.

'내가 잘못했다. 나를 벌해! 내 눈을 멀게 하고 내 가슴에 비수를 꽂아

넣어! 제발······. 이 아이만은 안 된다. 레이첼은 내게 하나 남은 아이야.'

헬레나는 하나 남은 막내딸을 부여잡고 저주가 되어 자신을 지켜보고 있을 옛 연인이자 제게 배신당한 신하, 눈먼 마법사에게 빌었다. 그러나 눈먼 마법사는 답하는 대신 그녀의 피를 말리며 흔적 없는 고문을 이어 갔다.

'어, 어머니······. 언니들처럼 저도, 저도 눈이······.'

그러길 몇 년. 여왕의 막내딸은 열아홉이 돼서야 눈멀었다. 그리고 스물이 되고도 364일을 견뎠다. 그녀가 꼭 스물하나가 되기 하루 전날이었다.

'어머니. 걱정 마세요. 전 이 모든 걸 이겨 낼 거예요.'

자매들과 달리 막내딸이 남긴 마지막 말은 위로였다. 어미 앞에서만큼은 제 처지를 비관하지 않고 웃어 보이던 그녀는 홀로 삼킨 불안에 몽유병에 시달리고 있었다. 여왕은 왕궁의 꼭대기에서 멍한 낯으로 몸을 던지는 막내딸의 최후를 목격하고 비명을 질렀다.

'안 돼! 안 된다! 이 아이만은! 아악!'

찬란한 여왕이 부르짖었다. 막내딸의 머리에서 나온 피가 그녀를 적셨다. 그러나 그녀는 그때까지도 눈멀지 않은 채 모든 것을 지켜봐야 했다.

찬란한 여왕은 제 눈이 제발 멀기를 바랐다. 하나 여왕의 보석 같은 눈은 더욱 선명해져 불어닥친 비극을 똑똑히 지켜보게 했다.

7장. 얄팍한 거짓

세다스 왕국에 도착한 하이든은 사치스러운 왕궁 내부에 혀를 내둘렀다. 반년 전 자신을 비롯한 제국군이 들이닥쳐 침략자의 권리로 대부분의 보물과 금을 침탈해 갔건만 그 흔적은 싹 사라지고 없었다.

오히려 더 많아진 갖가지 장식품과 조각, 벽과 바닥 할 것 없이 입혀진 금박에 밤하늘 별을 흉내 내기라도 한 듯 천장에 박혀 있는 보석들과 화려한 샹들리에. 꼭 제국의 황궁 내 황제가 기거하는 중앙궁에 와 있는 느낌이었다.

'몇 년 안에 일이 터지겠어.'

하이든은 직감했다. 지금의 세다스 왕국이 오래가지 못할 것이라고. 전쟁으로 황폐해진 작은 나라 왕궁이 이 정도로 사치스러워지는 데는 많은 백성의 목숨이 필요했다.

오는 길 그러잖아도 마을들의 분위기가 심상찮았다. 왕국의 수도 근처는 사정이 나아 보였으나 그 외의 지역은 짧게 스쳐 지나갔음에도 빈궁한 삶이 그대로 엿보였다. 그리고 굶주림에 멍한 이들 사이 몇 없긴 했으나 분명 반항의 눈을 가진 이들도 있었다. 아마 그런 이들은 하루하루 많아질 테고 어느 순간 걷잡을 수 없이 불어나 들불처럼 일어날 것이다.

'……나하고는 상관없는 일이지.'

전쟁 후 있을 내전. 그 끔찍한 참극은 상상하는 것만으로도 괴로웠다. 하이든은 인상을 찌푸리면서도 자신이 관여할 일이 아니라 생각하며 넘기려 했다. 하지만 문득 떠오른 이가 있었으니 이곳의 왕녀로 고귀한 삶을 살다 제국의 포로로 끌려간 예레나 세다스였다.

'한눈에 반한다는 말……. 믿지 않았는데 말이야.'

주군이 마음에 둔 것이 분명한 여인이었다. 하이든은 그것을 깨닫고 예레나에 대한 짧고 강렬했던 감정을 지워 냈다. 그러나 비밀스러운 짝사랑의 열기는 그 대상의 나라에 가까워질수록 다시 불이 붙었다. 물론 돌아가면 다시 잿불로 은은히 숨겨질 감정이었으나 주군의 눈이 없는 이곳에서만큼은 그녀를 마음껏 생각하고 싶었다.

'녹스 그 친구가 지금 내 표정을 본다면 또 잔소리하겠지.'

녹스가 제 마음을 알게 되면 딱딱한 낯으로 무어라 한 소리 할 것이 빤히 예상됐다. 하이든은 쓸쓸하게 웃으며 걸음을 옮겼다. 잘 차려입은 시종이 그보다 약 두 걸음 앞에서 걷고 있다 허탈한 웃음소리에 뒤돌았다. 하이든은 재빨리 표정을 갈무리했다.

"이곳입니다."

그렇게 얼마를 갔을까. 왕궁 구석에 있는 어느 건물 앞에서 시종이 멈춰 섰다. 조금 전 지나온 왕과 대비가 머문다는 건물에 비하면 아주 초라하고 작은 건물이었다. 하이든은 시종을 따라 건물 안으로 들어서며 위에서 떨어지는 횟가루에 눈살을 찌푸렸다.

낡은 나무가 끼익 소리를 내는 복도를 지나자 수천 권은 족히 되어 보이는 책이 눈앞에 펼쳐졌다. 입구와 달리 제법 잘 관리된 홀은 도서관을 연상케 했다.

"왕실 기록물을 관리하는 사서입니다."

시종이 그에게 낡은 종이 냄새가 나는 젊은 사내 하나를 소개했다. 비쩍 마른 체구에 커다란 옷을 입고 있는 그는 소매만 바짝 동여맨 모습이었다.

시종의 눈짓에 사서가 하이든에게 고개 숙여 인사했다. 하지만 안경 너머 눈빛에는 숨길 수 없는 반항심이 어려 있었다.

"그럼 전 이만 가 보겠습니다. 귀한 분이니 잘 모시도록 하게."

시종이 사서에게 오만하게 말하고 몸을 돌렸다. 사서는 시종의 등을 경멸스럽게 바라보다 하이든과 눈 마주치고 움찔거렸다.

"따라오십시오."

사서가 하이든을 홀 가운데로 안내했다. 커다란 책상에는 여러 권의 책과 종이, 그리고 잉크가 놓여 있었다. 사서는 책상에 있는 천으로 손에 묻은 잉크를 꼼꼼히 닦아 내고 하이든에게 물었다.

"찾으시는 물건이 있으시다 들었습니다. 말씀해 주시면 제가 찾아 드리겠습니다."

"그렇다면……. 우선 세다스 왕녀들에 대한 기록이 필요합니다. 왕녀들과 관련된 저주에 관한 것들도요."

하이든의 말에 사서가 책상 서랍에서 두꺼운 기록서 여러 권을 꺼냈다. 여덟 권의 무거운 책이 쿵 소리와 함께 책상 위에 쌓이고 그가 그것 중 하나를 펼쳐 들어 무언가를 열심히 찾고 옆에 둔 종이에 적었다.

그 모습을 지켜보던 하이든은 조금 지루해져 주변을 둘러봤다. 그러다 가장 가까이 있는 책장 쪽으로 다가가 눈에 띄는 책에 손을 뻗었다.

"기다리십시오."

뒤에서 날카롭고 급한 목소리가 하이든을 잡아챘다. 하이든이 고개 돌리자 사서가 주먹을 말아 쥐고 있는 게 보였다.

하이든은 제가 두려워 덜덜 떨면서도 입을 달싹이는 그를 인내심 있게 지켜봤다. 사서는 긴장한 듯 뻣뻣한 몸을 움직이더니 하이든 가까이 와서 말했다.

"……왕실의 중요한 자산입니다. 본래라면 왕족 외에는 아무도 볼 수 없는 것들입니다."

옳은 말이었다. 이곳은 세다스 왕궁의 왕족 기록실로 본래라면 외부인은 아예 들어올 수 없는 곳이었다. 당연했다. 왕족들의 기록이 있는 만큼 비밀스러운 기록도 많을 테니.

'왕궁에서 내가 만난 이들 중 누구보다 제 본분을 잘 아는 자다.'

하지만 세다스 왕과 대비는 이곳을 보겠다는 하이든의 말에 곧장 고개를 끄덕였다. 낡은 기록물 따위 아무래도 좋다는 그들은 제국의 기사가 왔다는 사실에 불편해하면서도 그에게 잘 보이려 애쓸 뿐이었다.

그 모습이 어찌나 한심하던지. 하이든은 지금의 세다스 왕궁의 모습에 실망했다. 당장 작년 전쟁을 벌일 때만 해도 이렇지 않았는데. 적임에도 훌륭하다 생각되던 그 많은 이들은 다 어디 갔는가. 그 생각만 들었다.

"명이 있었으니 기사님께서 찾으시는 것들은 지체 없이 찾아 넘겨드리겠습니다. 하지만 다른 것들은 손대지 말아 주십시오."

두려움에 창백히 질렸음에도 또박또박 제 할 말을 하는 사서의 모습은 적어도 이 나라의 왕보다 훨씬 위엄 있었다. 하이든은 당시 자신과 검을 부딪치던, 죽어 가면서도 제 발을 붙잡던 어느 세다스의 기사를 떠올리며 천천히 고개 숙였다.

"알겠습니다."

* * *

공포. 사람들은 로샨 비스티우스에게 그 감정은 없다 생각했다.

열둘의 나이부터 전장을 누비던 그였다. 로샨을 어린 소년이라 얕보던 적들은 곧 그의 검에 쓰러졌으며 지켜보던 이들은 그를 두려워했다. 그리고 해가 흐를수록 로샨 비스티우스는 전장에서 공포 그 자체로 군림했다.

전장이 아닌 곳에서도 딱히 다르지는 않았다. 죽음을 마주한 듯 희게 질리지는 않았으나 사람들은 잘 차려입었든 누더기를 둘렀든 로샨을 보면 고개 숙였다. 누구도 그를 무시하지 않았으며 그의 오만을 지적하지 않았다. 사람들이 보내는 경외에는 당연하게도 사람 같지 않은 그에 대한 공포도 섞여 있었다.

'보인다고?'

하지만 지금, 로샨은 공포를 느꼈다. 그것도 거대한, 온몸의 피가 빠져 나가는 기분과 함께 두려움이 정신을 잠식했다.

'안 돼.'

우습게도 로샨이 느끼는 공포의 근본은 작은 여인이었다. 그것도 그가 포로로 끌고 온, 고국에서조차 버림받은 가여운 왕녀. 예레나 세다스. 로샨은 그녀로 인해 두려움에 질려 있었다.

'예레나 님의 상태는 보기는커녕 들어 보지도 못했습니다. 눈먼 이들 중 빛 정도는 구분할 수 있다는 이들이 있었지만 이런 건 사람이 설명할 수 없습니다. 여신께서 기적을 내렸다 볼 수밖에 없습니다.'

의원도 설명하지 못한, 기적이라고만 표현하는 예레나의 상태. 그녀는 앞을 볼 수 있게 됐다. 표현하기에는 황금색 빛이 앞을 그려 낸다 했다.

'보여요. 어지럽지만 형태가 대강은 그려져요.'

로샨은 그녀의 비유에 기적이다 다른 이들처럼 감탄할 수 없었다. 다만 그녀가 자신을 알아보면 어쩌나 두려움에 질려 얼어붙었을 뿐이었다.

'하지만 이게 무슨 색인지 정확히 어떤 모습인지는 모르겠어요. 특히 사람이나 창밖의 새는 황금빛이 강렬하고 일렁임도 심해서 모양조차 제대로 구별이 되질 않아요. 인지되는 움직임이나 크기로 대략 무엇인지 알 수 있는 정도예요.'

다행히 색도, 자세한 모습도 볼 수 없는 예레나의 기이한 눈은 로샨을 알아보지 못했다. 하지만 예레나도 눈치채지 못한 그녀의 무의식을 로샨은 보고 말았다.

예레나는 침대 가장 가까이 있던 그의 목소리에 고개 돌린 직후 아주 찰나지만 분명 공포를 보였다. 그리고 그건 첫 만남 때 예레나가 보여 준 것과 같은 모습이었다.

'이 목소리는……. 키안 경이로군요.'

그녀 스스로도 알아채지 못했지만 로샨은 자신이 목격한 것에 심장이 철렁 내려앉는 줄 알았다. 그녀가 만일 자신의 거짓된 이름을 부르지 않았다면 지레 겁먹고 무릎 꿇었을지도 몰랐다.

그리해 그는 예레나가 앓는 시간 대부분을 그녀 곁에서 보냈음에도 막상 깨어난 그녀 곁에는 머물지 못했다. 다행인지 불행인지 예레나도 그를 반기지 않았다. 로샨은 도망치듯 탑과 푸른 궁을 연결하는 비밀 통로를 지나 제 처소에 지금까지 틀어박혀 있었다.

'지금 당장은 아니더라도 이대로 그녀의 눈이 돌아온다면?'

그가 입술을 물고 눈썹을 추켜올렸다. 갑갑하고 초조한 기분에 목이 막혀 옷깃을 괜스레 잡아당겼다. 투둑 단추가 떨어지는 소리가 났다. 그러나 떨어지는 단추조차 로샨은 눈치채지 못했다.

'그리해 내 정체를 알게 되면 그때는…….'

로샨은 그저 이 상황을 해결할 방안을 모색할 뿐이었다. 그가 드러난 목덜미를 문지르며 어지러운 머리를 굴렸다.

'그건 안 돼. 그럼 끝이다.'

손가락을 구부려 주먹을 세게 쥔 그가 바짝 당겨진 턱을 한 채 고개 저었다. 여인이 제 정체를 알아서는 안 된다는 생각만이 머릿속을 지배했다.

'차라리 그 전에 다시 눈멀게 한다면…….'

이성이 공포에 지배된 가운데서도 머리는 비상하게 방법을 찾았다. 가장 확실한 방안에 로샨이 섬뜩한 낯을 했다. 눈을 멀게 하는 방법은 많았다. 물리적인 방법도 있었고, 독도 찾으면 제법 많을 것이다.

그러나 예레나의 비유에 그는 곧 눈살을 찌푸렸다. 정말 그녀의 상태가 망할 여신의 힘이라면…….

'그 빛…….'

사실 그는 알리시아가 예레나에게 신력을 쓸 때부터 왠지 모르게 불안했더랬다. 그리고 예레나가 설명하는 황금색 빛. 그건 분명 알리시아의 몸에서 터져 나온 것과 같은 색으로 짐작됐다.

"전하. 명하신 대로……."

"……."

"전하?"

생각에 잠긴 로샨은 녹스의 부름에도 정신을 차리지 못하고 있다 그가 가까이 온 뒤에야 고개를 들었다. 녹스는 낯선 모습의 주군을 바라보다 허리 굽혀 말했다.

"신녀를 데려왔습니다."

* * *

가까이서 본 신녀의 얼굴은 파리했다. 대단했던 빛의 밝기만큼 소모한 신력의 양도 컸던 모양이었다. 하나 로샨은 당장에라도 쓰러질 것 같은 신녀의 모습에도 개의치 않은 채 대뜸 물었다.

"왕녀에게 무슨 짓을 벌인 거지?"

"……."

"네가 신력을 쓰는 건 일전에도 몇 번 본 적이 있다. 하지만 검이 목에 닿는 지경에 이르러서도 넌 왕녀에게 썼던 것처럼 큰 빛을 터뜨린 적은 없었어. 항상 이게 여신께서 허락하신 제 힘의 한계라 말하며 물러서곤 했지."

"……."

"의원이 그러더군. 왕녀의 상태는 기적이 아니면 설명할 길이 없다고. 거기다 왕녀는 황금빛이 그림을 그리듯 앞을 보여 준다 했다. 황금빛……. 그건 존재 자체로 빛의 여신을 뜻하는 게 아니던가. 그러니 네가 왕녀의 작금 상태에 간섭했다 보는 게 옳겠지."

"전하. 전 정말 모르는 일입니다."

의심이 아닌 확신에 찬 목소리가 매서웠다. 하지만 알리시아는 허리를 꼿꼿이 한 채 고개를 저었다.

"저는 그저 전하의 명대로 예레나 님께 신력을 썼을 뿐입니다. 그 이외의 일은 다 여신의 뜻이겠지요."

눈가리개를 한 신녀의 표정은 도통 읽기 어려웠다. 진실을 말하는 것 같기도 거짓을 고하는 것 같기도 했다.

로샨은 팔걸이를 톡톡 건드리며 눈을 가늘게 떴다. 그가 알리시아의 얼굴을 살피다 눈가리개에 수놓인 문양을 보며 중얼거렸다.

"여신의 뜻이라……. 난 한 번도 보지 못한 존재라 도통 믿을 수가 없어."

"……."

"두고 보면 알겠지. 정말 여신의 뜻인지 아니면 다른 누군가의 뜻인지."

로샨의 말에 알리시아는 그저 허리를 깊게 숙여 보였다. 로샨은 그런 알리시아의 모습에 그녀가 앞으로도 진실을 말하지 않을 것을 확신했다.

'왕녀와 같은 세다스 출신이라 붙여 놨더니……'

전에도 느꼈으나 눈앞의 맹인 신녀는 숨기는 게 있었다. 그게 무엇이든 로샨은 상관하지 않을 생각이었다. 하지만 신녀의 목적이 왕녀와 관련된 것이라면 이야기가 달랐다.

"이미 벌어진 일을 돌이킬 수 없으니 더는 무어라 하지 않겠다. 하지만……."

그가 천천히 일어나 직접 알리시아 앞으로 갔다. 그리고 고개 숙인 채 공손한 자세로 있는 그녀의 귀에 대고 경고했다.

"……신녀께서도 목숨을 중하게 여기신다면 이 이상 왕녀의 눈이 좋아지는 일은 없어야 할 거야."

알리시아는 여전히 반응하지 않았다. 그러나 그녀의 손이 살짝 떨리는 것을 로샨은 곁눈질로 확인할 수 있었다.

* * *

 기이한 시각을 가지게 된 후 예레나는 오히려 눈 감게 되는 날이 많았다. 눈 뜨면 펼쳐지는 황금빛 세상. 괴상한 형태나 앞을 대강이나마 볼 수 있다는 사실은 편리했으나 다른 이들과 다르게 보이는 앞은 높은 피로감을 가져왔다.

 오래 눈을 뜨고 있으면 어지러운 것은 물론이요 달리기를 오래 한 것처럼 힘들었다. 숨이 차지는 않았으나 온몸이 무거워지고 잠이 쏟아졌다.

 '어지러워.'

 지금도 마찬가지였다. 눈을 떴다 감기를 반복하며 새로운 시각에 익숙해지려 노력하자 금세 피로해졌다.

 "제인. 피곤해서……. 조금만 잘게요."

 그녀는 제인에게 말하고 침실로 들어갔다. 제인은 빠르게 걷는 예레나를 향해 희미한 웃음을 지어 보였다.

 '피곤하다 말씀하시지만, 오히려 더 많이 움직이시는걸. 역시 앞이 보여 그런가. 희망이 생긴 거니까.'

 제인은 예레나가 어떤 식으로든 앞을 볼 수 있다는 사실이 기뻤다. 고명한 의원이 여신의 기적이라 했으니 그런 것이리라. 제인은 여신께서 자비를 조금 더 내려 예레나가 언젠가는 완전히 눈을 되찾기를 기도하려다 그만뒀다. 예전처럼 앞을 볼 수 있게 되면 분명 작금의 상황도 알아차릴 테니까. 제인은 그게 과연 예레나에게 좋을지 장담할 수 없었다.

 '이든 오라버니도 다시 걸을 수 있으면 좋을 텐데. 그건 힘들겠지?'

 예레나를 속이는 이 중 하나라는 생각에 이어 황궁 밖 가족이 떠올랐다. 다리를 잃은 오라비. 오라비에게도 여신의 자비가 내리면 얼마나 좋을까. 제인은 그런 대단한 일 같은 거 자신과 같은 평민에게는 없을 거라 여기면서도 나무 여신상 앞으로 가 무릎 꿇었다. 그리고 예레나의 일로 머뭇거리던 것과 달리 곧장 여신을 향해 기도했다.

340 눈먼 자는 볼 수 없다

짤랑.

기도를 마치고 일어서는 제인의 주머니에서 동전이 떨어졌다. 제인은 굴러가는 동전을 재빨리 주워 주머니에 넣다 멈칫했다.

제법 많은 급료에, 비밀을 지키는 비용으로 많은 것들을 받았으나 최근 들어 제인의 주머니는 다시 가벼워졌다. 큰 병을 앓기 시작한 어머니와 말썽을 부리는 오라비의 뒤치다꺼리 때문이었다.

'약값이 모자랄 것 같은데……. 위드나의 결혼도 코앞이고. 약속한 드레스 해 주기 어렵다 하면 화내겠지.'

어머니 약값으로만 봉급 대부분이 나갔다. 한데 그 와중 오라비가 사고를 쳤다. 제대로 걷지 못하게 된 이후 술에 빠진 그는 움직이는 데 한계가 있는데도 다른 사람들과 싸우며 물건을 잘도 부수고 다녔다.

'칼의 학비는 어쩌지. 합격도 어려운 곳이라 했는데…….'

거기다 주머니 사정이 넉넉해졌을 때 조금 여유를 부린 탓일까 줄줄이 딸린 동생들은 상황이 악화됐음에도 소비를 줄일 생각이 없었다. 떨어져 있어 제대로 혼도 내지 못하는 상황. 가족들의 생계를 책임지는 제인의 어깨는 나날이 무거워져 갔다.

'……휴가 때 잘 타이르고 와야지.'

제인은 휴가 때 만날 가족들에게 상황을 설명하고 단단히 주의를 시키겠다 다짐하며 자리에서 일어났다. 그리고 울적한 기분을 날려 버리려 팔을 쭉 뻗어 기지개 켜고 마른걸레를 집어 들었다.

창가의 먼지를 닦으며 제인이 힘찬 목소리로 자신에게 말했다.

"빚도 다 갚았고 집도 있잖아. 괜찮아. 이보다 더 힘들 때도 있었는걸. 이겨 낼 수 있어. 제인."

* * *

피로했으나 잠은 오지 않았다. 침대에 누운 예레나는 황금빛이 그리는 촛대를 바라보다 눈 감았다.

눈 감은 후에도 빛의 잔상은 한동안 남아 있었다. 거의 10여 초가 흐른 후에나 찾아온 어둠에 예레나가 한숨 쉬었다.

'세다스는…….'

눈앞이 컴컴해지면 이번에는 여러 생각이 머리를 어지럽혔다. 예레나는 고국과 얼마 전 만난 고국의 사신, 황제 등을 생각하며 미간을 찌푸렸다. 그리고 또 한 번 깊은 한숨을 내쉬며 갑갑한 속을 조금이나 풀어 내려 했다.

'이렇게 초조해한다 해서 당장 무언가 할 수 있는 건 아니야. 차라리 몸을 챙기고 훗날을 도모해야지.'

앓기 전 만난 황제는 저주라는 단어를 뱉으며 거의 발작하듯 날뛰었다. 고래고래 고함치는 목소리만 들어도 그가 저주라는 단어에 얼마나 얽매여 있는지 알 수 있었다. 그리고 그런 반응을 보건대 대신관이라는 자에게서 저주가 사라졌다 판정받기 전까지 그녀가 황제의 눈에 들 일은 없었다.

예레나는 당장 자신이 할 수 있는 일은 없다 인정하고 초조함을 내려놓으려 노력했다. 게다가 그나마 다행인 것은 황제가 자신에게 아직 관심을 두고 있다는 것이었다.

'나를 아예 잊고 있지는 않았어. 분명 기회를 잘 잡으면…….'

예레나는 기회를 기다려 보자 생각하다 입술을 깨물었다. 당시 황제의 폭력에 무참히 짓밟히고 있던 여인의 비명 소리가 떠오른 탓이었다.

황제의 정부로 귀여움을 받는다 한들 무슨 소용일까. 끝은 그 여인과 같을지 몰랐다. 예레나는 두려움에 질려 여인이 폭행당하는 모습을 듣고만 있던 자신을 비겁하다 자책하며 손을 모았다. 그리고 세다스어로 이름도, 얼굴도 모르는 그녀의 안녕을 빌었다.

'미안해요. 아무것도 하지 못하고 가만히 있어서.'

여인에 대한 미안함에 기분이 가라앉으며 몸이 한층 더 무거워졌다. 예레나는 이제 따뜻하다 못해 더워지는 날씨에도 이불을 꼭 끌어안고 모로 누워 새우처럼 웅크렸다.

제 숨소리만 들리자 자연스럽게 누군가 떠올랐다. 정확히는 계속 생각나는 사내를 다른 여러 생각으로 억지로 지웠다 보는 게 옳았다.

'제발 정신 좀 차려. 예레나. 쓸모없는 것!'

귀를 막은 예레나는 스스로에게 욕지거리를 퍼부었다. 자신의 처지와 상황을 인지하려 애쓰며 사내에게 가는 마음을 애써 무시했다.

'그 예레나 님. 키안 경의 인사라도 받아 주시는 게 어떨까요?'

'……'

'……쓰러져 계실 때 정말 많이 걱정하셨어요.'

하지만 마음이라는 건 항상 그랬다. 잊으려 할수록 더 떠올라 사람을 괴롭혔으며 더 깊은 생각의 늪에 빠뜨렸다. 예레나는 자신이 앓고 있을 때 그의 걱정이 컸다는 제인의 말을 상기하다 베개에 아예 얼굴을 파묻어 버렸다.

앓기 전 사내에게 내뱉은 명 때문일까. 이후 호위 기사들은 더는 방 안으로 들어오지 않았다.

인사를 위해 하루 두 번 문을 두드렸으나 그게 다였다. 그리고 예레나는 요 며칠 그마저도 피했다. 프레드릭의 인사는 고개를 끄덕이며 받아 줬으나 피하고 싶은 사내가 올 때면 아예 침실로 들어가 버렸다.

그럼에도 사내는 문 두드리고 들어와 제인에게 인사하고 돌아서곤 했다.

사내의 목소리가 침실 밖에서 들릴 때면 예레나는 그의 모습을 황금빛으로나마 보고 싶었다. 일그러진 형태이나 어떤 모양인지, 상상한 것만큼 키는 큰지, 또 어떻게 움직이는지 알고 싶었다.

그러나 그럴 수 없었다. 예레나는 이번에 앓으며 사내에 대한 제 마음을 자각하고 말았다.

'예레나. 내 아가.'

'예레나. 누이.'

이제는 익숙해진 악몽 속, 오랜만에 가족들이 나타났다. 하지만 가족들의 모습은 지금껏 악몽 속 모습과는 사뭇 달랐다.

그녀를 따스하게 바라보다 죽어 가던 모습은 없었다. 대신 가족들은 무표정한 얼굴로 예레나를 싸늘하게 흘겨보다 손가락질했다.

'네가 어찌 그래. 어찌 그럴 수 있느냐.'

네가 어떻게 그럴 수 있느냐. 가족들은 예레나의 죄를 상세히 말하지 않았다. 그러나 예레나는 가족들이 지적하는 제 죄를 알았다. 비스티우스 제국의, 그것도 고국을 침략한 전쟁에 참여한 것이 분명한 제국의 기사를 마음에 담다니. 가족들은 죽어서도 그 사실에 치 떨며 그녀를 꾸짖고 있었다.

'아니야. 난……!'

예레나는 가족들의 말을 부정하며 아니라고 외치려 했다. 그러나 무언가 틀어막힌 듯 목소리가 나오지 않았다.

'죄송해요.'

그저 죄송하다 말할 때만 나오는 목소리. 예레나는 그런 자신과 피눈물을 흘리는 가족들을 보며 완벽히 깨달았다. 사내와 마찬가지로 자신도 그를 마음에 담았노라고.

'죄송해요. 잘못했어요.'

그리고 그렇게 된 이상 그녀가 할 일은 하나였다. 사죄하며 지금에라도 사내에 대한 마음을 지우는 것. 뉘우치며 그를 제 속에서 몰아내는 것. 그것만이 예레나에게 남은 길이었다.

'예레나. 네가 어찌 우리에게 이러느냐.'

잠들지 않았음에도 가족들의 목소리가 귓가를 맴돌았다. 예레나는 저도 모르게 문밖, 복도에 있을 사내를 떠올린 것을 알아채고 숨이 막힐 만큼 세게 베개에 얼굴을 눌렀다.

그를 부정할수록 가족들의 목소리가 희미해졌다. 예레나는 이게 옳다 애써 미소 지으며 계속해서 제 숨구멍을 틀어막았다.

"앞으로는 그런 일 없을 거예요. 정말이에요. 정말……. 정말 죄송해요."

포로로 탑에 갇힌 왕녀는 젖은 이끼처럼 축축해진 베개에 대고 오래도록 같은 말을 반복하며 죄를 뉘우쳤다. 하나 잔뜩 억눌린 목소리가 베개와 얼굴 사이를 비집고 나오듯 그녀의 진실한 속내도 완전히 숨겨지지 않았다.

* * *

열린 문 틈 사이로 웃음소리가 새어 나왔다. 로샨은 복도에 우두커니 선 채 그 소리에 귀 기울이다 틈 사이로 안을 훔쳐봤다.

어두운 탑 내부 복도와 달리 방 안은 창에서 쏟아지는 햇볕 때문에 환했다. 덕분에 문을 등진 채 카우치에 앉아 있던 여인의 금발은 거의 은빛으로 보일 정도였다.

로샨은 그 반짝이는 빛에서 눈을 떼지 못한 채 숨죽였다. 며칠 동안 살펴본 결과 여인의 기이한 시야는 많이 불안정했다. 물론 아예 보이지 않는 것과는 비교할 수 없겠으나 세세한 것까지는 자세히 보지 못하는 게 분명했다.

그렇기에 로샨은 빼꼼히 열린 문 틈으로 예레나를 볼 수 있었다. 물론 혹시나 들킬 것을 염려해 전장에서와 마찬가지로 발걸음 소리와 숨소리마저 죽인 채였다.

"제인. 이번에는 내 차례예요."

뭐가 그리 즐거운지. 로샨은 예레나의 모습이 못마땅했다. 자신은 그녀의 명에 안으로 들어가지도 못한 채 주인 잃은 개처럼 서성이건만 예레나는 날이 갈수록 밝아졌다.

"한 번만 봐주세요."

"안 돼요. 그런 게 어디 있어요."

어느 정도 되찾은 시각으로 하녀와 게임하는 모습에 속이 쓰렸다. 그는 제인과 마주 앉은 예레나의 어깨 너머로 올라갔다 내려갔다를 반복하는 다섯 개의 정육면체 돌덩이를 노려봤다. 심장 안에서 저 작은 돌덩이들이 덜그럭거리는 느낌이었다.

"와! 이번에도 다 잡으셨어요."

제인이 다섯 개의 돌덩이를 모두 잡아낸 예레나를 향해 손뼉 쳤다. 예레나는 어깨를 살짝 으쓱이며 다시 돌을 던져 올렸다 내려 잡길 반복했다. 그에 맞춰 로샨의 심기도 크게 곡선을 그렸다. 그녀가 즐거워하는 모습에 기분이 좋다가도 자신을 전혀 찾지 않는 모습에 화가 치밀었다.

"조금 쉬었다 해요. 밖을 보고 싶어요."

시간이 좀 흐르고 게임이 지겨워졌는지 예레나가 자리에서 일어났다. 제인도 따라 일어나 습관처럼 그녀를 부축하려 했다. 예레나가 웃으며 괜찮다 하자 제인이 멋쩍은 표정으로 따라 웃으며 팔을 내렸다.

자신이 있는 방향으로 몸 돌리는 예레나의 모습에 로샨이 재빨리 몸을 옆으로 움직였다. 그러다 예레나가 창가로 가 다시 뒤돌아서자 제자리로 돌아왔다.

창가로 간 예레나는 밖을 바라보며 제인에게 종알거렸다. 종종 제인의 손을 잡는 모습이 함께 자란 자매를 연상케 할 만큼 친근했다.

'왜……?'

유치한 감정이 크기를 키웠다. 로샨은 햇빛 아래 빛나는 예레나를 보다 그 옆으로 시선을 움직였다.

'고작 하녀일 뿐인데. 그것도 돈 때문에 곁에 남은 하녀일 뿐인데.'

세다스 왕국에서 제국으로 넘어오던 길 예레나와 붙어 있던 하녀가 몹시 거슬리던 때가 생각났다. 다른 때라면 쳐다보지도 않았을 평민 여인이 부러웠다. 그때도. 지금도.

'……거슬려.'

생애 처음 앓는 감정에 잔뜩 예민해진 로샨은 조용히 검을 만지작거렸다. 본래 비틀려 있던 그는 질투조차 비틀리게 했다.

'미움받을 수는 없지.'

당장이라도 문을 열어젖히고 하녀를 벨 것처럼 보이던 그를 멈춰 세운 건 그 생각 딱 하나였다. 미움받을 수 없다. 로샨은 그 말을 속으로 웅얼거리다 문에서 한 발자국 뒤로 물러났다.

'억지로 떼어 놨다가는 내내 그리워하겠지.'

그러나 저 하녀를 이대로 두고 싶지도 않았다. 저 하녀가 없다면. 그런 생각과 함께 몇 달 전 하녀가 휴가를 떠났을 때가 떠올랐다. 유독 예레나와 빠르게 가까워졌던 시기였다.

로샨의 입가에 미소가 피었다. 그는 안에서 웃고 있는 두 여인을 보다 몸을 옆으로 조금 옮겼다. 그러자 제인이 아예 문에 가려지고 예레나만 좁은 틈 사이로 보였다.

기만자는 웃고 있는 왕녀의 옆모습을 보며 그 옆에 자신을 가져다 붙였다. 제게만 환하게 웃어 줄 여인을 상상하자 희열이 차올랐다.

'역시 치워 버려야 옳아.'

로샨이 보이지 않는 검을 뽑았다. 몇 없는 버팀목을 베어 낼 때가, 그리하여 유일의 버팀목이 될 때가 왔다 그는 생각했다.

* * *

"이것도 못 한다. 저것도 못 한다. 알리시아 신녀. 지금 내게 반항하는 것이요? 그대를 찾는 이들이 많은 걸 믿고 이러는 거냐 이 말이야."

"그런 게 아닙니다. 대신관님. 그저 황태제 전하의 명을 받드느라……. 당장 신력을 쓸 수가 없습니다."

"전에는 이런 일 없었잖나!"

황궁 내 신전에서 고성이 터져 나왔다. 대신관 시낙스는 알리시아를 앞에 세워 놓고 벌겋게 달아오른 얼굴을 했다. 조금 떨어진 곳에 있던 쥴과 잘이 걱정스러운 얼굴로 알리시아를 힐끔였다.

"그간은 알아서 잘 하지 않았나. 한데 인제 와서 그런 변명이라니…… 쯧!"

알리시아는 최근 제게 들어오는 의뢰를 모두 거절했다. 덕분에 연이 닿아 있던 귀족들에게 한 소리 들은 대신관은 화가 잔뜩 나 있었다.

"나본 백작이 기부금을 끊겠다며 돌아갔네! 그가 우리에게 그간 보인 정성이 얼마인데……."

알리시아는 속으로 한숨을 내쉬었다. 감기에 걸린 손자에게 신력을 써 달라는 사적인 부탁이었다. 대신관 시낙스가 제게 그런 일을 시키고 받는 돈과 혜택이 어마어마한 것은 진즉 알고 있었으나 막상 화를 내는 꼴을 보고 있자니 어이가 없었다.

"무, 물론 황태제 전하의 명도 분명 중요하지. 암 그렇고말고."

알리시아의 생각이 티가 났던 것일까. 대신관은 괜스레 찔리는 얼굴을 하더니 말을 더듬었다. 그리고 자세를 바로 하더니 갑자기 엄한 목소리로 말했다.

"하지만 기억하시오. 우리는 여신만을 섬기는 자들이야. 세속의 부와 권세를 좇는 자들이 아니란 말이야."

호화스러운 실내에서 값비싼 옷을 두른 자가 할 말은 아니었다. 하지만 알리시아는 묵묵히 고개를 숙여 보였다.

"앞으로 조심하시오. 계속 이런 식으로 굴면……. 그 자리도 위태할 거요!"

알리시아가 복종하는 자세를 보이자 대신관이 헛기침을 하며 나가 보라 손짓했다. 알리시아는 인사하고 뒤돌아섰다. 그런 그녀 뒤를 쥴과 쟐이 따랐다.

"아……."

밖으로 나오기 무섭게 알리시아가 비틀거렸다. 회복되지 못한 몸으로 눈에 신력을 집중한 탓이었다.

"도통 신력이 돌아오질 않네요."

쥴이 그런 그녀를 붙잡으며 염려스러운 목소리로 말했다. 쟐은 쥴의 말에 일순 굳는 알리시아를 보고 쥴에게 눈치를 줬다.

"……두 사람은 내가 이 자리에서 내려오면 어찌할 건가요?"

몇 걸음 걷던 알리시아가 쥴과 쟐에게 물었다. 알리시아가 가진 고위 신녀라는 지위는 신력이 뛰어난 이들에게만 부여되는 것이었다.

말뜻을 알아들은 쥴과 쟐의 얼굴이 창백히 질렸다. 간혹 있었다. 신력을 무리하게 쓰다 결국 고갈시키는 이들이.

그들은 고위 신녀로 떠받들어지는 삶을 살다 한순간에 평신녀로 꼬꾸라지는 것도 모자라 신전 내에서 손가락질을 받았다. 신녀가 신력을 잃은 것은 여신께 죄를 지어 자비를 거둬 가신 거라는 말도 안 되는 이유로.

"내가 쥴과 쟐. 그대들과 같은 평신녀가 되면 날 떠날 건가요?"

알리시아가 쓴 목소리로 물었다. 그러자 쥴과 쟐이 고개를 저으며 목소리를 높였다.

"아니요. 그럴 리가요. 알리시아 님은 저희 자매의 은인이신걸요."

"쥴 말이 맞습니다. 알리시아 님이 혹여나 신력을 다 잃게 되시든, 어떤 위치에 계시든 저희는 상관없이 따를 것입니다."

"……둘 다 고마워요."

알리시아가 미소 지었다. 그러고 보면 이들과의 인연도 벌써 10년이 넘었다. 그녀가 쥴과 쟐에게 좀 더 몸을 맡긴 채 걸으며 생각했다.

'루브의 대신녀님이라면 두 사람 정도는 맡아 주시겠지.'

* * *

늦봄이 가고 여름이 다가오고 있었다. 탑의 밖은 푸르른 것도 모자라 하나둘 피어난 꽃들로 향기에 뒤덮였다.

'수도에서 쫓겨났다니……. 다들 잘 지내야 할 텐데.'

창밖을 보던 예레나는 작게 한숨을 쉬었다. 초조함을 버리고 마음을 최대한 편하게 먹으려 했으나 쉽지 않았다. 특히 세다스 사신이 전해 준 예전 시녀들의 소식에 그녀는 걱정이 컸다.

"제인. 나 좀 도와줄래요?"

다행인 것은 세다스에 서신 보내는 것을 허락받았다는 점이었다. 물론 오고 가는 서신은 모두 검열을 받겠지만 자신과의 인연 때문에 비앙카에게 괴롭힘당한 이들의 소식을 알고 싶었다.

"네. 예레나 님. 무슨 일 때문에 그러세요?"

"편지 쓰는 걸 좀 도와줘요."

"편지요? 아……. 얼마 전 알리시아 님과 말씀하시던 세다스로 보낼 편지 말이지요?"

"네. 이 눈으로 글을 쓰는 건 무리 같아서……. 부탁 좀 할게요."

"하지만 전 세다스어를 모르는데."

"걱정 마요. 편지를 받는 사람이 제국어도 읽고 쓸 줄 알아요. 자 여기에 일단 프리아에게라고……."

예레나의 친우 중 한 명인 프리아는 세다스 내에서 좋은 가문 출신에 남편 또한 외국 왕족의 피가 흐르는 높은 작위를 지닌 이였다.

'서신에 쫓아냈다 쓴 이들 중 프리아랑 그 남편은 없었어.'

비앙카도 프리아와 그 가족만은 함부로 하지 못할 게 뻔했다. 그렇기에 예레나는 우선 그녀에게 서신을 보냈다.

"예레나 님. 다 썼어요. 그런데 글씨가 예쁘지 못해서……."

"괜찮아요. 도와줘서 고마워요."

물론 답신은 한참 후에나 돌아오거나 운이 나쁘다면 아예 받지 못할 수도 있었다. 하지만 아무것도 하지 않은 채 지내는 것보다는 낫지 않은가. 예레나는 서신을 품에 넣다 열어 둔 창으로 새가 지저귀는 소리를 듣고 고개를 틀었다.

마침 새는 막 도약해 날아가고 있었다. 예레나는 황금빛 작은 물체가 하늘을 향하는 걸 보고 생각했다.

'저 밖의 새처럼 날 수 있으면 직접 가 볼 텐데.'

자유로운 새를 보자 갑갑함이 배가 됐다. 그리고 그제야 자신이 앓고 난 뒤 밖을 한 번도 나간 적 없었다는 사실이 떠올랐다.

'한 달이 넘었는데……. 갇혀 살다 보니 이제 밖에 나갈 생각도 안 하는구나.'

예레나는 창밖을 보다 일어섰다. 의식하지 않을 때는 몰랐으나 한번 의식하고 나니 밖으로 나가고 싶었다. 그녀가 문가 쪽으로 움직이자 제인이 그녀를 따라오며 물었다.

"나가시려고요?"

"날씨가 많이 따뜻해서요."

"좋은 생각이에요. 준비할게요."

제인이 손뼉 치며 침실 쪽으로 갔다. 그러잖아도 게임을 하며 웃는 중에도 종종 한숨 쉬는 예레나가 걱정되는 그녀였다. 오랜만에 산책이라도 하시면 기분이 풀리시겠지. 제인은 그리 생각하며 얇은 숄 하나를 꺼내 왔다.

"고마워요."

숄을 두른 예레나가 제인의 팔짱을 끼고 다시 걸음을 옮겼다. 움직임에 따라 황금색 빛이 눈앞에서 흔들렸다.

'아…….'

문 앞에 선 예레나가 머뭇거렸다. 밖에 있을 사내가 생각난 탓이었다. 그간은 어떻게든 그를 외면하고 있었으나 이 밖으로 나가면 마주치게 될 게 뻔했다.

"왜 그러세요?"

예레나가 머뭇거리는 사이 제인이 문을 열었다. 그리고 기다렸다는 듯 열린 문 너머에서 사내의 목소리가 들렸다.

"오랜만에 뵙습니다. 예레나 님."

* * *

'……어지러워.'

일렁이는 시야는 계단에 독이었다. 예레나는 평평한 곳을 걸을 때와 달리 높낮이가 제멋대로인 돌계단을 생각만큼 쉽게 내려올 수 없었다.

"아……!"

눈의 피로에 황금빛이 아지랑이처럼 피어나자 결국 실수가 나왔다. 헛디딘 걸음에 예레나의 몸이 균형을 잃고 기울어졌다.

옆에서 함께 걷던 제인이 몸에 힘을 주며 예레나를 부축하려 했다. 하지만 앞으로 쓰러지며 붙은 속도를 그녀 혼자 감당하기는 어려웠다.

제인까지 함께 넘어가려던 차 단단한 힘이 예레나를 뒤에서 안았다. 동시에 긴 팔이 제인의 드레스를 쥐고 뒤로 당겼다.

철렁한 심장에 예레나가 한숨을 쉬다 말고 딱딱하게 굳었다. 쿵쿵 뛰는 제 심장 소리와 맞물린 다른 이의 심장 박동이 느껴진 탓이었다.

"조심하십시오. 오래된 계단이라 매끄럽지 않습니다."

뻣뻣한 몸을 간신히 움직이려던 찰나였다. 귓전에서 사내의 목소리가 울렸다. 솜털을 간지럽히는 숨결에 예레나는 다시 몸을 굳혔다.

잠시 후 정신을 차린 예레나가 놓으라 말하기 직전, 사내가 그녀를 안고 있던 팔을 풀었다. 스르르 뱀처럼 느긋하게 사라지는 사내의 팔에 뒷목에 소름이 돋았다.

"위험하니 제가 앞장서 걷겠습니다."

사내는 그리 말하며 예레나 옆을 스쳐 지나갔다. 좁은 통로 탓에 사내의 손과 예레나의 손이 살짝 부딪혔다. 어찌 보면 당연한 접촉이었으나 예레나는 움찔거리며 손을 소매에 숨기듯 말아 쥐었다.

"계단 모서리를 조심하십시오. 낡아 바스러진 곳이 많습니다."

경고한 사내가 몸을 뒤로 살짝 튼 채 계단을 천천히 내려가기 시작했다. 예레나는 온 집중을 다해 내려가려 해도 무서운 계단을 그는 제대로 보지도 않은 채 잘도 걸었다.

'괜히 나왔어.'

사내의 도움을 받았다는 사실에 눈의 상태에 대한 짜증이 솟구쳤다. 그러나 이내 예레나는 입술을 물고 조금 전 생각을 반성했다. 얼마 전까지 아무것도 보지 못하던 눈 아니던가.

'사람의 욕심은 끝이 없다더니 상황이 나아졌는데도 투정을 부리다니…….'

옆에 붙은 제인의 인영이 황금빛으로 일렁였다. 예레나는 그녀의 손을 꼭 잡은 채 최대한 조심조심 발을 디뎠다.

딛어야 할 곳을 꼭 알려 주기라도 하듯 사내는 예레나의 속도에 맞춰 걸었다. 겹치는 발걸음에 자연스레 사내에게도 눈이 갔다. 계단 한두 개를 먼저 내려가 있음에도 저보다 큰 키에 좁은 통로를 꽉 채운 넓은 어깨. 새삼 사내가 기사라는 사실이 실감 났다.

'또…….'

사내가 먼저 걸음한 곳을 그대로 내딛고 있던 예레나는 어느 순간 자신이 또 그를 살피고 생각하고 있다는 사실을 깨달았다. 그녀가 입술을 꼭 문 채 부러 사내가 딛지 않은 곳에 발을 가져갔다.

사내가 그런 자신을 응시하는 게 느껴졌으나 신경 쓰지 않았다. 정확히는 신경 쓰지 않으려 했다 보는 게 옳았다.

그렇게 얼마간 내려왔을까. 어느덧 계단의 끝이 보였다. 계단을 거의 다 내려온 예레나는 이번에도 사내가 딛지 않은 곳에 발을 올렸다 휘청했다. 사내의 경고대로 일부가 부서져 홈이 난 계단을 밟은 탓이었다.

예레나를 내내 살피던 사내가 곧장 팔을 뻗어 그녀를 부축하려 들었다. 그러나 예레나는 소리 나게 그의 손을 쳐 낸 뒤 아무 일도 없었다는 듯 섰다. 그리고 고개 돌려 그를 외면한 채 제인에게 부탁했다.

"……제인, 나 좀 잡아 줘요."

예레나와 사내 사이에서 눈치 보던 제인은 머뭇거리며 고개를 끄덕였다. 제인과 팔짱을 낀 예레나가 허리를 꼿꼿이 세우고 걸음을 옮겼다. 사내는 별말 없이 다시 그녀의 뒤로 가 걸음을 맞췄다.

세 사람은 곧 탑의 문 앞에 다다랐다. 제인이 손을 뻗자 끼익. 나무 문이 열리고 어두운 세상이 걷혔다. 예레나는 짙게 불어닥치는 꽃내음에 이어 서서히 펼쳐지는 광경에 눈을 크게 뜨고 앞을 봤다.

'아……'

황금색 수채화가 눈앞에 펼쳐졌다. 희끗희끗한 황금빛으로 움직이던 사물들과 달리 밖의 나무, 꽃, 풀 등은 사람과 마찬가지로 강렬한 빛이 났다. 꼭 자신이 생명을 가지고 있다고 아우성치는 것처럼.

'아름답구나.'

예레나는 홀린 듯 문을 넘어 바람에 흔들리는 꽃 가까이 갔다. 황금빛으로만 보여 무슨 꽃인지, 어떤 모양과 색을 띠는지는 알 수 없었으나 그것만으로도 충분했다.

그녀가 몸을 수그려 가장 가까이 자리한 작은 꽃에 얼굴을 바투 가져갔다. 꽃봉오리의 달큼한 향에 시원한 풀 내음이 조금 섞여 들었다.

한결 좋아진 기분에 예레나가 편안한 얼굴을 하다 날아가는 나비에 놀라 비명 지르며 제인을 불렀다. 그 모습에 작게 웃음을 터뜨린 제인이 예레나를 놀리다 나비와 관련된 사소한 말을 떠들어 댔다.

예레나는 제인의 말을 들으며 고개를 살짝 주억였다. 그러다 간간이 작지만 소리 내 웃음을 터뜨렸다.

그 모습을 아직 문을 넘지 않은 사내가 지켜봤다. 사내는 여인들과 달리 어두컴컴한 탑의 그림자에서 벗어나지 않았다. 그가 예레나의 얼굴과 그녀의 손가락과 맞닿아 있는 흰 꽃을 번갈아 보며 희미하게 미소 지었다.

* * *

'생각보다 더 보기 좋아.'

직접 고른 뒤 심어라 명한 흰 꽃은 예레나와 한 몸처럼 잘 어울렸다. 로샨은 예레나의 금발 뒤로 떨어진 꽃잎이 나부끼는 것을 만족스럽게 감상하며 걸음을 앞으로 내딛었다.

그림자 밖으로 나온 그의 정수리 위로 햇빛이 쏟아졌다. 그리고 딱 그 순간, 예레나의 눈이 로샨에게 고정됐다.

예레나의 눈동자는 완전히 눈멀었을 때보다는 선명해져 있었다. 하지만 여전히 그가 맨 처음 본 그녀의 눈에 비해서는 흐리멍덩했다.

'병증이라면 전처럼 아예 죽어 있거나 완전히 살아났겠지. 역시 병증보다는 다른 게 원인인가.'

곧 도착할 하이든이 떠오르며 지금껏 생각하지 않았던 의문이 로샨의 머릿속을 스쳤다. 그가 가져올 것들로 왕녀의 눈에 대한 답을 찾는다면? 그리해 저 눈을 뜰 수도 영영 감길 수도 있게 된다면?

로샨은 일부 되찾은 시야에도 저리 즐거워하는 예레나의 눈을 다시 빼앗아 가기 싫었다. 하지만 그는 이 이상 예레나가 눈 뜨는 것이 두려웠다.

'들켜서는 안 돼.'

혹여나 왕녀가 눈을 완전히 회복한다면, 그리해 자신을 알아본다면……. 그 이후는 상상도 하기 싫었다.

자신을 향한 강렬한 시선을 느낀 탓일까. 예레나가 고개 돌려 사내를 봤다.

잠깐 마주한 시선에도 손이 저릿했다. 하나 예레나는 피가 식은 얼굴을 하더니 다시 고개를 돌렸다.

'내게 저리 매정할 필요 있나? 어차피 자신을 버린, 원수 같은 이복동생이 다스리는 곳 아닌가.'

로샨은 예레나가 자신을 왜 냉랭하게 대하는지 잘 알고 있었다. 쓰러진 직후 그녀는 가족들에게 내내 미안하다 사과했다. 그리고 앓는 동안 딱 한 번 나온 말. 제정신인 예레나는 '키안'이라는 거짓 이름을 중얼거리며 그에게 관심을 두지 않겠다 가족들에게 맹세했다.

왕녀의 조국. 세다스가 걸림돌이었다. 그 지긋지긋한 이름. 왕녀에게 아픔만 주는 거슬리는 그 작은 왕국이 문제였다.

'그런 나라 따위 잊어버리지. 거기서 누린 것들보다 훨씬 좋은 것들을 줄 수 있는데.'

제인을 이끌고 가는 뒷모습을 보며 로샨이 주먹을 살짝 쥐었다. 그의 눈에 치맛자락을 휘날리며 걷는 예레나는 조금 전과 같았다. 여전히 사랑스럽고 어여뻤다.

'따지고 보면 저 여자도 같지 않나. 제국민인데 어째서……'

하지만 그녀 곁에 있는 이는 아니었다. 시간이 지날수록 사내는 예레나에게 붙여 놓은 하녀가 눈에 들어간 모래알처럼 까슬거리는 것이 거슬렸다.

누가 보더라도 알 수 있었다. 예레나가 저 하녀를 아끼는 것을. 소중히 생각하며 제 사람으로 여기는 것을.

어둡고 유치한 감정이 로샨을 삼킨 찰나 제인이 고개를 뒤로 돌렸다. 로샨은 제 표정에 놀라는 그녀에게서 자연스레 시선을 거뒀다.

"제인? 왜 그래요?"

"아, 아무것도 아니에요."

예레나가 몸을 떠는 제인을 향해 물었다. 제인은 어색한 웃음과 함께 고개 저으며 아무 일도 아니라 답했다.

하지만 이미 로샨의 얼굴을 본 그녀는 유령이라도 본 것처럼 희게 질려 있었다.

* * *

황후 릴리아나의 시녀 루나는 드레스가 망가지는 것도 모른 채 흙바닥에 무릎을 대고 몸을 숙였다. 그리고 바로 옆, 저와 같은 꼴의 여인에게 재차 물었다.

"맞지? 내 눈이 잘못된 게 아니지?"

"……네. 확실히 황태제 전하가 맞는 것 같아요."

"세상에……."

불안한 기색을 숨기지 못하면서도 고개 끄덕이는 동료를 보고 황후 릴리아나의 수석 시녀 루나가 분한 얼굴을 했다. 그리고 입을 몇 번이고 소리 없이 벌리고 닫고를 반복하다 몸을 조심스레 일으켰다. 물론 여전히 관목에 몸을 숨긴 채였다.

"가자."

"네?"

"가서 황후 폐하께 본 걸 말씀드려야지."

루나는 당장에라도 제 상전에게 본 걸 모두 일러바칠 셈인 것 같았다. 하나 그녀와 함께 온 릴리아나의 또 다른 시녀는 주저하며 입을 열었다.

"하지만. 황후 폐하께서 이 사실을 아시면 분명히 경을 치실 텐데."

황후가 화를 낼 때면 꼭 누군가 다쳤다. 친정에서부터 함께한 시녀인 루나야 황후의 신임과 귀여움을 받고 있어 별문제 없겠으나 그녀와 함께 이 소식을 전할 자신에게는 어떤 불똥이 튈지 몰랐다.

"무슨 걱정이야. 설명은 내가 거의 다 할 텐데. 넌 황후 폐하께서 네게 묻는 말에만 답해."

"네……."

루나도 그 사실을 알았다. 그러나 그녀는 모른 척 시녀를 윽박질렀다. 시녀는 당장에라도 울 것 같은 표정을 지으면서도 고개를 끄덕였다.

두 사람은 관목 잎이 드레스에 붙는 것도 신경 쓰지 않은 채 도망치듯 자리를 벗어났다. 그리고 그들이 사라진 자리에 얼마 지나지 않아 금발의 기사가 툭 떨어졌다.

나무 위에서 단번에 내려온 기사는 프레드릭이었다. 그는 릴리아나가 벌인 독살 건 이후 로샨의 명에 따라 휘하 수하들과 함께 탑 근처를 은밀히 경계하고 있었다.

'어째서 그냥 두고 보라 하신 거지.'

릴리아나의 시녀들은 들키지 않았다 생각하겠지만 프레드릭과 그의 수하는 한참 전부터 그들을 지켜보고 있었다. 다만 로샨의 명에 따라 모른 척했을 뿐.

황후의 시녀들이 앉아 있던 곳을 보던 프레드릭이 고개 돌렸다. 그리고 시녀들이 보던 것과 마찬가지로 관목 사이 틈을 통해 저 멀리 서 있는 인영들을 바라봤다.

탑 주변을 거닐고 있는 여인 둘과 그 뒤를 뒤따르는 사내. 프레드릭은 자연스럽게 금발의 여인을 좇다 순간 느껴지는 시선에 고개를 틀었다.

붉은 눈이 그를 스쳤다. 그리고 그 즉시 프레드릭이 고개를 작게 수그리고 다시 나무 위로 사라졌다.

* * *

"그럴 줄 알았어!"

릴리아나는 상아궁의 정원 한가운데 주저앉아 펑펑 울기 시작했다. 그녀의 결 좋은 분홍빛 머리카락이 옆으로 퍼진 드레스 자락을 따라 바닥까지 늘어졌다.

"폐하. 다치셨어요."

정원의 구석에서 숨죽이고 있던 루나가 달려와 릴리아나의 곁에 앉았다. 릴리아나는 화초를 꺾어 던지고 사람을 할퀴느라 다친 제 손을 꼼꼼히 봐 주는 루나를 빤히 보다 그녀의 품에 안겨 더 서럽게 울었다.

"로샨이 나한테 어떻게 이럴 수 있니."

그러길 한참. 릴리아나의 울음이 어느 순간 잦아들었다. 루나의 품에서 고개를 들고 벌떡 일어난 그녀가 제 손을 내려다보며 말했다. 눈가는 눈물 때문에 붉었으나 표정은 감정을 지운 듯 차가웠다.

"루나. 네 말대로 손톱이 망가졌구나. 전에 손톱을 잘 관리한다 내가 칭찬했던 그 아이를 불러오렴."

"조금 전에 매질하라 이른 아이인지라……."

"어머. 아쉬워라. 지금쯤이면 팔다리가 부러졌을 텐데. 어쩔 수 없지. 다른 아이를 불러오렴."

언제 울었냐는 듯 멀쩡한 얼굴의 릴리아나는 화풀이로 매질하라 이른 하녀가 필요해지자 아쉬운 얼굴을 했다. 그녀에게서 조금 떨어져 있는 곳에 서 있던 시녀들은 그 모습에 소름이 돋는지 뻣뻣한 몸을 했다. 하지만 루나는 아무렇지 않게 고개를 끄덕이며 또 다른 하녀를 준비하라 일렀다.

곧 정원에 무언가를 잔뜩 챙긴 하녀가 도착했다. 릴리아나는 정원에 마련된 의자에 편히 앉아 그녀에게 손톱을 내민 채 다른 손으로 루나에게 가까이 오라 손짓했다.

"루나. 어쩌지. 최대한 침착하게 생각하려 해도 좋은 방법이 떠오르지 않아."

"……."

"저번처럼 독을 썼다가 걸리기라도 하면……."

릴리아나는 예레나의 존재를 참아 줄 수 없었다. 하지만 다시 직접 수를 쓰기에는 로샨이 두려웠다.

"……말만 그러신 게 아닐까요? 전하께서는 그간 황후 폐하께만은 많이 유하셨는데요."

릴리아나에게 일전의 일을 들은 루나가 조심스레 말했다. 황태제가 제 주인에게 경고했다지만 말뿐일지도 몰랐다. 왜냐. 황태제는 그간 그에게 관심을 두는 여인을 릴리아나가 괴롭히고 심지어 죽여도 별말하지 않았으니까.

"아니. 로샨은 그 세다스 계집에게 단단히 홀렸어, 더러운 것!"

루나의 말에 릴리아나가 고개 저었다. 어릴 적부터 그를 봐서 알았다. 그때 로샨의 경고는 빈말이 아니었다.

"방법이 없을까…… 앗!"

그녀가 심각한 얼굴로 고민하다 손가락을 움직였다. 그 때문에 손톱을 다듬고 있던 하녀의 도구가 손톱 옆 살을 아주 살짝 찔렀다.

"자, 잘못했습니다. 황후 폐하. 살려 주세요. 살려 주세요."

하녀는 새파랗게 질려 곧장 엎드려 빌었다. 릴리아나는 굳은 얼굴로 하녀를 내려다보다 구두로 하녀의 얼굴을 들어 올렸다.

눈물로 엉망이 된 하녀의 얼굴은 가여웠다. 하지만 릴리아나의 시선을 사로잡은 건 커다란 파란색 눈이었다.

"너 눈이 예쁘구나."

릴리아나가 중얼거렸다. 예레나의 외관에 대해 이미 보고받은 그녀는 당장 제 아래 엎드린 하녀의 눈이 꼴 보기 싫었다.

릴리아나가 바닥에 떨어져 있는 손톱 다듬는 도구의 뾰족한 부분을 보고 씩 웃었다. 그리고 루나에게 기사들을 불러오라 명했다. 조금 떨어진 곳에서 자리를 지키고 있던 기사들이 루나와 함께 왔다. 릴리아나는 예쁜 얼굴에 미소를 활짝 피우며 명했다.

"끌고 가서 눈을 파내게. 파낸 것을 내게 보여 주는 것도 잊지 말고."

끔찍한 명령에 기사들이 난감한 얼굴을 했다. 하지만 그들은 이내 머뭇거리면서도 하녀를 끌고 갔다. 하녀가 울부짖으며 살려 달라 빌었다. 그러나 릴리아나는 신경 쓰지 않은 채 루나에게 물었다.

"……루나. 그 세다스 계집에게 하녀가 하나 붙어 있다 했지?"

"네. 하나 있긴 했습니다."

릴리아나는 끌려가는 하녀를 보고 제인을 떠올렸다. 그녀가 다듬어지다가 만 손톱을 손가락으로 만지며 명했다.

"그 평민 계집에 대해 알아봐. 잘하면 써먹을 수 있겠어."

* * *

책상 위는 산처럼 쌓인 책과 서류로 가득 찼다. 알리시아를 보필하는 쥴과 쟐은 읽어도 읽어도 끝이 보이지 않는 자료에 질린 얼굴을 했다.

"늦었으니 오늘은 이만하고 쉬도록 해요."

둘의 표정을 알아차린 걸까. 알리시아가 책을 넘기며 말했다. 쥴은 알리시아의 말에 환한 얼굴을 하다 머뭇거리며 알리시아에게 말했다.

"알리시아 님도 이만 쉬세요. 밤이 늦었어요."

"저는 조금 더 보고 싶겠습니다."

"그렇다면 저희 둘도 조금 더 있겠습니다."

알리시아의 답에 쥴이 말했다. 하지만 알리시아는 고개를 저었다.

"두 사람은 내일 새벽 기도가 있잖아요. 명입니다. 어서 가서 잠자리에 드세요."

단호한 목소리는 반대 의견을 받아들이지 않을 것 같았다. 그제야 쥘과 쥴은 자리에서 일어났다.

알리시아는 머뭇거리며 나가는 그들에게 미소와 함께 빨리 가라 일렀다. 그리고 쥘과 쥴의 발소리가 작아지자 그제야 책을 덮고 머리를 짚었다.

"아……."

전보다 훨씬 모자란 신력으로 무언가를 읽는 것은 극도의 피로함을 불러왔다. 다른 이들에게 티 내지 않으려 노력하고 있었으나 이조차 언제까지 가능할지 몰랐다.

'그래도 견뎌야 해.'

이마를 문지르던 알리시아는 책을 밀어 놓고 서랍에 숨겨 둔 종이 뭉치를 꺼냈다. 타들어 가 조심스레 다뤄야 하는 종이에는 한 사람의 것으로 보이는 글씨가 적혀 있었다.

"……어머니."

알리시아가 글씨의 주인을 조용히 불렀다. 당연하게도 대꾸는 없었으나 알리시아는 어미에게 위로받는 기분이었다.

그녀가 종이 뭉치를 책상 위에 올려 둔 채 다시 책을 앞으로 끌고 왔다. 세다스 왕가의 전설사라 적힌 책은 제법 두껍고 무거웠다.

'원래 알던 것과 대부분 같은 내용이야. 하기야 그때도 이 자료들로 연구했을 테니까.'

책상 위의 수많은 자료는 하이든이 세다스 왕국에서 가져온 것들이었다. 그것들을 꼼꼼히 읽은 알리시아는 대부분의 내용이 자신이 이미 알고 있는 것과 다르지 않다 확인할 수 있었다.

'빛나는 왕녀부터 시작된 저주라……'

예레나의 눈은 병증이 아닌 오래된 저주로부터 시작된 것이었다. 알리시아는 이미 그 사실을 깨우쳤으나 당분간은 모른 척할 생각이었다.

'안 되겠다. 오늘은 이만하자. 이 이상 신력을 썼다간 위험하겠어.'

다시 책을 펼치려던 알리시아는 계속되는 두통에 일어서려 했다. 한데 순간이었다. 그녀가 한 눈가리개에서 은은하게 빛이 나더니 뒤에서 강한 힘이 느껴졌다. 놀란 알리시아가 몸을 뒤로 돌렸다. 그리고 그곳에는 작은 빛의 여신상이 놓여 있었다.

'무슨…… 아!'

신력을 쓰지 않았음에도 앞에 황금색 물결이 펼쳐졌다. 동시에 여신상에서 은은한 빛 무리가 나와 알리시아의 눈가리개에 닿았다.

'정말 내게 미안하다면 내 가족들을 죽인 것처럼 내 목숨도 끝내. 그리해 당신을 더는 보지 못하게 해!'

소리 지르는 여인과 사내. 그리고 그들에게서 얼마 떨어지지 않은 곳에 주저앉아 있는 자신. 두 사람이 누구인지는 알았으나 본 적 없는 장면이 알리시아의 머릿속에 그려졌다.

"아…… 아으."

꿈처럼 보이던 장면이 한순간에 사라지고 지금껏 느껴 본 적 없는 고통이 알리시아의 머리를 관통했다. 알리시아는 머리를 쥐어 잡고 휘청이다 책상에 손을 짚었다.

촤르륵.

바람도 없는데 책이 넘어가는 소리가 들렸다. 알리시아는 홀린 듯 책상을 바라봤다. 머리가 쪼개질 것 같았으나 신력 쓰는 걸 어쩐지 멈출 수 없었다.

그리고 그새 멈춘 책의 어느 부분이 빛나기 시작했다. 알리시아는 반짝반짝 빛을 발하는 글씨를 읽어 내려갔다.

-빛나는 왕녀에게 배신당한 눈먼 마법사는 비스티우스 제국 출신으로 대단한 마법을 부리는 이였다. 왕녀에게 배신당해 죽기 전, 그의 손끝에서 황금색 빛이 나올 때면 땅이 갈라지고 호수가 치솟았다. 그리해 그의 적들은 두려움에 벌벌 떨며 그를 이리 칭했다. 붉은 눈의 괴물이라고.

* * *

"예레나 님. 저 금방 올 거예요."

짐을 다 챙긴 뒤 예레나에게 인사 온 제인이 말했다. 예레나는 그녀의 말에 자신의 서운한 감정이 다 드러났나 부끄러워하며 얼굴을 붉혔다.

"그런 얼굴 안 하셔도 돼요. 제가 그간 예레나 님을 좀 잘 모셨던가요."

제인이 웃으며 장난스러운 얼굴을 했다. 예레나는 제인의 목소리에 볼을 순간 부루퉁하게 하며 답했다.

"흥! 착각 말아요, 제인. 난 그저 게임의 승부를 내지 못해 섭섭해하는 거니까."

"어머. 저한테 열 번 다 졌으면서……."

"화살 쏘기 말고는 내가 다 이겼어요."

예레나가 말하는 화살 쏘기는 판 위에 여러 개의 돌을 놓고 상대의 돌의 맞혀 밖으로 튕겨 내는 게임이었다. 예레나는 그 게임만은 참 못해 제인에게 단 한 번도 이긴 적이 없었다.

"알았어요. 알았어. 그럼 제가 없는 동안 화살 쏘기 연습하고 계세요."

제인의 말에 예레나가 고개를 끄덕였다. 그리고 잠시 고민하다 제인에게 무언가를 쥐여 줬다.

"잘 다녀와요. 제인. 그리고 이거……."

"이게 뭐예요?"

의아한 얼굴로 손을 펼쳐 본 제인이 눈을 크게 떴다. 손바닥 위에는 금화 세 개가 반짝이고 있었다.

"예레나 님. 저 이런 거 필요 없어요. 일전에 말한 것처럼 삯도 충분하고……."

제인이 말하지 않았으므로 예레나는 그녀의 집안 사정에 대해 자세히 알 수 없었다. 그러나 종종 한숨 쉬는 제인의 손에 들린 것이 편지라는 걸 알게 된 뒤 그녀는 숨겨 놓았던 금화 중 일부를 꺼냈다.

"내가 개인적으로 주는 휴가비라 생각해요."

"하지만……."

제인은 한사코 받지 않으려 했다. 하지만 예레나는 뒤로 성큼 물러나 그녀의 손을 피해 버렸다. 그리고 손을 뒤로 숨긴 채 말했다.

"빨리 가기나 해요. 가족들 얼굴 오랜만에 보는 거잖아요."

제인은 결국 금화를 주머니에 넣었다. 사실 한시라도 빨리 집에 가 봐야 했다. 그녀가 모자를 바로 하고 예레나에게 허리 숙여 인사했다.

"그럼 예레나 님. 일주일 후에 봬요."

"네. 잘 지내다 오고 일주일 뒤에 봐요."

예레나는 손을 흔들어 제인을 배웅했다. 제인은 몇 번이고 뒤돌아보다 문을 열었다.

'빨리 돌아올게요. 예레나 님.'

예레나는 내색하지 않으려 노력했으나 제인은 며칠 전부터 알아차렸다. 자신의 휴가에 예레나가 불안해하는 것을. 하기야 이 탑에서 예레나가 제대로 된 교류를 하는 것은 현재 자신뿐이었다.

제인이 짐을 들고 빠른 걸음으로 탑을 내려가기 시작했다. 그녀의 주머니에서 짤랑거리는 소리가 탑 안에 울렸다.

복도에서 예레나와 제인의 목소리를 훔쳐 듣고 있던 로샨은 제인이 내는 소리가 사라지자 슬그머니 모습을 드러냈다. 그가 닫힌 문을 한 번 보고 조금 전 제인이 내려간 계단으로 고개 돌렸다.

갑작스러운 호출이었다. 제임스는 푸른 궁의 복도를 걸으며 주군께서 저를 부른 이유에 대해 고민해 봤다.

'눈으로 하겠습니다.'

그날 이후 로샨은 제임스를 따로 부르거나 직접 만나 명령을 내리지 않았다. 하지만 그를 직접 내치지도 않았기에 제임스는 묵묵히 제 할 일을 했다.

"……잘 관리하는 게 좋아."

옆에서 함께 걷던 녹스가 제임스의 왼쪽 눈의 안대를 보고 말했다. 제임스는 그제야 자신의 손이 안대 위에 올라가 있음을 깨달았다. 그가 손을 내리고 입을 열었다.

"이거 말입니까? 양쪽을 다 잃은 것도 아닌데요 뭘. 신경 쓰지 마십시오."

"몸의 균형이라는 건 무서워서 틀어지면 오래도록 고생하지. 게다가 한쪽 눈으로 서류를 보려면 많이 피곤할 텐데."

사실이었다. 눈이 하나 남은 뒤로 제임스는 생활은 물론이요 일도 전보다 힘들게 했다. 특히 하루에도 수백 장의 서류를 봐야 하는 그의 특성상 눈은 더 나빠져 끼고 있는 외알 안경은 더 두꺼워졌다.

"어쩌겠습니까. 제가 선택한 것을요."

제임스가 어깨를 으쓱였다. 몸이 망가지긴 했으나 어쩌겠나. 자신이 벌인 일에 대가를 치른 것인데.

"그때 경 말을 들었어야 했는데요. 이 꼴이 돼서야 깨달음을 얻었으니 쯧."

물론 후회가 없지는 않았다. 그러나 잃은 만큼은 아니어도 얻은 것이 있었다. 제임스에게는 로샨을 황제로 만든다는 목표 외 또 다른 삶의 원동력이 생겼다.

'적어도 그 여자보다는 쓸모 있는 인간이 돼야지.'

기필코 어미를 뛰어넘는 것. 그리고 그 사실을 로샨에게 인정받는 것. 녹스로서는 이해 못 할 사고방식이었으나 제임스는 아직 이루지 못한 목표에 더해 새로운 목표를 얻고 전보다 열성적으로 일에 임하고 있었다.

"……그때 방법은 분명 잘못됐으나 네 충심은 높이 산다. 아마 주군께서도 알고 계실 거야."

"주군께서요? 녹스 경은 주군을 그리 모르십니까. 지금쯤이면 제 눈이 이리된 것도 잊으셨을 겁니다."

녹스는 제임스의 말에 딱히 반박할 수 없었다. 지난 몇 달 로샨은 제임스의 눈은 물론이요 그의 존재조차 잊은 것처럼 보였다. 그리해 오늘 자신에게 그를 데려오라 명했을 때 녹스는 내심 놀라기까지 했다.

"그보다 녹스 경은 왜 주군께서 절 부르는지 아십니까?"

잠시 두 사람 사이 침묵이 흐르고 이번에는 제임스가 먼저 입을 열었다. 녹스는 앞을 보며 고개를 저은 뒤 고민하다 입술을 뗐다.

"다만……. 요새 심기가 그다지 좋지 않으시다. 그러니 입을 조심해."

"걱정 마십시오. 이쪽 눈까지 잃고 싶지는 않습니다."

안대에 다시 손을 올리며 제임스가 말했다. 그리고 얼마 가지 않아 두 사람은 로샨이 있는 방 앞에 도착했다. 녹스가 문을 두드렸다.

"전하. 녹스입니다. 제임스를 데려왔습니다."

"들어와."

녹스가 육중한 문을 열었다. 관리가 잘 된 문은 무게에도 부드럽게 열렸다. 방의 가장 안쪽 바지에 튜닉만 대강 걸친 로샨이 보였다.

"전하. 찾으셨다 들었습니다."

제임스가 침착하게 말하며 부복했다. 하나 녹스는 보았다. 로샨에게 가는 제임스의 걸음이 조금 전보다 빠른 것을. 티 내지 않았으나 지난 몇 달간 주군이 저를 찾지 않은 것에 내심 불안을 느꼈던 게 분명했다.

녹스는 제임스에게서 조금 떨어진 곳에 섰다. 그리고 고개를 조금 들어 로샨의 얼굴을 살폈다. 빛이 얼굴에 조금 비쳤음에도 주군의 얼굴은 서늘하고 컴컴해 보였다.

'여전히……. 왕녀와 관련된 일인가.'

녹스는 주군의 심기에 탑에 있는 세다스 왕녀가 관련 있을 거라 추측했다. 왕녀가 제국으로 온 뒤 주군께서 보이는 모든 감정에는 그녀가 얽혀 있었으니.

녹스는 새삼 왕녀가 대단하게 느껴졌다. 주군은 물론이요 하이든과 프레드릭까지. 탑에 갇혀 아무것도 못 하는 그녀는 실상 많은 사람을 흔들고 움직이게 했다.

"제임스. 네가 급히 할 일이 있다."

"말씀하십시오."

녹스가 예레나에 대해 생각할 때였다. 한쪽 팔걸이에 올려진 손으로 일정한 박자를 만들던 로샨이 입을 열었다. 제임스는 즉시 고개를 더 깊숙이 숙이며 몇 달 만의 명을 기다렸다.

"형님이 불쾌하다. 황제를 더는 두고 보고 싶지 않아."

그리고 떨어진 로샨의 목소리에 제임스는 물론이요 녹스도 눈을 커다랗게 떴다. 황제가 불쾌하다니. 그간 그 많은 일에도 단 한 번 로샨의 입에서 나온 적 없는 말이었다. 거기다 두고 보고 싶지 않다니. 그 말은 분명…….

두 사람은 무례인 걸 알면서도 너무 놀라 로샨을 빤히 쳐다봤다. 하나 로샨은 괘념치 않은 채 명했다.

"방법을 찾아. 형님의 황좌를 빼앗아 와야겠다."

* * *

집은 엉망이었다. 분명 밖에서는 푸른 지붕에 제법 크기도 큰 것이 보기 좋았으나 안의 가구는 성한 것이 없었고 나무로 된 벽은 무언가에 맞은 듯

군데군데 흠이 나 있었다.

"난 위드나 누나나 로즈처럼 쓸데없는 데 돈 같은 거 쓰지 않았어! 공부만 했단 말이야. 그런데 왜 아카데미에 못 가? 나 같은 평민은 거기 합격하는 것도 얼마나 힘든 일인지 몰라?"

"칼. 그게 아니라 지금은 사정이……."

"그만! 듣기 싫어!"

거기다 어떻게 된 것인지 가족들은 제인의 생각보다 더 엉망이었다. 본래부터 꾸미는 걸 좋아했던 위드나와 로즈는 쇼핑을 가 집에 있지도 않았으며 칼의 학비는 어머니의 약값으로 사라져 있었다. 제인은 아카데미를 갈 수 없게 된 남동생이 집을 뛰쳐나가는 걸 잡으려다 그만두고 한숨을 쉰채 2층으로 올라갔다.

"앤. 언니랑 이야기 좀 할까?"

"응. 언니."

그나마 말이 통하는 건 아직 어린 막내 여동생이었다. 제인은 침대 위에 앉아 있는 여동생 앞에 무릎 꿇고 시선을 맞췄다.

"앤. 언니가 보낸 돈……. 정말 어머니 약값으로 나간 거야?"

앤은 제인의 눈을 마주 보며 고개를 천천히 저었다. 예상대로의 답에 제인이 한숨 쉬며 고개를 아래로 꺾자 앤이 우물쭈물하면서도 보고 들은 것을 말하기 시작했다.

"위드나 언니가 에드한테 줘야 한다고……. 에드랑 결혼하려면 돈이 필요하다 그랬어. 그리고 이든 오빠가……."

"이든 오빠가 왜?"

"오빠가 사람을 또 때렸대. 재판에 가지 않으려면 돈이 필요하대."

상황이 대강 그려졌다. 자신이 보낸 돈 중 일부를 제외한 대부분은 형제들의 일에 쓰인 것이다.

'어머니도 알고 있겠지.'

제인은 어미가 이 상황에 대해 알고 있다 확신했다. 하지만 병을 앓느라 제대로 일어나지 못하는 어미에게 화를 낼 수는 없었다.

"……앤. 잠깐 집 좀 보고 있어. 언니가 시장에 가서 사탕 사 올게."

"응."

답답함에 명치가 조여 왔다. 제인은 밖에 나가 걸어야겠다 생각하며 집을 나섰다. 그리고 그녀가 막 집 앞에서 벗어났을 때 누군가 알은척을 했다.

"혹시 네가 제인이니?"

"누구……."

"황궁에서 일한다는……. 맞지? 딱 네 어머니를 닮았는걸."

고개를 들자 푸근한 인상의 중년 여인이 서 있었다. 그녀는 의아해하는 제인에게 미소 지으며 옆을 가리켰다.

"아! 나를 처음 보겠구나. 난 옆집에 사는 이웃이란다."

"아……. 혹시 베인 부인?"

"어머. 나를 알고 있니?"

"네. 어머니께 들었어요. 저희 집을 도와주신다고……."

중년 여인은 가족들의 편지에 종종 등장하는 이웃이었다. 제인의 집과 마찬가지로 많은 아이들을 둔 베인 부인은 앤을 돌봐 주기도 하고 아픈 어미의 말동무가 되어 주기도 한다 들었다. 제인이 한결 반가운 얼굴을 하자 베인 부인이 호호 웃다 말했다.

"이렇게 만난 것도 인연인데 우리 집에서 차 한잔하고 가렴."

"네."

제인은 거절할까 하다 고개를 끄덕였다. 도움을 제법 많이 줬다는 이웃인 만큼 인사해 두면 좋을 것 같았다.

"들어오렴."

"그럼 실례하겠습니다."

제인은 웃으며 베인 부인의 집에 들어섰다. 하지만 조금 뒤 베인 부인을 통해 알게 된 집안 사정에 얼굴을 딱딱하게 굳히고 말았다.

"네? 저희 집이 곧 경매로 넘어간다고요?"

"네 어머니가 네게 들킬까 걱정해서 말 안 하려 했다마는……. 집에서 일하는 게 너 하나뿐인 것 같아 말해야겠더구나."

"……."

"네 오라비가 던진 물건에 맞은 사람 하나가 일어나지 못해. 그렇다고 몸도 성치 않은 아들을 감옥에 보낼 수도 없고……. 네 어머니가 집을 담보로 빚을 졌지."

* * *

예레나는 제인이 없을 때면 제 시중을 들어 주는 잘과 줄이 영 불편했다. 그녀들은 알리시아와 마찬가지로 언젠가부터 예레나에게 딱딱하게 굴었다. 그 때문에 예레나는 그녀들의 도움을 받는 상황을 애초 최소화했다.

"잠시 혼자 있고 싶어요."

"네. 그럼 조금 있다 오겠습니다."

지금도 마찬가지였다. 예레나는 탑을 내려오기 무섭게 옆에 있던 잘을 물렸다. 그리고 탑 앞의 커다란 바위에 앉아 피어난 꽃과 살아 움직이는 생명체들을 구경했다.

생명과 사물을 그리는 기이한 황금색 빛은 언제 봐도 신기했다. 문득 예레나의 머릿속에 알리시아와 손을 맞잡았을 때가 생각났다. 착각이라 여겼건만 지금 생각해 보니 그때 짧게 본 세상이 꼭 이랬더랬지.

'빛의 여신이라는 거 정말 있는 걸까.'

상황이 이러니 이런 생각마저 들었다. 하나 제국의 여신이었다. 예레나는 빛의 여신의 존재를 애써 부정하며 고개 저었다.

'이유가 뭐가 됐든 이렇게라도 세상을 볼 수 있어 다행이야. 얼마나 예뻐. 살아 움직이는 것들이.'

물건과 달리 생명이 깃든 것들은 짙고 생동감 있게 일렁였다. 덕분에 눈이 빠르게 피로해지긴 했으나 보는 재미가 있었기에 예레나는 근래 매일 탑 밖으로 나왔다.

'움직이는 궤도를 보니 나비구나.'

예레나가 날아가는 나비를 따라 시선을 옮길 때였다. 어느덧 몸을 돌린 그녀의 눈에 커다란 황금색 인영이 들어왔다.

호위 기사 로샨. 그림자처럼 붙어 있는 호위 기사의 존재는 신녀들이 예레나의 명에 쉽게 물러나는 이유였다.

예레나는 그에게서 곧바로 시선을 떼고 자리에서 일어나다 바위 아래 둥근 조약돌을 밟았다. 발목이 살짝 꺾이며 예레나의 몸이 앞으로 기울어졌다. 그리고 순간 황금색 빛이 화살처럼 그녀에게 다가왔다.

"앞을 잘 살피십시오."

탁. 예레나는 대꾸 없이 그의 손을 쳐 냈다. 애써 모른 척하고 있건만 그가 이리 다가와 자신을 염려할 때면 가슴이 일렁였다.

그녀가 다시 탑으로 돌아가려 몸을 돌렸다. 하지만 그녀는 앞으로 한 걸음도 움직일 수 있었다. 사내가 그녀의 손목을 강하지 않게, 그러나 단단히 붙잡은 탓이었다.

"이게 무슨……."

당혹감에 예레나는 버둥거리는 것조차 잊은 채 중얼거렸다. 사내는 그녀의 잔뜩 찡그린 미간에도 아랑곳하지 않은 채 거리를 좁혔다. 그리고 감정이 실린 목소리로 물었다.

"언제까지 이러실 겁니까?"

* * *

참아야 한다 생각했다. 눈앞의 왕녀가 자신을 이리 대하는 이유를 이해 못 할 바가 아니었으니.

하지만 초조함에 결국 '키안'은 무너졌다. 제인이라는 하녀가 휴가를 간 뒤에도 꿋꿋이 홀로 잘 지내는 모습을 보니 애가 탔다. 자신에게 조금의 관심도, 곁도 허락하지 않는 모습을 더는 참을 수가 없었다.

"뭐 하는 짓이에요? 이거 놔요."

한 손에 들어오다 못해 조금만 틈을 주면 빠져나갈 것같이 얇은 손목이 손아귀에서 덜그럭거렸다. 사내는 예레나와 닿아 있는 손이 불붙은 것처럼 뜨겁다 생각하면서도 힘을 풀지 않았다.

"약속해 주시면 놓아드리겠습니다."

"뭐라고요?"

"전처럼 인사해 주십시오. 알은척해 주시고 먼저 말 한마디 건네주십시오. 가끔은 차도 내주시고 앞에 앉으라 명도 해 주십시오."

"……."

"말하기 번거로우시면 고개만 끄덕여 주셔도 좋습니다. 문가만 허락해 주셔도 좋으니 그곳에 서서 볼 수 있게 해 주십시오. 가끔 건네시는 눈짓 한 번만으로도 충분합니다. 지금처럼 못 본 척, 없는 사람 취급만은 말아 주십시오."

한번 무너진 인내는 모래처럼 빠르게 흘러내렸다. 간신히 가두고 있던 속내가 터져 나왔다.

물론 제 본래 신분과 정체는 숨긴 그대로.

빠져나오지 못할 것 같자 예레나가 힘주어 손을 빼려던 것을 멈췄다. 대신 그녀는 얼굴을 구긴 채 날카롭게 말했다.

"내가 왜요?"

"……."

"내가 왜 그래야 해요?"

그녀는 화가 난 것보다 두려움에 질려 있는 것 같았다. 사내는 예레나를 좇고 있는 것이 적국의 기사에게 관심을 둔다는 죄책감이라는 걸 알았다. 그러나 그녀는 죄책감에 시달릴지언정 자신을 더는 못 본 척해서는 안 됐다.

"그리해 주시지 않으면 더는 견딜 수가 없습니다."

왜냐. 자신이 그걸 더는 두고 보지 않을 참이었으니까.

"예레나 님의 관심이 필요합니다. 제게는."

기만자는 양심이 밀 한 알만도 없는 듯했다. 그는 여인에게 가장 중요한 모든 것을 숨기면서 알아주기를 원하는 것만 늘어놓았다.

사내의 말에 예레나가 입을 다물고 못 들은 척 고개를 숙였다. 저런 말따위 지금껏 사내를 외면한 것처럼 무시하면 그만이었다. 그리한다면 혼나지 않을 것이다. 악몽 속에서 가족들의 손가락질에 괴로워하지 않아도 될 것이다.

"……연모합니다."

하지만 예레나는 다시 고개를 들 수밖에 없었다. 이어진 사내의 직접적인 말은 귀를 막고 소리를 지르지 않는 이상 못 들은 척할 수 없었다.

예레나가 눈을 한계까지 치켜뜬 채 그대로 얼어붙었다. 그러자 기만자는 화끈해진 귀를 한 채 어울리지 않는 순수를 옹알이하듯 마저 내보였다.

"진정으로."

* * *

긴 카우치에 누워 하얀 고양이를 쓰다듬던 릴리아나가 기지개를 켜며 일어났다. 붙잡혀 있던 고양이는 이때다 싶어 재빨리 몸을 움직여 저 멀리 달아났다. 릴리아나는 고양이의 흰 털과 붉은색이 잘 어울리겠다 생각하다 루나를 불렀다.

"루나. 일은 어떻게 되고 있니? 그 평민 계집이 시키는 대로 움직일 것 같았어?"

릴리아나는 루나가 들어오는 즉시 알고 싶었던 것을 물었다. 예레나에게 붙어 있던 하녀를 제대로 이용할 생각인 그녀는 이미 덫을 어느 정도

깔아 놓은 뒤였다.

"네. 알아보니 집안 꼴이 말이 아니더라고요. 삶도 제법 받아 가던데 빚에 허덕일 정도니……. 한심한 꼴이죠."

"잘됐구나. 미끼는 무어라 하던?"

"어미의 약값을 위해서라면 무엇이든 할 것처럼 보였답니다."

"흠……."

"사람을 보내 확실히 할까요?"

"그래. 잘 구슬려서 준비한 물건을 넘겨주렴. 물론 황궁에 들어오기 전에 전달해야 해. 우리와 그 평민 계집이 접촉했다는 흔적도 잘 지워야 하고. 알지?"

"물론입니다. 황후 폐하."

일이 생각대로 풀려 가자 좋아진 기분에 릴리아나가 표정을 풀고 미소 지었다. 청순한 외모와 맞물려 미소가 더욱 따뜻해 보였다.

하지만 그림 같은 얼굴은 얼마 가지 않았다. 밖의 하늘을 본 릴리아나는 곧장 세상에서 가장 꼴 보기 싫은 인간을 떠올리고 주먹을 쥐었다. 그녀가 미간을 잔뜩 찌푸린 채 루나에게 물었다.

"……그 더러운 계집은? 여전히 그 곁에 로샨이 있어?"

"네. 확실히요. 그리고 일전에 말씀드린 거 확인해 봤는데……."

"봤는데?"

"옷차림도 그렇고 자세한 이유는 모르겠지만 전하께서 신분을 속이고 호위 기사로 탑에 오가는 것 같았습니다. 세다스 계집이 그 사실을 아는지 모르는지 모르겠고요."

살심으로 손이 근질거렸다. 릴리아나는 바로 전에 제게서 달아난 고양이에게 무얼 먹일지 고민하며 자리에서 일어났다.

"뭐가 됐든 상관없어. 그 계집은 반드시 죽어야 해."

살기 어린 목소리가 방 안에 가라앉았다. 그리고 얼마 지나지 않아 상아 궁에는 찢어지는 듯한 짐승의 울음소리가 짧게 울렸다 금세 그쳤다.

* * *

눈을 감았으나 도통 잠은 오지 않았다. 심란한 마음이 가슴을 빠르게 두드려 견딜 수가 없었다. 하여 예레나는 몸을 이리저리 뒤척이다 말고 슬그머니 상체를 세워 침대 헤드에 기대앉았다.

베개를 껴안고 무릎을 가슴 가까이 하자 심장 박동이 조금은 느려진 듯했다. 하나 그것도 아주 잠깐일 뿐. 머릿속을 헤집는 이에 심장은 다시 거세게 박동했다.

'······연모합니다.'

'······.'

'진정으로.'

듣는 순간 볼이 붉어졌다. 가슴 부근이 간질간질한 것이 부드러운 깃털로 긁는 것 같았다.

무시해야 한다는 생각은 조금 뒤에 났다. 죄책감 또한 마찬가지. 거기다 처음 사내의 말을 들었을 때 들었던 알 수 없는 감정에 지배당해 응당 해야 할 생각들은 흐릿해졌다.

'미쳤구나. 예레나.'

꽃이 만발한 곳에서 들은 고백. 예레나는 그 시간으로 돌아간 듯 상념에 빠져 있다가 베개를 세게 움켜쥐었다.

'용서하지 않을 거야. 제국의 기사에게 이런 마음을 품었다는 걸 아버지 어머니가 아시면······. 오라비들이 알게 되면 날 원망할 거야.'

차가운 저승에 있을 그녀의 가족들. 침략자에 손에 죽어 눈조차 제대로 감지 못했을 그들을 떠올리자 죄책감이 크게 되살아났다. 예레나는 입술을 피가 날 정도로 깨물다 침대 옆 탁자를 더듬거렸다.

탁자의 끝에 다다라 머리를 고정하는 핀 하나가 손에 잡혔다. 끝으로 갈수록 가늘어지는 그것은 피부를 단번에 찢기에는 부족했으나 정신을 차리게 할 만은 했다. 예레나는 벌벌 떨리는 손으로 그걸 꽉 쥐더니 이내 침의를 걷어 올리고 망설임 없이 제 허벅지를 찔렀다.

"읍……!"

혹여나 지를 비명을 막기 위해 베개를 물고 제 몸을 찌르는 그녀의 모습은 절박해 보였다. 그리고 결국 허벅지에 상처가 났다.

몸에 맺혀 있는 피는 예레나의 눈으로 구분할 수 없었다. 다만 옆으로 흘러 침의에 묻어나는 것은 확연히 보였다. 물건과 달리 순간이나마 선명한 황금색을 띠었으니.

예레나는 까슬거리는 침의로 피를 대강 눌러 닦았다. 그리고 베개를 내린 뒤 다시 자리에 누웠다.

스스로에게 벌을 줬다 생각하니 죄책감이 아주 조금은 가셨다. 예레나는 여전한 고통을 기꺼이 감내한 채 억지로 눈을 감았다.

'……연모합니다.'

'…….'

'진정으로.'

하나 그 즉시 사내의 목소리는 다시 메아리쳤다. 아린 상처만큼이나 뛰는 심박은 선명히 느껴지는 밤, 포로가 된 왕녀는 쉬이 잠들지 못했다.

* * *

황궁으로 들어선 제인은 어두운 얼굴로 걸음을 옮겼다. 곧 있으면 도착할 탑. 하지만 그녀는 차마 예레나를 볼 수 없었다.

'어쩌지.'

그녀의 주머니에는 짤랑거리던 금화 대신 작고 예쁜 유리병 하나가 있었다. 여인의 손바닥으로도 숨겨질 정도로 작은 병은 그 안에 고작 서른 방울 남짓한 액체를 품고 있었다.

하나 그 적은 양의 액체는 무서운 물건이었다. 한두 방울씩 일주일만 흘려 넣으면 강인한 사내라 할지라도 흔적 없이 심장이 멎어 죽는.

제인은 감히 주머니에 손조차 넣지 못했다. 이런 무서운 물건을 자신이 가지고 있다는 사실이 두려워 몸을 떨었다.

'가족들을 생각해야지? 어미마저 아비처럼 덧없이 보낼 테냐?'

하나 절벽에 몰린 제인에게 다른 방도는 없었다. 제인은 자신만 바라보는 가족들의 눈을 떠올렸다. 아픈 어머니, 다리를 제대로 쓰지 못하는 오라비, 결혼을 앞둔 여동생과 아카데미에 입학할 남동생, 그리고 남은 나머지 동생들까지……

집마저 넘어가고 빚을 갚지 못하면 가족들은 다 어찌한단 말인가. 제인은 벌벌 떨면서도 주머니에 손을 넣어 유리병을 쥐었다.

'흔적도 남지 않는다 했으니까 주무실 때 한두 방울만 흘려 넣으면……'

그녀에게 이것을 건넨 이는 들킬 염려도 없다 했다. 그리고 이 일만 잘 끝내면 평생 먹고살 큰돈을 준다 했다. 원한다면 본래 고향에 땅과 집도 마련해 준다고.

'제인!'

제인이 막 결심을 하려던 때였다. 탑이 보이고 예레나의 목소리가 그녀를 때렸다. 제인은 우뚝 멈춰 섰다.

'할 수 없어.'

주머니에서 손을 뺀 그녀가 고개를 저었다. 옆에서 그간 지켜봐서 알았다. 예레나는 이렇게 죽어서는 안 되는 사람이었다. 한 나라의 왕녀임에도 제게 잘해 주던 이. 그런 사람을 어떻게 제 손으로 죽인단 말인가.

'이런 짓 해서도 안 돼. 이유가 무엇이든 해서는 안 되는, 여신께 용서받지 못할 나쁜 짓이야.'

당장 예레나를 속이는 것조차 양심에 가책을 크게 느끼는 제인이었다. 제인은 마음을 바로잡았다.

'하지만……'

그러나 뒷일이 걱정이었다. 자신이 일을 제대로 하지 않으면 가족들이 어찌 될지 몰랐다. 애초 하지 않겠다 처음 말했을 때도 가족들을 들먹이며 협박하지 않았던가.

캄캄한 앞날에 제인이 움직이지도 못하고 굳어 있을 때 누군가 그녀의 뒤에 나타났다. 제인은 놀라 뒤돌았다 상대를 확인하고 입을 열었다.

"프레드릭 경?"

"여기서 뭐 합니까. 도착했으면 빨리 들어가지 않고."

프레드릭은 탑으로 가는 제인을 계속 지켜보고 있던 차였다. 한데 하녀가 갑자기 고개를 젓고 멍하니 서 있기만 하는 게 아닌가. 예레나가 제인을 얼마나 기다리고 있는지 잘 아는 그는 제인을 한시라도 빨리 탑에 들여보내고 싶었다.

"프레드릭 경."

제인은 프레드릭의 말에도 움직이지 않았다. 대신 한참 고민하다 그를 불렀다. 프레드릭이 그녀를 내려다봤다. 그러자 제인이 주머니에 손을 넣고 무언가를 꺼내며 말했다.

"제, 제가 전하께 고할 게 있어요."

프레드릭의 시선이 제 앞에 놓인 제인의 손에 닿았다. 작고 예쁜 병. 프레드릭이 의아한 얼굴로 다시 제인을 봤다. 제인은 당장이라도 병을 떨어뜨릴 듯 몸을 떨며 힘겹게 병의 정체를 말했다.

"독……. 독약이에요."

* * *

로샨은 제 앞에 엎드린 제인을 보며 처음으로 미소 지었다.

이 하녀가 이리 기꺼운 적이 있었던가. 그가 부드럽게 손짓했다. 그러자 제인 옆에 서 있던 녹스가 그녀에게 고개를 들라 명했다.

제인은 천천히 상체를 세우고 고개를 들었다. 하지만 앞에 앉아 있는 로샨의 목 부근을 보는 게 다였다. 황태제가 두려웠던 하녀는 차마 그 위를 보지 못했다.

"제법 괜찮은 물건이야. 몸을 가르고 헤집지 않는 이상 증거도 남지 않는……. 그리해 이 물건에 제법 많은 이들이 목숨을 잃었지."

제인에게서 시선을 거둔 로샨이 한 손으로 유리병을 굴렸다. 제인의 품속에 있던 투명한 독은 흉악한 성질을 감춘 채 지는 해에 주홍빛으로 반짝였다.

"한데 궁금한 게 있어. 왜 이제 와서 내게 독약에 대해 고했지? 선금에 독약까지 받아 온 데다 실패하면 네 가족이 위험해질 텐데."

로샨은 병을 움켜쥔 채 엄지만을 이용해 손장난을 치다 제인에게 물었다. 제인은 다시 고개를 팍 숙이고는 떨리는 목소리로 가까스로 답했다.

"예…… 예레나 님을 해칠 수는 없었습니다."

겁에 잔뜩 질린 목소리였으나 진실함이 묻어났다. 로샨은 예레나에게 차마 해를 끼치는 못한다 말하는 하녀를 보며 중얼거렸다.

"……아쉽게 됐어."

무엇이 아쉽다는 것일까. 제인은 로샨의 말을 이해할 수 없었다. 하지만 그에게 무슨 말이냐 물을 용기는 없었기에 그저 가만히 있었다.

"누가 네게 이걸 전달했는지는 아나?"

"정확히는 모릅니다."

로샨이 재차 물었다. 제인은 제게 이런 일을 지시한 이가 누구인지 들은 바가 없었으므로 고개를 젓다 잠시 주저한 뒤 어렵게 입을 열었다.

"하, 하지만 황궁과 관련된 사람 같았습니다. 말씨하며 차림새도 그렇고……."

제인을 찾아와 은밀하고 무서운 지시를 전한 이는 젊은 여인이었다. 제인은 그녀의 억양과 종종 쓰는 단어에 여인의 정체를 황궁 사람이라 의심했다.

의심이 확신으로 바뀐 건 드레스 아래 여인의 신발을 본 뒤였다. 황궁 내 시중인들은 상전의 심기를 어지럽히지 않기 위해 소리가 나지 않는 신발을 신었다. 신발 뒷굽에 덧대어진 두꺼운 가죽. 제인에게 독약을 건넨 이의 신에도 그것이 있었다.

"정확해. 네게 일을 지시한 건 지고하신 황후 폐하니까."

하나 제게 이런 일을 지시한 자가 황후라고는 감히 생각하지 못했기에 제인은 로샨의 말에 헉 하고 숨을 들이켰다. 심장이 빠르게 뛰었다.

황후라면 제국에서 가장 고귀한 여인 아닌가. 한데 그런 분이 왜 예레나 님께. 문득 두려워졌다. 황후처럼 높은 이에게 자신은 한낱 평민 나부랭이 그 이상도 이하도 아닐 텐데 일을 망쳤다는 걸 들키면……. 가족들의 안위가 걱정된 제인의 몸이 덜덜 떨렸다.

로샨은 한동안 제인이 두려움에 벌벌거리는 걸 두고만 봤다. 그러다 한참 만에 입을 열어 칭찬했다.

"넌 영리해."

"……."

"먼저 내게 이 사실을 고해 목숨을 건졌으니 말이다."

"저, 전하. 제 가족들은……. 가족들을 살려 주십시오. 제발……."

눈앞에 있는 이가 누군지 떠올린 제인이 몸을 다시 납작 엎드렸다. 그녀가 자신과 가족의 목숨을 구해 달라 빌기 시작했다. 로샨은 두려움에 눈물을 펑펑 쏟는 제인을 향해 자비롭게 고개를 끄덕였다.

"물론."

"……."

"약속하마. 너와 네 가족들의 안전을 보장하지. 수도를 떠나 편한 곳에서 살 수 있도록 지원도 충분히 해 주겠다."

"아……."

제인이 안도하며 울음을 멈췄다. 그녀가 이마를 바닥에 가져다 댄 채 로샨에게 말했다.

"감사합니다. 전하. 가, 감사합니다."

"대신."

로샨은 희망에 차 연거푸 감사를 전하는 제인을 보다 자리에서 일어났다. 제인은 그가 자신 가까이 다가오자 움찔거리면서 어찌할 바 몰라 했다.

로샨은 제인 앞에서 몸을 낮추고 허리를 굽혔다. 그리고 제 손에 있는 작고 예쁜 병을 다시 제인의 손에 꼭 쥐여 주며 속삭였다.

"……네가 마지막으로 해 줄 일이 있다."

* * *

몇 년 만에 푸른 궁에 발 딛은 다에 공작은 궁 내부를 이리저리 살폈다. 짙고 우아한 푸른색 벽지와 하얀 대리석 바닥, 군더더기 없는 장식에 크리스털 샹들리에가 무게감 있는 궁 내부는 마지막에 봤던 것과 크게 달라지지 않았다. 하지만 그렇기에 오히려 더 감회가 새로웠다.

'……여기는 여전하군.'

로샨과 제법 깊은 연을 가진 공작은 10여 년 전만 해도 이곳을 자주 방문했다. 릴리아나 황후의 아비인 그는 선대 황후의 뜻에 따라 하나뿐인 딸을 당시 황태자였던 로샨과 약혼시켰다. 공작의 입장에서는 두 손 들고 환영할 일이었다.

'황태자 전하. 아비로서 부탁드립니다. 제 딸을 좋게 봐 주십시오.'

'걱정할 필요 없어. 어머니께서 그대의 여식을 많이 아끼시니까.'

황제의 유일한 적자인 로샨의 위치는 확고했다. 한 해 먼저 태어난 황제의 사생아 케드릭이 있다지만 그는 애초 로샨과 비교조차 되지 않았다. 무희 출신 어미를 빼닮아 아름답기만 한 케드릭은 출신은 말할 것도 없었고 능력조차 제 이복동생의 발치도 따라오지 못했다.

'공작. 황태자는 인애가 부족해. 그 아이는 장차 좋은 황제가 될 수 없을 거야. 오히려 케드릭이 좀 더…….'

'폐하. 1황자 전하를 아끼는 폐하의 심정은 충분히 이해합니다. 하지만 아시잖습니까. 1황자 전하는 본래라면 지금의 자리조차 앉지 못할 분이십니다.'

다만 정부를 아끼다 못해 절절히 사랑한 선대 황제가 사생아를 끼고돈다는 사실과, 황제와의 사이가 극도로 나쁜 황후가 제 아들을 미워한다는 정도가 로샨의 흠이었다.

그러나 공작의 입장에서는 그런 것도 별문제 되지 않았다. 어차피 차기 황제는 로샨으로 내정된 분위기였으며 제 친자인 로샨을 희한할 정도로 미워하던 선대 황후는 우습게도 릴리아나는 딸자식처럼 아꼈으니 말이다.

공작은 로샨과 릴리아나의 약혼이 만족스러웠다. 정치적으로도 아비로서도 그는 손해 볼 것이 조금도 없었다.

'황태자 전하. 소신과 사냥을 가지 않으시겠습니까? 수도 가까이 제법 괜찮은 사냥터가 있습니다.'

그래서였을까. 당시 공작은 로샨에게 과할 정도로 친근하게 굴었다. 황후 옆에서 로샨이 언어맞는 걸 구경하는 딸을 혼냈고 아비 노릇은 조금도 못 하는 선대 황제 대신 로샨을 아비처럼 보살피려 했다.

'그다지 흥이 나지 않는군. 다른 이들과 함께 가도록 해.'

다만 로샨은 공작의 관심을 원하지 않았다. 어미에게 언어맞는 순간에도 무감한 얼굴이 공작의 관심에는 미미하게나마 찌푸려졌다.

공작은 그를 눈치챘으나 아비 노릇을 멈추지 않았다. 그는 제가 보기에도 완벽한 작은 소년이 제 손안에 있기를, 자신을 아비처럼 따라 황제가 된 후에도 제 영향력에서 벗어나지 않기를 바랐다.

'……더는 참아 줄 수가 없어.'

'예? 전하, 그게 무슨……!'

그러나 얼마 가지 않아 일이 터졌다. 열셋의 나이, 전쟁에서 승리하고 돌아온 소년은 제 뒤를 따라다니며 걱정하는 공작에게 검을 들이밀었다. 그리고 기겁하는 공작의 발끝 바로 앞에 검으로 긴 선을 쭉 긋더니 넘어오면 베겠다 눈으로 말했다.

열둘부터 전장을 뛰어다니며 피를 뒤집어쓴 로샨이었다. 소년이라 부르기에는 어린아이의 껍질을 뒤집어쓴 괴물이라 보는 게 알맞았다. 그렇기에 공작은 그날 이후 로샨의 뜻대로 그에게 다가가지 않았다.

'건방진 놈. 그래 봤자 내 딸이 네 옆에 설 텐데 언제까지 날 무시하려고. 나라를 황제 혼자 굴릴 수 있을 줄 아는가.'

소년에게 짓눌려 상한 자신감은 어차피 딸자식이 그 옆에 황후로 설 테니 상관없다고, 아비가 싫으면 장인으로서 행동하겠다 콧방귀를 뀌며 외면했다. 하지만 그조차 오래가지 못했다. 여식이 한창 피어나고 선황제가 병으로 쓰러졌을 때 상상도 하지 못할 일이 벌어졌다.

'화, 황태자가 내…… 흐으. 내 부, 부탁을 수락…… 했노라. 오…… 오늘부터 황태자는, 허억……. 황태자는 1황자 케, 케드릭이다.'

이미 그의 것이나 마찬가지인 황좌를 로샨은 걷어차 버렸다. 너무나 쉽게, 제게는 무용한 것이라는 듯 못난 제 이복형에게 그 자리를 넘겼다.

'전하! 이게 무슨 말입니까! 있을 수 없는 일입니다. 당장 폐하께 가서……!'

'지금 가 봤자 눈도 못 뜨고 계실 텐데. 그리고 무어라 할 필요 없어. 내가 그리하겠다 한 거니까. 폐하의 명을 받들어. 그게 제국의 신하인 그대들의 몫 아닌가.'

너무나 기막힌 상황에 공작은 혹 로샨이 이미 죽은 제 어미에게 복수하려 이러나 싶었다. 아들을 죽일 듯 미워해 수없이 매질한 황후는 오래전 죽은 황제의 정부와 그 아들은 구역질할 정도로 역겨워했다.

'로샨, 내가 널 두고 보는 이유는 하나란다.'

'…….'

'혹시나 저 더럽고 역겨운 구더기만도 못한 것에게 네 아비의 자리가 갈까 봐. 그리해 이 제국의 영광이 무너질까 봐. 그리해 어미 노릇을 하며 널 참아 내는 거란다.'

생전 로샨에게 습관처럼 하는 말조차 이러했으니 말은 다 한 셈이다. 그러니 아비의 마지막 부탁이라는 말 아래 이복형에게 황제 자리를 양보해 죽은 제 어미를 제대로 골탕 먹이려는 게 아닐까. 공작은 정말 진지하게 그리도 생각해 봤다.

공작이 가슴 치는 사이 로샨은 시끄러워진 황궁을 뒤로한 채 전장으로 가 버렸다. 복잡한 상황에 덩그러니 남겨진 공작은 곤란해졌다. 미래 황제의 장인이자 황후의 아비라는 수식어가 날아가며 그의 자리가 위태로워진 것이다.

'아버지. 저는 로샨보다 그이가 더 좋아요. 케드릭을 사랑해요. 어차피 이대로면 황제가 되는 건 케드릭이잖아요? 전 황후가 되고 싶어요.'

그 와중, 로샨의 무심함을 지긋지긋해하던 딸이 케드릭의 편을 들어 달라며 그 옆에서 황후가 되겠다 통보했다. 케드릭과 딸의 불장난은 진작에 알고 있었으나 릴리아나가 그리 쉽게 로샨을 놓아 버릴 줄 몰랐던 공작은 또 한 번 머리를 뜯었다.

당장 죽어도 이상하지 않을 황제⋯⋯. 로샨이 전장으로 가 버린 이상 차기 황제는 케드릭이었다. 그러나 케드릭의 세력은 전무하다시피 했으며 공작은 그의 능력도 탐탁지 않았다.

하지만 여러 상황은 맞물려 돌아가며 공작에게 압박을 가했다. 매사 무관심해 보이는 로샨에게 불안감을 느끼던 공작의 세력은 새로운 황제의 편에 서자 목소리를 높이기 시작했으며 릴리아나는 케드릭의 아이를 임신했다 엉엉 울며 읍소하기 시작했다.

다에 공작은 흔들렸다. 다룰 수 있을지조차 의문인 로샨보다는 아무 세력도 없어 제게 기댈 수밖에 없는 케드릭이 좋지 않겠냐고. 허수아비 황제 뒤에서 실질적인 이 제국의 지배자가 되는 게 낫지 않겠느냐고. 그의 마음은 계속 속삭였다.

결국 공작은 케드릭 옆에 서기를 택했다. 그러나 제 선택을 그는 1년도 채 되지 않아 후회했다.

'시끄럽소! 내가 황제요. 이 제국의 황제란 말이야.'

황제가 된 케드릭은 고삐 풀린 망아지였다. 황자 시절에는 그나마 눈치를 보고 살았으나 황제가 되기 무섭게 그는 하고 싶은 대로 행동했다. 욕망을 채우는 것 외 아무것도 신경 쓰지 않는 모습에 공작은 그를 이끌어야겠다 의욕조차 들지 않았다.

'릴리아나. 너라도 정신을 차리고 폐하를 바른길로 이끌어야지! 배 속에 있는 아이에게 부끄럽지도 않으냐?'

'아이요? 그거 거짓이었어요. 아버지. 하지만 화내실 필요 없어요. 아이는 곧 가지면 그만이니까요.'

거기다 기껏 황후가 된 여식은 어떠했나. 임신은 거짓이었다 깔깔대며 말한 릴리아나는 황후가 되고 2년 만에 케드릭과 파경을 맞이했다. 그리고 정신이 나갔는지 갑자기 로샨을 그리워하며 평민들이나 볼 법한 싸구려 연극 속 비련의 여주인공 흉내를 시작했다.

상황이 이리되자 공작은 진정 미치고 팔짝 뛸 노릇이었다. 거기다 정치적인 상황은 어떠한가. 머리가 되어야 할 황제가 그 꼴이니 세력이 제대로 모일 리 만무했다.

'이게 아니질 않은가. 어째서⋯⋯.'

로샨 아래 유능한 이들이 손쉽게 세력을 유지하고 키우는 동안 공작은 안간힘을 다해 황제파를 유지했다. 하지만 황제는 그 노력을 알아주기는커녕 가끔 그를 불러 로샨과 맞서지 못한다 닦달을 해 댔다.

'내가 이리 젊은데 황태제라니! 이게 말이 되오? 공작은 도대체 무얼 했소! 내 비호를 받으며 로샨 하나 막지 못하고 무얼 했느냔 말이야!'

공작은 케드릭을 택한 제 어리석은 선택을 치 떨리게 후회했다. 하지만 이제 와 발을 빼기에는 딸자식부터 너무 많은 주변 이들이 얽혀 있어 쉽사리 손도 놓지 못했다.

그런 상황에서도 한계는 점점 다가왔다. 황제는 날이 갈수록 폭군처럼 굴었다. 로샨이 혁혁한 공을 세울 때 황제는 그의 공을 가로채 타국의 여인들을 장식품처럼 수집했으며 아랫사람을 쉽게 베어 죽였다. 종교에 지나치게 빠져 광신도처럼 굴었다. 당연히 황제의 인망은 바닥까지 떨어졌다.

딸자식도 황제를 닮아 가는지 점점 더 잔인한 속을 보였다. 그나마 다행인 것은 황제와 달리 딸아이는 그것을 숨기는 데도 능숙하다는 점이었다.

다에 공작은 욕심 많은 이였다. 하지만 그는 제 위치와 가문의 명성을 잊지 않았다. 다에 공작가는 오래된 제국의 명문가였다. 공작은 제국의 고위 귀족으로서 아랫것들을 천하게 보며 황제보다 더 큰 권력을 가진 자신을 꿈꿨으나 제 한계도 분명히 알았다.

'지금 황제는 그 자리에 오래 있지 못해. 황태제가 아무런 욕심을 보이지 않는다 해도 사람들이 언제까지 황제를 참아 줄지. 아무것도 가지지 못한 채 황제가 된 이가 제 세력조차 이끌지 못하는데 어떻게 그 자리에서 견딜까.'

그렇기에 공작은 로샨이 자신을 푸른 궁으로 불렀을 때 다짐했다. 오늘 듣는 말이 무엇이든 간에 자신도 그간 생각한 바를 말하자고. 공작은 로샨의 세력에 한 발 걸쳐 미래를 대비하기로 했다.

"공작, 여긴 오랜만이지?"

"예. 전하. 전하께서 황태자 자리에서 물러나신 이후로는 처음이니까요."

로샨은 응접실에서 뒷짐을 진 채 오만하게 서 다에 공작의 인사를 받았다. 공작은 자신을 내려다보는 붉은 눈에 자존심이 상해 가까스로 한 다짐을 잊을 뻔했으나 이내 마음을 다잡은 채 로샨이 손짓으로 안내한 곳에 앉았다.

공작이 자리에 앉자 로샨이 시가를 내밀었다. 공작은 로샨에게 어울리지 않는 친절에 어리둥절한 얼굴을 하면서도 시가를 받아 들었다. 로샨은 제 것에 불붙이고 이어 공작의 것에도 불붙였다. 연기가 두 사람 사이에서 피어올랐다.

"전하. 이 노신을 무슨 일로 부르……."

"공작."

시가로 한숨 내쉰 공작이 먼저 운을 떼려던 참이었다. 그를 빤히 보던 로샨이 시가 든 손을 얼굴 아래로 내리며 그의 말을 끊었다.

공작의 붉은 눈이 제게 박혀 들자 긴장해 목젖을 울렁이며 입을 다물었다. 로샨이 시가를 한 번 더 들이마시고 재떨이 위에 올렸다. 그리고 공작의 왼쪽 가슴에 박힌 다에 가문의 문양을 바라봤다. 황금 왕관 앞에 세워진 탑. 역사적으로나 지금 상황으로나 작금의 다에 공작을 잘 나타내 주는 문양이었다.

로샨이 자리에서 일어났다. 그가 뒤에 있던 탁자로 가 그 위에서 무언가를 집어 들었다.

곧 오래된 서류 뭉치가 재떨이 옆에 떨어졌다. 로샨은 그를 턱짓으로 가리키며 입을 뗐다.

"그만 형님을 포기해. 그리고 그 주름이 더 늘기 전에 영지로 돌아가."

* * *

예레나는 제인을 곧바로 알아봤다. 비록 황금색 빛으로 이루어진 형체를 볼 뿐이었으나 함께한 날은 무시할 게 못 되는 모양인지 크기와 움직임만으로도 누구인지 가늠이 됐다.

"제인!"

큰 소리로 제인의 이름을 부르며 예레나가 자리에서 일어나 문가로 걸음을 옮겼다. 얼마 전 사내의 속마음을 들은 뒤 예레나는 그를 피하고자 밖으로 일절 나가지 않았다. 그 때문에 갑갑함이 배가 된 터라 예레나는 제인이 눈물 나게 반가웠다.

"이게 얼마 만이에요."

예레나가 제인을 꽉 끌어안았다. 제인은 주저하면서도 예레나를 마주 안고 등을 토닥였다. 하지만 예레나가 볼 수 없는 제인의 표정은 많이, 아주 많이 어두웠다.

"왜 이렇게 늦었어요? 하도 오지 않아 난 내일이나 돼서 올 줄 알았어요."

"오는 길에 마차 사고가 있었어요. 짐도 엉망이 되고 새로 마차 구하기도 쉽지 않아서 걸어오다 보니 늦었어요."

"마차 사고? 어디 다친 데는 없어요? 괜찮아요?"

예레나는 제인의 손목을 쥔 채 그녀를 샅샅이 살피려 들었다. 그러다 자신이 볼 수 없음을 깨닫고 조금 우울한 표정과 함께 말했다.

"다친 곳이 있다면 알려 줘요. 꼭이요."

"괜찮아요. 마차가…… 마차가 제대로 출발하기 전에 말이 쓰러지는 사고였어요."

"그래도 많이 놀란 것 같은데……. 목소리가 많이 안 좋아요. 손도 차갑고."

제인은 자신의 손을 꼭 쥔 채 걱정하는 예레나를 보며 입술을 꽉 깨물었다. 눈물이 날 것 같았다. 그녀가 잡히지 않은 손으로 모자를 벗는 척 눈물을 훔치고 밝은 목소리를 흉내 냈다.

"걱정 마시래도요. 그보다 밤이 늦었어요. 주무셔야 할 시간이에요."

"벌써?"

"네. 자정이 다 되어 간답니다. 따뜻한 차 한 잔 드시고 이만 주무세요."

제인은 예레나를 카우치에 앉혀 놓고 차를 끓이기 위해 선반으로 갔다. 예레나가 잠이 오지 않으니 제인의 몫도 가져와 조금 떠들자 말했다. 제인은 알겠다 대답하고는 작은 화로에 불을 붙여 물을 끓였다.

놋쇠로 된 주전자에서 김이 나오고 곧 물 끓는 소리가 요란했다. 제인은 그제야 눈물 한 방울을 툭 떨궜다.

"여기요. 조심하세요. 뜨거우니까."

노란 꽃잎이 들어간 차는 진정에 좋았다. 제인은 매일 밤마다 예레나에게 내주던 이 차도 조만간 끝이겠구나 생각하며 예레나의 맞은편에 앉았다.

품속에서 덜그럭거리는 유리병은 맨살과 닿아 있지 않음에도 시렸다. 제인은 유리병이 움직이는 게 거슬려 그것을 꼭 잡아 고정한 채 예레나와 늦은 담소를 나눴다.

"아까는 반가워서 잠이 다 깼는데……. 갑자기 너무 졸리네요."

"한참 떠드셨으니까요. 자 그만 잠자리에 드세요."

"알았어요. 제인."

아무것도 모르는 예레나를 침실로 안내한 제인은 그녀가 이불을 덮고 눈을 감는 걸 확인한 뒤에야 걸음을 옮겼다. 천으로 만들어진 임시 문을 젖히고 침실을 나오자 몇 달 동안 예레나와 함께했던 공간이 어둠 속에서도 선명히 드러났다.

'여기와도 곧 작별이겠구나.'

제인은 착잡한 표정으로 실내를 살피며 느리게 발걸음을 뗐다. 창가에 있는 카우치도, 미처 치우지 못한 찻잔도, 예레나와 즐기던 게임판 등도 모두 눈에 밟혔다.

하지만 제인에게는 선택지가 없었다. 이대로 얼마 뒤 예레나 앞에서 최악의 작별을 하는 게 그녀로서는 최선이었다. 제인은 머지않을 미래, 저로 인해 상처받을 예레나를 떠올리며 눈시울을 붉히다 그새 도착한 문 앞에서 고인 눈물을 닦았다.

덜컹.

문을 열고 나온 제인은 문 바로 옆에 서 있는 사내를 보고 놀라 입을 틀어막았다. 횃불 하나에 얼굴을 겨우 밝힌 그는 평소와 마찬가지로 무표정했다.

"전하……."

로샨이 눈짓으로 제인에게 비키라 명했다. 제인은 고개 숙이고 옆으로 비켜섰다. 그러자 사내가 안으로 들어갔다.

제인은 로샨의 명으로 예레나에게 가져다준 차에 약한 수면제를 탔다. 차를 마시고 졸려 하던 예레나는 침대에 눕기 무섭게 깊은 잠에 빠졌으니 지금 사내가 들어가 저를 구경한다 해도 모를 것이다.

'죄송해요. 예레나 님.'

제인은 닫힌 문을 바라보며 또 한 번 눈물을 훔치고 힘없이 계단을 내려갔다. 축 처진 어깨가 계단 옆 벽에 길고 암울한 그림자를 만들었다.

* * *

"아악!"

황후의 찢어지는 비명이 수도 공작저를 갈랐다. 그러나 호위 기사는 물론이요 시중인 하나 그녀 곁에 없었다. 대신 죽은 여인의 시체 한 구와 딱딱하게 굳은 얼굴의 다에 공작만이 릴리아나의 곁을 지킬 뿐이었다.

"아, 아버지! 루나가…… 루나가!"

릴리아나는 아끼는 시녀가 죽었다 차마 말하지 못한 채 아비를 보며 엉엉 울음을 터뜨렸다. 다에 공작은 그새 더 어리고 철없어졌으며 무모해지기까지 한 여식을 바라보다 밖을 향해 소리쳤다.

"누구든 들어와 이것 좀 치우게!"

황후의 비명에는 손가락 하나 보이지 않던 이들이 공작의 명에 우르르 달려왔다. 그리고 미리 준비한 두꺼운 천을 루나의 시체 위에 덮고 그녀를 들어 옮겼다. 릴리아나는 제 앞에서 사라지는 루나의 손을 잡으려다 딱딱하고 차가운 시체의 손가락이 닿기 무섭게 기겁하며 손을 내렸다.

"왜 그러느냐. 비슷한 것은 그간 잘도 봐 놓고!"

공작은 그런 여식에게 호통쳤다. 여식이 그간 무고한 생명을 죽였다는 것 정도는 알았다. 하나 제대로 조사하자 줄줄이 나오는 목록은 짐승을 제외하고도 한 페이지를 빼곡하게 채웠다. 다에 공작은 아내를 닮은 딸아이에게 너그러운 편이었으나 죽은 사람의 수에 릴리아나에 대한 정을 떼 버렸다.

"그것들하고 같아요? 루나예요! 저와 함께 커 온 아이라고요!"

릴리아나는 아비의 기세를 눈치채지 못했는지 주저앉은 채 다리를 앞으로 휘저으며 고함을 질렀다. 숫제 다섯 살 아이가 어리광을 부리며 떼를 쓰는 모습 같았다.

그 모습에 공작은 이를 악물었다. 그리고 주저 없이 딸아이를 향해 손을 휘둘렀다.

짝.

"악!"

"네 어리광을 받아 주는 것도 이제 끝이야!"

릴리아나의 뺨을 친 다에 공작이 소리쳤다. 누군가를 때린 적은 수없이 많았으나 맞은 적은 단 한 번도 없었던 릴리아나는 말조차 잊은 채 멍한 낯을 했다.

"감히! 내가 아버지의 자식이라지만 이 제국의 황후입니다! 황후! 한데 날 짐승처럼 때려요?"

물 밖에 나온 물고기처럼 소리 없이 입을 뻐끔대던 그녀가 한참 만에 소리 질렀다. 당장에라도 뒤로 넘어가 흰자위만 보일 것 같은 여식의 눈에 공작이 움찔거렸다. 하나 그는 이내 다시 손을 위로 치켜올린 채 여식의 다른 쪽 뺨을 쳤다.

철썩. 조금 전보다 더 강한 힘이었다. 릴리아나는 뒤로 넘어가다 양손으로 바닥을 간신히 짚었다.

"아직도 네 잘못을 몰라? 황궁 내에서 독살이라니. 이곳에 독을 들인 것부터가 죽을죄라는 걸 진정 모르느냐!"

"고작 포로잖아요!"

"……."

"그간 죽어 나간 것들과 뭐가 그리 달라요."

양 뺨을 붉힌 채 릴리아나가 억울한 목소리로 말했다. 공작은 주먹을 세게 쥐었다. 그간 죽어 나간 것들. 여식이 짐승에게 손대는 것도 아랫사람에게 지나치게 굴 때가 있다는 것도 알았다. 하지만 그 수가…… 진정 그 수가 그리 많을 줄은 몰랐다.

기껏해 봐야 두세 번, 제 성질을 주체 못 할 때만 그리 잔인하다 생각했다. 공작저에서 지낼 때만 해도 보통 새 한 마리를 손에 쥐어 주면 몇 달은 얌전했으니 말이다.

게다가 저 얼굴을 보라지. 공작은 아내를 닮아 한 떨기 꽃과 같은 얼굴을 한 딸에게 그런 면모가 있다는 사실을 내심 부정해 오고 있었다.

"어리석은 것."

공작은 여식이 징그러워지는 것을 간신히 참고 대신 분노를 내보였다. 자식을 향해 경멸을 내보이지 않는 것. 부정을 최대한 끌어올린 결과였다.

"황태제가 일전에 네게 경고를 했다 들었다. 세다스의 왕녀에게 손대지 말라 했다지?"

"……."

"그가 직접 경고했으면 거기서 멈췄어야지. 작금의 상황이 어떻게 돌아가는지 그리 모른단 말이냐. 황태제가 정치에 아무런 관심이 없어 보여도 그의 세력은 아니야. 황제는 힘도 머리도 없고 넌 자식 하나 없는 황후인데 도대체 무슨 자신감으로……."

"왜 그래야 해요? 지금까지랑 다르잖아요! 내가 누굴 건드리든 그는 가만히 두고 봤다고요. 아니 분명 즐겼어요. 내가 질투하는 걸 보고 기뻐하며 눈 마주쳤다고요!"

공작은 여식의 망상이 병적이라는 걸 그제야 깨달았다. 그가 미친 자를 보듯 릴리아나를 내려다봤다. 아비의 표정에 그제야 로샨의 후환이 두려워진 릴리아나가 마지막 오기를 부렸다.

"즈, 증거가 없으면 그만이에요! 안 들키면 천하의 로샨이라 해도 제국의 황후인 날 어찌하지 못해요. 내가 이 나라에서 최고로 고귀한 여인입니다. 황후라고요."

"……내가 널 완벽히 잘못 알았구나. 다른 건 몰라도 가문에 해를 끼치지는 않을 거다 판단했건만 내가 틀렸다."

"……."

"죽은 네 시녀를 보고도 모르겠느냐. 네 계획은 진즉 들통났다. 넌 황태제의 손바닥 안에서 놀고 있었어. 수를 쓰려거든 들키지나 말든가. 쯧!"

아비의 말에 릴리아나는 그제야 덜덜 떨기 시작했다. 로샨에게 집착하는 것과 별개로 그녀는 로샨이 두려웠다. 그리해 안 들키게 일을 진행한 것인데 다 탄로 나다니. 어찌할 바 몰라 하던 릴리아나는 새하얗게 변해 가는 머리를 어떻게든 굴리려 하다 문득 이상한 점을 깨닫고 고개를 들어 아비를 봤다.

"아버지가 루나를 데려오셨죠? 그리고 절 여기로 부르셨고요."

아비는 제가 벌인 일을 로샨에게 전해 들었다 했다. 한데 걱정하는 낌새는 그다지 없었다. 거기다 황궁에 있던 저를 불러내 자초지종을 물은 것도 아비요 루나의 시체를 제게 보여 준 것도 아비였다. 릴리아나의 일그러진 얼굴이 서서히 펴지더니 곧 환해졌다.

"……로샨과 손잡으셨군요."

"……."

"황제를 버리고 로샨과 함께하시기로 한 거예요!"

두려움이 싹 가셨다. 릴리아나는 자리에서 벌떡 일어나 입이 찢어져라 길게 미소 지었다. 분홍색 머리카락이 아비의 손찌검에 이리저리 흐트러진 것도 상관하지 않았다. 그녀가 기쁨의 환성을 지르며 팔을 넓게 벌렸다 제 몸을 감싸 안고 빙그르르 한 바퀴 돌았다. 아끼는 시녀의 죽음은 그새 다 잊은 모습이었다.

"오! 세상에! 아버지! 아버지! 현명하신 선택이에요. 잘하셨어요!"

"……."

"전 언제까지 준비하면 되나요? 새 황제가 들어설 테니 그 옆에 설 저도 돋보여야겠죠? 드레스도 왕관도 다 새로 맞춰야 할 텐데……."

"……."

"혹시 결혼식도 새로 올리나요? 부끄럽지만 그랬으면 좋겠어요. 하얀 드레스를 입고 사람들 앞에 그이와 서서 새 시작을 알리고 싶어요."

다에 공작은 로샨과 자신이 손잡았다는 사실을 눈치채기 무섭게 기뻐 날뛰는 여식을 황당하게 바라봤다. 대체 저게 무슨 꼴이란 말이야. 어쩌면 저리 저 좋을 대로만 생각할 수 있단 말인가.

여식을 한심하게 보던 공작은 순간 무언가를 생각해 내고 피가 식은 얼굴을 했다. 예전부터 여식은 제멋대로이긴 했다. 하나 이 정도로 상황 판단 능력이 떨어지지는 않았다.

"……릴리아나. 너 혹시 황제가 밤마다 먹는다는 약에 대해 알고 있느냐? 대신관 그 작자가 황제에게 주고 있는 그 지저분한 것 말이다."

공작의 말에 웃고 있던 릴리아나가 움찔거렸다. 그리고 그 모습에 다에 공작은 알 수 있었다. 머저리 같은 황제와 마찬가지로 여식도 약에 중독되어 있었다. 그가 참지 못하고 소리를 질렀다.

"이런 죽일 놈! 그 더러운 새끼가 감히!"

누구에게 하는 욕인지는 정확히 분간이 가지 않았다. 다만 릴리아나는 아비의 붉으락푸르락한 얼굴에 처음으로 입을 닫고 고개를 숙였다. 공작은 쾌락만 추구하며 사람을 갉아먹는 약만큼은 참아 내지 못하는 사람이었다. 일례로 그는 공작저에 재미로 할 법한 약을 들고 온 하인을 모두가 보는 앞에서 때려 죽인 일이 있었다.

"네가 제정신이야!"

"아, 아버…… 아악!"

공작이 릴리아나에게 손을 휘둘렀다. 뺨을 칠 때와 달리 절제되지 않은 모습이었다. 릴리아나는 엉엉 울며 몸을 웅크렸다. 공작은 몸에 힘이 빠질 때까지 날뛰다 간신히 진정했다.

"……여기 얌전히 있다 뮐랑으로 가. 황제에게는 네 어미와 함께 여행을 갔다 내가 직접 말할 거다."

"흐윽…… 흑."

"다시는 수도에 발붙일 생각 말아라. 신전에서 기거하며 여신께 얌전히 기도나 올려. 지금껏 네가 지은 죄를 용서해 주십사 하고 말이다."

뮐랑은 수도에서 마차로 석 달은 걸리는 남부 도시였다. 릴리아나는 싫은 내색을 했으나 차마 아비에게 무어라 대꾸하지 못했다. 다에 공작은 엉엉 우는 여식을 두고 문을 향해 성큼성큼 걸어갔다.

밖으로 나온 그는 제 집무실로 갈 때까지 욕지거리를 멈추지 않았다. 그리고 마침내 도착한 그의 집무실 책상 위에는 로샨에게 받은 오래된 서류 하나가 놓여 있었다.

서류를 노려보던 공작이 이를 갈았다. 선황제와 선황제의 아름다운 정부, 그리고 그들 사이 태어난 케드릭에 대한 비밀이 적혀 있는 종이에는 공작으로서는 도저히 용납할 수 없는 내용이 적혀 있었다. 공작이 꼴 보기 싫다는 듯 서류를 뒤집으며 말했다.

"짐승도 못 되는 것에게 내 딸을 허락하고 그간 황제로 모셨다니…….
망할! 망할!"

* * *

"순식간에 더워지네요."

"수도의 날씨가 좀 그런 편이에요. 더울 때는 덥고 추울 때는 또 춥고."

날이 순식간에 무더워졌다. 예레나는 밤낮을 가리지 않고 우는 벌레 소리를 감상하며 카우치에 축 처져 있었다.

제국의 수도에 비해 추웠던 세다스 왕국은 한여름 날에도 이처럼 무덥지 않았다. 그렇지 않아도 약한 몸에 날씨까지 적응하기 힘들자 예레나는 하루 온종일 흐느적거렸다.

"한데 제인. 얼음을 어떻게 보관했어요? 여긴 깊은 지하도 없는데."

"철빙석으로 만든 그릇에 보관한 얼음덩어리는 반나절은 간답니다. 보세요."

제인은 그런 예레나에게 언젠가부터 얼음이 들어간 음료나 시원한 물을 가져다줬다. 얼음은 귀한 것이었기에 예레나는 제게 이런 게 제공된다는 사실에 놀라며 의문을 표했다. 제인은 식사 바구니와 함께 제공되는 것이라 말하며 예레나에게 들키지 않는 선에서 문을 힐끔였다.

예레나는 카우치에 기대앉은 채 제인이 건넨 차갑고 상큼한 차를 마시다 내려놨다. 겨울과 마찬가지로 힘든 날씨. 문뜩 밖에 있을 호위 기사가 생각난 탓이었다.

예레나는 답답해질 때면 밖으로 나갔다. 그러나 밖에 '키안'이 있을 때는 방 안에서 꼼짝도 하지 않았다. 다행히 계단에도 어느 정도 적응해 내려가고 올라가는 데 시간이 많이 줄었다.

"제인. 밖도 덥나요?"

"아침에 나가셨을 때보다는 지금이 훨씬 더울 거예요. 왜 그러세요? 나가고 싶으세요?"

"아니 그 밖 말고 문밖이요. 그러니까 복도⋯⋯."

제인은 예레나가 무얼, 정확히는 누구를 걱정하는지 눈치챘다. 그녀가 어색한 미소를 띤 채 말했다.

"⋯⋯걱정 마세요. 탑 안은 많이 시원한 편이에요. 그늘지잖아요."

"다행⋯⋯."

예레나는 한결 편한 얼굴을 하며 말하다 그만뒀다. 밖의 사내에게 일절 신경 쓰지 않겠다. 그녀는 하루에도 수십 번 스스로와 한 그 약속을 깨고 있었다.

"⋯⋯그래도 프레드릭 경이나 키안 경이 물을 달라 하면 얼음을 넣어 주세요. 입고 있는 옷이 제법 두꺼워 더위를 탈 거예요."

한숨 쉬던 예레나가 고민하다 말했다. 괜스레 계속 신경을 쓸 바에야 이쪽이 더 낫다 판단한 것이다. 제인이 알겠다 말하며 고개를 끄덕였다. 그리고 그때 누군가 문을 두드렸다.

"실례하겠습니다. 예레나 님."

알리시아의 목소리였다. 제인이 문을 열기 위해 문가로 가려 했다. 하나 그 전 알리시아가 급히 문을 열고 들어왔다.

"알리시아?"

평소와 다른 분위기에 예레나가 자리에서 일어났다. 알리시아의 인영으로 추측되는 황금색 빛 덩어리 뒤에는 사내로 보이는 이도 있었다. 예레나는 사내가 키안인 것을 즉시 알아보고 눈살을 찌푸렸다. 그러나 그녀가 무슨 일이냐 묻기도 전 문밖에 있던 쟐과 쥴이 들어왔다.

"포박하세요."

알리시아가 냉랭한 목소리로 말하자 쥴과 쟐이 빠른 걸음으로 예레나를 향해 다가왔다. 놀란 예레나가 눈을 동그랗게 뜨고 주춤거렸다.

"무, 무슨……."

그러나 쥴과 쟐의 목적은 예레나가 아니었다. 그들은 예레나에게서 얼마 떨어져 있지 않은 제인을 붙잡았다. 붙잡힌 팔에 제인이 비명을 지르자 예레나가 외쳤다.

"뭐예요? 무슨 짓이에요!"

"제 뒤로 물러나십시오."

예레나가 신녀들에게 붙잡힌 제인에게 다가가려 했다. 하나 그런 그녀를 누군가 막아섰다. 벽처럼 높고 단단한 사내. 예레나는 제 앞에 선 이가 키안임을 즉시 알아봤다.

"뭣들 하나요. 죄인을 끌어내세요."

"아윽!"

키안의 뒤에서 알리시아가 얼음장 같은 목소리로 말했다. 누군가를 거칠게 끌어내는 소리에 예레나가 사내에게 붙잡힌 채 제인을 불렀다.

"제인!"

* * *

"아끼는 시녀가 죽어 상심이 커 병이 났다? 아주 잘된 일 아닌가."

다에 공작이 나가고 홀로 남은 황제는 홀가분한 얼굴을 했다. 황후가 꽤 오래 여행을 간다니. 근래 들어 가장 기쁜 소식이었다.

"가진 거라고는 제 아비밖에 없는 더러운 계집이 활개 치고 다니는 꼴을 당분간 보지 않아도 된다니. 벌써 공기가 상쾌해진 것 같군.”

릴리아나가 케드릭을 싫어하는 만큼 케드릭도 그녀가 싫었다. 다만 그러잖아도 로샨의 세력에 밀리는 자신의 세력을 지탱하는 것은 릴리아나의 아비인 다에 공작이었기에 케드릭은 릴리아나를 참아 냈다.

황제가 된 이후 그는 대부분 제 뜻대로 행동했다. 릴리아나는 그런 그가 참아 내는 몇 안 되는 인내 중 하나였다.

“오랜만에 상아궁에서 좀 즐겨도 괜찮겠지. 여봐라. 거기 누구 없느냐!”

근심거리가 하나 사라진 듯 가벼운 걸음을 옮기던 황제가 밖을 향해 소리쳤다. 곧장 시종이 들어와 고개를 조아렸다. 황제는 상아궁으로 갈 준비를 하라 이르고 안쪽 침실로 들어갔다.

“으응…… 폐하.”

황제의 휘황찬란한 침실 위에는 나체의 여인이 누워 있었다. 황제가 들어오자 콧소리를 내며 상체를 일으킨 여인이 길고 붉은 머리카락으로 가슴을 가리며 요염하게 웃었다. 황제는 최근 들어 아끼기 시작한 어린 정부의 이마에 입 맞추며 말했다.

“준비해라. 같이 상아궁으로 가자. 내가 오늘 널 황후로 대해 주마.”

“어머 정말요?”

아름다운 외모 하나로 황제의 눈에 든 철없는 여인은 황후 대접을 해 준다는 말에 그저 좋아 눈웃음을 흘렸다. 황제가 낄낄거리며 그녀의 허리를 휘감고 가슴을 희롱했다.

“물론. 가서 황후의 관도 써 보자꾸나.”

“세상에. 폐하!”

케드릭은 황후가 떠났다는 사실에 정부와 깔깔거리며 웃었다. 황후가 갑자기 왜 여행을 떠나는가. 거기에 조금이라도 의문을 품을 법했으나 정부와 함께 피우는 담뱃대에서 피어오르는 연기 때문인지 그는 제게 드리워지기 시작한 위험을 조금도 감지하지 못했다.

"폐하. 황후께서 서신을 보내셨습니다. 은밀히 전하라 명을 하셨는데……."

"됐다! 나중에 보겠으니 어딘가에 치워 놔라. 쓸데없는 소리만 늘어놨겠지. 떠나면서까지 유난이구나. 제까짓 것이 뭐라고."

그렇게 상아궁에서 정부 여럿을 끼고 술판을 거하게 펼친 케드릭은 릴리아나가 어렵게 보낸 서신조차 저 멀리 던져 버렸다.

악에 받쳐 쓴 릴리아나의 마지막 서신에는 로샨과 예레나의 관계에 대해 폭로한 내용과 더불어 저를 뮐랑으로 쫓아낸 아비와 로샨에 대한 원망, 그리고 그들의 관계에 대해 암시하는 내용이 있었다.

그러나 황제의 명에 시종은 릴리아나의 서신을 황제의 집무실에 가져다 놨다. 황제는 잘 드나들지조차 않는 황제의 집무실 책상 위 올려진 서신이 빛을 본 것은 한참이 흐른 뒤였다.

* * *

"그럴 리 없어요! 제인은 내가 알아요. 그럴 사람이 아니에요."

"예레나 님. 진정하세요. 조사로 밝혀진 사실입니다. 제인 양은 예레나 님을 독살하려 했습니다. 이 병이 증거지요."

알리시아는 예레나 앞에 병을 흔들어 봤다. 예레나는 알리시아의 손에 있는 병의 정확한 모양은 알 수 없었으나 황금빛으로 움직이는 물체를 볼 수는 있었다.

"아니야."

예레나가 고개를 저었다. 제인은 그럴 사람이 되지 못했다. 아주 길다고는 할 수 없었으나 내내 붙어 있어 알았다. 상냥하고 착한 이였다. 예레나가 몇 번이고 아니라 부정하자 알리시아가 한숨을 내쉬며 말했다.

"……이번 건만 벌인 게 아닙니다. 일전에 독을 드셨던 일을 기억하십니까?"

알리시아의 말에 그때를 떠올린 예레나가 순간 멈칫했다. 알리시아는 판결을 선고하는 법관처럼 단호하게 말했다.

"제인 양의 짓입니다."

"제, 제인은 평범한 사람이에요. 내게 아무런 원한이 없다고요."

"……."

"그런데 제인이 왜 그러겠어요? 무언가 오해가 있는 거예요. 일전에 독을 먹었을 때도 제인이 얼마나 잘 보살펴 줬는데요. 그건 진심이었어요."

입을 닫고 있던 것도 잠시 예레나가 제인을 변호했다. 절박한 목소리. 알리시아는 예레나의 부정 속 두려움을 읽었다. 그녀는 제국에 온 이래 자신이 마음을 준 이가 배신했다는 사실을 차마 받아들이지 못하고 있었다.

"황궁에서 일어나는 독살 건은 대부분 아랫사람에 의해 벌어지지요. 그리고 그들의 목적은 보통 돈입니다."

실상을 아는 알리시아가 주먹을 살짝 쥐었다. 그러나 이내 불타는 헤스티아 신전을 떠올린 그녀는 입꼬리를 일자로 한 채 연기를 계속했다. 그리고 그런 알리시아를 예레나가 앉은 카우치 곁에 서 있던 사내가 무표정한 얼굴로 바라봤다.

"제인 양의 방에서 발견된 금화 주머니입니다. 거기다 제인 양의 집에 가 보니 많이 부유해졌더군요. 제가 제시한 삯으로는 어림도 없을 만큼 큰 집으로 이사도 했고요."

"다른 가족들이 있잖아요. 돈을 많이 벌었겠지요."

알리시아의 말에도 예레나는 여전히 고개를 저었다. 그녀가 본 제인은 돈에 크게 욕심내지 않는 사람이었다. 자신이 내준 금화를 얼마나 사양하다 받았는데. 그럴 리 없었다.

"아실 텐데요. 제인 양의 가족은 일할 상황이 아닙니다. 다들 아프거나 어리지요."

하지만 알리시아는 예레나의 굳건한 믿음을 부수기 시작했다. 견고한 탑의 벽돌이 하나둘 빠지듯 예레나는 불안한 얼굴을 한 채 소리를 높였다.

"난 안 믿어요! 제인이 돈 때문에 그랬다는 증거라도 있어요?"

"네. 있습니다."

"……."

"제인 양은 세다스 왕국에서부터 예레나 님과 함께했지요. 예레나 님. 현재 세다스 왕의 어미……. 즉 대비와 사이가 나쁘십니까?"

물음을 표방했으나 이미 알고 있다는 어투였다. 예레나는 갑자기 비앙카 얘기가 나오자 영문을 모르겠다는 얼굴을 하다 무언가 짐작하고 입술을 달달 떨기 시작했다.

"그건 갑자기 왜……."

예레나가 떠오른 생각을 숨긴 채 가까스로 말했다. 카우치 팔걸이 위 쉴 새 없이 떨리는 손을 사내가 지긋이 보다 입꼬리를 미미하게 올렸다.

"제인 양이 세다스의 대비와 은밀히 서신을 주고받았더군요. 아마 왕국에서부터 접점이 있었던 것 같습니다."

"……."

"처음에는 예레나 님의 동태 정도를 보고한 것 같았습니다만 나중에는 암살까지 논했더군요."

"……."

"다행인 것은 들킬까 두려웠는지 그리 많은 서신을 주고받지는 않았다는 것입니다. 그 때문에 암살 시도가 많이 준 것으로 예상합니다."

세상을 황금빛으로 보는 눈에 눈물이 고였다. 예레나는 춤추는 것처럼 일렁이는 빛 무리에도 어지러움을 느낄 수 없었다. 등에 화살이 수십 대 박힌 기분이 들었다. 예레나가 뚝뚝 떨어지는 눈물조차 인지 못 한 채 물었다.

"……서, 서신을 다 읽어 본 거예요?"

"네."

"……아냐. 그게 진짜라면 진즉 태워서 증거를 없앴을 거야. 왜 보관하고 있었겠어요."

"나중에라도 쓸 때가 있을 것 같아 보관하고 있었다더군요."

울면서도 고개 저어 부정하던 예레나가 알리시아의 말에 흠칫했다. 꼭 누군가에게 들은 말을 전하는 어투. 그녀가 살짝 수그렸던 고개를 들고 물었다.

"그 말은 제인이 날······. 나를 염탐하고 독살하려 했다는 사실을 인정했다는 거예요?"

"······네. 제인 양은 이미 자백했습니다."

알리시아가 고개를 끄덕이며 답했다. 예레나가 신음을 냈다. 울음이 터져 나왔다. 단 한 번도 의심해 보지 않은 이였다. 한데 어째서······.

"아······. 아니야. 아니라고요!"

믿고 있던 이에게 배신당했다 차마 인정할 수 없었던 예레나가 벌떡 일어나 소리쳤다. 눈물을 대강 손으로 닦은 그녀가 알리시아에게 요구했다.

"제인을 만나야겠어요. 보게 해 줘요."

"안 됩니다."

"왜? 내가 못 믿겠다잖아요. 만나게 해 줘요. 제발······."

알리시아는 고개 저으며 한 걸음 뒤로 물러났다. 그리고 마지막으로 자신이 전할 말을 했다.

"······내일부터 새로운 하녀가 올 겁니다."

"알리시아!"

"키안 경."

예레나가 알리시아에게 다가가려 했다. 알리시아가 예레나에게 가장 가까이 붙어 있던 이를 불렀다. 사내가 예레나의 어깨를 부드럽게, 그러나 단단하게 붙잡았다. 어떻게 힘을 써도 빠져나올 수 없는 손아귀에 예레나가 버둥거렸다.

"놔요! 알리시아!"

예레나가 알리시아를 애타게 불렀다. 하나 알리시아는 사내의 뜻대로 예레나를 그의 손에 남긴 뒤 뒤돌았다.

쿵.

"어디 가요! 알리시아!"

문이 닫힌 뒤에도 예레나는 알리시아를 부르며 제인을 만나게 해 달라 빌었다. 하지만 그녀는 사내에게서 한 발도 벗어날 수 없었고 결국 힘이 빠진 채 주저앉아 눈물을 쏟았다.

"예레나 님. 진정하십시오."

그런 예레나의 어깨를 사내의 팔이 감싸 안았다. 나지막한 목소리가 부드러웠다. 그러나 단단하게 받쳐 주는 팔은 뱀의 몸뚱어리였으며 위로를 전하는 혀는 뱀의 것과 닮아 있었다.

* * *

여왕이 미쳤다.

반려를 잃고 자식 넷마저 잃은 찬란한 여왕은 영광을 벗어던졌다. 그녀는 폐인이 된 채 왕궁을 누볐으며 누구의 말도 듣지 않은 채 실험실에서 제 피를 뽑아 가며 연구만을 거듭할 뿐이었다.

나랏일에는 조금도 신경 쓰지 않는 여왕에게 사람들은 서서히 등을 돌렸다. 이종족과의 전쟁, 칼 같은 성정으로 본래도 적이 많았던 헬레나였다. 정적들은 그녀의 몰락을 바라며 서서히 칼을 들었다.

'마녀를 끌어내리자!'

'여왕을 찾아라!'

'새로운 왕을! 새로운 영광을!'

그리고 결국 반란이 일어났다. 여왕은 제게 겨누어지는 창끝에도 왕좌에 앉아 창밖을 볼 뿐이었다. 여전히 눈멀지 못한 눈이 생기 없이 저물어 가는 해를 바라봤다.

'누이. 이제 끝입니다.'

여왕의 남동생이 그녀에게 검을 들이댄 채 말했다. 헬레나가 빛나는 왕

녀였을 적, 그녀가 눈멀었을 때를 틈타 한때나마 왕세자의 자리에 앉았던 남동생이었다. 죽지 않고 아직도 살아 있었다니. 여왕은 오랜만에 입술을 끌어 올렸다.

'미쳤다더니……. 누이의 이런 모습은 상상도 못 했는데 말입니다.'

새로이 왕좌에 오르게 될 자가 그 모습에 눈썹을 꿈틀거렸다. 하나 해결해야 할 일이 산적했기에 그는 누이를 잡아 왕좌에서 끌어낼 뿐이었다. 찬란한 여왕. 아니 마녀가 된 여왕은 그렇게 컴컴한, 빛 한 줄기 겨우 들어오는 탑에 갇혔다.

그렇게 몇 년이 흘렀을까. 10년이 넘는 세월이 지났다. 찬란한 여왕은 급속도로 늙어 갔다. 얼굴과 목에는 주름이 가득했고 뼈만 남은 몸뚱이는 초라한 죄수복에도 가려지지 않았다.

누구도 만날 수 없는 죄인. 높디높은 탑에 갇힌 예전의 여왕. 잊힌 그녀를 누구도 찾지 않았다. 간혹 쥐새끼만이 찍찍거리며 그녀의 몸 위로 기어올라 위아래로 움직이는 가슴팍을 확인할 뿐.

덜컹.

'헬레나!'

하나 오랜 시간 속 먼지처럼 흩어져 가는 그녀에게 10여 년 만에 손님이 찾아왔다. 그녀를 이곳으로 보낸 자이자 새로운 국왕이었다.

'이게 어떻게 된 일이야! 너는 알지?'

헬레나와 비슷한 얼굴을 가진 그가 누이를 죽일 듯 노려보며 목가 옷깃을 잡았다. 그리고 소리쳤다.

'내 첫째 딸아이가 눈멀었다. 그때의 너처럼! 네 딸들처럼 말이야!'

8장. 남은 사람

새벽으로 가는 밤이었다. 하나 예레나는 카우치 위로 양발을 올린 채 앉아 고개를 무르팍 사이에 넣었다.

"드십시오. 탈수가 오실까 봐 걱정입니다."

그런 그녀의 곁을 떠나지 않던 기사가 물을 가져왔다. 예레나는 움직이지도 응답하지도 않았다. '키안'은 그런 그녀의 어깨에 손 올려 억지로 물을 마시게 할까 생각하다 관뒀다. 고작 평민 계집 하나 때문에 몸을 상하게 하는 건 거슬렸으나 이것도 곧 끝일 테니 인내를 발휘하기로 했다.

그 상태로 또 한참이 흘렀다. 이제는 자정도 한참 넘긴 시간. 예레나는 그제야 고개를 조금 들고 제 앞에 일렁이는 사내를 보며 중얼거렸다.

"……제인이 그럴 리 없어요. 경도 알잖아요. 제인은 착하고 따뜻한 이예요."

상처가 가득 난 표정이 기꺼우면서도 안타까웠다. 실상 그가 만든 상처였건만 달래 주고 싶은 마음에 사내가 자리에서 일어났다. 그리고 예레나가 앉은 카우치 앞 탁자를 뒤로 슬쩍 밀고 그녀 앞에 무릎 꿇은 채 말했다.

"신녀님과 함께 증좌를 봤습니다. 필체가 제인 양의 것이었습니다."

오랜 기간 그를 쳐다도 보지 않았던 여인은 사내를 밀어 내지 않았다. 애초에 나가라 하지 않았으니 사실은 곁에 있기를 원했을지도 모른다. 사내는 그 사실에 미소를 짓고 있었으나 예레나는 볼 수 없었다.

"아니야. 뭔가 오해가 있는 거예요. 제인을 보기 전까지는 못 믿어요."

어리광을 부리듯 예레나가 고개 저으며 끝내 제 의견을 관철했다. 사내는 제인을 놓지 못하는 그녀를 빤히 바라보다 입을 열었다.

"신녀님께서는 예레나 님이 제인 양을 만나는 걸 허락하지 않을 겁니다."

"만날 거예요. 내 귀로 듣기 전까지는 아무것도 못 믿어요."

단호한 목소리에 사내는 독살을 핑계로 제인을 죽이지 않아 다행이라 생각했다. 혹여나 왕녀가 이렇게 나올 것을 생각해 그는 애초 계획을 세울 때 제인에게도 큰 역할을 부여했다.

"……제인 양을 진정 만나고 싶으십니까? 전 추천하지 않습니다."

"그 말은……. 방법이 있어요?"

사내의 말에 예레나가 고개를 완전히 들었다. 사내는 한숨을 쉬고 머뭇거리는 것을 연기한 뒤 내키지 않는다는 듯 말했다.

"제인 양은 평민인 데다 예레나 님의 신분이 애매하여 그리 수준 높지 않은 감옥에 갇혀 있습니다. 여기서도 그리 멀지 않지요. 그리고 그곳을 총괄하는 자가 제 동기이자 제게 신세 진 자입니다."

"……."

"잠시 보는 것 정도는 제가 도와드릴 수 있을 것 같습니다. 원하십니까?"

예레나의 눈이 오롯이 그를 향했다. 맹목적인 눈빛에 사내가 목울대를 울렁였다.

"……부탁할게요. 경. 제인을 볼 수 있게 도와줘요. 제발."

예레나가 눈물을 툭 떨구며 말했다. 찬란하였다. 피가 끓었다. 이 작고 가녀린 여인이 자신만을 바라볼 때면, 이렇게 무언가 갈구할 때면 희열이 온몸에 들끓었다. 기만자가 떨리는 목소리를 간신히 감춘 채 고개를 끄덕이며 말했다.

"알겠습니다."

* * *

"괜찮겠죠?"

"수면향을 살짝 풀었습니다. 몸에 해로운 것은 아니니 내일 아침 개운하게 일어날 겁니다."

예레나는 제 방에서 죽은 듯 자고 있을 새로운 하녀가 괜스레 걱정돼 물었다. '키안'은 그녀를 안심시켰다. 그리고 바짝 붙어 말했다.

"허락된 구역을 벗어났습니다. 외곽이라 사람은 많이 없으나 순찰을 하는 이들이 있습니다. 하니 제게 꼭 붙어 계셔야 합니다."

"아…… 네."

사내는 예레나를 거의 껴안아 제 품에 가두다시피 했다. 예레나는 가깝다 못해 붙어 버린 몸이 부담스러웠으나 상황의 심각성을 인지하고 있었기에 별말 없이 고개를 끄덕였다.

사내가 움직였다. 멀지 않다지만 황궁의 지리를 전혀 모르는 예레나에게는 어려운 길이었다. 거기다 혹시나 들킬까 긴장하고 있었기에 1분이 꼭 한 시간처럼 느껴졌다.

"조금만 더 참으십시오. 곧입니다."

그런 예레나의 심정을 알아차린 것일까. 사내는 적절할 때 예레나를 안심시켰다. 예레나는 그의 크고 따뜻한 손을 느끼며 저도 모르게 안도했다.

"다 왔습니다. 잠시 여기 그대로 계십시오."

그러던 중 사내가 어느 건물의 모서리에 붙어 말했다. 예레나가 말없이 고개를 끄덕이자 그가 건물의 입구로 보이는 곳으로 갔다. 그리고 이내 돌아와 예레나를 다시 감싸 안고 안내했다.

"동기에게 부탁해 잠시 사람을 물렸습니다. 하지만 길게는 머무를 수 없습니다."

사내가 문 안으로 예레나를 안내하며 말했다. 내부로 들어오자 차갑고 습한 공기가 피부를 건드렸다. 예레나가 몸을 움츠리며 입을 열었다.

"여기가……."

"제인 양이 있는 곳입니다. 마침 이곳의 여자 죄수가 제인 양 하나뿐이라 일이 편하게 됐습니다."

사내의 말대로 건물 내에는 사람이 없었다. 예레나는 사내가 이끄는 대로 계단을 내려간 뒤 복도를 지나 어느 방문 앞에 도착했다. 사내가 품속에서 열쇠를 꺼냈다. 그리고 곧 끼익하는 소름 끼치는 소리와 함께 쇠문이 열렸다.

방구석, 침대로 보이는 곳에는 누군가 벽을 향해 웅크리고 있었다. 예레나는 그녀가 누군지 곧장 알아봤다.

'제인!'

누군가 들어오는 소리를 들었는지 침대 위 인영이 꿈틀대며 몸을 돌렸다. 그리고 몸을 딱딱하게 굳히더니 천천히 일어났다.

"조용히 말씀하셔야 합니다. 그리고 대화는 이쯤에서 하는 게 좋겠습니다."

제인에게 다가가려는 예레나를 사내가 붙잡은 채 말했다. 예레나는 그런 그를 뿌리치려다 석상처럼 가만히 있는 제인을 보고 고개를 끄덕였다. 며칠 전만 해도 거의 날마다 봤던 제인이었는데 이상하리만치 낯선 느낌이었다.

"예레나 님."

"제인……."

먼저 입을 연 건 제인이었다. 침대에서 일어나 완전히 선 제인은 예레나에게 다가오려다 사내를 보고 그만뒀다.

"나 제인한테 물어볼 게 있어 왔어요."

"말씀하세요."

잠시간의 침묵이 흐르고 예레나가 숨을 크게 들이쉬고 입을 열었다. 제인은 부러 딱딱하게 말했다. 예레나는 한 번도 들어 본 적 없는 제인의 냉랭한 목소리에 당황한 얼굴을 했다.

"제, 제인이……. 제인이 나를 독살하려 했다는 거 거짓이죠? 누명을 쓴 거죠?"

"……"

"나한테는 솔직하게 말해도 돼요. 내가 어떻게든 도와줄게요. 응?"

끝까지 자신을 믿으려 하는 모습에 제인이 입술을 물었다. 상처받은 게 역력한 예레나를 보니 진실을 말하고 싶었다. 하지만 할 수 없었다. 예레나 뒤에서 형형히 빛을 내고 있는 붉은 눈동자. 그게 그녀에게 종용하고 있었다. 시킨 대로 네 역할을 다하라고.

"……무얼 하실 수 있다고."

마음을 다잡은 제인이 말을 툭 던졌다. 비꼬는 말투. 예레나가 눈을 크게 떴다. 잘게 떨리는 눈동자가 애처로웠다. 제인은 주먹을 꽉 쥔 채 몇 번이고 연습했던 말을 꺼냈다.

"예레나 님은 아무것도 하실 수 없잖아요. 그런데 뭘 도와준다는 말씀이세요."

"……"

"그리고 예레나 님의 도움 애초에 바라지 않아요. 내가 선택한 일이니까요."

"그 말은……"

"알리시아 님한테 다 들었잖아요?"

당사자에게 들은 확답. 예레나의 속에서 무언가 산산이 조각났다. 다리에 힘이 풀린 예레나가 휘청였다. 사내가 그녀를 지탱하며 제인에게 눈짓했다. 제인이 창백한 얼굴로 계속 연기를 했다.

"굳이 여기까지 확인하러 오신 건……. 믿어 주셔서 감사하다 해야 할까요?"

"……."

"한데 어쩌죠. 알리시아 님의 말 틀린 거 하나 없어요."

"아니야!"

예레나가 눈물을 펑펑 쏟으며 고개를 내저었다. 제인이 잠시 말을 멈췄다. 예레나는 그 뒤로도 몇 번이고 아니라며 고개 젓다 원망 어린 얼굴로 제인을 노려봤다.

"왜……. 도대체 왜 그랬어요? 나는 제인이 날……. 내가 제인을 아낀 것처럼 제인도 나를 적어도, 적어도 친구로는 생각한 줄 알았는데 왜!"

"……당연한 걸 물어보시네요."

"……."

"끈 떨어진 적국의 왕녀와의 우정 놀음보다는 제 이익이, 제 가족이 소중하니까요."

거짓말을 하는 제인도 크게 상처받았다. 하나 그녀의 말 속에는 진실도 있었다. 그랬다. 제인에게는 가족이 가장 소중했다.

"그런 얼굴 하지 마세요. 예레나 님도 가족이나 저 중 하나를 택해야 하면 가족이잖아요."

"……."

"전 예레나 님보다 제 가족이, 그리고 제가 더 소중했어요."

"……."

"이렇게 된 거 솔직히 말할게요. 예레나 님이 황제 폐하의 눈에 들었다면 그리해 정부로 귀여움을 받았으면 그랬으면 예레나 님을 배신하지 않았을 거예요. 힘들게 첩자 노릇 하지 않아도 얻어 갈 게 많았을 테니까요."

"……."

"하지만 예레나 님은 탑에 갇힌 데다 눈도 그렇고……. 언제 황제 폐하의 눈에 들지도 모르잖아요? 기약 없이 마냥 기다리기에는 탑에서의 생활은 너무 지루했어요. 돈도 제가 원하는 만큼 벌 수 없었고……. 매일 예레나 님하고만 붙어 있는 건 정말이지 끔찍했어요."

그렇기에 제인은 모진 말을 술술 잘 쏟아 냈다. 비록 눈을 꼭 감은 채 말을 하고 있었으나 연습한 대로, 예레나 뒤에 도사리고 있는 괴물이 시키는 대로 완벽한 배우가 됐다.

"그간 예레나 님 비위를 맞추느라 얼마나 고생했는데……. 이렇게라도 말하니까 속이 다 시원하네요."

"아……."

완벽히 볼 수 있었다면 제인의 거짓을 쉽게 눈치챘으리라. 하나 예레나에게 제인은 한 덩어리의 황금색 빛으로 보일 뿐이었다. 그 때문에 예레나는 제인의 거짓을 끝내 완벽히 믿었다. 거짓이라 생각할 수 없었다. 제 뒤에 선 채 미소 짓는 사내의 뜻대로.

예레나가 제인을 보며 거의 비어 버린 눈을 했다. 사내는 고개를 내려 예레나의 눈 속에 자리한 마지막 감정을 확인하고 제인에게 또 한 번 눈짓했다. 제인이 피가 나도록 입술을 물었다 뗐다. 그리고 마지막으로 제가 할 말을 시작했다.

"그거 아세요? 저 죽지는 않는대요."

"……."

"예레나 님이 너무 하찮아서……. 일개 포로일 뿐이라 제게 자비를 베풀기로 했대요."

"……."

"멀리 쫓겨는 나겠지만 제 가족들은 제가 벌어 준 돈으로 잘 살 거고 저도 형기를 마치면 잘 살아갈 거예요."

사내가 예레나의 눈에서 본 마지막 남은 것. 그건 걱정이었다. 예레나는 혹여나 제인이 이 일로 죽을까 봐 염려를 끝내 놓지 못하고 있었다.

사내는 이조차 짐작했다. 그리해 제인에게 진즉 명했다. 왕녀에게 네가 죽지 않는 걸 말해 주라고. 그리해 왕녀가 너에 대한 걱정도 떨치게, 영영 널 배신자로만 기억하다 잊게 하라고.

'사랑스럽다.'

이 얼마나 어리석나. 멍청할 정도로 정이 깊은 여인이었다. 다른 이였다면 분명 쓸모없는 이라 눈살을 찌푸리며 당장 치우라 했을 것이다.

하지만 예레나였기에 다 괜찮았다. 사내에게 이미 예레나는 완벽한 이였다. 어떤 모습을 하든, 어떤 멍청한 행동을 하든 상관없었다. 그녀는 그 자체로 사랑스러웠다.

"정말 너무하네요. 제인. 나, 나한테 어떻게……."

제 뒤에 선 이가 어떤 얼굴인지 모른 채 예레나는 힘겹게 입을 뗐다. 그런 그녀를 보며 사내가 눈꼬리를 휘었다. 예레나를 감싸 안은 그의 손힘이 강해졌다. 하지만 너덜거리는 상처를 안은 예레나는 그에 신경 쓸 틈이 없었다.

사내의 모습에 제인은 몸을 떨었다. 등골이 서늘했다. 사람 하나를 파괴하는 기만을 저지르며 저런 낯짝이라니. 사내가 만든 거짓에 속고 있는 왕녀에게 진실을 알리고 싶었다. 그러나 자신도 사내가 휘두르는 거짓의 일부 아니던가. 제인은 어깨를 축 늘어뜨린 채 스스로를 역겹다 생각하며 입을 뗐다.

"그러니 예레나 님도 건강하게 오래 사세요. 그간의 정이 있어 해 드리는 말이에요."

비꼬는 목소리였으나 내용만은 진실했다. 하나 예레나에게는 놀림 그 이상도 이하도 아니었다.

예레나가 흐리멍덩한 낯으로 제인을 바라보기만 했다. 그러자 사내가 제인에게 넌 이만 퇴장할 때다 눈으로 속삭였다.

"어떻게 들어왔는지는 모르겠지만 이만 가 주시겠어요? 자고 있는데 깨우셔서 피곤해요. 전 며칠 뒤면 먼 길을 가야 해서요."

제인이 몸을 돌리며 자신에게 떨어진 마지막 명을 수행했다. 미안함과 죄책감에 눈물이 얼굴을 적셨다. 그러나 볼 수 없는 왕녀에게 진심은 전달되지 않았다.

"……잘 살아요. 제인."

눈먼 왕녀가 한참 만에 젖은 목소리로 작별을 고했다. 제인은 목구멍 끝까지 차오른 울음에 차마 답하지 못했다.

끼익. 들어올 때와 마찬가지로 소름 끼치는 소리와 함께 문이 닫혔다. 그리고 두 사람의 발걸음 소리가 멀어질 때까지 입을 막고 있던 제인은 한참 만에야 울음을 터뜨리며 바닥에 주저앉았다.

* * *

제인을 떠나보낸 뒤 예레나의 말수는 현저히 적어졌다. 새로이 그녀 곁에 머물게 된 하녀도 예레나가 먼저 말을 걸거나 명하지 않으면 입을 딱 다물었다. 그나마 때를 놓친 매미 소리가 시끄러워 망정이지 아니었다면 탑은 괴괴한 침묵에 잠길 뻔했다.

"예레나 님."

"경."

제인의 일이 있은 뒤 예레나는 '키안'을 부러 무시하는 걸 그만뒀다. 그가 인사하면 답인사했고 종종 먼저 말도 꺼냈다. 다만 일전에 있었던 그의 고백에 대해서는 일언반구도 꺼내지 않았다.

사내 또한 그 일을 언급하지 않았다. 그에게 작금의 상황은 흡족하지는 않았으나 못 참을 정도는 아니었다.

"오늘은 세다스 왕국에 대해 드릴 말씀이 좀 많습니다."

세다스 왕국의 소식을 전해 준다는 핑계로 말을 꺼낼 때면 왕녀는 그를 바라봤다. 전보다 훨씬 더 제게 집중해 주는 얼굴에는 말 못 하는 외로움이 넓게 퍼져 있었다.

제인으로 인해 마음을 크게 다친 예레나는 새로운 하녀에게 마음 여는 걸 극도로 꺼려 했다. 새로운 하녀 또한 예레나만 속고 있는 현 상황과 전

남은 사람 413

임자의 말로를 알고 있는 터라 예레나에게 다가가려 하지 않았다. 하지만 외로움은 인간에게 선천적인 질병 같은 것. 아닌 척해도 예레나에게는 기댈 사람이 필요했다.

그리고 예레나가 선택할 이는 애초 정해져 있었다. 어딘지 냉랭한 알리시아와 신녀들. 언젠가부터 선을 긋는 프레드릭. 예레나는 계속해서 제게 호감을 표했던 '키안'을 더는 밀어 낼 수 없었다.

"다음은……. 황제 폐하께서 근래 아끼기 시작한 정부가 하나 있습니다. 한데 그 여인의 출신국이 세다스 왕국이라 하더군요."

"네?"

그리고 원하는 대로 예레나가 제게만 기대기 시작한 지금, 사내는 그녀의 목적마저 없애 버리기로 작정했다. 세다스 왕국의 소식을 다시 듣기 시작한 예레나는 힘없는 얼굴이었으나 여전히 제 고국을 위해 기회가 있다면 황제의 침실에 들 생각을 하고 있었다.

사내는 그걸 견딜 수 없었다. 왕녀가 저 아닌 다른 사내의 침실을 생각한다는 것조차 용납되지 않았다.

"중앙궁 내 별궁으로 거처를 옮긴 걸 보면 폐하께서 그녀를 꽤 아끼시는 것 같습니다. 게다가 그녀 덕분인지 이번에 온 세다스 왕국의 사신과 독대하는 일이 잦아졌다 하더군요."

"……."

"더 지켜봐야겠지만 당장의 분위기만 보면 세다스 왕국에 이익이 될 것 같습니다."

"……."

"기쁘지 않으십니까? 항상 고국을 걱정하셨는데."

그렇기에 사내는 손을 써 황제의 곁에 세다스 왕국 출신 정부가 자리를 잡을 수 있도록 은밀히 힘을 실어 줬다. 그리고 그렇게 왕녀가 끔찍해하면서도 추구하는 목적을 없애 버렸다.

"……잘된 일이네요."

왕녀는 사내가 전한 소식을 듣고 제인이 떠난 이래 가장 뚜렷한 표정을 지었다. 허탈감과 안도감이 공존하는 얼굴. 맥이 풀린 그녀는 삶의 이정표를 잃어버린 채 비어 버린 눈을 했다.

"그 여인과 만날 수 있을까요? 세다스 왕국에 관해 함께 대화하고 싶어요."

"죄송합니다. 그건 좀 힘들 것 같습니다."

"아……. 그렇겠죠."

"……."

"……미안해요. 괜한 부탁을 했어요."

예레나는 천천히 고개를 주억거리다 어느 순간 딱 멈췄다. 무릎 위에 올려놓은 작은 손에 힘이 꽉 들어갔다.

세다스 출신 여인이 황제에게 잘 보여 고국에 득이 된다면 사내의 말대로 기쁜 일이었다. 예레나는 자신이 제대로 하지 못한 역할을 짧은 시간 내 해낸 여인에게 미안함을 느끼면서도 그녀가 쭉 잘해 주길 기대했다.

한데 이 텅 빈 느낌은 무엇일까. 지금도 황제의 침실에 가는 상상을 하면 소름이 돋으며 거부감이 느껴졌다. 하지만 역겹다 한들 그건 오래도록 그녀가 품어 온 목표였다.

"난 무얼 하려고 여기에……."

무기력함이 예레나를 잠식했다. 해야 할 일이 하루아침에 사라졌다는 생각과 동시에 스스로의 존재에 대한 의문이 들었다. 아무것도 못 한 채 이 꼴로, 자신을 미워하는 비앙카에게 암살당할 것을 걱정하며 이곳에서 영영 살아가야 하는 걸까.

'그러고 보니 알리시아의 방문도 많이 줄었어. 신전에서도 내게 슬슬 손 떼는 걸까?'

아니면 밖에 나갈 것을 대비해야 할까. 한데 나간다 한들 할 수 있는 게 무엇일까. 이곳에서 누구 한 사람이라도 자신을 반기는 줄까.

'프리아에게서는 왜 답장이 오지 않지? 세다스 왕국에 내 편지가 닿기는

했을까? 아니야. 기대 말자. 답장 못 받을 가능성이 높다 생각도 했잖아.'

제인의 일로 다친 상처는 깊은 구덩이가 되어 예레나를 우울감에서 좀처럼 벗어나지 못하게 했다. 부정적인 생각만 머릿속에 맴돌며 몸이 떨렸다.

"저와 한 약속 잊으시면 안 됩니다."

"……."

"어기시면 많이 원망할 것 같습니다."

예레나의 생각을 짐작이라도 한 듯 사내가 말했다. 사내의 존재를 잠시 잊고 있었던 예레나는 그제야 정신을 차리고 그쪽으로 고개를 돌렸다. 제게 또 한 번 집중하는 그녀를 보고 사내가 나지막한 숨을 내쉬었다.

"……그래요."

파리한 안색의 예레나가 고개를 끄덕였다. 그리고 잠시 고민하다 그를 불렀다.

"경."

"……."

"날은 분명 더운데……. 왜 이렇게 춥죠?"

"……."

"여기서 천을 더 뒤집어쓰면 분명 땀이 비 오듯 쏟아질 날씨인데……."

"……."

"……너무 추워요."

얼핏 들으면 말도 안 되는 투정처럼 들렸다. 하지만 당장 관으로 가도 이상할 것 없는 예레나의 창백한 얼굴과 손, 그리고 떨림을 보면 그녀가 분명 추위를 느끼고 있다 알 수 있었다.

사내는 머뭇거렸다. 어찌해야 하나. 그의 얼굴에 고민이 떠올랐다.

"경. 날 아직도 좋아하나요?"

그가 주춤거리던 차 예레나가 갑작스러운 질문을 했다. 사내는 그녀가 먼저 이 주제에 관해 이야기를 꺼낼 거라 생각하지 못했음으로 잠시 굳었다. 그러나 그는 이내 고개를 끄덕이며 '예.'라고 분명히 말했다.

굳어 있던 예레나의 어깨가 조금 내려왔다. 그녀가 고개 숙인 채 무언가 한참 고민했다. 그러다 더 많이 떨며 더는 견딜 수 없다는 듯 고개를 확 들었다.

앉은 상태 그대로 제 몸을 감싸 안은 그녀가 새파랗게 변한 입술을 물었다. 그리고 더는 그 모습을 두고 볼 수 없어 다가오려는 사내에게 말했다.

"그럼 나 좀……. 나 좀 안아 줄래요?"

그녀의 부탁에 사내가 놀란 얼굴을 했다. 그러나 이내 그는 환희에 서서히 잠겨 가며 예레나에게 다가갔다.

사내가 예레나 앞에 서 허리를 깊게 숙인 채 팔을 벌려 작은 여체를 품 안으로 밀어 넣다시피 했다. 예레나도 화답하듯 곧장 그에게 기댔다.

어깨와 얼굴 사이 목에 닿는 여인의 조금 빠른 숨결이 사내의 귀를 간지럽혔다. 참기 어려워진 사내가 팔에 좀 더 힘을 주자 예레나가 고통에 신음을 흘리면서도 더 매달려 왔다.

자신을 갈구하는 듯한 여인의 몸짓에 사내의 숨이 달아오를 대로 달아올랐다. 그가 예레나의 어깨 너머로 숨을 느른하게 뱉어 내다 고개를 살짝 틀었다.

순간 예레나도 사내의 목가에 묻고 있던 얼굴을 조금 들었다. 사내의 입술이 예레나의 입술 바로 아래 턱에 닿았다.

예레나는 당황해 사내에게 붙잡힌 몸을 뒤로 가져가려 했다. 하지만 그걸 참지 못한 사내는 그녀에게 더욱 압박을 가한 채 실수가 아닌 일부러 그녀의 아랫입술 바로 아래 또 한 번 입술을 가져다 댔다.

그리고 바로 다음은 입술이었다. 심리적 추위에 파랗게 질린 채 메말라 있던 입술을 사내는 한숨에 삼켰다.

갑작스러운 상황에 머릿속이 하얗게 질린 예레나는 사내를 곧장 밀어 내려 했으나 어쩐 일인지 손에 힘이 들어가지 않았다.

그녀가 몸에 힘을 풀고 사내에게 그대로 자신을 맡겼다. 그러자 아주 조심스레 입술을 건드리던 사내는 이내 그녀를 깨물고 핥고 종국에는 더운 숨결을 넘겼다.

추위가 단번에 가시는 뜨거움이었다. 불덩이가 들어와 예레나의 몸을 데웠다.

숨을 쉬기 어려운 데다 사내에게 몸을 압박당해 저절로 소리가 나는데 이상하리만치 안도가 찾아왔다. 예레나는 이대로 잠들고 싶다 생각하며 눈을 감았다.

하나 왕녀와 달리 사내는 눈 감지 않았다. 붉은 눈을 한 기만자는 갈급해하던 왕녀를 계속해서 삼키며 붉은 눈에 그 모든 장면을 선명하게 새겨 넣었다.

* * *

푸른 새벽, 로샨은 수도 내 대신전을 찾았다. 그를 보필하기 위해 함께 온 하이든은 온통 하얀 대신전을 살펴보다 어둠 속에서 유령처럼 나타난 하얀 소년 신관을 보고 놀라 움찔거렸다.

"기다리고 있었습니다. 제가 안내하겠습니다."

소년 신관은 로샨을 향해 허리 굽히더니 앞장서서 걸었다. 로샨이 발을 움직이고 하이든이 한 걸음 뒤에 따라붙었다.

세 사람은 거대한 홀을 가로질러 기다란 복도를 걸었다. 그리고 나온 여러 갈래의 길로 만들어진 미로. 하얀 소년은 길을 아는지 고민 없이 길을 안내했다. 그리고 마침내 세 사람 앞에 빛의 여신과 태양이 새겨진 거대한 문이 나왔다.

문에 올린 소년의 손에서 황금색 빛 줄기가 나왔다. 동시에 문 전체가 번쩍인다 싶다니 성인 사내 둘이 밀기도 버거워 보이는 문이 저절로 열렸다.

이 광경을 처음 본 하이든의 눈이 커졌다. 하나 로샨과 하얀 소년은 익숙한 듯 아무렇지 않은 표정으로 안으로 들어갔다.

커다란 문 안으로 들어가자 생각보다는 작은 홀이 모습을 보였다. 하나 홀의 중앙 천장까지 위용 찬란하게 뻗어 있는 여신상은 사람을 움츠러들게 하기 충분했다.

"황태제 전하. 오랜만에 뵙습니다."

여신상 앞에는 노신관 하나가 있었다. 갈색 신관복을 차려입은 그는 얼핏 보기에는 흔히 볼 수 있는 촌부 같았다. 하나 그는 신전의 우두머리인 선지자의 오른팔이자 신전의 이인자인 선지자 대리였다.

"아직 정정하군."

"여신의 자비 덕분이지요."

로샨이 몇 년 전 봤을 때와 크게 달라진 것 없는 선지자 대리에게 말을 건넸다. 선지자 대리는 로샨의 말에 소탈하게 웃은 뒤 옷깃을 정돈했다. 그리고 로샨을 똑바로 바라보며 물었다.

"한데 전하. 어쩐 일로 이 늙은이를 찾으셨습니까?"

"정확히는 선지자를 찾았지. 한데 나온 게 자네인 것을 보면 거동도 힘든 모양이군."

"선지자께서는 여신의 말씀을 듣느라 여념이 없으십니다. 하여 제가 대신 나온 것이니 양해해 주십시오."

너무 나이 들어 혼수상태로 누워 있다는 말을 고상하게도 하는 선지자 대리를 보며 로샨이 입꼬리를 올렸다. 하나 그는 이내 자신이 이곳에 온 목적을 말했다.

"내가 보낸 서신은 보았나? 거기에 대한 답은?"

예레나가 기이한 눈을 가진 뒤로 로샨은 알리시아를 신뢰하지 않았다. 하지만 여전히 예레나의 눈에 대해 알고 싶었으므로 그는 선지자에게 서신을 썼다.

"여신의 은총을 뜻하는 황금빛이 앞에 펼쳐지며 맹인에게 새로운 눈이 생기니 여신의 손길은 구휼한 자에게 닿느니라."

"······."

"이렇듯 기록서에 보면 말씀하신 여인과 비슷하게 앞을 보게 된 이들이 종종 있지요. 그러나 일반적인 사람들처럼 보게 되었다는 기록은 없습니다. 하지만 모르는 일이지요. 여신께서는 무엇이든 할 수 있는 분이시니까요."

선지자 대리는 예레나의 현 상태는 분명 여신의 힘이 개입한 상황이다 확언했다. 하지만 이후의 일은 알 수 없다 고개 저었다. 그의 답에 로샨이 서늘한 얼굴을 했다.

"확언할 수 없다는 말이로군. 그렇다면 그 상태에서 독을 쓰면 어찌 되나. 눈먼다 알려진 독을 쓰면 여신께서 뜨게 한 그 눈도 다시 감나?"

"독이 아무리 지독하다 한들 한낱 인간의 물건이 아닙니까. 여신께서 자비를 거두시면 모를까 그런 것으로 여신의 힘을 이길 수는 없습니다."

로샨은 짧게 혀를 찼다. 예레나에 대한 감정을 완전히 자각한 뒤 그는 혹여나 그녀가 눈 뜨고 자신의 정체를 알게 될까 두려웠다. 때문에 방법을 찾으려 했건만 도통 쉽지 않았다.

"······그 여신이라는 거 대단히 짜증스러워."

원하는 답을 얻지 못한 그가 불손한 말을 했다. 선지자 대리는 여신에 대해 존경을 보이지 않는 로샨의 말에 얼굴을 굳혔다. 하나 거기까지. 그는 로샨에게 화를 내거나 무어라 하지는 않았다.

"······하면 여신께서 내렸다는 기적을 건드리지 않고 못 보게 하면 그만이겠지."

"예?"

"너희가 이교도의 왕을 여신의 양으로 만들 때 재미난 물건을 썼다더군."

로샨은 원하는 답을 주지 않는 선지자 대리에게 갑작스레 예전의 일을 꺼내 들었다. 이교도의 왕. 그 이름에 선지자 대리가 미간을 좁혔다.

'여신이 어디 있나! 그건 허상이다. 흰 건물을 높게도 올리는 자들이 만

들어 낸 한낱 연기에 불과하다.'

200여 년 전, 제국 내에서 빛의 여신에게 반기를 든 거대한 신흥 종교. 신전에서는 그 종교의 우두머리를 이교도의 왕이라 부르며 어떻게든 잡으려 했다. 하지만 이교도의 왕은 붙잡기 쉽지 않았고 황실까지 나선 후에야 체포할 수 있었다. 그리고 신전은 그를 처형하는 대신 다른 형벌을 통해 사람들 앞에서 그를, 정확히는 이교도의 왕을 파괴했다.

"그런 얼굴 할 필요 없어. 너희의 부도덕함 따위 내 관심 밖의 일이니까."

이교도의 왕이 막 세력을 키우던 때, 신전은 우연히 구한 신물을 실험하다 순백의 물이라는 약 하나를 만들어 냈다. 아니 약이라 할 수 있을까. 순백의 물은 사람의 상처를 감쪽같이 낫게 하는 대신 상처의 크기만큼 기억을 지워 버렸다.

'저 더러운 자가 깨끗해질 때까지 계속하라.'

당시의 선지자는 붙잡은 이교도의 왕을 고문해 상처를 내고 순백의 물로 낫게 하길 반복했다. 팔다리가 부러지는 것은 예사요 채찍질에 피부 거죽이 거의 다 벗겨져 나간 이교도의 왕은 종국에는 모든 기억을 잃었다.

신전은 백지상태가 된 그를 신전의 마구간지기이자 빛의 여신의 광신도로 만들었다. 모든 것을 잊어버린 이교도의 왕은 마구간의 말똥을 치우며 자신에게 접근하는 옛 신도들에게 구정물을 퍼부었다. 그리고 그 모습은 사람들에게 좋은 선전이 됐다.

"하지만 전하. 말씀하신 물건은……. 이교도의 왕에게만 쓴 이유가 있습니다. 그건 위험하고 끔찍한 물건입니다. 부러진 뼈를 붙이고 찢어진 살을 되살리는 대신 기억을 앗아 간단 말입니다."

다만 신전 내에서도 순백의 물을 두고 말이 많았다. 자그마한 병 일곱 개 분량의 순백의 물을 얻는 데 신력을 외부로 보일 수 있는 고위 신관 넷과 평신관 열아홉의 목숨이 희생됐다. 거기다 상처와 기억을 치환하는 물건이라니. 악용 소지가 너무 컸다.

결국 이 비도덕적인 물건을 두고 볼 수 없었던 신전은 순백의 물 제조 방법을 불태우고 신물 또한 파괴했다. 다만 순백의 물 일곱 병 중 이교도 왕에게 다섯을 쓰고 남은 두 병을 폐기하지는 않았다.

"그래서 원하는 거야."

선지자 대리의 경고에도 로샨은 아무렇지 않은 얼굴로 순백의 물을 요구했다. 선지자 대리는 단호한 얼굴로 고개 저으며 무어라 하려 했다. 하나 로샨이 먼저였다.

"그러니 내어 줬으면 좋겠는데. 아니면 일개 늙은이로 이교도의 왕처럼 마구간지기로 삶을 마감하든가."

"……전하. 지금 이 늙은이를 협박하십니까?"

"성녀도 없는 시절 아닌가. 자네가 내 눈치 좀 본다 해서 탓할 사람은 아무도 없어."

눈 한 번 깜빡이지 않고 선지자 대리를 협박하는 모습이 무도했다. 선지자 대리는 굳은 얼굴로 로샨의 붉은 눈을 빤히 바라봤다. 그러다 간곡한 어조로 말했다.

"……모든 죄는 욕심에서 비롯되고 높은 자들의 욕심은 재앙을 부릅니다. 하나 전하께서는 고귀하시되 욕심이 없으셨습니다. 그리해 선지자께서는 전하께 존경을 표했고 진정한 여신의 핏줄이라 여겼습니다."

"……."

"한데 갑자기 왜 이러십니까. 왜 그리 위험한 물건을 원하십니까. 도대체 무엇이 전하를 이리 탐욕스럽고 거침없게 만들었습니까?"

"……."

"혹 서신에 적힌 그 여인 때문입니까?"

눈 가린 채 탑에 둔 왕녀가 선지자 대리의 입에 올랐다. 그리고 순간 로샨의 얼굴이 변했다. 날카롭게 서는 기세. 기사인 하이든은 물론이요 선지자 대리도 오싹함을 느끼고 입을 닫았다.

"예의 없다는 말을 그리 길게 돌려 말하는 것도 재주야."

로샨이 선지자 대리를 보다 고개를 살짝 위로 들었다. 거대한 빛의 여신 상. 그가 만물을 내려다보는 여신과 눈을 마주쳤다.

"그리고 말은 똑바로 해야지. 그대들이 날 여신의 핏줄이라 지칭하는 건 타고난 이 눈과 빛 때문이지 않나."

여신상의 눈에는 사람 주먹만 한 붉은 보석이 박혀 있었다. 여신이 로샨과 같이 붉은 안광을 빛냈다. 로샨은 여신과 마주 보다 시선을 천천히 내리고 몸을 돌렸다.

"이만 가 봐야겠어. 물건은 조만간 사람을 통해 받아 가도록 하지."

감히 주지 않으리라고는 생각하지 않는 목소리였다. 하이든은 로샨을 따라 몸을 돌려 걷다 뒤돌아 선지자 대리를 힐끔였다.

늙은 노신관은 그새 무릎 꿇은 채 여신을 부르짖고 있었다. 그리고 그 바로 위로 황금으로 도금된 여신의 손이 반짝거리며 빛을 떨어뜨리고 있었다.

* * *

시렸던 여름이 지났다. 곁에 있는 이의 온기로 간신히 버틴 계절의 끝자락에 탑 일부를 휘감고 있던 담쟁이넝쿨도 붉게 물들기 시작했다.

잎이 붉어진 만큼 앙상해진 넝쿨이 건국제가 다가옴을 알렸다. 1년 중 가장 풍요로운 계절에 열리는 가장 큰 황실 행사. 먼 지방에 사는 귀족들도 하나둘 수도로 모이기 시작했다.

사람들이 모인 만큼 연회도 많아졌다. 어느 정도 부유한 집안에서는 경쟁하듯 하룻밤 연회에 많은 재물을 쏟아부었고 사람들은 그를 즐겼다.

"그 소문 들으셨어요?"

"무슨 소문이요? 또 어떤 재미난 소식을 가지고 왔나요. 백작 부인."

그리고 그런 밤들이 길어질수록 은밀한 소문도 크기를 키워 갔다. 당사자인 예레나는 몰랐으나 그녀는 현재 비밀스럽게 나도는 소문의 주인공 중 하나였다.

"황태제 전하와 세다스의 왕녀가 은밀한 만남을 가진다더군요."

"세다스의 왕녀라면……. 포로로 끌려온 왕녀를 말하는 거지요? 아주 아름답다던."

"맞아요."

"하지만 그녀는 황제 폐하의 정부가 아닌가요? 애초 그때 정복 전쟁은 황제께서 왕녀에게 눈독을 들여 벌어진 걸로 아는데."

"어머. 전혀 모르고 계셨군요. 왕녀는 황제 폐하의 침실로 가지 않았답니다. 황궁 내 시낙스 대신관이 그녀에게 저주가 내렸다면서 탑에 가둬 놨다잖아요. 그리고 그런 왕녀와 황태제 전하가 우연히 만난 거지요."

"하지만 왕녀의 나라를 그리 만든 게 황태제 전하신데……."

"사랑에 나라가 어디 있나요. 거기다 황태제 전하를 생각해 보세요. 좀 무섭기는 해도 얼마나 근사하신지. 그분께서 관심을 주면 어느 여인이 넘어가지 않을 수 있겠어요?"

세다스 왕국을 굴복시킨 황태제 로샨 비스티우스와 황제에게 진상되었다가 모종의 이유로 갇혔다 알려진 포로 왕녀의 관계. 둘의 낭만적인 소문은 귀부인들과 귀족 영애들의 입을 타고 은근하게 퍼지고 있었다.

"황제께서 또 정부를 매질해 죽이셨다더군."

"또? 이번에는 누구인가?"

"이름도 기억 안 나는 무희 출신 계집일세."

"천민이라지만 적당히 하셔야지. 사람 목숨을 파리처럼 아시니……. 거기다 매번 신분이 한미한 자들에게 손을 휘두르시니 수도 내 평민들의 원성이 자자해."

물론 갑작스럽게 수도를 떠난 릴리아나 황후에 대한 소문과 또 정부를 죽인 황제에 대한 자극적인 소문에 비할 바는 못 됐다. 특히 릴리아나 황후가 갑자기 자취를 감춤과 동시에 그녀의 아비인 다에 공작의 행동거지에도 수상한 점이 생겼다. 눈치가 빠른 이들은 눈을 부릅뜨고 제국의 정치판을 바라봤다.

"황후 폐하께서 밀랑으로 가셨다지. 언제 돌아온다 기약도 없으시고."

"병 때문에 요양차 남부로 가셨다지만……. 글쎄. 믿을 수가 있어야지."

"그러고 보니 다에 공작이 요즘 좀 이상하더군. 황후께서 요양을 떠나기 전 그가 푸른 궁을 방문했다는 소문도 그렇고 일이 이상하게 흘러가."

이런 상황을 모르는 건 아예 권력 밖에 있는 이들과 황제뿐. 황제는 오늘도 릴리아나가 사라진 상아궁에서 긴 담뱃대로 연기를 내뿜으며 정부를 희롱하기 바빴다.

"귀엽구나. 내 널 진즉 곁에 뒀어야 했는데."

"폐하도 참."

"이것도 색달라. 처음에는 바닥에서 잔다길래 야만스럽다 여겼거늘."

짐승의 모피가 여러 겹 쌓인 바닥에서 정부의 출신국인 먼 나라 왕의 생활사를 흉내 내는 그의 눈은 몽롱했다. 최근 들어 강해진 약 기운이 머리카락까지 뻗쳤는지 긴 그의 검은 머리채는 바닥에 아무렇게나 이지러져 있었다. 정부는 황제의 붉은 입술에 새초롬하게 입 맞추며 애교 섞인 목소리로 말했다.

"나쁘지 않죠? 바닥 생활에 적응하면 침대가 오히려 불편하답니다."

"그래. 나쁘지 않다. 무엇보다 이 흉한 짐승들이 거죽만 남은 채 겹겹이 깔려 내 밑에 있는 게 좋구나."

황제 케드릭은 히죽거리며 상상했다. 지금 자신이 정부와 함께 깔고 누운 짐승이 이복동생 로샨이라고 말이다.

"……건방진 놈."

상상이 계속되자 짐승의 머리 부분이 정말 로샨의 머리로 보였다. 아무렇게나 베어진 채 피를 뚝뚝 흘리는 머리. 황제는 그걸 붙잡아 들어 올리기 위해 휘청이면서도 상체를 일으켰다.

"참. 폐하. 궁금한 게 있습니다."

정부가 그런 그를 따라 상체를 일으키며 목소리를 낮췄다. 황제는 예쁘게 눈웃음 짓고 있는 정부에게 가볍게 입 맞춰 주며 고개를 주억거렸다.

"말해 봐라."

"황태제 말입니다. 그자가 정말 그리 무도합니까?"

짐승의 머리 부근으로 손을 뻗던 케드릭이 동작을 멈췄다. 그리고 고개를 똑바로 해 정부를 바라보며 물었다.

"……무슨 말이지?"

황제의 물음에 정부가 입꼬리를 올렸다. 그녀는 근래 들어 세다스 왕국 출신이라는 황제의 또 다른 정부와 경쟁하고 있었다.

'황태제를 믿고 내게 그리 까불었겠지. 어디 한번 당해 봐라. 폐하께서 황태제를 얼마나 싫어하는데.'

경쟁자의 뒷배가 황태제라는 말을 들은 그녀는 황태제와 세다스의 왕녀 사이 기이한 소문을 이용해 경쟁자를 처리할 생각이었다. 그녀가 딱딱하게 굳은 황제의 벗은 몸에 손을 올려 쓰다듬으며 속삭였다.

"언짢게 듣지 마세요. 소문일 뿐이긴 한데……."

정부가 작은 목소리로 시녀들 사이 나도는 소문에 대해 고자질했다. 그녀의 말이 이어질수록 황제의 낯빛이 어두워졌다.

"그뿐이 아닙니다. 저와 함께 폐하의 곁에 머무는 다이나 말입니다. 그 아이도 세다스 왕국 출신인데 듣기로는 폐하께 진상된 세다스의 왕녀가 황태제와 놀아나는 것도 모자라 황태제를 이용해 다이나를 일부러 폐하 곁에…… 악!"

황제가 주먹을 쥐었다. 그리고 제게 딱 붙은 채 조잘거리고 있는 정부를 떼어 내 내동댕이쳤다.

"폐, 폐하."

경쟁자를 꼬꾸라뜨릴 생각에 너무 신이 났던 게 문제였다. 정부는 갑작스레 바뀐 황제의 분위기를 그제야 눈치채고 모피 더미 아래로 내려가 무릎을 꿇었다. 덜덜 떨리는 몸이 그녀가 느끼는 두려움을 짐작게 했다.

다행인지 황제는 그녀에게 관심을 두지 않았다. 대신 그는 가운을 여미고 일어나 밖을 향해 외쳤다.

"거기 누구 없느냐! 당장 들어와라!"

* * *

"황제가 눈치를 챈 것 같습니다. 조금 전 중앙궁의 시종이 이곳을 살피고 갔습니다."

탑의 1층. 하이든이 부복한 채 로샨에게 보고했다. 로샨은 알겠다는 의미로 고개를 살짝 끄덕이고 빠르게 탑을 올랐다.

로샨이 탑 위로 사라지고 얼마 가지 않아 프레드릭이 탑을 내려왔다. 하이든을 그와 함께 탑을 나서며 물었다.

"이제 황제에게도 숨길 생각이 없으신 거 맞지?"

"그래."

프레드릭이 고개를 끄덕이며 탑 근처 수풀을 향해 수신호를 줬다. 대기하고 있던 그의 수하들이 움직이며 수풀이 조금 흔들렸다.

"점심때인데 같이 밥이나 먹지. 물론 아직 안 먹었으면 말이야."

수하들의 위치를 확인한 프레드릭이 하이든을 돌아보며 제안했다. 때마침 배가 고팠기에 하이든은 곧바로 알겠다 답했다.

두 사람은 황궁 내 기사들을 위한 식당으로 갔다. 조금 늦은 시간이라 그런지 식당 안은 한산했다. 프레드릭과 하이든은 구석에 자리 잡은 채 하인이 바로 내주는 빵과 수프를 먹기 시작했다.

"수프는 다 식은 데다 빵은 딱딱해. 형편없군."

"프레드릭. 자네 나이가 몇인데……. 이런 걸로 투정하지 말게."

"하지만 여기가 전장도 아니고 내 위치에 조그마한 사치 정도는 바랄 만하잖나."

하이든의 말에도 프레드릭은 툴툴거림을 멈추지 않았다. 하지만 그러면서도 프레드릭의 손은 열심히 빵을 찢어 입으로 가져가고 있었다. 그 모습에 하이든이 피식 웃었다.

"일이 많이 힘든가 보군. 쉴 새 없이 투덜거리는 거 보면."

프레드릭은 부정하지 않았다. 근래 들어 그의 업무가 과중한 것은 사실이었으니. 하나 몸이 힘든 것보다 마음이 불편한 것이 더 문제였다. 프레드릭이 빵 씹던 것을 멈추자 그의 얼굴을 살핀 하이든이 조심스레 물었다.

"……왕녀는 어떤가?"

프레드릭은 예레나에 대해 묻는 친우에게 눈길을 한 번 주고는 다시 빵을 씹었다. 그러나 질감이 모래처럼 까슬하게 느껴지는 것이 영 맛이 없었다.

그가 빵을 내려놓은 찰나 어린 하인 하나가 달려와 두 사람 앞에 고기 요리를 올렸다. 김이 모락모락 나는 고깃덩어리는 큼직했고 재료도 양껏 썼는지 냄새도 좋았다.

"가여워."

나이프로 고깃덩어리를 잘라 낸 프레드릭이 포크로 조각을 집어 삼키며 무미건조한 목소리로 말했다. 왕녀에 대한 솔직한 감상에 하이든이 고기에 손을 대려다 말고 친우를 바라봤다. 프레드릭이 기계적으로 나이프와 포크를 움직이며 말을 이었다.

"전하의 뜻에 반할 생각은 일절 없어. 다만 왕녀의 상황은……. 누가 보더래도 정상적이지 않아."

그간 지켜본, 거짓으로 휘감긴 왕녀의 시간이 프레드릭은 못마땅했다. 물론 주군의 뜻이고 이미 경고도 한 번 받은 마당이니 왕녀에 대해 어떤 것이든 감정을 품는 건 옳지 않았다. 하지만 옆에서 지켜보면 볼수록 그녀를 속이는 자신에게 회의감이 들었다.

"사람이 시시각각 말라 가는 게 보여. 물론 내가 상관할 바는 아니지. 거기다……."

"……."

"왕녀의 눈에 대해서는 들어 알고 있지? 여신 같은 거 난 그다지 믿지 않지만 기적이라는 게 있긴 한 모양이야."

"……."

"한데 왕녀가 기이하게나마 앞을 본다 생각하니 이런 생각이 들더라고."

"……."

"혹시나 기적이 한 번 더 내려 왕녀가 완전히 눈 뜬다면, 그리해 지금껏 겪은 모든 상황이 거짓임을 안다면……."

"……."

"……견딜 수 있을까?"

물음의 형식이었으나 프레드릭은 이미 답을 내렸다. 진실을 알게 된다면 왕녀는 견디지 못할 것이다. 그간 모든 이들이 자신을 속였고, 거기다 하나 의지하고 있는 사람이 일을 계획한 장본인이요 제게 비극을 가져다준 주체라니……. 프레드릭은 억지로 움직이던 포크를 내려놨다. 그의 앞에는 반이 훨씬 넘게 남은 고깃덩어리가 핏물을 흘리고 있었다.

"그렇다면 전하의 생각이 옳을지도."

프레드릭의 말을 잠자코 듣고 있던 하이든은 식사를 멈추는 대신 중얼거렸다. 그의 말에 프레드릭이 무슨 말이냐는 듯 눈썹을 움직였다. 하지만 하이든은 답해 주는 대신 며칠 전 주군의 손에 들어온 물건을 떠올렸다.

'선지자 대리께서 이걸 황태제 전하께 전달하라 하셨습니다.'

수도 내 신전에서 주군과 자신을 안내했던 하얀 소년 신관. 황궁에 들어온 소년 신관의 작은 손에는 나무 상자가 하나 들려 있었다. 그리고 그 안에 있는 것이 무엇인지 하이든은 바로 짐작할 수 있었다.

"하이든."

프레드릭이 생각에 잠긴 하이든을 부르며 표정으로 재차 무슨 말이냐 물었다. 하나 하이든은 답하는 대신 고개를 젓고는 뒤늦은 식사를 시작했다. 그 모습에 프레드릭도 더 묻는 걸 포기하고 다시 포크를 들었다.

하나 두 사람 다 고기가 도통 무슨 맛인지 알 수 없었다. 이로 씹히는 감촉은 분명 적당히 부드럽고 기름졌건만 이상하게도 입 안이 썼다.

결국 두 사람 모두 접시 위 음식을 반이나 남기고 일어났다. 자리를 치우기 위해 쪼르르 달려온 어린 하인은 그런 그들의 모습에 어깨를 으쓱이면서도 질 좋은 고기 요리를 실컷 맛볼 수 있다 기뻐했다.

* * *

"잘못했어요, 아버지."

"예레나 님."

"으……. 용서, 용서하세요. 어머니. 하지만 전 너무……."

"일어나 보십시오."

"외, 외로워요. 너무…… 너무 힘들어요."

"예레나."

계속되는 부름에도 예레나는 깨어나지 못했다. 사내는 카우치에 기대 누운 채 불편한 자세로 악몽에 시달리는 그녀에게 결국 손을 뻗었다.

커다란 손이 닿자 예레나가 가까스로 악몽에서 빠져나왔다. 식은땀을 흘리며 괴로워하던 예레나는 천천히 눈 뜨다 눈앞에 일렁이는 익숙한 황금색 인영에 한결 안도한 얼굴을 했다.

"아……. 키안 경."

"괜찮으십니까?"

사내가 예레나에게 물잔을 내밀며 물었다. 예레나는 고개를 끄덕이면서 양손으로 물잔을 받아 들었다.

"네. 괜찮아요. 잠시 잠들었다 꿈을 꾼 것뿐이니 신경 쓰지 말아요."

말은 그리했으나 그녀의 물잔을 쥔 그녀의 양손은 덜덜 떨리고 있었다. 사내는 가느다란 그녀의 손목을 보다 무릎을 꿇고 물잔을 쥔 예레나의 손을 제 손으로 감싸 쥐었다. 갑작스러운 접촉에 예레나는 순간 몸을 움찔거렸다. 그러나 이내 차가운 제 손 전체를 데워 주는 큰 손의 온기에 몸에 힘을 풀고 고맙다 작게 속삭였다.

희미하게 퍼진 미소에 길고 뾰족하게 뻗쳐 있던 사내의 신경이 동그랗게 말렸다. 자신을 보는 크고 깊은 눈, 살짝 올라간 입꼬리, 그리고 그 옆에서 살랑이는 금실 몇 가닥. 그런 것들을 하나하나 볼 때면 누군가 깃털로 심장을 살살 간지럽히는 느낌이었다.

"……알리시아 신녀님께 말씀드려 하녀를 바꾸는 게 어떻겠습니까?"

예레나가 물 마시는 것까지 도와준 사내가 여전히 예레나의 아래에 한쪽 무릎을 꿇은 채 물었다. 예레나는 그의 입에서 나온 하녀라는 단어에 제인을 떠올리다 씁쓸한 얼굴로 고개를 저었다.

"찾기 전까지 오지 말라 내가 먼저 말했어요."

"하지만 혼자 계시다가 조금 전처럼 힘드시면……. 그 하녀는 예레나님을 모시는 대가로 어엿한 봉급을 받고 있습니다."

"내가 원하지 않아요. 그리고 조금 전과 같은 모습을……."

예레나가 말을 하다 말고 인상을 살짝 찡그렸다. 옆방에 있을 하녀의 이름이 순간 기억나지 않은 탓이었다.

"……루이자에게 보이고 싶지 않아요."

예레나는 가까스로 하녀의 이름을 기억해 내고 말을 이었다. 사내는 그런 예레나의 모습을 빤히 바라보며 보일 듯 말 듯 입꼬리를 올렸다.

제인의 일 이후 예레나는 새 하녀에게 일말의 정도 주지 않았다. 그뿐인가. 예레나는 제인과 달리 새 하녀에게 제 공간도 허락하지 않았다. 알리시아에게 말해 하녀의 방과 연결된 설렁줄을 하나 설치한 그녀는 식사 때나 꼭 필요할 때가 아니면 하녀를 부르지도 않았다.

물론 사내는 이 사실을 이미 보고받아 알고 있었다. 다른 이에게 정 주지 않는 예레나의 모습에 뜻대로 되었다 내심 기뻐하기도 했다. 하지만 그는 모른 척 예레나에게 은근한 목소리로 물었다.

"저는 이곳에 있어도 괜찮습니까?"

"경은……. 괜찮아요."

예레나는 천천히 고개를 끄덕였다. 여름의 끝자락, 사내와의 입맞춤 후 그녀는 더는 제 마음에 반기를 들지 않았다. 그저 사내를 제 곁에 남은, 자신이 정 줄 수 있는 단 한 사람이라 여기며 그에게 기대 자신을 갉아먹는 허무함과 외로움을 막는 방벽으로 썼다.

물론 그조차 완벽하지 않아 썩어 들어가는 속은 여전했다. 거기다 사내를 더는 밀어 내지 않게 된 이후 낮에는 평온이 찾아들었지만 밤에는 다시 가족들이 나와 자신을 원망하는 악몽에 시달렸다. 하나 왕녀는 그 정도 고통은 자신이 당연히 견뎌야 할 몫으로 여겼으므로 힘든 내색 한 번 하지 않았다.

"사실 굳이 설렁줄을 달고 루이자를 내보낸 건 경 때문이에요."

"……."

"경이랑 조금 더 편하게 이야기하고 함께 있고 싶었어요."

솔직한 예레나의 고백에 그녀 앞에 꿇고 있던 사내가 놀란 눈을 했다. 그가 여전히 예레나의 손에 있는 물잔을 빼 가까이 있는 탁자에 올리고 양손으로 예레나의 양손을 쥐었다. 그리고 그녀의 손 여기저기에 입 맞추며 물었다.

"……프레드릭에게도 이리 말씀하십니까?"

딱딱하고 끝이 뾰족한, 그러나 앙증맞은 예레나의 왼손 약지에 입 맞춘 사내가 물었다. 예레나는 제 손에 얼굴을 묻고 있는 사내가 커다랗고 따뜻한 강아지 같다 생각하며 답했다.

"아니요. 경에게만 이리하는 거예요. 프레드릭 경은…… 별말이 없죠. 나도 그에게는 할 말이 없고요. 게다가 프레드릭 경은 곧 떠난대요. 기사단 일이 바빠졌다고……."

얼마 전 프레드릭은 그녀에게 기사단 일이 많아져 호위 일에서 빠지게 됐다 말했다. 하나 예레나는 그의 말이 변명임을 직감했다.

'잊혀 가는 포로에게 호위 기사 둘은 과한 예우라는 거겠지. 알리시아가 찾아오는 횟수도 뜸해졌고…….'

제 처지를 다시 한번 떠올린 예레나가 씁쓸한 얼굴을 했다. 무릎 꿇은 채 사내는 예레나의 울적한 목소리에 까만 눈을 했다. 혹여나 그녀가 제

수하를 애틋하게 여기는 것이라면, 그리해 그가 떠나는 것을 섭섭해하는 것이라면…….

"뭐……. 떠나지 않는다 해도 프레드릭 경과는 이리 가까이 붙어 있지 않겠죠. 경과 프레드릭 경은 다르니까요."

사내의 눈에서 수하를 향한 자비의 빛이 완전히 꺼지기 전 예레나가 입을 열었다. 꾸밈없는 답이 담담한 목소리를 타고 나왔다. 사내는 자신이 듣고 싶은 말을 해 주는 예레나의 손끝에 길게 입 맞추며 천천히 고개를 들었다.

그리고 본, 아래에서 위로 본 여인의 얼굴에 사내는 순간 몸을 굳혔다. 그를 내려다보는 여인의 얼굴에는 분명 미소가 있었다. 하나 그것은 불안정했으며 여인의 얼굴 전체에는 당장 무너질 것 같은 위태로움이 있었다.

'내 탓이다.'

그리고 그 모습에 사내, 기만자는 제 원죄를 떠올렸다. 왕녀를 이리 만든 건 그 자신이었으니. 그녀의 비극도, 닥친 고난도, 슬픔도 모조리 자신의 손에서 시작된 것이니.

하지만 언제나 그랬듯 사내는 제 죄를 인지하고 뒤돌아 자신이 벌인 일을 되돌아보며 후회할지언정 멈추지는 않았다. 그가 계속해서 쌓아 온 기만만은 포기할 수가 없었다.

들키면, 그리해 제 정체를 알면 지금 당장 왕녀가 주는 사랑이 사라질 것을 아니까. 그것만은 포기할 수 없었다. 차라리 쌓아 올린 기만의 탑에 여러 번 나무를 덧대고 못질하고 그 옆으로 돌을 쌓아 벽을 만들어 완벽히, 그리해 영원토록 무너지지 않는 기만을 완성하는 게 맞다 여겼다.

'들키지 않으면……. 지금 상황도 그대로겠지.'

하나 탑 주변을 견고하게 할수록 불안과 초조함을 더욱 크기를 키웠다. 잘못된 길을 미친 듯이 달리는 기분이었다. 그러나 조금 더 있으면 그를 좀먹는 불안감이 강박으로 변할 걸 알면서도 사내는 멈추지 않았다.

사랑하는 이의 왕국을 무너뜨리고 가족을 잔인하게 도륙해 연인의 삶을 송두리째 망가뜨렸음에도, 그런 끔찍한 원죄를 짊어졌음에도 그는 욕심냈다. 제 앞에 앉아 있는 왕녀의 사랑과 관심을. 그가 왕녀의 손바닥에 이번에는 얼굴을 정면으로 묻었다. 작고 보드라운 손이 시야를 가려 주자 조금은 마음이 편해졌다.

그러나 그 평온함도 잠시, 예레나는 갑작스럽게 기침을 하기 시작했다. 메마른 기침이었다. 한두 번으로 끝나지 않고 당장에라도 피를 토할 것처럼 괴로워지는 기침에 놀란 사내가 벌떡 일어나 물잔에 물을 담아 왔다.

"예레나 님."

"고마워요. 날씨가 추워지니까······!"

물을 마시면서도 연거푸 기침하는 예레나의 안색은 좋지 않았다. 사내는 백지장처럼 하얀 얼굴에 푸른 기운이 오르는 것을 보고 입술을 꽉 깨물었다.

그새 또 헐렁해진 드레스는 목 주변에 붕 떠 있었다. 그뿐인가. 길게 뻗은 목과 팔다리는 당장 부러질 것 같았고 쇄골은 선명히 드러났다.

왕녀의 이런 몸조차 제 탓임을 분명히 알고 있던 사내는 그날 스스로 제 몸을 찔렀다. 왕녀가 다쳤던 손바닥을 검으로 긋고 모르리라 생각하며 감추던 허벅지 자해 상처를 따라 해 제 허벅지에 단검을 찔러 넣어 봤다. 하나 아무런 조치를 취하지 않았음에도 사내의 다친 몸은 황금빛과 함께 곧 저절로 말끔해졌다.

'이제야 알겠군. 어머니가 나를 왜 그토록 징그러워했는지.'

차라리 어미가 매질하던 그 시절처럼 피가 흘렀으면 좋겠건만. 사내는 그런 제 모습이 끔찍하다는 듯 거울에 비친, 모든 곳이 성한 자신을 노려 봤다. 그러나 자신을 저주하면서도 기만을 이어 가기 위해 그는 계획한 일을 계속했다.

* * *

벽과 천장은 물론이요 꾸미고 있는 물건도 하얀, 희다고밖에 표현할 수 없는 방. 성인 여섯은 누울 수 있을 것 같은 침대 위 노인 하나가 누워 힘겹게 숨을 뱉었다.

"허윽……."

힘겹게 들이마시고 내쉬는 숨결마다 쇳소리가 묻어났다. 선지자 대리는 침대 옆에 서서 그런 노인을 내려다보다 뒤돌아봤다.

"이안. 그걸 가지고 오너라."

하얀 머리카락의 소년 사제가 종종걸음으로 걸어와 손에 있던 병을 내밀었다. 선지자 대리는 병을 받아 들더니 뚜껑을 열었다. 그리고 병과 침대에 누워 있는 노인을 보며 한숨 쉬었다.

"선지자께서 네가 열다섯이 될 때까지는 견딜 거라 여겼는데 이제 그조차 힘들겠구나."

"……."

"남은 게 이것밖에 없으니……."

"……."

"열셋에 선지자라니……. 어려도 너무 어리다. 그때가 오면 이안 네가 잘해 낼지 걱정이구나."

침대에 누워 있는 노인은 신전의 으뜸. 선지자였으며 병은 순백의 물이었다. 선지자 대리는 신력으로 하는 치유에 내성이 생긴 선지자의 생명을 지금껏 순백의 물로 조금씩 연장하고 있었다.

선지자 대리가 병에 유리 막대기를 넣어 순백의 물을 묻힌 뒤 선지자의 입술로 가져갔다. 그러자 죽은 듯 누워 있던 선지자가 눈을 떴다. 하나 사라진 기억들 탓일까. 흐리멍덩한 눈에는 어떤 빛도 없었다. 죽을 날만 기다리는 노인. 그것이 제국의 수많은 신자의 추앙을 받고 있는 선지자의 본모습이었다.

"……그자가 눈치채면 어찌합니까."

선지자 대리 옆에 서서 그 모습을 지켜보던 소년 신관이 문득 입을 열었다. 그러자 소년이 말한 그자가 누구인지 바로 알아들은 선지자 대리가 병의 뚜껑을 조심스레 닫으며 말했다.

"물론 희석한 것이라 효과는 현저히 떨어지겠다만 황태제에게는 건네준 병을 기준으로 용량 대비 효과를 말해 줬으니…… 눈치채지 못할 것이다."

"주어서는 안 됐습니다. 그자는 분명 제 욕심에 그걸 쓰려 했습니다. 그건 여신의 가르침에 어긋나는 것 아닙니까. 세상의 질서를 어지럽힐 것입니다."

소년 신관의 미간이 좁아지며 주름졌다. 선지자 대리는 그런 소년의 이마를 문지르며 병을 다시 소년에게 돌려줬다.

"이미 벌어진 일. 다행이라 생각해야지. 어쩔 도리가 있겠느냐."

"……."

"이제는 찾는다 한들 더는 구할 수 없는 물건이야. 미래에는 욕심을 위해 이걸 쓰는 자가 없겠지. 여신이시여. 이 또한 당신의 뜻이겠지요."

"하지만……!"

여신을 찾는 선지자 대리를 보며 소년 신관이 불만을 터뜨렸다. 하나 선지자 대리는 그런 소년 신관의 이마를 조금 전보다 더욱 지긋이 문질러 주름을 펴 주며 말했다.

"이안. 우리도 황태제와 다를 바가 없어. 욕심 때문에 이걸 쓰고 있으니 말이다."

"……."

"하니 비난 말고 여신께 기도나 드리자꾸나. 그게 우리의 숙명이란다."

* * *

황제 케드릭이 아우를 불렀다. 오랜만에 있는 일이었다.

일전 기다리라는 명에도 홀에 들어온 로샨 때문인지 황제가 있는 홀에는 기사 수십이 도열해 있었다. 그뿐인가. 수십의 기사 뒤에는 멀리서도 적을 찔러 죽일 수 있는 긴 창을 든 병사들 또한 서 있었다.

그에 비해 로샨은 측근 기사도 홀 안으로 데려가지 못했으며 황제의 앞이라는 이유로 검 한 자루조차 소지할 수 없었다. 로샨을 따라 중앙궁으로 온 녹스와 하이든은 황제의 명에 얼굴을 붉혔으나 로샨의 손짓에 조용히 물러났다. 홀로 홀에 들어간 로샨은 이복형 앞으로 천천히 걸어가 허리 숙여 인사했다.

"로샨 비스티우스. 위대한 제국의 태양. 황제 폐하를 뵙습니다."

"위대한 제국의 태양? 하!"

단상 위의 황제는 로샨이 인사하기 무섭게 들고 있던 종이 뭉치를 던졌다. 수십 장은 족히 되는 종이가 허공을 날았다 로샨을 향해 떨어졌다.

머리를 물론이요 얼굴에도 일부 부딪힌 종이에도 로샨은 별다른 표정을 짓지 않았다. 오히려 홀 안의 시종들이 놀라 움찔거렸다. 황제 또한 자신이 벌인 일임에도 이복 아우의 눈치를 살폈다. 그러나 홀 안을 가득 채운 기사와 병사 때문일까. 황제는 두려움을 감추고 어깨를 쫙 편 채 소리쳤다.

"반역자!"

"……."

"네놈은 반역자다. 로샨 비스티우스!"

무시무시한 말이 황제의 입에서 터져 나왔다. 가족은 물론이요 일가친척, 지인, 키우는 짐승까지 당장 사형대로 보낼 수 있는 황제의 말에 홀 안 모두가 숨을 참았다.

"네가 감히 황제의 것을 탐해?"

로샨의 눈에 바닥에 떨어져 있는 종이 중 하나가 들어왔다. 거기서 세다스, 왕녀, 포로 등의 단어가 자신과 함께 있는 것을 본 그는 글씨체를 잘 기억해 뒀다.

"나와 같은 성을 쓴다고! 선황께서 네게도 그 피를 물려주셨다 네놈이 이리 무도하게 굴어도 되는 것이냐?"

"……."

"감히 내게 바쳐진 여인을 네놈이 탐해? 당장 죽여도 모자랄 놈!"

로샨이 시큰둥한 표정으로 있자 황제의 목소리가 점차 커졌다. 사실 그의 말은 틀린 것 하나 없었다. 감히 황제의 것을 탐한 죄. 그건 반역죄도 맞았고 죽을죄도 맞았다.

"아······. 세다스의 왕녀를 말씀하십니까?"

그러나 로샨은 별일 아니라는 듯, 그리고 이제야 황제의 말을 이해했다는 듯 여상한 목소리로 대꾸했다.

황제는 로샨의 태도에 결국 주먹을 꽉 쥐었다. 분명 몇 년 동안 조용했던 이복동생이었다. 그의 세력은 좀처럼 크기가 줄지 않았으나 적어도 당사자만큼은 얌전했다. 자신이 무어라 하든 별말 없이 고개 숙이고 있었고 시키는 대로 고분고분 행동했다.

'이게 진짜 이제 와 이 자리를 노리는 것인가? 갑자기? 왜?'

오싹함이 황제를 꽁꽁 묶었다. 약 기운에 무엇이든 집중하기 어려웠건만 자리를 빼앗길 수 있다는 공포심 때문인지 오랜만에 정신이 또렷해졌다.

"무엇 때문에 이리 역정을 내시나 했더니."

로샨이 고개 들어 그런 황제의 얼굴을 똑바로 바라봤다. 고양이 앞의 쥐. 황제는 로샨의 붉은 눈에 순간 자신이 쥐가 되었다 느꼈다. 홀 안의 수많은 기사와 병사들도 제 몸을 지켜 주지 못할 것 같았다.

"폐하. 제가 반역을 저지르려 했으면 한낱 여인이 아닌 다른 것을 탐했겠지요. 예를 들어 폐하의 머리 위에 있는 것 말입니다."

"뭐, 뭐라고? 너······ 네놈! 뭣들 하나! 나를 지켜라!"

대놓고 관을 바라보는 로샨의 눈과 그 아래 짙은 웃음에 황제의 공포가 극에 달했다. 황제가 기사들에게 손짓했다. 기사들은 주춤거리면서도 황제 앞으로 달려 검을 뽑아 들었다. 동시에 병사들의 기다란 창이 정면을 향해 누웠다. 임전 태세였다.

"하나 전 그것을 원치 않습니다. 아실 텐데요."

로샨은 제게 겨누어지는 날붙이에도 개의치 않은 채 덤덤히 말을 이어

갔다. 그리고 그런 모습이 황제는 징그러워 도무지 제대로 볼 수가 없었다. 저 눈. 여신의 핏줄이요 시황제의 상징이다 찬탄받는 저 눈. 저것은 신성한 것이 아니었다. 괴물이라는 증거였다.

황제는 당장에라도 기사들에게 저 괴물을 도륙하라 명할까 고민했다. 하나 로샨과 또 한 번 눈 마주친 순간 주춤하게 됐다. 이대로 저놈을 죽이면 그 뒤는 어찌해야 할지 도통 알 수가 없었다.

황제가 고심하는 동안 로샨이 천천히 몸을 내렸다. 황제는 갑자기 무릎 꿇는 이복 아우를 괴이한 것 보듯 바라봤다.

"폐하. 전 지금껏 폐하의 명에 따라 많은 전장을 누볐습니다."

로샨은 일그러진 황제의 얼굴을 바라보며 갑자기 제 공을 말하기 시작했다. 로샨의 저의를 알 수 없었던 황제는 그저 우두커니 선 채 그의 말을 들었다.

"폐하께서 원하시는 게 무엇이든 가져다 바쳤고 그 과정에서 한 번도 제 사사로운 욕심을 채운 적 없습니다."

"……."

"하니 형님. 하나쯤은 괜찮지 않습니까?"

"화, 황태제 전하! 무례하십니다!"

로샨이 감히 무도하게도 황제를 사사로이 불렀다. 황제를 막고 있는 기사 중 하나가 용기 내 그를 지적했다.

충직한 기사의 외침에 용기를 얻은 황제가 입을 열어 기사들에게 로샨을 공격하라 외치려 했다.

"저놈을……!"

그러나 순간 그는 이복 아우가 고개를 옆으로 천천히 젓는 것을 보았다. 그리고 그 모습에 이상하게도 입이 저절로 딱 다물렸다.

로샨은 잘했다는 듯 황제를 향해 옅게 미소 지었다. 그리고 부복한 자세 그대로 계속 말을 이어 갔다.

"저도 사람인지라 욕심이 생기는 것이 있더군요. 폐하께 그 많은 미인을 바치면서 한 번도 그것들이 아름답다 생각한 적 없는데……."

"……."

"사내를 조종하는 것은 여인이라는 진부한 말. 여인의 드레스에 묻혀 사는 한심한 작자들의 농이라 생각했습니다."

"……."

"한데 요즘은 그게 사실일지 모른다는 생각도 들더군요."

"……."

"물론 전장만 다녀 머리가 굳은 탓일 수도 있고 어리석어져 이럴 수도 있다만……. 현명하신 형님이라면 꾸짖을지언정 너그럽게 봐주시며 포로 하나쯤은 제게 주시겠지요. 안 그렇습니까?"

부탁을 가장한 협박이었다. 황제는 당장 어찌할 수 없는 이 무도한 아우 놈을 어찌해야 하나 입술을 꽉 깨물었다.

황제의 얼굴은 더는 붉어질 수 없을 정도로 타올랐다. 주먹을 꽉 쥔 손도 붉어졌다. 로샨은 그 모습을 아래에서 위로 보며 천천히 일어났다. 그리고 쐐기를 박듯 말했다.

"부탁드립니다. 황제 폐하."

황제는 한참 침묵하다 몸을 돌렸다. 그리고 떨리는 발걸음으로 권좌에 도착해 착석했다. 차갑지만 황홀하고 편안한 황금 권좌의 착용감. 이를 영영 손아귀에 틀어쥐려면 어찌해야 하는가.

'이 자리에서 저놈을 죽인다면 저놈의 천한 아랫것이 가만있지 않겠지.'

황제는 미래를 위해 지금의 치욕을 잠시 참아 내기로 했다. 그가 권좌의 손잡이를 꽉 틀어쥐고 로샨을 노려보다 입을 열었다.

"……네 부탁을 들어주지 않는다면 어쩔 것이냐. 로샨."

"그렇게 되면 어쩔 도리가 없지요."

황제의 말에 로샨이 작게 웃음을 터뜨렸다. 그가 부탁할 때와 달리 고개를 꼿꼿이 든 채 답했다.

"분명 조금 전에 말씀드리지 않았습니까."

"……."

"전 어리석다고. 그러니 분명 멍청한 선택을 하겠지요."

멍청한 선택이 무엇인지 황제는 즉각 알아차렸다. 그가 소리 나게 이를 갈다 로샨에게 명했다.

"허한다. 하니 이만 물러가라."

* * *

건국제는 비스티우스 제국의 가장 큰 연례행사였다. 장장 1주가 넘는 기간 동안 사람들은 신분에 관계없이 빛의 여신과 그의 아들이라는 제국의 시황제를 찬탄하며 그 아래 제국의 황제들이 가져온 제국의 영광과 번영에 감사하는 노래를 불렀다.

1년 중 가장 풍요롭기도 한 때인 만큼 평민들도 하얀 밀빵과 고기 요리를 먹었으며 항시 검소함을 업으로 삼는 신관과 신녀들도 이때만큼은 달콤한 디저트와 포도주를 맛보았다. 귀족들이야 식탁은 물론이요 모든 생활 전반에 걸쳐 1년 중 가장 사치스러운 나날을 보냈다.

황궁 내부도 사정은 다르지 않았다. 닷새 동안 열릴 어마어마한 규모의 연회 덕에 휴식은 없었으나 풍요의 여신은 모든 이들의 주머니를 채워 줬다.

"어휴. 이게 며칠째야. 손님방은 어째 치워도 치워도 끝이 없어?"

"어쩔 수 없잖아. 모든 손님방을 다 여는걸. 자자. 그래도 힘내자. 삯을 생각해 봐."

"하긴 그건 그래."

"헤헤. 난 삯보다 고기 요리를 배불리 먹을 수 있어 좋아."

"사나. 그렇게 먹다가는 필이 네게 맞는 결혼식 드레스를 구해 오지 못할 거야."

"그럴 리가 없어! 놀리지 마!"

일은 두 배였으나 삶은 세 배요 먹는 것은 배가 터질 때까지 누릴 수 있었다. 그 때문에 평민 출신 시중인들은 큰 불만이 없었고 귀족 출신인 시녀들과 시종들도 곧 있을 연회를 고대하며 불만을 잠재웠다.

예레나가 머무는 탑도 풍요로워졌다. 질 좋은 식사는 한층 더 호화로워졌으며 디저트도 여러 종류가 전달됐다. 예레나는 세다스 왕국에서 끌려온 다른 포로들도 이때만큼은 배불리 먹었으면 좋겠다 생각하며 값비싼 버터를 잔뜩 넣은 쿠키 하나를 집어 들었다.

하나 쿠키의 고소한 냄새도 그녀의 식욕을 돋울 수는 없었다. 사실 모두가 즐거운 건국제를 예레나는 도통 즐길 수 없었다.

사실 당연한 일이었다. 비스티우스 제국의 건국제는 제국에 점령당한 세다스 왕국의 백성인 그녀에게는 즐거운 행사가 아니었다. 오히려 그들이 이때 물처럼 쓰는 재화 중 일부가 세다스 왕국에서 올 것을 생각하면 마음이 아팠다.

'……괜찮을 거야. 세다스도 지금쯤이면 추수를 시작할 때고 무엇보다 키안 경이 그랬잖아. 세다스에 부과된 세금이 많이 줄었다고.'

예레나는 점점 아래로 가라앉는 기분을 어떻게든 끌어올리려 했다. 그러나 그럴수록 자신은 아무런 도움도 되지 않는다는 생각과 황제 옆에 있을 세다스 출신 여인에게 미안해 한숨은 늘어만 갔다.

그렇게 얼마간 있었을까. 그녀가 무기력함에 물먹은 솜처럼 몸을 늘어뜨릴 때였다. 누군가 카우치에 앉아 있는 예레나 뒤로 조용히 다가왔다.

"키안 경?"

사내가 예레나의 뒤에 선 채 손만 앞으로 내밀었다. 사내의 커다란 손과 대조되는 앙증맞은 상자 하나가 예레나의 눈앞에서 흔들렸다.

"그냥 이름으로 불러 주십시오."

예레나는 친밀하게 불러 달라는 사내의 청을 웃음으로 흘렸다. 그리고 빛 무리처럼 흔들리는 상자를 보며 물었다.

"이게 뭐죠?"

"작은 선물입니다. 제국에서는 이 시기 연인에게 선물을 해 주곤 하지요."

"아……."

또다시 전쟁의 후폭풍에서 아직 벗어나지 못했을 고국 생각이 났다. 하지만 예레나는 내색하지 않은 채 상자를 받아 들었다.

"고마워요."

"풀어 보십시오."

사내의 말에 예레나는 손으로 상자를 더듬어 리본의 끝을 찾았다. 어떤 색인지는 알 수 없었으나 매끄러운 벨벳의 감촉이 손가락 끝을 간지럽혔다.

리본이 부드럽게 풀리고 상자를 싸고 있던 천이 흘러내렸다. 예레나는 손수건만 한 천을 옆에 두고 상자의 잠금장치를 위로 올렸다.

달깍. 쇠붙이가 움직이고 상자가 열렸다. 나타난 물건은 길고 아주 얇은 무언가였다. 손끝으로 선물을 쓸어 본 예레나가 상자를 무릎에 두고 양손으로 물건을 들어 올리며 중얼거렸다.

"목걸이……?"

"맞습니다. 정확히는 목걸이 줄입니다."

예레나는 정확한 형태를 볼 수 없었으나 목걸이 줄은 누가 봐도 예쁘다 칭찬할 만한 물건이었다. 얇은 금줄에 열두 개의 작은 다이아몬드가 일정한 간격을 두고 박혀 있는 모양. 얼핏 보면 단순한 디자인이었으나 금줄을 만들어 내는 고리는 아주 작았음에도 하나하나 물결 같은 곡선을 그리고 있었으며 다이아몬드는 색과 반짝임이 예사롭지 않았다.

예레나가 목걸이를 천천히 쓸어 볼 때였다. 사내는 제가 준 물건을 만지작거리는 그녀를 바라보다 나지막하게 숨을 터뜨렸다. 그리고 예레나의 목 뒤 어느 부분을 손톱으로 톡 건드리며 말했다.

"여기……. 착용하고 계신 목걸이의 이음새가 많이 헐거워졌습니다. 자칫 잘못하다간 걸려 있는 반지를 잃어버리실 겁니다."

"아……."

예상 못 한 손길에 예레나가 왼손을 목 뒤로 가져가 하고 있는 목걸이의 이음새를 만지작거렸다. 부모의 약혼반지가 걸려 있는 줄은 얇아 착용감이 좋았으나 그만큼 약했다.

"용케 알아봤네요. 사실 이미 한 번 떨어뜨린 적이 있어요. 일전에 프레드릭 경이 고쳐 주기는 했는데……. 그새 또 헐거워졌나 봐요."

예레나는 사내가 참 세심한 눈을 가졌다 생각했다. 그녀가 제국에서 입는 드레스는 대부분 목을 반쯤 가리고 있었다. 거기다 목걸이의 줄은 아주 얇아 티가 잘 나지 않는 물건이었다. 한데 목걸이의 존재를 알아챈 것은 물론이요 이음새까지 살펴보다니……. 목이 뜨끈해졌다.

사내는 예레나의 입에서 프레드릭의 이름이 나오자 미간을 살짝 찌푸렸다. 하나 그것도 잠시. 이음새를 만지작거리는 손 위로 끝이 살짝 붉어진 귀를 보자 불쾌함은 깨끗이 사라졌다.

"괜찮으시면 지금 바꿔 착용해 보시겠습니까?"

사내가 예레나 쪽으로 몸을 조금 숙이며 물었다. 한결 가까워진 숨결에 예레나는 목 뒤로 소름이 돋는 걸 느꼈다. 그녀가 몸을 살짝 움츠리며 소리 없이 고개만 끄덕였다.

"그럼 잠시 실례하겠습니다."

사내의 큰 손이 예레나의 머리카락을 한데 모아 부드럽게 쥐더니 오른쪽 어깨 앞쪽으로 쓸어내리듯 모았다. 예레나는 예민한 목 뒤를 쓰는 사내의 손에 앞으로 길게 내려온 머리카락을 괜스레 만지작거렸다. 귀는 물론이요 그녀의 손가락 끝도 어느새 장밋빛으로 물들어 있었다.

예레나가 쭈뼛거리는 동안 사내는 드러난 여인의 목에 잠시 멈칫했다. 길고 우아한 사슴 같은 목과 그 아래 매끈하게 떨어지는 어깨, 헐렁한 드레스 사이로 얼핏 비치는 곡선이 심장을 두드렸다. 동시에 여인의 목에 얼굴을 파묻고 체향을 들이켜며 이를 가져다 잘근잘근 물고 싶다는 가학성이 솟구치기 시작했다.

사내의 손이 희미하게 떨렸다. 그는 저도 모르게 여인과 가까워지는 얼굴을 일부러 비튼 채 예레나의 목에 매인 금줄의 이음새를 잡았다.

이음새가 원체 작은 데다 손이 떨려 그런가 목걸이를 푸는 건 쉽지 않았다. 여러 번의 시도가 모두 무산되자 이유 모를 긴장에 몸을 굳히고 있던 예레나가 맑은 웃음을 터뜨리며 고개를 살짝 뒤로 돌렸다.

"경도 못하는 게 있군요. 푸흡."

"생각보다 고리가 작아……."

되지도 않는 변명을 하며 사내가 눈을 가늘게 떴다. 세상 어떤 일을 할 때보다 집중하자 다행히 이음새가 달깍거리며 풀렸다. 사내는 저도 모르게 작게 한숨 쉬었다.

"이리 주십시오. 도와드리겠습니다."

풀어낸 헌 줄을 주머니에 넣은 사내가 예레나에게 말하며 손을 내밀었다. 예레나는 꼭 쥐고 있던 목걸이 줄과 반지 한 쌍을 사내에게 넘겨줬다.

두 개의 반지가 하나로 합쳐진 형태. 사내는 제 손에 들어온 반지가 몹시 탐났다. 정확히는 제 바로 앞에 위치한 왕녀와 나누어 가지고 싶은 욕망에 몸이 달았다.

그러나 그게 얼마나 되도 않는 욕심인지 그는 잘 알았다. 제 손으로 벤 세다스 왕과 자신이 죽인 것이나 다름없는 세다스 왕비의 약혼반지. 순식간에 기분이 저조해졌다. 눈앞의 여인과 저 사이 절대 넘지 못하는 강이 있다는 사실을, 끝도 없는 거짓을 통해 그 강을 간신히 숨기고 있다는 사실을 반지를 통해 새삼 깨달을 수 있었다.

'어째서 한 치 앞도 보지 못하고…….'

어찌해 그리했을까. 왕녀의 가족만은 살려 둘 것을. 그녀의 두 오라비와 부모만은, 아니 아비와 어미만은, 아니지 어미만이라도 살려 둘 것을. 그리해 왕녀에게 용서 빌 수 있는 단 하나 남은 가능성이라도 남겨 둘 것을. 어찌해 그리했을까.

사내는 과거를 후회하고 또 후회했다. 이제는 알았다. 자신은 그날, 왕녀를 처음 본 순간 이미 반했던 게 분명했다. 다만 깨우침이 너무 늦어 모든 게 어그러졌을 뿐이다.

멍청한 스스로를 찔러 죽이고 싶었다. 하나 지난날을 모두 후회한다 해서 바뀌는 것은 없었다. 죽은 이들을 살릴 힘이 그에게는 없었고 지금에 와서 눈앞의 왕녀를 포기할 수도 없었다.

하니 어쩌겠나. 그는 일개 기사를 흉내 내 계속해서 왕녀를 기만할 예정이었다. 거짓을 뒤집어쓰고 그녀를 사랑할 것이며 사랑받을 것이다. 무슨 수를 써서라도.

사내의 손이 왕녀의 어깨를 지났다. 그가 예레나의 가늘고 흰 목에 목걸이를 위시한 목줄을 빙 둘렀다.

타국에서 외로이 포로 생활을 하는 왕녀에게는 이미 사내뿐이었다. 신녀들은 왕녀에게 냉랭했고 친우처럼 의지하던 하녀는 왕녀를 배신했다. 하여 사내는 홀로 왕녀 옆에 남아 애정과 따스함을 무한정 베풀 생각이었다. 그리고 조만간 모든 일이 끝나면…….

'새롭게 시작하겠지. 그대는 나에 대한 모든 나쁜 기억을 잊고 내 곁에 머무르게 될 거야.'

사내가 품 안에 넣고 다니는 병이 달그락거렸다. 사내는 병의 존재를 떠올리며 제국 안팎으로 이미 진행 중인 계획을 한 번 더 그렸다.

달칵.

사내는 낡은 목걸이를 힘겹게 풀 때와 달리 새로운 목걸이를 쉽게 채웠다. 예레나는 조금 묵직해진 무게에 새로운 목걸이를 만지작거리며 말했다.

"이전 것보다 조금 두꺼운 것 같아요. 그리고 중간중간에 이거……. 설마 다이아몬드인가요?"

"귀한 물건은 아니니 부담 가지지 말아 주십시오."

"그래도……. 나는 준비한 것도 없는데."

"그리 말씀하시면 더 섭섭합니다."

제게 무언가 주지 못해 시무룩한 목소리도 살짝 내려간 어깨도 너무나 사랑스러웠다. 사내는 예레나에게 딱 붙어 그녀를 위에서 아래로 황홀하게 내려다봤다.

"고마워요."

"……."

"정말 마음에 들어요."

제가 채워 준 목걸이를 걸친 채 웃는 왕녀는 조금 전보다 더 빛나는 것 같았다. 작지만 수없이 많은 빛을 뿌리는 다이아몬드가 왕녀의 목에서 반짝였다. 그리고 더는 참을 수 없었던 사내는 양손을 뻗어 왕녀의 귓가에 올린 채 속삭였다.

"……다시 생각해 보니 손해가 큰 것 같습니다. 이대로는 넘어가기 어렵군요."

조금 전과 다른 말에 왕녀의 눈이 동그래졌다. 사내는 손에 서서히 힘을 줘 왕녀의 고개를 천천히 뒤로 넘겼다. 앞으로 쏠려 있던 금발이 어깨 뒤로 떨어지며 카우치 등받이 위로 물결을 그렸다. 사내는 숙인 제 얼굴과 왕녀의 얼굴이 수평에 가까워지자 허리를 더욱 내린 채 말했다.

"치졸한 놈이라 욕하신다 하더라도 맨입으로는 안 되겠습니다."

"……경?"

아릇해진 분위기를 예레나도 느꼈다. 그녀가 고개를 모로 틀며 사내에게서 벗어나려 했다.

하나 사내가 빨랐다. 사내는 예레나가 고개를 옆으로 틀자 재빠르게 따라 허리를 꺾었다. 그리고 그녀의 뒷머리를 조심스레 받친 채 입술을 단번에 삼켰다.

서늘해진 날씨는 방 안을 식히지 못했다. 저물기 시작하는 해를 뒤로한 채 포로 왕녀와 거짓 기사는 길게도 입 맞췄다.

* * *

가시지 않은 약 기운에 술이 연거푸 들어가자 억눌렀던 감정이 요동쳤다. 황제 케드릭은 이 이상 이 자리에 있다가는 자신이 무슨 짓을 할지 모른다 생각하며 권좌에서 일어났다.

그가 일어나자 연회를 즐기고 있던 모든 이들이 멈췄다. 꼭 태엽이 다한 인형처럼 말이다.

평소라면 이 꼴을 즐겁게 봤을 것이다. 하나 오늘은 아니었다. 케드릭은 다가오는 시종을 뿌리친 채 홀로 단상 뒤 황제만을 위한 휴게실로 걸어갔다.

휴게실로 들어가기 직전 뒤를 슬쩍 보니 연회장 모든 이들이 허리를 깊게 숙인 채 그가 사라지길 기다리는 게 보였다. 얼굴이라고는 하나도 보이지 않는 수많은 군중. 황제는 겉으로는 너무나 완벽한 제 권력이 우스워 낄낄거리며 벽 너머로 사라졌다. 아니 사라져 줬다.

"모두 나가라. 꺼져."

따라 들어온 시종, 그리고 최근 자주 찾는 두어 명의 정부를 모두 물린 채 황제는 휴게실에 갖춰진 술을 병째로 들어 올렸다.

"내가 죽으면 저 밖의 것들이 얼마나 좋아할까."

황제는 고개를 꺾어 병째로 술을 마시다 아직도 이복동생에게 밀리는 자신의 처지를 자조했다. 하나 그는 알까. 황제가 된 이후 지금보다 조금이라도 더 노력했다면, 한 번이라도 제게 충고한 이들의 말을 들었다면 지금과는 상황이 많이 달랐을 것을 말이다.

황제 자리가 그랬다. 출신이 천하다 한들 아무리 힘없다 한들 그 자리 자체가 가지는 힘이 있었다. 게다가 즉위 초기, 이복동생에게 밀리기는 하나 분명 그에게는 다에 공작을 구심점으로 하는 열렬한 신진 세력이 있었다.

하여 그 힘을 조금만 영리하게 썼다면, 두려운 경쟁자인 이복동생이 배부른 사자처럼 늘어져 있었을 때 열심히 달렸다면 그는 지금쯤 허수아비소리는 듣고 있지 않았을 수도 있었다. 그러나 케드릭은 황제로서 어떠한 노력도 제대로 하지 않고 항상 결과만 추구하며 향락에 빠져 살았다.

그리고 그는 아직까지 이 모든 상황에서 제 탓은 하나도 없다 생각하고 있었다.

"제기랄."

보는 눈도 없겠다. 황제는 술을 든 채 휴게실에 마련된 긴 카우치에 벌러덩 누웠다. 얼마를 그렇게 있었을까. 몸이 뜨거워지며 갑갑해졌다.

"내가 이 나라의 황제다. 위대한 비스티우스 제국의 정점이란 말이야."

차오르는 열에 온몸이 붉게 달아오르기 시작했다. 셔츠를 아무렇게나 풀어 헤친 황제가 자연스레 바람이 불어오는 쪽으로 고개를 돌렸다. 그러자 반쯤 열려 있는 발코니 문이 보였다.

황제의 전용 휴게실은 그 규모에 알맞게 발코니도 제법 컸다. 황제는 발코니에 있는 커다란 원목 의자를 떠올리며 비틀비틀 걸음을 옮겼다.

벌컥.

그가 발코니로 향하는 문을 완전히 열어젖혔다. 그리고 신발을 벗어 던졌다. 차가운 대리석 바닥이 열기를 조금 앗아 갔다. 황제가 비실거리며 웃다 발코니에 있는 의자에 벌러덩 기대 누웠다.

'어차피 저곳에 남는 건 로샨 그 개자식이 아닌 나야. 제국의 황제로서 역사에 새겨져 찬탄받는 건 나란 말이다.'

발코니 천장은 밤하늘을 흉내라도 낸 모양인지 금가루와 보석으로 아름답게 꾸며져 있었다. 황제는 인위적으로 꾸며진 은하수 위 새겨진 빛의 여신과 역대 황제들의 조각을 보며 생각했다.

'그깟 계집. 내가 먼저 포기해 주지. 어차피 저주받은 계집 아니던가. 차라리 잘된 일일지도 몰라. 로샨 그놈이 그 계집의 저주에 휘말려 죽을지도 모르는 일이니까. 아무렴.'

그리 생각하니 기분이 한결 좋아졌다. 황제는 로샨에게 제 것을 빼앗긴 더러운 기분을 완전히 떨쳐 버리고자 이를 갈며 눈을 감았다.

컴컴해진 시야와 잔뜩 오른 졸음에 황제가 잠들기 직전이었다. 발코니 아래에서 부스럭거리는 소리가 난다 싶더니 연인으로 추정되는 남녀 한 쌍의 속살거림이 황제의 귀를 간지럽혔다.

"황태제 전하께서는 오늘도 오지 않으셨더군. 전쟁도 없는데 뭐가 그리 바쁘신지……. 얼굴 한 번 보기 힘들어."

"사랑 놀음을 하느라 바쁘신 모양이에요."

"사랑 놀음?"

"어머. 몰랐어요? 이미 파다하게 퍼진 소문인데. 황태제 전하께서 소국의 왕녀에게 푹 빠지신 모양이더군요."

"소국의 왕녀라니?"

"생각 안 나요? 포로로 끌려온 세다스 왕국의 왕녀 말이에요. 그 아름답다던."

"아……! 한데 그 여인은 황제 폐하께 진상되지 않았던가? 그 후로 소식을 듣지 못한 걸 보면 이미 죽었거나 아니면 황제 폐하의 후원에 갇혀 있을 텐데."

"이렇게 소식이 느려서야. 하기야 이게 당신의 매력이긴 하지만요."

연인의 대화에 황제가 미간을 찌푸렸다. 겨우 합리화하여 잠재운 화가 다시 솟구쳤다. 그가 꺼지라고 소리칠까 고민하며 눈을 떴다.

"왕녀는 황제 폐하께 진상되지 않았어요. 지독한 저주에 걸렸거든요."

"저주?"

"눈멀어 제국에 도착한 왕녀에게 세다스 왕국의 망령이 씌었다더군요."

"용케 죽지 않았군. 황제 폐하께서는 그런 일이라면 질색을 하실 터인데. 정말 아름다운가 보지? 왜 일전에 비슷한 말을 들은 여인은 당장 불태우시지 않았던가."

"흥! 왕녀에게 관심이 가나 봐요?"

연인들은 바로 위 발코니에 황제가 있다는 걸 모른 채 계속 속삭였다. 사내가 토라진 척하는 여인을 달래는 소리가 났다. 그리고 이어 여인이 간드러진 웃음과 함께 말을 이어 갔다.

"어찌 됐건 왕녀는 죽지 않고 쭉 거기에 있었나 봐요. 왜 거기 있잖아요.

예전에 황족들을 유폐할 때나 쓰던……. 신전 가까이 있는 그 탑이요."

"어디인지 알 것 같아. 한데 그곳에 갇힌 왕녀가 황태제 전하와 어찌 만난 거지?"

"자세한 건 모르지만 확실한 건 황태제 전하와 왕녀가 눈이 맞았다는 거예요. 아마 처음 만났을 때부터 운명적인 끌림을 느꼈겠죠. 꼭 우리처럼요."

"우리처럼이라니. 나야 황태제 전하와 비교할 수 없을 만큼 초라하지만 리리 당신을 어찌 왕녀와 비교할까."

"무슨 말이에요?"

"리리. 당신 말이 사실이라면 왕녀는 제 나라를 점령하고 부모를 도륙한 원수의 품에 안겼다는 말인데…… 쯧. 지조도 없이."

"어쩔 수 없잖아요. 왕녀도 한낱 여인인걸요. 패전국 여인들의 운명이 다 그렇지요."

여인이 한숨을 푹 쉬며 안타깝다는 듯 말했다. 사내가 그런 여인에게 애정 표현을 하는지 옷이 바스락거리는 소리가 났다. 그리고 이어 사내가 거친 숨소리와 함께 여인에게 물었다.

"한데 이 사실을 황제 폐하께서는 모르시는 모양이지? 하기야 알게 됐으면 가만있으셨을 분이 아닌데."

"우리 위대하신 황제 폐하께서도 이미 알고 계신답니다."

"뭐?"

"궁 내에는 이미 파다하게 퍼진 이야기예요. 얼마 전에……."

여인이 얼마 전 황제와 로산이 만난 일을 재미난 소식 전하듯 말했다. 황제는 제 수치가 다 까발려지자 더는 참지 못하고 벌떡 일어났다.

"하! 결국 정부로 취하기로 한 여인을 전하께 넘겨줬다는 말이군. 하기야 황제 폐하께서 황태제 전하를 어찌 이기겠어. 마음이 쓰려도 하자 있는 물건 넘겨줬다 생각하면서 스스로 위로나 하셔야지."

"하자 있는 물건이라니요?"

"왕녀는 눈먼 데다 저주받았다 하지 않았어. 그런 여인을 품는 건 영 찜 찜하거든."

"저주? 풉."

여인은 황제가 발코니 난간을 붙잡은 것도 모른 채 웃음을 터뜨렸다. 그리고 황제조차 몰랐던 진실을 제 연인에게 나불거리기 시작했다.

"내 순진한 사랑. 아무리 내가 말했다지만 그걸 곧이곧대로 믿어요? 하긴……. 나도 얼마 전에야 알게 됐는데 왕녀에게 씐 저주 같은 건 없대요."

"뭐?"

"대신관 옆에 있는 신녀 중 하나가 내 사촌인 건 알죠? 사생아 주제에 신녀가 되었다 어깨 으쓱이며 가족 연회 때 오더니 술에 잔뜩 취해서 나랑 언니 앞에서 떠벌리는데……. 왕녀에게 씐었다는 저주. 그것부터가 황태제 전하의 계획이라는 거예요."

"……세상에."

"내가 아까 그랬죠. 두 사람은 처음 만났을 때 운명적인 끌림을 느낀 게 분명하다고. 황태제 전하께서 수를 쓰신 거예요. 마음에 드는 여인이 폐하의 침실로 가지 않도록 저주니 뭐니 헛것을 만들어 황제 폐하를 속인 거라고요."

"……."

"당신도 알다시피 황제 폐하께서는 대신관 말이라면 뭐든 믿는 분이시니 황태제 전하의 계획에 쉽게 넘어가셨으니…… 꺄악!"

신이 나 쉴 새 없이 떠들던 여인이 느껴지는 시선에 위를 보고 비명을 질렀다. 여인의 허리를 감싸 안고 있던 사내도 놀라 위를 봤다. 그리고 그대로 석상처럼 굳어졌다.

"폐, 폐하."

술에 잔뜩 취한 데다 황궁 지리에 어두웠던 연인들은 자신들이 택한 밀회 장소가 황제의 휴게 공간 아래임을 미처 몰랐다. 뒤늦게 상황을 파악한 연인들이 흙바닥에 엎드렸다. 하나 무시무시한 표정으로 고개를 꺾어 연인들을 노려보던 황제의 얼굴은 조금도 펴지지 않았다.

"요, 용서하십시오."

연인이 감히 황제의 얼굴을 바라볼 생각도 못 한 채 손이 발이 되도록 빌었다. 황제는 그들의 비루한 모습을 핏발이 선 눈으로 바라보다 몸을 돌렸다. 그리고 곧 황제의 후원에서 밀회를 나누던 연인은 기사들에 의해 비참한 꼴로 끌려갔다.

* * *

'예레나. 우리 아가.'

또 똑같은 꿈이다. 예레나는 저를 부르는 부모의 목소리에 자신이 매일같이 꾸는 악몽에 또다시 잠겼음을 알 수 있었다.

뒤돌아보자 눈에서 피 흘리는 아비와 어미가 보였다. 그리고 그 뒤로는 두 명의 오라비가, 또 그 뒤로는 수없이 많은 세다스의 백성들이 보였다.

부모를 앞세운 채 예레나를 마주 보고 있는 군중들의 아래에는 핏빛 강이 흐르고 있었다. 그리고 그 길고 긴 물줄기의 끝은 예레나였다.

핏빛 강을 쭉 보던 예레나가 제 발치를 보기 무섭게 몸이 훅 가라앉았다. 그리고 곧이어 그녀의 턱까지 피가 차올랐다.

이조차 항시 꾸는 악몽의 내용이었다. 예레나는 곧 이 피 웅덩이에 가라앉아 괴로워할 자신을 예상하고 덜덜 떨다 터벅터벅 가까워지는 발걸음 소리에 고개를 들었다.

'예레나. 내 소중한 아가.'

'예레나. 내 하나뿐인 누이.'

위로 들어 올린 얼굴에 핏방울이 뚝뚝 비처럼 떨어졌다. 제 얼굴에 떨어진 것이 가족들의 피눈물임을 알아본 예레나가 입술을 물었다가 떼며 말했다.

"잘못했어요."

'네가 어찌 이럴 수 있어.'

"용서하세요. 아버지. 어머니."

'우리가 널 어떻게 키웠는데.'

"오라버니. 미안해요."

'그자와 함께하다니. 네가 어찌……'

"하지만 어쩔 수 없었어요. 너무 외로워서……. 혼자는 너무 춥고 그래서 그랬어요."

키안을 곁에 둔 뒤 악몽의 내용은 항시 이랬다. 가족들은 피눈물을 흘리며 예레나를 원망했다. 예레나는 그럴 때마다 잘못을 빌었다. 하나 이전 그를 밀어 낼 때와 달리 손을 모아 빌며 용서하라 말하면서도 이제 그리하지 않겠다 말하지는 않았다.

"지금 내 옆에는 그 사람 하나예요. 그 외에는 아무도 없어요."

예레나는 키안을 밀어 내는 게 두려웠다. 그마저 사라지면 삭막한 탑에 홀로 외롭게 남겨질 게 뻔했다.

제인의 일 때문에 새로운 하녀는 꺼려졌다. 하녀도 마찬가지인 눈치였다. 알리시아를 비롯해 신녀들의 발걸음은 나날이 줄어 이제는 일주일에 한 번 보기도 어려웠다. 거기다 일이 바빠졌다며 프레드릭도 더는 탑에 오지 않았다. 잊혀 가는 포로 곁에 전과 같이 남은 건 키안 한 사람뿐이었다.

"그러니 한 번만 용서해 주세요. 제발……."

가족들의 원망이 쏟아지는 악몽도 견디기 어려웠지만 현실도 마찬가지였다. 외롭고 추웠다. 하나 남은 온기를, 유일해 더욱 따뜻하게 느껴지는 그 품을 포기하기 어려웠다.

예레나가 끝내 사내를 밀어 내겠다 말하지 않자 서 있던 어미가 무릎 꿇고 몸을 숙였다. 그리고 살과 피부가 사라진, 뼈만 남은 손으로 예레나의 목을 할퀴고 갔다.

뚜둑 무언가 뜯기는 소리가 났다. 알싸한 목의 통증에 예레나가 목을 더듬으며 어미를 봤다. 하얀 뼈가 징그러운 어미의 손에는 사내가 선물한 목걸이 줄과 부모의 약혼반지가 있었다.

'넌 이걸 지닐 자격이 없어.'

어미가 예레나에게 차갑게 일갈했다. 예레나는 부모의 약혼반지를 서럽게 바라봤다.

본래 자신의 것이었던 반지를 뺀 왕비가 남은 목걸이 줄을 지저분한 것인 양 흘겨보다 예레나가 빠진 피 웅덩이에 던졌다. 예레나는 손을 허우적거리며 목걸이 줄이라도 잡으려 했다.

"읍!"

그리고 순간 피 웅덩이가 한층 더 깊어졌다. 예레나는 악몽 속에서 항상 그랬듯 숨을 쉬기 위해 헐떡이며 발을 움직였다.

"으읍! 흡!"

이미 수십 번을 넘게 겪은 상황이건만 고통과 두려움은 도통 가시질 않았다. 예레나는 눈을 꼭 감은 채 익사하지 않기 위해 허우적거렸다. 그리고 한계에 다다랐을 때 손에 무언가 잡혔다.

'이건……'

푹신하고 부드러운 줄. 고양이의 꼬리 같은 이것 또한 악몽에 매번 나오는 것이었다. 예레나는 손가락에 닿는 감각에 잠시 고민했다. 이걸 붙잡는 순간에는 살았다 느꼈으나 이를 잡고 위로 끌어 올려지면…….

'……못 참겠어.'

줄의 정체를 알고 있음에도 예레나는 손에 힘을 줬다. 줄은 구원처럼 예레나를 피 웅덩이 위로 끌어 올려 줬다. 하나 웅덩이 밖으로 나오기 무섭게 소름 돋는 감각이 예레나의 손을 타고 올랐다.

쉭.

예레나가 잡고 있는 것은 뱀이었다. 까만, 밤하늘보다 시커먼 색의 비늘로 뒤덮인 징그러운 짐승. 그것은 제 혀만큼 붉은 눈을 한 채 예레나를 보고 있었다.

뱀과 눈이 마주친 순간 예레나가 손을 뗐다. 이제 이 악몽도 끝이다. 예레나는 안도했다. 뱀을 잡고 있던 손을 놓으면 추락하며 끝이었다. 눈을 떠 현실로 돌아갈 수 있었다.

하나 오늘은 달랐다. 예레나는 악몽에서 깰 수 없었다.

'어째서?'

그녀는 추락하지 못했다. 아니 할 수 없었다. 뱀이 그녀의 손을 타고 오르더니 팔을 휘감아 추락을 막았다. 공중에 대롱대롱 매달린 예레나는 끝나지 않는 악몽에 경악한 채 얼어붙었다.

쉬익.

그러는 동안 뱀은 꾸역꾸역 그녀를 타고 올랐다. 팔에서 허리로, 아래 다리로 머리를 움직인 뱀이 그녀의 양다리를 감아 다시 올라왔다.

말이 안 되게 긴 몸뚱어리였다. 허공에서 나온 뱀의 긴 몸은 끝없이 길어졌다.

마침내 뱀이 예레나의 가슴께까지 휘감고 올라왔다. 예레나를 고치처럼 칭칭 감은 뱀이 예레나를 마주 봤다.

긴 혀를 날름거리는 짐승이 끔찍했다. 역겨웠다. 예레나가 비명을 지르며 몸을 비틀었다.

"시, 싫어. 저리 가!"

선명했던 색과 선이 천천히 어그러졌다. 동시에 황금빛 물결이 서서히 시야를 차지했다. 예레나는 제 앞에 또렷한 빛 덩어리를 보고 나서야 깨달을 수 있었다. 악몽에서 깼노라고.

왕녀가 헐떡였다. 소름 끼치는 괴물의 감각이 아직도 선명했다. 예레나는 그렇게 한참 숨을 고르다 천천히 고개 들어 제 눈앞에 있는 이를 노려보며 말했다.

"경이 왜 여기 있어요?"

* * *

사내는 예레나의 물음에 답하지 않았다. 대신 그는 손수건으로 추정되는 것을 쥔 채 예레나의 얼굴을 적신 식은땀을 닦으려 했다.

타악.

예레나는 사내의 손을 곧장 쳐 냈다. 그리고 신경질적인 목소리로 외쳤다.

"왜 여기 있냐 묻잖아요!"

"……."

"경이 아무리 호위 기사라 한들 이 시간에, 여기 있는 게 옳다 봐요? 여긴 내 침실이에요. 내 허락 없이 아무 때나 들이닥치면 안 되는 곳이라고요!"

얼핏 신경질 부리는 걸로 느껴질 수 있었으나 예레나의 말은 구구절절 맞았다. 여인의 침실은 내밀한 곳. 하여 귀족가에서는 부부라고 해도 허락 없이 드나들지 않았다.

하나 사내는 예레나의 허락 없이 그녀의 침실에 있었다. 그뿐인가. 그는 어둠 속에서 몰래 그녀를 지켜본 게 분명했다.

악몽에 앓는 모습을 사내에게 보였다 생각하니 화가 머리끝까지 치밀었다. 동시에 예레나는 자신의 처지가 서러워 견딜 수 없었다.

"내가 얼마나 만만했으면……. 포로로 끌려온, 저주받은 계집이라 우습게 보는 거예요?"

그녀의 내밀한 공간에 이리 쉽게 드나들 수 있다니. 왕녀로 태어나 자란 예레나는 그런 상황을 상상도 해 본 적이 없었다. 그녀는 항시 누군가에게 보호받으며 둘러싸여 있었다.

하여 바뀐 상황에 예레나는 큰 불안감과 두려움을 느꼈다. 고귀한 왕녀에서 일개 포로가 된 그녀는 눈마저 멀쩡하지 않았고 저주받았다는 오명까지 뒤집어썼다.

그리고 이대로 잊힌다면. 그리해 누군가 사내처럼 제집 드나들듯 그녀의 침실에 들이닥쳐 그녀를 해한다 해도 아무도 신경 쓰지 않는다면……. 일례로 비앙카가 제인을 이용해 자신을 몇 번이고 죽이려 들지 않았던가.

"그간 몇 번이나 나 몰래 이곳을 드나들었어요? 앉아 있는 꼴을 보니 한 번이 아닌데!"

이미 진행 중인 상황이었기에 더 무서웠다. 예레나는 커다란 눈물을 뚝뚝 흘리며 사내에게 원망을 쏟았다.

"이 무도한!"

예레나가 주먹을 쥐고 사내를 두들겼다. 사내의 손과 비교한다면 한참 작았으나 힘이 잔뜩 들어간 주먹은 제법 매서웠다.

하나 사내는 쉼 없이 제 어깨와 가슴께를 두드리는 예레나를 두고만 봤다. 그저 오롯이 맞아 주며 그녀가 제풀에 지쳐 그만둘 때까지 기다렸다.

얼마가 지났을까. 체력이 딸린 예레나가 거친 숨을 몰아쉬며 천천히 힘을 뺐다. 주먹이 스르르 펴지며 손바닥이 사내의 가슴팍에 닿았다.

고개 숙인 예레나가 아이처럼 울음을 터뜨리며 고개 숙여 이마를 사내의 품에 묻었다. 사내는 자세를 천천히 바꿔 예레나가 제게 편히 기댈 수 있게 한 뒤 그녀의 등에 손을 올렸다. 마른 등을 살살 쓸어내리는 손이 따뜻했다.

"……죄송합니다. 다 제 잘못입니다."

예레나의 숨소리가 어느 정도 정돈되자 사내가 입을 열어 사과했다. 예레나는 쿵쿵 빠르게 뛰는 사내의 심장 박동을 들으며 물었다.

"……언제부터예요?"

"닷새 전부터 허락 없이 안으로 들어왔습니다. 하지만 이곳까지 들어온 건 오늘이 처음입니다."

사내의 말은 거짓이었다. 그는 꽤 오래전부터 침실에 앉아 예레나를 지켜봤다. 하나 이 정도 거짓쯤은 사내가 품은 가장 큰 거짓에 비하면 밀알처럼 작았다. 그렇기에 사내의 목소리에서도 심장 박동에서도 거짓은 티나지 않았다.

"큰 죄라는 것도, 싫어하실 것도, 들키면 화내실 것도 알고 있었습니다."

"한데 왜 그랬어요? 내가 진정 그리 만만했어요?"

사내의 말이 거짓임을 모른 채 예레나가 그에게 더욱 가까이 붙었다. 사내가 제 품에 완전히 들어온 예레나의 머리카락을 위에서 아래로 쓸며 이번에는 진실을 말했다.

"예레나 님이 걱정되어 그대로 두고 볼 수 없었습니다."

"무슨……."

"해가 가장 높게 떠 있을 때도 이 눈가가 어두우십니다. 알고 계십니까?"

사내는 고개를 위로 살짝 든 예레나의 눈 밑을 손가락으로 쓸며 음울히 말했다. 제 얼굴이 어떤지 알 수 없었던 예레나는 사내의 목소리에 담긴 슬픔에 당황한 낯을 했다. 사내는 그런 예레나를 뚫어져라 보며 말을 이었다.

"저와 이야기를 나누시다가도 졸음을 이기지 못하시는 것이 걱정스러웠습니다."

"……."

"걷는 와중에도 종종 의식을 잃으시는 모습이 염려스러웠습니다."

"……."

"아직 몸도 회복되지 않으셨는데 혹여 큰일이 날까 봐 도저히 눈을 뗄 수 없었습니다."

"……."

"잠자리에 들 때면 어김없이 예레나 님 생각이 났습니다. 오늘도 제대로 못 주무시는 게 아닌지 걱정이 되어 견딜 수 없었습니다."

느긋하던 말이 끝에 다다라서는 흥분과 뒤섞여 빨라졌다. 예레나의 허리를 잡고 있던 손아귀 힘도 강해졌다. 사내가 멍한 낯의 예레나의 눈가에 입술을 가져가 긁어내리듯 움직였다. 그리고 쪽 소리 나게 몇 번을 입 맞추다 제 죄를 담담히 고했다.

"그리해 허락 없이 이곳을 드나들었습니다."

"……."

"무엇 때문에 밤에 잠을 못 이루시는지 알면……. 원인을 보고 해결 방안을 찾으면 걱정을 덜 수 있을 것 같았습니다."

변명까지 마친 사내가 이번에는 예레나의 이마에 경건하게 입술을 가져다 댔다. 예레나는 할 말을 잃고 가만히 사내의 입맞춤을 받았다.

항상 느끼는 거였지만 사내는 종잡을 수 없었다. 예의를 차리며 더없이 신사처럼 굴다가도 이렇듯 거침없이 제게 입 맞추고 살 비비며 낯간지러운 소리를 잘도 했다.

예레나는 그렇기에 사내에게 더 속절없이 끌리는 것 같다 생각했다. 그녀가 천천히 손을 올려 사내의 얼굴에 가져갔다. 그리고 그의 뺨에 손을 댄 채 말했다.

"걱정해 줘서 고마워요."

"……."

"하지만 앞으로는 이러지 마요. 아무리 좋은 마음이라도 허락 없이 이러는 거 불편해요."

예레나로서는 당연한 말이었다. 하나 사내는 예레나의 말에 얼굴을 딱딱하게 굳혔다.

내게 거리를 두는 건가? 그가 예레나를 발라 먹을 듯 보며 순식간에 치고 올라온 감정을 간신히 내리눌렀다.

"그리고 잠이 모자라 생기는 문제는 오롯이 내가 감당할 몫이에요. 그러니 내가 도움을 요청하기 전까지는 그냥 두고 봐 줘요. 신경 쓰지 말고요."

사내의 표정을 예상도 못 한 채 예레나가 단호한 목소리로 말했다. 사실 그녀는 사내에게 부담 주고 싶지 않았다. 사내와 가까워진 대가로 죄책감에 시달려 악몽을 꾼다 하면 이 다정한 사내는 더욱 자신을 염려할 테니까. 예레나는 그게 싫었다.

하나 왕녀는 알까. 제가 다정하다 생각한 사내의 얼굴이 거리를 두는 그녀의 말에 푸른 피를 가진 괴물처럼 변했다는 것을.

'……난 당장에라도 당신을 강제할 수 있는 힘이 있는데.'

누군가에게 섭섭함이라는 감정을 처음 느껴 본 사내는 극단적으로 반응했다. 가녀린 몸과 침대를 번갈아 보는 붉은 눈에 갈등이 맴돌았다.

"……때려서 미안해요. 아팠을 텐데."

당장에라도 감정에 집어삼켜질 것처럼 보였던 사내를 잠재운 것은 예레나의 손길이었다. 모양을 가늠이라도 하듯 제 얼굴을 더듬는 작은 손에 사내는 치솟았던 감정이 흩어지고 황홀함이 그 자리를 대신하는 걸 느꼈다.

'머저리 같은 놈.'

그가 소리 없이 스스로를 책망했다. 그리고 곧장 말 잘 듣는 개가 되어 여인에게 고개 숙였다.

"말씀하신 대로 따르겠습니다. 대신 제가 필요하면 언제든 말씀해 주십시오. 예레나 님께서 시키는 일이라면 뭐든 하겠습니다."

뜨거운 숨이 사내의 얼굴을 더듬던 예레나의 손가락에 닿았다. 사내가 예레나의 손가락 끝을 장난스레 깨물고 머금었다.

예레나는 피부로 느껴지는 사내의 열기에 몸을 움찔거리면서도 긴장을 풀었다. 악몽에 차게 식었던 몸이 따뜻해지다 못해 더웠다.

'뜨거워.'

더 빠져들면 타 버릴 것만 같았다. 하나 뼛속까지 얼리는 추위를 이미 경험한 이는 따스함을 주는 불덩어리를 외면할 수 없었다. 예레나가 잠시 고민하다 어린아이가 부모에게 투정 부리듯 사내의 품을 파고들며 속삭였다.

"……그럼 오늘 밤 내 옆에 누워 자장가를 불러 줘요. 그리고 내가 잠들 때까지 떠나지 않겠다 약속해 줘요."

예레나의 부탁에 사내가 몸을 굳혔다. 자장가라. 그의 머릿속에는 없는 거나 마찬가지인 단어였다.

'황자님. 잠이 오질 않으세요? 걱정 마세요. 제가 자장가를 불러 드릴 게요.'

사내는 기억을 한참 더듬어 올라갔다. 그리고 제임스의 어미인 리즈를 떠올릴 때가 돼서야 자장가였던 어느 노래가 그의 머릿속에 울렸다.

한 번도 불러 보지 않았던 노래가 사내의 입에서 어색하게 흘러나왔다. 꿈나라에서 별을 좇던 소년이 높은 사다리를 타고 올라가 별을 쥐려던 순간 떨어져 죽었다는, 어린아이들에게는 다소 충격적일 수 있는 가사에 품 안의 왕녀가 순간 몸을 움찔거리는 게 느껴졌다.

"……아는 자장가가 이뿐입니다. 그만할까요?"

즉각 자장가를 멈춘 사내가 물었다. 예레나는 여전히 사내의 품에 얼굴을 묻은 채 고개를 저었다. 가사가 좀 뜻밖이면 어떤가. 사내의 품은 그 옛날 아비의 품처럼 든든했다.

그뿐인가. 예레나는 사내가 부르는 어색한 자장가에서 동질감도 느낄 수 있었다.

'외로운 사람.'

예레나는 사내가 전에 짧게 말해 줬던, 좋지 못한 그의 가정사를 떠올렸다. 예레나는 힘든 과거를 보냈으며 아직도 이복형에게 위협받는 그를 동정했다. 그녀 상황에 누군가를 가엽게 여긴다는 게 우스울 수 있었으나 감정이 그런 것을 어찌한단 말인가. 예레나는 제대로 된 가족이 없는 사내와 가족을 잃은 자신 모두 외로운 사람이라 느꼈다.

'……하필 나를 만나서. 나를 마음에 품어서.'

예레나는 사내에게 미안했다. 불안정한 데다 언제 어찌 될지 모르는 자신을 품은 사내가 안타까웠다.

예레나는 사내의 품에서 미안하다 소리 없이 중얼거렸다. 한데 순간 시선이 느껴졌다. 예레나는 눈을 살며시 떴다. 그리고 순간 사내의 품에 얼굴을 묻고 있던 그녀는 자신과 사내 옆에 서 있는 누군가의 신발을 발견했다.

온통 황금빛 세상에 신발은 기이하게도 형체와 그 색이 명확했다. 예레나가 사내의 품에서 고개를 뗐다. 사내도 어딘가 이상한 예레나를 눈치채고 자장가 부르는 것을 그만뒀다.

명확히 모든 것이 보이는 신발 아래에는 악몽 속에서 봤던 피 웅덩이가 있었다. 딱딱하게 굳은 예레나가 고개 올려 신의 주인과 마주했다.

'예레나.'

사내처럼 자장가를 불러 주던 아비. 아비는 피 웅덩이에 선 채 그녀를 노려보고 있었다. 목에서 철철 흐르는 피가 붉디붉었다.

"악!"

예레나의 입에서 비명이 터져 나왔다. 사내가 곧장 그녀를 껴안았다. 하나 덜덜 떨리는 몸을 안정시킬 수는 없었다.

"예레나. 무슨 일입니까?"

하얗게 질린 예레나에게 사내가 물었다. 예레나는 대꾸 대신 시선만 위로 올려 힐끔였다. 그리고 한참 만에야 고개 저었다.

"……아무것도 아니에요."

피 웅덩이도, 피투성이 아비도 그새 사라져 있었다. 예레나는 황금색만 남은 세상을 바라보다 눈을 감고 속으로 중얼거렸다.

'내가 미쳐 가는구나.'

* * *

황제의 시종 빈센트는 요즘 도통 잠을 잘 수가 없었다. 그가 모시는 주인의 상태가 나날이 심각해졌기 때문이다.

건국제 연회 중 감히 황제의 공간에 침입한 연인 한 쌍을 벌한 뒤부터였던가. 그러잖아도 괴팍했던 황제는 그날 이후 숫제 미친 자가 된 것 같았다. 소리 지르며 물건을 부수는 건 예사요 혼자 낄낄거리다 울기도 했으며 또 일어나 웃었다. 그리고 몽유병을 앓는 이처럼 밤새 중앙궁을 휘젓고 다니다 평소와 마찬가지로 정부들을 끼고 향락을 즐겼다.

'빨리 일을 그만두고 고향으로 내려가든가 해야지. 쯧.'

황제 옆에서 시종 생활 하는 것이 불편했던 빈센트는 내달 안에 반드시

일을 그만두겠다 생각하며 걸음을 옮겼다. 그의 손에는 황제가 가져오라 명한 고급술과 항시 피우는 약이 있었다.

복도를 얼마나 걸었을까. 빈센트는 습관처럼 황제의 침실로 가려다 정신을 차리고 어느 문 앞에서 멈췄다.

빈센트가 도착한 곳은 황제의 집무실이었다. 본래라면 황제는 이곳에서 가장 많은 시간을 보내야 했다. 하나 현 황제 케드릭은 집무실에 드는 일이 거의 없었기에 빈센트에게 황제의 집무실 문은 낯설었다.

"폐하. 빈센트입니다."

똑똑똑.

빈센트가 문을 두드렸다. 그러자 곧장 문이 열렸다. 빈센트는 문 안으로 들어가려다 문을 열어 준 동료의 얼굴이 창백한 것을 보고 멈칫했다. 동료는 입술 위로 손가락을 올려 빈센트에게 조용히 하라 경고했다.

'그새 또 일이 났군.'

동료의 표정에 빈센트가 걸음을 한층 더 조심스럽게 옮겼다. 입구에서는 잘 보이지 않는 집무실 안쪽. 등을 보인 채 서서 무언가를 읽고 있는 황제가 어렴풋이 보였다.

황제가 가져오라 명한 것을 근처 탁자 위에 올린 빈센트가 고개를 길게 뺀 채 황제를 살폈다. 조금 전에는 벽에 가리어 보이지 않던, 황제가 손에 들고 있는 종이 몇 장과 발치에 떨어져 있는 봉투가 보였다.

'저건……'

빈센트는 황제의 손에 들린 것을 단박에 알아봤다. 황후 릴리아나가 떠나기 전 황제에게 남긴 서신이 분명했다. 빈센트 그가 황후의 서신을 저곳에 올려놨기에 못 알아볼 수 없었다.

순간 황제가 뒤돌았다. 빈센트는 주인과 눈 마주치기 무섭게 고개를 아래로 꺾었다.

식은땀이 흘렀다. 무표정한, 어떤 희로애락도 없는 얼굴. 황제는 한 번도 본 적 없는 얼굴을 하고 있었다. 이유 모를 두려움에 온몸이 오싹했다.

빈센트가 심장을 졸이며 바닥만 볼 때였다. 황제가 걸음을 옮겨 그에게 다가왔다. 빈센트는 제 바로 앞에서 멈춘 황제의 값비싼 가죽 신발에 좀 더 허리를 깊숙이 숙였다.

"빈센트."

"예, 예. 황제 폐하."

황제가 그를 불렀다. 빈센트는 더듬거리면서도 재빠르게 답했다. 그러자 황제가 그의 어깨에 손 올리며 광기에 찬 목소리로 물었다.

"자네 부친이 커다란 광산 여럿을 가지고 있다지?"

* * *

'내 첫째 딸아이가 눈멀었다. 그때의 너처럼! 네 딸들처럼 말이야!'

탑에 가둔 누이를 흔들어 대던 왕은 그 뒤로도 몇 번이고 찾아와 절규했다. 둘째 딸이 눈멀었다. 내 막내딸이 눈멀었다 말하며.

네 명의 딸에 이어 세 명의 조카들이 눈멀었다. 찬란했던 여왕은, 한때 빛나던 왕녀는 그 사실에 큰 충격에 빠졌다.

'……끝이 아니야?'

세 번째 조카가 눈멀고 나서야 헬레나는 깨달을 수 있었다. 징그러운 마법사의 저주는 끝나지 않았다. 그의 저주대로 세다스의 왕녀는, 누구의 핏줄이든 상관없이 왕녀가 되는 순간 눈머는 운명에서 벗어날 수 없었다.

이 얼마나 끔찍한 일인가. 헬레나는 제 딸들을 아끼던 것처럼 조카들을 아끼지 않았다. 그저 경쟁자였다 제게 패한 채 변방으로 쫓겨난 이복 남동생과 그의 순해 빠진 아내가 낳은, 왕족의 칭호도 주지 않았던 아이들에 불과했다.

'이 괴물 같은 놈이……'

하나 치가 떨렸다. 그 망할 마법사가, 붉은 눈에 황금빛을 뿌리던 손이 징그러웠던 그자가, 이제는 전 연인이라 부르기도 끔찍한 그자가 아직도

제 곁에 머무르는 기분이었다.

　그 옛날 그가 아무리 자신을 도와줬다 한들, 자신이 그를 배신했다 한들 그놈은 이래서는 안 됐다. 애초 하모나 강에서 죽기 직전이었던 놈을 구해 준 게 누구인데. 살려 준 게 누구인데. 언제는 나를 위해서라면 목숨을 아끼지 않을 거라 해 놓고 아직까지 그 징그러운 저주로⋯⋯. 헬레나는 허름한 식사에 형편없이 망가진 이로 제 입술을 물었다.

　'네놈한테 끝까지 지고 갈 수는 없지.'

　모든 것을 다 잃은 찬란한 여왕은 마지막으로 눈을 불태웠다. 세다스의 왕녀였으나 유일하게 눈 뜨고 있는 그녀는 제 후손이 이대로 마법사의 저주에 고통받을 것을 예상하며 패배를 인정할 생각 따위 없었다.

　쾅쾅.

　헬레나는 처음으로 자신이 갇힌 방 문 앞에 섰다. 그리고 문을 두드리며 말했다.

　'가서 너희의 왕에게 전해라. 내가 눈먼 왕녀들에 대해 할 말이 있노라고 말이다.'

9장. 붕괴

무표정한 황제의 얼굴은 처음이었다. 대신관 시낙스는 낄낄거리며 웃지도, 늘 그랬듯 화를 내며 성질을 드러내지도 않는 황제의 얼굴에 괜스레 마른침을 삼켰다.

'황태제에게나 따질 것이지. 제길!'

시낙스는 황제가 자신을 부른 이유를 이미 예상하고 있었다. 현재 파다하게 퍼진 소문. 건국제 연회를 거치며 크기를 더 키운 소문은 자신과도 관계가 있었으니까.

"대신관."

시낙스가 고개 숙인 채 황제에게 무어라 변명할지 생각할 때였다. 황제가 그를 불렀다. 시낙스는 고개 들어 황제와 눈을 마주하다 그대로 굳어 버렸다.

"내 자네를 믿었는데……. 여신께 평생을 바친 대신관이 내게 거짓을 고하다니. 신실한 신도로서도 황제로서도 실망이 커."

보라색 눈이 흉흉했다. 이복동생인 로샨처럼 새빨간 색은 아니었으나 충분히 위압감을 주는 눈동자 색에 시낙스는 간신히 입을 열었다.

"폐, 폐하. 오해십니다."

"오해? 어떤 오해?"

황제는 진실이 드러났음에도 발뺌하는 시낙스를 차갑게 내려다보다 자리에서 일어났다. 그리고 단상 계단을 내려가며 연이어 물었다.

"그럼 설명해 보게. 그때 내게 말한 대로 왕녀에게 진정 저주가 내렸는가?"

"물론입니다. 어느 안전이라고 제가 거짓을 말씀드리겠습니까. 분명 왕녀에게는 왕국의 망령이 씌었습니다. 왕녀의 눈이 먼 것도 다 그 탓입니다. 하니 폐하, 저를 믿으시고……."

"시끄럽다. 그 입 닥치라."

아래 신관과 신녀들이 제 명에 며칠 전 끌려간 것을 알고 있음에도 거짓말을 하다니. 황제가 눈썹을 꿈틀거리며 검을 뽑았다.

"나를 얼마나 우습게 봤으면……."

"폐, 폐하. 그것이…… 힉!"

황제의 손에 들린 검에 주춤주춤 뒤로 물러나던 시낙스가 넘어졌다. 황제는 돼지 같은 소리를 내며 숨을 거칠게 내쉬는 늙은 신관을 향해 검을 들어 올렸다.

"사, 살려…… 억!"

검이 떨어지고 살집 두둑한 배에 꽂혔다. 피가 분수처럼 뿜어져 나와 황제의 얼굴과 몸 일부를 적셨다. 대신관은 그 위치에 맞지 않게 비참한 죽음을 맞이했다. 멀찍이 떨어져 있던 시종들이 놀라 달려왔다. 설마하니 대신관을 진정 죽일 것이라고는 생각하지 못한 탓이었다.

황제의 뒷배로 황궁 내 신전의 대신관이 된 자라지만 신전 소속이었다. 한데 저리 쉽게 죽여 버리다니. 그것도 기도실 내에서. 신전에서 가만히 있을 리 없었다.

"로샨 그 개새끼가 왜 그간 죽지 않나 했더니……."

하나 일을 벌인 당사자는 평온한 얼굴이었다. 시종들은 피가 뚝뚝 떨어지는 검을 뽑아 든 황제에게서 도망치듯 뒷걸음질 쳤다. 황제도 그들을 신경 쓰지 않은 채 뒤돌아 다시 단상 쪽으로 다가갔다. 챙그랑. 검이 바닥에 떨어지는 소리가 났다.

"여신을 향한 내 기도가 부족한 게 아니라 다 저놈 탓이었어. 거짓된 자가 내게 잘못된 방법을 알려 줘 내 기도가 닿지 않았던 거야."

화려한 옷 위, 초라한 망토를 걸친 황제가 제단 앞에 무릎 꿇었다. 그리고 피투성이 얼굴로 여신을 향해 기도했다.

"이제는 내가 직접 여신께 묻고 답을 구해야겠지."

한참 기도하던 황제가 천천히 일어나 여신상을 보며 중얼거렸다. 단상 아래는 그새 시낙스의 피로 붉은 웅덩이가 만들어져 있었다. 황제가 혀 내민 채 굳어 버린 시체를 보고 눈살을 찌푸리다 시종에게 손짓했다. 시종들은 두려워하면서도 황제의 명에 따라 대신관의 시체를 들어 올렸다.

황제는 바닥에 남은 핏자국을 보다 단상을 내려와 그곳에 침을 세 번 뱉고 입고 있던 초라한 망토를 핏자국 위에 던졌다. 그리고 여신을 세 번 부르짖었다. 그의 손에 죽은 시낙스가 일전 알려 준, 유령을 떼어 내는 방법이었다.

의식을 마친 황제가 걸음을 옮겼다. 남아 있던 시종들이 그를 뒤따랐다. 황제는 기도실을 나서려다 문 앞에서 멈추고는 가장 가까이 있는 시종에게 명했다.

"다에 공작을 불러와라."

* * *

건국제를 지나 겨울이 오고 다시 갔다. 하나 만물이 살아나는 봄. 다시 찾아온 봄에도 예레나의 건강은 여전했다. 그녀 곁을 지키는 '키안'은 매일같이 마른기침을 하는 그녀를 애끓게 지켜보다 온 힘을 다하는 의원을 닮달했다.

'바, 방법이 없습니다. 민간에서는 속된 말로 화병이라 부르지요. 속에 뭉친 응어리들이 풀리지 않으면 어떤 약도 소용이 없습니다. 속부터 곯아 사람을 죽이는 병이니까요.'

의원은 벌벌 떨면서도 할 말은 다 했다. 로샨은 의원의 말에 그 이상 무어라 할 수 없었다. 속의 응어리. 예레나의 응어리는 너무나 명확했다. 끔찍한 과거, 고국 걱정, 그리고 제국의 기사와 마음을 나누게 됐다는 죄책감.

예레나의 병은 근본적으로 모두 그가 원인이었다. 로샨은 그 사실을 인지할 때마다 괴로움에 허덕이며 후회했다. 처음으로 신이라는 존재도 원망해 봤다. 어째서 그녀와의 연을 이리 꼬아 버렸느냐고. 하나 죄인에게 답해 줄 신은 없었다.

'기침이 느셨습니다. 몸이 좋지 않으시면 이만 들어가 누우십시오.'

'걱정 마요. 갑자기 변한 날씨에 몸이 적응을 좀 느리게 할 뿐이에요.'

'……'

'그리고 그거 알아요? 가만히 누워 있을 때보다 경과 이렇게 나란히 앉아 있을 때 기침이 덜 나오는 걸.'

그리해 그는 여전히 연기를 이어 갈 뿐이었다. 아무것도 모르는 왕녀는 그가 원수인지 모르고 제 걱정 하는 사내에게 다정한 말을 건넸다. 그리고 그럴 때면 죄책감이 죄인의 심장을 세차게 두드렸다.

'……어째서 그랬지.'

하루에도 수십, 수백을 하는 후회. 나날이 말라 가는 왕녀에 대한 걱정. 불안과 초조함을 잊고 완벽한 연인으로 발전하고픈 욕망. 로샨은 생각이 많아질 때면 신전에서 갈취한 유리병 하나를 손안에서 굴렸다. 그리고 얼마 남지 않은 날을 손가락으로 세며 기다렸다.

'최대한 아프지 않게……. 잠재운 후 상처를 내고 천천히 들이켜게 하면 될 테지.'

한 달 하고 보름 후에 있을 황제의 탄신일. 그날 이후로는 모든 게 잘 풀릴 것이다. 왕녀는 아픈 과거를 모두 잊고 제 곁에서, 황제보다도 고귀한 이로 행복만을 누릴 것이니.

'세다스 왕도 곧 끝장이 날 테고. 새롭게 왕이 될 자는 왕녀에게 관심이 없을 테지. 하니……'

계획은 차근차근 진행되고 있었다. 급히 진행하는 일이라 중간에 변수가 생길 수도 있으나 상관없었다. 로샨은 무슨 수를 써서라도 일을 깔끔하게 마무리 지을 생각이었다.

'그날 이후로는 어떤 거짓도 내뱉지 않을 것이다. 내 아내가 될 여인에게 언제나 신실할 것이야.'

한 달 하고 2주. 왕녀와의 완벽한 미래를 그리며 로샨은 자리에서 일어났다. 창밖, 동이 트기 직전이라 그런지 하늘은 유독 어두웠다.

로샨은 불길한 색의 하늘을 노려보다 몸을 돌렸다. 그리고 그날 오후, 해가 다시 지평선 아래로 내려갈 때쯤 조촐한 어느 연회를 시작으로 소문이 돌았다.

'황태제와 눈 맞은 세다스의 왕녀가 죽었다.'

* * *

왕궁은 봄과 여름의 길목에서 한 번 불타올랐다. 그리고 2년이 채 되지 않은 봄. 왕궁은 또 한 번 불길에 휩싸였다.

"부패한 왕을 몰아내자! 우리를 굶주리게 하는 이들을 죽여라!"

"세다스 왕국에 영광을!"

두꺼운 갑옷을 입은 병사들이 왕궁 내부를 빠르게 뛰어다녔다. 여기저기서 비명과 살려 달라는 외침이 이어졌다.

"전하! 빠, 빨리 빠져나가야 합니다."

"이, 이게 무, 무슨 일이란 말이냐."

"전하! 시종장의 말 못 들었습니까? 빨리 오세요!"

비앙카와 브릭은 늦은 밤 들이닥친 병사들을 보고 혼비백산해 도망쳤다. 하나 얼마 가지 못해 그들은 침입자에게 붙잡혔다.

"내가 누군 줄 알고! 내가 이 나라의 대비다! 왕의 어머니란 말이야!"

공포에 질린 와중에도 비앙카는 악을 질렀다. 그 옆에서 브릭은 엉엉 울며 말을 더듬었다. 병사들은 그런 그들을 경멸스럽게 바라보며 끌고 가다 목적지에 도착하자 짐짝 던지듯 내던졌다.

'여긴!'

엎어진 채 고개를 든 비앙카가 눈을 부릅떴다. 이곳은 아들인 브릭이 즉위한 뒤 사람들의 출입을 막은 곳이었다. 선왕과 선왕비가 제국군에게 목숨을 잃은 곳. 그들의 비극에는 비앙카도 큰 지분을 차지하고 있었다. 그렇기에 비앙카는 이곳에 귀신이 나온다는 소문이 돌기 무섭게 소문을 잠재운다는 핑계로 이곳을 폐쇄했다.

"역시 대비께는 그런 모습이 어울립니다."

비앙카가 먼지가 뿌옇게 앉은 장소를 부들부들 떨며 바라볼 때였다. 여러 명의 발걸음 소리가 들리더니 누군가 비앙카의 앞에 섰다. 비앙카가 고개를 좀 더 높이 들었다. 그러자 주홍빛 머리에 날카로운 눈매를 가진 젊은 사내 하나가 그녀를 내려다보고 있는 게 보였다.

'데렌 후작!'

비앙카는 곧장 사내를 알아봤다. 세다스 왕국 최북단을 지키는 데렌 후작가의 새로운 주인 이스날 데렌이었다.

"후작! 이게 무슨 짓이오!"

"보면 모릅니까? 반역을 행하는 중입니다."

"각하. 반역이 아니라 혁명입니다."

"아아 그랬지. 들으셨지요? 혁명을 행하는 중입니다."

비앙카와 브릭의 입장에서는 반역이든 혁명이든 기겁할 만한 일이었다. 비앙카가 눈을 부릅뜬 채 자리에서 일어나려 했다. 하나 그녀가 무릎을 채 펴기도 전 데렌 후작이 그녀의 정강이를 걷어찼다.

"아악!"

"아참. 수도의 여인들은 훈련을 받지 않는다 했지. 죄송합니다. 실례했습니다."

후작은 단번에 쓰러진 비앙카를 내려다보며 진심 없는 사과를 했다. 다시 바닥에 꼬꾸라진 비앙카가 아픔에 신음하다 소리 질렀다.

"무도한 놈! 네놈이 천벌을 받을 짓을 벌이고 있다는 걸 아느냐! 이건 반역이다!"

비앙카의 손이 갈퀴처럼 휘어졌다. 데렌 후작은 잔뜩 독이 오른 그녀의 손을 피하며 어깨를 으쓱였다.

"그렇게 생각 안 하는데."

"악!"

"어, 어머니!"

그가 검집째로 비앙카의 어깨를 꽉 눌렀다. 비앙카의 비명에 브릭이 그녀를 부르짖으며 움직이려 했다. 하나 기사가 그런 왕을 주저앉혔다.

"난 천벌받을 짓을 하고 있는 게 아니야. 천벌 그 자체지."

"으……."

데렌 후작이 무릎을 구부리고 앉아 눈웃음을 쳤다. 눈이 길게 초승달을 그리자 후작의 인상이 단번에 바뀌었다. 서늘함은 사라지고 쾌활해 보이는 미남자가 비앙카를 응시했다.

"당신 때문에 위대한 우리 왕과 현명하신 왕비, 그리고 왕국의 미래였던 두 왕자 전하께서 돌아가셨지. 그뿐인가. 왕녀께서는 너희 두 모자로 인해 제국의 포로로 끌려가 그곳에서 생을 마치셨다."

"바, 반역자 놈이 혀가 길…… 허으."

"거기서 끝이면 몰라. 너희 두 모자가 이곳에서 사치를 부리며 황금을 물처럼 쓸 때 밖은 어떠했는지 아는가? 백성 반이 굶주림에 노예가 되길 자처하는 상황이야."

"……."

"이런 상황에 내가 반역자? 아니지. 반역자는 네년과 네년 아들이야. 난 너희를 징벌하기 위해 신이 내린 천벌이고."

데렌 후작의 어투는 점점 험악해졌다. 비앙카는 괴로움에 신음하면서도 후작을 노려보다 그의 얼굴을 향해 침을 뱉으며 말했다.

"거짓말."

침은 비앙카가 목표로 한 데렌 후작의 얼굴에 닿지는 못했다. 대신 후작의 신으로 떨어졌다. 비앙카는 데렌 후작의 얼굴에 침 뱉지 못한 걸 억울해하며 말을 이었다.

"거울을 봐라! 네놈이 지금 그런 것들에 분노하고 있는지!"

"……저 덜떨어진 놈보다는 낫네. 눈치도 빠르고."

비앙카의 말에 데렌 후작이 픽 웃었다. 정확히 봤다. 그는 사실 선왕 일가의 비극에는 크게 분노하지 않았다. 애초 그의 고향이자 영지인 데렌은 북부를 지키는 요새로 왕국의 수도에서 거리가 멀었다. 그 탓에 중앙 정치에서도 멀어졌으나 그만큼 독립성을 보장받았다. 때문에 데렌 후작은 왕가와 접촉할 일이 없었고 관심도 두지 않았다.

"정확히 봤어. 왕가의 비극? 백성들의 삶? 화는 나지. 하지만 이리 귀찮게 움직일 정도는 아니었어."

"각하! 제발……."

데렌 후작의 측근 기사로 보이는 이가 주군을 만류하려 했다. 속내가 어떻든 지금 그들은 선왕을 배신한 자들을 응징하고 백성을 구한다는 대의로 군대를 일으켰다. 한데 우두머리가 그를 부정하다니. 있어서는 안 될 일이었다.

"거기까지."

데렌 후작이 수하에게 서늘한 시선을 주며 손을 올렸다. 기사는 주군의 눈빛에 곧장 고개 숙이고 물러났다.

"곧 죽일 것들이잖아. 죽기 전에 알아야지. 왜 죽는지."

데렌 후작의 이어진 말에 비앙카는 물론이요 브릭이 숨을 들이켰다. 곧 죽일 것들. 무시무시한 말에 브릭이 눈물을 뚝뚝 떨궜다.

"너희 둘 연놈들 때문에 내 형제 여섯과 누이 둘이 죽었다. 북부의 형제들은 수천이 차가운 땅에 묻혔지."

그 꼴을 경멸에 찬 눈으로 바라보며 데렌 후작이 반역의 진정한 이유를 말했다. 제국과의 전쟁. 그때 그의 형제, 누이들이 얼마나 많이 죽었나. 데렌 후작 본인도 선대 후작의 여섯 번째 아들로 본래라면 후작이 될 수 없었다. 하나 손위 형제들이 다 죽는 바람에 그는 어쩔 수 없이 후작가를 이었다.

"데렌은 원한을 잊지 않아. 원수가 틈을 보일 때 물어뜯어 죽이는 것. 그게 데렌이 가장 잘하는 것이지."

데렌 후작의 원수에는 제국은 물론이요 나라를 팔아넘긴 비앙카와 브릭도 들어갔다. 다만 제국은 당장 이기기 어려우니 비교적 쉬운 원수부터 그는 처단해 갈 뿐이었다.

"이제 더 할 말 없지?"

"으읍!"

"없다고? 알았어."

후작이 무어라 외치려는 비앙카의 입을 틀어막았다. 그리고 수하들에게 명했다.

"이 반역자들을 끌고 가. 가서 천천히 도륙을 내. 이자들에게는 평온한 죽음을 허하지 않는다."

잔인한 명이 떨어지고 브릭과 비앙카가 병사들에게 붙들렸다. 비앙카가 피눈물을 뚝뚝 흘리며 선왕과 선왕비가 죽은 홀에서 끌려 나갔다. 뒤이어 브릭이 누런 액체를 흘리며 어미의 뒤를 따랐다.

"지저분하게. 쯧."

그 꼴에 데렌 후작이 혀를 차다 걸음을 옮겼다. 그리고 그가 도착한 곳은 선왕의 자리였던 왕좌였다. 데렌이 망설임 없이 그곳에 앉자 기사들이 그 앞에 부복했다.

"전하께 인사 올립니다. 세다스의 영광을 위하여!"

"위하여!"

높다랗게 치솟은 검이 번쩍였다. 그리고 그날. 왕국의 여러 곳에서 전서구가 하늘을 가르며 날아올라 새로운 왕의 탄생을 알렸다.

* * *

"세다스의 새로운 왕은?"

"반응이 나쁘지 않습니다. 새로 왕이 된 이스날 데렌의 피에 희미하게나마 왕가의 피가 흐르기도 하고…… 북부의 영주였을 때도 평판이 좋았답니다."

제임스의 보고에 로샨이 고개를 끄덕였다. 왕녀에게는 알려 주지 않을, 그리고 앞으로도 모르게 할 세다스 왕국의 일. 그건 어찌 보면 왕조가 바뀐 대단한 일이었으나 로샨의 입장에서는 계획 중 일부에 불과했다.

"답신은 왔나?"

"네."

제임스는 고개를 끄덕이며 품에서 서신을 꺼내 로샨에게 건넸다. 길고긴 서신. 로샨이 먼저 읽어 보았을 제임스에게 눈짓했다.

"보시다시피 왕녀의 일은 상관하지 않겠다 전해 왔습니다. 오히려 반기는 눈치더군요."

"그렇겠지. 저보다 진한 피를 이은 직계 왕족이 살아 있으면 곤란할 테니까."

새롭게 세다스 왕국의 왕이 된 이스날은 예레나를 대외적으로 죽이는 데 동의했다. 고국의 왕조차 긍정한 왕녀의 죽음. 예레나 세다스라는 이름은 이제 대륙에서 죽은 이로 기록될 예정이었다.

만족스러운 답에 로샨의 입가에 희미한 미소가 피었다. 제임스는 그런 주군을 하나 남은 눈으로 힐끔이다 말을 이었다.

"그리고 당분간은 제국과 척을 질 것 같지는 않았습니다. 다만……."

"말해."

제임스가 머뭇거리자 로샨이 그를 재촉했다. 제임스는 서신의 가장 끝, 꾹꾹 눌러쓴 세다스 왕의 글씨를 떠올리며 말했다.

"세다스의 새로운 왕이 서신에 이리 썼더군요. 데렌의 전통주는 묵힌 기간이 길면 길수록 향은 짙어지고 맛은 달콤해진다고. 그러니 언젠가 보낼 데렌의 술을 기다리라고 말입니다."

* * *

황궁 내 신전 분위기는 좋지 않았다. 황제가 기도실에서 대신관 시낙스를 찔러 죽인 일 때문이었다.

'시낙스 님이 대신관? 말이 됩니까? 그분은 신력 한 톨 없는 것도 모자라 신앙심도 부족한 분입니다.'

'어쩌겠습니까. 황제를 제대로 구워삶았는데. 어차피 황궁 내 신전. 본교에서도 포기한 모양이더랍니다.'

'흥! 포기가 아니라 반기는 분위기였겠지요. 황제가 나서 황궁 내 신전을 증축하고 세금을 기부금으로 쏟아붓는데……. 대신관 자리 하나 내주는 게 어려웠겠습니까.'

지난 몇 년, 황제와 대신관의 사이는 좋다 못해 한 몸이라 말할 정도였다. 신앙심 깊은 황제는 온갖 패악을 저지르는 와중에도 대신관 시낙스의 말은 고분고분 따랐다.

한데 그랬던 황제가 하루아침에 대신관 시낙스를 죽이다니. 황궁 내 신전 사람들은 그들의 우두머리가 죽었다는 사실보다 황제가 신앙심을 잃고 미쳐 버린 게 아닌지 걱정했다.

"하인이건 시종이건 정부건 파리 목숨처럼 여기는 분인데……. 신실함도 잃었겠다 신관과 신녀도 함부로 죽이시는 게 아니오?"

"설마요……. 아직 여신께 기도는 매일 하신답니다. 대신관 일은 다른 문제 때문이 아닐까요? 왜 그 황태제와 포로 하나를 두고……."

"이유가 뭐가 됐든 기도실에서 살인을! 그것도 대신관을 죽이다니! 본교에서는 무얼 하는지! 이 꼴을 보고만 있는답니까?"

"사람을 보내 항의 중이랍니다. 하지만 황제의 반응이……."

"이거 원. 이러다 우리도 죽는 게 아닌지."

신전은 신성한 기도실에서 대신관을 죽인 황제에게 항의의 의미로 황궁 내 거주하는 신관, 신녀의 수를 5분의 1로 줄였다. 그뿐인가. 신전은 기도회 때면 빛의 여신의 자식이었던 제국의 시초는 붉은 눈을 가졌다며 현 황제 케드릭의 정통성에 흠집을 냈다. 하나 황제는 신전의 반응을 무시한 채 신전에서 보낸 이들의 알현도 거절했다.

그 사이에서 가장 불안한 이들은 황궁 내 신전에 남게 된 신관, 신녀들이었다. 비어 버린 황궁 내 신전의 대신관 자리. 아무도 섣불리 그 자리를 원하지 않았다. 다행히 황제도 새로운 대신관을 찾지 않았다. 대신 그는 열 명의 신관과 열 명의 신녀들을 제 옆에 도열시킨 채 매일 기도실에서 두세 시간 여신께 기도했다.

오늘도 마찬가지였다. 화려한 옷 위로 초라한 기도복을 걸친 황제는 장장 세 시간을 기도하고 기도실을 떠났다.

"드디어 끝이로군요."

"두렵습니다. 황제가 또 언제 미쳐 검을 휘두를지 모르니 원."

황제가 떠나자 여기저기서 한숨 소리가 흘러나왔다. 오랜 시간 서 있던 신관과 신녀들은 다리를 후들대며 불안한 얼굴을 교환했다.

"빨리 가자."

"응."

열 명의 신녀들 속에는 쥴과 쟐도 있었다. 그녀들은 아픈 다리에 인상을 찌푸리면서도 누구보다 빠르게 움직였다. 자신들을 기다리고 있을 알리시아에게 가기 위해서였다.

"알리시아 님."

신녀들을 위한 작은 기도실. 쟐과 쥴은 그곳에 도착하기 무섭게 알리시아를 불렀다. 돌바닥에 꿇어앉아 있던 알리시아가 자매의 목소리에 천천히 뒤돌았다.

"알리시아 님! 눈이…….."

알리시아의 눈가리개는 축축하게 젖어 있었다. 쥴과 쟐은 흰 눈가리개를 적신 붉은 액체에 경악하며 알리시아에게 다가갔다. 알리시아는 쟐의 손이 닿기 무섭게 그녀에게 몸을 기댔다.

"어쩌다 이러셨어요."

"난 괜찮습니다. 걱정 마세요."

쟐이 울음기 가득한 목소리로 묻자 알리시아가 고개 저으며 괜찮다 말했다. 그리고 순간 자매의 곁에서 알리시아를 보던 쥴은 섬뜩함에 몸을 뒤로 물렸다.

피눈물을 뚝뚝 흘리는 알리시아의 입매는 부드럽게 호선을 그리고 있었다. 얼핏 보기에는 자애로운 여신의 미소와도 같았다. 하나 왜일까. 쥴은 알리시아의 미소에서 악의를 느꼈다.

쥴이 주춤거리고 있을 때였다. 힘을 다한 듯 알리시아가 몸에서 완전히 힘을 뺐다. 그리고 기절하듯 잠들기 직전 중얼거렸다.

"……똑똑히 보았습니다. 이제 얼마 남지 않았습니다."

* * *

황제의 탄신일을 맞이해 연회가 열렸다. 작년보다 두 배는 커진 규모와 꼭 참석하라는 명이 쓰인 초대장에 많은 귀족들이 황궁으로 모였다.

"황태제 전하께서는 요즘 통 조용하시더군요."

"모르셨어요? 왜……. 황태제 전하께서 마음에 둔 그 포로가 죽었다잖아요. 상심이 크셔 궁에서 아예 나오질 않으신답니다."

"그래도 황제 폐하의 탄신일 당일 연회에는 참석하신다더군요."

"어머. 정말요?"

"네. 측근인 제임스 경에서 들은 말이라 의심할 필요가 없다더군요."

탄신일 사흘 전부터 시작된 연회. 귀족들은 저들끼리 떠들며 황제의 탄신일을 기다렸다.

그렇게 무성한 말 속에 사흘이 금방 흘렀다. 그리고 탄신일 당일. 소문대로 황태제 로샨 비스티우스는 제법 일찍 모습을 드러냈다.

"저기. 황태제 전하가 오셨어요."

"어쩜. 안색이 어두우세요."

왠지 모르게 수심이 깊어 보이는 얼굴. 여인들은 황태제의 비밀 연인이자 포로로 끌려온 세다스의 왕녀가 죽었다는 소문을 기억해 내고 멋대로 비극적인 장면을 그렸다.

하나 당연하게도 예레나는 멀쩡히 살아 있었다. 그 사실을 아는 하이든은 주군을 향한 여인들의 수군거림과 시선에 씁쓸한 얼굴을 했다. 물론 그와 달리 녹스는 무표정한 얼굴로 중얼거릴 뿐이었다.

"뜻대로 일이 잘 풀리고 있어."

"……그래."

하이든은 녹스의 말에 고개를 끄덕이며 아무것도 모른 채 탑에 있을 왕녀를 떠올렸다. 오늘이 지나면 그녀의 기억 속에서 자신은 사라질 것이다. 주군께서 신전에서 가져오신 그 물건으로. 그리고 얼마 후면 그녀는 주군의 곁에 앉겠지. 부부로서 또 제국의 황후로서.

'왕녀의 기억이 사라진다고?'

왕녀는 그를 제국의 기사로만 보고 적대했다. 하니 좋은 관계를 원한다면 왕녀가 기억을 잃는 게 좋았다. 하나 어쩐 일인지 입 안이 썼다.

"……하이든. 아직도 정신을 못 차렸나?"

그런 하이든의 표정을 힐끔 본 녹스가 서늘한 목소리로 물었다. 하이든은 고개를 저었다. 왕녀에 대한 호감은 진즉 지웠다.

"녹스. 의심하지 말게. 난 주군께서 마음을 둔 여인에게 계속 관심을 둘 정도로 형편없지 않아."

"하면 왜 그런 표정이지?"

무어라 답하려 했으나 말이 나오지 않았다. 하이든은 입을 다문 채 스스로에게 물었다. 아직 왕녀에게 마음이 남았나?

하나 제 마음이 남든 아니든 무슨 상관일까. 어차피 결과는 같았다. 그는 주군께 감히 반하는 마음도 생각도 드러내지 않을 참이었다.

"……왕녀가 가여울 뿐이야."

"……."

"스스로에게 일어나는 일인데 아무것도 모르니까. 동정하는 것뿐일세."

녹스가 하이든을 향해 날카로운 눈을 했다. 프레드릭도 그렇고 하이든도 그렇고 도대체 왜 이러는지. 그저 아름다운 여인일 뿐인 것을. 주군과 함께 자신들이 무너뜨린 나라가 한둘도 아니고 그간 왕녀와 같았던 처지의 여인들이 얼마나 많았는데. 왜 세다스의 왕녀에게만 이런 반응들을 보인단 말인가.

그리고 연정인지 연민인지가 중요한 게 아니었다. 무엇이든 감정은 관심을 불러오고 관심은 쉽게 호감으로 변한다. 하여 왕녀에게 어떤 감정이든 깊게 품는 것 자체가 불충이라 녹스는 생각했다.

거기다 옆에서 봤을 때 하이든의 감정은 연민을 이미 넘어섰다. 녹스는 그를 향해 따끔하게 경고했다.

"동정? 자네는 거짓말을 좀 연습할 필요가 있겠어."

"……."

"지금까지는 참아 넘겼으나 선을 넘지는 말게. 동료가 불충한 걸 보는데도 한계가 있으니 말이야."

녹스의 말에 하이든이 무어라 변명하려던 참이었다. 커다란 문 앞에 서 있던 하인이 나팔을 불었다. 그리고 곧 시종장이 지팡이를 바닥에 두드리는 소리와 함께 오늘의 주인공이 모습을 드러냈다.

"위대한 제국의 태양, 황제 폐하께서 드십니다."

* * *

"……폐하께서는 여전하시군."

"그러게 말입니다. 근래 진중해졌다는 소문이 있던데 거짓이었습니다."

"사람이 그렇게 쉽게 변한답니까. 쯧."

연회장 안 사람들은 황제를 한심하게 바라봤다. 그도 그럴 것이 아무리 탄신일이라지만 지금 황제의 행동거지는 너무나 못났다.

"폐하. 한 잔 더 받으십시오."

"하하! 그래. 네가 주는 잔이니 마셔야지."

"아이. 그렇다면 제가 주는 잔도 받으시겠지요?"

"너희가 오늘 날 죽이려 작정을 했구나."

황금 권좌에 앉은 황제는 정부 세 명을 곁에 둔 채 술을 들이켰다. 벌겋게 취기가 오른 얼굴. 황제 곁에서 아양을 부리는 여인들. 창관에서나 볼 법만 풍경에 귀족들은 인상을 찌푸렸다.

"이리 가까이 와 보래도."

하나 황제는 사람들의 시선을 신경 쓰지 않는 듯했다. 그러잖아도 헐벗은 정부의 치맛자락을 들치는 모습이 천박했다.

"공작님의 선택이 옳았습니다. 이런 자리에서 저런 꼴이라니. 출신은 못 속인다고……. 이제 저 꼴을 보는 것도 끝이겠군요."

황제의 꼴을 보다 못한 다에 공작의 측근 귀족 중 하나가 혀를 차며 공작에게 말했다. 측근의 조심성 없는 언사에 다에 공작이 고개 돌리며 매서운 눈을 했다.

"쉿. 조용히 하게. 어찌 입을 그리 가볍게 놀려."

"죄, 죄송합니다."

"술에 취한 것 같으니 돌아가. 당장."

다에 공작의 반응은 얼핏 예민하게 보일 수 있었다. 하나 공작은 이 이상 예민하게 굴어야 한다 생각했다. 작금의 상황은 깨진 얼음판 위를 걷는 것과 같았으니.

'공작. 오늘 내가 그대를 급히 부른 건 내 각오를 이야기하기 위해서야.'

'……'

'그간 내가 못난 황제였지. 알고 있어. 공작 그대가 이런 나를 바른길로 이끌려고 얼마나 노력했는지.'

'……진정으로 하시는 말씀이십니까?'

'여신의 말씀과 그대의 충심으로 깨달았네. 이렇게 살면 안 된다는 걸. 난 많이 달라질 거야. 하니 마지막으로 한 번만 더 도와주게. 응?'

다른 이들은 모르고 있었으나 공작은 알고 있었다. 황제의 저 모습은 연기였다. 황제는 곧…….

공작이 곧 벌어질 일들을 떠올릴 때였다. 정부와 입 맞추던 황제가 그를 바라보며 입꼬리를 길게 올렸다. 공작은 황제의 자색 눈에 허리를 엉거주춤 굽혔다.

황제의 시선이 다시 정부에게로 돌아갔다. 공작은 작게 한숨 내쉬며 고개를 틀었다. 그리고 이번에는 홀 가운데서 사람들의 시선을 한 몸에 받고 있던 로샨과 정확히 눈을 마주쳤다.

모든 걸 꿰뚫어 보는 듯한 붉은 눈. 공작이 몸을 움찔거리며 시선을 피했다. 그리고 순간 황제가 자리에서 벌떡 일어났다.

"짐을 축하해 주기 위해 모인 이들이여. 내 진심으로 감사하네."

황제의 목소리는 쩌렁쩌렁하고 선명했다. 술에 취한 이라고는 보기 어려울 정도로. 사람들의 시선이 황제에게 고정됐다. 황제는 좌중을 둘러보다 예쁘게 눈웃음 지으며 말을 이었다.

"이 자리의 모두에게 인사해야 하지만 그러기엔 시간이 부족하더군. 하여 내 제국에 큰 공을 세운 몇 명에게만 따로 자리를 마련했어."

본래 이런 날 황제가 고위 귀족과 중요 인사만 따로 부르는 건 이상한 일이 아니었다. 하나 그간 현 황제 케드릭은 연회 중 즐기기 급급했기에 그런 자리를 잘 가지지 않았다. 그렇기에 사람들은 서로를 둘러보며 누가 불려 갈까 눈짓으로 대화를 나눴다.

"섭섭하게 생각하지 말게. 공을 세운 이에게 성을 주는 건 당연한 일이니까."

사람들을 향해 우아하게 손짓한 황제가 시종장을 바라봤다. 그러자 시종장이 긴 두루마리를 펼치며 외쳤다.

"황제 폐하의 명입니다. 호명된 분들은 대기하셨다가 저를 따라와 주십시오."

* * *

죽었다 알려진 게 무색하게 예레나는 탑의 꼭대기 층에 고요하게 존재했다. 그리고 그녀의 곁을 항상 같이하던 '키안' 대신 오랜만에 프레드릭이 자리했다.

'왜……'

간만에 본 예레나의 모습에 프레드릭은 심장을 짓누르는 무게가 더해짐을 느꼈다. 예레나의 분위기가 크게 바뀐 탓이었다.

겁에 질리고 불안에 떠는 와중에도 꼿꼿했던 왕녀는 없었다. 어딘지 멍해진 그녀는 강한 빛에 색이 바랜 꽃 같았다.

표정은 전보다 더 부드러웠으며 예민해 보이던 손짓은 사라졌다. 하나 가만히 앉아 구슬을 꿰고 있는 모습에서 전의 활기는 찾을 수 없었다. 당장에라도 공기 중에 흩어져 사라질 것 같다. 프레드릭은 왕녀를 보며 그리 생각했다.

일전 눈이 아예 보이지 않을 때와 비교할 수 없을 만치 빠른 손놀림. 구슬로 장식을 만드는 예레나의 손은 숙달된 장인의 것과 같아 구경하는 재미가 날 법도 했다. 하나 똑같은 크기의 구슬을 꿰고 또 꿰는 모습은 새장

속에 갇힌 새의 노래처럼 무기력한 구석이 있었다.

'감히 해서는 안 될 짓 아닐까?'

그래서 그럴까. 프레드릭은 곧 기억을 잃게 될 예레나가 불쾌했다. 지금도 저런 모습인데……. 살아온 삶마저 잊어버린다면. 그것이 아무리 괴로운 기억일지언정 사라진다면.

한 사람을 철저히 부숴 제가 원하는 대로 조립하는 기분을 지울 수 없었다. 지금껏 일어났고 앞으로 일어날, 왕녀를 향한 기만이 끔찍했다.

'나 또한 이 과정의 일부 아닌가.'

로샨의 명에 따라 왕녀의 곁에 있는 자신 또한 역겨웠다.

'아니야. 왕녀에게도 이 길이 옳아.'

목구멍까지 올라오는 토기를 누른 채 프레드릭은 애써 스스로를 설득했다. 결과적으로는 왕녀에게도 좋은 것이다. 주군께서는 왕녀를 사랑한다. 하여 놓지 않으실 것이다. 그러니 차라리 모든 것을 잊고 새로 살아가는 게, 다 잊고 고귀한 자리에서 최고의 대우를 받으며 사는 게 왕녀에게도 행복일 것이다.

하나 스스로를 향한 설득은 실패로 끝났다. 그게 다 무슨 소용인가. 자신의 의지는 없이 행해지는 일로 행복해질 수 있을까. 행복해진다 한들 그게 진정한 행복일까.

최악이었다. 선택권을 박탈당한 채 기억을 지워 행복하게 해 준다니. 기만도 이런 기만이 없었다.

'……한데 요즘 널 보니 갑자기 네 누이가 떠오르더군. 감정을 이기지 못해 남부의 지고한 영주에서 한낱 반역자로 떨어진 네 누이 말이다.'

그러나 수많은 생각을 하면서도, 피가 날 정도로 입술을 깨물면서도 프레드릭은 입 다물리라 다짐했다. 제 속내가 어떻든 정해진 길은 하나였다. 무슨 일이 있어도 그가 주군을 배신할 일은 없었다.

"……프레드릭 경?"

"……."

"경?"

프레드릭이 혼란스러운 마음을 다잡느라 상념에 빠져 있을 때였다. 예레나가 그를 불렀다. 프레드릭은 한참 뒤에야 그녀가 자신을 불렀음을 깨닫고 몸을 움찔 떨며 그녀 쪽으로 고개를 돌렸다.

"무슨……. 무슨 일입니까?"

하나 그는 차마 예레나의 얼굴을 똑바로 볼 수 없었다. 죄책감이라는 감정이 가슴께를 쿡쿡 찔렀다.

"할 말이 있어서……."

예레나는 프레드릭의 속내도 모른 채 잠시 고민하다 입을 뗐다. 예레나의 텅 빈 눈을 마주할 자신이 없었던 프레드릭이 그녀의 입술을 바라봤다. 멀리서 봤을 때는 붉고 도톰하여 괜찮아 보였는데 가까이서 보니 군데군데 찢어졌다 아문 상처가 보였다. 그 모습에 프레드릭이 시선을 더 아래로 내리며 말했다.

"……경청하겠습니다."

"그……. 고마워요."

"……."

"그간 잘해 줘서."

예레나의 감사 인사에 놀란 프레드릭이 시선을 들었다. 그리고 예레나의 얼굴을 똑바로 본 순간 그는 봤다. 그녀에게 드리운 어두침침한 병색을.

그건 마치 밤길 안개 같았다. 자세히 보지 않으면 눈치채기 어려운. 그러나 어둠에 가려진 짙은 안개 말이다.

"솔직히 말하면 난 아직도 경이 미워요. 이유는 알겠지요?"

"……."

"하지만 인간 대 인간으로는 경에게 고맙다 인사는 해야 할 것 같아서요. 비록 경과 친해질 수는 없겠지만……. 그래도 그간 절 지켜 줘서, 도와줘서 고마웠어요."

프레드릭이 주먹을 쥐었다. 왕녀가 제 몸에 대해 짐작하는 바가 있는 걸까? 그리해 제국의 기사인 그에게 다정한 말을 남기는 걸까? 이유가 무엇이든 간에 속에서 욕지거리가 올라왔다.

'제길.'

프레드릭은 왕녀의 흐릿한 눈을 바라보며 속으로 수없이 욕지거리했다. 제게 저리 말하는 왕녀가 사라진다고? 저에 대한 기억을 잃고? 흔들리는 마음을 주체하기 어려웠다.

'적국의 왕자에게 기밀을 팔아넘겨? 그깟 감정 때문에 반역을 저질렀다고? 미친!'

누이가 그때 왜 그런 선택을 했는지 이해가 될 것 같았다. 멍청하다고, 영영 이해할 수 없을 거라 여겼는데……. 둥근 손톱이 아프게 손바닥을 파고들었다.

'싫다. 한 토막일지언정……. 잊어버리지 않았으면 해.'

프레드릭의 보석 같은 눈에 갈등이 서렸다. 주군을 배신한다 한들 이게 옳은 길이 아닐까. 머릿속에서 제 목소리가 윙윙 울렸다. 하나 그가 입술을 달싹이는 찰나 언젠가 그 스스로 했던 말이 쿵 하고 떨어졌다.

'전 그 반역자와 다릅니다.'

* * *

중앙궁 지하는 신비한 동굴 속 신전 같았다. 푸르스름한 빛을 내는 신기한 바위에는 야광주가 밝은 별처럼 빛나고 있었으며 바위에 반쯤 묻힌 것처럼 꾸며진 대리석 기둥과 벽에는 보석이 흩뿌려져 있었다.

"세상에. 이 세상이 아닌 것 같아요. 그 옛날 드래곤 아래서 일했다는 솜씨 좋은 난쟁이들의 건축물 같군요."

"어떤 장인이 이걸 설계하고 만들었는지. 대단하군."

황제에게 선택받아 이곳에 초대된 이들은 대부분 고위 귀족이거나 높은 직위에 있는 이들이었다. 당연하게도 그들 대부분은 좋고 아름다운 것을 자주 봤다. 하나 오늘 황제가 보여 준 공간은 그들이 지금껏 봐 온 것들보다도 한층 높은 단계의 아름다움을 뽐내고 있었다.

어느 정도 구경이 끝나자 황제의 눈짓에 맞춰 시종들이 사람들을 자리로 안내했다. 기다란 테이블 여럿. 사람들은 각자 안내받은 곳에 앉았다. 그리고 그들 앞에는 황금 술잔과 황금 접시 위로 탑처럼 쌓인 음식들이 있었다. 예술품처럼 꾸며진 음식을 보며 사람들은 또 한 번 감탄했다.

"여긴 다들 처음 오는 곳일 거야."

사람들의 반응에 황제가 흐뭇해하며 말했다. 상석에 앉은 그의 옆구리에 여전히 아름다운 정부들이 있었다. 하나 술기운이 그새 가시기라도 한 건지 얼굴의 붉은 기는 희미해져 있었으며 눈동자는 또렷한 빛을 내고 있었다.

"영광입니다. 폐하. 한데 이곳은 언제 만들어졌습니까?"

귀족 중 하나가 황제에게 물었다. 황제는 그의 말에 묘한 미소를 띠며 답했다.

"내 어미가 머물렀던 곳이다. 선황께서 직접 명하여 지은 곳이지. 그간 누구에게도 보이지 않은 비밀 공간이기도 해."

순식간에 정적이 내려앉았다. 선황의 정부이자 하나뿐인 사랑 딜라일라. 꽃 같은 이름처럼 아름다웠던 은발의 무희는 케드릭의 어미였다.

"아버지께서는 위대한 황제셨다. 모든 게 완벽하셨지. 하나만 빼고 말이야. 아버지께서는……. 선황께서는 천민을 사랑했다. 천한 무희를 아끼고 마음을 다 내주셨지."

저를 낳아 준 여인을 어미라 차갑게 부르는 케드릭의 눈에는 딜라일라에 대한 애정도 존경도 없었다. 인상을 찌푸리는 모습에서 그가 어미를 어떻게 생각하는지가 빤히 보였다.

"이 자리에 있는 이들 중 몇 명은 기억하겠군. 죽은 내 어미를 말이야."

조용한 좌중을 둘러보며 케드릭이 키득거렸다. 그러다 나이 든 후작 하나를 바라보며 물었다.

"크루먼 후작! 그대라면 알겠군. 내 어미가 얼마나 아름다웠나?"

"폐하의 모친께서는 선황께서 아끼는 꽃으로 부족함이 없으셨습니다. 아주 아름다웠지요. 춤을 출 때면 모두가 눈을 떼지 못했습니다."

나이 든 후작은 당혹스러운 기색을 숨긴 채 가까스로 답했다. 솔직한 답이기도 했다. 젊은 시절 후작이 본 선황의 정부는 정말 아름다웠으니 말이다.

"선황께서 아낀 내 어머니를 후작도 눈에 담았나 보군. 왜? 품고 싶다 생각이 들 정도던가?"

"폐, 폐하. 제 말은······."

황제가 제 어미를 두고 저급한 농을 지껄였다. 후작은 황제의 답에 어찌할 바 몰라 했다. 황제는 그 모습에 크게 한바탕 웃고는 양옆의 정부를 주무르며 말했다.

"그리 떨 것 없네. 나도 이 천한 것들을 곁에 두는걸. 아름답잖은가."

귀족들이 서로 눈짓을 주고받았다. 황제가 미친 것인가. 어미를 입 밖으로 꺼내는 것조차 황제에게는 약점이었다. 한데 어미를 드러내는 것도 모자라 깎아내리다니. 그러잖아도 약한 황제의 정통성을 황제 스스로가 훼손하고 있었다.

"그런 얼굴들 말고······. 다들 솔직하게 말해 보게. 내 어미 때문에 내가 이 자리에 부족하다 여겼지? 응?"

하나 황제는 한술 더 떴다. 그가 대놓고 자신의 핏줄과 황제 자리를 운운했다. 당황한 귀족들은 고개마저 떨궜다. 그리 생각한다 한들 황제에게 말할 수는 없는 노릇이었으니.

"······나도 그렇게 생각했었지."

그런 사람들을 바라보며 황제가 중얼거렸다. 그러다 그는 유일하게 표정에 변함이 없는 이 하나를 발견했다. 상석과 가장 가까운 자리에 앉은 이. 이복 남동생이자 선황의 적자인 로샨이었다.

황제는 웬일로 로샨과 눈 마주쳐도 피하지 않았다. 오히려 그는 어깨와 등을 더 편 채 로샨을 보며 입을 열었다.

"황제는 고귀한 법이니 고귀한 짝을 맞이해야 해. 그리고 그 사이에서 다음 대 황제가 될 아이를 봐야지. 그건 당연한 일이야."

"……."

"하여 난 황제가 되고서도 많이 고민했어. 마음이 불편했지. 위대한, 그리고 고귀한 선황의 피를 잇기는 했으나 내 어미는 천했으니까. 과연 이 자리가 내게 맞는가. 얼마 전까지도 많이 생각했지."

황제는 감히 대꾸할 수 없는 극악한 말을 계속 늘어놓았다. 그리고 어느 순간 그의 눈에 기이한 빛이 감돌기 시작했다. 로샨을 보던 그가 천장을 바라봤다. 정확히는 천장에 새겨진 빛의 여신을.

"하나 이제는 아니야. 나 케드릭 비스티우스. 얼마 전 여신께 직접 들었다. 여신께서 그러시더군. 내 어미는 내가 완벽한 황제가 되기 전 여신께서 내린 시련에 불과하다고 말이야."

사람들이 황제를 힐끔이며 생각했다. 저 폭군이 드디어 미쳤다고. 기도실에서 대신관을 죽였다는 기행을 듣기는 했으나 실제 본 상태는 훨씬 중해 보였다. 몇몇 이들은 속으로 안도의 한숨도 내쉬었다. 저 모자란 자가 가장 고귀한 자리에서 곧 물러나 다행이라고 말이다.

"하여 나는 더는 고민하지 않기로 했네. 어미는 죽었고 나는 황제니까. 이미 완벽한 거지. 안 그런가?"

사람들의 반응은 눈에 보일 정도였다. 하지만 케드릭은 개의치 않은 채 실실 웃으며 사람들에게 묻기까지 했다.

"응? 다들 그렇게 생각하지 않아?"

"예. 그리 생각합니다."

모두 답해야 하나 고민할 때 누군가 답했다. 크지 않지만 귀에 정확히 박히는 낮은 목소리. 사람들의 시선이 로샨에게로 쏠렸다.

"오 로샨. 내 하나뿐인 동생. 핏줄."

"……."

"너도 가엾구나. 내가 아니었다면 네가 이 자리에 있었을 것을. 여신께서는 하필 나와 널 한 아비 밑에 두어서……."

황제는 로샨을 평소처럼 노려보지 않았다. 활짝 웃으며 이복동생을 바라보는 황제의 모습에는 애정이 묻어났다. 하나 자색 눈에서 뚝뚝 떨어지는 건 광기와 악의였다.

"하지만 황제는 나다. 그건 알고 있겠지?"

"물론입니다. 폐하."

황제가 은근한 목소리로 물었다. 로샨은 지체 없이 답하고 고개를 끄덕였다. 황제가 잠시 침묵하다 고개까지 젖히며 웃었다. 그러다 한순간에 뚝 멈추고 좌중을 쓱 둘러보며 명했다.

"가져오라."

황제의 명에 시종들이 술잔처럼 황금으로 만들어진 술 주전자를 가져왔다. 그리고 황제를 시작으로 차례차례 술을 따랐다. 잔과 병과 같이 황금색 술은 녹은 황금 같았다.

술을 좋아하는 이들은 바로 전의 분위기도 잊고 술을 내려다봤다. 오묘하게 빛나는 술에서는 좋은 향이 짙게 나고 있었다. 황제가 술잔을 천천히 들어 올리며 말했다.

"100년도 더 된 술이야. 내가 아끼는 것이지. 하지만 이 자리에 있는 이들은 모두 제국의 보물이자 충신이니 이 술을 아끼지 않겠네. 자. 다들 잔을 들게."

황제의 명에 사람들이 잔을 들어 올렸다. 그리고 황제와 눈 마주친 다에 공작이 일어나 잔을 위로 치켜들며 외쳤다.

"위대한 제국의 태양. 황제 폐하를 위하여!"

사람들이 공작의 말을 따라 하며 술잔을 들어 올렸다. 야광주와 보석에 반사되어 흩어지는 황금색 물방울이 영묘했다.

곧 녹은 황금이 사람들의 목구멍 아래로 내려갔다. 향만큼이나 감미로운 맛이 사람들을 사로잡았다. 사람들은 아쉬운 눈으로 빈 잔을 바라봤다.

"로샨. 술맛이 어떠하냐?"

황제가 로샨의 빈 잔을 바라보며 길게 웃음 지었다. 로샨은 다른 사람들과 마찬가지로 아쉬운 표정을 한 채 술에 대해 칭찬을 했다.

"좋군요. 한 번도 맛본 적 없는 훌륭한 맛입니다."

"그래?"

"……."

"좋아! 아주 좋은 일이다! 뭣들 하나! 다시 따르지 않고!"

황제가 손뼉을 치며 웃었다. 그의 옆에 있는 정부들도 꺄르륵 높은 웃음을 터뜨렸다. 잔이 다시 채워졌다. 사람들은 홀린 것처럼 술잔에 손을 가져갔다. 그리고 그 모습에 술잔 뒤에 감춰진 황제의 미소는 짙어져만 갔다.

* * *

작은 홀 안이 술독이 된 것 같았다. 이국적인 꽃 향과 달큼한 꿀 냄새, 그리고 술 특유의 알싸한 향이 사람들의 코를 마비시켰다.

웃음소리와 함께 넘어가는 술의 양이 늘어날수록 사람들의 눈에서는 이지가 사라졌다. 마셔도 마셔도 물리지 않는 맛. 황제가 내놓은 술은 이제는 사라지고 없는 고대의 신들이 젊음을 위해 마셨다는 술에 감히 대볼 만했다.

"이런! 이상하다. 네가 둘로 보이는구나."

"아이참. 폐하. 취하셨습니다."

황제는 제가 내놓은 술에 정신을 차리지 못하는 이들을 보다 정부에게 입 맞추며 자리에서 일어났다. 그의 얼굴도 그새 다시 붉어져 있었다.

황제가 제게 안겨 오는 정부의 어깨 너머로 이복 남동생을 훔쳐봤다. 다른 이들과 달리 이복 남동생과 그의 측근들은 그다지 취한 기색이 아니었다. 하나 미미하지만 올라간 입꼬리와 대번에 비워지고 채워지는 잔에 황제는 로샨도 술을 즐기고 있다 확인할 수 있었다.

"귀여운 것들. 가자. 가서 우리 셋만의 시간을 보내야지."

황제가 배배 꼬인 목소리를 내며 몸을 돌렸다. 그리고 비틀비틀 걸어 문 가로 갔다. 미리 명한 탓일까. 시종들은 황제가 자리를 벗어남에도 좌중에 그 사실을 알리지 않았다.

그렇게 황제는 홀에서 벗어났다. 그리고 홀 안 사람들의 웃음소리가 작 아졌을 때 황제는 낄낄거리며 기이한 얼굴을 했다.

정부 중 하나가 그런 황제를 의아한 눈으로 바라봤다. 황제는 그녀를 주 무르며 중얼거렸다.

"넌 내 덕에 목숨 부지한 줄 알거라."

황제가 말하는 바를 알아듣지 못한 정부가 고개를 갸웃거렸다. 황제는 그런 그녀를 보며 더 큰 소리로 웃다 걸음을 옮겼다. 조금 전과는 확연히 다른, 바르고 빠른 걸음걸이였다.

황제는 긴 복도의 끝 계단에 도착해서야 걸음을 멈췄다.

그가 지상으로 나가는 계단을 바라볼 때였다. 뒤에서 누군가 다급히 뛰 어오는 소리가 들렸다.

"폐하."

고개를 뒤로 돌린 황제의 눈에 숨을 허덕이는 다에 공작이 보였다. 황 제가 미소 지으며 정부를 밀어 냈다. 그리고 팔을 활짝 벌려 공작을 환영 했다.

"오 공작. 어떤가? 짐이 계획한 일이 잘 풀릴 것 같나?"

황제의 물음에 공작이 떨떠름한 얼굴로 고개를 끄덕였다. 황제는 그의 어깨에 팔을 올린 채 앞으로 이끌며 말했다.

"일단 올라가지. 여긴 아름답지만 공기가 너무 탁해. 하기야 애초 천한 것을 가까이 두고 보겠다 판 땅굴이니…… 쯧."

친모를 또 한 번 모욕하는 황제의 언사에 공작의 낯빛이 어두워졌다. 그 는 로샨을 통해 알게 된 사실을 다시 한번 상기하며 속으로 황제를 향해 경멸을 토해 냈다.

두 사람은 곧 계단을 다 올라 지상으로 나왔다. 그 뒤를 황제의 정부들이 따랐다. 황제는 신선한 공기가 반갑다는 듯 크게 숨을 들이쉬고 내쉬다 옆에 서 있는 공작을 돌아봤다. 공작은 황제와 눈 마주치는 대신 고개를 숙여 시선을 피했다. 황제는 엉거주춤 서 있는 정부들을 향해 물러나라 명한 뒤 공작을 향해 씩 웃어 보였다.

"왜 그러지. 공작. 혹 내게 뭐 잘못한 거라도 있나?"

장난스러운 어투였으나 공작은 황제의 말에 저도 모르게 입 안쪽 살을 물었다. 잘못한 건 없었다. 다만⋯⋯.

우르릉.

오늘 밤 벌어질 일을 그리며 공작이 천천히 고개 들 때였다. 갑자기 천둥 치는 소리가 나더니 바로 아래 땅이 흔들렸다.

"이 무슨⋯⋯!"

놀란 다에 공작이 몸을 재빨리 낮췄다. 지진인가. 그가 그리 생각하며 두리번거릴 때였다. 순간 황제의 광기 어린 표정이 공작의 눈에 들어왔다.

"하하하하!"

황제가 폭소를 터뜨리며 몸을 뒤로 젖혔다. 그러다 배를 잡고 웃으며 당장에 땅이라도 구를 것처럼 굴었다. 갑작스러운 황제의 행동에 다에 공작은 황당한 낯을 했다. 그러다 무언가 이상함을 느끼고 외쳤다.

"폐하! 무슨 일을 벌이신 겁니까!"

"매장했다."

너무 웃어 맺힌 눈물을 닦아 내며 황제가 말했다. 공작은 잠시 멍한 낯을 하다 서서히 얼굴을 일그러뜨렸다. 황제가 그 꼴을 구경하며 말했다.

"반역자들에게 내 친히 무덤을 만들어 준 거야. 공작."

황제는 조금 전 자신이 걸어온 길을 쭉 훑었다. 여기서는 보이지 않았으나 땅 흔들림으로 추측건대 지하는 무너진 게 분명했다. 그리고 안에 있는 것들은 모조리 압사했을 테지.

"이런 짓을 저지르고도⋯⋯."

황제의 표정에 다에 공작이 이를 악물었다. 눈앞이 하얗게 변했다. 원래 계획대로라면 이래서는 안 됐다. 내일이 오기 전 황제는 처치됐어야 옳은데. 다에 공작이 버럭 고함쳤다.

"이, 이런 말씀은 없으셨습니다!"

공작은 일전 황제의 부름을 받았다. 그리고 그 자리에서 황제는 공작에게 간곡하게 청했다. 정신을 차릴 테니 나를 도와 달라고. 로샨을 처치하는 데 힘을 보태고 지지해 주면 공작이 원하는 황제가 되겠노라고 말이다.

황제의 간청에 다에 공작은 흔들렸다. 사실 지금에 와서 로샨의 세력에 편승해 봤자 그에게 떨어지는 건 없었다. 목숨만 부지할 뿐이지. 거기다 로샨은 대놓고 말했다. 황제를 버리고 '영지로 돌아가라'고. 그 말은 목숨을 살려 줄 테니 조용히 숨죽여 살라는 말과 같았다.

하나 그럼에도 공작은 끝내 로샨을 택했다. 우선 케드릭은 그에게 신뢰를 주지 못했다. 눈물을 흘리며 간청하면 뭘 하나. 지금껏 보여 준 모습이 있는데. 다에 공작은 그간의 경험으로 사람은 쉽게 변하지 않음을 알고 있었다.

그리고 무엇보다 로샨에게 건네받은 자료. 그곳에 적혀 있던 진실은 다에 공작으로서는 절대 용납할 수 없는 것이었다.

'선황과 그의 정부가 같은 배에서 나왔다.'

선황과 그의 정부 딜라일라는 이부 남매였다. 아비는 황제와 노예로 각기 다르나 어미에게는 같은 피를 이어받은 존재. 그들이 배 맞추고 얽혀 태어난 것이 현 황제 케드릭이었다. 다에 공작은 그 사실이 너무나 역겨웠다.

'어느 신도 용서 못 할 존재다.'

대부분의 나라에서 그러하듯 근친은 제국에서도 끔찍한 금기였다. 특히 빛의 여신을 섬기기 시작한 이래 제국민들은 신분의 고하에 관계없이 근친을 인간이 저지를 수 있는 최악의 죄 중 하나로 여겼다. 근친으로 태어난 아이들은 돌에 맞아 죽었으며 근친을 행한 자들은 신분에 상관없이 화형에 처해졌다.

다에 공작 또한 제국민으로서 근친을 참아 줄 수 없었다. 공작은 황제 케드릭의 비밀을 알기 무섭게 이리 생각했더랬다.

'애초 날 때부터 죄악이라 사람 꼴이 아니었구나. 그간 행했던 황제의 모든 기행과 악행이 이해된다. 그는 존재 자체가 끔찍한 죄의 산물이니까.'

그렇기에 그는 케드릭의 간청에도 선택을 바꾸지 않았다. 대신 그는 황제에게 협력하는 척 로산에게 가 황제의 계획을 알렸다. 탄신일에 황제가 내린 술에 수면제가 있을 것이다. 하니 미리 대비하라고. 그런 다음 황제를 처단하라 말했다.

다에 공작은 제 선택이 옳다 여겼다. 근친으로 태어난 황제를 섬기며 부귀영화를 누릴 바에야 고향에서 조용히 지내는 게 백번 맞다 생각했다.

한데 상황이 급변했다. 로산이, 새로이 황제가 될 이가 사라져 버린 것이다. 돌무더기 아래로.

"분명 사람들을 잠재운 후에 황태제와 그 측근만 처리한다고 하셨잖습니까!"

공작은 이 이상 최악일 수 없는 상황에 황제에게 핏대를 세웠다. 이럴 수는 없었다. 저 죄악이 이런 끔찍하고 치졸한 수로 영광스러운 자리에 계속 앉는 걸 도무지 납득할 수 없었다.

"내가 공작을 어찌 믿어."

황제는 그런 공작을 바라보며 입을 길게 찢었다. 공작은 황제의 새빨간 입술이 징그러웠다. 지옥에서 올라온 마귀를 본 기분이었다.

황제가 그런 공작을 향해 무언가를 내던졌다. 고급스러운 서신 한 장이 공작의 발치에 떨어졌다. 공작은 반쯤 펼쳐진 서신 속 글씨의 주인공을 알아보고 눈을 부릅떴다.

"공작의 여식이 내게 도움을 주더군. 그래도 살 비비며 살던 부부라 이거지."

"……."

"본래라면 공작의 여식도 찢어 죽이려 했는데 말이야. 이번 일에 공이 커 살려 두기로 했네. 다만 노예로 바닥이나 기면서 살아가겠지. 이 황궁에서 말이야."

끝내 도움이 되지 못한 여식. 공작이 올라오는 토기에 헛구역질하다 황제를 노려보며 고함쳤다.

"귀족들이 가만히 두고 볼 것 같나! 네놈은 이 나라의 고위 귀족들을 죽였다! 그리고 네놈의 비밀을 알리…… 커헉!"

쿵.

하나 그의 말은 끝까지 이어지지 못했다. 나무의 그림자에 숨어 있다 모습을 드러낸 사내 중 하나가 황제의 눈짓을 받고 공작의 머리를 내리친 것이다. 황제는 말을 하다 말고 쓰러진 공작을 신으로 툭툭 치며 고개를 갸웃거렸다.

"비밀? 뭐라는 건지. 뭐……. 나중에 물어보면 되겠지."

찰나 떠오른 호기심이 사라졌다. 황제가 공작의 얼굴에 침을 뱉었다. 그리고 어느새 수를 늘린 사내들을 향해 짤막하게 명령했다.

"끌고 가서 가둬 놔. 이 반역자는 황후 앞에서 죽이겠다."

사내들이 공작을 질질 끌며 사라졌다. 황제는 그 모습을 히죽이면서 보다 다시 건물을 바라봤다. 저 아래. 무너진 잔해에 깔려 비참하게 죽었을 반역자들. 그리고 그들의 우두머리인 로샨 비스티우스. 증오하는 이복형제.

"씨발. 이리 쉽게 뒤지는 걸 진즉 이리할걸."

평생의 숙적을 죽인 황제가 욕지거리를 내뱉으며 말했다. 하나 오늘 로샨을 죽였다 한들 황제에게는 위기밖에 남지 않았다. 귀족들은 완전히 폭군이 되어 버린, 귀족들을 초대해 죽인 황제를 가만두고 보지 않을 것이 분명했기에.

그러나 황제는 훗날을 생각하지 않았기에 아무런 고민 없이 걸음을 옮겼다. 미쳐 버린 그가 곧장 향한 곳은 황궁 외곽의 조용한 탑이었다.

검은 밤하늘에 별 하나 없이 불그스름한 달이 떠 황제가 가는 길을 비췄다. 그리고 황제가 떠난 자리, 황금색 빛이 건물의 지하에서부터 천천히 뻗쳐 올라오기 시작했다.

* * *

"……들어가서 좀 쉴게요. 경도 이만 나가 보세요."

황금색 물결이 소용돌이를 그렸다. 예레나는 갑자기 혼미해지기 시작한 정신에 머리를 붙잡고 비틀거리며 침실로 들어갔다.

프레드릭이 그 모습을 착잡한 얼굴로 바라봤다. 수면제가 들기 시작하는 모습이었다. 이제 곧 왕녀는 죽은 듯이 잠들 것이고 의원이 올라와 계획한 일을 벌일 것이다. 그리고 주군이 돌아올 때쯤이면 왕녀는 모든 것을 잊어버린 채 잠에서 깨어날 것이다.

'이렇게 끝이구나.'

프레드릭은 끝내 어떤 진실도 말하지 못한 채 왕녀의 차에 수면제를 넣었다. 그리 행동한 스스로가 원망스러웠으나 그에게 다른 선택은 있을 수 없었다. 그는 왕녀가 마시다가 만 다홍빛 차를 바라보다 그녀가 들어간 침실을 응시했다.

프레드릭이 한참 만에야 자리에서 일어나 나갔다. 탁 하고 문이 닫히는 소리를 침실에 있던 예레나도 들었다.

'몸이 이상해. 도와 달라 해야 하는데. 어지러워서 도저히…….'

침대에 앉지도 못한 채 바닥에 주저앉은 예레나가 고개를 푹 숙이고 가슴께를 세게 눌렀다. 그리고 순간, 프레드릭도 미처 예상하지 못한 일이 생겼다.

"아……."

갑자기 올라오는 토기에 예레나는 침대 시트를 붙잡고 입에 댔다. 왈칵하고 조금 전 마신 차를 모조리 게워 낸 그녀가 거칠게 숨 쉬었다. 신물에 또 한 번 토기가 치밀었으나 머리는 이상하게 맑아졌다. 예레나는 침대 시트를 쥐고 몇 번 더 구역질하다 힘을 빼고 침대에 기대앉았다.

'조금만 쉬면……'

이상하게도 졸음이 몰려왔다. 예레나는 일어서려다 말고 조금만 쉬자고 생각하며 눈을 감았다.

스르르 왕녀의 눈꺼풀이 완전히 내려오고 잠의 신이 그 위에 앉았다. 예레나가 곧 평온한 얼굴로 규칙적인 숨을 내쉬었다.

조용한 탑. 평온한 표정으로 잠든 여인. 두 가지만 생각한다면 위험은 없을 것 같았다. 하나 예레나가 잠든 그 순간 탑을 향해 충분한 금만 쥐여 준다면 신녀도 망설임 없이 죽여 주는 이들이 진격하고 있었다.

* * *

'실수라도 하면 끝이야. 전하의 얼굴을 보지 않았나.'

의원은 어느 때보다 긴장하고 있었다. 듣도 보도 못한 기이한 약. 그것으로 그는 오늘 기이한 '치료'를 해야 했다.

'의원인 내가 해도 되는 일인가.'

하나 의원은 자신이 오늘 행할 일이 치료인지 알 수 없었다. 유리프 잎을 먹고 죽은 듯 잠든 여인을 상처 내고 기이한 약으로 치료하고 다시 상처 내고 치료하는 과정은 의원인 그가 생각하는 치료가 아니었다. 그 행위는 사람을 낫게 하는 게 목적이 아닌 다른 목적을 두고 있었으니까.

'이 물건은 분명 기적이라 할 만하다. 죽어 가는 이도 살릴 수 있으니. 하나……'

두 번의 실험을 통해 기이한 약에 대해 대강이나마 효과를 검증한 그였으나 약이 탐나지는 않았다. 품 안의 기이한 약은 당장 죽을 만큼 상처 입은 자도 살릴 수 있는 물건이었으나 기억을 앗아 갔다.

의원은 사고로 기억을 통째로 잃은 환자를 본 적이 있었기에 그 고통을 간접적으로나마 알고 있었다. 자신이 누구인지부터 고민하던 그 환자는 며칠 전까지도 같이 살던 가족을 알아보지 못한 채 혼란스러워했다.

'서서히 기억을 잃어 가는 병보다는 낫지 않나. 새롭게 시작할 수 있으니. 거기다 이 탑에 있는 여인은 이미 과거의 비극으로 마음의 병을 앓고 있는 상태. 차라리 다 잊고 새롭게 사는 게 좋겠지.'

의원은 오늘 자신이 할 치료에 죄책감마저 느꼈다. 하나 황태제에 대한 두려움에 그는 곧 마음을 다잡고 자기 자신을 합리화했다.

"의원님. 표정이 많이 어둡습니다."

하나 얼굴에 드러나는 근심은 지울 수 없는 법. 함께 있던 이가 의원의 표정에 보다 못해 말을 건넸다.

"아……. 신관님."

의원의 옆에 있는 이는 로샨이 수도 밖에서 데려온 젊은 신관이었다. 그는 알리시아와 비교하면 한참 떨어지는 신력을 가지고 있었으나 치유를 할 수 있었다. 알리시아를 더는 믿을 수 없었던 로샨은 그를 데려와 혹여나 생길 수 있는 불상사를 대비하고자 했다.

"어차피 해야 할 일 아닙니까. 모든 게 여신의 뜻이라 생각하고 마음 편하게 하십시오."

이제 앳된 티를 벗은 신관은 아주 야심 찬 성격을 가지고 있었다. 그는 자신이 보게 될 일에 의원처럼 고뇌하지 않았다. 단지 황태제가 줄 이익. 그것만을 생각했다.

"예……."

의원은 신관의 말에 떨떠름한 얼굴을 했으나 고개를 끄덕였다. 맞는 말이었다. 어차피 해야 할 일. 그가 속으로 여신을 조용히 불렀다.

그렇게 얼마의 시간이 흘렀을까. 의원이 챙겨 온 물건을 주섬주섬 정리할 때였다. 탑 밖에서 들려서는 안 될 소리가 들렸다.

챙. 챙.

병장기 부딪히는 소리. 의원과 신관이 서로를 마주 봤다.

쾅. 닫혀 있건 탑의 나무 문이 부서졌다. 그리고 들이닥친 사내 수십. 그들은 황궁 내 기사나 병사가 아니었다.

'용병? 황궁에 왜 용병이…….'

사내들의 정체를 곧장 눈치챈 의원이 눈을 크게 뜸과 동시에 용병들이 의원과 신관을 발견했다. 의원과 신관은 곧장 자신들에게 닥친 위협을 눈치채고 뛰기 시작했다.

"사, 살려 주시오!"

"하필 계단으로 도망을 쳐서……. 다리 아프잖소. 의원 양반."

하지만 얼마 가지 않아 그들은 붙잡혔다. 좁은 계단참에 딱 붙은 채 의원과 신관이 살려 달라 빌었다. 하지만 용병들은 주저 없이 검을 휘둘렀다.

"억!"

신관이 쓰러지고 의원도 곧이어 등에 검을 맞고 앞으로 엎어졌다. 용병들이 피 묻은 검을 아무렇게나 든 채 다시 탑을 내려갔다.

"젠장. 이런 건 꼭 나를 시키더라."

남은 용병이 죽은 신관을 확인하고 의원을 확인하려 몸을 숙였다. 순간 그들이 있는 계단참 위쪽에서 하얀 여인이 모습을 드러냈다.

인기척을 느낀 용병이 뒤돌아봤다. 그리고 순간 시력을 앗아 갈 것처럼 밝은 황금색 빛이 용병의 머리를 감쌌다.

"억!"

용병은 제대로 된 소리조차 내지 못한 채 허물어졌다. 빛 뒤에서 나온 하얀 여인, 알리시아가 그를 향해 짧게 기도하고는 곧장 의원에게 다가갔다.

"조금만 참으십시오."

의원은 미약하게나마 숨을 쉬고 있었다. 알리시아는 그를 예상한 듯 의원을 다독이며 그의 품에 손을 넣었다. 그리고 이내 작은 병 하나를 손에 쥐었다.

병을 확인한 알리시아가 의원의 상처에 손을 가져갔다. 황금빛이 손에서 터져 나오더니 의원을 향해 꾸물꾸물 움직였다.

"허어……"

신력에도 의원은 여전히 정신을 차리지 못했다. 그러나 그의 등에 길게 나 있던 자창은 서서히 아물며 신음은 점차 잦아들었다.

알리시아는 의원의 미약했던 숨이 정상으로 돌아온 걸 확인하고 자리에서 일어났다. 동시에 품 안의 병이 달그락거렸다.

'알리시아. 내가 마녀. 마녀야, 이 얼마나 다행이니.'

여인의 웃음소리, 어린아이들의 비명, 매캐한 냄새와 검은 연기가 알리시아의 시야를 가렸다. 알리시아는 비틀린 웃음과 함께 몸을 돌렸다.

그녀가 천천히 계단을 내려가기 시작했다. 그리고 그녀의 발걸음 뒤로 황금빛이 붉게 맴돌다 사라졌다.

* * *

더는 견딜 수 없었다. 프레드릭이 결국 검을 떨어뜨렸다.

'제길……. 창이 있었더라면!'

예레나에게 수면제를 먹인 뒤 탑을 도망치듯 나온 프레드릭은 얼마 지나지 않아 탑 근처를 지키던 수하들의 시체를 발견했다. 그리고 그가 그 광경에 긴장하기 무섭게 탑 근처 수풀에서는 무장한 이들이 튀어나왔다.

위험한 상황을 직감한 프레드릭은 그들을 상대하기보다 탑으로 돌아가는 데 집중했다. 하나 그를 추적하는 사내들은 수가 많았고 일부는 화살까지 들고 있었다. 결국 프레드릭은 어깨에 화살을 맞고 그들을 상대하다 무릎을 꿇었다.

퍼억.

둔기가 그의 머리를 내리쳤다. 프레드릭은 옆으로 쓰러지며 희미해지는 의식을 붙잡으려 노력했다.

'에릭과 유단의 시체는 없었다. 둘 중 하나라도 주군께 이곳의 소식을……'

피가 잘 꾸며진 탑 근처 꽃을 물들였다. 프레드릭은 제 머리에서 나온 피를 보다 누군가 제 몸을 앞으로 뒤집는 걸 느끼며 눈을 감았다.

"끝이다. 가자."

사내들이 뛰어가는 소리가 희미하게 들렸다. 삐 하고 긴 이명과 함께 의식이 가물거렸다.

'이런 느낌이었군.'

곧 죽을 게 분명하다 생각하니 잡생각이 사라졌다. 프레드릭은 그간의 제 삶을 빠르게 훑으며 다시 눈을 떴다.

그의 눈은 빠르게 빛을 잃어 가고 있었다. 프레드릭은 제 삶이 그리 나쁘지는 않았다 생각하며 미소 짓다 마지막쯤 입매를 굳혔다.

'이리 죽을 거였으면 조금이라도 마음을 보일걸. 주군께 죽나 이리 죽나 결국 같은 것 아닌가.'

후회스러웠다. 한순간의 감정이라 생각했는데 이제 와 보니 제법 깊었던 모양이다.

하나 그는 알았다. 살아난다 해도, 이 기억을 가지고 과거로 돌아간다 해도 그는 지금까지 했던 것처럼 제 마음을 누를 게 분명했다. 병신 같은 놈. 프레드릭이 자조하며 몸에 힘을 뺐다.

이제 생각하는 것조차 힘들었다. 프레드릭이 담담하게 죽음을 맞이하려 했다. 하나 그때, 누군가 피 묻은 풀밭을 헤치고 그에게 다가와 몸을 숙였다.

'누구······.'

앞이 점멸해 프레드릭은 누군가 제 입술에 무언가 가져다 댄 것만 알아차릴 수 있었다. 곧이어 무언가 목구멍을 타고 넘어왔다. 설산의 얼음처럼 차가운 느낌이 혀를 마비시키고 이어 불덩이처럼 뜨거운 것이 목구멍을 건드렸다.

"크헉!"

거의 다 죽어 버린 숨이 돌아오고 줄줄 흐르던 피가 멎었다. 프레드릭이 발작하듯 몸을 움직였다. 그의 팔다리가 벌벌 떨렸다.

여러 사람이 노래한다 싶더니 찢어지는 여인의 비명이 머릿속을 헤집고 찌르고 갈랐다. 누군가 그의 머리에서 일정 부분을 움푹 파내어 짓뭉갰다.

삶 일부가 하얗게 흩어졌다. 그리고 그중에는 그의 마지막 후회와 그 후회의 시발점인 여인의 모습도 있었다.

세다스 왕국에서 처음 본 얼굴.

울면서 제게 덤벼들던 모습.

커다란 눈에서 뚝뚝 떨어지던 눈물.

뾰족하게 대꾸하면서도 가끔 고맙다 말하던 입.

밉다 외치면서도 적국의 기사인 그를 신경 써 주던 다정함.

마지막으로 제게 건넨 감사의 말.

황금빛에 갇힌 프레드릭은 안 된다 소리 질렀다. 하나 그 앞에서 그 모든 건 하나씩 하나씩 깨어졌다. 그리고 여인을 만나기 전의 기억도 일부 서서히 허물어져 모래로 남기 시작했다.

고통스러운 신음을 내던 프레드릭이 어느 순간 의식을 잃었다. 그의 고개가 옆으로 떨어지며 찬란한 금발이 눈을 가렸다. 그의 상처는 여전히 심각했으나 죽음에 이를 정도는 아니었다.

알리시아는 의원에게 했던 것처럼 신력으로 프레드릭을 구할 수 있었다. 하나 그녀는 그러지 않았다. 제 모든 신력은 다른 곳에 써야 했기 때문이다.

"……미안합니다. 프레드릭 경."

알리시아가 기억의 일부를 잃을 프레드릭에게 조용히 사과하며 손을 거둬들였다. 그녀의 손에는 뚜껑이 열린 자그마한 병 하나가 있었다.

병 안에서 은은한 빛이 새어 나왔다. 알리시아는 찰랑거리는 하얀 액체를 보다 뚜껑을 닫았다.

4분의 1쯤 비어 버린 병은 그 무게가 가벼워져 있었다. 알리시아는 병을 프레드릭 품에 넣고 천천히 일어났다. 그리고 다시 탑을 향해 걷기 시작했다.

탑의 주변에는 황제가 고용한 용병이 아직도 상주해 있었다. 그러나 알리시아는 그들이 어디에 있는지 아는 이처럼 움직이며 용병들의 시야 밖으로 벗어났다.

* * *

'내가 얼마나 잠들어 있었지?'

예레나가 침대를 짚으며 일어났다. 머리가 깨질 듯 아프긴 했으나 잠들기 전에 비하면 훨씬 맑아져 있었다. 빙빙 돌던 눈앞의 황금색 빛도 익숙해진 그대로 돌아와 보는 데 문제가 없었다.

그녀가 일어나 물을 찾아 침대 옆 탁자에 손을 뻗었다. 물잔에 얼마간의 물이 남아 있긴 했으나 부족했다. 예레나는 물을 마시기 위해 걸음을 옮겼다.

'……또 왜 이러지. 정말 몸에 문제가 생겼나. 시트도 치워야 하는데.'

하나 토해 냈음에도 남아 있는 수면제의 효과는 그녀를 괴롭혔다. 예레나는 움직이자 다시 올라오는 어지러움에 침실을 나서기 무섭게 벽에 기댔다.

'지금에라도 루이자를 불러서…… 어?'

빛과 어둠을 구분하지 못하는 그녀는 공기로 밤낮을 구분하곤 했다. 한데 지금 느껴지는 공기는 이상했다. 피부에 닿는 공기가 서늘한 것이 늦은 밤이나 새벽이 분명한데 이상한 냄새가 났다. 무언가 타는 냄새와 희미하지만 분명 맡아 본…….

'……피?'

메케한 연기의 내음과 피. 두 가지 냄새를 느끼기 무섭게 예레나의 얼굴이 하얗게 질렸다. 불타던 왕국. 눈앞에서 죽어 가던 아비와 어미.

몸이 부들부들 떨렸다. 예레나는 팔로 몸을 감싸 쥔 채 주저앉지 않으려 다리에 힘을 줬다.

그리고 순간 예민해진 청각이 밖의 소리를 감지했다. 누군가 온다는 사실에 예레나의 얼굴이 밝아졌다.

하나 그것도 잠시였다. 가까워진 발걸음 소리가 어딘가 이상했다. 셋……. 아니 다섯의 발걸음 소리가 요란했다. 거기다 누구 하나 익숙한 걸음이 아니었다. 예레나가 긴장으로 몸을 굳히는데 문이 벌컥 열렸다.

방 안으로 들어온 이는 하나였다. 예레나는 어른거리는 황금빛이 그간 보아 온 누구도 아님을 알아차렸다. 크기도 움직임도 낯설었다.

"누, 누구세요?"

"……."

"누구냐고……."

잊히고 있는 자신의 처지가 새삼 생각났다. 예레나가 다가오는 상대를 경계하며 재차 물었다. 그녀 앞까지 성큼성큼 걸어온 이가 팔을 높게 들어 올렸다. 그리고 바로 다음 둔탁한 소리가 예레나를 집어삼켰다.

퍽.

피하거나 막을 준비를 하기도 전이었다. 예레나는 자신이 바닥에 쓰러져 머리를 박은 후에야 손바닥으로 세게 후려 맞았다는 사실을 인지할 수 있었다.

'아?'

이명이 청각을 마비시켰다. 몸이 갑작스러운 충격에 도통 움직이지 않았다. 예레나는 신음조차 제대로 못 낸 채 고개라도 움직이기 위해 힘을 다했다.

"망할……. 그 개자식이……. 눈앞에서 죽였어야……."

이명 사이로 그녀 위에 선 이의 목소리가 드문드문 아주 작게 들렸다. 무어라 하는지는 알아들을 수 없었으나 예레나는 제게 폭력을 행한 이가 황제임은 알아차릴 수 있었다. 놀란 그녀가 쓰러진 채 손을 움찔거렸다.

"이년이라도……. 분이……. 때려 죽여야……."

가느다란 여인의 움직임이 애처로울 법도 했다. 하나 황제는 구둣발로 예레나의 손을 망설임 없이 짓밟았다. 그리고 허리춤에서 무언가를 꺼내 들었다.

짐승을 다스릴 때나 쓰는 채찍이었다. 예레나는 날카로운 소리와 함께 둘둘 말려 있다가 뱀처럼 늘어나는 물체를 보고 그것이 줄 종류라 예상했다.

그녀가 그것이 정확히 무엇일까 덜덜 떨며 볼 때였다. 황제의 손이 위로 높이 올라갔다.

휘익.

공기를 가르는 소리가 매섭게 난다 싶더니 채찍이 위에서 아래로 휘어지며 빠르게 떨어졌다.

짜악.

"악!"

매듭을 묶어 놓은 채찍의 끝이 정확히 예레나의 팔을 할퀴고 지나갔다. 끔찍한 고통에 제대로 소리 내지 못하던 예레나의 입에서 비명이 나왔다.

황제는 예레나의 비명에 잔인하게 히죽이다 팔을 다시금 위로 치켜들었다. 한 번, 두 번, 세 번……. 몰아치는 매질 소리가 방 안에 쉴 새 없이 울렸다.

* * *

아름다운 홀이 흔들리고 위에서 바위가 떨어지자 사람들은 술에 취한 상태에서 비명을 지르며 출입구로 달려갔다. 하나 두꺼운 문은 밖에서 잠겨 있었으며 시종들은 그새 사라져 있었다.

동굴에 박혀 있는 듯 보였던 기둥마저 무너지자 사람 중 일부는 포기한 채 주저앉아 버렸다. 하나 대부분은 살려 달라 외치며 어떻게든 빠져나갈 방법을 찾으려 했다.

"어, 어디로 가야……으헉!"

눈물과 콧물로 엉망이던 중년의 사내 하나가 홀의 가운데서 두리번거릴 때였다. 그의 위에서 커다란 돌덩이가 떨어지더니 곧 천장 전체가 무너져 추락하기 시작했다. 곳곳에 박혀 있던 보석이 사람들 위로 비처럼 쏟아졌다. 하나 그조차 당장 아래의 사람들에게는 머리를 때려 죽일 수 있는 흉기에 지나지 않았다.

자신을 덮치는 커다란 천장에 중년 사내는 눈을 질끈 감았다. 한데 이상했다. 곧 닥칠 고통이 느껴지지 않았다.

그 상태로 얼어붙은 중년 사내는 한참 만에야 눈을 떴다. 그러자 그새 내려앉은 샹들리에와 나가 버린 조명에 어두컴컴한 실내가 들어왔다. 그나마 바닥에 떨어진 야광주와 벽에 박혀 있던 아슬아슬하게 켜진 조명 몇 개가 시야를 밝혔다. 사내는 고개를 간신히 꺾어 주변을 보다 바로 제 위를 보고 놀라 기함하며 주저앉았다.

"허억!"

무너지던 천장이 바로 머리 위에 있었다. 돌가루가 그의 얼굴에 우수수 떨어졌다. 당장 저기에 깔려 죽어도 이상하지 않을 상황. 중년 사내는 혹 자신이 이미 죽었나 생각할 정도였다. 아니라면 무너지던 천장이 시간이 멈춘 듯 허공에 저리 고정되어 있을 수는 없으니까.

"이게 어떻게……."

눈을 끔뻑이던 사내는 자신의 바지를 적신 뜨뜻한 액체를 한참 후에야 알아차렸다. 그가 수치에 잘 움직이지 않는 목을 꺾어 주변을 둘러봤다. 그러자 희미한 빛 아래 여기저기 그와 비슷한 꼴을 한 사람들이 보였다.

다만 중년의 사내와 다르게 사람들 대부분은 어느 곳을 보고 있었다. 중년의 사내도 뒤늦게 사람들의 시선을 따라 고개를 돌렸다.

그러자 유독 밝은 곳이 눈에 들어왔다. 무너진 잔해도, 꺼진 조명도 제 주변과 비슷한데 이상한 일이었다.

'황태제!'

중년 사내는 빛을 따라 눈을 움직이다 그 가운데 있는 인물을 발견했다. 황태제 로샨 비스티우스. 황금색 빛 한가운데 서 있는 그는 혼비백산한 다른 이들과 달리 멀쩡했다.

식은땀 하나 없는 모습과 평소보다 빛나는 붉은 안광. 중년 사내는 직감했다. 지금 이 기적 같은 상황은 황태제로부터 비롯됐다고.

"아……."

황태제가 전장에서 죽음의 신으로 불린다 소문을 들었을 때도 웃어넘겼더랬다. 그래 봤자 사람인데 검을 좀 잘 쓰는 것 외에 무엇이 있겠느냐며.

하나 이제는 그런 말을 할 수 없었다. 황태제는 사람이 아니었다. 괴물인지 여신의 축복을 받은 존재인지는 알 수 없었으나 평범한 인간으로 태어난 그로서는 감히 상상하지 못할 힘을 가지고 있는 건 분명했다.

두려움과 경외심이 동시에 중년 사내를 전율케 했다. 그가 축축한 바지도 잊고 여신을 작게 부르짖으며 무릎 꿇었다. 그리고 그때 석상처럼 가만히 서 있던 황태제가 어이가 없다는 듯 희미하게 웃으며 입을 열었다.

"황제 폐하께서 생각지도 못한 선물을 주시는군."

* * *

드레스가 찢어지다 못해 넝마가 됐다. 안의 속옷은 물론이요 맨살까지 보이게 된 상황임에도 예레나는 몸을 추스르거나 드레스를 정돈할 수 없었다.

채찍질과 발길질. 폭우처럼 쏟아지던 폭력은 서서히 잦아들었다. 하나 완전히 멈추지는 않았다. 이제 몸을 웅크리는 것조차 포기한 예레나는 황제의 폭력에 간신히 숨만 이어 갔다.

"보기 좋다! 좋아!"

사람으로서 감히 해서는 안 될 행위를 한 주제에 황제는 낄낄거리며 웃음을 터뜨렸다. 자신보다 약한 존재를 짓밟는 그의 눈에는 광기와 지저분한 쾌락만 있었다.

채찍질이 힘들어진 황제가 채찍을 바닥에 던져 버렸다. 그리고 숨을 몰아쉬며 주머니에서 손수건을 꺼내 땀에 젖은 얼굴을 닦았다. 어찌나 열심히 움직였는지 그의 긴 머리카락도 땀에 젖어 있었다.

"그놈 앞에서 네년을 죽였어야 했는데. 그래서 그 개자식의 얼굴이 일그러지는 걸 내 눈으로 봤어야 했는데."

잠시 쉬며 호흡을 정돈한 황제가 예레나를 내려다보다 중얼거렸다. 이복동생 로샨이 탐내 앗아 간, 본래 진즉 제 침실에 들었어야 할 여인. 예레나를 보는 황제의 눈에는 억눌린 분노가 있었다.

"네년이 죽었다고?"

탑에 갇힌 세다스의 왕녀가 죽었다는 소문을 황제도 들었다. 그뿐인가. 그는 왕녀가 멀쩡히 살아 있다는 사실도 알았다.

"그래 내 죽여 주마. 어차피 이미 죽은 년이 아니냐! 이 더러운 것! 지저분한 것!"

정확한 이유는 몰랐으나 이 계집을 차지하고자 이복 남동생이 퍼트린 소문이겠지. 황제는 그 사실이 괘씸해 견딜 수 없었다.

"아니지. 이대로 죽일 수는 없지. 본래라면 이랬어야 옳으니까."

예레나를 툭툭 차던 황제가 몸을 숙였다. 그리고 엎드린 자세를 취하고 있는 예레나의 얼굴을 잡아 제 쪽으로 돌렸다. 히죽 웃는 그의 얼굴은 악귀나 다름없었다.

"얼굴은 안 건드린 게 옳았어. 아깝지 않은가."

황제가 예레나의 얼굴을 감상하며 중얼거렸다. 전에도 느꼈으나 참으로 동하는 계집이었다.

그가 예레나의 얼굴을 거칠게 놓았다. 그리고 그녀를 붙잡아 바닥에 밀어 내듯 눕혔다.

쿵. 황제의 행동에 예레나는 또 한 번 머리를 바닥에 부딪혔다. 다시금 머리에 전해진 충격 때문일까. 예레나가 희미하게나마 의식을 되찾고 눈을 떴다.

* * *

지하 홀에 있다 살아난 사람들과 달리 녹스와 하이든은 전장에서 주군이 저 기이한 힘을 쓰는 걸 두 번 보았다. 하나 그때도 오늘처럼 광범위한 힘을 쓰는 건 아니었다. 몇 명의 측근들과 수많은 적에게 둘러싸였을 때, 그리고 어느 전투에서 멀리 있는 적장을 목을 베어 낼 때. 그때 로샨의 몸에서 찰나 황금색 빛이 나오는 걸 본 게 다였다.

하나 오늘 주군이 보여 준 것들은 궤가 달랐다. 주변에 있던 대부분의 사람이 로샨의 몸에서 나오던 빛을 목격할 정도였다.

하이든은 주군의 힘에 경외를 보내면서도 오늘 이 일이 과연 주군의 앞날에 좋을 것인가 생각했더랬다. 하나 지하 홀에서 빠져나오기 무섭게 만신창이로 그들을 찾아온 프레드릭의 수하로 인해 생각은 이어지지 못했다.

'침…… 입자입니다. 침입자가 타, 탑에…….'

무너진 잔해에서 나왔음에도 먼지 하나 없이 멀쩡한 얼굴을 하던 로샨의 표정이 그 말에 바뀌었다. 그는 곧장 달리기 시작했다. 녹스와 하이든이 그를 따랐다.

하나 로샨의 움직임은 사람의 것이 아니었다. 하이든은 말을 달려도 따라잡을 수 없을 것 같은 주군의 속도에 경악을 금치 못했다.

"하이든. 자네는 다시 돌아가 제임스와 함께 상황을 정리하게. 황제가 바깥에서 병력을 끌어들인 게 분명해. 빨리 정리하지 않으면 피곤해질 거야."

"자네는?"

"일단 주군을 따라가야지. 어디로 가시는지는 아니까."

일리 있는 말이었다. 프레드릭의 수하가 혼절하기 전 한 말을 생각하면 황제는 대담하게도 황궁 밖에서 병력을 끌고 온 게 분명했다. 내부의 병력을 움직였다면 이미 황궁 내 기사들을 장악하고 있는 그들이 모를 리 없었으니까. 하이든은 고개를 끄덕이고 몸을 돌렸다.

로샨은 제 멍청함에 이를 악물었다. 이복형제를 얕봤다. 그가 얼마나 비열하고 멍청한지. 알고 있었음에도 그의 행방을 예측하지 못했다.

프레드릭의 수하가 달려와 탑의 상황에 대해 말하기 전까지 로샨은 당연하게도 이복형제가 황궁 장악에 애를 쓰고 있을 것으로 생각했다. 고위 귀족들을 중앙궁 지하 홀에 가둔 채 압사시켜 죽인다는, 보통 사람이라면 상상도 못 할 일의 뒷수습이 만만치 않을뿐더러 상황을 인지한 로샨의 세력이 움직일 것은 자명하니 말이다.

하나 그의 이복형제는 곧장 왕녀가 있는 탑으로 갔다. 로샨은 그 사실을 인지하기 무섭게 이가 갈렸다.

감히. 누구를 건드리려고.

황제의 성미를 생각해 봤을 때 그가 그리로 간 이유는 뻔했다. 왕녀를 건드리지 말라 경고하며 같잖은 그 자존심을 건드렸으니. 종국에는 애초 왕녀는 내 보호 아래 있었다. 너는 대신관의 말만 듣고 내 손에 놀아난 것이다 알려 줬으니 분통이 터졌겠지. 그리해 감히 앞에서 대항할 수 없는 자신은 수를 써 죽이려 들었으며 그 계획이 성공했다 생각하기 무섭게 약자인 그녀에게 그 역겨운 성미를 풀러 간 것이다.

'진즉 죽였어야 했다.'

이복형제를 살려 둔 것이 후회스러웠다. 이제 와 저버리게 된 아비의 마지막 유언. 황제가 왕녀에게 해를 가했을 때. 그 작은 얼굴에 처음 폭력을 휘둘렀을 때 저버렸어야 옳았다.

'제발……'

왕녀가 무사하길 기도하며 로샨은 계속 달렸다. 멀리서 탑이 보였다. 그 근처를 배회하고 있는 황제의 벌레들도 똑똑히 시야에 들어왔다.

스르릉.

눈 깜짝할 사이 로샨의 손에 검이 들렸다. 그가 황금빛 궤적을 남기며 붉은 눈을 번뜩였다. 그리고 바로 다음. 황제의 명으로 탑의 외곽을 지키고 섰던 용병 하나가 목에서 피 분수를 뿜으며 쓰러졌다.

"커헉!"

* * *

찌익. 드레스가 위에서 아래로 길게 찢어졌다. 황제는 드러난 하얀 피부와 길게 그인 상처를 보다 혀로 입술을 핥으며 예레나 위로 그림자를 드리웠다.

황제의 긴 머리카락이 예레나의 상체에 난 상처를 쿡쿡 찔렀다. 눈을 반쯤 뜬 예레나는 가까이서 일렁이는 역겨운 황금색 빛 덩어리를 생명력 없는 눈으로 바라보다 속으로 중얼거렸다.

'이걸로 끝이구나. 이런 끝만은 면했으면 했는데…….'

자신이 상상했던 최악의 결말이 성큼 다가왔다. 정원에서 정부를 쉴 새 없이 때리던 황제. 그리고 그녀에게 내려진 사형 선고. 예레나는 그때를 떠올리며 자조했다.

'……하기야 이게 맞을지도. 그걸 듣고도 한마디도 못 했잖아. 벌벌 떨면서 주저앉기나 했지. 되돌려받는 거야. 나도 도와주지 않았으니 다른 이도 나를 도와줄 거라 기대하면 안 되는 거겠지.'

온몸이 고통에 허덕였다. 특히 황제에게 차인 옆구리는 숨만 쉬어도 칼로 헤집는 아픔을 가져다줬다.

예레나는 차라리 이대로 혼절했다 끝났으면 좋겠다 생각하며 눈을 감았다. 몸을 건드리는 더러운 감촉이 있었으나 다행히 아픔에 묻혔다. 그녀가 가쁘게 숨 쉬며 마지막을 기다렸다.

황금빛이 사라진 눈앞을 어둠이 잠식했다. 그리고 그 속에서 예레나는 제대로 된 형체와 색을 봤다.

'아버지. 어머니…….'

가족들이었다. 하나 죽은 이들을 보고도 예레나는 놀라지 않았다. 한참 전부터 보던 환영이었다. 피 웅덩이에 발을 딛은 채 현실에 나온 가족들은 지난 몇 달간 예레나를 끈질기게 쫓아다녔다.

처음에는 몇 번이고 비명을 질렀다. 그러나 가족들의 환영이 눈앞에 그려지는 일이 잦아지고 머무는 시간도 길어지자 더는 놀랍지 않았다. 그저 자신이 미쳐 가는구나 생각할 뿐.

그리고 지금에 와서는 반갑기도 했다. 죽기 전 보는 것이 가족이라니. 나쁘지 않았다. 예레나는 눈 감은 채 가족들의 얼굴을 찬찬히 살폈다.

가족들은 지난 몇 달간처럼 화가 난 얼굴이 아니었다. 그렇다고 생전 웃어 주던 모습도 아니었다. 부모와 두 오라비는 그저 덤덤한 얼굴로 예레나를 바라보고 있을 뿐이었다.

'너무해. 마지막은 좀 웃어 주시지. 하기야 이제 곧 볼 테니까 상관없나.'

예레나는 그런 가족들을 보며 소리 없이 중얼거렸다. 그녀의 입술이 천천히 올라갔다.

'……저와 했던 약속을 벌써 잊으셨습니까.'

'……연모합니다. 진정으로.'

그러나 미소는 끝맺음을 맺지 못했다. 가족들 앞으로 익숙한 빛이 일렁이더니 사내의 목소리가 머릿속에 울린 것이다. 예레나는 미소를 내려놓고 입을 열었다.

"미안…… 하아."

"뭐라는 거야."

짝. 황제는 죽은 듯 있던 예레나의 입에서 소리가 흘러나오자 망설임 없이 그녀의 얼굴에 손을 올렸다. 예레나가 힘없이 고개를 돌렸다. 그 모습에 황제가 혀를 차다 그녀의 가슴팍 부근에 손을 댔다.

자신이 사냥하고 차린 만찬이었다. 망할 이복동생에게서 끝내는 쟁취한 제 몫이었다. 끔찍하리만치 구역질 나는 열등감을 채우며 황제가 예레나의 목덜미 쪽으로 고개를 숙였다.

그러나 그때 멀리서 사내들의 비명과 함께 무언가 굴러떨어지는 소리가 났다. 황제가 뒤돌아봤다. 그리고 그와 동시에 문밖에 세워 뒀던 용병 넷이 당황해 소리를 질렀다.

"뭐, 뭐야! 커흑!"

"억!"

열린 문 너머로 사내들이 쓰러지더니 피가 솟구쳐 문가에 길게 자국을 남겼다. 황제는 갑작스러운 상황에 몸을 움직이지도 못한 채 딱딱하게 굳어 있다 간신히 다리를 움직였다.

"무슨 일······!"

퍽.

무언가 부서지는 소리가 연달아 나며 시야가 기이하게 기울어졌다. 황제는 이상하다 생각하며 소리를 지르려 했다. 하지만 그게 생각의 마지막이었다. 벼락 맞은 나무처럼 굳은 채 쓰러진 그는 둔탁한 소리와 함께 바닥을 굴렀다.

* * *

"예레나!"

"······."

"눈을 떠!"

"······."

"제발······. 제길!"

익숙한 목소리와 함께 상체가 움직이는 느낌이 들었다. 예레나는 무거워 도통 움직이지 않는 눈꺼풀을 간신히 올려 앞을 바라봤다.

익숙한 체취, 아무리 들어도 질리지 않던 목소리, 항시 느껴졌던 따뜻한 체온. 사내였다.

"키····· 안."

예레나가 처음으로 그의 이름만을 담았다. 사내는 예레나가 저를 부르자 잠시 굳었다. 그러나 이내 그녀를 벌벌 떨리는 손으로 고쳐 안으며 말했다.

"의원을……. 아니 신녀를 찾아야."

손만큼이나 떨리는 목소리에 평소의 침착함을 찾아볼 수 없었다. 예레나는 사내를 다시 한번 부르려다 그의 움직임에 옆구리, 정확히는 갈비뼈 부근의 어마어마한 고통에 헉 하고 숨을 들이켰다.

"하아……."

숨을 크게 들이쉬자 고통은 오히려 심해졌다. 아무래도 황제에게 걷어차인 옆구리에 무슨 문제가 생긴 것 같았다. 예레나의 반응에 사내가 그녀를 다시 한번 살폈다. 숨을 제대로 쉬지 못해 괴로워하는 걸 보니 갈비뼈가 부러져 폐를 찌르는 상황 같았다.

아무것도 할 수 없다는 사실에 욕지거리가 올라왔다. 이대로 잘못 그녀를 옮겼다가는 당장 숨이 끊어질 것이다. 그렇다고 이대로 둘 수도 없었다.

사내는 예레나를 조심스레 눕히고 우선 품을 뒤졌다. 항시 들고 다니는 해독제와 진통제가 손에 걸렸다. 그가 진통제를 예레나의 입가에 흘려 넣었다.

"잠시만 참으십시오. 당장 의원을 데려오겠습니다."

의원에게 넘겨줬던 병, 그리고 신관. 그것들을 떠올린 사내가 일어나려 했다. 하지만 작은 손이 그를 붙잡았다.

"왜……. 왜 왔어요."

색이 사라진 입술이 벌어지고 희미한 숨과 함께 옅은 목소리가 흘러나왔다. 사내는 당장에라도 꺼질 듯한 예레나의 모습에 초조해하면서도 그녀의 목소리에 집중했다.

"어떻게 왔어요. 오늘…… 집안에…… 이, 일이 있다고."

사라진 황제의 목소리와 제 꼴에 안절부절못하는 사내. 예레나는 상황을 대강 눈치챘다. 어찌 된 일인지는 몰라도 사내가 돌아왔다.

반가움 때문일까. 눈물이 왈칵 솟았다. 그러나 예레나는 제 감정을 내색

하지 않은 채 그를 질책했다.

"오, 오지 말았어야……. 앞으로……. 어떻게 하려고……."

희미하게나마 본 모습. 제 위에 앉아 있던 황제를 사내가 해쳤다. 그리고 그것이 시사하는 바는 하나였다. 이유가 어찌 됐건 황제에게 해를 끼친 자는 반역자였다.

제국의 기사인 사내가 주군인 황제를 해쳤다. 저 때문에. 예레나는 그 사실이 괴로웠다.

사내는 숨을 헐떡이면서도 제 걱정을 하는 그녀의 모습에 미칠 것 같았다. 저따위 신경 쓰지 않아도 되는데. 키안이라는 인물은 만들어진 거짓일 뿐인데.

"제발. 조금만 기다리십시오. 응? 예레나."

그러나 진실을 밝힐 수는 없었다. 그가 예레나의 손을 꼭 붙잡은 채 당부하고 또 당부했다. 그리고 일어나기 위해 움직였다.

"가…… 가지 마요. 어차피 난……."

"……."

"나, 나 때문에…… 흐윽. 당…… 당신이 나 때문에…… 하아."

구슬처럼 떨어지는 눈물에는 걱정이 가득했다. 저런 곳에 힘을 쓰면 안 되는데. 그보다 조금이라도 더 견뎌야 하는데.

"미안해요. 그리…… 고 고마워요."

예레나는 온 힘을 다해 사내의 손을 잡았다. 그는 자신을 살리려 무어라도 할 모양이지만 소용없다는 걸 그녀는 알았다. 앞으로 몇 분이나 더 견딜 수 있을까. 확실한 것은 사내가 누군가를 불러올 때까지는 견딜 수 없다는 것이었다.

'다행이다.'

그래도 짧게나마 시간이 있어 다행이라고 예레나는 생각했다. 그녀가 사내에게 그간 한 번도 하지 못한 말을 고민 없이 뱉었다.

"이 말 해, 해 주고 싶어서……."

"……."

"나도…… 흐읍. 사, 사랑해. 사랑해요."

온 마음을 다한 고백. 사내가 가장 듣고 싶은 말이었다. 하나 그는 지금 만큼은 그녀가 그 어떤 말도 하지 않기를 바랐다. 한 번의 날숨과 함께 내쉬는 단어가 위태로웠다. 생명의 빛이 꺼져 가는 게 눈에 보였다.

"기다리셔야 합니다. 꼭."

더는 지체할 수 없었던 사내가 일어났다. 예레나의 손이 그를 붙잡으려 했으나 이내 힘없이 떨어졌다. 어차피 자신은 끝인데. 가지 말지. 옆에 있어 주지.

예레나가 아쉬움에 가지 말아라 몇 번 소리 없이 외쳤다. 그러다 흐려지는 의식을 간신히 붙든 채 일어선 사내에게 간절히 말했다.

"빠, 빨리 도…… 도망……."

얼마 안 되는 확률이겠지만 그가 살기를 바랐다. 자신 때문에 반역자로 낙인찍혀 죽지 않기를. 오래오래 행복하게 살다 백발이 성성한 노인이 된 후에야 죽기를 바랐다.

"빠, 빨리 가."

넘어가는 숨과 함께 말을 뱉은 예레나가 고개를 떨궜다. 미약했던 숨소리가 갑자기 커지며 여인의 가슴이 위아래로 빠르게 오르내렸다. 생명의 마지막이 임박했음을 알리는 신호였다.

의원이든 신관이든 누구든 빨리 끌고 와야 했다. 사내의 붉은 눈이 번뜩였다. 동시에 그의 몸이 보이지 않을 정도로 빠르게 앞으로 튕겨져 나갔다.

문이 부서질 듯 젖혀졌다. 사내의 눈에 계단이 들어왔다. 미친 듯 올라왔던 계단참. 순간이지만 분명 쓰러져 있던 의원을 보았다. 누군가 건드리지 않았다면 그 품에 그것도 있겠지. 제발 찾는 물건이 있기를 빌며 사내가 몸을 조금 웅크렸다. 계단을 단번에 뛰어넘기 위해서였다. 사내의 몸에서 황금색 빛이 은은히 나오기 시작했다.

그리고 딱 그 순간 누군가 기다렸다는 듯 인기척을 냈다. 사내의 눈이 자연스레 인기척을 좇다 멈췄다. 온통 하얀 신녀가 조금 떨어진 곳에 있었다.

사내가 경계하며 그녀를 마주 봤다. 하나 알리시아는 두려운 기색 없이 사내 앞으로 걸음을 옮겼다.

"제 힘이 필요하실 텐데요."

사내의 눈이 더없이 서늘해졌다. 용병들이 득실대던 탑이다. 한데 이 여인은 어찌 이리 멀쩡하게 왔는가. 거기다 저 태도. 알리시아는 꼭 지금 상황을 예측한 이 같았다.

"한시가 급합니다. 절 들여보내 주지 않으면 왕녀는 죽습니다. 그걸 바라십니까?"

신녀의 등장이 과연 우연일까. 사내는 아니다 곧장 답을 내렸다. 신녀에게 왕녀를 맡겨서는 안 된다 속에서 계속 외쳤다. 하나 선택의 여지가 없었다. 그가 몸을 틀어 알리시아에게 길을 내주며 섬뜩하게 읊조렸다.

"왕녀에게 해를 끼치면 그 즉시 네 목을 비틀어 버리겠다."

사내의 말에 알리시아가 어그러진 미소를 지었다. 죽음이라. 그걸 두려워했다면 오늘 이곳을 찾지도 않았을 터. 알리시아는 대꾸 없이 빠르게 걸음을 옮겼다. 그리고 죽음이 반쯤 드리워져 푸르스름해진 왕녀의 곁에 앉았다.

'복수자는 모든 것을 잃을 각오와 저 아래 불구덩이에 떨어질 각오를 함께 져야 할 것이고……'

알리시아가 왕녀에게 손을 뻗었다. 그녀의 손아귀에서 시야를 앗아 갈 듯 눈부신 황금색 빛이 터져 나왔다.

의식을 잃은 왕녀의 숨이 어느 정도 돌아오는 게 보였다. 알리시아는 제 모든 것을 바치기 전 눈을 감고 마지막으로 어미를 불렀다.

'어머니.'

불타는 신전이 펼쳐졌다. 미쳐 버린 어미가 웃으며 뛰어다녔다. 온몸에 불붙은 채로 깔깔거리는 모습이 소름 끼치기보다는 슬펐다.

'살려 줘!'

'구해 주세요!'

아이들이 쇠창살 안에서 손을 뻗으며 살려 달라 비는 모습과 함께 수십의 목소리가 알리시아의 귀를 어지럽혔다. 알리시아는 의지했던 친구들의 얼굴을 하나하나 살펴봤다.

'아악!'

눈에 불씨가 들어갔다. 타는 고통에 몸이 둘둘 말렸다. 비가 오는 거리에서 괴로움에 허덕이며 구르고 구르는 어린 제 모습이 선명했다.

"……드디어 벗어날 수 있겠구나."

알리시아가 힘 빠진 목소리로 중얼거렸다. 이제 그녀의 손을 넘어 팔도 빛 무리에 감싸여 보이지 않았다. 하얀색 머리카락이 황금빛에 일렁이며 바람에 휘날리듯 나부꼈다.

알리시아의 머리카락이 끝부터 까맣게 변해 가기 시작했다. 꼭 나무가 타들어 가 검게 변한 것 같은 모습이었다.

"소, 손 주십시오! 빨리!"

정수리 부근만 남긴 채 알리시아의 머리카락이 검게 변했을 때였다. 그녀가 피를 토하며 로샨에게 말했다. 다급한 목소리에 로샨은 지체 없이 그녀에게 손을 내밀었다. 알리시아는 여인의 것이라고는 생각지 못할 정도로 강한 힘으로 사내를 끌어당겼다. 그리고 품에서 단검을 꺼내 사내의 손등을 찔렀다.

"커헉!"

손등에서 피가 흘렀다. 동시에 사내의 입에서도 피가 터져 나왔다.

-빛나는 왕녀에게 배신당한 눈먼 마법사는 비스티우스 제국 출신으로 대단한 마법을 부리는 이였다. 왕녀에게 배신당해 죽기 전, 그의 손끝에서 황금색 빛이 나 올 때면 땅이 갈라지고 호수가 치솟았다. 그리해 그의 적

들은 두려움에 벌벌 떨며 그를 이리 칭했다. 붉은 눈의 괴물이라고.

　하이든이 세다스 왕국에서 가지고 온 서적. 그것이 마지막 열쇠를 알려 줬다. 알리시아는 눈먼 마법사와 같은 피가 흐르는 침략자를 통해 세다스 왕녀들을 향한 저주의 마지막 족쇄를 풀어낼 수 있었다.

　'알리시아. 내가 마녀다. 마녀야. 이 얼마나 다행이니.'

　비록 어미가 왕녀에게서 거둬들였다 다시 되돌려준 저주이지만. 이제는 완전히 푸는 게 더한 저주가 되리라.

　왕녀는 진실에 절망할 것이다. 살아서 지옥에 떨어지리라.

　알리시아의 머리카락이 완전히 검은색으로 변했다. 그녀의 얼굴 일곱 구멍에서 검은 피가 흘러나왔다.

　"아아……."

　신음과 함께 손에서도 빛이 사그라졌다. 그리고 빛 무리에 가려 보이지 않았던 왕녀의 모습이 드러났다.

　채찍에 찢어졌던 살이 모조리 붙었다. 한계에 다다랐던 숨도 제자리를 찾았다. 사내는 무언가 훅 빠져나가 힘이 없는 와중에도 그 모습에 환희하며 웃었다.

　마침내 빛이 완전히 사그라들었다. 예레나를 보고 있던 알리시아가 고개를 돌려 로샨 쪽을 바라봤다. 그녀는 그새 몇십 년은 늙어 있었다. 머리카락 또한 검은색에서 한순간에 하얗게 저물었다. 하나 전처럼 반짝이는 색이 아닌 모든 것을 소진한 잿빛으로.

　"전하께는……."

　알리시아가 로샨에게 말했다. 그녀 쪽은 바라보고 있지도 않던 로샨이 예레나를 껴안은 채 알리시아 쪽으로 고개 돌리다 놀란 얼굴을 했다.

　"……전하께는 죄송한 일이 되었군요."

　무엇이 죄송하다는 것일까. 로샨이 의아해하기도 전 알리시아가 힘없이 고개를 툭 떨궜다. 그리고 아주 작은 목소리로 중얼거렸다.

"프레드릭…… 경에게 선택지를 남겼습니다. 하니 줄과 잘 그 아이들은 그냥 두십시오."

그것으로 끝이었다. 알리시아의 몸이 옆으로 넘어갔다. 그 모습에 로샨이 그녀를 살피려 할 때였다. 품속에서 무언가 움직이는 느낌이 났다.

"으……."

돌아온 붉은 입술 틈새로 자그마한 신음이 흘러나왔다. 로샨이 숨을 멈추고 예레나에게 집중했다.

결 좋은 금발에 가린 눈썹이 살짝 움직인다 싶더니 눈꺼풀이 떨렸다. 그리고 바로 다음 아주 느리지만 서서히 작은 호수가 열리기 시작했다.

로샨의 눈에서 눈물이 한 방울 툭 떨어져 예레나의 뺨을 타고 흘렀다. 그가 그녀를 불렀다.

"예레나."

응답하듯 푸른 눈이 완전히 모습을 드러내 눈앞의 세상을 선명히 담았다.

* * *

'이, 이럴 수는 없어.'

한때는 빛나는 왕녀였던, 또 한때는 찬란한 여왕이었던 헬레나가 울부짖었다. 그녀의 옆에는 수많은 마법 서적과 저주에 관한 정보가 담긴 두루마리가 굴러다녔다.

방 한가운데 마법진 위에 선 채 헬레나가 절규했다. 많은 시간, 많은 것들을 희생했건만 끝내 그녀가 본 것은 절망뿐이었다.

'나로서는 할 수 없다.'

이복 남동생에게 저주를 풀겠노라 말한 뒤 그녀는 몇십 년을 저주를 푸는 것에만 매달렸다. 하나 보이는 것은 끊어도 끊어도 다시 매이는 저주의 굴레뿐이었다.

'제발. 누이! 방법을 찾아봐. 그 옛날 누이는 뭐든 해냈잖아. 아아…….

저 어린것들이.'

　상왕으로 물러난 이복 남동생은 왕녀가 된 손녀들까지 하나둘 눈멀자 헬레나에 대한 원한도 잊고 매달렸다. 그러나 이복 남동생의 후손이요 그 녀와 피를 나눈 왕녀들도 눈먼 마법사의 저주에서 벗어나는 건 포기해야 할 것 같았다.

　이복 남동생처럼 어린 왕손들에게 헬레나는 정이 크지 않았다. 하나 대 대손손 세다스의 왕녀들이 저와 같은, 자신의 딸들과 같은 고통을 겪을 것 을 생각하니 견딜 수가 없었다.

　'이, 이대로는 안 돼. 방법을! 내 수명이 다하기 전에는 꼭……'

　포기할 수 없었던 헬레나는 절망 속에서도 어떻게든 방법을 찾으려 했 다. 병마에 시달리면서도, 무언가를 버리는 대가로 생명을 연장해 가면서 까지 말이다.

　세월이 흘렀다. 이복 남동생은 죽었고 그의 손녀의 여식까지 태어나 눈 멀었다. 긴 시간 헬레나는 발버둥 쳤다. 하지만 결국 그녀는 실패했다. 더 는 무언가를 바쳐 수명을 연장할 수도 없었다.

　'끝…… 이구나.'

　죽음이 코앞까지 다가왔다. 온몸이 주름에 뒤덮인 헬레나는 시체처럼 누 워 절망에 울고 또 울었다. 우습게도 모든 신체가 제 기능을 못 하는 와중 눈만은 멀쩡했다. 젊은 날과 마찬가지로 선명했고 먼 곳도 가까운 곳도 똑 바로 봤다.

　'네놈이 바라는 대로 이루어져 속이 시원해?'

　정확히 잡히는 상에 헬레나는 눈먼 마법사에게 중얼거렸다. 그러길 잠 시, 마지막 집념이 그녀의 몸을 움직이게 했다.

　침대에서 떨어진 그녀가 바닥을 기었다. 돌바닥에 질질 끌리는 두 발이 아팠으나 신경 쓰지 않았다.

　'하, 하나라도 네놈 뜻대로는……'

　거대한 마법진 한가운데 누운 그녀가 제 심장을 찔렀다. 그리고 세 번의 숨이 다하기 전 후손들을 위해 제 피에 저주를 내렸다.

'와, 왕녀는 태어나지 않…… 을 것이다. 그리해 눈멀어 괴…… 괴로운 왕녀도 없, 없을지어다.'

저주인가 축복인가. 헬레나의 뜻대로 세다스 왕가에는 왕녀의 맥이 끊어졌다. 하나 죽기 전 불완전한 마력으로 저주를 내린 탓일까. 간혹 왕녀들이 태어났다.

헬레나가 내린 축복이자 저주의 영향으로 왕녀 대부분은 갓난아기 시절 강보를 벗어나지 못했다. 그러나 그조차 피해 간 왕녀들은 눈먼 마법사의 저주를 누구보다 짙게 물려받았으니…….

눈먼 왕녀여. 그대는 끔찍한 저주에 통곡할 것이다.

10장. 진실

죽음이란 생각보다 평온한 것이었다. 모든 감각이 사라지고 몸은 가벼워져 공기와 함께 부유하는 느낌이었다.

그러나 동시에 차갑기도 했다. 육신은 가느다란 바람에도 뜰 것 같았으나 의식은 반대였다. 끝이 보이지 않는 차가운 물속으로 계속해서 추락하는 기분. 예레나는 자신이 가라앉고 있다 느꼈다.

'추워.'

뼛속까지 얼려 버릴 듯한 한기에 예레나는 모든 상념을 잊고 몸을 웅크렸다. 이대로 떨어지다 얼어붙는 걸까. 가만 보니 그녀 옆으로 떨어지는 하얀 것들은 모두 작은 얼음 결정이었다.

반짝이는 결정들은 예레나와 함께 아래로, 아래로 떨어지며 크기를 키웠다. 그리고 몸집을 불린 그것들 위로 그녀의 기억이 사각사각 소리를 내며 조각됐다. 예레나는 행복했던 어느 날, 슬펐던 어느 때, 끔찍했던 어느 시간을 보다 눈을 감았다. 과거를 되돌아봐도 더는 의미 없다 생각된 탓이었다.

예레나는 끝없이 추락했다. 그리고 마침내 위쪽 수면이 점처럼 작아지다 가물가물 사라지려던 순간 황금빛이 손가락을 펼친 손처럼, 활짝 피어난 꽃처럼 그녀를 아래서 위로 받쳐 들었다.

떨어지고 있던 예레나는 순식간에 위로 올라갔다. 그리고 그녀가 의아함에 눈을 뜰까 말까 고민할 때 익숙한 목소리가 그녀를 여러 번 불렀다.

"예레나."

이름을 욀 뿐이었으나 목소리는 어떤 마법보다 강력한 울림을 선사했다. 예레나는 단번에 의식 밖으로 건져 올려졌다.

'키안.'

무거운 눈꺼풀을 들어 올리며 예레나가 목소리의 주인을 소리 없이 불렀다. 마지막 숨을 내쉬는 순간이든, 이미 죽어 환상을 보는 것이든 상관없었다. 황금색 빛 무리일지언정 그를 한 번 더 보고 싶었다. 보며 또 한 번 말하고 싶었다.

사랑한다고.

눈꺼풀이 열리며 눈동자로 빛이 희미하게 들어왔다. 그리고 시야에 들어온, 황금빛이 찬란한 세상이 아닌 형체와 색이 분명한 세상을 보며 예레나가 완전히 눈 떴다.

다시 보게 될 세상이 지옥인지 모른 채.

* * *

처음 왕녀의 눈 사이로 흘러나온 것은 사랑하는 이를 본다는 환희였다. 하지만 어둠을 완전히 물리고 본 세상에 왕녀는 곧 눈을 부릅떴다.

저주로 인해 가능했던 기만이 안개처럼 흩어졌다. 구름에 가리어져 있다 한순간에 나온 해처럼 진실이 드러났다.

'지옥이구나.'

완벽하게 돌아온 시야와 사내의 얼굴에 예레나는 자신이 죽어 지옥에 떨어졌다 확신했다. 그렇지 않다면 이럴 수 없었다. 원수의 얼굴을 눈앞에서 보다니. 예레나는 제국의 기사를 마음에 품은 죄를 이런 식으로 받는구나 생각하며 몸을 덜덜 떨었다.

'눈이…….'

예레나와 마찬가지로 로샨도 굳어 버렸다. 눈만 봐도 알 수 있었다. 흐리멍덩한 빛이 조금도 없는 푸른 눈. 그건 왕녀를 처음 봤을 때와 같았다. 머릿속에서 생각이 무섭게 몰아쳤다. 작금의 상황을 어찌해야 하는지. 그는 손을 파르르 떨며 두려움에 숨조차 제대로 쉬지 못했다.

"요, 용서를……. 신이시여. 용서…… 흐윽."

잠시간의 대치. 먼저 움직인 것은 예레나였다. 왕녀는 움직여 로샨의 품을 벗어나려 애쓰며 신께 용서를 빌었다. 하나 죽음에서 간신히 건져 올려진 몸은 뜻대로 움직이지 않았다. 예레나는 창백하게 질린 채 온 힘을 다해 몸을 움직이려 했다.

미약한 움직임이었으나 극심한 공포에 빠져 있는 로샨의 눈에는 거세게만 보였다. 왕녀가 당장에라도 제 눈앞에서 사라질 것 같았다. 로샨이 저도 모르게 예레나를 꽉 붙들었다. 왕녀를 놓을 수 없다는 집념이 손가락 마디마디에 힘을 실었다.

"아……."

거센 악력에 예레나가 눈을 끔뻑이며 신음을 흘렸다. 아프다. 선명한 몸의 통증이 그녀의 정신을 완전히 깨웠다.

"아, 아으……. 아……."

왕녀가 눈앞의 현실을 보고 느끼고 깨닫기 시작했다. 그녀의 입에서 기기한 신음이 흘러나왔다.

"아, 아니야. 그…… 그럴 리 어, 없어."

달리지 않았음에도 숨이 턱 끝까지 차올랐다. 저를 옭매고 있는 단단한 팔이 악몽 속에서 봤던 뱀과 겹쳐 보였다. 예레나가 꺽꺽 숨넘어가는 소리를 냈다. 로샨은 그제야 정신을 차렸다. 그가 두려움을 억지로 밀어 낸 채 예레나를 진정시키기 위해 입을 열었다.

"예레나 님. 진정……."

패착이었다. 로샨의 시도는 오히려 예레나를 한계까지 자극했다. 붉은 눈을 가진 괴물의 입에서 사랑하는 이의 목소리가 나오자 예레나는 그 끔찍한 간극을 견디지 못하고 비명을 질렀다.

"아악!"

찢어지는 듯한 소리에 사내가 멍한 낯을 했다. 그 틈에 예레나는 그의 품을 벗어나 바닥에 주저앉았다.

"아아……."

손으로 바닥을 짚고 뒷걸음질 친 예레나의 손이 눈가리개를 한 늙은 신녀에게 닿았다. 조금 더 떨어진 곳에는 여인들처럼 길게 머리를 기른 사내가 피를 흘린 채 쓰러져 있었다.

예레나는 쓰러져 있는 사내가 입고 있는 옷과 긴 머리카락을 보고 그가 제게 주먹을 휘두른 황제임을 단박에 알아봤다. 눈가리개로 신녀의 정체가 알리시아임도 알아차릴 수 있었다. 예레나가 상처 하나 없이 멀쩡해진 제 몸과 알리시아를 번갈아 봤다. 그리고 작금의 상황이 어떻게 흘러온 건지 대강이나마 이해했다.

"싫어! 싫어! 아니야!"

조각이 맞춰져 갈수록 현실이 또렷해졌다. 예레나가 로샨의 붉은 눈에 고개를 세차게 저었다. 키안은 푸른 눈을 가졌다 했다. 짙은 색인지 연한 색인지 어느 시간, 어떤 날씨의 하늘을 닮았는지는 말해 주지 않았으나 분명 어미에게 푸른 눈을 물려받았다 말했다.

"키. 키안. 키안. 키안. 키안."

예레나가 마음에 품은 이를 불렀다. 제국의 기사이긴 하나……. 그렇기에 감히 마음에 넣어서는 안 될 이였으나 그래도 눈앞의 원수와는 달랐다. 키안은 적어도 예레나의 눈앞에서 그녀의 부모를 죽이지 않았다. 습격받은 그녀를 지켜 줬고 포로로 끌려온 그녀의 곁에 항시 서 있었으며 도움을 줬다. 솔직하게 마음을 고백하며 잔뜩 날을 세운 그녀를 따뜻하게 보듬어 주던 그런 사람이었다.

왕녀가 거짓된 이름을 수없이 부르자 침략자는 괴로운 얼굴을 했다. 예레나는 자신을 뚫어져라 바라보는 붉은 눈동자에 비명처럼 말을 질렀다.

"왜, 왜 당신이 날 그렇게 봐? 내가 찾는 사람은 다른 사람이야! 다른 사람이라고!"

괴로움을 견디지 못한 채 머리카락을 쥐어뜯는 모습이 애처로웠다. 왕녀는 눈물범벅이 된 얼굴로 미친 이처럼 시선을 여기저기 돌렸다. 그러다 비명을 지르고 몸을 웅크렸다. 또다시 거센 동작으로 제 가슴을 쥐어뜯었다. 황제의 채찍질에 그러잖아도 넝마가 되어 있던 드레스가 흉하게 구겨지고 흘러내렸다.

"나는 도대체……. 아악!"

아슬아슬하게 내려간 천 사이 흰 피부에 손톱자국이 생겼다. 제게 닥친 상황을 이해하기 거부하며 몸을 자해한 예레나가 남긴 상처였다. 왕녀의 목에 죽죽 붉은 줄이 그였다. 로샨은 더는 두고 볼 수 없어 그녀에게 다가갔다.

"예레나 님."

"놔! 싫어!"

"제발……."

"이거 놔! 놔아!"

붙들린 팔이 벌벌 떨렸다. 왕녀는 가슴을 찢는 괴로움과 스스로에 대한 역겨움에 몸부림치며 사내를 걷어찼다.

"아니야. 그럴 리…… 아악!"

헐떡이는 숨에 고개를 치켜든 그녀가 천장을 봤다. 이제는 오롯하게 보였다. 천장의 문양도, 매달린 조명도. 그 형태와 색이 뚜렷했다. 하지만 그 사실이 이리 끔찍할 수 없었다. 눈 뜨고 본 진실에 그녀가 절규하며 신을 찾았다.

"내, 내게 왜 이래. 신이시여. 내게 왜……."

제국의 신녀가 옳았다. 신은 없다. 세다스에서 모시며 어미와 함께 기도 올린 신은, 전설처럼 그 옛날 떠나간 것이 분명했다.

아니라면 저를 이렇게 두고 볼 리 없었다. 깊은 신앙심을 가지지 않았다 한들 예레나는 그 순간만은 신들을 공경했다. 그들이 고국을, 가족을, 자신을 굽어살펴 주길 종종 기도했다.

하니 신들이 진정 있다면 자신이 이렇게까지 기만당하게 내버려 둘 리 없었다. 그녀가 히죽 웃다 소리 높여 웃었다. 여전히 사내에게 팔을 붙잡힌 채였다.

알리시아의 말처럼 빛의 여신만 존재했구나. 하여 제국을 수호하는 여신이 자신을 모시지 않는 나를 벌하는구나. 왕녀가 이교도인 제게 내려진 신벌에 신음했다. 그러다 일순 눈을 번뜩이며 팔을 휘둘렀다. 예레나의 상태에 넋이 나간 로샨이 저도 모르게 그녀를 붙잡고 있던 손을 떨궜다. 그의 뺨에 손톱자국이 길게 그어졌다.

"……여신이라도 내게 이럴 수는 없어."

신녀가 로샨의 손등을 찔렀던 날카로운 단도가 왕녀의 눈에 크게 들어왔다. 예레나의 눈이 일순 형용할 수 없을 만치 기괴한 빛깔을 띠었다.

왕녀가 몸을 숙였다. 그녀가 팔을 길게 뻗어 작지만 날카로운 단도를 손에 쥐려 했다.

"예레나!"

하지만 불안한 눈으로 내내 예레나를 좇던 사내가 가만히 있을 리 없었다. 왕녀의 손끝이 단도에 닿음과 동시에 사내가 왕녀를 붙잡았다. 그리고 퍽. 짧지만 강한 힘으로 왕녀의 뒷목을 내리쳤다.

단검을 쥐려다 실패한 왕녀가 앞으로 허물어졌다. 단검의 뾰족한 끝에서 아쉬운 빛이 번쩍였다.

로샨은 예레나가 바닥에 쓰러지는 걸 막았다. 그가 미간을 잔뜩 구긴 채 예레나를 보다 양손으로 그녀를 잡았다. 그리고 제 품에 넣고 꼭 껴안은 채 중얼거렸다.

"……미안하다는 말로는 부족하겠지."

굵은 눈물이 떨어졌다. 짧은 순간이었으나 여인의 반응으로 보건대 앞으로가 훤히 그려졌다. 왕녀는 미치거나 죽거나. 둘 중 하나를 택할 가능성이 높았다.

하나 자신이 있는 한 여인은 죽음만은 택하지 못할 것이다. 그러니 이대로 미쳐 가겠지. 로샨은 의식 없는 왕녀를 더욱 세게 안았다.

"……미안합니다. 내가 죽을죄를 지었습니다. 다 내 잘못입니다."

그가 여인에게 죄인처럼 고개를 조아린 채 사죄를 말을 전했다. 수십 번의 말이 사내의 입에서 나와 여인의 귀에 맴돌았다. 그러나 그게 다 무슨 소용일까. 침략자는 결코 용서받지 못할 것이다.

의식 잃은 왕녀의 눈에서 눈물이 툭 떨어졌다.

* * *

탑을 뛰어 올라온 녹스는 제 앞에 펼쳐진 광경에 어떤 말도 할 수 없었다. 피 흘리며 쓰러진 황제는 죽었는지 살았는지 알 수 없었으며 눈먼 신녀는 눈가리개가 아니었다면 같은 이라 생각할 수 없을 정도로 주름이 늘어 있었다.

하나 그를 못 박힌 것처럼 멈춰 세운 것은 쓰러진 황제도 머리카락이 잿가루처럼 변한 신녀도 아니었다. 녹스를 얼어붙게 만든 건 왕녀를 품에 안아 든 채 우두커니 서 있는 주군의 표정이었다.

믿기 어렵게도 주군의 얼굴에는 눈물 자국이 선명했다. 거기다 저 표정은 무엇인지. 그의 주군은 길 잃고 헤매는 아이 같은 얼굴로 멍청하게 서 있었다.

신처럼 우러러본 주군이었다. 가끔은 진정 인간이 아니라 신이 아닐까 생각할 정도로 굳건하고, 무정한 분이었다. 한데 어찌하여…….

"녹스."

상상도 못 한 광경에 바닥에 붙어 버린 녹스를 로샨이 불렀다. 녹스는 충심으로 간신히 움직였다. 그가 어렵게 부복한 채 주군의 말을 기다렸다.

로샨은 제 앞에 꿇은 수하를 보지 않았다. 단지 그는 제가 안아 든 왕녀만을 바라볼 뿐이었다.

왕녀의 등에 대고 있는 그의 손에서 멎지 못한 피가 뚝뚝 흘렀다. 로샨은 한참을 그러고 서 있다 발치가 붉게 물들어서야 입을 열었다.

"……어찌해야 하지?"

"……."

"한 번도 이런 적이 없는데……. 길이 보이지 않아. 내가 어찌해야 하는지 도무지 알 수가 없어."

* * *

모반은 성공리에 끝났다. 갑작스러운 용병들의 등장에 무너진 중앙궁 지하에 대기하고 있던 기사들은 당황했으나 곧 정비를 갖추고 용병들을 쓰러뜨렸다.

용병들은 개개인의 실력은 훌륭했으나 로샨과 다에 공작이 대기시켜 둔 병력에 비해 수가 너무 적었다. 게다가 돈으로 움직이는 그들은 고용주의 계획이 실패할 낌새가 보이자 지체 없이 도주했다.

아침과 함께 드러난 진실에 사람들은 아우성쳤다. 황제는 곧장 폐위된 채 감옥에 갇혔다. 중앙궁 지하에서 살아 나온 고위 귀족들은 폐황제를 향한 분을 숨기지 않았다. 하나 이렇듯 황궁 안팎으로 시끄러운 와중에도 조용한 곳이 있었으니 다친 이들을 치료하는 황궁 내 치료소였다.

치료소 건물의 4층. 고위 기사들을 위해 마련된 어느 방, 침대 머리맡에 상체를 세운 채 다리를 죽 뻗고 앉은 기사는 얼굴은 물론이요 온몸에 상처가 있었다. 하나 그럼에도 햇빛처럼 찬란한 금발 아래 잘난 얼굴은 감춰지지 않았다.

"내가 일개 포로 계집의 호위를 맡았다고?"

에메랄드색 눈동자에 불신이 서렸다. 하이든은 미간을 있는 대로 찌푸리는 프레드릭을 바라보다 고개를 천천히 끄덕이며 답했다.

"그래."

"아니 도대체 왜? 내가 왜 일개 포로의 호위를 맡았지? 하이든. 나 그새 죄라도 지었어? 좌천이라도 되었던가?"

프레드릭의 미간 주름이 깊어졌다. 도통 이해할 수 없었다. 아무리 왕녀라 한들 자신이 패전국 포로의 호위를 맡다니. 할 일이 그렇게 없었나? 기억 못 하는 자신이 이해 가지 않았다.

"주군께서 자네에게 명하셨으니까."

주군의 명이 있었다는 하이든의 말에 의문이 조금 가셨으나 완전히 사라진 것은 아니었다. 지난 세월 주군의 곁에서 중요한 일들을 도맡았다 생각했는데. 어째서 주군께서는 제게 그런 사소한 일을 명하셨을까. 호위 노릇이라면 제 한참 아래 기사에게 명해도 되는 것이 아닌가.

"……그런 얼굴 말아. 당시 자네는 조금의 불만도 품지 않았어. 오히려 반기는 눈치였지."

프레드릭의 표정을 본 하이든이 덤덤히 말했다. 프레드릭은 눈을 크게 뜨며 믿을 수 없다는 듯 소리를 높였다. 침대가 그의 동작에 출렁거렸다.

"말도 안 돼!"

"……."

"도대체 왜?"

자신이 조금의 불만도 가지지 않았다니. 믿을 수 없었다. 프레드릭은 얼굴은커녕 이름도 기억 안 나는 세다스 왕녀에 대해 생각하려 애쓰며 중얼거렸다.

"그따위 포로 계집……."

짜증스러운 상황에 험한 말이 저절로 나왔다. 하이든이 프레드릭을 향해 경고하려 했다. 세다스의 왕녀는 이제 왕녀도 포로도 아니었다. 곧 즉위할 주군의 곁에 설, 제국에서 가장 고귀한 여인이었다.

하지만 이내 보게 된 프레드릭의 표정에 하이든은 열었던 입을 다시 다물었다. 침대에 누운 친우는 입술을 깨문 채 당혹스러운 낯을 하고 있었다.

'왜?'

계집이라는 단어를 입에 담는 순간 프레드릭은 심장이 쿵 내려앉는 기분을 느꼈다. 이유는 알 수 없었다. 다만 스스로 뱉은 말이 불쾌하고 거슬려 참기 어려웠다.

주먹마저 꽉 쥔 그가 잠시 뒤 애써 표정을 가다듬었다. 그리고 아무렇지 않은 척 툴툴거리며 말했다.

"흥! 설마 내가 그 포로한테 반하기라도 했었나?"

"⋯⋯."

"아니지. 그럴 리는 없지. 주군께서 관심을 보인 여인이라며. 내가 미치지 않고서야 그럴 리 있나."

농담으로 한 말이었다. 한데 말을 듣는 하이든의 표정이 묘했다. 프레드릭은 친우의 얼굴에서 충격적인 답을 읽고 중얼거렸다.

"미쳤군."

"⋯⋯."

"차라리 기억을 잃어 다행이야. 그따위 정신머리로 주군 곁에 있을 바에야 지금이 훨씬 낫지."

정부로 둬도 충분할 일개 포로를 황후 자리에 앉힌다니. 지난날이 기억나지는 않았으나 그 여인에 대한 주군의 관심이 대단하다는 건 짐작 가고도 남았다.

한데 그런 여인에게 자신이 관심을 뒀다니. 죽은 누이의 일을 잊어버리기라도 한 것인가. 스스로를 용납할 수 없었던 프레드릭은 기억을 잃은 상황이 고마울 정도였다.

"……제길."

그러나 다행이라는 생각도 잠시. 포로 여인이 황후가 된다는 사실에 이상하게도 가슴이 죄이며 답답해져 왔다. 그가 저도 모르게 욕지거리를 내뱉었다. 하이든이 그런 그를 빤히 바라봤다. 괜스레 찔린 프레드릭이 고개를 돌려 창밖을 보며 궁색한 변명을 했다.

"……갑자기 나이를 먹어 어색해. 5년간의 기억이 아예 사라지다니. 이게 무슨 꼴인지."

5년간의 기억이 사라진 친우. 하이든이 보기에도 그는 어려진 것 같았다. 겉은 기억을 잃기 전 그대로였으나 표정도, 내뱉는 말도 미묘하게 앳된 그 시절로 돌아갔다.

하지만 창밖을 보는 친우의 얼굴에 내려앉은 그늘이 과연 기억을 잃었다는 사실에서 오는 것일까? 하이든은 왕녀의 얼굴도 이름도 기억 못 하면서 씁쓸한 표정을 짓는 친우를 보다 그와 같은 얼굴을 했다.

* * *

제국에 포로로 끌려갔다 병으로 죽은 예레나 왕녀의 장례식이 세다스 왕국에서 조촐하게 치러졌다. 새로이 세다스 왕이 된 이스날은 시신을 화장해 넘겨준 제국에 의례적인 인사를 보냈으며 제국은 짧은 애도의 말을 전했다.

몇 년 전 제국과의 전쟁에서 죽은 가족과 함께 왕성의 지하에 묻히게 된 왕녀는 역사서에 아름다웠으나 포로 생활로 병을 얻어 일찍 죽은, 비운의 왕녀로 기록됐다. 이스날은 먼 친척이기도 한 예레나 왕녀의 빈 관을 보며 입꼬리를 삐뚜름하게 올렸다.

"우습지 않아? 잿가루에 불과한 걸 이렇게 화려한 관에 넣는다는 것이."

"어쩌겠습니까. 시신 같은 건 없는데요. 보여 주기일 뿐이죠."

"뭐 일이 이렇게 되면 나야 좋지. 왕녀가 세상에 없어야 시끄러운 말들이 없을 테니까."

이스날은 예레나 왕녀를 거짓으로 죽이는 로샨의 계획에 적극 참여했다. 침략 전쟁에 이어 내전으로 혼란스러운 세다스 왕국. 그 속에는 핏줄을 빌미 삼아 이스날의 즉위를 인정하지 않는 세력도 제법 있었다. 그렇기에 이스날은 예레나 왕녀가 죽어 세상에서 그 이름이 사라지는 걸 반대할 이유가 없었다.

"이걸로 선왕의 핏줄은 다 죽었으니……. 수군거리는 무리도 줄어들 겁니다."

"흥! 떠들어 보라지. 어차피 이 나라에 남은 귀족 중 반 이상은 쓰레기야. 입 놀리면 목을 당장 베어 주지."

"전하. 제가 누누이 말씀드리지만, 이제는 언사를 조심하셔야 합니다. 데렌 영지에 있을 때와는 다릅니다. 왕성은 바닥, 천장, 벽 할 것 없이 귀가 있으니까요."

이스날에게 예레나는 이미 끝난 문제였다. 그는 왕녀의 관에 더는 관심을 두지 않고 왕가의 무덤을 나서며 제 최고 관심사에 대해 측근에게 물었다.

"알았어. 잔소리 좀 그만해. 그보다 프리아는?"

"이르젠 후작 부인은 명하신 대로 백합궁에 모셨습니다. 다만……."

"다만?"

"……식사를 제대로 하지 않으신다 합니다."

"아직도 고집을 부리는 모양이군. 그대로 둬. 힘을 빼 놔야 앙탈도 줄겠지."

"……."

"저를 두고 도망간 남편 놈이 어디가 그렇게 좋은지…… 쯧!"

왕과 측근의 대화가 점점 멀어지더니 왕가의 무덤은 이내 조용해졌다. 한쪽에 안치된 왕녀의 관만이 반짝이며 어둠 속에서 존재를 뽐낼 뿐.

그렇게 세상에서 세다스의 예레나 왕녀는 완전히 사라졌다. 영영.

* * *

죽은 왕녀는 탑에서 어느 궁으로 옮겨졌다. 하지만 왕녀는 자신이 어디에 있는지 신경 쓰지도 관심 두지도 않았다.

얼마나 신을 원망했는지 모른다. 죽은 왕녀는 자신이 믿었던 신들이 더는 없다 생각하면서도 그들을 탓하고 또 탓했다. 누군가를 탓하지 않으면 도저히 견딜 수 없었기에.

다시 보게 된 앞이 끔찍했다. 눈멀었을 때 궁금했던 새의 깃털 색깔도, 바람에 움직이는 나뭇잎의 빛깔도, 한 번만 더 봤으면 했던 노을 지는 하늘도 모조리 토악질이 나왔다.

하나 무엇보다 끔찍한 것은 스스로였다. 죽은 왕녀는 자신이 멀쩡히 살아 있다는 사실이 끔찍했다. 심장이 뛰고 숨을 쉬고 있다는 걸 느낄 때마다 미쳐 버릴 것 같았다. 아니 이미 미쳤을지 모른다는 생각도 했다.

그리해 예레나는 여러 번 죽음을 시도했다. 날카로운 것을 찾아 사방을 빨간 눈을 한 채 기어 다녔다. 하지만 이럴 것을 그 지독한 사내는 예상한 것일까. 쇠붙이는커녕 유리로 만들어진 물건조차 볼 수 없었다.

그뿐인가. 그녀를 지키는 눈들이 사방에 깔렸다. 하여 창문을 향해 내달린 후에는 창이란 창에 모조리 못이 박혔다. 환기를 위해 그대로 둔 창들이 있긴 했으나 전부 사다리 없이는 열 수 없을 만큼 높이 있었다.

좀처럼 나지 않는 기회, 어느 새벽에 예레나는 가까스로 목을 맸다. 잠든 척 눈을 감고 있다 일어나 침대 기둥에 기다란 천을 늘어뜨렸다. 하지만 그조차 실패해 다시 눈뜨고 세상을 보고 말았다.

누구도 그녀의 행동을 책잡지는 않았다. 하지만 그 후로 하루 온종일 적어도 셋 이상이 눈 뜨고 그녀를 지켰다. 참을 수 없어진 예레나는 고함지르며 시녀들에게 달려들었다. 그리고 어느 누군가의 머리핀을 빼앗아 제 목을 향해 내질렀다.

하지만 목을 찌르기 전 잠시 멈칫한 것이 문제였다. 손 빠른 시녀 하나가 재빨리 예레나의 손을 때렸다. 핀은 본래 궤도를 비켜나 어깨에 박혔다. 그 후로 방에 드나드는 이들은 조금이라도 뾰족한 액세서리는 하지 않았다.

더군다나 방의 바깥에는 치유의 힘을 쓸 수 있는 신녀들이 대기하고 있었고 그녀만을 위한 신녀와 신관들이 전국 각지에서 차출되어 오는 중이었다. 의원 여럿의 처치와 신력으로 예레나는 금세 멀쩡해졌다.

언젠가 다시 눈떴을 때 예레나는 멀쩡해진 제 신체에 참지 못하고 비명을 질렀다. 머리채를 풀어 헤친 채 손으로 스스로 목을 옥죄었다.

그러자 이번에는 사람들이 그녀를 결박했다. 죄송하다 말하면서도 침대 기둥에 그녀의 양손을 묶어 놓은 이들의 얼굴에는 절박함이 묻어났다. 예레나는 제정신이 아닌 와중에도 시녀들의 얼굴에 잠시 멈칫했다. 하지만 이내 다시 목에서 피가 나라 비명을 질렀다. 안절부절못하던 시녀들이 누군가의 명을 듣고 와선 그녀의 입에 부드러운 천을 물렸다.

물과 음식을 거부해도 소용없었다. 몇 시간이 걸리든 시녀들에게 명받은 하녀들이 그녀에게 물과 음식을 들이밀었다. 의원들도 건강을 챙길 수 있는 수십 개의 약을 억지로 먹였다. 토해 내는 것도 한계가 있는 법. 그렇게 예레나는 살았다. 정확히는 살게 됐다.

박제된 나비처럼 꼼짝을 못 하는 상황이 되자 머릿속은 더 어지러워졌다. 몸이 편할수록 귓가를 맴도는 가족들의 목소리는 커졌다. 그리고 그에 맞춰 이제는 명확히 보이는 환상들. 예레나는 망막에 선명히 잡히는 가족들과 세다스 왕국인들의 모습에 자신이 죽어 지옥에 떨어진 게 아닐까. 지금의 상황 전부 지옥의 벌이 아닐까 생각도 했다.

'예레나 님.'

웃기는 건 견디기 어려운 그 환영과 환청을 깨 주는 게 사내의 목소리라는 것이었다. 원수의 목소리가 귓가에 달라붙을 때면 모든 게 사라졌다.

하지만 그리해 편해지는 건 아니었다. 지금의 예레나에게는 사내의 존재가 가장 끔찍했다. 사내는, 사랑스러운 연인이라 생각했던 원수는 예레나를 현실에 패대기쳤다.

'예레나 님.'

죽은 왕녀는 사내의 목소리가 들릴 때마다 자신이 지옥이 아닌 그보다 더한 현실에 멀쩡히 살아 있음을 깨우쳤다. 그리해 그녀는 사내의 목소리를 지우기 위해 천이 물려 있는 와중에도 소리 지르고 또 질렀다.

경악한 얼굴의 시녀들이 다가와 붉게 물든 천을 빼고 새로운 천을 그녀의 입에 물렸다. 하나 박제된 왕녀는 신경 쓰지 않은 채 하루에도 몇 개의 그러한 천들을 만들어 내 자신이 살아 있음을 부르짖었다.

* * *

폐황제 케드릭이 벌인 일로 제국 내는, 특히 귀족 사회는 시끄러웠다. 황제의 신분으로 황궁에 용병을 끌어들인 것도 모자라 제 탄신일에 축하를 위해 모인 귀족들을, 그것도 고위 귀족들을 땅에 산 채로 매장하려 들다니. 귀족들은 너 나 할 것 없이 케드릭에게 거친 말을 쏟아 냈다.

백성들은 이미 오래전 황제에게서 몸을 돌렸다. 하여 그 누구도 케드릭을 동정하지 않았다. 모두 앞다투어 그의 목이 잘리길 기원했다.

선황의 사생아로 황제 자리에 오른 폭군의 말로였다. 10년도 지키지 못한 자리. 황제 케드릭은 깨진 머리만 간신히 치료받고 목숨만 붙은 채 지하 감옥에 내던져졌다.

케드릭을 지하 감옥으로 끌고 간 병사들은 곧 죽을 그를 향해 침 뱉기를 주저하지 않았다. 황궁에서 지내며 그들은 몇 번이고 보았다. 폐황제가 자신들과 같은 약자를 얼마나 괴롭히고 쉽게 죽였는지.

하나 이러한 상황에서도 케드릭의 성미는 죽지 않았다. 아니 죽음을 예상해 그런가 그는 쉴 새 없이 날뛰었다.

"내가 누군 줄 알고! 내가 제국의 황제다! 비스티우스의 성을 가진 여신의 후손이야!"

케드릭은 창살을 붙잡은 채 고래고래 고함을 질렀다. 황제인 자신에게 이 무슨 짓이냐며 호통을 치고 반역자라는 단어를 수없이 외쳤다. 병사들은 그를 당장 쳐 죽이고 싶어 했으나 기사들은 이를 악문 채 수하들을 막았다.

그렇게 십수 일이 지났다. 황제는 형편없는 식사에 처음에는 욕을 하며 음식을 내팽개쳤으나 어느 순간부터는 입에 욱여넣으며 잘도 먹었다. 그리고 그쯤 되니 그를 지키는 병사들도 눈치챌 수 있었다. 폐황제는 감히 살기를 원했다. 살 수 있다 희망을 품고 있었다.

"윗분들은 저놈을 살려 둘 생각인가?"

"그럴 리 있나. 저놈이 저지른 일이 얼마나 큰데."

"빨리 처리했으면 좋겠어. 그래야 저 얼굴을……. 오, 오셨습니까!"

병사들이 그런 케드릭을 보며 인상을 찌푸릴 때였다. 폐황제를 감시하는 기사와 병사들만 드나드는 곳에 기사와 함께 다리를 저는 중년의 사내가 들었다.

"다에 공작 각하시다. 전하의 허락하에 죄인을 보러 왔으니 문을 열어."

기사의 말에 병사들은 지체 없이 감옥 문을 열었다. 공작은 문 너머 쭉 펼쳐진 쇠창살을 보며 어둑한 낯을 했다.

"여기서부터는 혼자 가겠네."

그가 안내를 맡은 기사에게 짤막하게 말하고는 안으로 들어갔다. 그리고 가장 끝 방에 갇힌 케드릭 앞으로 다리를 쩔뚝이며 걸어갔다.

딱딱해 제대로 씹을 수조차 없는 빵을 게걸스럽게 뜯고 있던 케드릭이 쇠창살 너머에서 넘어오는 그림자에 시선을 돌렸다가 충혈된 눈을 번뜩였다. 그가 빵을 집어 던지고 쇠창살 앞으로 와락 내달렸다.

"공작!"

쾅. 쇠창살을 치는 소리가 요란했다. 다에 공작은 쇠창살 너머 벌건 눈을 부릅뜬 폐황제를 바라보며 입 안을 깨물었다.

'끌고 가서 가둬 놔. 이 반역자는 황후 앞에서 죽이겠다.'

당시 황제가 고용한 용병들에게 끌려가며 그는 왼쪽 다리에 영구적인 손상을 입었다. 전장에 나가는 기사가 아닌 그에게 장애란 큰 수치로 남을 터였다. 공작은 울분이 올라오는 것을 억지로 내리누르며 쇠창살에서 한 걸음 물러나 서늘한 눈으로 폐황제를 내려다봤다.

"로산이 무어라 하던가? 내 동생이 날 어찌하겠다 했어?"

폐황제의 말에 헛웃음이 나왔다. 황제였던 시절 그가 로산을 어찌 불렀 던가. 사적인 자리에서 케드릭은 핏줄을 험악한 단어로만 칭했다. 한데 상황이 이리되니 친밀한 호칭으로 칭하며 제 목숨을 걱정하다니.

"설마하니 날 죽이지는 않겠지? 그래도 하나뿐인 핏줄이고 황제였던 나인데. 내 목을 베는 순간 새로운 황제는 사특한 반역자로 역사에 기억될 거야. 물론 지금도 마찬가지기는 하다만 흐……."

공작의 표정에 황제가 급히 말을 주절거리다 사레가 들렸는지 기침했다. 공작은 튀는 침과 검은 피에 그에게서 한 발짝 더 떨어졌다. 그리고 경멸을 숨기지 않은 채 중얼거렸다.

"살고 싶은가 보군."

폐황제의 얼굴이 일그러졌다. 평생을 열등감에 내리눌린 채 살았던 그는 누군가 자신을 열등하게 보고 경멸하는 것을 민감히 알아차렸다. 한데 저렇게 대놓고 보이는 경멸이라니. 폐황제가 이를 아드득 갈며 실핏줄이 터진 눈을 치켜떴다. 그리고 한참 거칠게 숨을 내쉬다 제 처지를 상기하고는 간신히 진정한 채 말했다.

"……내가 생존하는 편이 공작에게도 좋을 텐데. 릴리아나. 공작의 딸 말이야. 여식이 그 나이에 과부가 되는 건 공작도 원치 않을 거 아니야."

다에 공작은 어이가 없었다. 그는 지은 죄가 많은 여식에게 이미 정을 뗐다. 아비로서 마지막 정에 평생 신전에 두는 벌로 끝내긴 했으나 더는 여식에게 무언가 쥐여 줄 생각이 없었다.

그런 여식이 과부가 되든 말든 무슨 상관인가. 그리고 작금의 상황에서 릴리아나는 과부가 되는 게 훨씬 나았다. 폐황제와 릴리아나가 부부로 있으면 다에 공작가도 직간접적으로 폐황제와 엮인다. 공작은 제 실수로 시작된 폐황제와의 연을 이제는 제발 끝내고 싶었다.

"그 더럽고 지저분한 물건에 머리가 돌아 버린 줄 알았더니. 애초 글러 먹은 종자구나. 생각이라는 걸 하지를 못해. 하기야…… 쯧."

공작이 폐황제 비웃기를 주저하지 않았다. 대신관 시낙스를 통해 받아먹은 약 때문에 생각이라는 걸 못 하는 줄 알았더니 그게 아니었다. 케드릭은 애초 멍청하고 생각이 없었다.

"내가 여기까지 내려온 건 네놈에게 이걸 보여 주기 위해서야."

공작은 더는 폐황제와 말을 섞고 싶지 않았다. 그가 다시 쇠창살 가까이 다가가 품에 손을 넣었다. 그리고 언젠가 로샨에게 받은, 선황제의 죄악과 그 산물로 태어난 케드릭의 비밀이 적힌 종이 뭉치를 꺼내 들었다.

"네놈이 얼마나 지저분한 존재인지 아느냐."

공작이 종이 뭉치를 펴 쇠창살 가까이 가져가며 말했다. 폐황제는 그를 볼 생각도 하지 않은 채 가래 끓는 목으로 소리를 질렀다.

"너! 지금 내 어미의 출신이 미천하다고! 그러나 난 선황의 아들이다! 나를 품은 태가 어떻든 나에게는 비스티우스 제국의 황제들과 여신들의 피가 흐른단 말이다!"

공작은 폐황제의 말에 종이를 쥔 손에 힘을 더 줬다. 그의 입꼬리가 비틀렸다. 폐황제는 그제야 무언가 이상함을 알아차리고 종이를 쭉 읽어 내려갔다. 그리고 어느 곳에서 그의 눈이 멈추더니 사정없이 떨렸다.

"무, 무슨……."

폐황제가 뒤로 벌러덩 넘어져 앉았다. 다리를 벌벌 떠는 그의 얼굴에는 경악만이 서려 있었다. 공작이 종이 뭉치를 다시 품에 넣고 음산한 얼굴로 입을 열었다.

"이제야 네게 어울리는 얼굴을 하는구나."

"으……."

"지난 세월 네놈의 존재 자체가 죄악인 것도 모른 채 공대했다 생각하니 역겹다. 토기가 올라와 제대로 잠도 잘 수 없어."

공작이 쇠창살 사이로 퉤 하고 침을 뱉었다. 폐황제 케드릭이 그러했던 것처럼 얼굴에 침을 맞지는 못했다. 하나 폐황제의 얼굴은 이미 침을 수백, 수천 번 맞은 듯 일그러져 있었다.

"사람도 되지 못하는 놈아. 네 원대로 넌 당분간 그 목숨을 이어 갈 것이다."

공작은 썩어 버린 폐황제의 얼굴을 구경하며 그의 최후에 대해 말해 줬다. 근간이 흔들리는 진실에 충격받은 폐황제였으나 목숨을 부지할 수 있다는 말에 조금은 반짝이는 눈을 했다.

"하나 자비 때문이라 생각은 말라. 널 살려 두는 건 더러운 벌레가 사람을 해한 죄를 내려야 하기 때문이야."

공작은 그 꼴에 신물이 올라오는 걸 느끼며 폐황제의 희망을 짓밟기 시작했다. 폐황제는 앞으로 꼭 100일 살 것이다. 하나 진정 살지는 못할 것이다. 공작이 이번에는 품에서 작은 책 한 권을 꺼냈다. 그리고 종이 뭉치와 달리 책을 쇠창살 너머 폐황제가 갇힌 공간에 던졌다.

"지금껏 네가 죽이고 고문한 사람들의 한은 풀어 줘야지. 이들이 당했던 고통을 최대한 돌려주는 것. 이게 네놈에게 내려진 벌이다."

책에는 그간 폐황제가 죽였던 수많은 사람의 이름이 적혀 있었다. 몇몇 이들 옆에는 그들이 어찌 죽었는지도 기록돼 있었다.

공작은 책 속에 적힌 내용 중 기억나는 몇 명을 사례를 읊으며 폐황제를 위한 전문 기술자 여럿과 숨을 붙여 놓기 위한 의원과 신관이 이미 대기 중이라는 이야기를 늘어놨다.

"그들에게 자비를 기대하지는 마. 다 네놈이 죽인 이들의 가족들이니 말이야."

다에 공작의 말에 폐황제가 그제야 제 근처에 떨어진 책을 두려운 얼굴로 보았다. 공작은 빠르게 폐황제를 잠식하는 공포를 보다 뒤돌아 큰 소리로 말했다.

"손님에 대한 소개가 끝났네. 모두 모시고 오게!"

* * *

상아궁의 주인이 바뀌었다. 궁의 전 주인이자 폐황제와 함께 폐위된 황후 릴리아나의 흔적은 순식간에 지워졌다.

로샨은 텅 빈 궁을 가장 귀한 것들로만 채우길 원했다. 곧 있으면 황제로 등극할 그의 명에 사람들은 빠르게 움직였다.

특히 로샨이 직접 고르고 고른 수십 종의 흰 백합들은 사흘 만에 상아궁 후원 일부분을 채웠다. 하얀 꽃들이 물결 그리는 후원에서 올려다본 상아궁의 자태는 한층 더 우아하고 고풍스러워 보였다.

"아악!"

그러나 상아궁 내에서도 아름다움의 극치를 달리는 방. 벽지부터 작은 장식까지 무엇 하나 모자람이 없는 장소에서는 매일같이 여인의 높은 비명과 울음소리가 터져 나왔다. 어느 순간부터 소리가 현저히 작아지기는 했으나 창이 열려 있을 때면 근처에 있던 시중인들은 소리를 들었다.

창자를 쥐어짜는 듯한 소리에 상아궁 내 시중인들은 일을 하다가도 깜짝 놀란 얼굴을 했다. 하지만 그들은 이내 소리를 못 들은 척 고개를 돌렸다. 그럴 수밖에 없었다. 비명과 울음을 내지르는 여인은 상아궁의 새 주인이요 곧 제국의 황후가 될 이였다.

'전하께서 데려오셨다는 것 외에는 아무것도 아는 게 없으니…….'

'저러시는 걸 매일같이 두고 보는 것도 힘듭니다. 듣기만 해도 소름이 끼치니 원.'

'듣기로는 남편 있는 여인인데 전하께서 한눈에 반해 끌고 오셨다고…….'

여인을 둘러싼 소문은 나날이 무성해져 갔다. 신분조차 베일에 싸인 그녀는 아름답다는 것 외에는 모든 것이 비밀이었다. 몇몇 이들은 그녀가 로샨의 비밀 연인이자 폐황제에게 바쳐졌던 포로. 세다스 왕국의 예레나 왕녀가 아니냐 수군거렸다.

'아니야. 내가 들었는데 거 신전 근처 정원 쪽에 있는 탑 알죠? 왜 옛날에 황족 출신 죄인들을 가둬 뒀다던. 거기에 있던 포로래요.'

'거기에 있던 포로라면 그 왕녀? 하지만 왕녀는 죽었잖아요. 상자에 담겨 나가는 걸 본 사람이 몇인데.'

하지만 세다스의 왕녀는 이미 죽은 터. 곧 소문은 로샨이 연인을 잊지 못하던 중 닮은 이를 발견하고 데려왔다는 식으로 바뀌었다.

'명한 대로 했습니다. 제임스 공.'

'수고했네. 전하께서도 만족하실 거야.'

그건 분명 거짓이었다. 하지만 진실을 아는 이들은 침묵했다. 사실 바뀐 소문조차 진실을 아는 자들로부터 시작됐다.

'전하. 록젠타 가문이 명을 따르겠다 전해 왔습니다. 이대로 진행하는 걸 허락하신다면 그분께서는 록젠타 후작의 차녀로 기록될 겁니다.'

'……그리하도록 해.'

로샨이 원하는 바였다. 새로이 황제가 된 그는 상아궁의 새 주인이자 제 반려가 될 여인을 둘러싼 모든 것을 통제하고 관리했다. 먹고 자고 입는 것은 물론이요 여인의 과거를 비롯해 부모, 형제, 가문조차 그가 친히 골랐다.

'이참에 그분의 이름도 바꾸는 게 어떻겠습니까? 죽은 왕녀의 이름을 쓴다면 언제든 말이 돌 수 있습니다.'

'……그건 되었다.'

'…….'

'겁 없이 입을 놀리는 자가 있다면 혀를 뽑아 본보기를 보이면 되겠지.'

하여 그 모든 걸 가능케 하는 대단한 권력에 진실은 덮이고 거짓이 세상에 진실처럼 돌아다니기 시작했다. 사람들은 갑자기 나타난 여인을 향해 의문을 표하면서도 거짓된 소문을 서서히 믿었다.

하지만 모든 게 로샨이 원하는 바대로 이루어지지는 않았다. 아니. 그는 가장 통제하고 싶은 것만큼은 힘겹게, 가까스로 제압하고 있었다.

"어떠한가?"

"송구합니다. 여전히 흥분을 가라앉히지 못하시어……."

상아궁에 들기 무섭게 묻는 그에게 나이 지긋한 시녀장이 면목 없다는 듯 중얼거렸다. 로샨은 시녀장의 말에 어둑한 얼굴을 했다.

"전하."

그런 로샨을 시녀장이 어렵게 불렀다. 로샨이 그녀 쪽으로 시선을 돌렸다. 그러자 시녀장이 좋은 천으로 잘 감싸 둔 물건을 꺼내 공손히 바쳤다.

"몸져누우시기 전 떨어뜨리신 물건입니다. 청소하는 아이가 발견해 가져왔습니다."

최대한 돌려 이야기했으나 실상은 이러했다. 침대에 묶기 전 예레나는 제 목에 걸려 있는 목걸이를 발견하고 우악스레 뜯어내 내던졌다.

그녀를 말리느라 정신이 없었던 시녀들은 목걸이의 존재를 잊고 있었다. 그러다 오늘에서야 청소하는 하녀가 그것을 발견해 시녀장에게 내밀었다.

로샨은 끊어진 목걸이 줄과 반지 한 쌍을 손에 쥐었다. 부모의 유품이나 다름없는 이 반지를 왕녀가 얼마나 아꼈는지 그는 누구보다 잘 알았다. 한데 이것마저 함께 던져 버리다니. 선물한 목걸이 줄이 망가진 것보다 그 사실이 참담했다.

"……이만 물러가."

로샨이 주머니에 첫째로 목걸이를 넣고 시녀장에게 손짓했다. 중년의 여인이 소리 없이 물러났다. 로샨은 그녀가 사라지고도 한참 우두커니 서 있다 걸음을 옮겼다.

곧 도착한 방문 앞. 꼿꼿한 자세로 방문 앞에 서 있던 기사들이 로샨을 보기 무섭게 문을 열었다.

열린 문으로 들어간 방은 깔끔했다. 귀한 모든 물건이 가장 어울리는 자리에 알맞게 있었으며 은은하게 나는 향은 사람을 편안하게 했다. 그러나 방 깊숙이, 여러 개의 아치문을 지나칠수록 기이한 분위기가 맴돌기 시작했다.

로샨의 발이 마침내 가장 안쪽 침실에 닿았다. 다섯 명의 시녀들이 침대 곁에 서 있다 그를 보고 황급히 고개를 숙였다. 로샨은 손짓으로 그들에게 물러나라 명했다.

커튼처럼 침대를 가리고 있던 시녀들이 사라지자 침대 위의 여인이 모습을 드러냈다. 혼절한 듯 눈을 감은 채 미동 없이 누워 있는 모습. 로샨은 창백한 여인의 얼굴을 바라보다 침대 기둥에 결박된 양 손목을 보고 손을 살짝 떨었다. 부드러운 천으로 덧댔으나 얼마나 거칠게 움직였는지 가는 손목에는 선명한 자국이 나 있었다.

로샨이 피가 나도록 입술을 문 채 천천히 여인 곁으로 걸음을 옮겼다. 그리고 그가 침대 옆에 무릎 꿇기 무섭게 이미 죽어 잿가루가 된 왕녀가 눈을 번쩍 떴다.

* * *

예레나는 그를 보고도 비명 지르지 않았다. 로샨은 저를 노려보는 그녀의 푸른 눈에 고개를 깊숙이 조아린 채 입을 열었다.

"용서하란 말은 하지 않겠습니다."

"……."

"다만 살아 옆에만 있어 주시면 안 되겠습니까?"

잔뜩 구부린 자세와 달리 입에서는 말도 안 되는 부탁이 흘러나왔다. 뻔뻔한 사내의 낯을 보던 예레나가 무언가 말하고 싶은 듯 입가를 움직였다.

로샨이 그녀의 입을 막고 있는 천을 천천히 뺐다. 갑작스레 뚫린 입에 예레나가 헉 하고 숨을 크게 들이쉬었다. 그러다 목이 아픈지 잔기침을 하고 다 터진 입술을 움직였다.

"집…… 어치워."

"……."

"패전국의 포로…… 를 공대하는 침략군의 우두머리라니. 말이 돼?"

"……."

"가, 가증스러우니 집어치워!"

쇠를 긁는 듯한 목소리에는 증오가 절절히 묻어났다. 로샨은 자신도 모르게 마른침을 삼켰다. 예상한 일이었으나 자신을 바라보는 눈에 경멸과 증오밖에 보이지 않는 것이 마음 아팠다.

"예레나 님."

"……."

"저는 변한 게 없습니다."

"……."

"지난 시간 당신이 보아 온 저는 그대로입니다."

로샨이 뚝뚝 끊어지는 목소리로 말했다. 예레나는 사내의 궤변에 헛웃음을 터뜨렸다. 내가 미친 게 아니라 이자가 미쳤는가. 2년에 가까운 시간 동안 거짓 신분으로 기만을 한 주제에 무어라. 변한 게 없다고?

"전 예레나 님의 호위 기사 키안입니다. 당신의 곁을 지키던 자입니다."

"……."

"그리고 앞으로도 그럴 겁니다. 나는 당신을 지킬 것이고 당신 곁에 있을 겁니다. 당신이 보아 온 모습 그대로요."

끔찍한 말이었다. 피딱지가 앉은 예레나의 입가가 부들부들 떨렸다. 이미 정체가 다 드러난 마당에 무슨 헛소리인가. 또 누구 마음대로 자신의 곁에 있단 말인가.

예레나의 분노가 얼굴에 여실히 드러났다. 하나 로샨은 그를 읽고도 뻔뻔하게 말을 이어 갔다.

"하니 한 번만 눈감아 주면 안 되겠습니까?"

"……."

"내 본래 이름 따위 버리겠습니다. 키안으로. 그 이름으로 살겠습니다."

제국의 황제가 될 이가 이름을 버린다니. 누구에게 말해도 경악할 일이었다. 하나 로샨은 자신이 있었다. 예레나가 허락한다면, 그것으로 자신을 조금이라도, 밀 한 톨만큼이라도 용서해 준다면 제국의 이름마저도 바꿀 용의가 있었다.

"이 눈도 바꾸겠습니다. 이미 방법도 찾았습니다. 당신께서 상상하셨던 그 푸른 눈의 호위 기사가 되겠습니다."

눈동자 색을 바꾸는 약은 원체 독한 데다 부작용이 컸다. 하지만 설사 눈멀게 된다 해도 상관없다고 로샨은 생각했다.

"물론 이따위 것들로 내 죄가 용서되지 않는다는 건 알고 있습니다. 하나 속죄할 기회를 한 번만, 딱 한 번만 주면 안 되겠습니까?"

"……."

"제발……. 당신의 귀에 세다스 왕국을 침략한 극악무도한 침략자의 이름 따위 들리지 않게 하겠습니다."

들을 가치도 없는 헛소리가 이어졌다. 끓어오르던 예레나의 감정이 순식간에 차게 식었다. 이자가 지금 무어라 지껄이는 거지? 화가 역치에 다다른 그녀는 순간 화를 내는 방법조차 잊고 말았다.

"이런 말씀 드려 죄송합니다."

"……."

"내가 용서받지 못할 죄를 지었습니다."

물론 로샨도 제 말이 예레나에게는 헛소리로 들리는 걸 알았다. 하지만 이런 말을 하는 것 외에 그는 뾰족한 수를 찾을 수 없었다.

'프레드릭…… 경에게 선택지를 남겼습니다. 하니 쥴과 쟐 그 아이들은 그냥 두십시오.'

프레드릭의 품에 남겨져 있던 그것을 쓸 수도 있었으나 이미 정체를 들킨 이상 더 이상의 기만은 저지르고 싶지 않았다. 하여 그는 빌고 또 빌었다.

그렇게 얼마의 시간이 흘렀을까. 중천에 떠 있던 해가 지평선 너머로 천천히 사라졌다. 로샨의 목소리도 갈라지기 시작했다. 하나 듣는 이는 숨만 간신히 쉬며 귀에 박히는 사과를 밀어 냈다.

조금의 움직임도, 틈도 없는 왕녀의 증오에 로샨은 절망했다. 이대로 그녀가 죽음만을 바라면 어찌하나. 자신을 영영 돌아보지 않으면 어찌하나.

로샨이 용서 비는 걸 멈췄다. 그 안에서 피어난 절망이 그러잖아도 무너져 있던 속내를 갉아먹기 시작했다.

'……난 정말 그대로인데.'

마음 곳곳에 난 틈으로 억울함이 뿌리를 내렸다. 싹이 트고 줄기가 높이 뻗어 올라 꽃을 피웠다. 그리고 이내 열매를 틔워 안에 있던 감정을 툭 떨어뜨렸다.

"제 주제에 감히 연모를 지껄인 것도 죄인 걸 압니다. 하지만……."

로샨의 붉은 눈과 예레나의 푸른 눈이 부딪혔다. 로샨은 흐리멍덩한 빛을 띨 때도 분명 있었던, 자신을 향한 예레나의 애정이 완전히 사라진 것을 보며 무릎 위에 올린 손을 세게 말아 쥐었다.

"당신께 한 말은 모두 진심이었습니다. 그것만은 거짓이 아니었습니다. 그러니……."

"미친……. 미친놈."

예레나가 로샨의 말을 끊었다. 이 이상 들어 줄 수가 없었다.

눈앞의 원수는 지난 세월 자신을 손안에 두고 희롱했다. 거짓을 속삭이며 수없이 기만했다.

한데 그런 주제에 진심을 말하다니. 기만과 사랑은 같은 곳에 자리할 수 없었다. 적어도 예레나에게는 그랬다.

"내게 미안해?"

"……."

"끝까지 날 조롱하면서 그따위 말을 지껄여?"

예레나의 입꼬리가 비틀렸다. 그녀가 바람 빠지는 소리를 내며 웃다 큰 소리로 깔깔거렸다. 하나 희한하게도 높은 웃음소리는 울음소리로 들렸다.

그리고 그게 진실이라는 듯 왕녀의 눈에서는 눈물이 쏟아지고 있었다.

그러길 한참, 양팔을 묶여 제대로 움직이지도 못하는 예레나는 어느 순간 뚝 웃음을 그쳤다. 그녀가 다시 차가워진 낯으로 로샨을 바라보다 미끄러지듯 시선을 거뒀다. 천장을 멍하니 보는 낯에는 그새 감정이 사라져 있었다.

"로샨 비스티우스. 당신이 내게 무슨 죄를 지었어?"

"······."

"위대한 비스티우스 제국의 황태제 전하. 당신은 그간 하던 대로 했을 뿐이잖아. 한데 미안해? 갑자기? 나한테만?"

왕녀의 말에 무릎 꿇은 침략자가 어깨를 떨었다. 사실이었다. 따지고 보면 예레나와 같은 처지에 놓였던 이들이 한둘이었을까. 하나 그는 그들 중 누구에게도 미안하지 않았다. 용서 구하고 싶은 생각 같은 거 한 번도 하지 않았다.

다만 눈앞의 왕녀에게만은 끝없이 조아리고 사죄하고 용서 구하고 싶었다. 그리해 얼마 전까지 나눴던 그 대화, 포옹을 계속 이어 가고 싶었다.

"그러지 마. 패전국의 포로 따위 장난감처럼 좀 가지고 놀면 어때. 거짓에 속아 넘어간 멍청한 포로가 원수에게 사랑을 말하는 꼴을 보며 당신이 웃더라도 누가 뭐라 하겠어? 감히 어떤 이가 당신더러 잘못했다 죄를 묻겠어?"

"예레나 님. 저는······."

"그만!"

자신을 보지도 않은 채 중얼거리는 예레나를 향해 로샨이 무어라 변명이라도 하려고 할 때였다. 잠잠했던 예레나가 다시 소리를 높였다.

"그만해! 그 사람 흉내 내는 거 제발 그만하라고······."

물기 가득한 푸른 눈에는 얼핏 혼란이 스쳤다. 그리고 그걸 로샨은 눈치챘다.

그의 가슴에 희망이 찼다. 왕녀는 아직 완전히 버리지 못한 것이다. 저

를 지키던 호위 기사요 연인이었던 사내가 원수와 동일 인물임을 깨우쳤음
에도 그 거짓된 자를 가슴에서 완전히 지우지 못한 게 분명했다.

'……그거면 됐어.'

타고난 여신의 힘을 제외해도 로샨은 훌륭한 사령관이었다. 그는 상대의
약점을 빠르게 잡아내 공략하는 것에 탁월한 재능이 있었다. 그는 예레나
가 무어라 한들 계속해서 '키안'처럼 행동하리라 생각했다.

사내의 눈빛이 어딘가 바뀌었음을 예레나도 눈치챈 것일까. 그녀가 눈
을 잘게 떨다 입술을 말아 물었다. 그리고 로샨에게 나지막한 목소리로
물었다.

"내게……. 진정 내게 미안해? 그런 감정을 느껴?"

조금 전과 달리 부드러워진 목소리가 어딘지 달콤했다. 기만을 들키기
전, 사랑한다 말해 주던 목소리를 기억한 로샨이 고개를 끄덕였다.

"그렇다면 날 죽여."

"……."

"정말 내게 미안하다면 내 가족들을 죽인 것처럼 내 목숨도 끝내. 그리
해 당신을 더는 보지 못하게 해!"

하나 로샨의 기대를 끊어 내기라도 하듯 나온 말은 잔인했다. 방에 들어
온 이후 로샨은 처음으로 예레나를 향해 날카로운 눈을 했다.

"그렇게는 못 합니다. 예레나 님."

"……."

"저와 한 약속을 잊으셨습니까? 무슨 일이 있더라도 살겠다 하시지 않으
셨습니까."

"하!"

그날의 약속을 운운하는 로샨을 보며 예레나가 코웃음을 쳤다. 눈앞의
사내가 저런 말을 뇌까릴 때면 정신이 똑바로 들었다. 그녀가 원수를 노려
보며 또박또박 말했다.

"나랑 그 약속을 한 사람은 이 세상에 없어. 존재 자체가 거짓이었잖아.

한데 약속이 다 무슨 소용이야."

"……."

"더는 당신과 떠드는 것도 싫으니 죽여. 당신 손으로 하기 싫으면 두고 보기만 해. 내가 알아서 할 테니까."

이미 왕녀의 자살 시도를 여러 번 들었던 로샨이었다. 그의 붉은 눈에서 불꽃이 튀었다. 사내가 꿇었던 양 무릎 중 하나를 세웠다. 그리고 예레나를 위에서 아래로 내려다보며 키안의 껍데기를 벗어던졌다.

"……그렇게는 안 되겠는데."

죽음을 쉽게 담는 여인에게 분노했으나 그 크기가 클수록 머리가 차갑게 식었다. 그래 침략자는 피가 절절 끓는 것을 느끼면서도 당장 자신이 할 수 있는 최선을 찾았다.

"왕녀. 그대에게는 아직 소중한 것이 많잖나."

여인을 살려 두기 위해서는 어느 정도 협박이 필요했다. 단 그 역할을 어디까지나 침략자이자 원수인 로샨 비스티우스가 해야 했다.

"우선 세다스 왕국에 대해 말해 볼까."

로샨이 세다스 왕국을 입에 올렸다. 그러자 예레나는 반사적으로 상체를 들어 올리며 그에게 시선을 집중했다. 로샨이 어딘지 서글픈 미소를 지었다. 그가 왕녀를 마주 봤다.

"왕녀의 고국이 지금 어떤지 알고 있나? 많은 일들이 있었는데."

로샨은 그간 세다스 왕국에 어떤 일이 있었는지 세세히 설명했다. 내란이 일어나 왕이 된 지 얼마 되지 않은 브릭과 그의 어미 비앙카가 축출되어 사형을 당한 일부터 새로운 왕이 누구인지. 그리고 왕국민들의 민심은 어떠한지.

브릭과 비앙카의 죽음에 예레나가 눈을 한계까지 치켜떴다. 피를 나눴으나 원수라고도 할 수 있는 두 사람의 죽음. 속이 시원하지는 않았다. 하나 슬픈 감정도 없었다. 그저 경악스러울 뿐이었다.

"당신과 가까운 핏줄은 모조리 죽었어. 하나 왕녀 당신은 세다스 왕국

전체를 아끼지 않았던가."

"……."

"뭐 그게 아니더라도 가령……. 그래. 당신 친우인 프리아는 어떨까? 시녀였던 릴리는? 제이나는? 그들의 딸과 아들들은? 그 밖의 많은 사람들은?"

왕녀의 표정을 찬찬히 살피던 침략자가 이번에는 왕녀의 친우와 지인들을 입에 담았다. 그저 미안하고 고맙기만 한 존재들이 로샨의 입에서 나오자 예레나는 입을 삐끔였다.

그들을 가만두라 말해야 하는데. 하지만 그리하면 저자의 뜻대로 되는 게 아닌가.

"다른 이들은 몰라도 프리아……. 이르젠 후작 부인은 왕녀를 많이 아끼던걸. 왕녀의 서신을 받기 무섭게 사람을 보내 답신을 보낸 걸 보면 말이야."

또 하나의 기만이 드러났다. 예레나가 친우인 프리아에게 보낸 서신. 프리아는 그녀에게 답장했다. 하나 저자가 그걸 중간에 가로챈 게 분명했다. 자신은 받은 적 없는 답신의 존재를 알고 있으니 말이다. 예레나의 숨이 거칠어졌다.

"이……!"

예레나의 예상대로 프리아의 서신을 로샨은 중간에 가로챘다. 그러곤 왕녀에게 보여 주지 않았다. 정붙일 곳을 만들면 왕녀는 제게 집중하지 않을 테니까. 치졸하고 유치한 마음이었다.

"왕녀. 목숨을 소중히 해. 아끼는 것이 아직 많잖아. 그리고……."

침략자는 숨을 헐떡이는 왕녀를 고민 없이 겁박했다. 예레나의 눈이 붉어졌다. 동시에 사내가 팽팽히 당겨진 양 손목의 줄을 보고 말을 멈춘 채 눈살을 찌푸렸다.

로샨이 예레나의 어깨에 손을 올리고 힘을 줬다. 예레나의 등이 침대에 딱 붙었다. 손목에 감겨 있는 줄도 어느 정도 여유를 찾았다. 사내는 그제야 말을 이었다.

"……복수도 해야 하지 않겠어?"

"……."

"가족을 도륙한 원수가 눈앞에 있는데 포기할 작정인가? 응?"

명백한 도발이었다. 하나 넘어가지 않고 버틸 재간이 없었다. 원수의 목에 검을 찔러 넣는다니. 상상만으로도 감정이 격앙됐다.

삶의 의지를 찾은 예레나의 눈에 로샨이 낮은 웃음을 터뜨리며 자리에서 일어났다. 그리고 허리를 깊숙이 숙여 더없이 예의 바르게 예를 갖췄다.

"예레나 님."

침략자가 순식간에 사라졌다. 원수에서 다시금 호위 기사요 연인으로 돌아온 사내가 인사하며 묶인 예레나의 손에 입 맞췄다. 일평생 경배하기로 맹세한 레이디에게 하듯 정중하게.

"오늘은 이만 쉬는 게 좋겠습니다."

몸을 돌려 밖으로 나간 로샨은 문에 기댄 채 한숨 쉬었다. 하지 말아야 할 말이었으니 이것으로 한동안은 안도할 수 있으리라. 복수를 말하기 무섭게 빛을 반짝이던 눈은 거짓이 아니었으니.

하지만 하루가 채 가기도 전 그는 새파랗게 질려 덜덜 떠는 시녀장과 마주해야 했다.

"전하."

소식을 듣고 뛰어온 그의 앞에 무릎 꿇은 중년 여인이 간신히 목을 가다듬고 30분 전쯤 있었던 일을 고했다.

"누워만 계셔 피부가 짓무를까 걱정되어 잠시 끈을 풀었는데……. 가, 갑자기 벽을 향해 달려드셨습니다."

"……."

"뜻대로 되지는 않을 거라고. 그 말씀만 남기시고는 벽에 머, 머리를……."

"……."

차마 그 뒤의 상황을 말할 수 없었던 시녀장이 말을 더듬었다. 로샨은 덜덜 떠는 그녀에게서 시선을 거둔 채 예레나가 있을 안쪽을 바라보며 물었다.

"······상태는?"

시녀장이 입술을 달싹였다. 의원과 신녀들이 곧바로 들어가긴 했으나 상황이 위중해 보였다. 하나 죽었다는 말은 아직 전해지지 않았으니······.

"비켜."

로샨은 찰나도 기다릴 수 없었다. 그가 시녀장을 피해 옆으로 몸을 옮기더니 한걸음에 안으로 들어갔다.

침실에 도착하자 사람들이 정신없이 움직이는 게 보였다. 의원은 피가 쏟아져 나오는 왕녀의 코에 천을 댄 채 소리치고 있었으며 신녀들은 무어라 중얼거리며 왕녀의 손을 붙잡고 있었다. 다친 머리에서 나온 피가 금발을 흠뻑 적신 채 뚝뚝 떨어지는 모습에 로샨이 하얗게 질렸다.

석상처럼 선 그의 눈을 신녀의 손에서 나오는 황금빛이 종종 가렸다. 로샨은 천천히 흘러가는 그 장면들을 보다 쏟아지는 피에 눕지도 못한 채 기대앉아 고개를 떨구고 있는 예레나에게 눈을 고정했다.

* * *

새 황제의 즉위식이 얼마 남지 않았다. 그에 맞춰 수도는 제국민들은 물론이요 타국에서 온 많은 사람으로 붐볐다. 상인들은 평생 한 번 있을까 말까 한 호황을 맞이해 싱글벙글 웃는 낯으로 손님을 맞아들였다.

"그런데 왜 푸른 궁에서 즉위식이 열린다니? 황제 폐하께서는 중앙궁에 머무르게 되실 텐데."

"폐황제가 벌인 일로 중앙궁 지하가 아직 불안정하대. 수리를 더 해야 한다나."

"하기야 푸른 궁 내 사파이어 홀도 나쁘지 않지. 거리가 먼 게 좀 흠이지만."

부족한 일손에 밖에서 일꾼도 많이 들어왔겠다 황궁도 한층 더 소란스러워졌다. 곧 있을 즉위식을 준비하느라 궁인들은 모두 분주하게 움직였다.

하나 하얀 대리석 벽과 그 아래 펼쳐진 흰 백합이 아름다운 상아궁만은 예외였다. 황궁 전체가 바쁜 와중에도 상아궁만은 쥐 죽은 듯 고요했다.

'같이 들어온 다른 애들은 다들 신이 났는데…….. 나는 이게 뭐람.'

상아궁에 새로이 들어온 하녀 데이지는 복도를 조심스레 걸으며 속으로 투덜거렸다. 푸른 궁이나 사자궁 그것도 아니면 중앙궁 정원 같은 곳에 소속됐으면 얼마나 좋았을까. 조용한 성미의 그녀였지만 가끔은 너무 조용한 이곳이 갑갑했다.

'아니야. 차라리 조용한 게 낫지.'

하지만 그녀는 이내 고개를 천천히 저었다. 자신의 성미상 막상 소란스러운 곳에 소속되면 닭장 같다 불평할 게 뻔했다.

데이지가 다시 걸음을 옮겼다. 하나 2층에서 3층으로 올라가려던 차. 누군가 뒤에서 그녀를 불렀다.

"데이지."

이곳에 온 뒤로 데이지에게 명을 내리는 고참 하녀 쥘이었다. 짙은 갈색의 머리를 깔끔하게 올린 그녀는 젊은 나이에도 일 처리가 꼼꼼하고 빨라 시녀장의 신임을 한 몸에 받고 있었다. 덕분에 신입 하녀들은 쥘의 지시에 맞춰 움직였다.

데이지가 오르던 계단을 다시 내려와 허리를 숙였다. 그러자 쥘이 물었다.

"어디 가는 길이니?"

"위층 창을 닦으러 가는 길이었어요."

데이지의 답에 쥘이 잘됐구나 속삭이며 따라오라 손짓했다. 데이지는 별말 없이 그녀를 따랐다.

"이것 좀 그분 방에 가져다주렴."

어느 방에 들어갔다 나온 쥘이 데이지에게 제법 묵직한 화병 하나를 건

냈다. 크리스털 화병에 향기롭게 피어난 분홍색 장미는 송이도 크고 향기로웠다.

"네? 제가요?"

척 보기에도 비싼 보이는 화병과 꽃. 그리고 이 궁의 주인이신 그분의 방. 데이지가 겁먹은 얼굴을 했다.

"담당인 레이나가 발을 삐끗했어. 제대로 걷지도 못한다는구나."

"하지만……."

"화병일 뿐인데 뭘 겁을 내. 자! 어서 가 보렴."

하나 쥘은 단호했다. 데이지는 하는 수 없이 고개를 끄덕이고 걸음을 옮겼다. 혹여나 화병을 떨어뜨릴까. 꽃을 상하게 할까. 그녀의 걸음 속도는 평소의 반밖에 되지 않았다.

그 와중에도 다행인 사실은 그분의 방이 멀지 않다는 것이었다. 데이지는 저 멀리 보이는 방을 보다 침을 삼킨 채 걸어갔다.

방을 지키는 큰 키의 기사 중 하나가 데이지의 복장과 들고 있는 화병을 보기 무섭게 안으로 들어가 누군가를 불렀다. 그리고 나온 시녀는 다행히 몇 번 본 이였다.

"화병을 전달하라는 심부름으로 왔습니다."

"꽃이 예쁘구나. 따라오렴."

시녀는 화병이 올 것을 알고 있는 얼굴이었다. 그녀가 몸을 돌리자 꼼짝하지 않을 것 같던 문이 열렸다.

'와!'

문 안에 들어서기 무섭게 데이지는 눈을 휘둥그레 떴다. 상아궁은 어디 하나 빼어나지 않은 곳이 없었다. 하나 이 방은 그간 상아궁에 익숙해진 데이지의 눈조차 번쩍 띄울 만큼 황홀했다.

방 안은 데이지의 상상보다 더 컸다. 시녀는 데이지를 데리고 응접실로 보이는 곳을 지나 아치문을 두어 개 더 넘어갔다. 그리고 가장 안쪽 공간에 들어가기 전 옷매무새를 가다듬고 문 앞에 서 정중히 말했다.

"예레나 님. 잠시 들어가겠습니다."

아치문을 가리고 있던 천이 거둬지고 볕이 좋은 침실 공간이 드러났다. 시녀 둘이 창가에 서 있다 데이지를 돌아봤다. 데이지는 재빨리 눈을 내리깔고 화병을 쥔 손에 힘을 줬다.

"여기 두렴."

시녀가 데이지에게 손짓했다. 데이지는 시녀들이 서 있는 곳에서 조금 떨어진 창가로 걸음을 옮겼다.

'빨리 나가야지.'

가지고 온 화병을 올려 두고 본래 있던 화병을 거둬 뒤돌았을 때였다. 시선이 자연스레 시녀들에게 둘러싸인 어느 여인에게 닿았다.

데이지가 저도 모르게 멈춰 섰다. 시녀들에게 둘러싸여 볕이 좋은 곳에 앉아 있는 여인은 눈부시게 아름다웠다. 길고 구불거리는 백금발은 신화 속 황금 거미가 뽑고 여신께서 사용하셨다는 금실 같았으며 흰 피부는 매끄러운 도자기 같았다.

'정말 아름다운 분이시구나.'

동기들이 떠들던 소문이 이해가 갔다. 저런 여인을 어느 사내가 사랑하지 않을 수 있을까. 자신이 황제라도 평민이든 천민이든 상관 않고 옆에 둘 것 같았다.

데이지가 여인에게서 눈을 떼지 못한 지 한참, 그녀의 낌새가 이상함을 시녀들이 눈치챘다. 데이지를 안내한 시녀가 작게 한숨 쉬고는 데이지에게 다가와 작은 목소리로 호통쳤다.

"무례하다."

데이지는 그제야 정신을 차렸다. 얼굴을 붉힌 그녀가 죄송하다 작게 속삭이며 허둥지둥 움직였다.

"가, 가 보겠…… 악!"

하나 그건 독이었다. 서두르던 데이지는 그만 제 치맛자락을 밟고 넘어졌다.

쨍그랑. 날카로운 소리와 함께 값비싼 유리 화병이 산산이 조각났다. 넘어진 데이지의 안색이 새파랗게 변했다. 무릎이나 다리의 아픔이 문제가 아니었다. 저런 물건을 깨뜨렸으니…… 앞날이 컴컴했다.

시녀들의 표정도 그녀와 다를 바 없었다. 다만 그들은 깨진 화병보다는 앉아 있는 여인을 살피기 바빴다.

"너. 조금 있다 보자꾸나."

시녀의 화가 난 목소리가 들리고 데이지는 눈물 가득한 눈으로 천천히 일어났다. 한데 그 순간, 미약한 목소리가 공기를 타고 데이지의 귀에 꽂혔다.

"제…… 인?"

* * *

데이지는 행운을 거머쥐었다. 값비싼 화병을 깬 대가를 치르기는커녕 그녀는 잘 치료받은 뒤 삯마저 더 받게 됐다.

물론 조건이 없는 건 아니었다. 삯을 더 받게 된 대신 데이지는 근무지를 옮겼다. 넓은 상아궁의 복도에서 눈을 떼기 어려울 정도로 아름다운 방으로.

고귀한 물건이 가득한 방을 청소하는 일은 고도의 집중을 요했다. 하지만 데이지에게 할당된 곳은 방의 일부분에 불과했으므로 큰 불만은 없었다.

다만 청소 외 한 가지 더 맡게 된 일은 좀 많이 부담스러웠다. 데이지는 하루에 두어 번 방의 주인 앞에서 괜히 얼쩡거려야 했다.

데이지는 자신에게 왜 이런 해괴한 명이 떨어졌는지 정확히는 몰랐다. 하나 시녀들의 비밀스러운 속삭임에 이유를 대강이나마 짐작할 수 있었다.

'예레나 님께서 반응을 보인 유일한 사람이잖아. 하니 당분간 곁에 둬보라는 거겠지.'

'하기야 얼마 만이야. 목소리를 들은 건.'

'일어나신 후 처음이었지. 아마.'

곧 황후 폐하로 제국 내 가장 고귀한 여인이 될 상아궁의 주인은 말 그대로 생명력 없는 아름다운 조각상 같았다. 데이지가 오기 전 사고를 당해 머리를 다쳤다는 그녀는 몇 달 동안 입을 열어 말을 하지도 표정을 바꾸는 일도 없었다 했다.

한데 데이지를 본 순간 그 공식이 깨졌다. 데이지는 그 때문에 자신이 이런 일을 맡게 됐구나 어렴풋이 짐작했다.

'하지만 그때 이후로는 내게도 별 반응을 보이시지 않는걸.'

다만 그날 이후 여인은 데이지에게도 별달리 반응하지 않았다. 그 때문에 데이지는 나날이 일이 부담스러웠다.

'예쁘다.'

여인의 옆에서 움직이던 데이지가 노을빛에 물든 여인의 얼굴에 소리 없는 감탄을 뱉었다.

'환하게 웃으면 더 아름다우실 텐데.'

괜스레 아쉽다는 생각이 들었다. 저렇게 아름다운 분이 웃고 노래하면 얼마나 더 아름다울까. 쓸데없는 생각이었지만 진심이었다.

하지만 이런 생각을 한다 한들 갑자기 저분께서 변하지는 않겠지. 데이지가 보기에 여인은 이미 죽었다. 생기 없는 푸른 눈이 언젠가 봤던 죽은 새의 굳어 버린 눈과 꼭 같았다.

'이런 모습을 살아 있다 할 수 있을까.'

데이지가 속으로 혼잣말을 중얼거렸다. 온종일 창밖을 보다 시녀들이 가져온 식사를 그녀들 손으로 하고 이른 잠자리에 드는 게 끝. 창밖을 보는 것과 자는 것 외에 여인은 자의를 가지고 움직이지 않았다.

여러 잡생각에 데이지가 여인을 보며 가만히 서 있을 때였다. 조금 떨어진 곳에 있던 시녀가 데이지를 눈짓으로 책망했다.

시녀의 눈짓에 데이지가 그제야 고개를 떨구고 다시금 움직였다. 그러나 얼마 지나지 않아 가까운 곳에서 소리가 흘러나왔다.

"저기……."

아주 작은 소리였으나 데이지도 조금 떨어진 채 대기하고 있던 시녀들도 소리를 들었다. 가장 먼저 정신을 차린 시녀가 딱딱하게 굳은 데이지를 작은 목소리로 불렀다. 데이지가 눈을 끔뻑이며 허리를 펴고 여인 앞으로 갔다.

"예, 예. 말씀하세요."

여인의 푸른 눈에 데이지가 담겼다. 여인은 죽어 버린 눈동자로 한참 데이지를 바라보다 손을 내밀었다. 그리고 잔뜩 갈라진 목소리로 말했다.

"날 좀 부축…… 해 줄래요?"

* * *

'저대로 영영 지내시면…….'

'몸이 좋지 않다 포장하고 있지만 우리 다 알잖아요. 저런 걸 바로 정신을 놓았다. 백치라 하는 거예요.'

'아랫것들 사이에서도 말이 돌아요. 황후 폐하가 되실 분께서 매대에 놓인 물고기 눈을 하신다고요.'

종종 이런 말이 들려왔다. 하지만 예레나는 저를 두고 사람들이 무어라 떠들든 상관하지 않았다.

사람들 말처럼 정말 정신을 놓아 버린 것일지도 몰랐다. 아니라면 한 마디도 않고 하루 온종일 밖만 보다 잠들기를 반복하지는 않았을 테니.

'봄…….'

정확히 시간이 얼마가 지났는지는 알 수 없었다. 다만 다시 봄이 왔다는 것쯤은 밖의 정경에 알 수 있었다. 꽃내음과 따뜻한 봄바람. 적당히 길어진 해가 느껴졌다.

'목숨이란 거 정말 질기구나.'

생명력이 느껴지는 날씨 탓일까. 예레나는 문득 제 목숨에 대해 생각했다.

벽에 머리를 박은 뒤였나. 흐릿해진 정신과 눈에 들어오는 피에 예레나는 자신이 분명 죽을 거로 생각했다. 하지만 사내는 그런 그녀를 비웃듯 또다시 살려 냈고 예레나는 그 뒤로는 무력함에 잠겨 버렸다.

'지쳐. 아무것도 생각하고 싶지 않아.'

예레나는 그저 쉬고 싶었다. 머리를 찍어 박기 전 잠시 복수도 생각했으나 이내 마음이 식었다. 사내의 목에 검을 찔러 넣은들 달라질 게 없었다. 저자를 죽인다 한들 죽은 가족들이 돌아올까. 기만당한 지난날이 사라질까.

전부 다 의미 없다는 생각만 들었다. 그리해 예레나는 가만히 있었다. 아무 생각도 않고 그저 흘러가는 대로 의식이 부유하게 내버려 뒀다.

'……예레나 님.'

그렇게 짧기도 길기도 했던 지난 시간. 사내는 매일같이 그녀를 찾아왔다. 처음에는 파랗게 질려 무릎 꿇은 채 그녀의 이름만을 겨우 외더랬지. 그 모습이 참 초라해 보인다 잠시 생각한 것 같기도 했다.

하나 죽을 힘조차 내지 못한 채 맥없이 앉은 예레나는 그 모습을 비웃지 못했다. 물론 화낼 힘도 더는 없었다.

입도 귀도 막은 채 눈만 열어 밖을 보는 예레나를 사내도 정신을 놓았다 본 것일까. 창백한 얼굴로 무릎 꿇은 채 예레나의 이름만 부르던 사내는 어느 순간부터 의미 없는 사죄를 웅얼거리더니 계절이 바뀐 후에는 쓸모없는 말을 늘어놓기 시작했다.

'대륙의 동쪽 끝 가장 깊은 바다에서 가져온 진주입니다.'

'누구도, 설사 황제라 한들 당신에게 하대하지는 못할 것입니다.'

'한겨울 설산에서만 피는 꽃이랍니다. 가지게 된 이는 건강해진다지요.'

얼마나 많은 것을 가지게 될지. 얼마나 고귀해질지. 예레나는 귀를 스쳐 가는 그 말들을 담아 두지 않았다. 그저 창밖을 보며 힘을 빼고 있을 뿐.

'어떤 모습이든 상관없습니다. 곁에만 있어 주십시오.'

'…….'

'사랑합니다. 진정 사랑합니다. 예레나 님.'

그러나 황제가 된 사내가 그녀를 곁에 두겠다 말하며 반지를 끼워 줬을 때, 사랑한다 수없이 외는 그 순간 예레나의 안에서 무언가 변했다. 몇 달째 그녀를 잠식하고 있던 무기력에 금을 내고 꿈틀거렸다.

산산이 부서졌으나 예레나는 여전히 사내가 끔찍이 싫었다. 그가 어째서 제게 매달리는지도 이해하지 못했다.

그리해 그녀는 느리지만 다시 움직이기 시작했다. 손가락도 움직여 보고 드레스 아래 발가락도 꼼지락거렸다.

창밖만 보던 눈을 여러 방향으로 굴렸다. 그리고 제인을 빼닮은 하녀가 그녀 앞에서 얼쩡거린다는 걸 눈치챘을 때 그녀는 그간 신경 쓰지 않았던 방 안의 책장을, 정확히는 책을 한 권 보게 됐다.

'저건……'

생각도 못 했건만 이 낯선 방 안에는 예레나가 세다스 왕국에서 가져온 물건이 있었다. 탑에서 어떤 물건도 챙기지 못했건만 신기한 일이었다.

한번 의식하자 책이 그녀를 부르는 듯했다. 정확히는 책장에 끼어든 무언가가 그녀의 귀를 간지럽혔다.

저것이라면 날 쉽게 해 줄지 몰라. 예레나는 오래된 전설을 떠올리며 목소리를 냈다.

"날 좀 부축…… 해 줄래요?"

사방에서 숨을 들이켜는 소리가 났다. 예레나는 상관하지 않은 채 제인을 닮은 하녀에게 부축을 받아 자리에서 일어났다.

거의 걷지 않은 탓일까. 다리가 후들거렸다. 하나 예레나는 천천히 한 발 한 발 앞으로 디뎠다. 그리고 이내 예레나의 손이 책장에 닿았다.

그녀가 키보다 조금 위에 꽂혀 있는 책을 향해 손을 뻗을 때였다. 아치문 너머에서 '황제 폐하.' 하고 사람들이 외는 소리가 났다.

'그가 왔어.'

마음이 급해졌다. 예레나는 빠르게 손을 움직여 책을 거머쥐었다.

책장이 날카로운 바람 소리를 내며 빠르게 넘어갔다. 그리고 마침내 책의 중간을 조금 넘어 예레나가 찾던 것이 모습을 드러냈다.

'아…….'

마지막으로 볼 때만 해도 신수의 잎은 비늘을 닮은 나뭇잎에 불과했다. 그러나 지금 그것은 기이한 빛을 내고 있었다. 정확히는 예레나의 눈에만 그리 보였다.

예레나의 눈물이 투둑 책에 떨어지고 신수의 잎에도 일부 묻어났다. 책장처럼 얇고 뻣뻣하게 있던 잎이 짠물을 머금기 무섭게 흐늘거리며 살아 있는 것처럼 움직였다.

－붉은 드래곤은 죽지 않았다. 거대한 나무로 다시 살아난 그는 초대 여왕을 향한 증오와 미움을 나뭇잎에 남겼다. 그리고 왕국 내 제 후손을 내려다보며 바람에 그것을 날리는 것이다.

오래된 서적에 적혀 있던 글귀를 떠올리며 예레나가 잎을 하나 집어 들었다. 동시에 뒤에서 익숙한 걸음 소리가 크게 났다.

예레나는 고민하지 않았다. 그녀가 버석한 미소를 짓다 바짝 마른 입술을 벌려 신수의 잎을 쑤셔 넣었다.

"예레나 님?"

뒤에서 사내가 예레나를 불렀다. 예레나는 개의치 않은 채 입 안으로 들어온 것에 집중했다.

오래 책 속에 방치된 잎사귀는, 비늘을 닮아 주울 때만 해도 단단했던 잎은, 부드러운 밀빵처럼 말랑거렸다. 해초처럼 미끈거리기도 했다.

그러나 그 촉감도 잠시, 신수의 잎은 설탕처럼 녹아내려 목구멍 뒤로 넘어갔다. 세상 어느 것보다 달콤한 맛에 예레나가 눈을 크게 떴다.

"예레나!"

누군가 그녀의 어깨를 붙잡아 모로 틀었다. 순식간에 시야가 바뀌었다.

신수의 잎처럼 붉은 눈동자가 또렷이 들어왔다가 곧 뿌옇게 흐려졌다.

"커헉!"

예레나가 검붉은 피를 토했다. 붉은 드래곤의 증오가 세다스 왕국 시초의 피를 물려받은 후손을 정확히 겨눴다.

심장에 충격이 가해졌다. 순식간에 죽음이 드리워졌다. 원하던 안식에 예레나가 비시시 미소 지었다.

"의원은! 신녀를 불러라! 당장!"

누군가 의원을, 신녀를 찾았다. 사람들의 발걸음 소리가 시끄럽게 울리다 서서히 사라졌다.

"안 돼. 견뎌. 견뎌. 예레나."

"흐…… 흐읍."

몸이 서서히 식어 가는 게 느껴질 때였다. 입술에 차가운 무언가 닿는가 싶더니 목구멍으로 쓰디쓴 액체가 넘어왔다.

'……소용없어.'

예레나는 그것이 제 안식을 방해하지 못할 거라는 걸 알았다. 그녀가 어렵게 눈꺼풀을 들어 올렸다. 어그러진 시야 사이로 사내의 일그러진 얼굴만 또렷하게 들어왔다. 예레나는 숨넘어가는 소리를 내며 손을 올렸다. 그리고 제 얼굴 앞에서 위태롭게 흔들리는 사내의 머리카락을 악착같이 쥔 채 미소 지으며 속삭였다.

"좋…… 흐으. 은 표정…… 이네."

"……."

"지금…… 껏 본 흐읍. 다, 당신 얼굴 중 가장……. 흐으…… 가장 보, 보기 좋아."

* * *

폐황제 케드릭이 축출된 후 황궁 내 신전의 규모는 현저히 작아지다 못해 거의 없어지다시피 했다. 백에 가까웠던 신관과 신녀들은 모두 출궁했으며 남은 소수의 인원은 상아궁의 주인을 위해 존재했다. 거기다 그들 대부분은 상아궁에 머물렀으므로 황궁 내 신전은 이제 황량하게 느껴지기까지 했다.

하지만 모든 이들이 황궁 내 신전을 떠난 것은 아니었다. 열 명이 채 안 되는 신녀와 신관들은 황궁에 남았다. 하지만 폐황제 케드릭의 영향 탓일까. 황궁 내 사람들은 물론이요 귀족들은 황궁 내 신전 사람들에게 곱지 못한 시선을 보냈다.

"저것들이 폐황제의 곁에서 배를 불리던……."

"흥! 여신을 모셔? 폭군을 모신 거겠지."

황궁 내 신전에 남은 이들로서는 억울했으나 어쩔 도리가 없었다. 남은 이들 대부분은 자리를 옮겨 달라 부탁할 처지가 못 됐다. 그렇기에 그들은 숨죽여 조용히 지냈다.

그리고 그런 이들 중 하나가 알리시아였다. 폐황제가 일을 벌인 날 용케 목숨을 건진 알리시아는 신전 내 제 숙소로 돌아왔다. 정확히는 누군가의 명에 의해 옮겨졌다.

"저 모습은 도대체……. 오 여신이시여. 죄인을 용서하소서."

신전 내 사람들은 변해 버린 알리시아를 보고 경악했다. 분명 젊디젊었던 그녀였다. 한데 무슨 일이 있었던 건지 알리시아는 그 강대한 신력도 다 잃은 채 곧 죽을 노인처럼 늙어 버렸다.

"폭군과 가까웠던 대신관 시낙스의 수족이 아니었던가. 그간 돈을 받고 신력을 팔아 왔으니 벌이 내린 거지."

"무슨 말을 그리하나요. 알리시아 님만큼 청렴하신 분이 어디 흔했던가요."

얼마 남지 않은 황궁 내 신전 사람들은 알리시아를 손가락질하는 이들과 동정하는 이들로 나뉘었다. 하나 알리시아는 사람들이 자신에게 무어라 하는지 관심을 두지 않았다. 그저 방 안에 틀어박혀 기도만 할 뿐.

게다가 그녀의 처분권을 가진 대신전의 반응도 희한했다. 보통 신력을 잃은 신녀들은 평신녀로 강등당해 지방의 작은 신전으로 보내지곤 했다. 하지만 대신전은 그녀의 상급 신녀 직위를 거두지도 일신을 옮기라 명하지도 않았다.

종종 멀리 신전에서 쥴과 쟐의 서신이 오긴 했으나 알리시아는 처음 딱 한 번 답장했을 뿐 이후로는 서신을 받지도 않았다. 그렇게 알리시아는 사람들 사이에서 잊혀 갔다. 그녀의 끼니를 챙겨 주는 어린 하녀만 그녀를 기억할 뿐.

하나 어느 봄. 생각지도 못한 인물이 갑작스레 그녀를 찾아왔으니. 황궁 내 신전 사람들은 고개를 바닥에 처박을 듯 숙인 채 서로 시선을 교환했다.

* * *

누구 하나 죽일 기세로 나타난 황제를 보고 신전 사람들은 두려움에 떨었다. 하지만 로샨은 그들은 조금도 신경 쓰지 않은 채 앞으로 나아갔다.

빠른 걸음 속도와 큰 보폭을 따르기 힘들어 황제를 안내하는 신관은 거의 뛰다시피 했다. 그러다 나중에는 그마저 뒤처져 숨마저 헉헉거릴 지경이었다.

"어디 있나."

"이, 이쪽입니다. 황제 폐하."

마침내 로샨이 목적지에 다다랐다. 그가 노크도 없이 신전 안 구석진 방의 문을 열어젖혔다. 신관들은 그 기세가 무서워 멀찍이 물러났다.

쾅.

나무 문이 거의 부서질 듯 열리며 먼지가 뿌옇게 쌓인 내부가 드러났다. 로샨은 망설임 없이 안으로 걸어 들어갔다. 그리고 곧 그의 발걸음이 방 안의 작은 기도실에 닿았다.

사람 둘이 겨우 들어갈 법한 공간에 모셔져 있는 작은 나무 여신상. 로샨은 그를 보다 고개를 내렸다. 여신상이 놓인 작은 단 밑으로 늙은 신녀가 엎드려 있었다.

"……전하. 아니 이제 황제 폐하라 불러 드려야겠군요."

노신녀, 알리시아가 일어나 몸을 틀며 말했다. 로샨은 잿빛으로 변한 알리시아의 머리카락과 가득한 손 주름을 보다 더는 눈가리개를 하지 않는 그녀의 얼굴을 보았다.

닫힌 채 살이 붙어 버린 눈이 뼈밖에 없는 몸과 어우러져 오싹한 분위기를 풍겼다. 신성해 보였던 신녀는 그새 동화책에 나오는 마녀의 형상이 되어 있었다.

"어찌했나."

로샨은 당장 검을 뽑아 들 기세로 그녀에게 말을 붙였다. 오금이 저린 목소리에는 살기가 묻어나 있었다.

"그때 어떤 방법으로 그녀를 살렸나."

알리시아는 이제 완전한 맹인이었다. 신력이 한 톨도 남지 않은 그녀는 여신의 자비로 보던 앞도 잃었다.

하지만 그럼에도 알리시아는 알 수 있었다. 눈앞의 사내가, 모두의 우러름을 받는 황제가 두려움에 벌벌 떨다 못해 파랗게 질려 있다고. 전장에서 사신이라 불리기까지 한 그가 당장 깨어질 듯 연약한 상태라는 것을 말이다.

"너희가 믿는 여신의 권속이라 불리는 것 중 쓸모 있는 자가 단 한 명도 없다."

루베오 신수의 붉은 잎의 힘으로 죽음을 기다리던 예레나를 로샨은 신관과 신녀를 동원해 간신히 살렸다. 심장을 뛰게 하고 약하게나마 숨을 쉬게 했다.

하나 그뿐이었다. 빛의 여신을 섬기는 자들이 신력을 조금이라도 거둘 때면 예레나의 몸에는 다시금 컴컴한 죽음이 드리워졌다. 때문에 서슬 퍼런 황제의 명 아래 신관과 신녀들은 신력을 짜내야 했다.

'더, 더는 못 해. 빨리!'

신녀 둘이 한계에 다다르면 대기하고 있던 신관 셋이 신력을 썼다. 신관 셋이 한계에 다다르면 이번에는 또 다른 신녀 무리가 맡은 바를 이어받았다. 그렇게 신력이 강한 이들은 둘이나 셋씩, 그 아래 이들은 넷에서 일곱까지 무리 지어 신력을 썼다.

이것마저 로샨이 황궁으로 데려온 신력을 쓸 수 있는 자들의 수가 많아 가능한 일이었다. 그러나 그조차 이제 한계에 다다르고 있었다. 붉은 드래곤의 미움은 점점 강해졌으며 빛의 권속들은 빠르게 지쳐 가고 있었으니. 무한정 예레나의 목숨을 이어 붙이지 못할 것이 빤히 보였다.

예레나가 죽는 건 시간문제였다.

로샨은 할 수만 있다면 제국 내 신력을 쓸 수 있는 자들을 모두 데려와서라도, 아니 대륙 전체를 뒤져 그들을 끌고 와서라도 예레나를 연명시킬 생각이었다.

그는 방법을 찾아야 한다 고함치다 알리시아가 일전 예레나를 살릴 때 그의 손에 피를 내고 힘의 일부를 가져간 것을 기억했다. 로샨이 제 손에 검을 꽂아 피를 내며 이걸로 어떻게 해 보라 외쳤다. 그러나 그 누구도 황제의 피에 섞인 여신의 힘을 사용할 줄 몰랐다.

피를 흘리는 저를 보며 두려움에 벌벌 떠는 신관과 신녀들. 로샨은 알리시아를 죽이지 않아 다행이라 생각하며 뛰었다.

우습게도 항시 그러했듯 그의 상처는 여신의 힘으로 순식간에 사라졌다. 그것을 확인한 로샨은 여신에게 욕지거리를 내뱉었다. 저를 고칠 게 아니라 그녀를 살려 줘야지. 제게 그 대단하다는 힘을 내릴 거면 그녀를 살릴 방법도 알려 줘야지.

"살려."

"……."

"아니 그녀를 살려 줘."

알리시아에게 부탁하며 로샨이 허리춤을 더듬었다. 하지만 빈 검집만 남아 있을 뿐.

로샨은 품속에서 단검을 꺼냈다. 그리고 망설임 없이 제 왼손에 꽂아 넣었다. 푹 깊게 박힌 단검은 손등을 뚫고 손바닥까지 찢었다. 하지만 그는 아픔을 느끼지 못하는지 피가 쏟아지는 손을 알리시아에게 내밀 뿐이었다.

순식간에 공기 중으로 퍼지는 피비린내에 알리시아가 미간을 찌푸리더니 입을 열었다. 노인의 목소리가 로샨의 귀를 긁었다.

"못 합니다. 저에게는 이제 폐하의 힘을 끌어 빌려 올 힘조차 남지 않았습니다."

신력을 모조리 잃고 빈 껍데기만 남은 몸. 알리시아가 주름 가득한 제 손등을 쓰다듬었다.

"그럼 다른 이에게 가르쳐. 황궁에 신력을 쓸 수 있는 자가 수십이다. 그들에게 방법을 알려 줘."

"어렵습니다. 그때의 기적은 왕녀에게 남았던 저주를 매개 삼아 이끌어 낸 힘이니까요. 저주가 사라져 왕녀가 눈 뜬 지금에 와서는 그것도 불가능합니다."

로샨의 얼굴에 절망이 어렸다. 그가 피가 흐르는 손을 아래로 떨궜다. 저절로 무릎이 구부러지고 몸이 허물어져 내렸다.

'……여신이시여.'

신수의 잎으로 자결을 택한 왕녀와 그녀를 살리려는 침략자. 볼 수 없었으나 알리시아는 지금의 상황은 물론이요 눈앞의 사내가 어떤 얼굴을 하는지도 알 수 있었다. 눈을 완전히 잃기 전 여신께서 보여 주신 장면 중 하나였으니.

'마지막 비수를 허락하시니 감읍할 따름입니다.'

알리시아가 고개를 내리고 천천히 몸을 숙였다. 그리고 손을 기도하듯 모은 채 로샨에게는 구원이 될, 그러나 예레나에게는 절망으로 변할 비수를 속삭였다.

"폐하께는 선택지가 하나 더 남았을 텐데요. 제가 프레드릭 경의 품에 남겨 둔 그것 말입니다."

알리시아가 말하는 그것, 순백의 물의 존재는 로샨도 기억하고 있었다. 분명 그것은 죽어 가는 이를 살릴 수 있는 물건이었다. 하지만 지금 예레나에게 통할지는 의문이었다.

"예레나에게는 상처가 없어. 그녀는 독에 중독된 것도 다친 것도 아니다. 하니 그것으로는……."

"정말 왕녀에게 상처가 없다 생각하십니까?"

알리시아가 만고의 지고한 황제의 말을 싹둑 자르며 물었다. 왕녀의 몸은 분명 상처 하나 없이 깨끗했다. 하지만 어쩐 일인지 로샨은 신녀의 물음에 답을 할 수 없었다.

"고민하실 시간이 얼마 남지 않았습니다. 그 신수의 잎은 세다스 왕족에게는 세상 그 어느 것보다 무서운 저주이자 독이니까요."

로샨의 심장이 덜그럭 주저앉으며 빠르게 뛰기 시작했다. 신녀의 말이 옳았다. 우선 그것이라도 빨리 써 봐야 옳았다.

한데 이상한 일이었다. 어쩐지 내키지 않았다. 그녀를 죽게 놔둘 수 없다 생각하면서도 선뜻 품 깊숙한 곳에 있는 병에 손이 가지 않았다.

'그만해! 그 사람 흉내 내는 거 제발 그만하라고…….'

자신이 만든 기만에 절규하던 왕녀의 모습이 아직 생생했다. 죽여 달라 부탁하며 괴로워하던 얼굴이 바로 눈앞에 있는 것 같았다.

옳은 선택일까. 그녀를 그것으로 또 한 번 기만하는 게. 로샨은 입술을 피가 날 때까지 깨물었다.

'안 돼. 죽게 놔둘 수는 없어.'

고민은 길지 않았다. 사내가 몸을 일으켰다. 쳉그랑. 황제가 손에 박혀 있던 단검을 뽑아 내던졌다. 그리고 몸을 돌려 그대로 사라졌다.

빛의 여신의 가호가 충만한 그의 속도는 인간의 것이라 볼 수 없었다. 발걸음 소리도 순식간에 지워졌다.

그러나 알리시아는 황제가 사라진 후에도 한참 같은 자세로 있다 바닥을 짚었다. 황제가 흘린 피가 손에 잔뜩 묻어났다. 알리시아는 식어 버린 피의 감촉에 씁쓸히 웃으며 혼잣말을 중얼거렸다.

"……이제 진정 끝이구나."

복수자의 말로가 다가왔다. 알리시아는 일어서 여신상을 향해 마지막 기도를 올렸다. 그녀는 여신께서 보여 준 길 중 최악을 택했다. 하나 대신 최고의 복수를 선사할 수 있었다.

"다 이루었어."

고개를 천장으로 향하게 든 그녀가 손을 넓게 벌린 채 말했다. 황제에게는 왕녀의 저주가 완전히 사라졌다 말했지만 글쎄. 알리시아는 세다스 왕녀를 향한 눈먼 마법사의 저주가 아직 끝나지 않았음을 알았다.

"하나 왕녀여. 당신의 후계는 눈먼 마법사의 피와 합쳐져 만들어질 것이니 세다스의 왕녀들은 이제 저주의 사슬을 완전히 벗어던질 것이다."

왕녀의 먼 미래를 본 맹인 신녀가 죄책감 가득한 얼굴로 눈물을 떨궜다. 그녀가 몸을 구부리고 팔다리를 네발짐승처럼 짚었다.

손으로 바닥을 더듬어 가자 곧 황제의 손을 관통했던 단검의 날이 손가락에 닿았다. 알리시아는 손가락이 베인 것도 신경 쓰지 않은 채 단검을 양손으로 꼭 쥐었다.

"여신이시여. 죄 많은 저를 긍휼히 여기소서."

신녀가 꿇은 채로 제 심장을 겨눴다. 그리고 얼마 가지 않아 식사를 가져다주기 위해 온 어린 하녀에 의해 맹인 신녀의 시체가 발견됐다.

알리시아 외전. 신녀인가 마녀인가

여러 신들을 모시는 나라 세다스. 북동쪽의 작은 나라에는 신의 수만큼 많은 신전이 있었다. 그리고 많은 신전을 통괄해 관리하는 곳이 있었으니 왕궁 내 신전의 역할이 그랬다.

"오늘부터 네가 평생을 지낼 곳이다."

하얀색 머리카락에 까만 눈을 가진 카시아는 네 살 무렵 왕궁 내 신전으로 들어왔다. 그녀의 부모는 사냥으로 먹고사는 어느 시골 부부로 사례를 하겠다는 나이 지긋한 신녀의 말에 어린 딸을 고민 없이 넘겼다. 카시아는 며칠 동안은 부모와 형제를 그리워하며 울었으나 이내 제 처지를 깨닫고 조용해졌다.

카시아의 재능은 특출났다. 신들이 떠나가고 신력이라는 것 자체가 거의 사라진 지금 카시아는 스승과 함께 세다스 왕국 안에서 유일하게 신력을 부릴 수 있는 이였다. 특히 카시아에게 부여된 신력은 예지와 치유로 신력 중에서도 으뜸으로 치는 것들이었다. 그 때문에 그녀는 신녀가 되기 무섭게 특별한 취급을 받았으며 곧 차기 대신녀로 내정되었다.

'네, 네 곁에 좀 더 있어 줘야 하는데…….'

나이 많은 스승이 죽고, 열둘의 나이부터 대신녀로서의 역할을 수행하기 시작한 카시아는 많은 일과 그에 따른 책임 때문인지 항시 무표정했다.

"카시아!"

"왕세자님."

그러나 카시아의 다양한 표정을 볼 수 있는 자도 있었으니 세다스의 왕세자 놀렌이었다. 두 사람은 어린 시절부터 가까이 지내 친구라 불러도 좋을 정도였다.

"어머니께서 널 찾으신다."

"……전하도 같이 가시는 거예요?"

"응. 나도 같이 오라 하셨거든. 어서 가자. 에스코트해 줄게."

"가, 감사합니다. 영광이에요. 전하."

"우리 사이에 뭘 그렇게까지. 하기야 이렇게 예의 바르니 어머니께서 널 좋아하시는 거겠지."

카시아는 왕세자 앞에서만큼은 볼을 옅게 물들이며 해맑게 미소 지었다. 그리고 세월이 흘러 성인이 되어서도 그런 그녀의 모습은 그대로였다.

하지만 놀렌은 아니었다. 그는 카시아 앞에서 미소 짓기는 했으나 볼을 붉히지 않았다. 놀렌의 홍조 띤 볼은 그의 아름다운 약혼녀 차지였다.

왕세자가 제 약혼녀에게 키스하는 것을 본 뒤 카시아는 제 짝사랑을 속 깊은 곳에 숨겼다. 그리고 제 일에 열중했다.

"두 분의 결혼을 축하드립니다. 세다스여. 번영하라!"

그렇게 또 시간이 흘렀다. 선왕 부부가 일찍 작고하고 결혼한 왕세자는 젊은 왕이 되었다. 그의 아름다운 아내도 왕을 따라 왕비의 자리에 올랐다.

"카시아. 우리 첫아이에게 축복을 내려 줘."

어린 왕세자가 태어났다. 카시아는 아무렇지 않은 척했으나 나날이 수척해졌다. 그리고 어느 밤, 왕궁에서 열린 연회에 참석했다가 충동에 몸을 던지고 말았다.

젊은 왕과 비슷한 미소를 짓는 사내. 타국인이었던 사내는 대담하게도 신녀와 몸을 섞는 죄를 저지르고 훌쩍 떠나 버렸다.

아이를 잉태하자 신력의 크기는 서서히 줄어 갔다. 불러 오는 배에 소문은 커져만 갔다. 신녀가 아이를 배는 건 큰 죄. 곧 카시아는 왕이 된 놀렌 앞으로 끌려갔다.

"카시아. 그대가 아이를 가졌다는 게 사실인가?"

"……네."

"그대는 신녀로서 책임을 다하지 못했을뿐더러 죄를 지었다. 하니 더는 이곳에 둘 수가 없어."

사실을 확인한 놀렌은 곧바로 카시아를 왕궁에서 내쳤다. 조금의 정도 보이지 않는 모습. 오히려 왕의 옆에 있던 왕비가 그녀를 안타까워했다.

카시아는 저를 동정하는 왕비의 맑고 아름다운 얼굴에 입술을 물었다. 비참했다. 눈물이 날 정도로.

'냉정하신 분. 하지만……'

왕을 향한 카시아의 마음은 아직 수그러들지 않았다. 그리해 그녀는 쫓겨나기 직전 왕에게 경고했다.

"세 번째 아이를 가져서는 안 됩니다. 전하의 세 번째 아이는 필시 왕녀일 것입니다. 아시지요. 세다스의 왕녀들의 끝이 어떠한지. 왕녀는 전하의 큰 아픔이 될 것입니다."

대신녀로 살아오며 누구보다 세다스 왕녀들의 저주에 대해 잘 알고 있던 카시아였다. 거기다 그녀는 예지의 힘으로 흐릿하게나마 미래도 볼 수 있었다.

왕과 왕비 사이 세 번째 아이는 태어나서는 안 됐다. 왕녀로 태어난 그 아이는 선대 왕녀들이 그러했듯 눈멀 것이며 고통스러운 삶을 살다 일찍이 세상을 뜰 것이다. 카시아는 사랑하는 놀렌이 사랑하는 이를 잃는 고통을 겪지 않기를 바랐다.

그러나 왕은 그녀의 충고를 귀담아듣지 않았다. 그도 그럴 것이 왕녀가 태어나지 않은 지 200년 가까이 흘렀다. 젊은 왕은 카시아가 말하는 이야기 따위 전설로 치부했다.

카시아는 그런 그가 걱정스러웠지만 더는 할 수 있는 게 없었다. 왕궁 밖으로 내쳐진 그녀는 작은 산골 마을에 몸을 의탁했다. 그리고 얼마 가지 않아 딸아이가 태어났다. 카시아는 하얀색 머리카락을 가진 딸아이의 이름을 알리시아라 지었다.

"엄마! 손님이 왔어요!"

세월은 또 흘러갔다. 그리고 알리시아가 여덟 살 무렵 손님이 찾아왔다.

"오랜만이야. 카시아."

왕에게는 그새 아이가 넷 생겼다. 하나 놀렌이 인정하는 자식은 셋뿐. 카시아는 왕이 왕녀 때문에 자신을 찾았음을 직감했다.

"……저는 그때 분명 경고했습니다. 전하."

카시아는 그리 말하며 왕녀에게 찾아온 저주를 풀어 달라는 왕의 부탁을 거절했다. 왕은 그녀의 답에 조용히 돌아갔다. 그러나 며칠 뒤 카시아는 어둠 속에서 컴컴한 낯을 하는 왕과 그의 손에 붙잡힌 딸아이를 마주했다.

"카시아. 네 딸을 살리고 싶으면 내 딸을 고쳐."

세다스의 젊은 왕은 공명정대해 백성들에게 신임이 깊었다. 하나 그 순간만큼 그는 악귀였다. 카시아는 왕의 검이 어린 딸아이의 목에 닿는 걸 보며 고개를 끄덕일 수밖에 없었다.

'저주가 빠르구나.'

왕궁으로 돌아와 눈먼 왕녀를 살핀 카시아는 왕녀의 목숨이 얼마 남지 않았음을 알 수 있었다. 눈머는 순간 저주는 발현한다. 이대로라면 왕녀는 열 살을 넘기지 못하리라.

"제 힘으로는 왕녀님을 고칠 수 없습니다."

카시아는 왕에게 운명을 받아들이라 어렵게 충고했다. 그러나 눈에 넣어도 아프지 않을 딸을 왕은 포기할 수 없었다. 왕은 괴물이 되어 카시아에게 방법을 찾으라 윽박질렀다. 왕녀가 죽는 순간 네 딸은 갈기갈기 찢어질 것이라 협박했다.

카시아는 왕의 협박에 이를 갈면서도 그의 명에 따라 방법을 찾기 시작했다. 그러나 찾아낸 방법은 너무나 끔찍하고 무도했다.

왕녀의 저주를 풀기 위해서는 신력이 많이 필요했다. 하나 신이 떠난 왕국에 신력을 품은 이들은 극히 드물었다. 그렇다면 방법은 하나뿐. 신력을 가진 이들보다는 흔한, 신력의 흔적이 남은 어린아이들의 남은 생명력을 갈취해 신력으로 바꾸는 금단의 주술을 쓸 수밖에 없었다.

아이들의 희생을 바탕으로 해야 하는 일. 카시아는 고개를 저었다. 그러나 그녀가 고민하는 기색을 보이자 왕은 그녀 앞에서 알리시아의 목에 상처를 냈다.

'안 돼. 알리시아를 죽게 내버려 둘 수는 없어.'

그렇게 끔찍한 일이 헤스티아 대신전 지하에서 자행됐다. 카시아는 일주일에 적게는 하나 많게는 다섯 아이의 목숨을 빼앗았다.

아이들의 목숨을 대가로 왕녀는 밝게 자라났다. 웃으며 정원을 뛰었고 부모와 오라비들 품에서 근심 걱정 없이 컸다.

반면에 카시아의 딸 알리시아는 포로처럼 헤스티아 대신전에 묶여 있었다. 어미를 제대로 보지 못한 채 고아들과 함께 자란 그녀는 점차 미소를 잃어 갔다.

'여기까지만 하자. 더는 못 해. 못 할 짓이야.'

2년이 지났다. 어느 날 한 번에 세 아이의 목숨을 빼앗은 카시아는 왕녀에게 남은 저주의 무게를 재며 이제 그만하자 생각했다.

'내 남은 목숨을 버리면…….'

얼마 남지 않은 저주는 그녀의 목숨과 남은 신력을 통해 해결할 수 있었다. 하여 카시아는 왕녀의 저주가 거의 끝나 간다 왕에게 전하며 마지막 부탁을 했다.

"전하. 남은 아이들과 알리시아를 부탁드립니다."

잠든 왕녀를 데려온 왕은 고개를 끄덕였다. 카시아는 한때 사랑한 그를 믿고 웃으며 왕녀에게 손을 뻗었다. 그리고 제 목숨과 남은 신력을 사용해 왕녀의 저주를 제게 옮겨 왔다.

쓰러진 카시아를 두고 왕은 왕녀를 챙겨 급히 나갔다. 카시아는 아이들이 죽어 갔던 제단에 몸을 기댄 채 딸아이의 이름을 불렀다.

"알리시아. 내 아가. 미안하구나."

그녀 없이 살아갈 딸아이에게 사죄하며 카시아는 눈을 감으려 했다. 그러나 순간 매캐한 냄새와 함께 뿌연 연기가 지하로 들어왔다.

'전하. 흉흉한 소문이 돌고 있습니다.'

'자세히 고하라.'

'헤스티아 대신전에서 아이들이 기이할 정도로 많이 죽어 나간다 합니다. 하여 그 지하에서 누군가 사특한 일을 벌이는 게 아니냐 그런 말들이…….'

왕은 카시아와의 약속을 저버렸다. 그는 혹여나 왕녀의 저주를 풀기 위해 벌인 일이 세상에 드러날까 봐, 그리해 사람들이 왕녀를 손가락질할까 봐 두려워했다.

왕의 은밀한 명 아래 헤스티아 대신전이, 정확히는 아이들을 가둬 둔 보육원이 불길에 휩싸였다. 카시아는 달리고 달렸다. 멀리서 아이들의 살려달라는 비명이 들렸다.

"살려 주세요!"

"뜨거워. 흐아아앙! 뜨겁단 말이야!"

"카, 카시아 님! 저 좀 꺼내 주세요!"

"숨을……. 숨을 쉴 수가 어, 없어."

자신이 어떤 심정으로 목숨을 포기했는데. 하나 그녀가 아이들이 있는 방에 도착했을 때는 이미 늦었다. 아이들은 대부분 쓰러져 있었으며 불길은 아예 입구를 막았다. 살아남은 아이들도 숨을 헉헉대다 움직임을 멈췄다. 카시아는 아이들 속에서 알리시아를 찾으려 했다. 하나 높게 솟은 불이 그녀를 막았다.

살이 타는 역겨운 냄새가 나기 시작했다. 멍하니 제 앞에 펼쳐진 지옥을 보던 카시아는 히죽거리다 어느 순간 폭소를 시작했다.

"하, 하하. 하하하하!"

카시아가 아직 불타지 않은 벽 가까이 갔다. 그리고 제 손가락을 물어뜯어 그곳에 무언가 그리기 시작했다.

알리시아는! 그 불쌍한 아이는! 나를 어미로 뒀다는 죄밖에 없는 내 딸은! 그리고 이곳의 아이들은! 왕녀의 하나를 위해 죽어 간, 그리고 이제껏 이곳에 갇혀 있던 이 가여운 아이들은!

"이렇게 죽었는데……."

저 때문에 포로처럼 붙잡혔다 이 불길 속에서 죽었을 딸아이가 망막에 맺혔다. 카시아의 얼굴에 광기가 어렸다. 그녀는 흐르는 피로 완성한 기괴한 주술진을 보며 외쳤다.

"무도한 왕이여! 왕녀여! 나처럼! 내 딸처럼! 이곳의 아이들처럼! 너희도 똑같이 당해야지! 그래야 옳지 않은가."

피로 그려진 주술진이 황금빛으로 번쩍였다. 그리고 어느 빛이 저 멀리서부터 카시아를 찾아 돌아왔다. 왕녀에게 쓴 마지막 신력과 목숨 일부였다.

바친 힘을 전부 다 거둬들이지는 못했으나 이 정도로도 충분했다. 왕녀는 저주를 오롯이 지우지 못했다. 하니 저주는 곧, 적어도 왕녀의 나이 스물쯤에는 다시 시작될 것이다. 제 손에 다시 들어온 빛을 보며 카시아가 깔깔거렸다.

카시아가 불길 속에서 춤췄다. 뱅뱅 돌아가는 시야로 딸아이가 보였다. 카시아는 그것이 제 망상이다 생각하며 외쳤다.

"알리시아. 내가 마녀다. 마녀야. 이 얼마나 다행이니."

하니 걱정 마. 알리시아. 이 어미는 마녀라 네 복수는 해 줄 수 있어.

카시아의 주변을 모두 메운 불길이 떨어지는 눈물에 칙 하는 소리를 냈다. 그러나 이내 불길은 카시아의 드레스를 먹고 그 안의 살점을 씹으며 타올랐다.

* * *

알리시아는 불길 속으로 눈을 고정했다. 어미가 산 채로 타들어 가고 있었다.

"어, 엄마! 엄마!"

어린 소녀가 애타게 어미를 불렀다. 하나 불기둥이 되어 버린 어미는 부름에 답하지 않았다. 결국 알리시아는 제자리에 주저앉아 더는 움직이지 않는 어미를 바라보기만 했다.

어미를 닮은 커다란 검은 눈에서 눈물이 쏟아졌다. 그러나 슬픔의 크기만큼 흘리지 못한 눈물은 거센 불길 앞에 무용했다.

쾅.

천장 일부가 떨어지며 불타 재가 되어 가는 나무가 튀어 올랐다. 동시에 그 속에서 생긴 불티가 소녀의 양쪽 눈을 덮쳤다.

"아악!"

어미 잃은 소녀가 비명을 질렀다. 그리고 얼마 가지 않아 비스티우스 제국에는 눈먼, 그러나 강력한 신력을 지닌 신녀 하나가 생겼다.

* * *

이교도의 왕이여. 짐승들의 우두머리여. 감히 빛의 여신께 대적한, 바닥을 기는 더러운 짐승이여.

너는 진정 기억을 잃었던가. 정말 너를 따르며 찬양하던 그 구름같이 많은 자들을 잊어버렸는가. 네게 쏟아지던 황금과 보화의 비를 망각했는가.

오 이제는 한낱 마구간지기가 되어 버린 노인이여. 말똥이나 맞으며 여신의 종복의 신발 바닥을 핥으며 비참한 꼴로 웃는 자여.

여신의 힘이 깃들어 빛이 나는 성수는 완벽한 물건이던가. 저주라 불릴 정도로 너를 깨끗하게 만들어 주던가.

진실을 알려 다오. 너는 정말 그 무엇도 기억하지 못하는가.

아니면 혹······.

고작 육신의 고통 따위가 두려워 여신의 광신도가 되어 모두를 기만한 게 아니던가.

* * *

일렁이는 빛 무리와 함께 병에 남아 있던 모든 것이 다가오는 죽음으로 검게 변한 입술 사이로 스며들었다.

"흐으······."

예레나의 몸에서 서서히 죽음의 그림자가 거두어졌다. 침략자는, 기만자는 그녀를 다급히 불렀다.

"예레나."

얼마 지나지 않아 죽은 세다스의 왕녀가, 아니 록젠타 후작의 숨겨져 있던 차녀가 감긴 눈을 움직였다. 그리고 반려인 제국의 황제가 그토록 바라던 모습으로 눈을 떴다.

"예레나!"

반짝이는 푸른 눈에는 의문만 가득할 뿐. 고통도 괴로움도 사라져 있었다. 감격에 겨운 황제가 제 반려를 와락 껴안으며 그녀의 이름을 불렀다.

제국의 황후가 태어나는 순간이었다.

11장. 눈먼 자

아래로 늘어진 흰빛꽃이 신전을 하얗게 메웠다. 가는 줄기 위로 흩날리는 황금빛에 군중이 환호했다.

신전의 가장 높은 발코니, 아직 청년도 되지 못한 어린 신관이 모습을 드러냈다. 그러자 여기저기서 사람들이 찬탄을 뱉었다.

머리에 기다란 흰 천을 올려 늘어뜨린 어린 신관은 흰빛꽃이 흩날리는 하늘 아래 더없이 신성해 보였다. 옷에 수놓아진 금실과 높게 솟은 선지자의 관이 위엄을 더했다.

"아…… 여신이여."

군중은 어린 신관을 보고 감동에 찬 얼굴을 했다. 몇몇 믿음이 강한 백성들은 눈물을 흘리며 바닥에 주저앉기까지 했다.

"선지자시여. 제게 축복을 주소서."

사람들 앞에 화려한 차림으로 선 소년 신관은 일개 신관이 아니었다. 그는 제국 내 모든 신관과 신녀들의 우두머리요 빛의 여신께 가장 가까이 닿아 있는 자였다.

열넷. 어린 선지자가 오른손을 들어 보였다. 그러자 그의 아래 정렬한 모든 신관이 나이와 직위 고하에 관계없이 몸을 숙였다. 모여 있는 군중도 마찬가지였다. 새로운 선지자를 향해 신도들은 예를 갖춰 기도를 올렸다.

어린 선지자가 손을 살짝 흔들었다. 그러자 늘어서 있던 신관 중 하나가 큰 소리로 선지자의 말씀을 경청하라 외쳤다.

사람들의 집중이 높아졌다. 어린 선지자는 때를 놓치지 않고 눈을 감고 기도했다.

선지자 몸 전체에서 황금색 빛이 터져 나왔다. 선지자가 직접 내리는 축복이요 기적의 증명이었다.

사람들이 손을 뻗어 황금빛에 닿으려 노력했다. 그리고 눈이 부신 빛 속에서 어린 선지자는 여신을 대신해 신도들을 따뜻하게, 그러나 한편으로는 냉혹하게 내려다봤다.

* * *

사람들의 함성을 뒤로하고 선지자가 신전 내로 들어왔다. 기다리고 있던 늙은 신관이 허리 숙여 그를 맞이했다.

"고생 많으셨습니다."

선지자 대리로 신전의 이인자로 군림했던 늙은 신관은 모든 직위를 내려놓고 평신관으로 돌아갔다. 그러나 선지자는 허리 굽히는 늙은 신관을 만류했다.

"스승님. 말씀을 낮추십시오."

"그럴 수는 없지요. 선지자께서는 이제 제 제자가 아닙니다. 저보다 여신께 가까이 닿은 분이실 뿐입니다."

"하나……."

선지자가 무어라 더 말하려 했다. 하나 늙은 신관은 선지자의 스승이었던 시절처럼 엄한 얼굴을 보였다. 선지자는 습관처럼 입을 닫았다.

그 모습에 늙은 신관이 장난스러운 미소를 띠었다. 그리고 자애로운 목소리로 선지자에게 말했다.

"그래도 다행입니다. 이리 건강한 모습으로 이 자리에 서시다니."

늙은 신관의 목소리에는 씁쓸함과 기쁨이 동시에 묻어났다. 그럴 수밖에 없었다. 눈앞의 어린 선지자를 몸 성히 이 자리에 올리기까지 얼마나 많은 갈등이 있었던가. 늙은 신관은 신전 내 다툼에 죽고 쫓겨난 많은 신관을 떠올렸다.

어린 선지자도 자신의 자리가 얼마나 많은 희생을 바탕으로 했는지 잘 알았다. 그가 기도하듯 손을 모으며 중얼거렸다.

"……선대를 비롯한 많은 분이 노력해 주신 덕이지요."

늙은 신관은 어린 선지자를 따라 기도하려다 멈칫했다. 문뜩 이제는 세상에 없는 선대 선지자의 마지막이 떠오른 탓이었다.

몇 년 동안 의식도 찾지 못했던 선대 선지자는 죽기 전 몇 시간 동안은 눈도 뜨고 말도 했다. 그리고 그는 죽음을 앞둔 제 육신을 간신히 붙든 채 어린 선지자의 스승에게 충고했더랬다.

'마, 막시무어를 조심…… 하게. 그리고…….'

'…….'

'이안을……. 자, 잘 보살펴 주게. 자네만……. 믿어.'

당시는 슬픔에 겨워 제대로 생각하지 못했다. 하나 어느 정도 감정이 가라앉은 뒤 늙은 신관은 선대 선지자의 말에서 의아한 점을 여럿 발견했다.

선대 선지자는 모든 기억을 되찾은 듯했다. 제법 길었던 그의 충고는 그가 제법 또렷한 기억이 있음을 의미했다.

뒤늦게 그를 깨달은 늙은 신관은 그 사실에 경악했다. 선대 선지자는 지난 몇 년 죽음을 이기기 위해 '순백의 물'을 거의 한 병 반 복용했다. 그리고 그 양은 50년 이상의 기억이 소거됐음을 의미했다.

의문이 또 꼬리를 물고 이어졌다. 늙은 신관은 복잡해지는 머리에 눈을 감았다. 그리고 기도 올리며 속으로 중얼거렸다.

'……여신의 뜻이겠지.'

* * *

새 황제가 권좌에 오른 지 6년이 흘렀다. 그리고 그 짧지도, 길지도 않은 세월 동안 비스티우스 제국은 새로이 즉위한 황제의 통치 아래에서 나날이 성장했다.

'군대를 철수시키라.'

황제 로샨 비스티우스는 끌어내려진 폐황제와 달리 침략 전쟁에 목매지 않았다. 주변국들은 전장에서 사신 같던 그의 모습을 떠올리며 황제의 자리에 오른 로샨이 혹여나 대륙 통일을 외칠까 걱정했다. 그러나 새 황제는 전쟁보다는 내치에 신경 쓰는 모습을 보였다.

나라 밖을 돌던 자금이 나라 안에 돌기 시작했다. 학교와 구빈원이 세워지고 예술이 꽃을 피웠다. 백성들의 삶은 전보다 풍요로워졌다.

"내일 광장에서 연극이 열린다더군. 여신께 선택받은 어느 영지의 적자가 치졸한 수로 영주의 자리에 오른 이복형을 몰아내고 나아가 사악한 용에게서 이웃 나라 왕녀를 구하는 이야기라 하네."

"너무 진부한걸. 재미가 있겠나?"

"재미는 모르겠지만 극에 오르는 여배우가 아주 아름답다 소문이 자자해."

"그럼 가야지."

삶의 여유에 백성들은 너 나 할 것 없이 황제를 칭송했다. 폭군으로 불리던 폐황제는 성군을 더 빛나게 할 악역으로만 기억될 뿐, 누구의 동정도 받지 못했다.

"요새 황제께서는 어떠하시답니까?"

"뻔하지요. 집무실 외에는 상아궁에만 드나드신다 합니다. 아예 거처도 그리로 옮기셨다 하더군요."

"여전하신 모양입니다. 히먼 백작이 속이 좀 쓰리겠는걸. 막내 여식이 아름답다 부러 중앙궁의 시녀로 넣더니……. 헛짓거리한 셈이지요."

귀족들도 인기 좋고 막강한 권력을 가진 황제에게 감히 대항하지 못했다. 거기다 황제의 측근들도 능력이 출중한 데 비해 욕심이 적은 자들이었으므로 으레 일어나는 내분도 거의 없었다.

"이럴 수는 없소! 내 선조께서 제국에 세운 공이 얼마인데. 그 후손인 내가 이런 대접을 받는다니."

"맞소! 제임스 같은 자에게 백작 작위라니. 말이 되오?"

"가만있어서는 안 됩니다. 어떻게든 황제께 우리 의견을 피력해야 하오!"

물론 갈등이 아예 없다 할 수는 없었다. 특히 폐황제가 축출되기 직전 로샨의 편에 선 귀족 세력은 불만이 많았다. 그러나 그들의 우두머리라 할 수 있는 다에 공작은 로샨이 즉위하자마자 영지로 내려가 버렸으므로 남은 이들은 제대로 된 구심점을 만들지 못했다. 하여 종종 작은 세력 다툼이 일어날지언정 귀족 사회는 어느 때보다 평화로웠다.

"그…… 폐황제의 황후가 죽었답니다. 왜 다에 공작의 여식 말이에요."

"병이 깊다더니 결국 그리되는군요."

"정말 병 때문일까요? 소문에는 폐황제를 그리워하다 몸을 던졌다 하던데."

"설마요. 우리 다 알지 않습니까. 폐황제와 공작의 여식이 사이 나빴다는 사실을. 그보다는 화병이 나서 죽었다더군요."

"화병이요?"

"왜 폐황제가 축출되기 직전 공작께서 현 황제 폐하의 편에 섰잖습니까. 그 때문인지 그녀는 자신의 황후 자리가 그대로 유지될 거라 믿었다더군요. 한데 신전에 갇힌 신세가 되었으니……."

"믿을 만한 소문이에요. 저도 은밀히 들었는데 황제께서 공작에게 압박을 넣었다 합니다. 공작의 여식을 보기 싫으니 치워 버리라고 직접 명하셨다지요."

"어머. 그럴 만도 하네요. 공작의 여식이 작금의 황제 폐하의 약혼녀 시절 폐황제와 정분이 난 건 대부분이 아는 사실이잖아요? 나 같아도 꼴도 보기 싫겠어요."

"그런 일이 없었어도 공작의 여식은 쳐다보기도 싫을 거예요. 알잖아요. 그 고약한 성미. 끔찍했죠. 그 앞에서 비위 맞추느라 고생한 걸 생각하면 치가 떨려요."

한때는 황궁의 지배자요 여인들의 으뜸이었던 황후 릴리아나도 사람들 입에 몇 번 오르내리다 잊혔다. 어느 작은 신전에서 죽음을 맞이한 그녀의 장례식에는 가족과 가까운 친척들만 참석했다.

이렇듯 한순간에 몰락해 꼬꾸라지는 자가 있으면 찬란하게 떠오르는 자도 있는 법. 눈치 빠른 귀족들은 극의 뒤로 물러난 이들을 머릿속에서 지운 채 새롭게 뜬 별을 향해 부지런히 눈을 굴렸다.

"맞아요. 그때만 생각하면……. 그에 비해 지금 황후 폐하께서는 얼마나 훌륭하신지. 아름다움만큼 깊은 자애로움을 지니신 분이시죠."

"거기다 재주는 또 얼마나 대단하신지. 일전에 상아궁 백합 정원에서 열렸던 다과회 생각나요? 제 생애 그렇게 훌륭한 다과회는 처음이었답니다."

그리고 현재 제국에서 떠오른다는 말에 가장 걸맞은 이는 황제 로샨 비스티우스의 반려이자 그가 사랑해 마지않는, 황후 예레나 비스티우스였다.

황후는 서부의 오래된 명문가이나 중앙 정치에는 뜻이 없는 록젠타 후작 가문의 차녀로 황제의 옆에 서기 전까지는 한 번도 수도에 모습을 드러낸 적 없었다. 때문에 그녀가 황후가 된 직후에는 별의별 소문이 나돌았다.

"글쎄요. 저도 그 다과회 자리에 있었지만……. 황후 폐하께서 눈부시게 아름답다는 것 외에는 별 특별함을 느끼지 못했어요. 아! 황후 폐하께서 그 모친이신 록젠타 후작 부인과 한 군데도 닮지 않아 놀라기는 했답니다.

혹 그 괴이한 소문이 사실이 아닐까 하는 생각마저 했어요."

"히면 백작 부인. 소문이라면……."

"어머. 다들 알고 계셨던 거 아닌가요? 왜 황후 폐하의 즉위 초만 해도 소문이 많았잖아요. 황후께서 천민 출신이라 황제께서 신분을 주셨다든가 뭐 그런 것들이요. 아! 그런 말도 있었지요. 황제 폐하께서 아끼던 소국의 포로가 황후 폐하라는."

떠들기 좋아하는 사람들이 많은 귀족 사회이니 소문은 무럭무럭 크기를 키웠다. 하나 얼마 가지 않아 황후를 둘러싼 근거 없는 말들은 하나하나 자취를 감췄다.

은밀한 외압이 있기도 했으나 그보다는 황후를 대하는 황제의 태도에 사람들은 하나둘 입을 닫았다. 황제는 말 그대로 황후를 여신처럼 대했다.

황후 앞에서 그는 만인지상 황제로 보이지 않았다. 황제는 사람들이 많은 곳에서도 개의치 않고 그녀의 하인을 자처하며 더없이 몸을 낮게 낮추었다. 제국에서 황제의 공대를 들을 수 있는 유일한 이. 그게 바로 황후였다.

"……난 이만 가 봐야겠어요."

"저도요. 시간이 벌써 이렇게 됐네요."

상황이 이렇다 보니 눈치 빠른 이들은 당장 황후에 대해 부정적인 말 하는 것을 그만뒀다. 눈치가 없는 이들도 제정신이라면 곧 입을 닫았다.

"히면 백작 부인과는 교류를 끊는 게 좋겠어요. 막내 여식의 일이 있다지만 저리 무도하게 굴어서야 쯧."

"그러니까요. 백작의 여식이 황제 폐하의 눈에 차지 않는 게 황후 폐하의 탓이던가요. 수치도 모르고……."

"백작가의 영식들은 참 괜찮았는데. 안타깝게 됐어요. 수도에서 신붓감 얻기는 글렀네요."

"신붓감이 다 뭐예요. 조만간 백작가 전체가 수도를 떠나야 할걸요."

몇몇 개인적인 불만과 원망에 황후를 낮잡아 보며 여전히 떠드는 이가 있기도 했다. 그러나 정치적 생존에 예민한 귀족들은 그런 이들을 멀리했다. 하여 황후에 대한 소문은 나날이 줄고 줄어 언젠가부터는 거론할 가치도 없는 헛소문으로 치부될 뿐이었다.

* * *

황제의 집무실은 단순한 편이었다. 쓸모없는 가구는 일절 없었으며 장식품들도 드문드문 있는 편이라 넓은 공간이 한층 더 비어 보였다. 하나 그렇기에 깔끔하다는 인상이 강하게 남았다.

집무실 책상 앞에 선 제임스는 보이는 눈을 가늘게 뜨며 안대를 만지작거렸다. 그러다 눈의 피로가 조금 가셨는지 다시 손에 들고 있던 종이를 보며 입을 열었다.

"다음은 세다스 왕국입니다. 심어 놓은 이들의 말에 의하면 왕은 아직도 대단히 패도적이라 합니다."

보통 때라면 다른 일을 병행하며 들었을 소식이었다. 그러나 세다스 왕국의 일이었기에 황제는 펜을 내려놓은 채 측근의 말을 경청했다.

제임스도 제 주군이 세다스 왕국에 큰 관심을 두고 있음을 알았다. 그렇기에 그는 세다스 왕국의 동향이 어떠한지 세세히 보고했다. 그리고 왕국의 변화에 일등 공신인 세다스 왕에 대해서도 자세한 내용을 늘어놨다.

"세다스의 왕이 대단하기는 합니다. 망국에 가까운 나라를 벌써 동북의 실질적인 패자로 만들었으니 말입니다."

"……."

"하지만 걱정은 마십시오. 안팎으로 왕을 둘러싸고 시끄러운 일도 많은 것 같고……. 제국을 향해 짖기는 어려울 겁니다."

"시끄러운 일이라면?"

"현재의 왕비를 둘러싸고 말이 많은 모양이더군요. 남편 있는 여인을 갈취하다시피 한 모양이던데……. 왕비의 전남편이 하필 카이로의 왕족이랍니다. 카이로의 새로운 왕과 사촌 간이라지요. 왕비의 전남편이 사촌을 등에 업고 왕비를 돌려 달라 시위 중이라더군요."

"카이로라면 지금의 세다스로서는 힘든 상대지."

"맞습니다. 세다스 왕국에는 벅찬 곳이지요. 게다가 굵직한 무역품들도 세다스가 카이로에 일방적으로 의지하고 있는 꼴이라 자칫하면 나라가 또한 번 내려앉을 위기입니다."

"……기분이 좋아 보이는군."

신이 난 제임스를 보며 황제가 말했다. 제임스는 정곡을 찌르는 주군의 말에 잠시 주춤거리더니 곧 미소를 띠었다.

"세다스의 왕이 좀 건방져야지요."

제임스는 세다스의 왕 이스날을 마땅찮게 생각했다. 첫 그의 편지도 그렇고 이스날은 지속적으로 제국에, 정확히는 제국의 황제인 주군께 반발심을 보였다.

"감히 폐하께……."

"적당히 둬."

그가 세다스의 왕이 얼마나 건방진지 일장 연설을 하려던 때였다. 황제가 손을 들어 제임스의 말을 막았다.

"망하지 않게 두고만 봐, 전쟁이 일어났다는 등의 소식이 들리지 않게 잘 지켜보란 말이야."

우리 황제 폐하께서는 참으로 자비로우시지. 황제의 말에 제임스가 불만 어린 표정을 했다. 하나 황제가 세다스 왕국에 자비로운 것은 하루 이틀 일이 아니었기에 곧 그는 표정을 풀었다.

'하나 남은 눈은 지켜야지.'

제임스가 속으로 그렇게 구시렁거리며 종이를 넘겨 새로운 정보를 보고하려 할 때였다. 황제가 갑자기 자리에서 일어났다.

"폐하. 보고가 아직 끝나지 않았습니다."

"나중에."

황제는 짧게 대꾸하고는 문가로 걸음을 옮겼다. 제임스는 그런 황제의 뒤에서 조용히 한숨 쉬다 따라 움직였다.

'세다스의 왕비라면 프리아 그 여자겠지.'

세다스 왕국의 왕비는 황제도 익히 아는 여인이었다. 죽은 세다스 왕녀의 친우. 왕녀에게서 어떤 답신도 받지 못했을 게 분명하건만 꾸준히 서신을 보내왔었지.

세다스 왕비의 소식을 듣자 괜스레 불안감이 커졌다. 이제는 잊힌, 그만이 소중하게 간직하고 있는 탑에서의 생활이 떠올랐다.

황제가 걸음을 빠르게 옮겼다. 그리고 당연하게도 그가 멈춘 곳은 황후가 있는 상아궁이었다.

* * *

제국의 일인자가 누구인가. 사람들은 우스갯소리로 이리 소곤거리곤 했다.

황후 폐하요.

그럴 만도 한 게 황후는 누가 보더래도 황제의 위에 군림하고 있었다. 황제는 황후를 떠받들며 언제나 최우선시했으며 자처해 황후의 하인처럼 굴었다.

빛의 여신을 유일신으로 모신다 하나 제국은 사내를 우선시하며 여인을 낮잡아 보는 나라였다. 긴 역사 속 여황제가 단 한 번도 없었을 정도이니 말해 무엇 하랴.

한데 이런 곳에서 으뜸인 황제가 제 부인에게 무릎을 꿇으니 신하들은 헛기침하며 저들끼리 떠들었다.

'황제 폐하를 말려야 합니다. 저런 모습을 보이시니……. 나라 안 여인들이 남편에게 순종하기는커녕 남편들 머리 위에 오르려 하지 않습니까.'

'맞습니다. 남편의 권위가 바닥입니다. 두고만 볼 수 없습니다.'

그러나 황후에 대한 황제의 태도에 불만을 표하던 이들 중 다수는 황후를 본 뒤 은밀히 말하곤 했다. 황제가 이해 가지 않는 것은 아니라고.

'황후 폐하를 알현한 적이 있나? 나는 어제 그분을 보았어. 그리고 황제 폐하를 단박에 이해하게 됐지.'

'뭐…… 자네 드디어 정신이 나갔나?'

'쯧. 무어라 해도 상관없네. 난 자네가 가여울 뿐이니까.'

황후는 여신이라는 단어에 부족하지 않았다. 봄의 햇볕을 얇게 쪼개 놓은 듯한 백금발과 그 아래 청명한 하늘과 같은 푸른 눈을 보고 있노라면 여인에게 둔한 사내도 볼을 붉히고는 했다. 하여 황제의 반려라는 수식어에도 그녀를 짝사랑하며 애를 태우는 귀족 청년들도 여럿이었다.

게다가 그녀는 천성인지 누구에게나 다정했다. 살풋 미소 지으며 고개를 천천히 끄덕이는 모습이 어찌나 사랑스러운지. 황후와 이야기 나눈 다수의 이들은 곧 그녀에게 매료됐다.

거기다 황후에게는 이제 약점조차 없었다. 한때는 중앙 정치에 연이 없는 가문 출신이라는 것과 여러 소문이 그녀의 뒤를 따르며 말을 낳았다. 하나 5년 전 황후가 쌍둥이 황자들을 출산한 이후, 그녀에 관한 삿된 말은 모조리 사라졌다.

"황후 폐하께서 황자님들의 친구를 구하기 위해 작은 연회를 연다 하시더군요."

"어쩜. 저희 아이들 중 하나라도 초대받았으면 좋겠어요."

황후는 현재 넘치는 존경과 우러름을 받았다. 사람들은 신분과 나이에 상관없이 그녀에게 잘 보이려 애썼다.

물론 그 속에는 황제도 있었다. 일도 미뤄 둔 채 황후가 기거하는 상아궁에 도착한 황제는 제 반려가 놀라지 않도록 시녀장을 통해 자신이 도착할 것을 미리 알린 뒤 제 옷차림을 한 번 더 살피고 궁 안으로 들었다.

* * *

황제가 온다는 소식에 황후 예레나는 방 밖으로 마중을 나왔다.

"예레나."

"폐하."

아내를 발견한 로샨이 걸음을 한층 더 빨리하더니 자연스럽게 그녀의 곁에 섰다. 그러자 예레나가 옅게 미소 지으며 그의 팔짱을 꼈다. 로샨은 그런 예레나를 바라보며 세상을 다 가진 듯한 표정을 짓다 궁인들에게 손짓했다.

"모두 물러가라."

매번 있었던 일인 듯 궁인들은 소리 없이 사라졌다. 사람들이 사라지자 예레나가 걸음을 옮겼다. 로샨은 그녀와 발 맞춰 걸으며 속삭였다.

"폐하라니. 어찌 불러 주기로 저와 약속하셨지요?"

"사람들이 있었잖아요."

몸을 기울여 속삭이는 남편이 낯부끄러운 듯 예레나가 팔짱을 풀고 그를 살짝 밀어 냈다. 로샨은 그런 아내를 쫓아가며 간청하듯 중얼거렸다.

"지금은 없습니다."

"······애들이 가까이 있어요."

그새 방 안 응접실에 도착한 예레나가 입술을 삐죽이며 살짝 열린 문을 눈으로 가리켰다. 안에는 두 사람의 아이인 쌍둥이 황자들이 있었다. 아비와 마찬가지로 어미에게 붙어 있는 걸 좋아하는 황자들은 밖에서 뛰어놀다가도, 공부하다가도 예레나에게 쪼르르 달려왔다. 오늘도 마찬가지라 예레나는 실컷 풀밭을 뛰어다닌 아이들을 제 침소에서 재운 참이었다.

"당신과 나. 우리의 아이들인데 무슨 상관입니까."

아내의 눈짓에도 로샨은 그녀에게 딱 붙어 왔다. 커다란 사내의 손이 닿는다 싶더니 단단한 팔이 순식간에 예레나의 허리를 감았다.

"로샨."

예레나가 기겁하며 로샨을 밀쳤다. 정확히는 밀치는 듯 보였다. 두 사람이 가까이 붙었다. 하나 그때 살짝 열린 문을 작은 손이 밀었다.

"엄마!"

"루이스!"

쌍둥이 황자 중 동생인 루이스 황자였다. 어미의 금발을 물려받은 아이가 아비를 흘겨보며 어미에게 쪼르르 달려왔다. 당연하게도 예레나는 남편을 뒤로한 채 아이에게 품을 내줬다.

"으…… 으응. 어머니."

"카이로."

예레나가 아직 작은 아이를 안아 들자 열린 문에서 주춤거리며 또 한 명의 아이가 나왔다. 쌍둥이 황자 중 형인 카이로였다. 아비의 검은 머리카락을 빼닮은 아이는 동생과 달리 어색하게나마 연기를 했다. 잠이 들어 있다가 이제 막 깬 듯, 부모를 방해할 생각은 없었다는 듯 능청스러운 얼굴이 귀여웠다.

"너도 깼구나. 이리 온."

예레나가 루이스를 안아 든 채 말했다. 카이로는 쌍둥이 동생과 마찬가지로 곧장 어미에게 돌진하려다 관뒀다. 아이의 눈이 가녀린 어미의 팔에 닿았다.

"아버지. 아버지가 안아 주세요."

아이는 아쉬운 얼굴을 숨기지 못하면서도 아비를 향해 팔을 넓게 벌렸다. 로샨은 그런 아들이 기특하다는 듯 머리카락을 헝클어 주고는 번쩍 들어 올려 한쪽 팔 위에 앉혔다.

"그새 또 자랐구나. 많이 무거워졌어."

로샨이 카이로에게 다정히 말할 때였다. 나무에 붙은 매미처럼 어미에게 달라붙어 있던 루이스가 형을 향해 혀를 길게 내밀더니 어미의 뺨에 입 맞췄다. 카이로는 동생을 향해 잠시 분한 얼굴을 했으나 이내 의젓한 표정으로 고개를 치켜들었다.

"루이스. 형한테 그러면 못써."

예레나가 제 품에 안겨 있는 루이스에게 엄한 목소리로 말했다. 루이스는 어미의 표정에 일순 세상이 무너지는 표정을 짓더니 이내 울먹였다.

예레나는 당장 울 것 같은 아들을 보면서도 표정을 풀지 않았다. 오히려 그녀는 안고 있던 아이를 내려놨다. 결국 루이스는 카이로에게 작은 목소리로 사과한 후에야 다시 어미에게 안길 수 있었다.

"자. 이제 둘 다 그만 나가 보렴. 아버지가 어머니와 할 이야기가 있어."

하지만 루이스는 곧 다시 어미의 품에서 내려와야 했다. 로샨이 카이로와 눈 마주친 후 아이를 내려놓으며 따뜻한 말씨로, 그러나 단호하게 아이들을 향해 말했기 때문이다.

"싫어! 나도 엄마랑 있을 거야."

루이스는 싫다 고개를 저으며 어미의 목가에 얼굴을 묻었다. 예레나는 떨어지지 않으려는 아들을 한참 달랜 후에야 내려놓을 수 있었다.

"루이스. 이리 와. 어머니. 아버지. 이만 가 보겠습니다. 저녁 식사 때 봬요."

카이로가 동생을 향해 손을 뻗었다. 루이스는 울먹이면서도 순순히 형의 손을 잡았다.

황제가 밖에서 대기하고 있을 황자들의 유모를 불렀다. 곧 유모와 궁인들로 이루어진 한 무리가 황자들을 데리고 나갔다.

"아이들의 거처를 따로 마련해 줘야겠습니다. 언제까지고 이곳에 머무를 수는 없지요. 공부도 더 해야 하고 이제 검도 잡아야 하니까."

로샨이 예레나를 긴 카우치로 이끌며 말했다. 하루가 다르게 자라나는 아이들은 이제 어미의 품에 안겨 있기는 너무 컸다고 그는 생각했다.

"아직 일러요. 이제 다섯 살인걸요. 그리고 황제 폐하. 다 큰 당신도 여기 머무르는걸요."

그러나 예레나의 생각은 달랐다. 그녀의 눈에 아이들은 아직 아기에 가까웠다. 거기다 다 자라다 못해 그녀보다 훨씬 큰 사내도 제 궁을 팽개치고 상아궁에 머무르지 않는가. 그녀가 카우치에 앉으며 장난스럽게 말하자 그녀 옆에 앉은 사내가 당당하게 주장했다.

"부부가 한 공간을 쓰는 건 당연한 일입니다."

"글쎄요. 일전에 샹투스 백작 부인이 말하던데 그건 민가의 백성들에게 나 적용되는 말이라 했어요."

"백작 부인을 내보내야겠군요. 당신에게 쓸데없는 것만 가르치니 원."

지금에야 훌륭한 예법을 보인다지만 즉위 초기 예레나는 황후로서 부족한 점이 많았다. 무엇보다 마차 사고의 후유증으로 기억을 소실한 탓에 그녀는 귀족가 영애라면 기본적으로 알고 있어야 하는 많은 것들을 잊어버렸다.

다행히 언어는 막힘이 없었고 예법의 경우에도 몸이 기억하는 모양인지 빠르게 익혔다. 로샨은 설사 아무것도 모른다 한들 황후는 완벽하다고 말하고는 했다. 하지만 예레나는 황제로서 완벽한 남편만큼 완벽한 황후가 되고 싶었다. 하여 그녀는 지금도 일주일에 한 번 정도는 선생을 불러 가르침을 받고 있었다.

"그보다 로샨. 이번에는 어떨 것 같아요?"

"뭐가 말입니까."

"딸일 것 같아요? 아들일 것 같아요?"

"딸입니다."

아내의 물음에 로샨은 지체 없이 답했다. 물론 그에게 배 속 아이의 성별을 알아내는 재주는 없었다. 다만 감이 그렇게 말할 뿐.

"정말? 당신 좋겠어요. 딸을 원한다 했잖아요."

하나 일전에 쌍둥이 황자들의 경우에도 로샨은 성별을 맞혔다. 하여 예레나는 그의 말에 호들갑을 떨었다. 로샨은 말갛게 웃고 있는 아내를 보다 중얼거렸다.

"……딸이든 아들이든 상관없습니다. 난 당신만 무사하면 됩니다."

사실 로샨은 아이를 크게 원하지 않았다. 물론 자신과 아내 사이에서 태어난 아이들은 너무 예뻤고 목숨마저 내어 줄 수 있었다. 그러나 여인에게 임신과 출산이 얼마나 위험한지 직접 본 그는 아내가 위험한 상황에 처하는 것 자체가 싫었다.

"로샨. 내가 전에 뭐라 했죠."

남편의 말에 예레나가 루이스를 혼낼 때처럼 엄한 얼굴을 했다. 로샨은 아들과 달리 즉각 반성하는 얼굴을 한 채 입을 열었다.

"정정하겠습니다. 당신과 아이만 무사하면 됩니다."

"잘했어요."

"……."

"그리고 너무 걱정 마요. 우리 두 사람 다 건강할 테니까."

로샨의 말에 예레나가 곧장 얼굴을 풀고 환히 웃어 보였다. 로샨은 멍한 낯으로 아내의 미소를 보다 그녀에게 천천히 손을 뻗었다.

"음……. 겨울에 태어날 텐데. 괜찮으려나."

"그런 건 신경 쓰지 마십시오. 아랫것들이 알아서 다 준비할 겁니다. 그리고 아이들도 그만 안아 주는 게 좋겠습니다. 조심해야 할 때가 아닙니까."

예레나의 배에 손을 올린 로샨이 말했다. 아직은 티가 나지 않았지만 몇 달 후면 커진 아이만큼 부풀 배였다.

"하지만 이 아이가 태어나면 더 못 안아 줄 텐데……."

"이해할 겁니다. 우리 아이들은 의젓하니까."

로샨의 말에 동의하면서도 예레나는 쌍둥이에게 미안한지 어깨를 축 떨궜다. 그런 아내를 살피던 로샨이 그녀를 끌어안는가 싶더니 갑자기 제 쪽으로 눕혔다. 얼떨결에 예레나는 남편의 무릎을 베고 카우치에 누운 꼴이 됐다.

로샨이 사랑스러운 아내의 얼굴을 위에서 아래로 내려다봤다. 근심도 걱정도 없는 푸른 눈. 그 안에 담긴 자신을 바라볼 때면 감히 표현할 수 없을 만치 깊은 행복을 느꼈다.

그러나 동시에 그만큼 불안했다. 당장 제 목을 졸라 의식을 잃고 싶은 충동을 느꼈다. 왜냐. 그는 반대도 보았으니까. 절대 저렇게 자신을 봐 주지 않을 그녀를 알고 있으니까.

'정말 내게 미안하다면 내 가족들을 죽인 것처럼 내 목숨도 끝내. 그리해 당신을 더는 보지 못하게 해!'

과거와 현재가 극명히 대비됐다. 하여 지금 그가 누리는 행복이 얼마나 과분한지 로샨은 매 순간 느꼈다.

지금의 그는 너무나 갈망하던 이의 사랑을 오롯이 얻었으며 한 쌍의 반지도 나눠 꼈다. 그녀와의 사이에서 아이들도 생겼다. 아내와 같은 침대에 누웠고 같은 눈빛으로 서로를 바라봤다.

그렇지만…….

6년이라는 세월이 흘렀다. 하나 로샨은 똑똑히 알고 있었다. 현재 자신이 누리는 행복은 눈앞의 아내를 기만해 얻어 낸 것이라는 것을. 그의 원죄는 하나도 사라지지 않았다. 아니 오히려 그 위에 쉴 새 없이 죄가 쌓이고 또 쌓이는 중이었다.

하여 그는 너무나 불안했다. 혹여나, 진정 여신이 있어 아내를 기만한 그를 벌한다면, 그리해 아내가 모든 기억을 되찾는다면 어찌하나. 이미 맛봤는데. 다시는 자신을 이런 눈으로 봐 주지 않는다면 어찌하나.

로샨은 불안에 좀먹혀 가는 스스로를 느꼈다. 심장 안에서 수천 개의 바늘이 구르는 것 같았다. 그가 이명 들리는 귀를 무시한 채 가까스로 아내에게 말했다.

"……사랑합니다. 예레나."

"나도요. 사랑해요. 로샨."

그의 고백에 예레나는 즉각적으로 답했다. 자연스럽고 스스럼없는 태도는 진실하기만 했다. 로샨은 그 모습에 무한한 기쁨을 느끼면서도 그리 느끼는 자신이 역겨웠다.

"……또 이런다."

로샨은 자신이 웃고 있다 느꼈으나 보는 이는 그리 느끼지 않았다. 아래에서 위로 남편의 얼굴을 올려다보던 예레나가 손을 뻗었다. 그리고 양손으로 그의 뺨을 쥐고 엄지손가락으로 문지르듯 쓸며 물었다.

"뭐가 그렇게 무서워요?"

아내의 물음에 로샨의 심장이 내려앉았다. 그가 아무 말도 못 한 채 아내를 내려다봤다. 예레나는 그의 표정을 어떻게 읽었는지 웃음을 터뜨리며 말했다.

"어머. 모르는 모양이네. 로샨 당신 말이에요. 가끔, 특히 나랑 있을 때 천둥 치는 날 루이스랑 같은 얼굴을 하는 거 알아요?"

아이들이 으레 그렇듯 부부의 둘째 아들인 루이스도 천둥을 무서워했다. 아이는 천둥이 치는 날이면 형의 옆에 꼭 붙어 있다가도 울음을 터뜨리며 어미를 찾았다.

"뭐 때문에 그러는지 모르겠지만 걱정 말아요. 아무 일도 없을 거야. 응?"

"예레나."

눈을 동그랗게 뜬 채 제 뺨을 쓸어 주는 아내. 로샨은 일순간 올라온 감정에 아내의 손을 잡았다. 그리고 곧장 후회할 질문을 던졌다.

"……내가 왜 불안해하는지 궁금하지 않습니까?"

로샨은 말을 꺼낸 주제에 혀를 깨물고 싶다는 생각을 했다. 이런 질문을 왜 던진 것인가. 아내가 알고 싶다 하면, 진실을 알려 달라 하면 다 말해 줄 것인가.

로샨의 물음에 예레나가 손에서 힘을 뺐다. 아내의 온기가 사라질까 봐 두려웠던 로샨이 손에 힘을 꼭 줬다.

그런 남편의 모습에 예레나가 픽 웃더니 그의 뺨을 손가락 끝으로 살살 긁었다. 장난기 가득한 손끝에는 애정과 신뢰가 듬뿍 묻어나 있었다.

"궁금해요. 하지만 당신 성미에 말하려면 벌써 했겠지."

"……."

"나는 이 세상 누구보다 당신을 믿어요. 그러니 기다릴래요. 먼저 말해 줄 때까지."

아. 무어라 해야 할까. 로샨은 아내의 말에 입을 다무는 것 외에 할 수 있는 게 없었다.

말을 잃은 남편을 보며 예레나가 의아한 얼굴을 했다. 그러다 그에게 잡힌 손을 풀어 이번에는 남편의 목을 감싸 안고 상체를 일으켰다.

부드러운 입술이 맞닿았다. 세상 무엇보다 달콤한 향이 로샨을 간지럽혔다. 그가 홀린 듯 아내의 등을 부드럽게 감쌌다.

한낮의 열기가 뜨거웠다. 방이 금세 데워져 공기가 눅눅하게 가라앉았다. 열띤 얼굴을 한 예레나가 예쁘게 눈웃음을 지으며 이번에는 로샨의 이마에 입술을 가져갔다가 빠르게 뗐다.

"머리가 복잡하면 한숨 자고 가요. 자장가 불러 줄게요."

아내가 불러 주는 자장가. 그건 로샨이 가르쳐 준 것이다. 별을 따기 위해 올라갔다 떨어져 죽은 아이가 나오는 노래⋯⋯.

별은 아내요. 사다리를 타고 올라간 소년은 그 자신이라 로샨은 생각하며 자리에서 일어났다. 그리고 깃털처럼 가벼운 아내를 부드럽게, 혹여나 깨질까 조심스럽게 들어 올렸다.

곧 제국에서 가장 지고한 부부의 침실에서 자장가가 청아하게 울렸다. 느릿한 선율이 평온을 가져다줄 것 같았다. 하나 자장가를 듣는 이는 아내의 품에 얼굴을 묻은 채 미처 숨기지 못한 불안에 손을 잘게 떨 뿐이었다.

* * *

비스티우스 제국 남부 끝, 이렌 반도에 있는 루데타 영지는 아래로 길게 뻗은 반도에서도 가장 끝에 위치해 있었다. 그 때문에 루데타 가문은 제국의 남쪽 바다의 적들을 선봉에서 물리치곤 했다.

"빨리 움직여라! 적들이 오질 않나."

"네! 영주님을 따르라!"

3년 전쯤 영지로 돌아온 프레드릭도 가문의 수장으로 제국의 바다를 충실히 지켰다. 해변의 성벽에서, 배 위에서 몸을 사리지 않고 창과 검을 휘두르는 그의 모습에 수하들은 물론이요 영지민들도 존경과 찬사를 보냈다.

"영주님께서 얼마나 훌륭하신지. 제국 최고의 기사 중 하나라는 말도 부족하네. 거기다 얼굴은 또 얼마나 잘났나. 난 영지 내에서 영주님보다 잘생긴 사내를 본 적이 없네."

"자네 말이 맞아. 영지 안의 여인들이 신분을 가리지 않고 영주님을 보겠다 아우성이라더군. 한데…….'

"왜 그러나?"

"……왜 결혼을 하지 않으시지?"

다만 프레드릭의 수하들이 걱정하는 게 하나 있었으니 영지에 안주인이 없다는 사실이었다. 영주가 아직 젊기는 하나 또래의 귀족 사내 대부분은 아이 여럿을 두고 있었다. 하나 여러모로 잘난 그들의 영주는 아이는커녕 여인에게 눈길조차 주지 않았다.

"수도에 오래 계셔서 그런 게 아닐까? 미인들을 너무 많이 보신 게지. 그래서 이곳 여인들이 눈에 차지 않는 거야."

"그렇다기에는 수도에서 오는 혼담도 족족 거절하신다더군."

"윌리엄 할아범 얼굴이 나날이 수척해지던데 그것 때문이로군."

프레드릭이 도통 여인에게 관심을 주지 않자 영지에는 영주가 남색을 한다는 해괴한 소문마저 돌았다. 상황이 이렇게까지 흘러가자 가신들은 제 여식부터 먼 친척 아이까지 괜찮은 여인들을 영주 앞에 내보이며 결혼하셔야 한다 외쳤다. 하나 날 때부터 성미가 영 좋지 않았던 영주는 가신들의 말을 한 귀로 듣고 한 귀로 흘린 채 전투가 벌어지는 갑판 위로 도망갔다.

"이 벌레 같은 놈들! 내 언제고 너희를 다 죽여 버릴 테다."

"으헉!"

황제 로샨 비스티우스의 즉위 이후 그러잖아도 세가 줄어든 해적들은 프레드릭을 만나면 꽁지 빠지게 도망치기 바빴다. 손속에 자비가 없는 루데타의 영주는 그들의 목숨을 주저함 없이 거둬들였으니.

"사, 살려⋯⋯!"

"그 말은 내가 오기 전에 했어야지. 분명 전에 말했지. 제 발로 와 죄를 고하면 노역형으로 끝내겠다고."

오늘도 마찬가지였다. 가신들의 잔소리를 피해 어느 바닷가 촌락에 온 프레드릭은 해적들의 근거지를 부수며 창을 휘두르고 있었다. 그의 창과 금발이 햇빛에 한 번 번쩍일 때마다 해적 무리는 바람에 휘말린 낙엽처럼 힘없이 쓰러졌다.

"각하. 정리가 끝났습니다. 붙잡은 자들은 도착하는 즉시 끌고 가 본보기로 목을 매달겠습니다."

"그래. 수고했다."

"물러가 보겠습니다. 쉬십시오!"

피 튀는 전투가 끝나고 상황을 마무리한 수하가 보고를 끝냈다. 뱃머리가 다시 땅을 향했다.

돌아오는 배, 프레드릭은 저도 모르게 멍하니 바다를 바라봤다. 그러다 햇빛이 반짝이는 수면에 저절로 누군가 떠올렸다.

"제길."

프레드릭이 입술을 물고 험한 말을 뱉었다. 피가 식기 무섭게 생각하는 게 '그 여인'이라니. 스스로가 역겨웠다.

'주군의 여인이요 내가 모셔야 할 분 중 하나야. 한데 아직도⋯⋯.'

금빛으로 일렁이는 바다를 보며 자연스레 떠올린 이는 제국의 황후요 주군의 반려인 예레나였다. 프레드릭은 무언가에 집중하지 않을 때면 저도 모르게 그녀를 그렸다. 그리고 그 사실에 미쳐 버릴 것만 같았다.

'지난 2년 내가 포로 계집 하나에 미쳐 있었다고? 보면 알겠지. 진짜인지 아닌지.'

기억을 잃은 후 그는 한동안 예레나를 보지 않았다. 그러다 황후의 책봉식에서 처음 그녀를 봤다.

'그저 아름다운 여인일 뿐인 것을.'

아름다운 모습에 놀란 것도 잠시, 프레드릭은 팔짱을 낀 채 무표정한 얼굴로 그녀를 봤다. 눈이 부시다는 말이 어울리는 여인이었으나 그뿐이라 생각된 탓이었다.

그러나 그날 저녁, 이제는 오롯하게 주군의 반려가 된 여인이 꿈에 나오더니 그 다음 날도, 다음 날도 그를 괴롭혔다. 프레드릭은 자신의 무도함에 질려 수면제까지 복용해 봤으나 소용없었다. 그는 깨어 있을 때도 여인을 그리더니 어느 순간부터 그의 눈은 황후를 좇고 있었다.

'영지로 돌아가겠습니다. 허락해 주십시오.'

'프레드릭. 네 누이와 달리 목숨은 건졌구나.'

'…….'

'허한다. 내일 당장 출발해라.'

자신의 시선이 어디로 향하는지 깨달은 프레드릭은 즉각 주군에게 영지로 내려가겠다 청했다. 황제는 그런 수하의 청을 오싹한 말과 함께 허락했다.

하나 영지로 내려와서도 프레드릭은 황후를 잊을 수 없었다. 하여 그는 일에 초인적으로 집중했다. 밀린 일을 단 몇 달 만에 끝낸 건 물론이요 해적 소탕까지 직접 움직였다.

'나도 혼인이라는 거 해야겠지?'

'물론입니다. 각하!'

영지로 내려오고 얼마간은 혼인도 염두에 뒀다. 그러나 누구도 그의 눈에 들어오지 않았다.

'금발이 닮았군.'

그렇게 또 얼마가 흘렀다. 프레드릭은 자신이 어느 순간부터 낯선 여인들의 모습을 조각조각 살피는 걸 깨달았다. 그리고 그 후 아내를 찾는 걸 완전히 그만뒀다.

"……다행이야. 기억이 사라져서."

프레드릭이 지난 몇 년 수도 없이 중얼거렸던 말을 또 한 번 내뱉었다. 그리고 그와 동시에 땅이 보였다. 프레드릭은 해변을 따라 높게 선 성벽을 보다 자리에서 일어났다.

"각하!"

프레드릭이 막 배에서 내릴 때였다. 다른 배를 타고 또 다른 촌락으로 갔던 수하가 무언가 보며 심각한 얼굴을 하다 프레드릭을 발견하기 무섭게 달려왔다.

"무슨 일이냐."

"이것 좀 보십시오. 해적들 가운데 또 이런 자가 나왔습니다."

수하가 프레드릭을 이끌었다. 그리고 곧 프레드릭의 시야에 죽은 해적의 시체 한 구가 들어왔다.

해적은 얼핏 보기에는 평범했다. 제대로 씻지 않은 옷, 그 아래 구릿빛으로 탄 피부와 뱃일로 단단해진 몸이 수없이 봐 왔던 해적들의 것과 같았다.

하나 프레드릭은 해적의 손과 한쪽 신이 벗겨져 드러난 발을 보며 심각한 얼굴을 했다. 죽어 누워 있는 해적의 손가락과 발가락 사이에는 푸르스름한 물갈퀴가 있었다. 그리고 살짝 드러난 뒷목에는 비늘 서너 개가 나 있었다.

'이종족은 오래전 멸종했다. 한데 어째서…….'

죽은 해적은 오래전 인간의 박해에 몰살했다는 세이렌의 특징을, 정확히는 세이렌과 인간 사이 잡종의 특징을 가지고 있었다.

'세 개의 바다를 넘어 사라진 이종족의 등장이라……. 말이 되는가. 제국의 남쪽 바다는 끝이 없는데.'

이종족은 오래전 대륙에서 자취를 감추었다. 하여 세이렌도, 그들과 인간 사이 아이들도 이제 한낱 이야깃거리요 전설일 뿐이었다.

"……어찌할까요?"

수하가 프레드릭의 눈치를 보며 물었다. 프레드릭은 수하에게 일전과 같은 명을 전했다.

"학자에게 가져가. 얼음 동굴에 잘 보관하라 일러라. 수도에는 내가 직접 보고를 올리겠다."

"예."

"당분간 이 일에 대해 함구하라. 백성들이 동요할 것이다."

프레드릭의 당부에 해적의 시체 위로 긴 천이 드리워졌다. 프레드릭은 수하들이 시체를 수레에 올리는 걸 본 뒤 걸음을 뗐다.

"윌리엄 님이 기다리고 있다 전갈을 보내셨습니다. 손님이 와 있다고……."

"손님 누구?"

"님과 자작님과 자작 영애께서 방문하셨답니다."

"……또 시작이로군."

주춤거리는 수하의 모습에 프레드릭은 또 성에 적당한 가문의 여인이 들었다는 걸 알 수 있었다. 그가 미간을 찌푸리며 성질을 내려다 꾹 참고 발길을 돌렸다.

프레드릭의 성미를 알았기에 수하는 별말 없이 그를 따랐다. 곧 프레드릭과 수하 몇은 항구 뒤편에 도착했다. 상인들이 오가며 시끄러운 이곳은 영지 안에서도 가장 생기가 넘치는 곳이었다.

사람들이 프레드릭을 알아보고 허리 굽혀 인사했다. 프레드릭은 손을 들어 대강 인사하며 걸어가다 어느 과일 가판에 시선을 줬다. 정확히는 가판 앞에서 과일을 살펴보고 있는 모녀를 보고 멈춰 섰다.

'……누구지?'

갈색 머리카락의 아주 평범한 여인이었다. 그녀의 아이로 보이는 네다섯

살 무렵의 여아도 딱 그 나이 또래의 순수한 얼굴을 하고 있었다.

그의 시선을 느낀 탓일까. 여인이 뒤돌았다. 그리고 순간 변하는 여인의 표정에 프레드릭은 깨달았다.

'나를 아는 자다.'

당황한 기색을 숨기지 못하는 표정. 여인의 떨리는 눈에는 분명한 두려움이 있었다.

여인이 아이를 품에 숨기고 재빠르게 걸음을 옮겼다. 그러나 아이까지 있는 여인이 기사를 따돌릴 수 있을 리 없었다. 프레드릭은 아주 손쉽게 여인의 앞을 막아섰다.

"프레드릭 경······."

여인이 프레드릭의 이름을 불렀다. 프레드릭은 이제 확신했다. 여인이 자신이 잊은 기억 속에 자리한 사람 중 하나라는 걸. 그가 여인에게 물었다.

"넌 누구지? 나를 어찌 알아?"

프레드릭이 기억을 잃었다는 사실을 모르는 여인은 그의 물음에 의아한 얼굴을 했다. 보는 눈도 많겠다. 프레드릭은 여인을 한적한 부둣가 창고 뒤로 이끌었다. 그리고 여인의 아이는 수하에게 맡긴 채 잠시 거리를 벌리도록 명했다.

"정말 기억이······ 없으시다고요? 저도 기억나지 않으시고요?"

"그래."

"그렇군요. 그런 일이······."

프레드릭은 제 상태에 대해 여인에게 짧게 설명했다. 여인은 기억을 잃었다는 프레드릭의 말에 많이 놀란 얼굴이었다. 하나 그녀는 이내 용기 내어 입을 열었다.

"경. 제가 뭐 하나만 물어도 될까요?"

"뭐지?"

"왕녀······. 아니 황후 폐하께서도 혹 경처럼 기억을 잃으셨나요?"

제인이라는 여인의 물음에 프레드릭은 순간 놀라움을 감출 수 없었다. 황후의 진짜 과거와 잃어버린 기억에 관한 것은 극비로 진실을 아는 이가 거의 없었다. 한데 눈앞의 일개 평민이 그에 대해 어찌 아나.

"너……. 정체가 뭐야."

"아……. 기억을 잃으셨으니 제가 무슨 일을 했는지도 잊으셨겠군요."

경계하며 기세를 날카롭게 세우는 프레드릭을 보고 여인은 주춤거리다 작게 중얼거렸다. 그러고는 프레드릭이 잊어버린 기억 속 자신이 누구였는지 어떤 일을 했는지를 상세히 설명했다.

여인이 과거 황후의 하녀로 있었다는 말에 프레드릭은 어느 정도 여인의 말을 수긍했다. 그러나 여전히 의문은 남았다.

"왕녀는 죽었다 알려졌을 텐데. 네가 황궁을 나온 다음에 말이야."

"믿을 수 없었어요. 저는 황제 폐하께서 황후 폐하를 어떤 눈으로 보는지 경만큼이나 가까이서 봤으니까요. 그래서 황제 폐하께서 즉위하신 뒤 황후 폐하를 맞이하셨다 들었을 때 예상했어요. 제가 모셨던……. 예레나 님이 황후 폐하가 되셨구나 하고."

"황후 폐하의 기억에 관한 건? 너 물음을 가장했지만 확신하는 얼굴이었다."

"……예레나 님은. 왕녀님은 기억이 있으시다면 거기에 계실 분이 아니니까요."

서늘한 얼굴로 압박하며 떠보는 프레드릭을 향해 여인이 씁쓸한 목소리로 말했다. 프레드릭은 더는 무어라 할 수 없었다. 이성은 아직도 여인이 수상하다 말하고 있었다. 하나 그의 눈에 담긴 여인의 얼굴은 너무나 진실해 보였다.

"네가 어떻게 그 사실을 알았든 상관없다. 이 문제는 극비다. 하니 입 다무는 게 좋아. 목숨이 소중하다면 말이야."

하여 프레드릭은 여인에 관해 조사와 감시를 하자 생각하며 협박조로 말을 이었다. 여인은 그런 그를 올려다보며 중얼거렸다.

"기억을 잃었어도 여전하시군요."

"뭐? 그건 또 무슨 말이지?"

"저를 황궁에서 내보낼 때도 경께서는 똑같이 말씀하셨지요. 목숨이 소중하다면 입 다물고 살라고 말이에요."

없는 기억. 프레드릭이 입술을 물었다. 자신이 모르는 자신을 남에게 듣는 것은 항시 불쾌했다.

프레드릭이 미간을 찌푸린 채 잠시 입을 다물 때였다. 불어오는 해풍에 여인이 바다 쪽으로 고개를 돌리며 말했다.

"그래도 다행이에요. 어찌 됐든 예레나 님. 아니 황후 폐하께서 행복하셔서."

"······황후께서 행복하다 어찌 장담하지?"

순간 프레드릭은 저도 모르게 여인에게 물었다. 여인은 프레드릭의 질문을 예상하지 못했다는 듯 잠시 눈을 동그랗게 뜨다 곧 저 멀리 프레드릭의 수하와 함께 있는 제 아이를 보며 답했다.

"저 같은 평민도 소문을 듣는답니다. 황제 폐하께서 황후 폐하를 많이 사랑하신다지요? 거기다 두 분 사이에는 황자 전하 두 분에 이어 이제 또 한 분의 전하가 태어나실 예정이라 들었어요."

"······."

"제가 본 황후 폐하께서는 가족을 아주 소중히 생각하셨어요. 그러니 행복하지 않으면 애초 아이는 생각도 하지 않으셨을 분이죠. 하니 그분께서는 지금 행복하신 거예요."

"······."

"······다행이에요. 정말."

여인은 다행이라 말하며 한숨을 내쉬었다. 하나 프레드릭은 여인의 얼굴에서 안도보다는 복잡한 감정을 읽을 수 있었다.

씁쓸함이 가득한 여인의 눈은 갈등에 흐려져 있었다. 기억을 잃은 채, 바뀐 과거를 진짜라 생각하는 황후는 정말 행복할까? 행복하다 한들 그게 진정한 행복일까?

기억을 잃은 프레드릭은 제 안의 그 물음에 답할 수 없었다.

* * *

여인과 아이가 멀어졌다. 프레드릭의 수하는 급격히 기분이 나빠진 주군을 조심스레 따랐다.

프레드릭은 곧장 저택으로 가지 않았다. 그는 정처 없이 걷다 수하들이 지쳐 나가떨어질 때가 돼서야 집으로 돌아갔다. 문 앞에서 주인이 언제 오나 내내 목을 빼고 기다리고 있던 늙은 집사장이 뛰어나와 그를 맞이했다.

"주인님. 어디 갔다 오십니까. 늦은 밤인데 오지 않으셔서 이 늙은이가 걱정이 많았습니다."

늙은 집사 윌리엄은 영지에서 프레드릭에게 잔소리를 할 수 있는 몇 안 되는 이였다. 아기일 때부터 프레드릭을 돌봐 온 그는 프레드릭이 누이의 반란에 휘말렸을 때 그를 살리려다 다리를 절게 됐다. 하여 프레드릭은 윌리엄에게는 너그러웠다. 윌리엄이 프레드릭의 신붓감을 멋대로 데려올 수 있는 것도 그 때문이었다.

"윌리엄. 이야기 들었어. 제발 쓸데없는 일 좀 하지 말게."

그러나 오늘 프레드릭의 심기는 매우 저조했다. 그는 윌리엄에게 날 선 눈을 한 채 님과 자작 부녀를 들인 것을 책망했다.

윌리엄은 고개를 한 번 숙여 보이고 프레드릭을 뒤따르며 프레드릭의 수하들에게 눈짓했다. 주군께서 왜 저러시냐고. 수하들은 입가에 손가락을 가져다 대며 조심하라 속삭일 뿐이었다.

"주인님."

"혼자 쉬고 싶다. 또 내 허락 없이 누군가를 들였으면 내보내. 아니면 내일 데려오든가."

"그게······."

수하들이 모두 물러가고 윌리엄만 남아 프레드릭의 뒤를 따랐다. 프레드릭은 귀찮은 내색을 역력히 내보이며 걸음을 빨리했다. 윌리엄은 그에게 무어라 하고 싶었으나 주군의 걸음이 너무 빨라 힘들었다.

결국 윌리엄이 나이를 이기지 못해 헉헉거렸다. 프레드릭은 그제야 뒤돌았다. 그에 윌리엄이 입을 떼려 했다. 하나 그보다 먼저 선수를 친 이가 있었으니. 계단 아래에서 누군가 프레드릭을 반갑게 불렀다.

"프레드릭. 이제 오나?"

"하이든?"

예상 못 한 친우의 등장에 프레드릭이 몸을 완전히 돌렸다. 계단 아래에는 큰 키의 하이든이 있었다.

반가운 얼굴에 프레드릭이 계단을 다시 내려가기 시작했다. 하나 계단을 반쯤 남겨 놨을 때 갑자기 어마어마한 충격이 그의 머리를 쿵 내리쳤다.

프레드릭이 고장 난 것처럼 그 자리에 멈춰 섰다. 갑작스러운 친우의 모습에 하이든이 의아한 얼굴로 프레드릭을 불렀다.

"프레드릭?"

"으······."

"프레드릭, 왜 그러나?"

낌새가 이상했다. 하이든이 비틀거리는 친우에게 다가가기 위해 걸음을 옮겼다. 그러나 하이든이 계단을 제대로 오르기도 전 프레드릭이 픽 쓰러졌다.

"주인님!"

"프레드릭!"

사내의 몸이 계단을 굴렀다. 놀란 하이든과 윌리엄이 달리다시피 프레드릭에게 갔다.

계단 아래 쓰러진 프레드릭은 겉으로 보기에는 상처가 없었으나 어찌 된 일인지 미동도 하지 않았다. 하나 그새 혼절한 그의 숨은 빨라졌으며 말이 안 되는 속도로 열이 오르기 시작했다. 하이든이 프레드릭을 업으며 윌리엄에게 외쳤다.

"의원! 의원을 부르게 빨리!"

* * *

"프레드릭?"

새벽녘, 대여섯 병의 독한 술이 영주의 방을 굴러다녔다. 그리고 그 사이에 쓰러지듯 앉아 있는 프레드릭. 윌리엄의 부탁으로 프레드릭의 방을 찾은 하이든은 친우의 모습에 경악했다.

"일어나자마자 이게 무슨 짓인가. 정신이 나가기라도 했어?"

하이든은 소리치며 친우에게 다가가려다 멈칫했다. 새벽의 푸르스름한 빛 속, 친우의 얼굴은 쓰러지기 전과 다를 게 없었으나 기이하게 나이를 먹은 듯 보였다.

"……다 생각이 나."

"뭐?"

"모조리 기억이 난다고."

그런 하이든을 보지도 않은 채 프레드릭은 힘없는 손으로 제 눈을 가리고는 낄낄거리며 말했다. 꼬인 발음 때문에 얼핏 술 취한 이의 헛소리로 들릴 법도 했건만 하이든은 프레드릭의 말을 곧장 알아듣고 하얗게 질린 낯을 했다.

"기억이……. 난다고? 잊어버린 기억에 대해 말하는 거야?"

"그래."

지난 7년, 친우는 잊어버린 기억의 아주 작은 조각도 되찾지 못했다. 한데 이제 와 모조리 기억난다니. 놀라운 일이었다.

"제길!"

하이든이 잠시 멍하니 있을 때였다. 프레드릭이 욕을 뱉으며 손을 내렸다. 그의 에메랄드색 눈동자가 흐리멍덩했다. 하이든은 새하얗게 변해 가는 머릿속과 그에 맞춰 떨리기 시작한 손을 간신히 진정시킨 채 주먹을 쥐었다.

'……약이든 독이든 완벽한 건 없어. 누구에게는 부작용이 나타날 수도 있지. 하니 괜찮을 거야. 황후 폐하께서 기억을 찾는 일은 없을 거다.'

우선 그리 생각한 하이든은 프레드릭에게 천천히 다가갔다. 일단 위태로워 보이는 친우를 진정시켜야 했다. 그가 몸을 낮추고 프레드릭의 어깨에 손 올린 채 최대한 침착한 목소리를 꾸며 내며 말했다.

"……기억을 찾았으면 다행인 거지. 한데 왜 이래. 술을 도대체 몇 병이나 마신 거야."

"그러게 말이야. 자네에게 대강 들어 알고 있던 기억인데……."

"……."

"나도 모르겠어. 내가 왜 이러고 있는지."

프레드릭은 픽 웃으며 옆에 있는 술병을 쥐었다. 아직 술이 조금 남아 있는 술병에서 액체가 찰랑이는 소리가 났다.

하이든이 다시 술을 마시려는 프레드릭의 손목을 잡았다. 하나 프레드릭은 그를 거칠게 뿌리치고 남은 술을 그대로 벌컥벌컥 마셨다.

어지러운 눈앞이 한층 더 흔들렸다. 그러나 괴로움만은 더욱 선명하게 다가왔다. 답답해진 프레드릭은 목 주변 옷깃을 쥐고 단추째로 뜯어 버렸다. 그리고 죄책감이 끓는 목소리로 친우를 불렀다.

"하이든."

"……."

"왕녀……. 아니지. 황후 폐하께서는 지금 행복하시겠지? 응?"

"프레드릭!"

프레드릭이 무슨 말을 하는가 가만 듣고 있던 하이든이 목소리를 높였다. 왕녀라니. 지금에 와서는 실수로라도 입 밖으로 꺼내서는 안 될 단어였다. 거기다 지금 친우의 이 모습. 주군께서 아시게 된다면 프레드릭은 그의 누이와 같은 최후를 맞이하리라.

친우를 향한 염려에 하이든이 인상을 와락 구겼다. 프레드릭은 그런 그를 힐끔 보고는 고개를 떨궜다.

"알아. 안다고. 한데……."

"……."

"……말하지 않으면 여기가 갑갑해 참을 수가 없어. 젠장!"

갑자기 몰아닥친 기억. 정확히는 왕녀와의 기억. 프레드릭은 그 기억들을 하이든에게 들어 알고 있었다. 자신이 왕녀에게 지대한 관심을 보였다는 것도.

하나 막상 기억을 되찾자 왕녀에 대한 감정을 주체할 수 없었다. 기억이 없었을 때도 가던 마음은 왕녀와의 기억에 끝없이 부풀었다. 거기다 그 옛날 품었던, 주군에 대한 충정으로 눌렀던 마음까지 더해지자 혼란에 갈피를 잃었다.

'……오늘까지야. 이 이상 이런 모습은 안 돼.'

다행인 것은 그래도 이성이 살아 있다는 사실이었다. 프레드릭은 과거에 그랬던 것처럼 해가 뜨면 저 혼자만의 감정을 주워 정리하고 잘 갈무리할 생각이었다. 한 번 해 본 것이니 못 할 것도 없었다.

하나 시간이 정해진 감정이어서 그런가 당장은 주체하기 힘들었다. 지금 당장은 솔직해지고 싶었다. 프레드릭은 하이든을 올려다보며 속에 있는 말을 가감 없이 뱉었다.

"하이든. 네가 부러워."

"……."

"넌 한참 전에 결혼도 했고 아이도 있잖아."

친우의 말뜻이 무엇인지 모를 하이든이 아니었다. 그가 그만하라는 듯 프레드릭에게 딱딱한 표정을 보였다.

"제정신이 아니군."

"그때 내가 왕녀의 호위를 서서 불만이 많았지? 한데 그게 네 행운이었어. 아니었다면 오늘 이 꼴이 된 건 너였거든."

"그만."

이제 더는 들어 줄 수 없었다. 하이든은 몸을 일으켰다. 그리고 잠시 무언가를 고민하다 프레드릭에게 통보했다.

"황제 폐하께 네가 기억을 찾았다 우선 서신으로 알리겠어. 그리고 아침이 밝으면 난 바로 수도로 출발한다."

"그래. 계속 숨겨야겠지."

프레드릭이 낄낄거리며 입꼬리 올렸다. 하이든의 눈초리가 사나워졌다. 하나 프레드릭은 조금도 겁먹지 않은 채 어깨를 으쓱였다.

"왜? 내가 틀린 말 한 것도 아니잖아. 빨리 가서 방법을 찾아야지. 계속해서 왕녀를 기만할 방법을 말이야."

"이……!"

퍽.

또 왕녀라는 단어가 나왔다. 더는 두고 보지 못한 하이든이 몸을 다시 숙였다. 그리고 프레드릭의 멱살을 꽉 쥐고 주먹을 휘둘렀다. 인제 그만 정신 차리라는 충고였다.

"프레드릭."

"……더럽게 아프네. 제길."

주먹이 효과가 있었던 걸까. 프레드릭의 목소리가 조금은 선명해졌다. 하이든은 고개 돌린 친우의 멱살을 흔들어 저를 보게 한 뒤 또박또박 말했다.

"왕녀는 죽었어. 황후 폐하는 록젠타 후작의 따님이시다. 네가 호위한 세다스의 왕녀는 이제 이 세상에 없어. 알았나?"

"너무 그런 얼굴 마. 하이든."

"……."

"일이 이렇게까지 된 이상 나도 방법을 찾기를 바라. 황후께서 기억을 되찾지 못하길 바란다고."

진심이었다. 프레드릭은 왕녀가, 아니 황후가 자신처럼 기억을 되찾길 원하지 않았다. 아무것도 아닌 기억에도 혼란스러워 미친 이처럼 굴고 있는 자신이었다.

"지금에 와서 기억을 찾으면……."

하니 왕녀가 기억을 되찾는다면. 그 일련의 과정을 모조리 기억해 낸다면.

"황후 폐하께서 너무 가엽잖나."

그녀는 견딜 수 없을 것이다.

"안 그래?"

프레드릭은 그리 확신했다.

* * *

숨을 쉬기 어려웠다. 지고한 황제는 사람들을 모두 물린 채 하이든이 보내온 서신을 읽고 또 읽었다. 그리고 서신을 다 외울 지경이 돼서는 책상 모서리에 간신히 의지한 채 서 있었다.

'그녀의 기억이 돌아온다고?'

항시 상상하던 일이긴 했다. 불안에 벌벌 떨며 잠들지 못한 채 그녀의 얼굴을 보는 매일이었다.

하지만 진정 현실이 될 거라고는 생각하지 않았다. 정확히는 생각했을지언정 무시하며 외면했다. 그 잘난 여신의 힘이 깃든 물건이니 잘못되지 않을 거라 자위하며.

그러나 일을 벌어졌다. 로샨은 하이든의 서신을 꽉 쥐고 있다가 난롯가로 가져갔다. 그리고 두렵다는 듯 그것을 확 던져 버렸다.

종이 한 장에 불과했던 서신은 수 초 만에 타 사라졌다. 그를 노려보던 로샨이 몸을 돌렸다.

이미 해가 저물었다. 거기다 창밖으로는 눈이 쏟아지고 있었다. 하나 황제는 수하 하나만을 데리고 눈이 덮인 길을 나섰다.

* * *

"폐하께서?"

"네. 무슨 일인지 알아볼까요?"

황제가 밖으로 나섰다는 소식이 상아궁에 전달됐다. 쌍둥이 황자들에게 동화책을 읽어 주고 있던 예레나는 갑작스러운 소식에 유모에게 아이들을 맡기고 부른 배를 붙잡은 채 밖을 봤다.

하얗게 쏟아지는 눈에 남편이 걱정스러웠다. 하나 그녀는 의연함을 가장하곤 시녀에게 말했다.

"……급한 일이 있으신 모양인가 보구나."

"……."

"되었으니 나중에 돌아오시거든 내게 소식을 전해 주렴. 많이 늦더라도 상관없어."

"네. 황후 폐하."

예레나가 손짓으로 시녀를 물렸다. 그리고 한 손은 창틀에, 다른 손은 배 위에 올린 채 혼잣말을 중얼거렸다.

"도대체 내게 뭘 숨기는 걸까?"

일전 남편에게는 기다리겠다 했으나 사실 예레나는 로샨의 비밀이 궁금했다. 혹여나 그가 나쁜 일로 혼자 앓는 게 아닐까 염려스러웠다.

눈발이 점점 거세어졌다. 계속 보고 있자니 불안하기까지 했다. 예레나는 창에서 몇 발자국 떨어졌다. 그리고 이제는 확연히 부푼 배를 쓸며 몇 년 동안 내색 않던 의심을 소리 없이 중얼거렸다.

'그이의 비밀이 혹 내 과거와 관련된 일일까?'

* * *

'순백의 물은 더는 세상에 없습니다. 다시 만들 수도 없지요. 하여 저로

서는 답을 드릴 수가 없습니다. 황제 폐하.'

황제는 새벽의 푸르스름한 빛이 세상을 밝힐 때쯤 떠났다. 소복이 쌓인 눈 사이로 돌아가는 사내의 모습은 만인지상에 어울리지 않게 초라하고 불안해 보였다.

"여신의 빛이 닿기를."

늙은 신관은 황제의 뒷모습에 기도 올리며 하늘을 올려다봤다. 그리고 황제와 순백의 물에 대해 이야기 나누다 떠올린, 아주 오랫동안 잊고 있었던 친우를 그렸다.

촉망받는 신관이었으나 어느 때를 기점으로 위험 분자가 된 이. 끝내는 이교도로 판정받아 물에 던져진, 이름조차 파내어져 이제는 기억하는 이도 없는, 그조차 몇십 년 동안 이름 한 번 불러 준 적 친우. 그의 이름은 스카였다.

'아르젠. 자네는 우리가 공부하고 믿었던 것들을 신뢰하나?'

스카는 아주 머리가 좋은 신관으로 신전 내에서도 학자의 길을 걸었다. 하나 그에게 허락된 금서가 많아지면 많아질수록 신전은 스카를 못마땅하게 여겼다. 스카와 함께 있는 자들도 신전의 눈초리를 받았으므로 신관들은 모두 그를 멀리했다.

'나는 책을 읽으면 읽을수록, 내 위치가 여신께 가까워질수록 의문이 드네. 여신께서는 존재하는가? 다른 이교도의 신들처럼 이미 이 세상을 떠나신 게 아닐까?'

'스카. 그만하게. 그렇지 않아도 자네를 향한 말들이 많아. 심문관들이 자네를 이교와 엮어 주목하고 있단 말일세.'

'이교? 진실을 연구하는 걸 그리 부른다면 내 기꺼이 이교도가 되겠네.'

그럼에도 늙은 신관은 그 시절 그와 종종 만남을 가졌다. 그러나 오늘과 같이 밤새 눈이 쏟아지다 새벽녘 그칠 무렵, 늙은 신관은 스카와의 마지막 만남을 끝으로 인연을 마무리해야 했다.

'포도주가 달군. 이봐. 아르젠. 비밀을 하나 더 알려 줄까? 우리가 어릴 때 봤던 그 마구간지기 기억하나? 그래. 한때는 수만 명의 추종자를 거느린, 이교도의 왕이었다는 그 볼품없는 늙은이 말이야.'

'……'

'그 늙은이의 손녀는 15년 전 목이 매달렸지. 이교도라는 거짓 누명을 쓰고 말이야.'

'스카!'

그날, 눈 쌓인 밖을 보며 술을 거하게 들이켠 스카는 위험하기 그지없는 말을 시작했다. 당시 어렸던 늙은 신관은 겁에 질려 하얀 얼굴을 하다 자리에서 일어났다.

'난 지금껏 그 아이가 말해 준 비밀 중 어느 하나 말하지 않았어. 애초 우리 사이가 비밀이었으니까. 하나 나도 곧 그 아이를 따를 것 같아. 그러니 아르젠 자네에게 하나쯤은 말해 주려 하네.'

'됐어. 자네의 쓸데없는 소리 난 듣지 않겠어. 가겠네.'

도망이었다. 더 들었다가는 돌이킬 수 없을 것 같았다. 그러나 방을 나서는 늙은 신관의 뒤에 스카의 말이 달라붙었다.

'이교도의 왕은 진정 여신의 완벽한 힘에 굴복했을까? 모든 걸 잊고 빛의 종으로 다시 태어난 게 맞을까?'

스카는 며칠 뒤 심문관들에게 끌려가 산 채로 수장됐다. 늙은 신관은 부러 친우를 잊었다. 그래야 살아남을 수 있었다. 신전은 이교도와 관련된 이들에게는 가차 없었으니.

그러나 순백의 물을 복용한 황제의 측근이 기억을 되찾았다. 일전 기적이라 여겼던 선대 선지자의 마지막 모습도 떠올랐다.

일이 이렇게 되자 늙은 신관은 오래도록 묻어 뒀던 스카의 말을 기억할 수밖에 없었다. 순백의 물에 대한 의심을 가장 먼저 시작한 것은 그였으니.

'스카. 자네 말이 사실이라 해도 이제 와 무엇 하겠나. 아니 애초 순백의 물이 완벽한들, 그렇지 아니한들 무슨 상관일까. 그조차 여신의 뜻인 것을.'

늙은 사제는 복잡한 심정에 많은 생각을 했다. 하나 그는 이내 다시 한 번 손 모은 채 여신에게 기도함으로써 마음을 다스렸다.

"여신이시여."

늙은 사제가 여신을 부르며 몸 돌렸다. 그의 뒤로 태양이 황금빛과 함께 떠오르며 어둠을 서서히 거두고 있었다.

* * *

로샨은 아침이 되어서야 궁으로 돌아왔다. 아침 식사를 하지 않겠다 이른 그는 제 방에 처박힌 채 괴로움에 제 머리를 쥐었다.

그가 이길 수 있는 한계치를 넘은 두려움 때문일까. 앞이 새까만 것이 눈을 감든 뜨든 같았다.

'아니다.'

새파랗게 질린 채 불안함에 벌벌 떨던 그는 해가 하늘 한가운데 솟기 직전이 돼서야 일어날 수 있었다.

'이래서는 안 돼.'

아내를 이대로 잃을 수는 없었다. 지금껏 감춰 왔던 것처럼 방법은 찾으면 그만이었다. 로샨이 서늘한 눈으로 창밖을 바라보며 속으로 읊조렸다.

'방법을 찾아야지. 이리 앉아만 있는다고 일이 해결되지 않아.'

간신히 쥔 그녀였다. 하니 이대로 포기할 수 없었다. 로샨은 우선 신관과 학자들을 불러 모을 생각을 하다 혹여나 아내가 기억을 되찾았을 때는 어떻게 대응해야 할까 고심하기 시작했다.

그 상황을 상상하는 것만으로도 손을 떨던 그가 입술마저 깨물 때였다. 누군가 방문을 두드렸다.

"방해 말라 했을 텐데."

"로샨."

로샨의 서늘한 목소리가 끝나기 무섭게 예레나의 목소리가 들렸다. 이어 허락 없이 문이 열리고 쌍둥이 황자들이 들이닥쳤다.

"아버지."

준비되지 않은 상태에서 보게 된 아내의 모습에 로샨이 눈을 재빠르게 아래로 내리깔았다. 그러자 아직 작은 아이들의 얼굴이 눈에 들어왔다. 그의 붉은 눈동자를 물려받은 쌍둥이 황자들이 말간 얼굴로 조잘거렸다.

"왜 같이 식사하러 오지 않으셨어요?"

"걱정했어요. 아버지."

아이들의 눈에는 그에 대한 신뢰와 애정이 가득했다. 내 아이들의 어머니, 아내도 마찬가지겠지. 한데 이제 와 이런 것들이 사라진다면……. 로샨이 쌍둥이의 볼을 양손으로 살짝 꼬집었다.

"……일이 있어 그랬단다."

밝은 목소리를 꾸며 냈으나 힘이 빠진 것은 숨길 수 없었다. 쌍둥이 황자들이 평소와 다른 아비의 모습에 뒤돌아 어미를 힐끔였다. 예레나는 아이들에게 다정한 목소리로 말했다.

"카이로. 루이스. 아버지를 한 번 안아 드리고 나가 보렴. 곧 공부할 시간이잖니."

어미의 말에 쌍둥이는 곧장 팔을 벌리며 아비에게 안겼다. 로샨은 커다란 품에 두 아이를 한 번에 안았다. 아이들은 습관처럼 아비의 품을 파고들다 보통 때와 달리 조금 강한 힘에 버거워했다. 로샨은 그를 눈치채고 재빠르게 팔을 풀었다.

"엄마. 나중에 나 보러 와야 해요. 형, 가자."

"응. 나중에 뵙겠습니다. 아버지. 어머니."

분위기가 평소와 다름을 눈치챈 루이스가 떼쓰는 대신 눈동자를 굴리며 형에게 손을 내밀었다. 카이로가 고개를 끄덕이며 동생의 손을 잡고 나갔다.

아이들이 사라진 후에도 로샨은 고개 들지 못했다. 아내를 보는 게 너무나 두려웠다. 아내가 지금 당장 프레드릭처럼 기억을 되찾는다면 어찌해야 하나. 입 안이 바싹 말랐다.

"로샨."

그렇게 얼마를 있었을까. 예레나가 그에게 다가갔다. 하나 임신 때문에 몸을 굽히기 어려웠기에 잠시 고민하던 그녀는 꿇다시피 앉은 그의 머리에 손을 올렸다.

머리카락에 올려진 작은 손에 로샨이 그제야 고개 들어 아내를 올려다봤다. 죄를 지어 신에게 용서와 구원을 청하는 이처럼 그의 눈에는 간절함이 절절히 묻어났다.

예레나의 얼굴을 보다 그녀의 부른 배로 시선을 떨군 그가 일어났다. 그리고 곧장 아내를 카우치로 안내했다. 예레나는 별말 없이 그가 시키는 대로 따랐다.

아내를 카우치에 앉힌 그가 바닥과 카우치를 보며 고민하다 예레나의 곁에 앉았다. 그리고 그녀에게 딱 붙어 속삭였다.

"예레나. 나 좀 안아 주십시오."

어려운 일도 아니었을뿐더러 자주 요청받는 일이라 예레나는 순순히 로샨을 안아 줬다. 그의 허리를 껴안고 익숙한 품에 안긴 채 손을 올려 뺨을 쓸어 내렸다. 로샨은 눈 감고 아내의 손길에 소리 없이 신음했다. 드글드글 끓는 죄책감과 불안감이 속을 까맣게 태우고 있었으나 아내가 곁에 있다 인지하니 참을 만했다.

"로샨. 정말 무슨 일 있는 거 아니죠? 갑자기 외출해서 걱정했어요. 어디 갔던 거예요?"

예레나는 로샨이 눈 뜰 때까지 기다렸다 조심스레 물었다. 로샨은 자신을 염려하는 아내의 눈을 바라보며 역겨운 스스로를 책망했다. 하나 내색 않고 아내에게 답했다.

"신전에 좀……."

"신전?"

"잠시 잠들었는데 악몽을 꿨습니다."

아내에게 거짓을 말하자 입 안은 물론이요 목구멍마저 가시가 찌르는 느낌이었다. 하나 진실을 말할 수 없었기에 로샨은 막힘없이 거짓말을 했다.

"별것 아닌 악몽이었지만 당신과 당신 배 속에 있는 아이가 걱정스러워서……. 견딜 수가 없어서 선지자를 좀 만나고 왔습니다."

"당신도 참."

새까만 거짓말이었건만 예레나는 일말의 의심도 없이 로샨을 믿었다. 그녀가 남편의 어깨를 두어 번 두드리고 예쁘게 웃었다.

뺨에 닿는 하얀 손이 무결했다. 하여 로샨은 제 손을 감히 아내에게 가져다 댈 수 없었다.

"미안합니다."

그가 눈을 예쁘게 휘며 웃는 아내에게 소용없는 사죄를 전했다. 갑작스러운 로샨의 사과에 예레나가 고개를 갸웃거렸다. 로샨은 쓰게 웃으며 또한 번 거짓을 고했다.

"……걱정시켜서요. 당신한테는 말하고 나갔어야 했는데."

그제야 남편의 말을 이해한 예레나가 고개를 끄덕였다. 그러고는 양손을 모두 들어 로샨의 얼굴을 살며시 쥐었다.

"사랑스러운 사람."

나지막하게 속삭인 그녀가 눈을 감고 고개를 위로 올렸다. 거부할 수 없는 힘에 로샨은 순순히 얼굴을 내렸다.

두 사람의 입술이 빈틈없이 붙었다.

내내 눈 뜬 채 아내를 보던 로샨과 달리 예레나는 입맞춤이 끝나고서야 눈을 떴다. 그녀가 부끄러움에 볼을 붉히면서도 정직한 고백을 했다.

"사랑해요. 로샨."

눈이 정확히 맞닿았다. 그리고 그제야 로샨은 답을 찾았다.

이대로 영영 진실이 묻히든, 아니면 드러나든 그는 아무것도 해서는 안 됐다. 그를 좀먹는 불안도, 앞으로 닥칠지 모르는 파국도 오롯이 그가 감당할 몫이었다. 그것들을 피하고자 눈앞의 그녀에게 또 한 번 해를 끼칠 수는 없었다.

지난 세월 아내는 떠오르지 않는 기억에 많은 밤을 괴로워했다. 몰래 숨 죽여 우는 모습을 몇 번이나 보았던가.

그는 이미 한 번 제 욕심을 위해 왕녀를 죽였다. 이 세상에서 없애 버렸 다. 자신만을 위한 여인으로 탈바꿈했다.

'일이 어떻게 되든 그녀가 원하는 대로 하자. 뭐든 그녀의 뜻대로 행하 게 두자.'

하나 왕녀에게는 할 수 있었을지언정 지금의 아내에게는 할 수 없었다. 자신의 신뢰하는 저 눈. 애정이 담뿍 담긴 미소. 아내를 지운다면 저것들 도 사라지리라. 거기다 그녀와 아이가 둘, 곧 셋이었다.

아내는 아이들을 그만큼이나 사랑했다. 그 예전 왕녀가 죽은 제 가족들 을 사랑한 만큼. 하니 아내에게서 또 한 번 가족을 빼앗을 수는 없었다.

죄를 들킬지 모른다는 초조함에 여전히 심장이 아렸다. 하지만 로샨은 그것이 제 몫임을 인정하고 아내와 눈 맞췄다. 그가 제 얼굴 위에 올라온 아내의 손을 잡으며 속삭였다.

"······나도."

"······."

"나도 사랑합니다. 예레나."

* * *

"황녀 전하의 탄신을 기뻐하라!"

제국에 경사가 닥쳤다. 쌍둥이 황자가 태어나고 6년 만에 황녀가 태어 났다.

아기 황녀에 대한 사람들의 관심은 깊었다. 평민들은 아름다운 황후의 외모가 벌써 보인다는 황녀를 궁금해했으며 귀족들은 또래 아이들이 있는 집을 부러워했다.

거리에는 기념주화가 뿌려졌고 황제의 특별한 명에 열흘 내내 축제가 벌어졌다. 황궁도 더할 나위 없이 훈훈한 분위기에 궁인 모두 웃으며 일을 했다.

그러나 그 누구보다 기뻐한 것은 황제였다. 아내의 백금발과 푸른 눈을 모두 물려받은 작은 딸을 보며 그는 밝은 미소를 띠었다. 10년 전만 해도 웃지 못하는 병이 있으시다 소문이 돌던 것을 생각하면 대단한 일이었다.

"고마워. 예레나. 그리고 사랑해."

제대로 목도 가누지 못하는 아기를 보며 황제는 아내에게 수없이 고맙다 말했다. 아직 회복기라 침대에 누워 지내는 황후도 남편과 쌍둥이 아들, 새로 태어난 딸을 보며 세상에서 가장 행복한 얼굴을 했다.

* * *

"루이스. 카이로. 인제 그만 가야지. 어제 다 들었다. 둘 다 숙제를 게을리했다지?"

"하지만 어머니. 그건 아이샤를 돌본다고……."

"루이스 말이 맞습니다. 어머니. 동생을 돌보다 보니 시간이 부족했을 뿐이에요."

"카이로. 루이스. 아이샤를 돌보는 유모는 따로 있을 텐데."

아침부터 상아궁이 시끌벅적했다. 아침을 먹자마자 여동생에게 뛰어가려던 황자들은 어미의 잔소리에 시무룩한 얼굴로 반성하며 궁인들을 따라 수업을 들으러 가야 했다.

로샨은 그 모습을 보며 웃음을 터뜨리다 자리에서 일어났다. 그도 이만 집무를 위해 나가 봐야 했다.

하나 막상 가려니 매번 그렇듯 발이 떨어지지 않았다. 로샨은 한 시간쯤은 일을 미뤄도 괜찮지 않을까 생각하며 아내에게 가까이 다가갔다.

"안 돼요."

"……."

"혼자 쉬고 싶어요. 그러니 로샨. 당신도 나가요."

예레나는 단호하게 그를 밀쳤다. 아내의 말은 어길 수 없었으므로 로샨은 아쉬운 표정을 하면서도 몸을 물렸다.

"아이샤. 조금 있다 보자꾸나."

떠나기 직전 로샨이 아직 잠들어 있는 딸아이에게 인사하고 예레나에게 가볍게 입 맞췄다.

"사랑해. 예레나."

매번 하는 인사에 예레나가 대꾸 대신 예쁘게 웃으며 로샨의 뺨에 입 맞췄다. 아내의 입술이 닿자 로샨은 또 한 번 주춤거리며 나가길 꺼렸다. 그러나 이내 엄해진 아내의 표정에 방을 나섰다.

"아이샤를 데리고 가."

남편마저 나가자 예레나가 대기하고 있던 유모에게 말했다. 황녀의 전담 유모가 곧장 허리를 굽히며 황녀를 안아 들고 한 무리의 궁인과 나갔다.

예레나와 시녀 몇만 남은 방. 예레나는 가족들이 함께하는 공간을 둘러보다 걸음을 옮겼다. 그리고 상아궁 내 가장 깊은 제 침실로 들어가며 말했다.

"내 명이 있기 전에는 누구도 들어오지 말렴. 혼자 있고 싶구나."

"네. 폐하. 그럼 물러가 보겠습니다."

시녀들이 고개 숙이고 물러났다. 황후는 언젠가부터 한 달에 두어 번 한두 시간 혼자만의 시간을 가지곤 했다.

모두가 떠난 방. 홀로 남은 예레나가 침실을 둘러봤다. 잘 꾸며진 방에는 가족의 흔적이 잔뜩 있었다.

장식장에는 쌍둥이가 직접 만들어 선물해 준 화관이, 침대 위에는 딸아이를 감싸고 있던 흰 요가, 그리고 방 곳곳에는 남편이 선물한 물건이 가지런히 자리하고 있었다.

'침대를 바꾸라 했어. 당신이 불편해하는 것 같아서 말이야.'

예레나는 로샨과 함께 쓰는 침대를 바라봤다. 아니 정확히는 노려봤다.

창밖의 해가 아주 천천히 움직였다. 침대를 노려보고 있던 예레나의 얼굴도 점차 변했다.

예레나가 갑자기 몸을 홱 돌렸다. 그리고 침대에서 가장 멀찍이 떨어진 바닥에 무릎을 꿇었다.

"죄송해요."

아무것도 없는 앞을 바라보며 그녀가 힘없이 중얼거렸다. 어느새 그녀의 망막에는 한 무리의 사람들이, 이제는 언급되지도 않는 이들이 잡혔다.

* * *

왕녀가 되살아났다. 원수에게 가족을 잃고 기만당한 그녀는 결국 모든 걸 기억해 냈다.

"이제 용서는 바라지 않아요."

왕녀의 앞에 죽은 그녀의 가족들이 섰다. 왕녀는 마지막 날처럼 푸른 망토를 멘 아버지, 짙은 녹색 드레스를 차려입은 어머니. 그리고 무장한 상태의 오라비들을 선명히 봤다.

왕녀의 기억은 언제 돌아왔는가. 순백의 물이 내린 망각의 축복은 언제 끝이 났던가.

'황녀님이십니다.'

왕녀는 원수의 딸을 낳고 아이를 안아 보는 순간 기억을 되찾았다. 땀범벅에 힘이 빠져 앞조차 제대로 보지 못하던 그녀는 딸아이의 얼굴을 보며 미소 지으려다 끝이 나 버린 망각에 미소를 거뒀다.

그 다음 순간 혼절해 다행이었다고 왕녀는 생각했다. 아니었다면 자신이 딸에게 무슨 짓을 했을지 모르니.

기억을 되찾고도 벌써 1년이 훨씬 넘는 시간이 흘렀다. 예레나는 딸이 태어난 이후 매일같이 보이는 가족을 향해 또 한 번 사죄했다.

"죄송해요."

죽은 이들은 예전처럼 처참한 모습은 아니었다. 피 한 방울 흘리지 않았고 살이 썩어 뼈가 드러나지도 않았다. 하지만 그럼에도 예레나는 가족들을 선 채로 똑바로 바라볼 수 없었다.

죽은 가족에게 그녀는 대역죄인이나 마찬가지였다. 기억을 되찾았음에도 원수와 같은 침상에 눕고 원수의 아이를 키우다니. 죽은 가족들을 조금이라도 생각한다면 그래서는 안 됐다.

"그렇게는 할 수 없었어요."

본래라면, 제정신이라면 옛날이야기 속 왕비처럼 복수해야 했다. 남편에게 부모와 형제를 도륙당하자 그와의 사이에서 낳은 아이들에게 독을 먹이고 죽은 아이들의 피를 검에 발라 남편을 찔러 죽인 그 왕비처럼 행동해야 옳았다.

누구는 왕비더러 잔인하다고, 어찌 제 자식을 독살하고 그 피로 살을 섞은 남편에게 복수하느냐 외쳤지만 예레나의 눈에 왕비의 복수는 옳았다. 부모와 오라비에게 받은 사랑이 넘치는 그녀도 그리해야 맞았다.

예레나가 여전히 무릎 꿇은 채 고개를 살짝 들었다. 그새 그녀의 얼굴은 눈물로 범벅이었다. 무표정한 어미가 못난 여식을 빤히 바라봤다. 예레나는 앞으로 기어 어미의 발치에 머리를 댔다. 그리고 손을 뻗어 어미의 드레스 자락을 쥐며 변명했다.

"하지만 어머니. 제가 이대로 아버지와 어머니, 오라버니들을 잊고 살아가겠다는 건 아니에요. 노력할게요. 그에게 고통을 선사할게요."

원수의 아이라 하나 제 배로 낳고 품은 아이들에게는 손톱만 한 상처도 낼 수 없었다. 어리석은, 부모에게 불효한 여식이라 돌팔매질을 당해도 제 아이들은 상처 입힐 수 없었다.

하나 사내는 아니었다. 왕녀는 기억을 되찾은 순간 황제가 무엇에 그리 불안해하며 떨었는지, 매일 밤 왜 초조해하며 두려움에 질린 얼굴을 하는지 깨달을 수 있었다.

그리해 왕녀는 앞으로도 제국의 황후의 껍데기를, 아내의 흉내를 낼 참이었다. 그리고 옆에서 그의 불안을, 초조함을 모른 척하며 자극할 생각이었다.

"……죽는 날까지 당해 보라지. 심장이 내려앉고 누가 쫓아오는 기분을 느껴 보라지."

그리고 그가 자신이 기억을 되찾았음을 알아채는 순간 심장에 검을 꽂을 생각이었다. 왕녀가 그날을 생각하며 입꼬리를 끌어 올렸다. 그러나 웃는 입과 어울리지 않게 눈에서는 눈물이 계속해서 후두둑 흘렀다.

흐릿해진 시야로 가족들도 뿌옇게 변했다. 그리고 잠시 뒤 완전히 모습을 감췄다.

예레나는 가지 말아라 그리운 가족들을 잡을 수 없었다. 알고 있었다. 조그마한 복수도 하지 못한 자신은 그런 부탁을 해서는 안 된다는 것을.

힘을 빼고 주저앉아 있던 왕녀는 소매로 눈물을 닦았다. 하나 닦아도 닦아도 뿌연 앞은 선명히 돌아오지 않았다.

'내가 눈 뜨고 있는 게 맞을까?'

제대로 보이지 않는 앞에 문득 그런 생각이 들었다. 예레나는 눈물 닦는 걸 멈춘 채 멍하니 앞을 보다 고개를 내렸다. 손에는 원수와 같은 모양의 반지가 있었다. 우습게도 부모의 약혼반지처럼 하나로 합쳐지는 특수한 반지였다.

순간 화를 참지 못한 왕녀가 입술을 짓씹으며 반지를 빼기 위해 오른손을 움직였다. 하나 평소에는 잘 빠지던 반지가 기이하게도 지금 이 순간에는 아무리 힘을 줘도 빠지지 않았다.

결국 왕녀는 반지 빼는 걸 포기한 채 일어섰다. 우는 것 외에 아무것도 하지 않았건만 다리에 제대로 힘이 들어가지 않았다.

눈물을 감추기 위해 왕녀가 비틀거리며 화장대로 가 앉았다. 엉망인 얼굴을 닦자 왕녀가 서서히 지워지기 시작했다.

"제대로 눈멀었구나."

왕녀가 마지막으로 중얼거렸다. 그리고 이내 거울 속에는 황제의 반려이자 황자, 황녀의 어미인 제국의 황후만이 남아 있었다.

* * *

황후가 큰 병을 앓기 시작했다.

황자들은 이제 열 살이요, 황녀는 넷밖에 되지 않았다. 젊은 나이에 닥친 황후의 고약한 병에 제국 모두가 시름에 잠겨 그녀가 낫기를 기도했다. 그러나 원인도 없는 황후의 병은 차도가 없었다. 결국 황후는 하루의 대부분을 침대에 누워 지냈다.

"방법을 찾아. 찾지 못하면 너뿐 아니라 네 가족도 죽이겠다."

나날이 깊어지는 병에 황제는 이성을 잃었다. 일평생 침착한 모습을 보이던 그는 궁의는 물론이요 궁을 채운 신관과 신녀를 겁박하는 걸 주저하지 않았다.

황제의 협박에 궁의뿐만 아니라 신관과 신녀들도 벌벌 떨며 황후의 병을 고치기 위해 노력했다. 그러나 소용이 없었다. 병색이 완연한 황후는 이제 깨어 있는 시간조차 서서히 줄어 가고 있었다.

"병 하나 고치지 못하다니. 나라의 녹을 받는 자라 할 수 없다."

겨울이 막 지나가고 다시 돌아온 봄, 이성을 잃은 황제는 벌건 눈을 한 채 검을 뽑아 들었다. 궁의 대표로 나선 나이 지긋한 궁의가 황후에게 남은 삶이 얼마 남지 않았다고 한 탓이었다.

황제의 서슬 퍼런 기세에 궁인들이 벌벌 떨었고 어미의 곁에서 울고 있던 황자와 황녀들이 울음을 터뜨렸다. 그러나 평소 같으면 당장 아이들을 달랬을 황제는 기세를 죽이지 않고 궁의에게 다가갔다.

"그만."

그런 그를 막아 세운 건 황후였다. 시녀들의 도움을 받아 간신히 상체를 일으켜 침대에 기대앉은 예레나는 로샨을 차갑게 바라보며 말했다.

"로샨. 사람들을 물려요. 당장."

힘겹게 말하는 아내의 모습에 검을 내던진 황제는 곧장 고개를 끄덕이며 다른 이들을 내보냈다. 가족들만 남게 되자 예레나는 언제 그랬냐는 듯 웃어 보이며 아이들을 향해 팔을 넓게 벌렸다.

"아버지와 잠시 할 이야기가 있단다."

세 명의 아이들을 각각 안아 준 예레나가 다정한 목소리로 말했다. 여동생이 생긴 후 한층 더 의젓해진 황자들은 어미 걱정에 눈물을 뚝뚝 떨구면서도 고개를 끄덕였다. 그러나 아직 어린 황녀 아이샤는 가지 않겠다 떼를 쓰며 울음을 터뜨렸다.

"아이샤. 저녁에 엄마가 동화책 읽어 줄게. 그러니 오빠들하고 놀고 있으렴."

한참 만에야 황녀는 울음을 멈추고 나갔다. 예레나는 아이들이 문밖으로 사라질 때까지 바라보다 옆으로 고개를 돌렸다.

"그따위 짓 하지 말아요. 그 사람들이 무슨 죄가 있다고 목숨을 함부로 운운하는 건가요."

"……예레나."

"나로 인해 당신에게 누구 하나라도 죽는다면 난 남은 시간을 포기할 거예요."

"예레나!"

생각하는 것조차 끔찍한 일을 말하는 예레나를 향해 로샨이 목소리를 높였다. 예레나는 상관하지 않은 채 할 말이 있으니 더 가까이 오라 말했다. 로샨은 아내가 편히 말할 수 있게 침대 옆에 꿇어앉았다.

붉은 눈동자에는 염려와 광기가 뒤섞여 있었다. 어찌해야 할지 갈피를 잃은 듯한 남편의 눈에 예레나가 헛웃음을 터뜨렸다. 이토록 선명한 감정이라니. 사내는 자신이 죽고 나면 미칠 게 분명했다.

'다행이라 해야 할지…….'

의원이 말하기 전 예레나는 이미 제 목숨이 끝나 감을 알아챘다. 죽은 가족들이 점점 오래 보였으니 말이다.

이제 정말 얼마 남지 않았구나 생각하며 그녀가 황후의 가면을 벗어 던졌다. 그리고 오롯한 왕녀의 모습으로 원수에게 물었다.

"언제부터 알았어요?"

* * *

아내의 물음에 로샨의 눈이 천천히 커졌다. 그가 하얗게 변하는 머리에 손을 벌벌 떨었다. 그러다 억지로 의아함을 꾸며 내며 어렵게 입을 뗐다.

"……예레나. 당신이 무슨 말을 하는지 잘 모르겠습니다."

"의원 말 못 들었어? 내게는 남은 시간이 얼마 없어. 하니 말해. 로샨 비스티우스. 언제부터야?"

로샨으로서는 어렵게 한 발악이었으나 아내는 그에게 차갑게 쏘아붙였다. 더는 모른 척하는 게 불가능하다 깨달은 로샨이 고개를 떨군 채 답했다.

"……당신이 사랑한다는 말을 더는 하지 않았을 때."

"……."

"그때 알아챘습니다."

"……나는 당신이 수없이 행한 기만조차 제대로 하지 못했구나."

사내의 답에 왕녀가 스스로를 비웃었다. 그녀가 허탈한 숨을 몇 번 내쉬다 기침을 했다. 당장에라도 숨이 끊어질 것 같은 소리에 로샨이 아내를 붙잡고 밖에 있는 궁의를 부르려 했다.

"하, 하지 마."

왕녀는 기침하면서도 사내를 막았다. 그리고 잠시 뒤 숨이 어느 정도 돌아오자 사내를 곧장 뿌리친 채 주먹을 쥐었다. 창백한 얼굴빛과 같은 색의 손이 순식간에 새파랗게 변했다. 그녀가 그를 두고 보지 못해 어떻게든 손 잡으려는 사내를 끝내 쳐 내며 냉정히 일갈했다.

"당신은 나를 그토록 완벽하게 기만하고 조롱했는데……."

"……."

"나는 끝까지 당하기만 했어. 멍청하게."

"그런 게 아닙니다!"

아내가 자책하는 걸 두고 볼 수 없던 로샨이 고개를 들어 아내에게 외쳤다. 하나 그 이상 그는 무어라 할 수 없었다. 기만의 의도가 있든 없든 그가 그간 아내의 비밀을 모른 척한 것은 사실이었으니.

"뭐가 아니야. 하긴 당신을 탓할 게 아니지. 그때도 지금도 내가 멍청한 탓인데 누굴 탓해."

로샨이 제발 그리 말하지 말라 눈으로 말했다. 그는 예레나가 기억을 되찾은 걸 알게 된 이후 매일 각오했다. 아내가 제 목을 베든, 독을 주든 달게 받아들이겠다고. 만일 전과 같이 그녀가 스스로 목숨을 끊으려 한다면 치졸하지만 아이들을 생각해 달라 청하고 그조차 통하지 않는다면 그녀와 함께하겠다 몇 번이고 생각했다.

하나 예레나는 오늘이 돼서야, 죽음을 가까이 앞두고서야 기억을 되찾았다 고백했다.

로샨은 아내가 모른 척한다면 그를 따르는 게 옳다 지금껏 생각했다. 그러나 아내의 얼굴을 보니 그게 과연 옳은 결정이었던가 싶었다. 결과적으로 그는 아내에게 또 한 번 상처를 줬다. 내내 그에게 기만당한 그녀에게 같은 감정을 느끼게 했다.

그게 끔찍이도 괴로웠다. 로샨은 지금에라도 스스로 제 목을 찌르면 아내의 기분이 조금이나마 나아지지 않을까 고민했다.

"쓸데없는 생각 마. 지금 당신이 죽어 봤자 내 기분은 조금도 나아지지 않으니까."

예레나는 사내의 생각을 곧장 읽고 일갈했다. 꿰뚫린 생각에 사내가 손을 파르르 떨었다. 예레나는 고개 숙인 그를 차갑게 내려다보다 시선마저 돌려 버린 채 입을 열었다.

"……다른 건 멋대로 기억해도 좋아. 하지만 이제부터 내가 할 말 똑똑히 새겨들어."

"……."

"나는 당신 때문에 죽어 가는 거야. 의원도 신관도 신녀도 탓할 생각 마. 내가 죽는 건 로샨 비스티우스 당신 때문이니까."

손을 떨던 사내는 예레나의 말에 몸 전체를 벌벌 떨었다. 검은 머리카락과 대조되는 창백한 얼굴에는 식은땀마저 흘렀다.

"얼굴 들어."

예레나가 다시 고개 돌려 사내에게 명했다. 아내의 명에 로샨이 파들파들 떨면서 가까스로 얼굴을 보였다. 예레나는 철저하게 부서진 그의 붉은 눈을 보며 비틀린 미소를 지었다. 그리고 사내에게 가장 아플 말들을, 그간 하지 못했던 말을 쏟아 내기 시작했다.

"역겨웠어. 당신을 볼 때면 구역질이 나와 참느라 얼마나 힘들었는지 몰라."

"……."

"나중에는 한 공간에 있는 것만으로도 숨이 막혀 졸도할 지경이었지. 한데 당신은 내 귀에 잘도 지껄이더군. 사랑한다고."

"……."

"당신이 나한테 사랑한다 할 때마다 귀를 잘라 낼까 하는 생각마저 했어. 당신 손이 닿을 때는 어땠을 것 같아? 피부가 썩어 가는 것 같았어. 그래서 몇 번이고 씻었지."

"……."

"한데 당신은 뻔뻔하게도 아직도 바라고 있네."

"……."

"……내가 당신에게 사랑한다 말해 주기를."

그간 눌러 왔던 말들이 비수가 되어 사내의 심장을 난도질했다. 로샨은 숨을 쉬기 어려워 헐떡이면서도 변명하기 위해 입을 뻐끔거렸다.

"아, 아닙니다. 예레나. 제가 감히 어떻게……."

로샨은 제 주제를 잘 알았다. 자신 따위가 감히 그녀의 사랑을 바라서는 안 된다 스스로에게 끝없이 말했다.

하나 돌이켜 생각해 보면 그는 말만 그리했다. 사실은 아닌 척 그녀의 사랑을 바라고 바랐다. 진실이 드러났음을 알았음에도.

"거짓말."

그리고 그걸 예레나가 모를 리 없었다. 하여 그녀는 끝까지 거짓만을 담는 로샨에게 짧게 쏘아붙였다. 그러다 분을 이기지 못해 고함쳤다.

"끝까지 거짓말! 지금껏 날 기만해 놓고 이 순간까지 거짓만 말해?"

짝.

병에 그러잖아도 없는 힘을 짜낸 예레나가 사내의 뺨을 매섭게 내리쳤다. 그러나 사내는 고통을 느끼기는커녕 괴로움에 얼굴을 일그러뜨렸다. 적어도 아픔이 느껴지기를, 그래서 그녀에게 아직 생명력이, 회생의 희망이 있음을 느끼고 싶었다. 하지만 느껴지지 않았다. 아내의 손찌검은 너무나 미약했다.

"복수도 제대로 못 한 나한테 사랑을 바라다니……. 당신은 참 욕심이 많아. 응?"

꺾인 손목을 붙든 채 예레나가 악을 썼다. 헐떡이는 숨에 맞춰 가슴이 빠르게 오르락내리락했다. 로샨이 일어섰다. 더는 두고 볼 수 없었다. 당장 아내가 어찌 될까 걱정이 돼서 견딜 수가 없었다.

"예레나. 제발……. 흥분하지 마십시오. 차라리 검을 가져오겠습니다. 내키는 대로 찌르고 고함은 지르지 마세요. 몸이……. 당신 몸이 못 견딜까 무서워서 도저히……."

말을 더듬는 황제는 머저리 같았다. 겁에 질린 꼴이 제국의 지고한 황제라 생각하기 어려웠다.

못난 그의 모습에 예레나가 화를 가라앉혔다. 그녀가 배를 붙잡고 높은 웃음을 터뜨렸다. 그러다 한참 만에 맺힌 눈물을 닦으며 중얼거렸다.

"정말 다행이야."

"……."

"죽기 전에 당신의 비루한 꼴은 실컷 봐서."

조금 전 낸 화가 무색하게 예레나는 진정 즐거웠다. 사내의 고통이, 아픔이 그대로 보였다. 그런데 왜일까. 눈물이 계속 앞을 가렸다. 예레나는 도통 이해할 수 없는 제 몸에 손을 들어 거칠게 눈물을 닦아 냈다.

"로샨 비스티우스. 다시 한번 말해. 나한테 감히 사랑을 바라지 마. 죽는 순간까지 내가 당신을 사랑할 일은 없어."

감정을 갈무리한 예레나가 무표정한 얼굴로 사내에게 쐐기를 박았다. 그리고 힘에 부쳐 덜덜 떨리는 몸을 눕힌 채 사내의 반대쪽으로 돌아누우며 차갑게 명했다.

"이제 꺼져. 그리고 다시는 오지 마."

"……."

"죽기 전까지, 아니 죽어서도 당신을 보고 싶지 않아."

로샨에게는 선택권이 없었다. 아내의 등을 향해 몇 번이고 입을 뻐끔거리던 그가 비틀거리며 일어났다.

그리고 그 후로 황제는 황후의 침실을 찾지 않았다. 당연하게도 죽어 가는 아내를 외면한다 황제에 대한 나쁜 말이 돌았다.

하나 무슨 말이 오가든 황제는 아내에게 가지 않았다. 다만 그는 황궁의 높다란 탑에 올라 한숨도 자지 않은 채 무엇도 먹지 않고 하루 온종일 상아궁만 쳐다볼 뿐이었다.

* * *

운명의 여신이 또 한 명의 실을 끊어 낼 때가 다가왔다. 황후는 제 곁에서 우는 아이들을 간신히 달랜 채 죽음을 기다리다 시녀에게 명했다.

황제를 데리고 와 달라고.

시녀가 나가고 얼마 가지 않아 누군가 달음박질하는 소리가 들렸다. 하나 방문이 열리고는 발걸음 소리가 사라졌다. 죽음이 가까워진 황후는 간신히 침대 밖으로 손을 뻗어 방문 앞에 있을 이에게 다가오라 손짓했다.

침대맡에 누군가 다가와 무릎 꿇었다. 고개를 돌리는 것조차 어려워진 예레나가 옅어진 숨을 내쉬며 떨구듯 얼굴을 돌렸다.

얼마간 보지 않았음에도 낯익은 얼굴이 보였다. 예레나는 더 가까이 다가오라 손짓했다. 사내가 그녀에게 바짝 붙었다.

검은 머리카락에 붉은 눈. 괴물 같은 원수의 얼굴이 눈앞에 있었다. 예레나는 눈을 한 번 감았다 천천히, 아주 천천히 떴다.

감았다 뜬 눈에 담긴 것은 누구일까. 삶과 죽음의 기로에 선 채 예레나가 작은 목소리로 속삭였다.

"사랑…… 해요."

사내가 딱딱하게 굳는 게 보였다. 예레나는 사내의 반응에 개의치 않고 손을 움직여 그의 뺨에 손가락을 댔다. 그리고 끝없이 사랑을 외기 시작했다.

"사랑해."

"……."

"사랑해."

"……."

"사랑해."

몇 번이나 말했을까. 힘이 닿는 대로 속삭인 예레나가 잔기침을 하며 가빠진 숨에 괴로워했다. 사내가 의원과 신관을 부르러 일어나려 했다. 예레나는 손짓으로 그를 막았다. 그리고 눈물을 뚝뚝 떨구고 있는 사내의 눈가를 문지르며 갈라진 입술을 움직였다.

"착각…… 착각하지 마."

"……."

"당신한테 한 마, 말이 아니야."

"……."

"키안. 그 사람한테…… 흡."

"그만 말하십시오. 제발."

사내가 고개를 좌우로 흔들며 간절히 청했다. 하지만 예레나는 그의 말을 무시한 채 제 할 말을 했다.

"나는 키안…… 을, 그를 사랑해."

죽음을 맞이하기 전 사내에게 한 번 더 상처 주고 싶었다. 그를 제대로 짓밟고 싶었다. 자신의 죽음으로 영영 회복되지 못할 그를 알았으나 부족했다.

그리해 그녀는 사내를 불러 놓고 '키안'을 사랑한다 고백했다. 호위였으며 그녀가 믿었던 거짓 인물인 '키안'을 사랑한다 말함으로써 '로샨 비스티우스'에 대한 사랑을 부정했다.

"내, 내 사랑은 전부 그가……."

그러나 말을 하다 말고 그녀는 그만뒀다. 숨을 쉬기 어려운 탓도 있었으나 사실 그녀는 너무도 잘 알았다.

'키안'과 '로샨'이 같은 사람인 것을.

눈앞의 사내에게 사랑한다 말하지 않았으나 결국 그를 사랑하지 않는다 증명도 못 한 꼴이었다. 예레나는 스스로가 너무나 역겹고 증오스러웠다. 죽음의 신이 이런 자신을 받아 주지 않으면 어쩌나. 그런 생각마저 들었다.

"……절대 용서 못 받겠지."

발끝에 서 있을 가족들을 떠올리며 예레나가 중얼거렸다. 죽음이 가까워질 대로 가까워지자 그들은 항시 예레나와 함께했다.

"그, 그래도 곧 가니까 웃는 얼굴 한 번만……. 딱 한, 한 번만 보여 주세요. 어머니. 아버지. 오라버니들……."

옆에서 울고 있는 사내는 무시한 채 예레나가 희미하게나마 웃어 보였다. 허공을 보며 죽은 이들에게 말을 거는 아내를 보고 로샨이 주먹을 쥐었다.

가족을 향해 중얼거린 왕녀는 잠시 가만히 있었다. 그러다 마지막 힘을 짜내 눈을 굴렸다. 사내에게 시선을 고정한 그녀가 짧게 고민하다 원수의 이름을 불렀다.

"로샨 비스티우스."

힘이 다 빠진 목소리에는 전과 같은 분도 증오도 없었다. 다만 회의감과 체념뿐. 그녀가 사내의 눈물을 손가락으로 한 번 더 훔쳐 줬다. 그리고 담담한 목소리로 읊조렸다.

"약속해. 죽, 죽지 마."

예레나는 사내를 너무 잘 알았다. 그는 그녀가 죽으면 뒤따를 미친 자였다. 아마 지옥까지 따라붙겠지. 미안하다 말하면서도 그녀의 뒤를 몰래 밟을 자였다.

하나 그렇게 된다면, 어미를 잃은 아이들은 아비마저도 잃게 된다. 예레나는 그 꼴은 볼 수 없었다. 황권이 강하고 충성스러운 측근들이 많다 해도 어린아이들만 권좌 가까이 남겨 두면 무슨 일이 생길지 몰랐다.

"애들……. 내 아이들. 당신 아이들은 보살펴야지."

하여 왕녀는 아이들을 보호하며 증오스러운 원수에게 죽어서도 고통을 안기기로 마음먹었다. 사내를 끝내 보지 않겠다는 결심을 깬 이유도 여기 있었다.

"적어도 걔들이 홀로……. 혼자 히, 힘으로 설 때까지는 죽지 마. 견…… 뎌."

그녀의 말에 사내가 고개를 절레절레 젓기 시작했다. 그런 부탁 말라며 용서를 외치는 모습이 참 초라했다.

'우스워.'

제게 온갖 패악을 저질러 놓고, 내 나라를 짓밟고 내 가족을 도륙해 놓고 저런 얼굴이라니. 눈물로 엉망인 사내의 모습에 왕녀가 입꼬리를 끌어 올렸다.

보기 좋았다.

속이 시원했다.

자만일지언정 조금은 복수를 한 기분이었다.

한데…….

왜 웃음 대신 눈물이 터져 나오는 걸까.

왕녀는 흐르는 눈물을 결국 막지 못했다. 속도 없이 사내가 가엽다는 미친 생각마저 했다.

저 괴물은 왜 자신을 마음에 담았나. 나와 같이 망친 인생이 한둘이 아닐 터인데 왜 하필 개중 하나인 나를 마음에 품어 고통을 자처하는가. 하나 어리석은 괴물아. 나는 너를 동정하지 않는다. 증오할 뿐.

'세상에 자애로운 신은 없구나. 다들 잔인해.'

예레나는 잠시 그런 생각을 하며 불경하게도 신을 욕했다. 그러다 다시 빌었다. 그래도, 이 사내 빼고 남은 이들은 행복하기를. 내 아이들, 오래도록 보지 못했지만 살아 있을 친우들. 그리고 스쳐 간 많은 사람들 모두 신의 자비에 행복하길 기원했다.

소리 없는 기도가 끝났다. 예레나는 다시 사내에게 시선을 고정했다. 사내는 그녀의 말에 아직 알았다 답하지 않았다.

"애들……. 약속해. 응?"

예레나가 그에게 한 번 더 부탁했다. 이번에도 사내는 고개를 끄덕이지 않았다. 예레나는 다가오는 마지막을 느끼며 숨을 허덕였다. 이자에게 약속을 받아 내야 하는데. 그리해 아이들을, 우리 아이들을 지키고 완벽하지는 않아도 복수를 완성해야 하는데.

사내의 꼴을 보니 약속을 받아 내기 쉽지 않을 것 같았다. 결국 예레나는 자신이 죽고 나서도 지속될 복수를 위해 원수에게 달콤한 꼬임수를 던졌다.

"로…… 샨."

아내에게 불린 이름에 로샨이 석상처럼 굳어졌다. 눈물이 줄줄 흐르는 눈에 예레나가 투명하게 비쳤다.

"애…… 들을 부탁해요. 잘 해내면 하, 한 번쯤 생각해 볼게요. 어차피…… 우리 둘 다 지옥에 떨어질 거니까. 거기서 만, 만날 테니까."

왕녀인가 황후인가. 알 수 없는 예레나가 원수이자 남편인 사내에게 말했다. 그제야 로샨은 입을 열었다. 그리고 가까스로 말했다.

"알겠습니다."

"……"

"예, 예레나. 당신 뜻대로……. 뜻대로 하겠습니다."

촛불이 꺼지기 직전 반짝이듯 예레나가 환한 미소를 띠었다. 그리고 이내 왕녀가 천천히 눈 감으며 내쉬는 숨에 입을 달싹였다.

"사랑해."

누구에게 하는 말일까. 거의 사라진 숨소리와 함께 아주 희미한, 귀를 가까이 대지 않으면 들리지 않을 고백이 예레나의 입에서 계속해서 나왔다.

"사랑해."

"……"

"사랑…… 해."

완전한 용서는 없었다. 예레나는 자신의 마지막 사랑 고백이 끝내 누구를 위한 것인지 말하지 않았다.

"사랑……."

몇 번의 사랑한다는 고백 뒤에 그녀가 마지막으로 만든, 소리 없는 입모양은 누구의 이름인가.

곁에 있었으나 눈물 때문에 눈먼 사내는 그를 읽어 내지 못했다. 그리해 그에게 남은 것은 견뎌야 할 산지옥뿐이었다.

* * *

위대한 제국의 달, 황후 예레나가 젊은 나이가 승하했다. 아름다운 외모와 자애로운 성격으로 사랑받았던 그녀의 죽음에 나라 안 많은 이들이 신분의 고하와 관계없이 슬퍼했다.

그러나 죽은 자는 빠르게 잊히는 법. 장례가 끝나고 얼마 가지 않아 귀족들은 말했다. 황제께서 아직 너무 젊으시다고. 황후의 자리를 저렇게 비워 둘 수는 없다고.

'기회입니다. 죽은 황후의 가문은 그리 세가 강하지 않습니다. 중앙 정치와는 제대로 된 연도 없고요. 하니 지금 빨리 우리 쪽에서 새 황후를 골라 세워야 합니다.'

'맞습니다. 쌍둥이 황자들이 아직 어리지 않습니까. 황자들이 더 크기 전 황제께서 새로운 황후를 들이게끔 해야 합니다.'

특히 세가 줄어든 귀족파는 기회를 놓치지 않으려 했다. 랑트 후작을 중심으로 뭉치기 시작한 그들은 아름다운 귀족 영애들을 황제에게 선보이기 위해 애를 썼다.

'우리도 조치를 세워야 합니다. 이대로 저쪽에서 황후가 나오는 걸 두고 볼 수 없어요.'

'하나 제임스 공께서 가만히 있으라 하셨는데…….'

'여유 부릴 때가 아닙니다. 빨리 움직여야 합니다.'

일이 그렇게 흘러가자 황제파도 가만있지 않았다. 황제의 최측근이라 할 수 있는 자들은 움직이지 않았으나 불안함을 느낀 이들은 주변에 적당한 귀족 영애들을 물색했다. 그렇게 수도로, 황궁으로 많은 귀족가의 여식들이 차기 황후라는 꿈에 젖어 찾아들었다.

하나 황제는 젊고 아름다운 여인들 중 누구에게도 시선을 주지 않았다. 그뿐인가. 그는 아내가 죽은 뒤 중앙궁으로 죽은 황후의 소생인 쌍둥이 황자와 어린 황녀를 들여 직접 양육에 관여했다. 그리고 그건 간접적으로 뜻을 나타낸 것과 다름없었다. 새로운 황후는 없을 것이며 차기 황제는 죽은 황후의 소생에서 나올 것이라는.

하나 끈질긴 이들은 포기하지 않았다. 그들은 비어 버린 황후 자리를 보며 야심을 불태웠다.

연회에 잘 참석 않는 황제가 한 번이라도 모습을 보인다 말이 돌면 온갖 치장을 한 미인들이 대기했다. 중앙궁에 시녀 자리가 비었다는 소식이 들리면 어떻게든 그 자리를 차지하려 들었다.

'누구냐.'

'폐, 폐하.'

그리고 어느 날 일이 벌어졌다. 대담하게도 죽은 황후의 방에 몰래 숨어든 여인이 나온 것이다. 황제가 종종 상아궁에서 밤을 보낸다는 소식을 들은 어느 귀족이 여식을 이용해 벌인 일이었다.

황제는 감히 죽은 황후의 방에 든 여인을 벌하지 않았다. 하나 날이 밝기 무섭게 그는 상아궁에 여식을 들여보낸 자부터 일을 도운 자까지 줄줄이 잡아들였다. 그리고 당일 제 손으로 그들의 목을 날렸다. 어떤 변명의 말도 듣지 않은 채.

'내게 더 이상의 황후는 없다.'

야심을 품은 이들은 그제야 황제의 뜻을 받아들였다. 권력도 목숨을 부지해야 누릴 수 있었으니.

짧은 피바람이 끝나고 황궁은 다시 고요해졌다. 황자와 황녀들의 웃음소리만 간간이 궁을 울릴 뿐.

그렇게 누군가에게는 매초가 억겁 같은 시간이 누군가에게는 화살처럼 빠르게 달렸다.

* * *

황후가 죽은 뒤 어딘지 쓸쓸해진 황궁에 아홉 번의 봄이 지나갔다.

새로운 봄, 스무 살의 쌍둥이 황자들은 장성하여 황제를 돕고 있었다. 열다섯에 황태자 자리에 오른 첫째인 카이로는 이제 어엿한 제국의 작은 태양이었다. 둘째인 루이스는 아비를 빼닮은 검술 실력으로 나라의 방벽이라 할 수 있는 곳들을 돌아다니며 외부의 적과 싸웠다. 그리고 황자들의 여동생이자 제국의 하나뿐인 황녀 아이샤는 곧 열다섯 데뷔탕트를 앞두고 여러 교육을 받느라 분주했다.

냉혹하기로 이름난 황제와 달리 그 아래 자식들은 항시 주변에 사람이 많았다. 첫째이자 황태자인 카이로는 아비를 닮아 차갑다는 말을 종종 듣기는 했으나 그와 가까운 이들은 알았다. 황태자가 제 사람들에게는 다정하다는 것을.

"요번 연회 때 황태자 전하를 봤어요? 어찌 그리 잘생기셨는지. 어떤 영애가 황태자 전하 옆에 서는 영광을 가질까요?"

"황태자비 자리가 어디 쉬운가요. 그리고 전 루이스 황자님께 더 마음이 가요. 그 반짝이는 금발! 작년 검술 대회 때 황자님을 처음 봤는데 어쩜……."

"저는 황자님들보다 황녀님께 눈이 가던걸요. 이제 많이 자라 그런가 황녀님을 볼 때면 작고하신 황후 폐하가 떠올라요."

잘 자란 황자와 황녀는 많은 사랑을 받았다. 사람들은 늠름한 황자들과 어여쁘게 피어난 황녀를 보며 간간이 죽은 황후를 떠올렸다.

* * *

"아버지. 저 왔습니다."

"카이로."

자식들이 떠난 중앙궁. 홀로 그곳에 살던 황제는 아들의 부름에 고개를 들었다. 황태자가 된 카이로가 많이 도와주고 있다지만 아직은 그가 할 일이 많았다.

"루이스는? 아직도 어디 있는지 몰라?"

"그러잖아도 오늘 아침 서신이 도착했습니다. 당분간 찾지 말랍니다. 루데타 영지에서 인어를 봤다나 뭐라나. 또 쓸데없는 데 관심이 생긴 거지요.

하여간 그 녀석도……."

인어라는 아들의 말에 황제가 일순 얼굴을 굳혔다. 점점 늘어나는 이종족의 흔적. 슬슬 체계적인 조사가 필요할 때였다.

그러나 지금 당장 아들에게 해 주지는 않아도 될 일이었으므로 로샨은 고개를 끄덕이고 말았다. 아비의 반응에 카이로가 곧장 다음 주제로 대화를 넘겼다.

"아이샤의 데뷔탕트 준비는 순조롭게 진행되고 있습니다. 보십시오. 꼭 챙기라 이르신 것들입니다."

아들이 펼쳐 보이는 서류를 대강 훑어보려던 로샨은 카이로의 표정에 꼼꼼히 서류를 봤다. 조금 부족한 부분도 있긴 했으나 거의 완벽한 서류였다. 로샨이 픽 웃으며 아들에게 말했다.

"잘했다. 손볼 게 없어."

아비의 칭찬에 카이로가 얼굴을 살짝 붉히다 찰나 보인 아비의 표정에 얼굴을 굳혔다. 그가 씁쓸한 얼굴로 황제에게 물었다.

"……오늘도 상아궁에 가십니까?"

로샨은 아들의 물음에 대꾸하지 않음으로써 긍정을 표했다. 예레나가 죽은 이후 종종 상아궁에 가던 그는 황자들이 열다섯이 되어 성인식을 치른 이후부터는 매일같이 그곳을 방문했다.

카이로는 상아궁이 어미가 살아 있을 적 그대로인 것을 알고 있었다. 그리고 아비가 어미의 흔적이 가득한 그곳에서 어떤 얼굴을 하는지도.

"아버지. 하나만 여쭤봐도 되겠습니까?"

카이로가 조용히 아비를 살피다 갑작스레 말을 붙였다. 물을 게 있다는 카이로의 말에 로샨이 아들을 바라봤다.

"상아궁에는 매일같이 가시면서 왜 어머니 무덤은 찾지 않으십니까."

"……."

"장례식 이후에 걸음 한 번 하지 않으셨지요."

어미의 무덤을 한 번도 찾지 않는 아비. 무정하다 생각할 법도 했으나 카이로는 물론이요 남매 중 누구도 그리 생각하지 않았다. 어미가 죽은 뒤 아비의 모습은 살아 있되 산 것이 아니었으니까.

슬픔과 체념이 뒤섞인 아비의 표정을 보고 있노라면 박제된 짐승이나 안은 텅 비어 버린 조개껍데기가 떠올랐다. 그나마 저를 비롯한 동생들을 볼 때면 표정에 생기가 돌았으나 그조차 꾸며 낸 것이라는 생각을 카이로는 지울 수 없었다.

"난 아직 자격이 없어."

"네?"

로샨이 꾸밈없이 말했다. 하나 아비의 말을 카이로는 알아들을 수 없었다. 로샨이 그런 아들을 보며 옅게 웃었다.

"……그래도 이제 곧이겠구나. 네가 알아서 잘 준비하렴. 카이로."

"아버지. 아까부터 계속 무슨 말씀을……."

"다 알고 있다. 네가 아내를 정해 둔 것을."

아비의 말에 카이로의 얼굴이 조금 전 칭찬을 들었을 때와는 비교할 수 없을 만큼 벌겋게 달아올랐다. 어찌 아셨지. 우리는 분명 비밀리에 만나는 중인데.

하지만 좋은 기회라는 생각도 들었다. 카이로가 웃고 있는 황제에게 말했다.

"……클로이와의 관계를 허락해 주시는 겁니까?"

"반대할 이유가 없잖느냐. 가문도 아비도 그만하면 괜찮지. 그리고 무엇보다 네가 좋아하는 아이니까."

"……."

"네 어머니도 흔쾌히 허락했을 거다."

아비의 말에 신이 난 카이로는 황태자라는 제 위치도 잊고 어릴 때 아비 앞에서 그랬던 것처럼 뛰어 보였다. 그리고 감사하다는 말을 몇 번이고 하더니 기쁜 소식을 연인에게 전하기 위해 쏜살같이 달려갔다.

황제는 그런 아들의 뒷모습을 보다 다시 창밖으로 시선을 돌렸다. 햇살이 쪼개져 금빛으로 일렁이고 있었다. 그가 씁쓸한 목소리로 중얼거렸다.

"……너희에게는 미안하다."

* * *

황녀의 데뷔탕트가 성공리에 끝났다. 황제는 한동안 아름다운 제 딸에게 쏟아지는 청혼서를 정리하느라 바빴다. 그리고 그 다음 해에는 황태자의 결혼을 맞이한다 바빴고, 또 그 다음 해에는 멀리 바다로 모험을 가겠다는 루이스 황자를 만류하느라, 또 그 다음 해에는 갑자기 침략해 온 타국과의 전쟁으로 정신없는 나날을 보냈다.

전장으로 가기 전, 황제는 제 일의 대부분과 황제의 인장을 황태자에게 맡겼다. 사람들은 그가 전장에서 죽을 것을 염려하여 황태자에게 인장을 맡겼다 말했다.

하나 오랜만에 전장으로 나간 황제는 예전 사신으로 불리던 시절과 다를 바 없었다. 침략 전쟁은 금방 끝났다. 그리고 돌아온 황제는 중앙궁에서 상아궁으로 거처를 옮겼다. 그리고 제게 몇 남지 않은 일과 황제로서의 권한을 모두 황태자에게 일임했다.

루이스와 아이샤는 그런 아비에게 아직 젊으니 일을 더 하시라 말했다. 하나 무언가를 직감한 카이로는 딱딱하게 굳은 얼굴로 아비를 봤다. 그리고 일부러 아비와의 만남을 피했다.

그렇게 또 1년이 흘렀다. 이제는 루이스와 아이샤도 아비의 의중을 눈치챘다. 충격받은 황녀는 아비를 만류하려 했으나 오라비에게 막혔다.

"왔구나."

초여름, 상아궁에 백합이 만발해 흐드러지게 피어난 날이었다. 그간 아비를 필사적으로 피하던 카이로가 먼저 아비를 찾았다.

백합 사이에 있는 아비의 얼굴에 카이로는 놀랐다. 나이에 비해 지나치게 젊은 모습이었음에도 표정 때문에 어딘지 나이 들어 보였던 아비가 청년 같아 보였기 때문이다.

"네 아이가 태어났다. 아이샤도 결혼했고. 루이스는……. 뭐 때가 되면 알아서 하겠지."

아무 말 않는 아들을 보며 황제가 입을 열었다. 그리고 아들이 무어라 하기도 전 짧은 말과 함께 대화를 끝냈다.

"고맙다. 그리고 미안하다."

카이로는 멀어지는 아비를 붙잡을 수 없었다. 단지 곧 들려올 소식을 예상하며 눈물을 뚝뚝 흘릴 뿐.

그렇게 하루가 지나고 카이로의 예상대로 슬픈 소식이 황궁에 퍼졌다.

황제 폐하께서 승하하셨다. 하얀 백합이 흐드러지게 핀 아내의 무덤에서.

* * *

사내는 비석 앞에 무릎 꿇은 채 팔을 뻗어 검을 제 가슴에 조준했다.

"최선을 다해 약속을 지켰습니다. 잘했다 생각되면……."

사내가 중얼거리며 망설임 없이 손을 움직였다. 푹. 단번에 피부를 찢고 살을 뚫는 소리가 났다.

쿵. 사내가 옆으로 쓰러졌다. 황금빛이 그를 수없이 맴돌았으나 다른 때와 달리 서서히 옅어지다 종국에는 사라졌다.

죽음이 가까워졌다. 사내는 차마 더러운 제 손을 비석에 가져가지는 못하고 그 옆에 자란 하얀 꽃을 쓸며 하다 만 마지막 말을 속삭였다.

"……한 번만 돌아봐 주십시오. 예레나."

* * *

구대륙에서 가장 강성했던 비스타우스 제국. 제국의 황제 중 가장 기억

에 남는 자를 하나 꼽으라 한다면 저자는 37대 황제였던 로샨 비스티우스를 말하겠다.

선황제의 적자로 태어난 그는 무슨 이유에서인지 황위를 빼앗기고 젊은 나이 전장을 돌아다녔다. 당시 그는 사신이라 불릴 정도로 뛰어난 무위를 가졌다 한다.

로샨 비스티우스가 검을 한 번 휘두를 때마다 백 명의 적이 황금빛과 함께 쓰러졌다 하니 그는 빛의 여신 아냐샤의 축복을 받은 자가 아닌가 저자는 추측한다. 로샨 비스티우스 황제가 살아 있던 시기는 구대륙에 아직 일부 신들의 힘이 남아 있을 때이므로 아마 옳은 추측일 것이다.

아냐샤의 힘 때문일까. 그는 다시 황위를 쟁탈하는 데 성공한다. 그리고 즉위한 뒤 곧바로 록젠타 후작가의 차녀 예레나 록젠타를 황후를 맞이하는데 여기에 재미있는 사담이 많이 남아 있다.

그중에서 저자는 황후 예레나 비스티우스가 사실 록젠타 후작가의 여식이 아닌 포로 출신 여인이라는 기록에 집중했다. 여러 정황으로 볼 때 사실일 가능성이 높았기 때문이다.

포로와의 사랑이라. 낭만적인 말이다. 그러나 예레나 황후로 추측되는 포로의 기록을 더 살펴보면 과연 낭만적이라 할 수 있을지 의문이다. 예레나 황후의 나라를 침략한 것도, 그녀의 가족을 죽인 것도 그녀의 남편인 황제 로샨 비스티우스였으니 말이다.

두 사람 사이에 어떤 일이 있었는지는 모르나 황제가 황후를 끔찍이 사랑한 것만은 사실인 것 같다. 두 사람 사이에 자녀가 셋이나 있었으니. 황후도 자신의 잔인한 운명을 받아들이고 순응하며 살지 않았을까 저자는 추측한다.

로샨 비스티우스 황제의 죽음도 예레나 황후와 관련이 깊다. 로샨 비스티우스 황제는 아내가 죽은 뒤 당시의 황태자인 카이로 비스티우스 황제에게 일을 맡기는데 아나시아 왕국 침략 이후에는 황태자에게 황제가 가진 권한 대부분을 넘겼다. 그리고 얼마 가지 않아 로샨 비스티우스 황제는 죽음을 맞이한다.

정확히는 선택했다 보는 게 옳겠다.

로샨 비스티우스 황제는 예레나 황후의 무덤 앞에서 자결했다. 심장에 정확히 검을 꽂아 넣었다는데……. 황제의 심장에서 나와 검을 타고 흐른 피는 검은색이었다 전해진다.

-구대륙의 역사, 제14장 중-

에필로그

'세월은 야속하다. 신들과 같이 영원의 삶을 살 수 없는 인간은 찰나로 묻힌다. 위대한 제국도, 그를 다스렸던 황제도, 이름 높았던 장군도 짧은 흔적만 남길 뿐. 시간 앞에 결국에는 모래처럼 무너지리라. 하여 비스티우스 제국도 시간에 저문다. 세 개의 바다를 건너 도망쳤던 이종족이 곧 돌아오니 제국은 물론이요 대륙 전체에 새로운 위기가 닥치리.'

어느 눈먼 신녀의 외침이 끝났다. 화형대에 매달린 그녀는 이교도로 판정받아 한순간에 불길에 휩싸였다. 그러나 사람들은 몰랐다. 자신들이 화형대에 세운 마녀가 성녀였음을.

* * *

마녀의 예언대로 세 개의 바다를 건너 도망갔던 이종족들이 2천 년이 지나 다시 돌아왔다.

"괴, 괴물이다!"

"괴물은 무슨. 야! 네가 여기 인간들이랑 비슷하게 생겼잖아. 말 좀 붙여 봐."

대륙은 이제 구대륙이라 불렸으며 이종족들이 건너간 대륙, 그곳은 신대륙이라 일컬어졌다. 구대륙과 달리 인간은 물론이요 온갖 이종족이 뒤섞인 신대륙 사람들은 구대륙 사람들보다 여러 방면에서 뛰어났다.

그들에게는 함께 떠났던 신들의 힘이 있었다. 구대륙 사람들과 달리 신의 가호를 잃지 않았던 그들은 마법을 자유자재로 부렸다.

하늘을 나는 배, 원할 때마다 쏟아지는 물, 사람의 손 없이도 움직이는 펜. 구대륙 사람들의 눈에 두려움이 어렸다.

"마귀를 물리쳐라!"

"여신의 이름으로 저들을 바다에 처넣으라!"

새로운 두려움은 다툼을 가져오는 법. 각지의 신전이 들고 일어났다. 그러나 신대륙에서 온 이들은 그들이 모시는 신들조차 자신들 편이라는 걸 눈으로 보여 줬다. 신대륙의 사람들이 펼치는 마법에 구대륙의 사람들은 사기가 꺾여 항복을 선언했다.

그러나 일부는 끝내 신대륙을 거부했다. 하여 크고 작은 전쟁이 오래도록 일어났다.

끝나지 않을 것 같았던 전쟁은 200년이 흐른 후에야 끝났다. 항시 그랬듯 승자와 패자가 생겼다. 패자는 승자의 규칙을 따라야 하는 법. 잡음이 많긴 했으나 구대륙 사람들은 서서히 신대륙을 인정하고 받아들였다.

그렇게 또 세월이, 긴 시간이 흘렀다. 구대륙이니 신대륙이니 하는 말은 옛말로 남았다. 그쯤 세상을 지배하는 것은 아주 옛날과 마찬가지로 신들이 내린 힘, 마법이었다.

* * *

"어, 어머니."

예레나는 휘장 뒤에 숨어 덜덜 떨었다. 가족들이 죽기 직전이었다. 저로 인해.

마법이 중요한 시대, 어느 나라건 귀족가의 사람이라면 마력이 있어야 했다. 특히 그녀가 살고 있는 이 나라에서는 10세까지 마력을 발현하지 못한 귀족 아이들은 신의 노여움을 받았다는 이유로 노예가 되어 비참한 삶을 살아야 했다.

귀족들 대부분은 마력을 타고나지 못한 아이를 쉽게 버렸다. 가문의 피를 더럽힌다는 이유였다. 하나 예레나의 가족은 달랐다. 명망 높은 귀족으로 강력한 마력을 타고났으나 그들은 마력이 없는 딸을 사랑했다. 그리해 위험을 감수하고 딸에게 마력이 있는 척 거짓으로 꾸며 냈다.

하나 예레나가 스물이 되던 해, 결국 덜미를 잡혔다. 가족들은 예레나를 넘겨주고 약한 벌을 받을 것인지 위험을 무릅쓰고 도망갈 것인지 선택해야 했다.

'제가 갈게요. 그만두세요. 이러다 모두 위험해져요.'

당사자는 노예가 되겠다 말했다. 하나 예레나의 가족은 고개 저었다. 그들은 신분도 재산도 버린 채 딸을 데리고 지체 없이 타국으로의 도망을 결정했다. 하지만 국경에 도착해 국경을 넘기 직전, 마력이 없는 귀족을 잡아들이는 마탑의 주교들에게 따라잡히고 말았다.

일이 최악으로 치달았으나 예레나의 부모는 끝내 딸을 포기하지 않았다. 보호 마법을 펼친 그들은 딸을 끝내 지키려 들었다.

'여기까지 왔다는 건……. 오라버니들은 어찌 됐을까.'

예레나의 오라비들은 저택 밖에서 적들과 대치하고 있었다. 하나 적들이 여기까지 왔다는 건……. 예레나의 푸른 눈이 또 한 번 젖어 들었다.

"인제 그만 포기하십시오. 백작. 오래도록 명망을 잃지 않았던 위스더 가문이 아닙니까. 자격 없는 자 때문에 모든 걸 잃을 참입니까?"

"네가 무어라 한들 내 딸은 넘겨주지 않는다!"

예레나의 아비가 큰 소리로 호통쳤다. 하나 그의 얼굴은 이미 창백했다.

마력은 바닥나 곧 있으면 보호 마법이 깨질 참이었다.

예레나는 어미가 자신이 숨어 있는 휘장을 힐끔이며 눈물짓는 걸 봤다. 그녀가 벌벌 떨면서도 자리에서 일어났다.

'안 돼. 부모님마저 죽게 놔둘 수는 없어.'

노예의 삶이 얼마나 비참한지 알았다. 이대로 끌려간다면 전부터 자신에게 추근거리던 4황자의 궁에 노예로 가게 되리라. 음침한 자색 눈이 떠오르자 역겨움에 소름이 돋았다. 하지만 그보다 더 끔찍한 것은 자신으로 인해 부모가 죽는 것이었다.

그녀가 휘장을 젖히려 손을 뻗을 때였다. 순간 한 무리의 사람들이 급히 홀 안으로 들어왔다.

예레나는 그들의 차림새를 보고 눈을 크게 떴다. 망토를 고정한 핀에 새겨진 금빛 매. 그것이 의미하는 바는 하나였다.

'7황자의 기사들?'

실력으로 황위를 쟁취해야 하는 황자들은 각자 자신의 기사단을 거느리고 있었다. 그리고 그중 가장 유명한 기사단이 이제 막 들어온 7황자의 황금매 기사단이었다.

한데 7황자의 기사단이 갑자기 왜 부모님 앞에 서는가. 자신을 잡으러 온 마탑의 주교들과 왜 대치하는가. 예레나가 이해 못 할 상황에 눈을 깜빡였다. 그녀의 부모도 당황한 기색이 역력했다.

그러나 더 놀라운 일이 일어났다. 인상을 구기며 소리 높이는 마탑의 주교들과 대치하던 7황자의 기사들이 자세를 꼿꼿이 하며 이제 막 들어오는 사내에게 예를 차린 것이다.

'아…….'

긴 검은 머리카락 아래 붉은 눈. 예레나는 사내를 단박에 알아봤다.

황금매 기사단의 주인이자 차기 황제로 1황자와 함께 가장 유력하다 거론되는 7황자였다.

'7황자님이 왜?'

예레나는 멀찍이서 7황자를 몇 번 본 적이 있다. 마력이 넘치던 초대와 같은 색의 눈을 가진 7황자는 언제나 주변에 무관심했다. 누구는 그 모습이 멋있다 말했으나 예레나는 그가 무서웠다. 특히 마력이 없다는 걸 들키기 전 마지막으로 참석했던 연회에서 그는 기이하리만치 예레나를 뚫어져라 봤다.

그 연회가 끝나고 얼마 지나지 않아 도망쳤기에 그간 7황자에 대해 잊고 있었다. 하나 다시 그를 보니 그때 오싹했던 감각이 되살아났다.

그녀가 휘장을 쥔 채 얇은 틈으로 7황자를 바라봤다. 그리고 찰나 주교의 우두머리와 무어라 이야기하고 있던 7황자가 고개를 살짝 틀었다.

정확히 시선이 마주쳤다. 예레나는 깜짝 놀라 저도 모르게 휘장을 놓고 뒷걸음질 쳤다.

"7황자 전하라 해도 이러실 수는 없습니다! 자격 없는 자를 조사하는 건 마탑의 일입니다!"

휘장에 시선이 닿기 무섭게 주교의 고함 소리가 들렸다. 그리고 이어 갑자기 빛이 번쩍였다.

'이건……!'

황금처럼 찬란한 빛이었다. 예레나가 휘장을 넘어오는 빛에 팔을 들어 빛을 막았다. 마력을 느낄 수 없는 예레나였으나 누군가 대단한 마법을 부렸다는 건 알 수 있었다.

빛은 한참을 번쩍인 후에 서서히 잦아들었다. 그리고 예레나가 팔을 내릴 때쯤 커다란 손이 휘장을 부드럽게 젖혔다.

놀란 예레나가 주저앉았다. 마탑의 주교가 자신을 붙잡으러 온 건가. 그녀가 핼쑥한 얼굴을 했다. 하나 완전히 젖혀진 휘장 너머 그녀 앞에 모습을 드러낸 것은 새빨간 루비 같은 눈동자를 가진 사내였다.

"드디어 한번 돌아봐 주시는군요."

예레나와 눈 마주친 7황자가 알아듣지 못할 소리를 했다. 예레나의 눈에 의아함이 담겼다.

그 모습에 사내가 부드럽게 미소 지었다. 서늘해 보이던 인상이 한순간에 그가 내보인 황금빛처럼 따스하게 변했다.

예레나의 떨림이 서서히 잦아들었다. 사내는 예레나의 숨소리가 평온해질 때까지 인내심 있게 기다렸다.

마침내 잠잠해진 푸른 호수에 사내가 오롯이 담겼다. 사내는 기다렸다는 듯 시선을 아래로 내리깔았다. 그리고 허리를 깊숙이 숙인 채, 더없이 정중하게 예레나에게 손 내밀었다.

그가 멍하니 있는 그녀에게 말했다.

"걱정 마십시오. 이번에는 그대와 그대의 가족 모두 무사할 것입니다. 제가 장담하겠습니다."

눈먼 자는 볼 수 없다 完